Helen Fields
Wo niemand dich rettet

Weitere Titel der Autorin:

Die perfekte Gefährtin
Die perfekte Unschuld
Die perfekte Strafe
Die perfekte Sünde

Über die Autorin:

Helen Fields studierte Jura in Norwich und arbeitete dreizehn Jahre als Anwältin, bevor sie sich neuen Aufgaben widmete. Sie leitet heute mit ihrem Ehemann eine Filmproduktionsfirma, arbeitet als Produzentin und Autorin für Drehbücher und Romane. Fields lebt mit ihrem Ehemann und drei Kindern in Hampshire.

HELEN FIELDS

WO NIEMAND DICH RETTET

Thriller

Aus dem Englischen von
Frauke Meier

lübbe

Dieser Titel ist auch als E-Book erschienen

MIX
Papier aus verantwortungsvollen Quellen
FSC® C014496

Vollständige Taschenbuchausgabe

Deutsche Erstausgabe

Titel der englischen Originalausgabe: »Perfect Crime«
Originalverlag: Avon, A division of HarperCollinsPublishers, London

Textredaktion: Alexander Groß, München
Umschlaggestaltung: Massimo Peter-Bille unter Verwendung von Motiven von
© shutterstock.com: pupsy | schankz | Yeti studio
Satz: hanseatenSatz-bremen, Bremen
Gesetzt aus der Stempel Garamond
Druck und Verarbeitung: GGP Media GmbH, Pößneck
Printed in Germany
ISBN 978-3-404-18479-8

2 4 5 3 1

Sie finden uns im Internet unter luebbe.de
Bitte beachten Sie auch: lesejury.de

Für meine Mum, Christine May Fields.

Mit gutem Beispiel vorangehen, durch harte Arbeit begeistern,
liebevoll in Gesten, auch dann, wenn Worte schwer
zu finden sind.

Kapitel eins

20. Februar

Es war eher unwahrscheinlich, dass von seinem Körper genug heil bliebe, um nach dem Sturz erneut verwendet zu werden, aber in einem letzten Akt des Optimismus hinterließ Stephen Berry am Straßenrand seinen Organspendeausweis unter dem Mobiltelefon, den Schlüsseln und der Brieftasche. Zwar würde er auf Wasser treffen, aber der Aufprall würde dennoch verheerend sein. Er würde schwere Quetschungen davontragen, vermutlich auch einen Hirnschaden, und sollte ihn die Wucht der Kollision mit dem Wasser nicht töten, dann würde die Temperatur das binnen Sekunden nachholen.

Er hatte seine Hausaufgaben gemacht. Wenn er von der Queensferry Crossing in den Fluss Forth stürzte, würde der Atem aus seinem Körper gepresst werden, die plötzliche Kälte würde ihn zum Keuchen bringen, und seine ganze Lunge würde sich mit Wasser füllen, ehe er Zeit hätte, an die Oberfläche zurückzukehren. Der Tod träte vielleicht nicht augenblicklich, aber doch ohne Zweifel schnell ein. Nichts, wovor man sich fürchten musste, sagte er sich. Furcht war lediglich eine Erwartungshaltung. Im entscheidenden Moment würde sein Gehirn sein Bewusstsein mit einer großen Dosis körpereigener Opiate fluten. Sollte er den Sturz überleben, würde er sich nicht daran erinnern können.

Das spektakulärste aller Gräber, Millionen Tonnen von Wasser, rauschte unter ihm dahin und forderte ihn heraus, zu ihm zu kommen. Ihm blieben nur ein paar Minuten, um es hinter sich zu bringen, und die Wahrheit lautete, dass er längst hätte zu klettern anfangen sollen. Nachdem er Spezialhandschuhe und Stiefel erworben hatte, die es ihm ermöglichen sollten, die Suizidpräventionsbarriere zu überwinden, gab es keine Ausrede mehr für seine Ambivalenz.

Als er das Taxi zu sich nach Hause bestellt hatte, war er bereit gewesen, es durchzuziehen. Der arme Fahrer hatte bereits eine Acht-Stunden-Schicht hinter sich und war auf dem Heimweg. Stephen hatte sich nur äußerst ungern das Messer an die eigene Halsschlagader gehalten und gedroht, sie durchzuschneiden, um den Fahrer zu zwingen, auf der Brücke zu halten – ein für Fußgänger strikt verbotener Bereich –, aber ihm war kein besserer Plan in den Sinn gekommen. Zumindest hatte er nicht den Fahrer mit dem Messer bedroht. Er hatte sich ein Dutzend Mal bei dem Mann entschuldigt, ehe der Wagen gehalten hatte, doch das würde das Trauma auch nicht lindern, das der Anblick der im Rückspiegel aufblitzenden Klinge bei ihm verursacht haben dürfte.

Er kletterte auf die leicht zu bewältigende lotrechte Absperrung und griff dann nach den scharfen Metallplatten, die gewährleisten sollten, dass niemand von der einen Seite auf die andere gelangte. Es tat ein bisschen weh, aber er war gut in Form. Physisch besser als psychisch, so viel stand wohl fest. Pro Tag eine Stunde im Fitnessstudio, das reichte ihm, um gut durchtrainiert zu sein, und eine Laufrunde zweimal pro Woche hatte sein Herz-Kreislauf-System fit gehalten. Wer ihn sah, merkte nichts von der bipolaren Störung, unter der er litt. Aber bei den Ermittlungen zu seinem Tod würde alles ans Tageslicht kommen. Sein lang andauernder Flirt mit Drogen, die geeignet waren, seine Stimmungen auszugleichen. Die Zeiten, in denen er seine Medikamente abgesetzt hatte, obwohl ihm ein Arzt nach dem anderen davon abgeraten hatte. Die Therapieversuche, nach denen er sich noch schwächer und jämmerlicher fühlte, als er es schon durch die Krankheit allein tat. Beziehungen, die dem Wüten seines hitzigen Charakters nicht standhalten konnten. Jobs, die er nicht so lange behalten hatte, wie er hätte sollen, weil er an manchen Tagen schon von der Vorstellung überfordert war, sich aus dem Bett zu bewegen.

Der Gerichtsmediziner würde annehmen, dass er sich mitten in einer schlechten Phase befunden hatte. Es würde Bedauern darüber geben, dass keine wirkungsvolleren Medikamente verfügbar waren oder dass er sich außerstande gefühlt hatte, sich an einen Freund zu wenden und um Hilfe zu bitten. Eine Überschrift in kleinen Lettern, irgendwo tief im Inneren der örtlichen Zeitung vergraben, würde die abgedroschene alte Wahrheit hervorkramen, der zufolge die Menschen einander zu wenig Achtsamkeit entgegenbrachten. Zwar hatte er sich entschieden, keinen Abschiedsbrief zu hinterlassen, um seinen Tod zu erklären, doch für einen Moment wünschte er sich, er könnte mit diesem albernen Trugschluss aufräumen. Auch die größte Achtsamkeit hätte ihn nicht davor bewahrt, an den Punkt zu kommen, an dem er heute war. Schon seit seinem fünfzehnten Lebensjahr hatte er gespürt, wie sein vorzeitiger Tod an ihm wie eine Kette zerrte. Die nächsten sechzehn Jahre hatte er damit zugebracht, gegen ihn anzukämpfen, aber heute würde er der Epilog zu seiner eigenen Geschichte werden.

Die Freundin, vor der er seine Krankheit so sorgsam hatte verbergen wollen, hatte am Ende doch erkannt, dass er ein wertloses Stück Scheiße war, das sie nur für den Rest ihres Lebens runterziehen würde, wenn sie bei ihm bliebe. Einer übertrieben langen Ansprache von der elenden Es-liegt-an-mir-nicht-an-dir-Sorte, auf die er gut hätte verzichten können, war eine unerträglich lange Zeit des Packens gefolgt. Es war nicht so wie in den Filmen, wo einer einfach einen Monolog hielt, dann eine Tür zuknallte und auf rätselhafte Weise für immer und ewig verschwand.

Er und Rosa hatten ein Jahr zusammengelebt, und es war bemerkenswert, welche Komplexität die Struktur zweier miteinander verwobener Leben in zwölf kurzen Monaten annehmen konnte. Töpfe und Pfannen, Bilder, Dekor, Bücher, scheiße noch mal, sogar Verlängerungskabel. Sie hatten sich darüber gestritten, wer das Verlängerungskabel am Bett gekauft hatte. Nicht – das wäre ja albern – wegen der Kosten, sondern aus Fairness. Sie wollte sich erinnern, damit sie nicht später irgendwann erkennen musste, dass sie sich etwas unberechtigt angeeignet hatte. Miststück. Selbst am verdammten Ende der Beziehung konnte sie ihn nicht dadurch befreien, dass sie selbstsüchtig und unfair war. Wie fies war das denn? Sie war so ein guter Mensch, dass die Schuld – wie immer – allein bei ihm lag. Bei seinen Stimmungen, seinen Bedürfnissen, seiner gespaltenen, gebrochenen Psyche.

Ein vorüberfahrender Wagen hupte langanhaltend, und jemand brüllte etwas aus dem Fenster. Der Wind verschluckte die Worte, was ihm nur recht war. Es gab Zeiten, zu denen der Rest der Menschheit sich einfach rauszuhalten hatte, und die sechzig Sekunden vor dem Selbstmord gehörten eindeutig dazu. Er kletterte einen Schritt höher, als ihn plötzlich mit absoluter Klarheit eine Erinnerung durchzuckte und ihm verriet, dass er das Verlängerungskabel für Rosa gekauft hatte, als er ihr einen neuen Fön besorgt hatte. Er hatte sofort erkannt, dass das Kabel nicht bis zu ihrem Frisiertisch und an der Rückwand entlang reichen würde, also hatte er die Verlängerungsschnur als funktionelles Extra mit auf die Weihnachtsliste geschrieben.

»Ach, um Himmels willen«, murmelte er. Das Kabel steckte immer noch in der Wandsteckdose. Ein dummes Relikt aus einem guten Abschnitt seines Daseins, in dem es ihm gelungen war, aufmerksam zu sein und sein Leben ganze vier Monate am Stück außerhalb der Fallstricke seines eigenen Geistes zu führen. Für eine Sekunde dachte er daran, Rosa anzurufen und ihr die Geschichte der Verlängerungsschnur ins Gedächtnis zu rufen. Sie sollte sie beanspruchen, wenn die Wohnung ausgeräumt wurde. Aber dann würde er erklären müssen, wo er war und was er vorhatte, und sie könnte es ihm ausreden. Rosa wäre der einzige Mensch, der das konnte. Zu spät, dachte er. Es war schließlich nur ein Verlängerungskabel. Die verschlagene Schlange von einem Gehirn hatte einfach diesen Moment für den Versuch gewählt, es in eine Rettungsleine zu verwandeln.

Andere Fahrzeuge hupten, als er den letzten Schritt aufwärts und über das Geländer tat. Schwankend stand er in dem stürmischen Wind. Autos hielten, bildeten eine inoffizielle Barriere. Türen wurden zugeschlagen. Langsam drehte Stephen sich um. Ein Halbkreis aus Menschen hatte sich mehrere Meter von ihm entfernt zusammengefunden. Er war nicht sicher, ob sie so viel Abstand hielten, weil sie dachten, er könnte einen von ihnen packen und mitnehmen, oder weil sie fürchteten, sie könnten ihn nur umso schneller zum Sprung treiben, wenn sie näher herankämen.

Am Ende schob sich ein Mann zwischen zwei anderen Zuschauern hindurch, die Hände in den Taschen vergraben, lässiglocker wie du und ich, und schlenderte herbei, um sich direkt unter ihm an der Brüstung aufzubauen.

»Ist es okay, wenn ich hier stehe und mit Ihnen rede?«, fragte er.

»Bringt nicht viel«, murmelte Stephen. »Sie sollten vielleicht ein Stück zurücktreten.«

»Warum?«, wollte der Mann wissen.

»Ich werde springen, und ich will nicht, dass Sie sich verantwortlich fühlen. Außer mir sollte niemand etwas damit zu tun haben.«

»Das ist wirklich rücksichtsvoll von Ihnen …« Der Mann ließ den Satz für einen Moment in der Luft hängen. »Das ist die Stelle, an der Sie Ihren Namen hätten hinzufügen müssen«, erklärte er dann, als er keine Reaktion erhielt.

»Oh, tut mir leid«, murmelte Stephen und kam sich dumm und ungehobelt vor. »Stephen.«

Er hatte keine Ahnung, warum er sich verpflichtet fühlte, in so einem lebensentscheidenden Moment sozialen Gepflogenheiten nachzukommen. Jahrelange Konditionierung, nahm er an.

»Cool. Nett, Sie kennenzulernen, Stephen. Ich bin Rune Maclure.« Sirenengeheul hallte über das Wasser. »Das dürfte die Polizei sein. Sind Sie bereit, mit denen zu reden, oder soll ich sie bitten, ebenfalls zurückzubleiben?«

»Halten Sie sie fern von mir«, sagte Stephen, atmete ein paarmal tief durch und konzentrierte sich auf den Fluss. Das Muster der Wellen machte ihn schwindelig, aber vielleicht lag es auch am Adrenalin. Wie dem auch sei, er war nicht überzeugt, dass er sich noch lange würde aufrecht halten können.

»Fühlen Sie sich wackelig?«, fragte Maclure.

Er antwortete nicht.

»Entspannen Sie ein Bein, bis Sie wieder im Gleichgewicht sind. Ist das hier unten Ihr Zeug?«

»Ja«, brummte Stephen.

Maclure bückte sich, um die Sachen aufzuheben, steckte Schlüssel und Mobiltelefon ein, hielt die Brieftasche in der Hand und betrachtete den Organspendeausweis. »Hey, Mann, Sie wollen Spender sein? Das ist toll. Diese Möglichkeit nehmen viel zu wenig Leute wahr. Nicht zu fassen, dass Sie noch an andere Menschen denken, während es Ihnen so mies geht. Das ist ziemlich beeindruckend.«

Stephen starrte ihn an. Der Trick, ein Bein zu entspannen, hatte funktioniert. Er stand wieder sicher auf den Füßen.

»Hat vermutlich eh keinen Sinn. Wahrscheinlich finden die nicht mal meine Leiche.«

»Das wäre eine Schande. Sie sehen aus, als wären Sie gut in Form. Viele Leute könnten von diesen Organen profitieren. Es ist erstaunlich, was man heutzutage alles transplantieren kann. Die Stelle, an der sie einen fragen, ob man seine Augen spenden will, haut mich immer um. Wie merkwürdig muss das sein, wenn man nach so einer Operation aufwacht, in den Spiegel guckt und sich selbst durch die Augen eines anderen sieht? Wirklich unglaublich.«

Durch die zunehmende Menge schoben sich allmählich vier Polizisten, die in ihre Funkgeräte flüsterten und Leute zurückdrängten, fort von einem Bereich, von dem Stephen annahm, dass sie ihn schon jetzt als »Tatort« bezeichneten. Er hasste das. So ein Drama zu veranstalten. Und in dessen Mittelpunkt zu stehen. Alles, was er immer gewollt hatte, war, mit der Menge zu verschmelzen.

»Machen Sie sich keine Gedanken, ich kriege das schon hin«, sagte Maclure und reckte die Hände zu einer Geste hoch, die absolut gelassen sagte, ganz ruhig, ich habe alles im Griff. Dann entfernte er sich, um mit der Polizistin zu sprechen, die ihm am nächsten war. Er begrüßte sie mit Handschlag.

Stephen sah ihm nach und fragte sich, warum Maclure so entspannt wirkte. Wenn jemand, der nur Sekunden von einem Selbstmord entfernt war, vor ihm gestanden hätte, wäre er außer sich gewesen. Aber Maclure hatte nicht einmal seine Schultern hochgezogen. Seine Stimme war so leise, dass sie kaum zu hören war. Nichts an ihm deutete auf eine Notlage oder irgendwelche Hektik hin. Dieser Mann, dachte Stephen, war garantiert nicht bipolar. Er selbst war während seiner ganzen verdammten Existenz nicht eine Sekunde lang so entspannt oder selbstsicher gewesen.

»Sie lassen uns ein bisschen Raum, wenn Sie mir nur einen Riesengefallen tun könnten und ihre Beine wieder auf diese Seite des Geländers bringen würden. Sie müssen nicht runterklettern, Sie haben jedes Recht, zu tun, was immer Sie wollen. Bleiben Sie ruhig da oben, aber ich wüsste gern, was ich mit Ihren Sachen machen soll. Können Sie noch eine Minute für mich erübrigen?«

Stephen rieb sich die Augen. Noch eine Minute? Er war auf die Brücke gekommen, um das Leiden zu beenden, nicht, um es zu verlängern.

»Es muss doch jemanden geben, der wissen wollen würde, was aus Ihnen geworden ist. Haben Sie einen Abschiedsbrief hinterlassen, damit Ihre Hinterbliebenen verstehen, wie es Ihnen ergangen ist? Wenn Sie das getan haben, ist das toll. Sie können mir die Adresse geben, und ich sorge dafür, dass sie ihn bekommen. Wenn nicht, nennen Sie mir einen Namen und eine Telefonnummer. Dann sage ich ihnen, dass Sie mit ihrer Entscheidung im Reinen und bei Verstand waren und dass Sie keine Angst hatten. Das wird es dem, wen immer Sie zurücklassen, leichter machen.«

»Warum denken Sie, ich hätte keine Angst?«, platzte Stephen heraus. Die Absurdität dieser Andeutung traf ihn härter, als ihm lieb war.

Selbstmord war nicht einfach. Das war nichts, was man einfach so aus einer Laune heraus tat. Natürlich hatte er Angst.

»Das tut mir leid. Sie wirken nur so … Mann, der Gedanke, dass Sie da oben so empfinden, gefällt mir gar nicht. Hören Sie, ich kann die Polizei nicht länger als eine Minute hinhalten, und ich möchte wirklich gern wissen, was mit Ihnen los ist. Kommen Sie einfach wieder auf diese Seite, solange wir uns unterhalten. Wenn Sie es nicht für sich tun wollen, dann vielleicht für mich? Sie scheinen ein toller Kerl zu sein. Wer sonst hätte einen Organspendeausweis hinterlassen, wenn er vorhat, sich umzubringen?«

Stephen überdachte seine Möglichkeiten. Ihm blieb wohl nur zu springen oder einen Schritt zurückzutreten und mit dem Mann zu reden. Und vielleicht würde Rosa ja gern ein paar letzte Worte von ihm hören. Ihre Trennung war noch so frisch, dass sie sich bestimmt verantwortlich fühlen würde. Wenn er sonst schon nichts tat, konnte er ihr wenigstens etwas Gewissheit verschaffen, dass er, Trennung hin oder her, auf jeden Fall an diesen Punkt gekommen wäre. Der Gedanke, sie könnte sich ihr Leben lang Vorwürfe machen, war unerträglich. Er mochte ja im Oberstübchen völlig verkorkst sein, aber er war nicht grausam.

Maclure stand da, wirkte nach wie vor lässig, hatte die Hände wieder in die Taschen geschoben und schien so unaufgeregt, als würde er lediglich auf den Bus warten.

Stephen verlagerte ein Bein über den oberen Rand des Geländers zurück auf die andere Seite, sehr zur Freude der Menge, die in Jubel ausbrach, als befände sie sich in einem Stadion. Wie sich herausstellte, war Selbstmord ein Zuschauersport. Wer hätte das gedacht?

»Gut gemacht!«, lobte Maclure und wedelte mit der Hand vage in Richtung der Polizisten. »Rauchen Sie?«

»Nein«, sagte Stephen.

»Ich auch nicht. Ich schätze, es ist Standard, jemandem in Ihrer Situation eine Zigarette anzubieten, was?«

»Schätze schon«, antwortete Stephen.

Es war wirklich lachhaft, so eine hirnverbrannte Unterhaltung zu führen, während er auf der Suizidpräventionsbarriere einer Brücke stand.

»Also, können Sie mir sagen, aus welchem Grund Sie das tun wollen? Das dürfte das sein, was alle, die es interessieren könnte, fragen werden. Nicht, dass es einen Grund geben muss. Mir ist schon klar, dass es manchmal auch einfach nur auf einem Gefühl beruht.«

Stephen dachte darüber nach. Die Wahrheit lag irgendwo dazwischen. Der Wille zu leben entglitt ihm seit einer Weile jeden Tag, und auf lange Sicht hatte er schlicht keine Hoffnung, dass seine bipolare Störung je wirkungsvoll behandelt werden könnte. Er sah den Mann an, der ihm all diese Fragen stellte. Gut aussehend, athletisch, schwarz, schlank, leichter Bartwuchs, der das kantige Kinn noch mehr betonte. Die Art Mensch, die man zugleich hasste und selbst sein wollte.

»Ich bin bipolar«, lautete die Antwort, für die Stephen sich schließlich entschied.

Maclure nickte. »Das ist hart. Und durch die Behandlung fühlt man sich an guten Tagen wie Scheiße, und dann hört man auf, die Medikamente zu nehmen, und all die guten Tage werden zu schlechten Tagen. Kommt das ungefähr hin?«

»So in der Art.«

Doch die Wahrheit lautete, es war exakt so, und wenn es ihn auch ärgerte, er selbst hätte das nie derart kurz und prägnant ausdrücken können, obwohl er derjenige war, der damit lebte.

»Aber Sie sind immer noch am Leben. Sie kriegen es hin. Sie haben ein Mobiltelefon, was bedeutet, Sie haben Kontakt zu Menschen. Das ist ein guter Anfang. Diese Brieftasche ist ziemlich dick, was heißt, Sie führen ein ziemlich normales Leben – Kreditkarten, Banknoten, Führerschein, schätze ich. Sie können sich Bares verschaffen. Sie sind nicht zu einem Leben auf der Straße gezwungen. Ziemlich bewundernswert, wenn man bedenkt, was Sie durchmachen. Eine Menge Leute in Ihrer Lage sind nicht fähig, innerhalb der üblichen sozialen Schranken zurechtzukommen. Sie sollten stolz auf sich sein.«

Das war definitiv ein neuer Blickwinkel zur Betrachtung seines Lebens. Stolz. Das war etwas, was nicht gerade viele Leute mit ihm in Verbindung bringen würden, wie kreativ sie auch denken mochten. Rune Maclure wusste mit Worten umzugehen.

»Sie müssen Rosa sagen, dass das nicht ihre Schuld ist«, sagte Stephen.

Es war Zeit, Nägel mit Köpfen zu machen. Außerdem machte es ihm keine Freude, hier draußen in der Kälte zu stehen.

»Rosa – Ihre Freundin, nehme ich an. Ich werde ihren Nachnamen brauchen, wenn ich Sie aufspüren soll.«

»Ihre Kontaktdaten sind in meinem Telefon. Der Code lautet 1066. Und Sie können ihr sagen, das Verlängerungskabel gehört ihr. Sie wird wissen, was ich meine. Es ist mir gerade wieder eingefallen.«

»Dann haben Sie sich getrennt?«, fragte Maclure.

»Sie hat es nicht mehr ausgehalten«, murmelte Stephen.

»Tut mir leid, bei diesem Wind kann ich Sie nicht verstehen. Ich komme ein bisschen näher zu Ihnen, okay? Aber ich lasse die Hände in den Taschen.«

Er stellte sich direkt unter Stephen, der sich noch weiter zum Innenbereich der Brücke drehte, um sich Gehör zu verschaffen.

»Ich sagte, sie hat es nicht mehr ausgehalten«, rief er. »Sie hat getan, was sie konnte. Ich bin nicht wütend auf sie. Es ist wichtig, dass sie das weiß.«

»Okay. Das klingt aber nicht, als wäre in dieser Beziehung alles geklärt worden. Vielleicht sollten Sie ihr den Gefallen tun und ihr das selbst sagen. Was meinen Sie?« Er zog Stephens Mobiltelefon aus der Tasche.

»Nun spring endlich! Ich komme jetzt schon zu spät zur Arbeit!«, brüllte jemand aus den Reihen der Zuschauer.

»Achten Sie nicht darauf«, sagte Maclure rasch und streckte eine Hand nach Stephen aus.

Der betrachtete sie stirnrunzelnd und schüttelte den Kopf. »Ich bringe jeden gegen mich auf«, klagte er und schwang sein

Bein über die Barriere, sodass er wieder ganz auf der Wasserseite stand.

»Glauben Sie mir, so einen gibt es immer, okay? Einen kranken Mistkerl, der nur Blut sehen will. Ignorieren Sie ihn. Lassen Sie uns Rosa anrufen. Sie wird Ihre Stimme hören wollen. Tief im Herzen wissen Sie selbst, dass das der Grund ist, warum Sie wollten, dass ich an Ihrer Stelle mit ihr rede. Ich komme zu Ihnen, damit ich Ihnen das Telefon geben kann.«

»Sie tragen keine Handschuhe«, bemerkte Stephen flüchtig, während die Schmerzen in seinem eigenen Körper ihn zu überwältigen drohten. Es kostete so viel Kraft, das Gleichgewicht zu halten. »Sie werden sich die Hände aufreißen ...«

Maclure hatte bereits angefangen zu klettern. Stephen überlegte, ob er ihn aufhalten sollte, indem er drohte zu springen, aber er wollte Rosas Stimme wirklich noch ein letztes Mal hören. Während Maclure sich näherte, studierte Stephen das Meer der Gesichter hinter der improvisierten Tatortabsperrung aus Flatterband, das die Polizei in aller Eile angebracht hatte. Ein Mann stand da, die Hände in den Taschen vergraben, und grinste ihn mit leuchtenden Augen an. Eine Frau schnauzte einen Polizisten an. Eine ältere Dame war in Tränen aufgelöst. Obwohl er es nicht für möglich gehalten hatte, hasste Stephen sich tatsächlich noch ein bisschen mehr, weil er solch einen Kummer verursacht hatte.

Der grinsende Mann fing an zu lachen, er brüllte es regelrecht hinaus, sodass Stephen es nicht überhören konnte. Es klang so entsetzlich wie ein Nagel auf einer Schiefertafel. Er schlug die Hände über die Ohren, stürzte voran und verfing sich mit einem Stiefel zwischen zwei Metallstangen.

Er kippte kopfüber, griff nach dem Geländer, schlug sich erst das Knie und dann die Hüfte an dem Metall an, rollte auf den Bauch, bis sein Kopf über dem Wasser hing. Der lachende Mann lachte noch lauter. Trotz des Windes, des tosenden Wassers und der Schreie aus der Menge war das Gegacker alles, was er hören konnte.

Mit beiden Händen griff er nach dem Zaun, kämpfte gegen das Bestreben seines Körpers, sich aufzurichten, und die Stimme in seinem Kopf, die ihm sagte, er solle loslassen. Binnen Sekunden wäre alles vorbei. Er musste kein letztes Mal mit Rosa sprechen. Das würde mehr Probleme aufwerfen, als es lösen konnte. Die Luft würde an ihm vorbeirauschen, wenn er fiel, er hatte die Chance, den freien Fall zu erleben, und dann vielleicht ein flüchtiges Gefühl von Kälte oder einem Aufprall, aber das würde nicht lange genug vorhalten, damit er es verarbeiten oder Schmerz empfinden konnte.

Stephen ließ mit einer Hand los und schloss die Augen.

»Er wird loslassen!«, schrie eine Frau.

Da waren laute Rufe, das Hämmern von Stiefeln, die hart auf Beton prallten, und ein aufgeregtes Kreischen. Das war der Mann mit den leuchtenden Augen, dachte Stephen. Er war hier, um ihn sterben zu sehen. Vielleicht war er der Tod. Stephen war nie religiös oder abergläubisch gewesen, aber vielleicht sah er nun endlich die Welt ohne Scheuklappen. All die Horrorfilme, die Geschichten über Begegnungen mit dem Übernatürlichen, die Kindermärchen waren real.

Eine Hand schloss sich mit hartem Griff um das Fußgelenk über seinem eingeklemmten Stiefel.

»Ich habe Sie«, sagte Maclure. »Reden Sie mit mir, Stephen. Das ist nicht der richtige Zeitpunkt für Entscheidungen.«

»Der Tod ist hier«, sagte Stephen und verdrehte sich den Hals, um Maclure in die ruhigen braunen Augen zu blicken.

»Wenn er hier ist, dann nicht Ihretwegen. Nicht heute. Kommen Sie, halten Sie sich am Geländer fest und ziehen Sie sich mit ihren Bauchmuskeln ein Stück weit hoch. Ich muss nur Ihren Gürtel greifen können.«

»Ich weiß nicht«, sagte Stephen.

»Na gut, aber ich bin jetzt auf Ihrer Seite der Barriere. Wenn Sie jetzt den Fuß rausziehen, dann nehmen Sie mich mit in die Tiefe.« Maclure lächelte sanft.

Das war weder eine Drohung noch irgendein Getue. Stephen erkannte die Wahrheit in seinen Worten.

Als Maclure mehr von dem Stoff von Stephens Jeans packte, fiel ein Mobiltelefon aus seiner Tasche und stürzte in die eiskalte Strömung unter ihnen, verschwand im Wasser, als hätte es nie existiert.

»Mist, das tut mir leid. Ich wollte Ihnen die Chance geben, mit Rosa zu sprechen. Ich kaufe Ihnen ein neues, wenn ich Sie damit wieder hier rauflocken kann. Was halten Sie davon?«

Stephen starrte dem Telefon nach. So wollte er nicht gehen. Er wollte nicht einfach aufhören zu existieren – aus der Welt gelöscht werden, ohne eine Spur zu hinterlassen, würde sein ganzes Leben sinnlos machen. Er spannte seinen ganzen Körper an, begriff plötzlich, warum Sit-ups doch keine Zeitverschwendung gewesen waren, packte die unterste Stange des Geländers und erkannte erstmals, was die Kletterei über die Suizidpräventionsbarriere mit den Händen seines Retters angestellt hatte. Blut troff aus tiefen Schnitten in seinen Handflächen, und die Haut flatterte im Wind, als er die Hand ausstreckte, um nach Stephens Gürtel zu greifen.

»Ich wollte nicht, dass Sie verletzt werden«, sagte Stephen. »Danke.«

Er schaffte es, ein Knie in die Lücke zwischen den Metallstreben zu zwängen, und drückte den Körper weit genug hoch, damit Maclure ihn packen konnte.

»Danken Sie mir später«, sagte Maclure. »Jetzt sollten wir erst mal weg von den Zuschauern und eine Tasse Kaffee für Sie besorgen.«

Gebrüll brandete auf, als die Polizei Seile über die Barriere warf, die sie sich um die Taille binden sollten, und einen Polizeiwagen auf die anderen Enden rollte, um sie unter den Reifen zu sichern.

»Warum haben Sie Ihr eigenes Leben aufs Spiel gesetzt?«, fragte Stephen, als er endlich auf einer Höhe mit Maclure war und ihm direkt in die Augen sah.

»Wir haben alle unsere Dämonen«, sagte Maclure. »Jeder Einzelne von uns. Wer etwas anderes behauptet, hat lediglich besser zu lügen gelernt als Sie und ich. Meine Art, mit meinen umzugehen, ist, mein Bestes zu tun, um anderen Menschen zu helfen. Das ist purer Egoismus, wenn man es genau betrachtet.«

Stephen legte einen Arm um Maclures Nacken und zog ihn für einen Moment fest an sich. »Ich schulde Ihnen mein Leben«, sagte er.

Und er meinte es auch so, aber alles, woran er denken konnte, waren die Dämonen, die Maclure erwähnt hatte, und der Mann in der Menge, der ihn immer noch beobachtete. Er lachte nicht mehr. Nicht einmal die Spur eines Lächelns zeigte sich in seinem Gesicht.

Kapitel zwei

3. März

Detective Inspector Luc Callanach stand da, starrte den Mann in dem zerschlissenen Lehnsessel an und dachte über Leute nach, die beteuerten, jenen zu vergeben, die ihnen schwerstes Leid zugefügt hatten. Eltern, die willkürlich Bomben legenden Terroristen vergaben, dass sie ihnen auf grausamste Art die Kinder geraubt hatten. Trauernde, die kein böses Wort über den betrunkenen Fahrer verloren, der für ihren Kummer verantwortlich war. Nie im Leben wäre Luc fähig, in seinem Herzen genug Raum für solch eine Geste zu finden.

Der Mann blickte zu ihm auf und öffnete den Mund, als wollte er etwas sagen. Stattdessen blies er eine Kaugummiblase und schlug danach, ehe er die Hand wieder in den Schoß sinken ließ. Bruce Jenson litt an Alzheimer. Zu gut für ihn, dachte Luc und schaute zum Fenster hinaus auf den ausgedehnten Rasen des Pflegeheims, während das letzte Licht des Tages erlosch. Jede Krankheit, die es solch einer Bestie gestattete, zu vergessen, was sie getan hatte, war zutiefst ungerecht.

Luc trat einen Schritt vor, ging in die Knie und studierte die wässrig-blauen Augen, die sehend waren und doch nichts sahen.

»Waren Sie derjenige, der meine Mutter vergewaltigt hat?«, fragte er. »Oder haben Sie nur zugesehen, während Ihr Geschäftspartner sie geschändet hat? Haben Sie gedroht, meinen Vater zu feuern, wenn meine Mutter ihm erzählt, was passiert ist? Wer ist zuerst auf die Idee gekommen, Sie oder Gilroy Western?«

Jenson gab ein ersticktes Ächzen von sich, und seine Schultern erbebten unter der Mühe, die es ihn kostete, einen Laut zu erzeugen.

Luc nahm ein Foto von seiner Mutter und seinem lange verstorbenen Vater aus der Tasche und hielt es Jenson vors Gesicht. Der ließ den Kopf hängen. Luc ergriff sein Kinn und hielt ihm erneut das Foto vor die Augen. Er wusste, dass das, was er tat, falsch war. Bruce Jenson würde auf nichts reagieren, wie sehr er sich auch bemühte. Sechzig Sekunden nachdem er den Raum verlassen hätte, würde sich der Mann, der vor so vielen Jahren der Chef seines Vaters gewesen war, nicht einmal mehr daran erinnern, dass ein anderer Mensch dort drin bei ihm gewesen war.

Trotzdem konnte er sich nicht zurückhalten. All die Jahre hatte die Vergewaltigung nachgehallt, die seine Mutter erlitten hatte. Das Trauma war so schlimm gewesen, dass sie Luc, als er fälschlich des gleichen Delikts beschuldigt worden war, im Stich gelassen hatte. Doch Jenson und Western hatten für das, was sie getan hatten, nie bezahlt.

Luc hatte sein Bestes getan, um sie nicht zu verfolgen, hatte sich gesagt, es wäre besser, gar nicht an die Vergangenheit zu rühren, hatte gewusst, dass er die Nerven verlieren würde – womöglich auf verhängnisvolle Weise –, wenn er je mit einem der Männer in Kontakt käme. Aber er hatte gerade eine Woche in Paris mit seiner Mutter verbracht, und wieder in Frankreich zu sein hatte all den Schrecken seiner eigenen Haft und das Ende seiner Karriere bei Interpol wieder aufleben lassen.

Er hatte alles zurücklassen müssen, was ihm lieb und teuer gewesen war, weil eine Kollegin, die regelrecht besessen von ihm war, die schlimmste Lüge vorgebracht hatte, die man über einen Mann erzählen konnte, und doch war der Vergewaltiger seiner

Mutter immer noch auf freiem Fuß. Wie sehr er sich auch bemüht hatte, die beiden Männer in Ruhe zu lassen, die einst eines der erfolgreichsten Unternehmen von Edinburgh geleitet hatten, war ihm doch klar geworden, dass er diese Schlacht längst verloren hatte. Und hier war er nun – benutzte seinen Dienstausweis als Polizist, um in das Pflegeheim zu gelangen, in dem Bruce Jenson früher oder später sterben würde – und verlangte immer noch nach Antworten. Gierte immer noch nach Rache.

»Erkennen Sie sie? Ist da drin noch irgendein Teil von Ihnen aktiv? Sie haben ihr Leben zerstört, und dann haben Sie auch meins zerstört. Und das Schlimmste ist …« Luc spie die Worte hervor, und ein Schluchzen stieg tief aus seiner Kehle empor, als er weitersprechen wollte. »Das Schlimmste ist, dass einer von euch verdammten Scheißkerlen mein beschissener Vater sein könnte.«

Bruce Jensons Mundwinkel zuckten aufwärts. Nur ein Zufall, sagte sich Luc. Nichts weiter als ein unwillkürliches Muskelzucken. Aber hatte er nicht zugleich den Blick weiter nach oben gerichtet, versucht, Luc in die Augen zu sehen, auch wenn es ihm nicht ganz gelungen war?

»Mein Vater hat jahrelang für Sie gearbeitet. Er hat zu Ihnen aufgeblickt, hat Ihnen vertraut. Sie haben ihn während der Weihnachtsfeier losgeschickt, damit er einen liegen gebliebenen Laster abholt, und dann haben Sie gemeinsam meine Mutter vergewaltigt. Ihr Name war Véronique Callanach, und wenn Sie jetzt wieder lächeln, dann, das schwöre ich, werde ich Sie erwürgen.«

Ein Speichelfaden rann über Jensons Unterlippe und glitt langsam an seinem Kinn herab. Callanachs Magen krampfte sich zusammen. Er konnte seine Mutter in dem Kleid, auf das sie so stolz gewesen war, das sie aber für viel zu teuer für so eine einfache Person wie sich gehalten hatte, regelrecht vor sich sehen, konnte zuschauen, wie sie mit einem Sack über dem Kopf in

Jensons Büro zu Boden gedrückt wurde. Er konnte ihre Schreie hören, ihren Schmerz und ihren Abscheu spüren. Und dann die Scham, gefolgt von dem Entsetzen, als sie erkannte, dass sie mit ihrem ersten und – wie sich herausstellen sollte – einzigen Kind schwanger war, und wusste, dass sie Lucs Vater niemals erzählen konnte, was passiert war.

Dass er seinen Job verloren hätte, wäre noch das kleinste Problem gewesen. Er hätte sowohl Jenson als auch Western getötet für das, was sie ihr angetan hatten, und dann hätte sie die nächsten zwanzig Jahre damit verbracht, einen guten Mann, der sonst nie jemandem etwas zuleide getan hatte, im Gefängnis zu besuchen. Der Speicheltropfen lief in die runzligen Furchen an Jensons Hals. Als wäre er dabei gewesen, stellte Luc sich vor, wie er auf den Körper seiner Mutter gesabbert hatte, als entweder Jenson selbst oder sein Partner sie geschändet hatten, sie, wo es ihnen gefallen hatte, angefasst und verletzt hatten.

Das Kissen lag in Lucs Händen, ehe ihm bewusst wurde, was er tat. Ein Knie auf eine Armlehne des Sessels gestützt, hob er es mit zitternden Fäusten, unter deren Haut sich weiß die Knöchel abzeichneten, die Zähne gebleckt, jeden Muskel im Körper gespannt, bereit, seinem Zorn freien Lauf zu lassen. Er schrie auf und warf das Kissen mit aller Kraft gegen die Wand. Als es abprallte und herunterfiel, stieß es gegen eine Vase, die auf dem Boden aufschlug und ein Durcheinander aus Keramikscherben und schleimig-grünem Wasser hinterließ.

Hastig wich er zurück, weg von Jenson, stolperte gegen die Terrassentür, die in den Garten führte. Die Stirn an das Glas gelegt, die Fäuste auf Schulterhöhe erhoben, trat er gegen den unteren Teil der Tür. Der Sprung im Glas bildete sich bemerkenswert langsam, begleitet von einem Geräusch, das eher ein Knirschen als ein Splittern war, und zeichnete eine Spur wie von einem gegabelten Blitz auf die untere Scheibe.

Callanach seufzte. Er verhielt sich erbärmlich, ließ seine Wut an einem Mann aus, der keinerlei Kampfgeist mehr in sich hatte. Die Gerechtigkeit nahm auf natürlichem Weg ihren Lauf. Jenson würde nie seine Enkel aufwachsen sehen, würde sich nie in eine Eigentumswohnung in Spanien zurückziehen können, wo sein ehemaliger Geschäftspartner offenbar inzwischen residierte. Er war siebzig und im Grunde schon tot. Was immer Callanach ihm auch antäte, es würde sein Leiden nicht verschlimmern.

Er atmete einige Male tief durch und sah sich im Zimmer um. Es war billig und schäbig ausstaffiert. Dies war kein luxuriöses Pflegeheim. Am Bett war ein Gitter angebracht, damit der Patient nicht hinausfallen konnte, aber die Decken sahen dünn aus. Die Bilder an den Wänden waren billige Drucke von der Sorte, wie man sie in einem 1-Pound-Shop kaufen konnte. Von einigen alten staubigen Familienfotos abgesehen, war nirgends eine persönliche Note wahrnehmbar. Jenson war hier regelrecht entsorgt worden. Das war so gut wie eine Verurteilung, auch wenn ihn dieses Schicksal erst recht spät ereilt hatte. Langsam ging Callanach zu dem Durcheinander am Boden, sammelte die Scherben ein und warf sie in den Papierkorb. Dann nahm er ein paar Papierhandtücher aus dem Spender an der Wand und wischte das Wasser auf, so gut es ihm möglich war, ehe eine ahnungslose Schwester hereinkommen und ausrutschen konnte. Anschließend wischte er das Kissen mit der Hand ab und stopfte es zwischen Jenson und die Sessellehne.

Als er überzeugt war, dass der Raum wieder in Ordnung war, holte er ein Paar Handschuhe und einen sterilen Beutel aus der Tasche. Dann beugte er sich über Bruce Jenson, riss ihm einige der verbliebenen Haare vom Kopf und versiegelte sie sorgsam in dem Beutel, um jeglicher DNA-Kontaminierung vorzubeugen, ehe er die Handschuhe abstreifte und in den Papierkorb warf.

Er sah ein, dass es nicht in seiner Macht stand, diesen Mann dafür, dass er sich an seiner Mutter vergriffen hatte, zur Verantwortung zu ziehen, aber er musste wissen, ob er sein Vater war. Diese Entscheidung hatte er sich lange und gut überlegt, doch auch jetzt fühlte er sich nicht dafür gewappnet, sich dem Ergebnis zu stellen. Sollte Jenson sein Vater sein, würde das alles zerstören, was er je als seine Identität wahrgenommen hatte. Seine Mutter war Französin, er war bei ihr in Frankreich aufgewachsen und hatte nie erwartet, dass seine Zeit dort ein Ende finden würde. Sein Vater jedoch war ein stolzer Schotte gewesen, geboren in Edinburgh. Luc konnte sich kaum an die ersten paar Jahre seines Lebens erinnern, doch sein Dad war ihm als warmherziger Mann mit großen Händen und einem stets paraten Lächeln im Gedächtnis geblieben; ein Mann, der gern lachte und einen oft und herzlich in die Arme schloss. Nachdem sein Vater viel zu früh gestorben war, hatte seine Mutter es schwer gehabt, allein mit einem kleinen Kind zurechtzukommen, und war zu ihrer Familie zurückgekehrt.

Luc sah sich erneut im Raum um, um sich zu vergewissern, dass er ihn so sauber und ordentlich wie möglich zurückließ, warf noch einen letzten Blick auf das Gesicht des Mannes, den er für alle Zeiten hassen würde, und ging. Als er am Schwesternzimmer vorbeikam, hielt er inne und beugte sich über den Tresen.

»Ich habe versehentlich mit dem Ellbogen eine Vase umgeworfen«, sagte er leise. »Tut mir leid. Kann ich Ihnen Geld dalassen, damit sie ersetzt wird?« Er ließ seinen französischen Akzent in seinen Worten anklingen und stellte Augenkontakt zu der Pflegerin her.

»Ach, nein, machen Sie sich keine Gedanken. So etwas passiert eben. Wir haben haufenweise Vasen im Lager. Ich gehe schnell vorbei und mache sauber.« Sie lächelte süß und strich verlegen eine Haarsträhne zurück, die sich aus ihrem Pferdeschwanz gelöst hatte.

»Keine Sorge, ich habe darauf geachtet, dass der Boden trocken ist«, sagte Callanach. »Sie haben bestimmt Wichtigeres zu tun. Mr Jenson hat gar nicht darauf reagiert. Wie Sie sagten, er hat im Grunde gar nicht gemerkt, dass ich dort war. Es ist tragisch.«

»Ich weiß. Seinem Sohn Andrew fällt es auch schwer, ihn zu besuchen. Was meinen Sie, müssen Sie noch einmal herkommen?«, fragte sie.

Luc schluckte seine Schuldgefühle hinunter. Er flirtete aus Eigennutz mit ihr und war sich der Wirkung, die er auf Frauen hatte, wenn er nur seinen Charme anschaltete, vollkommen bewusst. Sein Aussehen hatte ihm Modelverträge und eine ganze Reihe reicher, gut aussehender Freundinnen eingebracht, bis er schließlich erwachsen geworden war und beschlossen hatte, etwas mit seinem Leben anzufangen. Nun, da er in Schottland lebte, nahm er an, dass er beinahe exotisch wirkte mit seinem dunklen Teint und den immer noch hörbaren Schwierigkeiten, seine Zweitsprache in den Griff zu bekommen. Zwar war er seit seiner Kindheit zweisprachig, aber das hieß nicht, dass er den schottischen Akzent oder die umgangssprachlichen Wendungen beherrschte.

»Ich weiß es nicht genau. Vielleicht komme ich in ein paar Tagen noch einmal her«, sagte er und zeigte ihr seine perfekt weißen Zähne. »Hoffentlich haben Sie dann auch wieder Dienst.«

»Schon möglich«, antwortete sie kichernd.

Er hatte getan, als wäre er in einer offiziellen polizeilichen Angelegenheit hergekommen, und so vermieden, sich in das Gästebuch einzutragen. Niemand hatte auch nur daran gedacht, sich seine Daten zu notieren. Es war erschreckend, wie schnell die Leute sämtliche Regeln vergaßen, wenn man mit einer Dienstmarke vor ihnen wedelte. Er winkte der Schwester noch einmal zu und ging den Korridor zum Parkplatz hinunter.

Sollte sich herausstellen, dass Jenson sein Vater war, ging es nicht nur um die Erkenntnis, dass er die Gene eines Monsters in sich trug. Da war auch das Problem erblich bedingten Alzheimers zu bedenken. Schlimmer noch, er musste entweder seiner Mutter offenbaren, dass ihr Vergewaltiger sie tatsächlich geschwängert hatte, oder den Rest seines Lebens damit verbringen, sie in diesem Punkt zu belügen. Keine dieser Aussichten war besonders erfreulich. Dann wären da die Verwicklungen, die potenzielle Halbgeschwister mit sich brachten. Würde er mehr über Andrew Jenson erfahren wollen, oder ginge das einen Schritt zu weit?

Falls Jenson nicht sein biologischer Vater war, müsste er Gilroy Western in Spanien aufspüren. Eine belastbare DNA-Probe von einem Mann zu ergattern, der sich durchaus an Callanachs französische Mutter erinnern mochte, könnte sich als erheblich schwieriger erweisen.

Seufzend stieß Callanach die Doppeltür zum Parkplatz auf. Er wollte das alles nicht. Er sehnte sich nach einer einfacheren Zeit, der Zeit, in der er zu wissen geglaubt hatte, wer sein Vater war, auch wenn es ihn sein Leben lang geschmerzt hatte, dass er ihn schon so jung verloren hatte. Wenn jedoch ein lebender, atmender, Golf spielender Gilroy Western sein Vater sein sollte, wie sollte er dann sicherstellen, dass der Gerechtigkeit Genüge getan wurde?

Seine Mutter weigerte sich hartnäckig, die lange zurückliegende Vergewaltigung bei der Polizei anzuzeigen. Es gab keine stützenden Beweise. Western könnte sogar behaupten, der Sex wäre einvernehmlich gewesen, und das würde seine Mutter gleich noch einmal traumatisieren. Was bedeutete, er musste es entweder dabei belassen, wohl wissend, dass der Vergewaltiger seiner Mutter ungestraft davonkäme, oder er würde sein eigenes Leben ruinieren, indem er die Sache selbst in die Hand nahm.

Die Chancen, dass eine Fortsetzung seiner Nachforschungen ein positives Ergebnis für ihn haben würde, waren nicht allzu hoch, und dennoch war er jetzt auf dem Weg nach Hause, um Jensons Haare in einen Umschlag zu legen und zu einem forensischen Test einzuschicken, zusammen mit einem Haar von seinem eigenen Kopf. Er verzweifelte an sich selbst. Er hatte gehofft, der Urlaub in Paris würde die Dinge zwischen ihm und seiner Mutter wieder in Ordnung bringen. Und tatsächlich hatten sie nach langer Trennung Frieden miteinander geschlossen. Der Urlaub war emotional so anstrengend wie angenehm gewesen. Luc hatte sich außerstande gefühlt, mit ihr über die Vergewaltigung zu sprechen, und seiner Mutter war offensichtlich das Mitgefühl, das er für sie empfand, nicht entgangen. Den Schmerz, den ein sexueller Übergriff mit sich brachte, konnte auch die Zeit nicht heilen.

Er startete den Wagen und schaltete im abnehmenden Tageslicht die Scheinwerfer an, als er das Mobiltelefon in seiner Tasche vibrieren spürte. Er ging dran und legte dabei den Gurt an.

»Luc, Ava hier«, sagte eine Frau, ehe er sich melden konnte. »Hör mal, tut mir leid, ich weiß, du hast noch bis morgen Urlaub, aber ich bin gerade im städtischen Leichenhaus. Ein Mann wurde nach einem Sturz von einem Turm auf Tantallon Castle tot aufgefunden. Wie schnell kannst du hier sein?«

Sein Urlaub, wenn man das so nennen konnte, war definitiv vorbei.

Kapitel drei

3. März

Detective Chief Inspector Ava Turner hatte die Arme vor der Brust verschränkt und musterte die Leiche. Die traumatische Wirkung dieser Szenerie wurde nur geringfügig dadurch gelindert, dass die Verletzungen entsetzlich genug waren, um beinahe irreal zu erscheinen. Dr. Ailsa Lambert, Edinburghs leitende Pathologin, eine kleine falkenartig aussehende Frau, die eine starke Böe einfach davontragen könnte, bewegte sich mit der gewohnten Geschwindigkeit und Professionalität durch den Autopsiesaal.

»Ihr erster Toter, der aus großer Höhe abgestürzt ist?«, fragte sie Ava.

»Ja«, entgegnete Ava, hob mit behandschuhter Hand einen Arm des Toten und schaute darunter. »Sind all diese Verletzungen post mortem entstanden, oder gibt es irgendwelche Hinweise auf einen Angriff vor seinem Sturz? Diese Einschnitte sehen aus wie Messerwunden.«

»Bemerkenswert, nicht wahr? Ich fürchte aber, ich muss Ihnen sagen, dass bei einem so tiefen Fall physikalisch betrachtet ballistische Kräfte auftreten. Diese großen spaltförmigen Wunden kommen zustande, wenn die Kraft nach außen drängt und einen kritischen Punkt überschreitet, sodass der Körper des Mannes die Energie nicht mehr in seinem Inneren bündeln kann.«

Sie ergriff das Laken und legte eine weitere Risswunde frei, die sich um die Seite des Mannes zog und beinahe bis zum Nabel reichte. Eine andere verlief auf der Rückseite seines linken Beins. Es war, als hätte ihn jemand mit einem Fleischerbeil bearbeitet. Ava nahm Ailsa die Stoffecke aus der Hand und legte das Laken wieder ab.

»Also wie bei stumpfer Gewalt?«, fragte sie.

»Gewissermaßen, nur dass die Gewalt hier von innen nach außen wirkt. Er hat multiple Frakturen, wie man es erwarten sollte. Dieser Mann ist flach auf dem Rücken gelandet. Sein Rückgrat ist an vier Stellen durchtrennt worden, seine Leber ist geplatzt und beide Lungenflügel wurden von gebrochenen Rippen durchbohrt.«

»Hat er gelitten?«

»Physisch nicht, das kann ich mit großer Gewissheit sagen. Wir wissen von Menschen, die einen Sturz aus großer Höhe überlebt haben, dass ihr Gehirn sie unmittelbar vor dem Aufprall schützt. Sie verlieren das Bewusstsein, oder sie geraten in einen traumatisch bedingten dissoziativen Zustand. Nur sehr wenige haben irgendeine Erinnerung an den Aufprall. Im Fall dieses Mannes kann ich Ihnen verraten, dass der Tod so abrupt eingetreten ist, dass er keine Zeit mehr gehabt hat, Schmerz wahrzunehmen. Sein Hinterkopf ist hart genug auf den Beton aufgeprallt, dass dieser Teil seines Schädels regelrecht eingeebnet wurde. Soll ich ihn umdrehen, damit Sie es sich ansehen können?«

»Nicht nötig. Ich verlasse mich auf Ihr Wort«, murmelte Ava.

»Das ist sehr weise, allerdings fürchte ich, ich habe hinsichtlich Ihrer Frage, ob er gelitten hat, einen Vorbehalt, und der hat etwas mit dem Grund dafür zu tun, warum Sie überhaupt hier sind.« Die Tür wurde geöffnet, und eine weiß gekleidete Gestalt trat ein. »Luc! Kommen Sie rein, gesellen Sie sich zu uns. Wir waren gerade dabei, zum Kern der Sache vorzustoßen.«

»Hey.« Ava lächelte ihn an. »Tut mir leid, dass ich Ihnen die letzten freien Stunden verweigern musste. Habe ich Sie bei irgendwas Vergnüglichem gestört?«

Luc schüttelte den Kopf. »Ich war im Fitnessstudio. Ich habe in Paris zu viel gegessen und muss wieder in Form kommen.«

Das war eine Lüge, aber Ava ließ es ihm durchgehen. Callanach hatte die Art schlanker Gestalt samt Waschbrettbauch, von der die meisten Männer nur träumen konnten.

»Als ich in Ihrem Alter war, gab es keine Fitnessstudios«, grollte Ailsa, als sie eine Lampe mit Lupe an einem flexiblen Arm heranzog. »Wir haben lange Spaziergänge gemacht, statt stundenlang vor Monitoren zu sitzen, und wir haben unser gespartes Geld ganz bestimmt nicht für Essen rausgeschmissen, das mehr gesättigte Fettsäuren als Protein enthält.«

Callanach grinste Ava an. Ailsa war eine hervorragende Pathologin, aber sie nahm nie ein Blatt vor den Mund, ganz gleich, worum es ging.

»Also, bei Opfern eines tiefen Sturzes haben wir es mit Unfall, Suizid oder einer kriminellen Handlung zu tun. Sehen Sie hier.« Sie ergriff die rechte Hand des Toten und legte die Finger flach auf ihre eigene Handfläche. »Er hat eine Menge Schmutz unter den Fingernägeln – drei von fünf sind beim Sturz abgebrochen, dadurch hat sich frisches Blut darunter gemischt und ist dann getrocknet. Dieser Schmutz besteht aus Ziegelstaub und Erde.«

»Demnach hat er sich festgeklammert«, schloss Callanach daraus.

»Höchstwahrscheinlich«, stimmte Ailsa zu. »Und deshalb schließe ich Selbstmord aus.«

»Sie denken nicht, er könnte es sich anders überlegt haben? Ich meine, vielleicht ist er raufgeklettert, um zu springen, und als er dann tatsächlich gefallen ist, hat er nach der Wand gegriffen, vielleicht auch einfach nur aus Instinkt?«, hakte Callanach nach.

»Das ist kein normales Muster. Selbstmörder springen gewöhnlich ein Stück weit weg, wenn sie zu gehen beschlossen haben, und er hätte zurückspringen müssen, um die Mauer zu erreichen. Hätte er das versucht, dann hätte die Schwerkraft ihn vermutlich schon sehr weit oben auf den Rücken gedreht und es ihm unmöglich gemacht, sich mit den Fingernägeln an der Mauer festzukrallen.«

»Wenn ich beschlossen hätte, draußen am Tantallon Selbstmord zu begehen, würde ich von den Klippen ins Meer springen, nicht von den Burgmauern auf den Boden. Zu scheußlich«, fügte Ava hinzu.

»Also kein Selbstmord. Dann vielleicht ein Unfall?«, fragte Callanach.

»Das ist schon erheblich wahrscheinlicher«, sagte Ava. »Etwas, das ich nach wie vor in Betracht ziehe. Möglicherweise ist er ausgerutscht, hat sich für eine Weile festhalten, aber nicht wieder hinaufziehen können, dafür sprechen auch die abgerissenen Fingernägel. Andererseits ist es gar nicht so leicht, von den Mauern von Tantallon zu stürzen. Wäre es das, dann würde man niemanden mehr in irgendeinen Teil der Burg lassen. Er musste auf die Außenseite der Mauer klettern.«

»Vielleicht ein Missgeschick«, schlug Callanach vor. »Möglicherweise war er ein bisschen übermütig, ist raufgeklettert, hat sich festgehalten, und dann ist alles schiefgegangen. Irgendwelche Hinweise auf Alkohol oder Drogen?«

»Als ich Gehirn und Magen geöffnet habe, ist kein Geruch freigesetzt worden, der auf ernsthaften Alkoholkonsum schließen ließ, und ich weiß normalerweise sehr schnell, ob das ein Thema ist. Was Drogen betrifft, so habe ich Proben für einen Tox-Screen entnommen und sie mit Dringlichkeitsvermerk weitergeleitet. Was ich Ihnen zeigen wollte, ist das hier …«

Ailsa legte die Hand des Mannes wieder zurück auf die Metallpritsche, positionierte das Vergrößerungsglas über seinem

Mittelfinger und richtete das Licht so aus, dass es direkt von oben darauffiel.

»Schauen Sie hier«, sagte sie.

Ava und Callanach beugten sich vor, um besser sehen zu können, und drehten die Köpfe hin und her, um die Sache aus verschiedenen Winkeln zu betrachten.

»Ich gebe auf«, sagte Ava schließlich. »Die Hand ist übel zerschlagen und stark aufgeschürft. Ich kann drei abgerissene Fingernägel sehen. Das ist alles erwartungsgemäß.«

»Gut, was Sie nicht wissen, ist, dass nur einer dieser Finger gebrochen ist. Der Mittelfinger, gleich an der Spitze, in der distalen Phalanx, nahe der Nagelbasis.«

Callanach schob einen durch einen Handschuh geschützten Finger unter den Bereich und betastete den Knochen. »Ich kann nichts fühlen«, gestand er.

»Es handelt sich nicht um eine verlagerte Fraktur, also war das auch nicht zu erwarten. Der Bruch ist nur auf dem Röntgenbild erkennbar, aber es gibt noch keine Anzeichen für Heilung, und Finger heilen schnell, also muss das ein frischer Bruch sein, doch er wurde nicht durch den Sturz verursacht. Er unterscheidet sich deutlich von den anderen Brüchen.«

»Eingetreten, als er sich an dem Stein festgehalten hat?«, fragte Ava.

»Das dachte ich erst, aber dann habe ich das gesehen …« Ailsa führte das Vergrößerungsglas noch näher an die Mittelfingerspitze heran und zeigte auf ein winziges purpurnes V, das vor dem fahleren Fleisch der Hand gerade noch sichtbar war. »Dieses Mal wurde nicht von einem Stein verursacht. Zunächst ist es auf der falschen Seite der Hand. Als er auf dem Boden aufgekommen ist, war die Handfläche nach unten gerichtet, das weiß ich durch das Aufprallmuster. Diese Quetschung ist tief und frisch. Ich habe die Haut herausgeschnitten und daruntergeschaut. Frische

Gewalteinwirkung, heftig. Die hat vermutlich auch den darunterliegenden Bruch herbeigeführt.«

»Was könnte Ihrer Meinung nach die Ursache dafür sein?«, wollte Ava wissen.

Ailsa verschränkte die Arme vor der Brust und neigte den Kopf zur Seite. »Ich bin unschlüssig«, sagte sie. »Das ist etwas weit hergeholt.«

»Aber es ist der Grund, warum wir hier sind, richtig?« Ava musterte sie mit hochgezogenen Brauen.

»In der Tat. Diese scharfe Begrenzung und die Form sind außergewöhnlich. Wäre da nicht die Fraktur, dann wäre ich nicht so überzeugt, aber hier wurde eine Menge Gewalt angewandt, also muss der Finger schwer belastet worden sein. Für mich sieht das aus wie die Spitze eines Stiefelabdrucks. Das würde auch den Bruch erklären. Wie gesagt, ich kann das durch nichts anderes belegen. Es gibt keine anderen Verletzungen, die nicht durch den Sturz erklärbar wären. Unter diesen Umständen, ohne Zeugen oder ein klareres Bild davon, was da passiert ist, könnte ich darauf keinen Fall aufbauen.«

»Lasst uns einfach hoffen, dass es dafür eine harmlose Erklärung gibt. Wir hatten in Edinburgh keinen Mord mehr seit diesem Gang-Racheakt im Braidburn Valley Park zu Weihnachten. Ich hatte gehofft, wir würden es noch ein paar Monate länger ohne neue Mordermittlungen schaffen.«

»Ich sage Ihnen nur, was ich sehe«, murmelte Ailsa. »Recht und Ordnung aufrechtzuerhalten fällt in Ihr Fachgebiet.«

»Nicht so ganz. Meine Truppe darf immer nur aufräumen, nachdem die gesellschaftlichen Normen dahingerafft wurden. Wie auch immer, hier herumzustehen wird uns keine Antworten liefern«, konstatierte Ava. »Vielleicht bekommen wir, wenn wir ihn identifiziert haben, ein klareres Bild. Schicken Sie mir Ihren Bericht. Ich werde eine Untersuchung einleiten, bleibe aber auch aufgeschlossen für andere Möglichkeiten. Klingt das vernünftig?«

»Das tut es allerdings.« Ailsa lächelte. »Dieser Mann ist erst Anfang dreißig. Ich glaube, das zumindest schulden wir ihm. Das ist kein Alter zum Sterben, egal unter welchen Umständen.«

»Das ist es definitiv nicht«, stimmte Ava zu und ging zur Tür des Autopsiesaals. Dort zog sie Haube und Handschuhe aus und deponierte sie im Mülleimer, ehe sie die Arme ausstreckte und Ailsa an sich drückte. »Wie halten Sie sich?«, fragte sie, als sie sich aus dem sterilen Anzug schälte.

»Sie meinen, für eine alte Frau?« Ailsa grinste.

»Tsts«, machte Ava.

»Gut. Weniger gestresst als Sie beide. Und ich freue mich zu hören, dass Luc sich eine Weile freigenommen hat. Wann waren Sie das letzte Mal im Urlaub, Mädchen?«

Ava lachte. Ailsa, seit vielen Jahren eine Freundin ihrer Eltern, würde nie aufhören, von ihr zu sprechen wie von einem Kind, ganz egal, wie alt sie wurde oder welchen Rang sie bekleidete.

»Ich nehme mir bald eine Auszeit, ich verspreche es. Wir haben endlich einen neuen Detective Inspector ernannt, das dürfte alles etwas leichter machen. Wir fahren jetzt raus nach Tantallon. Gibt es irgendwas Spezielles, worauf wir achten sollten?«

»Das ist eine Nadel im Heuhaufen, aber ich würde mir gern die fehlenden Fingernägel ansehen. Sie könnten vielleicht ein paar Zellen liefern, die uns helfen, das Bild etwas weiter auszumalen«, sagte Ailsa.

»Machen Sie sich nicht zu viele Hoffnungen«, warnte Ava. »Der Schauplatz wurde nicht wie ein aktueller Tatort von Forensikern abgesperrt. Wie sieht es aus, Luc? Bereit für einen Nachtspaziergang an den Burgmauern?«

»Das perfekte Ende für einen perfekten Urlaub.« Callanach lächelte. »Ich hole meinen Mantel.«

Kapitel vier

4. März

Bei einem Zwischenstopp am Polizeirevier schnappten sich Ava und Callanach ihre Schlechtwetter-Ausrüstung, bessere Taschenlampen als die im Kofferraum ihrer Fahrzeuge und informierten die Leitstelle über ihr Vorhaben. Als sie auf der gewundenen Fahrbahn, die von der Hauptstraße abzweigte und hinunter zur Landspitze an der Küste führte, endlich mit gehörigem Respekt vor Regen und Wind Richtung North Berwick fuhren, war es kurz nach Mitternacht.

Schweigend saßen sie in Lucs Wagen. Den Parkplatz am Ende der Straße hatten sie hinter sich gelassen und stattdessen direkt vor der Mischung aus Ticketschalter und Andenkenladen gehalten. Während sie hinaus auf die ausgedehnte Ringmauer blickten, die die Burg einst vor Marodeuren geschützt hatte, lauschten sie dem zunehmenden Dröhnen des Regens.

»Als Kind bin ich mal für ein Wochenende zu einem Kurs im Bogenschießen hergekommen.« Ava lächelte. »Am Ende des ersten Tages dachte ich, ich wäre unsterblich in den Lehrer verliebt.«

»Und was ist passiert?«, fragte Luc.

»Ach, weißt du, wie es bei den meisten Schwärmereien so läuft, wenn man selbst zehn und der Lehrer fünfundzwanzig ist, hat es damit geendet, dass er mir den Kopf getätschelt und gesagt hat, ich hätte mich wirklich sehr bemüht, und dann ist seine blonde Freundin in ihrem Minirock aufgetaucht, und mein Herz brach in tausend Stücke.«

»Bist du inzwischen darüber hinweg?«

»Na ja, ich habe immer noch Schmetterlinge im Bauch, wenn ich einen Mann mit einem Langbogen sehe, aber davon abgesehen habe ich, glaube ich, das Schlimmste überstanden. Glaubst du an Gespenster?«, fragte sie.

»Nein. Das ist simple Statistik. Wie viele Menschen haben die Erde bewohnt und sind gestorben? Wenn es Gespenster gäbe, dann hätten uns die ruhelosen Geister doch längst überrennen müssen.«

»Zyniker«, konterte sie. »Ich dachte, Franzosen wären so romantisch.«

»Hast du mich deshalb hergebracht? Wegen der Romantik? Ich bin aber nicht so überzeugt, dass die Suche nach den Fingernägeln eines kürzlich verstorbenen Mannes als Date durchgehen würde.«

»Idiot. Wenn das ein Date wäre, dann hätte ich meine guten Socken angezogen.« Grinsend beugte sie sich vor, um zur Krone der Burgmauer hinaufzublicken. »Aber nebenbei bemerkt, ich stimme dir zu. William Wordsworth hat geschrieben: ›I look for Ghosts; but none will force, Their way to me; 't is falsely said, That there was ever intercourse, between the living and the dead.‹ Ist das nicht wunderschön?«

»Bestimmt, aber ich hätte vermutlich Probleme, es direkt zu übersetzen. Mein Englisch ist immer noch ziemlich buchstabengetreu, und die meisten Worte haben für mich nur eine Bedeutung.«

Für einen Moment runzelte Ava verständnislos die Stirn, dann, als ihr die anzügliche Doppeldeutigkeit von »intercourse« bewusst wurde, schloss sie die Augen und schüttelte mit gespielter Entrüstung den Kopf. »Vergiss es, Romeo. Wenn dir nichts Besseres einfällt, nachdem ich dir schon den poetischen Hintergrund geliefert habe, dann solltest du lieber den Mund halten.« Sie schloss den Reißverschluss ihrer wasserfesten Jacke und versuchte, die Tür zu öffnen, doch der Wind schlug sie hart gegen ihr Schienbein, als sie Anstalten machte, auszusteigen. »Au! Verdammter Mist!«, knurrte sie.

»Stimmt, du bist heute wirklich sehr poetisch«, kommentierte Callanach. »Lass mich die Tür für dich öffnen.« Er stieg aus und lief um den Wagen herum, um ihr die Hand zu reichen, während sie noch ihr geprelltes Schienbein rieb. »Bist du sicher, dass du das jetzt machen willst?«

»Nein, aber sollte hier noch irgendwas zu finden sein, dann ist es, so heftig, wie der Sturm hereinbricht, morgen weg. Es heißt jetzt oder nie. Komm schon.«

Sie gingen durch das Besucherzentrum, in dem ein unglücklicher örtlicher Uniformierter bei einem Mitarbeiter stationiert worden war, der ihnen Zugang verschaffen sollte, und weiter zum Vordereingang der Burg, der, obwohl halb verfallen, immer noch imposant wirkte. Ein heftiger Wind blies von Norden herbei, und der Regen war nur ein Grad davon entfernt zu gefrieren. Ava zog sich die Kapuze über und schüttelte sich die nassen, langen dunklen Locken aus den Augen.

Sie nahmen die hölzerne Fußgängerbrücke über den alten Burggraben und traten durch den Torbogen eines grünlichen Ziegelgemäuers. Unter ihnen und auf der rechten Seite waren ein Bereich mit lose herumliegenden Gesteinsbrocken und ein Teil des Burggrabens mit Tatortabsperrband gekennzeichnet worden. Dahinter trafen sie auf rutschiges Kopfsteinpflaster, ehe sich schließlich das Burggelände vor ihnen ausbreitete. Direkt vor ihnen führte eine Grasfläche zu den Klippen, die allmählich ins Meer bröckelten. Ein schrilles Pfeifen hallte durch die alten Mauern, und es war leicht vorstellbar, warum Besucher sich eingebildet hatten, Geister zu sehen und hundert Jahre in der Zeit zurückzureisen. Es war klar erkennbar, dass sich von der Seeseite kein Angreifer hätte nähern können, und es war ebenso klar, dass Ava recht hatte. Für einen Selbstmord wären die Klippen die naheliegendere Wahl gewesen.

Luc sah, wie Ava auf eine innere Tür zeigte, und sie gingen hinein und hatten eine steinerne Wendeltreppe vor sich, die ohne große Schutzvorkehrungen, von einem Seil an dem zentralen Gemäuer abgesehen, nach oben führte. Callanach folgte ihr auf dem Fuße, beobachtete jeden ihrer Schritte und kämpfte mit dem Bedürfnis, die Hand auszustrecken, um sie zu stützen. Ava war nicht die Art Frau, die besonders viel Hilfe wollte oder brauchte, aber das machte es ihm auch nicht leichter, den Beschützerinstinkt, den er ihr gegenüber empfand, abzuschalten. Sie war seine engste Freundin in Schottland, was nicht immer einfach war, denn sie war außerdem seine Vorgesetzte.

Sie duckten sich unter weiterem Absperrband hindurch und betraten einen ebenen Vorsprung mit einer Informationstafel für Besucher. Der Bereich war mindestens einen Meter breit und eben genug, um hoch oben auf der Mauer mit Blick auf die Brücke und den Burggraben sicheren, wenn auch nicht empfehlenswerten Stand zu gewährleisten. Über ihnen hielten höhere Mauern einen Teil des Windes ab, schützten sie aber nicht vor dem Regen.

»Das ist offensichtlich der Vorturm. Wann genau ist unser Mann gefallen?«

»Er wurde am Fuß der Mauer gefunden, als das Personal heute früh hergekommen ist. Die Burg öffnet zu dieser Jahreszeit nicht vor zehn Uhr morgens, und die Tür, durch die wir gekommen sind, ist über Nacht verschlossen. Wir werden erst erfahren, wann genau er gefallen ist, wenn Ailsa ihren Bericht mit einer Einschätzung des Todeszeitpunktes fertig hat. Es muss aber zwischen sieben am Abend und acht am folgenden Morgen passiert sein. Im

Besucherzentrum gibt es Kameras. Wir haben nachgesehen, aber die liefern keine ausreichend guten Nachtaufnahmen, um irgendwas zu erkennen«, brüllte Ava gegen den Wind an.

»Ist er eingebrochen?«, fragte Callanach.

»Was?«, schrie Ava und drängte sich an ihn, um ihn besser verstehen zu können.

Callanach legte den Arm um ihre Schultern und umschloss mit einer Hand ihr Ohr, um sich Gehör zu verschaffen. »Ich sagte, ist er eingebrochen, oder ist er einfach hiergeblieben, als das Zentrum geschlossen wurde?«

»Man hat mir gesagt, es sei kein Schaden an Schloss oder Tür feststellbar, aber auf die Burg selbst sind keine Kameras gerichtet, also können wir nicht sicher sein. Offenbar sind hier schon früher Leute über Nacht eingeschlossen worden. Es gibt viele kleine Ecken, in denen man sich verstecken kann, wenn man nicht gefunden werden will. Sieh mal …« Sie zeigte über den Rand und beugte sich gefährlich weit über die grobe Steinmauer. »Er muss von hier runtergestürzt sein. Halt mich fest.« Sie kletterte auf der Mauer an der Informationstafel vorbei, legte sich auf den Bauch, den Kopf ganz am Rand, und signalisierte Luc, er solle sie an der Rückseite ihres Mantels festhalten.

»Nein«, sagte er laut genug, dass sie ihn trotz des Windes klar und deutlich hören musste. »Ich kann nicht zulassen, dass du das tust.«

»Ich glaube, du wolltest sagen, ich kann das nicht zulassen, Ma'am«, korrigierte ihn Ava. »Wenn du mich nicht fest genug hältst, geselle ich mich zu unserem unidentifizierten Freund auf Ailsas Tisch, also krieg das in den Griff. Buchstäblich!«

»Komm zurück. Ich klettere da rauf. Du kannst mir an den Kopf werfen, was immer du willst, aber ich bin nicht damit einverstanden, dass du so ein Risiko auf dich nimmst.«

»Nur dummerweise bin ich auf keinen Fall stark genug, dich

zurückzuziehen, falls du abrutschst. Du würdest mich lediglich mit dir in die Tiefe reißen, und so habe ich mir meinen Abgang nicht vorgestellt, also befolg einfach meine Befehle, Detective Inspector. Ich habe meine Kindheit damit zugebracht, auf Mauern wie diese zu klettern, und das sogar bei deutlich schlechterem Wetter.«

Von der Hüfte an frei in der Luft hängend, lehnte sich Ava so weit über den Rand, wie Callanach sie ließ. Er nahm an, dass sie etwa fünfzehn Meter hoch sein mussten, und selbst wenn er sich durch die Dunkelheit und den Regen verschätzt haben sollte, war er überzeugt, dass die Höhe reichte, um jeden Sturz tödlich enden zu lassen. Ava fluchte alle paar Sekunden, schob sich an der Mauer entlang, richtete ihre Taschenlampe hierhin und dorthin, mal höher, mal tiefer, bis sie schließlich laut rief: »Kamera!«

Ava wedelte mit der Taschenlampe in Richtung von Callanachs Gesicht.

»Ich brauche eine freie Hand. Du wirst für eine Sekunde wieder hochkommen müssen.«

»Nein, ich kann nicht. Dann finde ich das nie wieder. Meine Kamera ist in der linken Tasche meines Mantels. Hol sie einfach und gib sie mir.«

»Gott, du stures, dummes …«

»Ich kann dich hören, weißt du? Nimm die Taschenlampe.«

Callanach nahm sie, hielt Ava mit der rechten Hand fest, wühlte dann in ihrer Tasche und reichte ihr die Digitalkamera.

»Was ist denn los?«, rief er.

»Ein Hautfetzen, glaube ich. Da ist ein dünner Streifen, der an den Steinen klebt.«

Der Blitz flammte einige Male auf, und Luc bereitete sich darauf vor, ein Gegengewicht zu Avas immer weiter hinausgreifendem Gewicht zu liefern.

»Nimm die Kamera und gib mir einen Beweismittelbeutel.«

Callanach ließ die Kamera in seinen Mantel gleiten und griff in die Hosentasche, um einen Plastikbeutel hervorzuholen.

»Ava, wir müssen noch mal herkommen und uns morgen darum kümmern.«

»Bis dahin ist es weg. Bei der Menge Haut muss da auch Blut gewesen sein, aber ich kann keine Spur davon sehen. Wenn Ailsa wegen des Stiefelabdrucks richtig liegt, könnte das unsere letzte Chance sein, Beweise zu ergattern.«

Callanach reichte ihr den Beutel.

»Gib mir nur etwas mehr Raum, um mich zu bewegen. Ich glaube, da steckt noch was anderes im Gestein.«

Sie verlagerte ihr Gewicht, um den Kopf weiter nach unten zu bringen. Die Böe, die sie erwischte, kam aus der Gegenrichtung des vorherrschenden Windes und brachte Callanach aus dem Gleichgewicht. Er wurde vorwärtsgeschleudert und prallte gegen Ava. Sie schrie auf, hielt sich an den Steinen fest, rollte sich auf die Seite und verlor den Halt. Ihr rechtes Bein flog durch die Luft und krachte dann auf das zerklüftete Mauerwerk. Ihre Jeans riss vom Knie bis zum Saum auf, und ihr Wangenknochen prallte hart gegen die Ziegel.

Callanach warf sich voran, schlang einen Arm um ihre Hüfte und spürte, wie sie ihm entglitt. Das hektische Tasten auf dem Gestein und die peitschenden Bewegungen ihres Körpers machten es ihm schwer, sie festzuhalten. Der Wind fegte um ihren Kopf und trug ihre Schreie die senkrechte Burgmauer hinab.

»Ava, auf drei ziehe ich dich hoch. Spann die Bauchmuskeln an, hör auf, nach der Wand zu greifen und pack meinen Arm!«, schrie er, ohne zu wissen, ob sie ihn hören konnte.

Mühsam schob er die Stiefelspitzen über den Neunzig-Grad-Winkel der Mauer, auf der er lag, um etwas mehr Stabilität zu gewinnen. Callanach spannte sich an.

»Eins, zwei …«

Sie zerrte an seinem Arm, bewegte sich zu früh, zu ruckartig. Ihr Bein entglitt ihm, als sie seine Hand packte.

»Halt mich fest!«, schrie sie.

Blut lief über ihr Gesicht, und ihre Hand fühlte sich in seiner feucht und schwach an. Beide Beine hingen hinter ihr im Wind.

Er rutschte auf der flachen Mauerkrone voran, verdrehte seinen Körper, um mehr Kraft aufwenden zu können, zog ein Knie hoch und unter seinen Leib und brüllte lauthals, während er für sie gegen den Wind kämpfte; den rechten Arm wie einen Schraubstock um ihren Rücken gelegt, katapultierte er sich zurück. Zusammen flogen sie durch die Luft und knallten gegen die Rückseite der Informationstafel für Besucher. Ava lag wie eine Stoffpuppe in seinen Armen, kaum dass sie über die Mauerkrone geglitten war. Mit einem Aufschrei war sie auf ihm gelandet und hatte sich wie verrückt an ihm festgeklammert. Callanach hielt ihren Kopf und flüsterte besänftigende Worte, die durch ihre Schreie und den Sturm doch nicht zu ihr durchdringen konnten.

Es dauerte eine Minute, bis sie den Kopf hob und ihn ansah.

»Brauchst du einen Krankenwagen?«, fragte er.

Ava spannte beide Beine an und strich sich mit einer Hand über den Nacken, ehe sie den Kopf erst zur einen, dann zur anderen Seite neigte.

»Ich bin okay«, erklärte sie.

»Du bist nicht okay. Du hast verdammte Todessehnsucht.«

Callanach ergriff ihre Schultern und schüttelte sie. Entsetzt sah sie ihn an, dann traten ihr Tränen in die Augen, und sie brach zitternd an seiner Brust zusammen.

»Tut mir leid«, murmelte er in ihr Haar. »Du hast mir Angst gemacht. Komm, lass mich mal diese Wunde in deinem Gesicht sehen.«

Ava drehte sich, sodass er den größten Teil des Blutes wegwischen konnte, um die Wunde in Augenschein zu nehmen.

»Der Schnitt in der Wange ist nicht so schlimm, aber du hast eine höllische Beule an der Stirn. Wir sollten dich auf Gehirnerschütterung untersuchen lassen. Kannst du gehen?«

Ava nickte und stemmte sich auf die Knie, um aufzustehen.

»Langsam«, mahnte er. »Lass mich dich stützen.«

Als er auf den Beinen war, zog er sie hoch, legte ihr einen Arm um die Taille und schützte ihr verletztes Gesicht mit der anderen Hand. Im Schneckentempo stiegen sie die Wendeltreppe hinunter. Als wären sie mitten im Sturm auf einem Schiff, hielt Ava sich mit einer Hand an der Mauer fest und mit der anderen an Callanach, der vor ihr ging. Alle paar Schritte legten sie eine Pause ein. Schließlich zog er sie in einen der winzigen, aber sicheren Nebenräume, damit sie sich ausruhen konnte, während er sich ihr Bein ansah.

Als sie endlich unten waren, zitterte sie so schlimm, dass Callanach fürchtete, sie könnte das Bewusstsein verlieren.

»Lass mich dich tragen. Jetzt haben wir nur noch ebenen Boden vor uns.«

Sie sah zu ihm auf, die grauen Augen im aschfahlen Gesicht weit aufgerissen. Das blutige Haar klebte flach an ihrem Kopf. »Den Teufel wirst du«, brachte sie zusammen mit einem winzigen Lächeln zustande.

Er lachte laut und heftig, und die Spannung verließ seinen Körper in so wilden Wogen, dass ihm übel wurde und er völlig außer Atem kam.

»Wir müssen dich aufwärmen«, sagte er, als er wieder sprechen konnte.

Schließlich stolperten sie zur Tür des Besucherzentrums hinein. Prompt sprang der dort postierte Uniformierte auf und griff nach seinem Teleskopschlagstock.

»Schon gut«, beruhigte ihn Callanach. »Es war nur ein Unfall, weiter nichts.«

»Soll ich Ihnen einen Krankenwagen rufen, Ma'am?«, fragte der junge Mann und hielt Abstand zu ihnen, als fürchtete er, sie könnten ansteckend sein.

»Nein, mir geht es gut. Das ist nichts, was man mit ein paar Paracetamol nicht in Ordnung bringen könnte«, sagte Ava. »Schließen Sie hinter uns ab und melden Sie sich in Ihrer Dienststelle, Constable. Und würde es Ihnen etwas ausmachen, über das hier Stillschweigen zu bewahren? Ich möchte nicht, dass irgendjemand denkt, DI Callanach und ich hätten uns geprügelt.« Sie tat ihr Bestes, um ihm ein Lächeln zu präsentieren, aber inzwischen ließ die Taubheit in ihrem Gesicht nach, und ihr Schmerz wurde neu definiert.

»Auf jeden Fall, Ma'am. Sie können sich darauf verlassen«, erwiderte er stoisch und öffnete ihnen die Tür, die hinaus zum Parkplatz führte.

»Eines noch«, sagte Ava und sah den Burgbediensteten an, der sie anstarrte, als wäre sie gerade in einem außerirdischen Raumschiff gelandet. »Falls jemand bei Nacht in der Burg eingeschlossen wird, gibt es dann irgendeine Möglichkeit, wieder herauszukommen? Ich meine, wenn es um Leben und Tod geht?«

Kevin, wie sein Namensschild verkündete, reagierte bemerkenswert schnell. »Zwei Möglichkeiten«, überlegte er laut, rieb sich den ergrauenden Bart und sah sich zur Burg um, als könnte er dort die Antworten ablesen. »Wenn derjenige schlank ist und unbedingt rauswill, kann er sich vielleicht sogar als Erwachsener durch die Schießluken zwängen und dann die Uferböschung des Burggrabens hinabklettern. Alternativ, bei Ebbe, könnte man die Felsen zum Meer runterklettern und dann ein Stück weit dem Strand folgen bis zu einem Abschnitt, wo es möglich ist, wieder nach oben zu steigen. Aber dazu müsste man ziemlich gut in Form sein. Unverletzt und stark. Ich würde das nicht ausprobieren wollen.«

»Danke«, sagte Ava. »Ich nehme an, ich kann darauf zählen, dass Sie nicht allzu viel über den Zustand reden werden, in dem ich gerade bin …«

»Ich bin Schotte, Ma'am«, sagte Kevin. »Wir haben eine stürmische Geschichte überstanden, weil wir loyal sind und die unheimliche Fähigkeit besitzen, unsere Lippen versiegelt zu lassen. Daran hat sich nichts geändert.«

Ava schenkte Kevin ein Lächeln, das, wie Callanach dachte, geeignet war, das Herz jedes schottischen Kriegers zum Schmelzen zu bringen, der je in Tantallon gegen die Engländer gekämpft hatte, ehe sie Callanachs Hand ergriff und ihn Richtung Ausgang zog.

Callanach öffnete Ava die Beifahrertür und half ihr beim Einsteigen.

»Das Royal Infirmary liegt auf unserem Weg zurück in die Stadt. Um diese Zeit dürfte nicht mehr viel los sein. Entspann dich einfach. In fünfzehn Minuten habe ich dich dorthin gebracht.«

»Hör bitte auf. Es sind nur ein paar Beulen und Blutergüsse. Es ist nichts gebrochen. Außer meinem Stolz wurde nichts sonderlich schwer verletzt. Bring mich einfach nur nach Hause.« Ava lehnte den Kopf zurück und schloss die Augen.

»Machst du Witze? Nach dem, was gerade passiert ist? Kannst du fühlen, wie groß die Beule an deinem Kopf ist? Komm schon, Ava, das ist eher dumm als halsstarrig.« Er startete den Wagen und fuhr los.

»Luc, bitte.« Langsam streckte sie die Hand aus und legte sie auf seinen Unterarm. »Was ich getan habe, war unbesonnen und unfair dir gegenüber. Wenn ein Officer unter meinem Kommando so ein Risiko eingehen würde, dann würde ich ihn suspendieren. Ich weiß selbst nicht so recht, was da in mich gefahren ist. Wenn du mich jetzt ins Krankenhaus bringst, wird die ganze Sache offiziell. Tu mir das nicht an, ja?«

Er seufzte. Zuzugeben, dass sie recht hatte, war gar nicht nötig. »Wie wäre es dann, wenn wir zu Ailsa nach Hause fahren und sie dich kurz untersucht?«

»Ich würde sie nur in Panik versetzen. Sie wäre wütend, und ich würde mir das noch ewig anhören müssen. Nein. Ich brauche nur ein heißes Bad, einen starken Drink und einen Erste-Hilfe-Kasten.«

»Natasha?«, versuchte er es mit einer anderen Alternative.

Avas beste Freundin würde genauso wütend sein, aber sie würde Ava zweifellos auch gern über Nacht unter Beobachtung halten, ohne erst großartig darüber nachzudenken.

»Die verbringt die meisten Nächte im Haus ihrer neuen Freundin. Würdest du bitte einfach aufhören? Ich bin kein Kind mehr. Der Schock war schlimmer als alles andere.«

»Hast du wenigstens Eis im Kühlschrank? Denn du wirst etwas für deinen Kopf brauchen.«

»Bin nicht sicher, aber die Beule kommt raus, also besteht keine Gefahr, richtig? Man muss nur in Panik verfallen, wenn keine Beule da ist.«

»Erinnere mich daran, dass ich dir niemals irgendwelche wichtigen medizinischen Entscheidungen für mich überlasse. Du bleibst bei mir. Es besteht immer noch das Risiko, dass du eine Gehirnerschütterung davongetragen hast, und du solltest nicht allein sein«, konstatierte er mit fester Stimme. »Keine Widerrede. Und bleib wach, während wir fahren. Wenn du jetzt einschläfst, dann wachst du im Krankenhaus wieder auf, ob es dir gefällt oder nicht. Mach dir gar nicht erst die Mühe, mir zu widersprechen.«

Ausnahmsweise verzichtete Ava auf jeglichen Protest, was Callanach alles verriet, was er über ihren wahren Zustand wissen musste.

Seine Wohnung in der Albany Street war auf der Vorderseite im ersten Stock eines viktorianischen Reihenhauses. Dort angekommen, wies er sie an, sich auf das Sofa zu setzen, während er einen Eisbeutel vorbereitete und ihr eine Decke holte.

»Ich lasse dir ein Bad ein«, sagte er. »Kannst du die Jeans allein ausziehen, oder brauchst du Hilfe? Dein linkes Bein ist übel aufgerissen, und ich muss mir den Schaden genauer ansehen.«

Ava starrte an ihrer Jeans hinunter, die auf der linken Seite beinahe in zwei Teile zerrissen war, als sie an der Mauer hängen geblieben war.

»Ist mir gar nicht aufgefallen«, sagte sie. »Ich schätze, du hast keinen Whisky, oder? Brandy oder Port würde es notfalls auch tun.«

»Ich mache Kaffee«, entgegnete er, strich ihr mit einem Waschlappen über die Beule am Kopf und legte dann den Eisbeutel auf. »Ich fürchte, Alkohol verträgt sich nicht gut mit Kopfverletzungen, was immer ihr Schotten auch unter solchen Umständen als traditionell angemessen betrachten mögt.«

»Spielverderber.« Sie knöpfte die Jeans auf und schälte sich heraus, schob ihr linkes Bein unter der Decke hervor und betrachtete die Wunde. »Ich schätze, ich werde in den nächsten paar Wochen keinen Rock tragen. Das sieht fies aus.«

Der Unterschenkel war vom Knie bis zum Fuß blauschwarz gefleckt, und sie hatte sich eine glücklicherweise nicht allzu tiefe, aber gut zwölf Zentimeter lange Risswunde zugezogen, die eine beeindruckende Narbe für ihre Sammlung hinterlassen würde.

Callanach reichte ihr einen dampfenden Becher und setzte sich ans Ende des Sofas. »Werden wir darüber reden, was du heute Abend getan hast?«

»Hast du vor, mich einer Psychoanalyse zu unterziehen? Ich finde das ziemlich langweilig, wie du weißt.« Sie nippte an dem Becher und rümpfte die Nase über die Stärke des Kaffees. »Das Zeug kann doch nicht gut für dich sein.«

»Wechsel nicht das Thema«, sagte Callanach, trat sich die

Schuhe von den Füßen und krempelte die Ärmel hoch. »Wenn du wirklich die äußere Wand nach forensischen Beweisen absuchen wolltest, dann hätten wir ein Team anfordern können. Ich weiß, das hätte länger gedauert, und wir hätten ins Blaue ermittelt, solange Ailsa mit ihrem Bericht nicht fertig ist, aber was du getan hast, hat gegen alle Regeln verstoßen. Und ich bin mitschuldig. Ich hätte das nicht zulassen dürfen, doch ich hätte auch nicht gedacht, dass du so …«

»Dumm bist? Idiotisch? Leichtsinnig? Ich werde mir keine Ausrede ausdenken. Es gab reale Gründe, heute Abend noch einmal zum Schauplatz zu gehen und nachzusehen, ob es irgendwelche weiteren Beweise gibt, die Ailsas Theorie stützen könnten. Ich hatte nicht vor, an der Wand herumzuklettern. Ich hatte nur plötzlich so einen Adrenalinstoß. Dieses dunkle, wilde Gefühl der Abenteuerlust.« Sie stellte den Kaffee ab und rückte den Eisbeutel auf ihrem Kopf zurecht. »Ich weiß auch nicht, Luc. Ich habe so viel Zeit damit verbracht, am Schreibtisch zu sitzen, Papierkram zu erledigen, Anweisungen zu erteilen und andere Leute zu Tatorten zu schicken oder mir die Erlebnisse anderer Officers anzuhören. Es kommt mir vor, als hätte ich den Bezug zu einfach allem verloren, was mich bewogen hat, Polizistin zu werden. Alle Polizisten haben eine kräftige Dosis Heldensyndrom abbekommen. Darum werfen wir uns mitten in Auseinandersetzungen und – ja – baumeln an hohen Mauern, um dieses eine Beweismittel zu sichern, das morgen nicht mehr da sein wird. Ich habe keine Todessehnsucht. Ganz im Gegenteil. Ich will mich wieder lebendig fühlen.«

»Verdammt, ich habe das Bad vergessen«, fluchte er und flitzte in sein Schlafzimmer.

Sie hörte, wie er das Wasser abdrehte. Dann knallten Schranktüren. Als er wiederkam, hatte er zwei große karmesinrote Handtücher bei sich und hielt ihr die Hand hin, um ihr aufzuhelfen.

»Ava, ich verstehe, dass du das Gefühl hast, du würdest festsitzen, aber du hättest heute Abend sterben können. Das ist mehr als nur Langeweile wegen der Schreibtischarbeit.«

»Es ist nicht nur mein Schreibtisch«, ächzte sie, als sie in Richtung Badezimmer humpelte. »Da ist nichts – und niemand –, was zu Hause auf mich warten würde. Die Arbeit ist mein ganzes Leben. Wenn ich also nicht mehr so recht weiß, warum ich sie mache … Gott, hör sich einer mein Gejammer an. Ich liebe meinen Job, das weißt du. Aber ich bin jetzt Mitte dreißig. Ich hatte seit Ewigkeiten keine Beziehung mehr, und mein letzter Versuch war ein Desaster. Meine beste Freundin nennt mich einen Arbeitsprozess auf Beinen, was witzig wäre, wenn es nicht wahr wäre. Ich gehe nicht aus. Ich nutze keine sozialen Medien. Verdammt noch mal, ich kann nicht mal kochen! Wie traurig ist es, wenn man nur die Stunden zählt, bis man wieder an den Schreibtisch zurückkehren kann, den man bereits zu hassen anfängt?«

Sie ließ die Decke auf den Boden des Badezimmers fallen und zog sich das Top über den Kopf. Callanach wandte sich ab, um ihr ein wenig Privatsphäre zu lassen. Ava wimmerte leise, als sie in das heiße Wasser glitt.

»Ich lasse dir etwas Zeit für dich«, sagte Callanach und streckte die Hand nach dem Türgriff aus.

»Kannst du nicht einfach bleiben?«, fragte Ava leise. »Ich meine, mit dem Rücken zu mir, natürlich. Ich mag ja traurig und einsam sein, aber verzweifelt bin ich noch nicht.«

»Charmant.« Er lachte und setzte sich in die Tür, starrte dabei aber in sein Schlafzimmer, wo sein Koffer noch unausgepackt auf dem Boden stand. Seinen Pass hatte er achtlos auf die Tagesdecke geworfen. »Schwindelig?«

»Ein bisschen«, gestand Ava, tauchte ihr Haar rückwärts ins Wasser und verzog das Gesicht, als sie die wolkenartigen roten Wirbel sah, die ihm entströmten. »Hey, danke, dass du auf mich aufpasst. Und es tut mir leid, was ich dir da oben angetan habe. Ich habe dich nicht einmal gefragt, ob du verletzt bist.«

»Ich habe mir nur ein paar Prellungen zugezogen, als du auf mir gelandet bist. Dafür, dass du nicht kochen kannst, isst du offensichtlich gut.«

Ava lachte. »Mistkerl«, sagte sie und warf ihm einen nassen Waschlappen an den Hinterkopf.

Sie wussten beide, dass das nicht wahr war. Ava war dünner denn je. Callanach war nur wenige Wochen weg gewesen, aber das war ihm sofort aufgefallen, als er sie im Leichenhaus gesehen hatte.

»Also, ich hoffe, es stört dich nicht, wenn ich frage, aber trotz all deiner medizinischen Vorschläge hast du Selina gar nicht erwähnt. Ist alles in Ordnung? Nur, weil ich es logisch gefunden hätte, wenn du angeboten hättest, deine Rettungsarztfreundin nach mir sehen zu lassen.«

Callanach streckte die Arme über den Kopf und holte tief Luft. »Ex-Freundin. Einvernehmlich und freundschaftlich, und ich bin sicher, wenn ich sie gefragt hätte, hätte sie sich nur zu gern um dich gekümmert. Aber es hätte sich angefühlt, als würde ich sie ausnutzen, wenn ich bedenke, wie sehr ich sie enttäuscht habe.«

»Dann war das deine Entscheidung, nicht ihre? Halt mich auf, wenn ich zu neugierig bin.«

»Gut. Ich halte dich auf. Du bist zu neugierig«, antwortete er milde.

»Ist sie nicht mit dir nach Paris gefahren?«, bohrte Ava weiter.

»Tsts«, machte Callanach. »Ernsthaft?«, fragte er.

»Na ja, ich bin nackt und in deinem Bad, also fühle ich mich irgendwie ein bisschen dazu berechtigt, dich nach deinem Privatleben zu fragen, besonders, nachdem ich dir gerade mein Herz darüber ausgeschüttet habe, was für eine jämmerliche Versagerin ich bin.«

»Dir ist aber schon klar, dass ich dir gerade erst das Leben gerettet habe. War das nicht genug? Schulde ich dir deiner Ansicht nach noch ein bisschen von meinem Blut?«

Er drehte sich um, um sie mit einem starren Blick zu fixieren, und vergaß ganz, dass er versprochen hatte, in die andere Richtung zu sehen – nicht, dass ihre Sittsamkeit aus diesem Winkel hätte kompromittiert werden können. Alles, was er erkennen konnte, waren der obere Teil ihres Kopfes und ihre Augen, unter denen sie zweifellos ungebärdig grinste.

»Wir haben darüber gesprochen, dass sie nach Paris kommen könnte, aber ich hatte zu viel mit meiner Mutter zu klären. Selina hat vorgeschlagen, wir könnten später im Jahr zusammen einen Urlaub buchen – im Sommer, irgendwas, worauf wir uns freuen könnten. Aber ich habe gewusst, dass das nicht richtig wäre. Sie ist wirklich eine tolle Frau.«

»Viel zu gut für dich«, sagte Ava sanft.

»Richtig. Wie auch immer, ich habe es ihr gesagt, kurz bevor ich abgereist bin. Sie wollte, dass ich, während ich fort bin, noch eine Weile darüber nachdenke, damit wir es vielleicht doch noch mal versuchen können, aber ich vergeude nur ihre Zeit. Sie muss frei sein, damit sie den Mann finden kann, den sie verdient. Ich hatte eigentlich vor, sie heute Abend anzurufen und ihr das klarzumachen, aber dann hast du beschlossen, diesen kleinen Stunt hinzulegen.«

»O Gott, das tut mir leid, Luc. Warum kann das Leben nicht mal einfach sein?«

»Zumindest hast du mich auf andere Gedanken gebracht. Bist du schon bereit, wieder rauszukommen?«

»Ja. Jetzt bin ich müde«, sagte sie. »Würdest du mir aufhelfen? Meine Muskeln fangen an, sich zu verkrampfen.«

»Klar«, sagte er. »Ich mache auch die Augen zu, versprochen.«

»Das möchte ich dir auch raten. Ich könnte die Enttäuschung in deinem Gesicht nicht ertragen, wenn du nach Selinas eins siebzig langen Beinen und ihrer allseitigen spanischen Pracht mich zu sehen bekommst.« Sie streckte eine Hand aus und legte sie auf Callanachs Schulter, ehe sie vorsichtig aus der Wanne stieg und nach einem Handtuch griff. »Okay, ich bin wieder schicklich.«

»Warum machst du das immer?«, fragte er.

»Um Hilfe beim Aus-der-Wanne-Steigen bitten? Ich weiß nicht, ob ich es mir zur Gewohnheit …«

»Dich selbst herabsetzen und alles ins Lächerliche ziehen. Siehst du dich wirklich so? Oder willst du nur Männer verscheuchen?«, fragte Callanach, während er sie mit dem Arm stützte und aus dem Badezimmer führte.

»Es ist zu spät für ein ernsthaftes Gespräch«, sagte sie. »Du schläfst in deinem Bett. Ich bin dir sowieso schon genug zur Last gefallen. Ich nehme das Sofa.«

»Nein, das tust du nicht. Du wirst im Bett schlafen, und ich bleibe an deiner Seite. Mir gefällt diese Beule gar nicht. Du solltest nicht allein sein. Jetzt leg dich hin, ich muss deine Wunden mit ein paar Steri-Strips versorgen.«

»Wie kommt es, dass mir nicht früher aufgefallen ist, wie herrisch du bist?« Sie lächelte und ließ sich auf die Kissen sinken.

»Du bist eben bisher nie fast von einer Burg gestürzt, wenn ich für deine Sicherheit verantwortlich war«, entgegnete er, pulte die Wundverschlussstreifen aus der Packung und legte sie im Abstand von gut zwei Zentimetern über der Wunde an ihrem Bein an.

»Das war furchtbar«, sagte Ava plötzlich sehr ernst und kaute an ihren Fingernägeln. »Ich dachte wirklich, ich würde stürzen. Es schien Stunden zu dauern, und ich habe alles so überdeutlich wahrgenommen. Jeden Teil meines Körpers, das Gewicht, das an meinen Händen hing, den Schmerz in den Schultern, dein Rufen. Ich konnte das Blut schmecken, das mir über den Kopf gelaufen ist. Und ich wollte wirklich, wirklich nicht fallen. Ich hoffe, unser toter Mann hat so etwas nicht empfunden. Ich habe schon früher Angst gehabt, Luc, aber nie so wie da, nie so unkontrolliert. Es hat sich vollkommen ausweglos angefühlt.«

Callanach beendete seine Arbeit und blickte auf. Ava hatte Tränen in den Augen und war trotz des heißen Bades leichenblass. Das Auge unter der Beule färbte sich allmählich dunkel. Er konnte an einer Hand abzählen, wie oft er sie seit ihrem ersten Zusammentreffen hatte weinen sehen, und sie war mehr als nur einmal durch die Hölle gegangen. Er zog die Decke über sie, um sie warm zu halten. Dann dämpfte er das Licht und zog die Vorhänge zu, bevor er sich neben ihr ins Bett legte und einen Arm unter ihren Nacken schob.

»Jetzt ist alles wieder in Ordnung«, sagte er. »Du bist in Sicherheit. Schlaf. Ich werde hier sein, falls es dir irgendwie schlecht geht oder du einen Albtraum hast oder … irgendwas.«

Einige Minuten schwieg sie und weinte nur stumm an seiner Schulter.

»Ich werde dir nicht dafür danken, dass du mir das Leben gerettet hast«, sagte sie dann. »Es reicht nicht, so etwas einfach nur zu sagen. Ich wüsste ja nicht mal, wo ich anfangen soll. Ich konnte in meinem ganzen Leben noch nie jemandem so vertrauen wie dir. Natasha vielleicht, aber das ist nicht das Gleiche. Ich schulde dir alles, Luc. Sosehr ich hasse, was dich nach Schottland geführt hat, ich bin froh, dass du hier bist. Geh nie wieder weg.« Dann schloss sie die Augen und entspannte sich im Schlaf, einen Arm über seine Brust gelegt.

»Ich werde dich nie verlassen«, flüsterte er. »Darüber musst du dir keine Sorgen machen.«

Kapitel fünf

4. März

Im Major Investigation Team brummte es förmlich. Ausnahmsweise hatte sogar Detective Superintendent Overbeck das Besprechungszimmer mit ihrer Anwesenheit beehrt. Nun stand sie vor der versammelten Mannschaft und sah auf ihre Uhr, als Ava eintrat. Die rechte Seite ihres Gesichts war bemerkenswerterweise unversehrt, aber ihr linkes Auge war blauschwarz verfärbt. Die Risswunde, die sich über den Wangenknochen zog, war mit Klammerpflastern verschlossen, und die Beule an ihrer Stirn hatte ein halbes Ei so perfekt nachgebildet, dass sie beinahe irreal wirkte. Overbeck starrte sie mit verschränkten Armen und offenem Mund an. Ava ging direkt zu ihr, um sich zu entschuldigen.

»Fangen Sie gar nicht erst an«, sagte Overbeck, ehe Ava auch nur ein Wort herausbekam. »Bezahlt die Police Scotland wirklich so schlecht, dass Sie als Komparsin für einen verdammten Zombiefilm vorsprechen mussten? Sagen Sie mir nicht, Sie waren zu dem Zeitpunkt im Dienst, denn Sie werden das Department nicht verklagen wegen dem wie auch immer gearteten Mist, den Sie da gebaut haben.«

»Darüber müssen Sie sich keine Sorgen machen, Ma'am«, versicherte ihr Ava.

Overbeck war absolut direkt, was immerhin bedeutete, dass die meisten Gespräche mit ihr sehr kurz ausfielen – man sollte auch für kleine Dinge dankbar sein.

»Gut, dann weiter im Text.« Overbeck drehte sich wieder zu der Menge um und knallte einen zurückgelassenen Becher auf einen Tisch, um für Ruhe zu sorgen. »Schön, nun, da sich der Detective Chief Inspector zu uns gesellt hat, auch wenn der Anblick Ihnen heute vielleicht nicht besonders zusagen wird …«

Das brachte Overbeck einen Lacher ein. Eines, so dachte Ava, musste man ihr lassen. Ihr Boss verpasste keine Gelegenheit, sich vor Publikum wirkungsvoll in Szene zu setzen.

»Ich möchte Ihnen die Neuzugänge des MIT vorstellen und« – Overbeck unterbrach sich, um einen Blick auf ihre Notizen zu werfen – »Max Tripp zu seiner Beförderung zum Detective Sergeant gratulieren. Die meisten von Ihnen haben inzwischen schon eine Weile mit DS Tripp zusammengearbeitet, und ich bin überzeugt, Sie sind alle froh, dass es in Ihrem Team nun einen jüngeren, fitteren und weniger ausfälligen Sergeant als DS Lively gibt.«

Das löste donnerndes Gelächter aus, und Lively schien die Aufmerksamkeit zu genießen, auch wenn sie mit einer Schleife aus Kränkungen geschnürt worden war. Ava sah von Overbeck zu Lively. Es war erst ein paar Monate her, dass sie ihre absatzbewaffnete Vorgesetzte, selbst erklärte Königin der Zicken, in flagranti mit dem mürrischen, starrköpfigen Sergeant erwischt hatte, ein Bild, das sie immer noch nicht aus ihrem Gedächtnis hatte tilgen können. Die beiden waren ein dermaßen ungleiches Gespann, wie man es sich kaum vorstellen konnte, und trotzdem hatte Overbeck es geschafft, Ava das Gefühl zu vermitteln, sie selbst wäre der hoffnungslose Fall.

»Ach, im Grunde lieben Sie mich doch, Ma'am«, schoss Lively unerschrocken zurück.

Ava wartete auf die Explosion ihrer Vorgesetzten. Ihre Affäre hatten sie geheim gehalten, und Lively bettelte förmlich um Ärger, wenn er sich vor der Truppe mit ihr anlegte.

»Richtig, Sergeant«, sagte sie lächelnd. »Genauso, wie ich meine Schuhe liebe. Ich kann sie jeden Tag treten, sie gehen, wohin ich will, und wenn irgendwo Scheiße lauert, dann klebt sie anschließend an meinen Schuhen und nicht an mir. Und schließlich, wenn sie alt und gammelig werden, werfe ich sie in den Müll, und es ist, als hätten sie nie existiert.«

Dieses Mal erntete sie nicht nur Gelächter, sondern auch Applaus. Overbeck wirkte zur Abwechslung nicht nur arrogant, sondern auch überaus zufrieden mit sich selbst. Ava war fassungslos. Sergeant Lively kam mit so viel Mist durch, und Overbeck maßregelte ihn nicht mal, sondern trug ihrerseits zu seinem Renommee bei den Jungs bei.

»Also schön«, sagte Overbeck, als ihr Ego genug Heiterkeit aufgesogen hatte. »Unser neuestes Teammitglied ist uns schon früher einmal von ihrer Dienststelle ausgeliehen worden, ehe sie in den Mutterschaftsurlaub gegangen ist. Ich freue mich, Ihnen zu sagen, dass sie nun in Vollzeit mit Ihnen arbeiten wird. Darum bitte ich Sie alle, ihr Ihren wahren Charakter nicht zu zeigen, ehe sie sich ein bisschen eingewöhnen konnte. Seien Sie so nett und stehen Sie auf, DC Janet Monroe.«

Die zierliche, hübsche hispanische Polizistin tat wie geheißen und sah mit ihrem zu einem Pferdeschwanz frisierten, glänzenden dunklen Haar in dem männlich dominierten Raum völlig unbefangen aus. Ava war erpicht darauf, mehr Frauen für das MIT anzuwerben, doch das war ein langsamer Prozess, und die Macho-Atmosphäre war da auch nicht gerade hilfreich. Aber Janet Monroe war zäh, klug und ihren neuen Kollegen mehr als gewachsen.

»Und schließlich ist da noch unser neuer Detective Inspector. Ich fürchte, wir konnten dieses Mal niemanden von Interpol importieren, dafür werden sie vielleicht imstande sein, seinen Akzent zu verstehen.«

Da war er, der Seitenhieb auf Callanach, auf den Ava schon gewartet hatte. Sie sah sich im Raum nach ihm um, doch er zuckte nur mit den Schultern. Er war derartige Schmähungen gewohnt.

»Zu uns versetzt und befördert nach einer langen und erfolgreichen Zeit in den Undercover-Teams überall in Schottland, Detective Inspector Pax Graham.«

Graham erhob sich. Er hatte im Hintergrund gesessen, doch er konnte sich auch im überfülltesten Raum kaum verstecken. Ava fragte sich, wie er überhaupt als verdeckter Ermittler hatte ausgewählt werden können, und zwar nicht nur wegen seiner Größe. Er war ein Berg von einem Mann – zu hundert Prozent ein Rugby spielender Highlander.

Beim Einstellungsgespräch war Overbeck beinahe mädchenhaft aufgetreten und hatte nicht einmal geflucht. Ava ließ sich von den Muskeln nicht beeindrucken, aber Graham hatte sich beim letzten großen Einsatz des Departments als unbezahlbar erwiesen. Er beugte die Regeln, wenn es nötig war, um voranzukommen, und er hatte sich vertrauenswürdig und vernünftig gezeigt.

Ava war ziemlich sicher, dass er nicht nur auf die Beförderung aus war. Sie hatte keine Zeit für Polizisten, denen es allein darum ging, die Karriereleiter so schnell wie möglich zu erklimmen. Darum ging es bei ihrer Arbeit nicht. Pax Graham hatte seinen Anteil an Gefahren und Unannehmlichkeiten bekommen. Er war bei seinen Vorgesetzten beliebt, wie seine Referenzen bewiesen hatten, aber auch seine Kollegen mochten ihn, was eine erheblich bedeutendere Anerkennung darstellte. Man konnte der beste Manager auf Erden sein, wenn die Männer und Frauen, die einem unterstellt waren, einen nicht mochten, dann respektierten sie einen auch nicht.

Graham kam nach vorn, begleitet von eifrigem Schulterklopfen und etlichen Gratulationen. Overbeck schüttelte ihm die Hand und überließ ihm die Bühne.

»Danke.« Er grinste. »Manche von Ihnen haben schon bei früheren Einsätzen mit mir zusammengearbeitet, aber falls nicht, dann werden Sie bald merken, dass ich mich nicht in den Vordergrund spiele und mich auf die Arbeit konzentriere. Ich freue mich darauf, Seite an Seite mit DI Callanach zu arbeiten.«

Während er mit seiner Vorstellung fortfuhr, stand DS Lively auf, bahnte sich einen Weg durch die Menge und bezog neben Ava Position.

»Gab es keine anderen passenden Bewerber für den Posten?«, flüsterte er. »Das ist, als hätte jemand eine Cartoon-Figur von einem Schotten aus dem achtzehnten Jahrhundert zum Leben erweckt.«

»Das ist doch nicht Ihr Ernst«, murmelte Ava. »Sind Sie denn verdammt noch mal nie zufrieden? Wissen Sie noch, wie Sie DI Callanach anfangs durch die Mangel gedreht haben, weil er Franzose ist? Jetzt bekommen sie einen archetypischen Kelten, und Sie mosern immer noch.«

»In dem Punkt haben Sie recht. Haben Sie den Ausdruck im Gesicht vom Boss gesehen? Das ist mehr als nur professionelle Höflichkeit.« Lively verschränkte die Arme vor der Brust und setzte eine finstere Miene auf.

Ava lächelte ihn an. »Sergeant, sind Sie etwa eifersüchtig? Bitte sagen Sie ja. Das würde mich in einer Weise erfreuen, von der ich angenommen hatte, dass ich dafür inzwischen längst zu zynisch geworden bin.«

»Mit dem nötigen Respekt, Ma'am, Sie können mich mal«, erwiderte Lively. »Also, mit wem haben Sie sich geprügelt?«

»Mit einer Mauer«, antwortete Ava. »Hab mich verschätzt.«

»Schade, dass ich das verpasst habe«, sagte Lively, der prompt wieder zur alten Form aufgelaufen war.

»Es hätte Ihnen gefallen. Ich überlege, wem ich Sie beim nächsten Einsatz zuteilen soll. Sagen Sie mir Bescheid, ob Sie lieber in DI Grahams Team wollen oder ob Sie es vorziehen, bei Callanach zu bleiben.«

DS Lively stöhnte. »Kann ich im Lagezimmer bleiben und Donuts essen?«

»Ich glaube, damit haben Sie schon genug Zeit verbracht«, entgegnete Ava mit einem ostentativen Blick auf Livelys Leibesmitte. »Hey, vielleicht freut sich Overbeck deswegen so, dass sie Graham einstellen konnte. Ein bisschen was fürs Auge. Vielleicht sind Sie ja jetzt nicht mehr so angesagt.«

»Das ist ein bisschen zu persönlich, Ma'am. Ich bin nicht überzeugt, dass Sie mit einem Ihnen unterstellten Officer so reden dürfen. Vielleicht sollte ich mich mal mit der Personalabteilung unterhalten.«

»Das könnten sie …« Ava senkte die Stimme noch ein bisschen mehr. »Aber dann müsste ich erklären, dass meine Bemerkungen damit in Verbindung stehen, dass ich Sie nackt mit dem Evil Overlord da drüben gesehen habe. Dann steht Ihnen womöglich eine nicht ganz so vergnügliche Unterhaltung mit der Personalstelle bevor, meinen Sie nicht?«

»Das war unter der Gürtellinie«, brummte er. »Warten Sie mal, Sie sind dran. Versuchen Sie, nicht gleich seine ganzen eins dreiundneunzig zu besabbern, ja?«

Alle Augen richteten sich auf Ava. Sie bahnte sich einen Weg durch die Stuhlreihen und wünschte, ihre Leute würden ihr in die Augen sehen, aber stattdessen konzentrierten sich alle auf die Beule an ihrem Kopf. Ihre eigene Schuld. Als sie erwacht war, war sie sich fürchterlich blöd vorgekommen – von der Verwirrung darüber, dass sie sich im Bett ihres Detective Inspectors wiedergefunden hatte, ganz zu schweigen. Das war ein Novum, und sie hatte keine Ahnung, wie sie das hatte zulassen können, auch wenn sie eng befreundet waren. Warum sie beschlossen hatte, über die Mauer von Tantallon Castle zu klettern, konnte sie sich ebenso wenig erklären. Vage erinnerte sich Ava an das Gefühl, cool und heldenhaft zu sein, beinahe, als hätte sie vor Callanach angeben wollen, was natürlich lächerlich war. Sie hatten genug knifflige Situationen durchgestanden, dass sie nichts mehr beweisen musste. Aber anfangs hatte es sich wirklich gut angefühlt, sich in den Wind zu lehnen, nach Beweisen zu suchen und sich wie eine idiotische Filmheldin allen Widrigkeiten entgegenzustellen. Nun jedoch spukte ein und dieselbe Frage durch sämtliche Köpfe, und das ganze MIT würde brodeln vor Gerüchten und Spekulationen, bis sie sich selbst der Sache annähme.

»Willkommen DC Monroe und DI Graham«, sagte sie. »Sie fangen beide heute an, also achten Sie bitte alle darauf, ihnen zu zeigen, wie wir arbeiten und wie unsere normalen Abläufe aussehen. Wir haben zwei Fälle, die demnächst vor Gericht gehen, darum sorgen Sie bitte dafür, dass sämtliche zugehörigen Papiere dafür bereit sind.« Stille. Schön. »Ich habe mir letzte Nacht einen möglichen Tatort angesehen, basierend auf den Informationen, die ich von der Pathologin erhalten hatte. Ich bin ausgerutscht und gestürzt – es waren schwierige Bedingungen. Dabei habe ich mir den Kopf an einer Wand gestoßen. Es sieht schlimmer aus, als es ist, und ich bin uneingeschränkt dienstfähig. Also, wie ich mich erinnere, sind die frisch Beförderten verpflichtet, dem Rest der Truppe Drinks zu spendieren, daher gehe ich davon aus, dass DI Graham und DS Tripp sich heute Abend nach Schichtende in einem passenden Pub bereithalten.«

Das reichte, um alle von ihren Verletzungen abzulenken, und löste eine frische Runde lautstarker Kommentare aus, was Ava Gelegenheit gab, in Richtung Korridor zu flüchten. Leise verschwand sie um die Ecke und ging zu ihrem Büro.

»Ma'am«, grollte eine Stimme hinter ihr. Sie drehte sich um

und sah DI Graham auf sich zukommen. »Sie kommen aber heute Abend auch auf ein Bier vorbei, oder?«

»Das kann ich noch nicht sagen«, antwortete sie. »Die Leute lassen sich gern ein bisschen gehen, wenn sie zusammen losziehen. Den DCI dabeizuhaben, ist da nicht gerade förderlich.«

»Meine Party, meine Regeln«, konterte er.

Er überragte Ava um beinahe dreißig Zentimeter, und aus der Nähe musste sie den Kopf in den Nacken legen, um ihm in die klaren blauen Augen zu schauen. Es war nicht verwunderlich, dass Lively sich von ihrem Neuzugang einschüchtern ließ.

»Sagen Sie mir einfach, wohin Sie gehen. Meine Mobilnummer ist auf der Kontaktliste der Abteilung verzeichnet. Das Erste, was Sie tun sollten, ist, all diese Nummern in Ihrem Telefon zu speichern. Vielleicht komme ich auf ein schnelles Getränk vorbei.«

»Ich wäre gekränkt, wenn Sie nicht kämen.« Er lächelte. »Brauchen Sie mich derzeit für irgendetwas Bestimmtes?«

»Gewöhnen Sie sich einfach eine Weile ein, solange Sie die Gelegenheit dazu haben. Hier beim MIT müssen wir uns nicht um Arbeit bemühen, sie findet uns von selbst«, sagte sie, winkte ihm zum Abschied noch einmal zu und bemühte sich, nicht zu humpeln, als sie ihren Weg fortsetzte.

Als sie endlich ihr Büro erreicht hatte, schmerzte ihr Bein, und Callanach wartete mit einem Kaffee und Paracetamol auf sie.

»In Anbetracht dessen, dass du mir das Leben gerettet hast, bin ich ziemlich sicher, ich sollte dir Kaffee bringen«, sagte sie, ließ sich auf einen Stuhl fallen und legte eine Hand an die Stirn.

»Wenn du wirklich denken würdest, du stündest in meiner Schuld, dann hättest du dich heute krankmelden sollen, wie ich es dir vorgeschlagen habe.« Callanach schüttelte zwei Tabletten aus der Packung in ihre Hand.

»Klar, Overbeck hat ja auch so viel übrig für Leute, die nicht zu den von ihr anberaumten Besprechungen erscheinen. In dem Punkt finde ich sie ganz besonders verständnisvoll.«

Ava warf sich die beiden Tabletten in den Mund und schluckte. Das Telefon auf ihrem Schreibtisch fing an zu klingeln, während sie noch damit beschäftigt war, sie mit Kaffee hinunterzuspülen. Fahrig wedelte sie mit der Hand vor Callanach, der an ihrer Stelle abnahm.

»Ist da Ava?«, zwitscherte Dr. Ailsa Lamberts durchdringende Stimme durch die Leitung.

Callanach gefiel gut, dass sie Avas Rang nie zur Sprache brachte. »Nein. Hier ist Callanach. Kann ich helfen?«

»Das können Sie allerdings. Wir haben eine positive Identifizierung Ihres Sturzopfers. Seine Fingerabdrücke waren in der nationalen Datenbank wegen eines Vorfalls, bei dem er mit einer Offensivwaffe auf dem Rücksitz eines Taxis gesessen hat. Wie es aussieht, überlegt der Staatsanwalt noch, ob er der Sache nachgehen soll oder nicht.«

Callanach schnappte sich Stift und Papier. »Name?«, fragte er.

»Stephen Berry. Hat in der Stadt gewohnt. Keine weiteren Verurteilungen. Ich habe meinen Bericht bis auf den Tox-Screen fertig und hoffe, ich kann Ihnen morgen alles liefern.«

»Ich gehe dem gleich nach. Danke, Ailsa.«

Er setzte sich an Avas Computer und suchte die Datei zu dem Fall Stephen Berry heraus, der dem Büro der Staatsanwaltschaft übergeben worden war.

»Was haben wir?«, fragte Ava.

»Der Mann mit den fehlenden Fingernägeln heißt Stephen Berry, zweiunddreißig Jahre alt. Als Adresse ist eine Wohnung an der Comely Bank Row angegeben. Er war auf Kaution draußen, nachdem er einem Taxifahrer während der Fahrt ein großes Messer gezeigt hat. Bisher wurde keine Anklage erhoben, aber es ist nicht klar, warum. Ich werde mir Tripp schnappen und das überprüfen. Und du bleibst auf diesem Stuhl sitzen und ruhst dich etwas aus.«

»Mhm, und schick jemanden her, der mir die Füße massiert, ja?«

»Immer noch zu Scherzen aufgelegt, obwohl du beinahe von einer Burg gestürzt wärst. Ich rufe an, sobald ich neue Informationen habe.«

Eine Stunde später waren Callanach und Tripp unterwegs in die Stadt zu einem Gebäude, bei dem es sich dem Anschein nach um ein Privathaus handelte. Die Fenster waren verdunkelt, und die Tür war mit einem Videosystem ausgestattet. Eine Minute, nachdem sie geklingelt hatten, ließ eine junge Frau sie ein und brachte sie in einen behaglichen Salon, in dem Lautsprecher leise Musik verbreiteten. Kunstwerke zeigten ruhende Gewässer, neblige Wälder oder Sonnenaufgänge in der Wüste.

Max Tripp ergriff eine Broschüre, die auf dem Tisch gelegen hatte, und las vor: »›Die *Reach-You*-Stiftung wurde 2002 gegründet. Sie unterhält sechs Anlaufstellen, ist in diversen Kliniken und Suchthilfegruppen präsent und erreichbar über Ihren Hausarzt, ein Krankenhaus oder Hospiz. Hinzu kommt ein Sorgentelefon, das rund um die Uhr im Dienst ist.‹ Diese Leute sind wirklich gut gerüstet. Hier steht, sie hätten 2006 eine Zuwendung von der National Lottery erhalten, die es ihnen ermöglicht hat, zusätzlich zu einem großen Team aus Ehrenamtlichen mehrere Vollzeitmitarbeiter einzustellen.«

»So ist es«, sagte ein Mann beim Eintreten und reichte Tripp die Hand. »Ich bin Rune Maclure. Wie kann ich Ihnen helfen?«

»Ich bin DC … DS Tripp«, stammelte Max, »und das ist DI Callanach. Ich fürchte, wir haben eine traurige Nachricht zu überbringen. Sie waren im letzten Monat behilflich, einen Mann, der sich von der Queensferry Crossing stürzen wollte, vom

Sprung abzuhalten. Wir haben Ihren Namen aus dem Polizeibericht.«

»Stephen Berry«, sagte Maclure leise und sah plötzlich sehr betroffen aus. Er setzte sich und nahm sich einen Moment Zeit, ehe er wieder das Wort ergriff: »Können Sie mir sagen, was passiert ist?«

»Er starb nach einem Sturz von den Mauern von Tantallon Castle. Er war sofort tot. Die Pathologin ist überzeugt, dass er nicht gelitten hat«, sagte Callanach.

»Danke. Ich fürchte, das Problem mit Suizid ist das Leiden, das notwendig ist, um an einen Punkt zu gelangen, an dem man mit allem Schluss machen will. Eine Sekunde Todesqualen am Ende ist für die meisten Leute, mit denen ich es zu tun habe, kaum einen Gedanken wert.«

»Natürlich«, stimmte Callanach zu. »Können Sie uns sagen, was Sie über ihn wissen?«

»Nicht sehr viel, um ehrlich zu sein. *Reach You* steht auf der Liste der Notdienste, die Experten bereitstellen, um bei Selbstmordversuchen – solchen, die direkt bevorstehen oder fehlgeschlagen sind – zu helfen. Auch Leuten, die danach Unterstützung benötigen. Ich nehme an, der Taxifahrer hat die Sache gemeldet, kaum dass Stephen ausgestiegen war. Die Polizei hat unsere Telefonzentrale angerufen, und die hat einen Rundruf abgesetzt, um zu sehen, ob jemand in der Nähe ist. Ich war nicht weit vom Ort des Geschehens und konnte in wenigen Minuten bei ihm sein.«

»Das war Glück«, sagte Tripp.

»Eigentlich nicht. Am Ende hat es ihn doch nicht gerettet, nicht wahr?« Maclure rieb sich die Schläfe. »Unsere Statistik sieht ziemlich gut aus. Die meisten Leute ziehen es nicht durch, sie müssen lediglich begreifen, wo sie stehen. Von denen, die es versuchen, ist nur ein kleiner Teil erfolgreich, entweder, weil ihr Lebenswille plötzlich aufflackert und ihre Bemühungen sabotiert, oder weil sie nicht gut genug recherchiert haben. In Schottland gibt es jedes Jahr um die siebenhundert Suizide, mehr Männer als Frauen, und die größte Gruppe fällt in Stephens Altersklasse.«

»Wie haben Sie ihn von seinem Vorhaben abgebracht?«, fragte Callanach.

»Es gab jemanden, der ihm wichtig war, eine junge Frau. Ich fürchte, ihr Name fällt mir nicht mehr ein, aber er befindet sich in meinen Notizen, falls Sie ihn brauchen. In der Hitze des Augenblicks fällt es mir oft schwer, mir Einzelheiten zu merken. Die beiden haben eine ernste Beziehung geführt, sich aber kurz zuvor getrennt. Ich habe ihn überredet, sie anzurufen. Meiner Erfahrung nach führt der Kontakt zu einer wichtigen Person oft zu einer Meinungsänderung. Stephen ist auf dem Geländer abgerutscht, ehe er anrufen konnte, hat erkannt, dass er in diesem Moment nicht sterben wollte, und ich konnte ihm wieder hochhelfen.«

Callanach war, als würde der Raum um ihn herum verschwimmen. Wieder sah er, wie Ava ihm entglitt, durchlebte erneut, wie sicher er gewesen war, dass er sie fallen lassen würde, wie er den entsetzlichen Verlust bereits spürte, noch ehe sie fort war. Das bloße Potenzial an Trauer hatte ihn mit überwältigender Gewalt erwischt.

»Ist alles in Ordnung?«, fragte ihn Maclure.

»Ja, tut mir leid. Ich habe mir nur vorgestellt, wie beängstigend das gewesen sein muss. Für ihn und für Sie«, antwortete Callanach.

»Wir sind einfach dafür ausgebildet, stets alles zu tun, was wir können. Wenn wir die Verantwortung für jeden übernehmen würden, mit dem wir in Kontakt kommen … nun, wer das tut, hält es in diesem Job nicht lange aus. Ich war wirklich froh, als er heruntergekommen ist. Die Polizei hatte natürlich einige Fragen an ihn, aber ich habe eine Aussage zu seinen Gunsten gemacht und die Polizei gebeten, ihn wegen des Messers nicht zu belangen. Sie sagten, sie würden die Sache weiterleiten, um eine schnelle Entscheidung herbeizuführen.«

»Warum hat er es getan?«, fragte Callanach.

»Stephen war bipolar. Die Medikamente, die ihm verschrieben wurden, haben nicht dauerhaft geholfen, eine Erfahrung, die viele seiner Leidensgenossen machen müssen. Alle vorzeitigen Tode sind tragisch, aber wenn sie durch ein Problem bei den Neurotransmittern ausgelöst werden, wie soll man das als Angehöriger verarbeiten? Wir können Menschen zum Mond schicken, doch die Medizin ist nicht weit genug fortgeschritten, um so etwas zu behandeln. Das ist so eine Verschwendung.« Maclure schüttelte den Kopf, faltete die Hände im Nacken und starrte zur Decke empor. »Es tut mir leid, Sie sind hier, weil Sie Hilfe brauchen, nicht, um sich mein Gejammer anzuhören.«

»Ich glaube, das steht Ihnen zu«, sagte Tripp. »Ich kann mir nicht vorstellen, wie Sie das Tag für Tag bewältigen.«

»Ich versuche, etwas zu bewirken, genau wie Sie«, entgegnete Maclure. »Ich sehe immer noch eine bessere Seite von den Menschen, als ich sie erwarten könnte, wenn ich in einer Bank arbeiten würde. Was kann ich Ihnen sonst noch erzählen?«

»Wann hatten Sie zum letzten Mal Kontakt zu ihm?«, erkundigte sich Callanach.

»Nach seinem Selbstmordversuch habe ich ihn noch zweimal gesehen. Das erste Mal zwei Tage später. Er kam her, um mir zu danken. Ich habe ihm gesagt, was wir ihm anbieten können, habe versucht, ihn zu einer Therapie zu überreden, aber bei einer bipolaren Störung fühlt sich das an wie ein Tropfen auf den heißen Stein. Zu seiner Ehrenrettung muss ich sagen, er hat zugestimmt, aber nur widerwillig. Als ich ihn das letzte Mal gesprochen habe, haben wir telefoniert. Er hat angerufen, um mir zu sagen, er habe es sich anders überlegt und glaube nicht, dass eine Therapie ihm helfen würde. Er hat die Behandlung abgesagt.«

»Gibt es irgendwelche Notizen?«, fragte Tripp.

»Klar, ich besorge Ihnen eine Kopie. Da er nun verstorben ist, gilt die Schweigepflicht nicht mehr. Ich konnte ihn nicht überzeugen, sich weitere Hilfe zu suchen. Wir dürfen nicht zu sehr in die Leute dringen, sonst treiben wir sie nur genau dann weg, wenn sie uns am meisten brauchen. Das ist ein schmaler Grat.«

Darauf hätte Callanach gewettet. Menschen zu überzeugen, sich zu öffnen, wohl wissend, dass das zunächst im besten Fall Salz in die Wunden reiben würde. Menschen helfen zu wollen, die nur noch in Ruhe gelassen werden wollten.

»Hat Stephen mit Ihnen über andere Probleme in seinem Leben gesprochen? Irgendetwas abgesehen von seiner bipolaren Störung? Schulden, Sucht, Konflikte beispielsweise?« Callanach bemühte sich um einen beiläufigen Ton, aber die Tatsache, dass er regelrecht bohrte, ließ sich nicht verbergen.

»Nein, allerdings ist mir auch nicht viel Zeit geblieben, um das zu sondieren. Aber mir gegenüber hat er definitiv nichts offengelegt. Um ehrlich zu sein, er wirkte wirklich nett. Sympathisch, aufmerksam. Er hat seinen Organspendeausweis am Straßenrand hinterlassen, falls seine Organe nach seinem Tod jemandem helfen könnten.« Maclure lächelte, und Callanach fühlte sich zu ihm hingezogen.

Maclure zeichnete sich durch eine ruhige, warme Liebenswürdigkeit aus, die ihn an Ava erinnerte. Die beiden würden sich blendend verstehen. Maclure wäre der perfekte Ausgleich für ihre täglichen Belastungen, und er würde Avas naturgegebene Intelligenz, ihre Leidenschaft und ihr Einfühlungsvermögen schätzen. Keiner der beiden kümmerte sich auch nur im Mindesten um gesellschaftliche Strukturen, keiner war daran interessiert, Eindruck zu schinden. Sie taten ihre Arbeit, um den Menschen zu dienen. Ava würde ihn mögen.

Kaum ging Callanach dieser Gedanke durch den Kopf, protestierte ein anderer Teil von ihm. Würde Ava einen Mann kennenlernen, zu dem sie sich hingezogen fühlen könnte, müsste er sie wieder teilen, und Callanach war daran gelegen, mehr Zeit mit ihr zu verbringen. Solange er mit Selina ausgegangen war, war es schwer gewesen, in seine Freundschaft zu Ava zu investieren. Ihre Abende, an denen sie alte Filme im Kino gesehen oder in den Geheimtipps der Stadt gegessen und getrunken hatten, hatten ihm geholfen, nicht verrückt zu werden, als er sich in seinem Leben in Schottland eingerichtet hatte. Er war noch nicht bereit, zuzulassen, dass jemand anders all diese Dinge mit Ava machte. Wenigstens konnte er das nun sich selbst gegenüber zugeben. Außerdem ging ihn Avas Privatleben nichts an. Er hatte keine Ahnung, warum er ausgerechnet im Kontext einer Partnersuche über sie nachdachte.

Tripp gab Maclure eine E-Mail-Adresse, an die er die Notizen zu Stephen Berry schicken konnte, und dankte ihm für seine Unterstützung. Callanach stand auf und schüttelte Maclure die Hand, wobei ihm auffiel, dass er keinen Ehering trug. Prompt wünschte er sich, er könnte die Vorstellung von ihm und Ava als Paar aus seinem Bewusstsein löschen.

Callanach und Tripp machten sich auf den Weg zur Tür und überließen Maclure seiner Arbeit. Als sie in den Wagen gestiegen waren, klopfte jemand ans Fenster. Tripp öffnete.

»Ich wollte Sie noch etwas fragen«, sagte Maclure. »Würden Sie mir Bescheid geben, wann die Beerdigung stattfindet? Ich bin nicht sicher, wie viele Sozialkontakte Stephen hatte, aber ich möchte ihm meinen Respekt erweisen. Es sollten einfach Leute da sein, die sich von ihm verabschieden.«

»Das ist sehr aufmerksam von Ihnen«, entgegnete Callanach. »Ich sorge dafür, dass Sie benachrichtigt werden, allerdings könnte das noch eine Weile dauern. Zunächst wird es eine Untersuchung hinsichtlich eines tödlichen Unfalls geben müssen.«

»Dann wissen Sie noch gar nicht genau, was passiert ist?«, hakte Maclure nach.

»Noch nicht. Es gibt keine Zeugen, und die forensischen Beweise sind schwer zu deuten.« Callanach drückte sich so vage aus, wie er nur konnte.

»Armer Stephen. Also findet er immer noch keinen Frieden. Er wurde sogar verhöhnt, als er vorhatte, von der Brücke zu springen. Nicht zu fassen, was es für Leute gibt. Ich mache mir Sorgen um die Menschheit.«

»Entschuldigung, er wurde verhöhnt? Wie und von wem?«, fragte Callanach.

»Da war ein Mann in der Menge, der noch gelacht hat, als Stephen darum gekämpft hat, in Sicherheit zu gelangen. Die Polizisten waren näher dran als ich. Ich weiß nicht, wer er war. Ich konnte ihn hören, aber nicht sehen.«

»Danke, Mr Maclure«, sagte Callanach. »Sobald wir wegen der Beerdigung Näheres wissen, melden wir uns bei Ihnen.«

Schweigend fuhren sie davon und dachten darüber nach, wie sich die Szenerie rund um Stephens Tod in der vorangegangenen Stunde verändert hatte. Die bipolare Störung lieferte ein einfaches Motiv für einen Selbstmord, und die Entscheidung, auf die Therapie zu verzichten, mochte durchaus eine Bestätigung dafür sein, dass Stephen immer noch mit sich gerungen hatte.

»Rufen Sie die Pathologin an, wenn wir wieder auf dem Revier sind, Tripp«, sagte Callanach nach einer Weile. »Sie soll sich Stephen Berrys medizinische Unterlagen beschaffen, um die bipolare Störung zu bestätigen. Hoffentlich erfahren wir so auch, welche Medikamente er genommen hat. Und reden Sie mit den Officers, die bei der Sache auf der Queensferry Crossing dabei waren. Erkundigen Sie sich, ob sich jemand an einen Mann erinnert, der gelacht hat, und ihn beschreiben kann. Wahrscheinlich ist das nicht von Bedeutung, aber der Staatsanwalt wird wollen, dass das geklärt wird, sollte es zu einer Untersuchung kommen.«

Tripps Telefon klingelte. Callanach fuhr weiter und verfluchte im Stillen die Verkehrsampel, als Tripp abnahm.

»Ja, Ma'am«, murmelte er. »Wir sind in einer Viertelstunde zurück. Sicher. Ich verstehe. Wir sind gleich da.« Er legte auf.

»Worum ging es?«, erkundigte sich Callanach.

»DCI Turner will Sie so schnell wie möglich auf dem Revier sehen, Sir. Wir sollen nirgends anhalten, sagt sie. Und wir sollen mit niemandem reden. Sie sollen direkt in ihr Büro kommen. Um ehrlich zu sein, sie hat sich komisch angehört.«

»Komisch, inwiefern?«, fragte Callanach.

»Still und höflich. Als wäre sie auf einer Teegesellschaft, wissen Sie?«, erklärte Tripp.

Oder als hätte sie zu viel Zeit damit verbracht, ihre Verletzungen vom Vorabend im Spiegel anzustarren, und versuchte nun zu begreifen, warum sie so ein enormes Risiko eingegangen war, dachte Callanach. Ava war derzeit nicht in bester Verfassung.

Kapitel sechs

4. März

Ava stand in ihrem Büro am Fenster, als Callanach und Tripp eintraten. Mit vor der Brust verschränkten Armen und verkniffener Miene wirkte sie defensiver denn je.

»Danke, DS Tripp, Sie können gehen«, sagte sie.

Tripp sah Callanach an, sagte aber nichts, sondern verließ schweigend den Raum.

»Ist alles in Ordnung, Ava? Ich habe mir Sorgen um dich gemacht«, sagte Callanach und ging zu ihr, bereit, ihr jegliche Unterstützung zu gewähren, die sie benötigen mochte.

Stattdessen musste er erleben, wie sie einen Schritt vor ihm zurückwich.

»Ich hatte einen Anruf von Ailsa, während du unterwegs warst«, sagte sie.

»Ist der Tox-Screen von Stephen Berry fertig?«

»Eigentlich ging es um einen neuen Fall. Ihr Stellvertreter hat die Obduktion heute Früh durchgeführt. Was ausgesehen hat wie ein natürlicher Tod, hat sich als Erstickung erwiesen.«

»Willst du, dass ich ein Team zum Tatort bringe?«, erkundigte sich Callanach.

»Die Tatortermittler sind bereits mit Uniformierten vor Ort«, entgegnete Ava angespannt. »Sie führen erste Befragungen durch. Ich übertrage diesen Fall Pax Graham.«

»Du übergibst ihm an seinem ersten Tag die Verantwortung

für eine Morduntersuchung? Ich weiß nicht mal, ob er hinsichtlich der Arbeitsweise des MIT umfassend informiert ist. Wenn die Ermittlungen fehlerhaft durchgeführt werden, könnte das für die Strafverfolgung verhängnisvoll sein.«

»Das ist mir bewusst«, sagte Ava. »Wo warst du, als ich dich angerufen habe, damit du zur Leichenhalle kommst, um dir mit mir die Leiche von Stephen Berry anzusehen?«

»Das habe ich dir doch schon gesagt. Ich war in meiner Wohnung. Ich hatte noch nicht ausgepackt, und das habe ich immer noch nicht geschafft nach der letzten Nacht …«

»Tatsächlich hast du mir erzählt, du wärst im Fitnessstudio, daher finde ich es merkwürdig, dass sich inzwischen herausgestellt hat, dass du in einem Pflegeheim warst und einen Mann namens Bruce Jenson besucht hast.«

»Bruce Jenson?« Callanach stutzte. Ava konnte unmöglich etwas über Bruce Jenson wissen. Sie hatten nie über ihn oder über das, was er seiner Mutter angetan hatte, gesprochen. »Tut mir leid, ich verstehe die Frage nicht.«

»Willst du bestreiten, dass du mich wegen des Fitnessstudios angelogen hast?« Sie atmete schnell, und ihre Stimme war lauter, als es für das Gespräch gerechtfertigt schien.

Nun begriff Callanach, dass Ava wütend war und dass es um mehr ging als nur darum, dass er sie belogen hatte.

»Schön. Ich war nicht im Fitnessstudio. Ich war mit einer Privatangelegenheit beschäftigt, über die ich nicht sprechen möchte. Keine große Sache. Was ist los, Ava?«

»Im Moment bin ich nicht Ava«, sagte sie mit einer Stimme, die kaum lauter war als ein Flüstern. »Ich bin DCI Turner. Und wenn dieses Gespräch beendet ist, werde ich eine formelle Aussage verfassen, in der ich festzuhalten habe, was wir beide gesagt haben. Theoretisch sollte ich wohl einen weiteren Beamten als Zeugen dabeihaben, aber du hast mir gestern Abend das Leben gerettet, also komme ich dir in dem Punkt entgegen; noch weiter werde ich die Dienstvorschriften jedoch nicht beugen. Warst du in diesem Pflegeheim, ja oder nein?«

»Ja«, sagte Callanach.

Avas vor der Brust verschränkte Arme fielen für einen Moment kraftlos herab, als fühlte sie sich besiegt, ehe sie sich zusammenriss und die Hände kraftvoll in die Hüften stemmte. »Und du hast mich aus welchem Grund belogen?«

»Du hast mich gebraucht, und ich wollte nicht, dass du denkst, du würdest mich stören«, sagte er.

»Du hast mich um meinetwillen belogen?« Avas Stimme wurde wieder lauter.

»Ich habe gelogen, weil ich beschlossen hatte, gleich wieder an die Arbeit zu gehen. Ich habe nichts getan, womit ich nicht hätte aufhören können. Was genau ist passiert, dass so ein …«

»Bruce Jenson ist tot«, sagte Ava abrupt und studierte dabei sein Gesicht.

Callanach rührte sich nicht.

»Er hatte fortgeschrittene Demenz und hätte unvermeidlich sterben müssen, hat sein Arzt gesagt, aber so schnell hat er nicht damit gerechnet. Er hatte vielleicht noch ein Jahr, möglicherweise auch mehr vor sich. Sein Arzt hat ihn einen Monat lang nicht zu sehen bekommen, und die Schwestern waren sehr zufrieden mit seinem Zustand, umso erstaunter waren sie, als sie ihn tot vorfanden. Unter solchen Umständen ist eine Obduktion vorgeschrieben, und dann …«

»Warte«, fiel Callanach ihr ins Wort. »Gib mir nur einen Moment.«

Nun war er derjenige, der zum Fenster ging und hinunter auf die Reihen geparkter Polizeifahrzeuge und die tapferen Fußgänger im Regen starrte. Bruce Jenson war tot. Er hatte ihm jeden Tag, seit seine Mutter ihm die Tragödie ihrer Vergangenheit offenbart hatte, den Tod gewünscht, hätte sogar beinahe so sehr die Beherrschung verloren, Jensons Leben selbst ein Ende zu setzen, und nun, da er tatsächlich gestorben war, empfand er gar nichts. Keine Erleichterung, keine Freude; nicht einmal das Gefühl, dass der Gerechtigkeit nun gedient wäre, wollte sich einstellen.

Und Jenson hatte ihm in einer bitteren Wendung auch noch ein giftiges Erbe hinterlassen. Callanach würde sich dafür rechtfertigen müssen, dass er sich nur Stunden, bevor der Mann gestorben war, in seinem Zimmer aufgehalten hatte. Das war so absolut und beschissen typisch. Wenn das Schicksal erst einmal zu dem Schluss gekommen war, dass man ein geeignetes Opfer abgab, zeigte es sich so hartnäckig wie Kaugummi an der Schuhsohle.

»Wie ist er gestorben?«, fragte Callanach leise.

»Wie es aussieht, wurde ihm ein Kissen aufs Gesicht gedrückt. Eine Bestätigung dafür werden wir nicht bekommen, ehe die Fasern in seinem Mund mikroskopisch untersucht wurden, aber es wurden Zahnabdrücke auf der Innenseite seiner Oberlippe gefunden, was darauf hindeutet, dass Druck ausgeübt wurde, und eine andere Todesursache lässt sich auf Anhieb nicht ausmachen. Es war kein Schlaganfall und auch kein Herzereignis.«

Also eindeutig Mord, begangen mit eben dem Kissen, das er nur kurze Zeit zuvor in Händen gehalten hatte. Der Gedanke, dass das lediglich ein Zufall war, schien lächerlich zu sein, andererseits war das Kissen die greifbarste Waffe im Raum. Eine, bei der man sich die Hände nicht schmutzig machen musste und die leise tötete.

Eine Sekunde fragte er sich, ob er womöglich doch weiter gegangen war, als sein Gedächtnis ihm verraten wollte. Ob er dem Mistkerl nicht doch dieses Viereck aus Stoff und Polstermaterial ins Gesicht gepresst und festgehalten hatte, bis jeglicher Sauerstoff in seiner Lunge verbraucht war. Verdient hatte er es, das stand völlig außer Frage. Soweit es Callanach betraf, hatte Jenson das und noch viel mehr verdient. Aber es war nicht durch seine Hand geschehen. Callanach drehte sich um und sah Ava direkt in die Augen.

»Ich habe ihn nicht umgebracht«, sagte er.

»Natürlich nicht, du verdammter Idiot. Würde ich das glauben, dann wären wir jetzt mit einem laufenden Rekorder in einem Verhörraum, und ich hätte den Fall einem anderen Team übergeben. Also, ernsthaft, ohne Scheiß: Warum hast du mich belogen? Und was zur Hölle hattest du da überhaupt zu suchen?«

»Nur ein Besuch«, wich Callanach aus.

»Ja, schön, was für ein Pech für dich, dass der – und ich zitiere – ›wirklich, wirklich gut aussehende französische Polizist‹ nicht gerade in der Masse untergeht, wenn er irgendwo zu Besuch kommt. Die Schwester, die dich reingelassen hat, war nicht weit davon entfernt, den Uniformierten, die ihre Aussage aufgenommen haben, deine Innenbeinlänge zu nennen.«

»Das war nur ein völlig harmloser Besuch …«, murmelte er.

»Rein freundschaftlich?«, hakte Ava nach.

»Ja«, behauptete Callanach.

»Das hätte ich angenommen, hättest du nicht deinen Dienstausweis benutzt, um reinzukommen, ohne dich in der Besucherliste einzutragen, weshalb es nach einer offiziellen Polizeiangelegenheit aussieht. Doch wie sehr ich mich auch bemühe, und du stehst immerhin unter meinem Kommando, mir fällt einfach kein laufender Fall ein, in den Mr Jenson in irgendeiner Weise verwickelt wäre. Bitte sag mir, dass du mir das erklären kannst.«

Callanach griff in seine Tasche und zog eine Packung Gauloises heraus. Er schüttelte eine Zigarette heraus, steckte sie unangezündet zwischen die Lippen und kostete den Geschmack von Frankreich und seiner Jugend. Eine Zigarette anzuzünden war für ihn tatsächlich eine Grenze, die er seit Jahren nicht überschritten hatte, aber es gab Zeiten, da wünschte er, er wäre nicht ganz so diszipliniert.

»Ich muss gestehen, das ist nicht so ganz die beruhigende Reaktion, auf die ich gehofft hatte«, sagte Ava. »Ach, Luc, um Gottes willen, du musst mir jetzt alles erzählen. Du warst, vom medizinischen Personal abgesehen, die letzte Person, die Zugang zu seinem Zimmer hatte. Bruce Jenson hat einen Sohn. Der verlangt Antworten, und das ist sein gutes Recht. Im Moment weiß nur eine Handvoll Leute, was los ist, aber dabei wird es nicht lange bleiben. Du wirst offiziell befragt werden müssen, wenn das also wirklich eine Polizeiangelegenheit war, dann solltest du besser verdammt schnell ein paar Notizen dazu verfassen.«

»Es war keine«, gestand er leise. »Es war etwas Persönliches. Ich wollte meinen Namen nicht im Gästebuch hinterlassen, wo seine Familie ihn sehen kann.«

»Also hast du mich über deine Anwesenheit in dem Heim belogen und die Schwester über den Grund deines Besuchs.«

»Schätze schon«, erwiderte Callanach.

»Die Schwester sagte, du hättest während deines Besuchs eine Vase zerbrochen, aber selbst sauber gemacht und die Scherben in den Abfalleimer geworfen. Sind da deine Fingerabdrücke drauf?«

Callanach überlegte. Er hatte Handschuhe angezogen, um Jenson ein paar Haare auszureißen, aber nicht, um die Keramikscherben einzusammeln. Dazu hatte es zu dem Zeitpunkt keinen Grund gegeben.

»Da werden jede Menge Abdrücke sein«, sagte er. »Es war ein Versehen.«

»Denk über die Antwort auf die nächste Frage genau nach. Hast du Bruce Jenson angefasst? Besteht die Möglichkeit, dass du Hautzellen oder Fingerabdrücke irgendwo an ihm hinterlassen haben könntest?«

Callanach setzte sich und dachte daran, wie er Jensons Kinn ergriffen hatte, um seine Aufmerksamkeit auf das Foto seiner Eltern zu lenken. Dann nickte er.

»Irgendwo in der Nähe seines Mundes?«, hakte Ava mit belegter, emotionsgeladener Stimme nach.

Wieder nickte er.

»Heilige Scheiße«, fluchte Ava, tippte auf ihren Schreibtisch und starrte ausdruckslos die Wand an. »Okay, ganz so schlimm ist es nicht. Niemand wird glauben, dass du in einen Mord verwickelt bist. Du musst nur die Gründe für deinen Besuch offenbaren und den Ablauf der Ereignisse darlegen. Immerhin haben sie kein Motiv, das dich zu einem Mord hätte verleiten können, und das ist in einem Fall wie diesem das überzeugendste Indiz. Wahrscheinlich war es jemand, der laufenden Kontakt zu ihm hatte.«

»Du meinst, einer der Angestellten hat ihn getötet?«, fragte Callanach.

»Das wäre gewöhnlich das, was wir zuerst in Erwägung ziehen würden«, sagte Ava. »Demente Patienten zu versorgen ist harte Arbeit, und bekanntlich haben schon einige Pflegekräfte die Nerven verloren, sei es wegen der Belastung durch den Job oder aus dem Wunsch heraus, das Leiden möglichst schnell zu beenden. Wir werden uns natürlich auch die Familie ansehen ...« Sie verstummte.

»Ich höre da ein Aber«, bemerkte Callanach.

»Dieses Aber bezieht sich auf das zerbrochene Glas im unteren Bereich einer Verandatür. Die Tatortermittler glauben, das Glas wäre zerbrochen worden, um einem Eindringling die Möglichkeit zu geben, hineinzugreifen und die Tür zu entriegeln. Das erklärt, warum außer Angestellten und dir an diesem Abend niemand in den Korridoren gesehen wurde. Und es wäre enorm hilfreich für dich. Wozu riskieren, von den Mitarbeitern wiedererkannt zu werden, und dann die Tür aufbrechen? Das ergibt keinen Sinn. Oder es ist ein geniales Ablenkungsmanöver.« Sie lächelte schwach.

»Ava …«, flüsterte Callanach.

Es klopfte an der Tür.

»Herein«, rief sie barsch.

Pax Graham trat mit Schlüsseln in der Hand ein. »Oh«, sagte er, und sein Blick wanderte von Ava zu Callanach. »Störe ich?«

»Nein, gar nicht«, entgegnete Ava, nun wieder ganz professionell. »Ich habe Callanach nur gerade nach dem Pflegeheim gefragt. Er hat Mr Jenson besucht, und ich habe ihn gebeten, nach Hause zu gehen und einen vollständigen Bericht zu schreiben, der Ihnen so viele Informationen wie möglich liefert. Wenn das erledigt ist, werden Sie ihn natürlich noch offiziell als Zeugen vernehmen müssen. Wir halten uns an die übliche Vorgehensweise. Sorgen Sie dafür, dass es bei diesem Fall keine Überschneidungen zwischen Ihrem Team und dem von DI Callanach gibt. Sie können DS Lively und DC Monroe haben. Geben Sie mir Bescheid, welche weiteren Ressourcen Sie benötigen.«

Graham schien sich in seiner Haut nicht wohlzufühlen.

»Stimmt etwas nicht, Detective Inspector?«, fragte Ava.

»Nicht, dass ich den Fall nicht übernehmen möchte, Ma'am, aber sollten wir das nicht einer Stelle außerhalb des MIT überlassen? Falls es irgendwelche Fragen bezüglich DI Callanachs Verstrickung geben sollte, könnte es hilfreich sein, wenn die Sache von einem unvoreingenommenen Team untersucht und aufgeklärt wird.«

»Er hat recht«, stimmte ihm Callanach zu. »Sie werden mich für die Dauer der Untersuchung auch suspendieren müssen.«

»Sie überreagieren beide«, sagte Ava. »Callanach ist ein

Zeuge, weiter nichts. Niemand behauptet, er hätte ein Verbrechen begangen. Es wurden keine Beschuldigungen gegen ihn erhoben. Es ist ja nicht so, als hätten Sie versucht, Ihren Besuch in dem Pflegeheim zu verheimlichen. Graham, Sie haben hier vielleicht den besten Zeugen, den Sie sich wünschen können. Ich nehme an, es wird sich noch als enormer Glücksfall erweisen, dass ein Polizist, kurz bevor der Mord begangen wurde, im Haus war. Callanach ist vielleicht etwas aufgefallen, das anderen Leuten entgangen wäre.«

Graham stutzte kurz. »Sicher«, sagte er dann. »Hört sich vernünftig an. Dann mache ich mich mal an die Arbeit. Luc, Sie sehen es mir nach, wenn ich Ihnen während der Ermittlungen ein bisschen aus dem Weg gehe? Ich möchte nicht, dass irgendjemand denkt, es hätte irgendeine Form der Einflussnahme gegeben.«

»Das verstehe ich«, entgegnete Callanach. »Sehr umsichtig.«

Ohne weitere Worte verließ Graham das Büro. Ava trat an eine Schublade und holte eine Flasche Whisky heraus.

»Das sollten wir nicht tun«, sagte Callanach.

»Da hast du verdammt recht, das sollten wir nicht«, antwortete Ava, »aber wir werden. Ich habe ungefähr tausend Fragen an dich, und das ist nicht die richtige Zeit oder der richtige Ort.« Sie drückte ihm ein Glas Single Malt in die Hand. »Trink«, befahl sie. »Du siehst furchtbar aus, also reiß dich zusammen, ehe du diesen Raum verlässt. Wenn du nicht schuldig bist, solltest du besser aufhören, dich zu benehmen, als wärst du es.«

»Ich möchte, dass du mich suspendierst«, sagte Callanach und stellte das leere Glas auf den Schreibtisch.

»Du bist schon früher suspendiert worden, bei Interpol. Damals hast du nichts falsch gemacht, und sieh dir an, welchen Schaden deine Karriere dadurch genommen hat. Ich halte dir den Rücken frei, Luc, aber ich muss die ganze Wahrheit kennen.«

»Das ist nicht so einfach«, sagte Callanach.

»Dann finde eine Version, die es ist«, erwiderte sie, kippte ihren eigenen Drink hinunter und schraubte die Flasche wieder zu. »Und jetzt geh nach Hause. Ich muss den drohenden Hurrikan bei Overbeck abwenden, danach komme ich zu dir. Wir gehen durch, was passiert ist, Sekunde für Sekunde, bis es keinerlei Raum für Fehleinschätzungen mehr gibt. Gar keinen.«

Die Idee war nett, dachte Callanach. Das einzige Problem war, dass es genau umgekehrt kommen würde, wenn Ava herausfand, warum er dort gewesen war; dann würde sogar sie anfangen, an seiner Unschuld zu zweifeln. Allerdings war das nicht das, was ihm wirklich zu schaffen machte. Er wusste mit absoluter Sicherheit, dass er Bruce Jenson nicht getötet hatte. Aber jemand hatte es getan. Direkt nach seinem Besuch. Mit einem Kissen, das er angefasst hatte. Nachdem er durch eine Tür eingedrungen war, die er, Callanach, eingetreten hatte. Was er wissen wollte, war, wer und warum.

Kapitel sieben

4. März

Es war weit nach sechs am Abend, als Ava endlich aus dem Revier herauskam, und der Verkehr in Edinburgh ließ ihr keine Gelegenheit, rasch irgendwohin zu gelangen. Glücklicherweise war Detective Superintendent Overbeck den ganzen Nachmittag außer Haus gewesen, um hohe Tiere zu streicheln, also hatte Ava ihr nur eine kurze, nichtssagende E-Mail geschrieben, in der sie erklärt hatte, dass Callanach direkt vor dem Ereignis am Tatort gewesen war und dass das MIT diese Ermittlungen vor ihm abschirmte. Das mochte ein wenig unredlich erscheinen, war aber theoretisch korrekt und würde reichen müssen, bis Pax Graham und sein Team einen passenderen Verdächtigen vorweisen konnten.

Vor Callanachs Wohnung legte sie den Kopf auf das Lenkrad und fragte sich, was sie da tat. Sie hatte die Nacht in seinen Armen verbracht. Aufzuwachen und sich voneinander zu lösen war mehr als nur ein bisschen peinlich gewesen, aber er war einer ihrer engsten Freunde. Mit Callanach an ihrer Seite hatte sie dem Tod mehr als nur einmal ins Auge geblickt und immer gewusst, dass keiner von ihnen zögern würde, den anderen zu beschützen.

Aber der Ärger klebte ihm ständig an den Fersen. Er hatte ihn bei Interpol aufgespürt und schien nun nicht mehr weichen zu wollen. Dennoch war er für sie bis zu ihrer Beförderung zu der Art Partner geworden, die die meisten Polizisten als wahren Segen einstufen würden. Und noch immer beugte er, wenn es darum ging, ihr zu helfen, die Regeln, wann immer es notwendig schien. Das Gleiche würde sie nun für ihn tun, was immer es auch kostete.

Ihr Gesicht war ein pulsierender Schlamassel voller Schmerzen, und sie nahm an, die Wunde an ihrem Bein könnte eine Dosis Antibiotika vertragen, obwohl Callanach sie mit bewundernswerter Sorgfalt gesäubert hatte, aber alles, was sie derzeit wirklich wollte, waren Paracetamol und ein weiteres heißes Bad. Sie stieg die wenigen Stufen zu Callanachs Haustür hinauf und seufzte, als ihr Telefon in dem Moment, in dem sie die Hand nach dem Klingelknopf ausstreckte, zu läuten begann. Die Anruferkennung verriet ihr, dass DS Tripp am anderen Ende war.

Nach den Ereignissen dieses Tages war ihr Gehirn wie leergefegt, aber gerade jetzt sollte sie im Pub sein und die Beförderung zweier Angehöriger ihres Teams feiern. Wenn sie diesen Anruf entgegennahm, musste sie sich eine Ausrede einfallen lassen. Keinesfalls konnte sie offenbaren, wo sie tatsächlich gerade war und warum sie dort war. Es kam einfach immer alles auf einmal, dachte sie und wies das eingehende Gespräch ab. Bis zum Morgen hätte sie sich eine passende Ausflucht zurechtgelegt; außerdem bestand eine gute Chance, dass sowohl Tripp als auch Graham verkatert genug wären, um sich sowieso eher schweigsam zu geben.

Ihr Telefon klingelte erneut, ehe sie Zeit hatte, es wieder in ihrer Tasche zu verstauen. Ava starrte es an. DS Tripp war vermutlich der verständigste Officer in ihrer Mannschaft, und wenn man dazu noch seine guten Manieren zählte, dann war klar, dass er auf keinen Fall zweimal in kurzer Folge anrufen würde, nur um sie an ein paar schnelle Getränke nach Feierabend zu erinnern. Sie knirschte mit den Zähnen und nahm das Gespräch an. Dabei hoffte sie entgegen ihrer Überzeugung, dass Overbeck ihre E-Mail nicht gelesen hatte und sie nun zurück ins Revier beorderte, um sich auf den neuesten Stand bringen zu lassen.

»Turner«, sagte Ava. »Was ist los, Tripp?«

»Ma'am, Sie werden in 278b Easter Road gebraucht. Da gibt es eine Leiche. Ich bin gerade auf dem Weg dorthin. Wie es scheint, geht es ein bisschen chaotisch zu«, erklärte Tripp.

»Okay.« Ava war schon dabei, ihren Autoschlüssel wieder aus der Tasche zu holen. »Wo ist DI Graham?«

»Immer noch im Pflegeheim, zusammen mit den Tatortermittlern. Sie versuchen herauszufinden, welche anderen Patienten, Mediziner oder Besucher Zugang zum Zimmer des Verstorbenen hatten. Ich habe versucht, DI Callanach zu erreichen, aber er meldet sich momentan nicht.«

Ava blickte zu dem Fenster über ihrem Kopf empor und hoffte, dass es Callanach gut ging. Er hatte einen schlimmen Tag hinter sich, und nachdem er bereits früher eines Fehltritts beschuldigt worden war, wusste sie nicht recht, wie er mit diesem zweiten Vorfall zurechtkommen würde.

»Ich werde ihn schon auftreiben«, sagte Ava. »Wir sind in Kürze vor Ort.«

Endlich kam sie dazu, den Klingelknopf zu drücken. Callanachs Reaktion bestand schlicht darin, ihr Zutritt zu gewähren. Als sie das Ende der Treppe erreicht hatte, stand er da und hielt ihr die Tür auf.

»Ich habe Essen gemacht«, sagte er. »Ich nehme an, du hast nichts gegessen, seit du heute Morgen von hier weggegangen bist.«

»Hält sich das noch ein bisschen? Wir werden in der Easter Road gebraucht. Du darfst fahren. Mein Bein tut höllisch weh.«

»Machst du Witze? Ich kann nicht. DI Graham hat recht, Ava, du musst mich suspendieren. Wenn Overbeck zu dem Schluss kommt, dass du gegen das Protokoll verstoßen hast, kann das für dich noch schlimmer enden als für mich, und dafür möchte ich nicht verantwortlich sein.«

»Hast du den Bericht geschrieben, um den ich dich gebeten habe?«, fragte Ava.

»Ja, natürlich, aber da gibt es gewisse Umstände …«

»Und hast du dich an irgendwelchen kriminellen Aktivitäten beteiligt oder ein Komplott zu einem Verbrechen geschmiedet, das mit dem Tatort oder dem Opfer in Verbindung steht?«, fuhr sie fort.

»Ava, du weißt, ich habe kein …«

»Gut. Dann würde es nur jede Menge Gerede und Spekulationen auslösen, wenn ich dich suspendiere. Es wird in deiner Akte landen, und ich will offen gestanden im Moment nicht auf meinen erfahrensten DI verzichten müssen. Gut, jemand ist tot, und wir haben einen Job zu erledigen, also lass uns aufbrechen. Ach so, hast du noch mehr Paracetamol?«, fügte sie in milderem Ton hinzu.

Callanach schenkte ihr ein Lächeln. »Klar«, sagte er, verschwand in Richtung Küche und kehrte mit Tabletten und einer Flasche Wasser zurück.

Sie schafften es in weniger als zehn Minuten. Den Wagen ließen sie unten an der einseitig gesperrten Straße stehen, auf der gerade ein Zelt aufgebaut wurde, um ihnen etwas Ungestörtheit zu verschaffen. Die Easter Road führte aus der Stadt hinaus in Richtung Leith. Mit der Gegend ging es zunehmend abwärts, und in den Fenstern der dreistöckigen Häuser, an deren Rahmen kaum noch Farbe war, hingen Laken anstelle von Vorhängen. Die fragliche Wohnung befand sich im zweiten Obergeschoss und teilte sich den Eingangsbereich mit der Nachbarwohnung.

Ava und Callanach zogen sich weiße Anzüge, Überschuhe, Handschuhe und Hauben an und bereiteten sich darauf vor, hineinzugehen. Ein schwefeliger, metallischer Geruch verriet schon im ersten Stock, was los war. Der Leichnam musste bereits eine Weile dort liegen. Draußen war es so kalt, dass es, sofern die Heizung in der Wohnung nicht extrem aufgedreht war, eine Zeit lang gedauert haben musste, bis sich so ein starker Geruch entwickeln konnte.

Ailsa Lambert erschien an der Wohnungstür, sprach barsch mit einem ihrer Mitarbeiter und reichte ihm eine Kamera.

»Können wir schon reinkommen und uns umsehen?«, fragte Ava.

»Nur zu«, entgegnete Ailsa kurz angebunden.

Ava und Callanach wechselten einen raschen Blick. Wenn Ailsa so mürrisch war, dann musste, was immer sie erwartete, wirklich schlimm sein.

Das Badezimmer war winzig, und die Forensiker mussten erst hinausgehen, damit sie es betreten konnten. Bald stand Ava mit dem Rücken zum Fenster da und Callanach mit gespreizten Beinen über der Toilette, sodass sie beide in die Wanne schauen konnten. Noch während sie sich einen Überblick verschafften, erschien Tripp auf der Schwelle.

»Wer hat das gemeldet?«, fragte ihn Ava.

»Ein Nachbar«, antwortete Tripp. »Der Geruch ist im Lauf von zwei Wochen immer schlimmer geworden, bis er schließlich die Polizei gerufen hat.«

»Zwei Wochen?«, zischte Ava. »Soll das ein Witz sein?«

»Ich fürchte, nein. Ausgehend von dem Geruch in seiner eigenen Wohnung und der Tatsache, dass sein Mobiltelefon ständig geklingelt hat, während ich mit ihm gesprochen habe, hege ich den Verdacht, der Nachbar könnte inoffiziell ein wenig Gras verkaufen. Offenbar hat er sämtliche Oberflächen in seiner Wohnung geputzt, aber vergessen, die Waagen zu verstecken, die in einer Ecke auf dem Boden stehen.«

»Also wollte er die Polizei hier nicht haben, bis es so schlimm war, dass sich der Gestank auf seine Kundschaft ausgewirkt hat, geht es darum?«

»So was in der Art, Ma'am«, sagte Tripp. »Die Pathologin hat bestätigt, dass die Leiche bereits mindestens zwei, eher drei Wochen hier liegt. Aus den Fotos an den Wänden schließe ich, dass es sich bei der Verstorbenen um die Eigentümerin und Bewohnerin, eine Mrs Hawksmith, handelt.«

Unisono blickten sie alle auf den Leichnam der Frau hinab. Mrs Hawksmith hatte das mittlere Alter hinter sich gelassen, war aber noch nicht wirklich alt gewesen. Jedes ihrer Fußgelenke war mit einem Kabelbinder direkt unter dem Ventil an einem Wasserzulauf festgebunden worden, sodass ihre Beine gespreizt und leicht gebeugt an den Seiten der Wanne lagen. Die Handgelenke waren mit Handschellen auf ihrem Bauch gefesselt. Eine tiefe Wunde – Ava schätzte sie auf eine Länge von sieben bis acht Zentimetern – zog sich über die Innenseite des linken Ellbogens, eine weitere, kürzere, über das Handgelenk am selben Arm. Ihr Kopf war an die ihnen zugewandte Seite der Wanne gesunken, die Augen standen offen, der Mund ebenfalls, als würde sie um Hilfe flehen.

Der Leichnam war aufgedunsen, sämtliche Glieder geschwollen und verhärtet, die Haut dunkelrot mit braunen Flecken. Die Fäulnisgase stanken immer noch fürchterlich, obwohl die Tür schon eine ganze Weile offen stand. Die Frau war kräftig gebaut, aber nicht adipös. Ihre Tätowierungen waren sichtbar, durch die Verfärbung der Haut jedoch nicht klar erkennbar. Weitere auf den ersten Blick sichtbare Wunden gab es nicht. Ein schmieriger, scharlachroter Streifen zog sich wie eine blutige Flutmarke um den Rand der Wanne, und der Stöpsel war immer noch an seinem Platz.

»Die Badewanne war also voll, als sie ausgeblutet ist«, konstatierte Ava. »Das Wasser muss in den folgenden Tagen langsam abgelaufen sein. Hat schon jemand den Schlüssel zu diesen Handschellen gefunden?«, fragte sie Tripp und beugte sich weiter vor, um die Tote genauer in Augenschein zu nehmen.

Die Handschellen gehörten nicht zu der Art, wie man sie bei Polizei oder Militär finden konnte, waren aber auch keine Scherzartikel mit einem eingebauten Knopf zum Öffnen. Man musste das Schloss im Mittelteil mit einem Schlüssel entriegeln, was möglich gewesen wäre, sofern sich der Schlüssel in Griffweite befunden hätte.

»Bisher nicht«, antwortete Tripp. »Diese Sorte Handschellen bekommt man online oder in Sexshops. Das sind Bondage-Insignien. Vielleicht war sie eine Prostituierte.«

»Okay, erkundigen Sie sich bei den Nachbarn, ob sie zu sonderbaren Zeiten männliche – oder auch weibliche – Besucher hatte oder ob Mrs Hawksmith selbst zu ungewöhnlichen Zeiten gekommen und gegangen ist. Hat sie irgendwelche Vorstrafen?«

»Wird noch geprüft. Wir haben bisher kein bestätigtes Geburtsdatum. Wir konnten hier weder Ausweis noch Führerschein finden.«

»Wissen wir, womit ihr diese Schnittwunde beigebracht wurde?« Ava sah sich in dem winzigen Badezimmer um.

»Wir haben keine Klinge und auch keine andere Waffe gefunden«, berichtete Tripp.

»Wirklich?«, hakte Ava nach. »Gibt es noch woanders in der Wohnung Blutspuren?« Sie versuchte, durch die Plastikplane unter ihren Füßen zu sehen. »Vielleicht sogar auf dem Badezimmerboden?«

»Nein«, sagte Ailsa, die in dem Moment hinter Tripp auftauchte. »Entschuldigen Sie, junger Mann.«

Tripp ging ihr aus dem Weg, sodass sie sich mit einem Thermometer über dem Leichnam aufbauen konnte.

»Die Verwesung ist fortgeschritten. Gott sei Dank ist es nicht warm genug für einen starken Insektenbefall, sonst hätten wir hier eine noch schlimmere Situation vorgefunden. Wie die Dinge liegen, kann ich den Todeszeitpunkt nicht sonderlich genau einschätzen. Ich weiß nicht, wie lange sie nach ihrem Ableben im Wasser gelegen hat, aber ich kann Ihnen sagen, dass sie nicht sofort gestorben ist. Im Bereich der Wunden gab es nur wenig geronnenes Blut, also muss das Wasser warm gewesen sein und den Blutfluss in Gang gehalten haben.«

»Wie lange hat sie gelitten?«

»Schwer zu sagen, aber dieser Schnitt ist nicht allzu tief. Dass die Füße oberhalb des Gesäßes waren, dürfte für einen konstanten Blutfluss gesorgt haben, und ihr Herz könnte noch vier Stunden geschlagen haben, vielleicht auch länger. Irgendwann muss es ausgesetzt haben. Möglicherweise hat sie einen Schock erlitten und ist dadurch schneller gestorben. Exakte Daten werde ich Ihnen nicht liefern können.«

»Vier Stunden? Allmächtiger!«, sagte Ava. »Sie muss doch um Hilfe gerufen haben. Ich kann nicht fassen, dass niemand sie gehört hat.«

»Das Fenster war geschlossen, die Wände sind dick – dieses Gebäude muss hundert Jahre alt sein –, und es besteht eine hohe Wahrscheinlichkeit, dass die Leute Musik oder den Fernseher anhatten. Oder vielleicht waren sie auch daran gewöhnt, Geschrei aus dieser Wohnung zu hören«, meinte Callanach.

»Kann sie sich das selbst angetan haben?«, fragte Ava.

»Sie könnte sich problemlos mit den Kabelbindern an die Wasserhähne gefesselt und dann das Wasser eingelassen haben. Danach hätte sie logischerweise die Handschellen um ihr linkes Handgelenk schließen und die beiden Schnitte auf der Arminnenseite vornehmen müssen, ehe sie auch die rechte Hand in die Handschelle hätte stecken und sie zuschnappen lassen können.«

»Was eine Frage offenlässt: Wo ist die Klinge? Selbst wenn sie die aus der Wanne geworfen hätte, müsste sie irgendwo im Bad zu finden sein«, stellte Callanach fest und sah sich um. Er verlagerte den Körper nach vorn, um sich umdrehen zu können, und öffnete den Toilettendeckel. »Ein Geheimnis enträtselt. Keine Klinge, aber der Schlüssel für die Handschellen liegt unten in der Schüssel.«

»Fassen Sie das Wasser nicht an«, instruierte ihn Ailsa. »Wenn kürzlich noch jemand anders hier war, könnten wir am Sitz oder unter dem Rand vielleicht ein paar Hautzellen finden und möglicherweise durch Urinspuren in der Schüssel Informationen über sexuell übertragbare Erkrankungen gewinnen.«

Ava kletterte an Ailsa vorbei, um neben Callanach selbst einen Blick in die Toilette zu werfen.

»Sieht für mich nach dem passenden Schlüssel aus. Zierlicher Bart, Schmuckbogen auf der Oberseite. Der gehört offensichtlich nicht zu einer Tür.«

»Alle raus hier, bitte«, befahl Ailsa. »Ich muss mein Team hier reinbringen, um das Ding rauszuholen und Proben zu nehmen.«

Einer nach dem anderen verließ den Raum. Anschließend versammelten sie sich in dem kleinen Wohnzimmer, an dessen Wänden Fotos von Katzen und der verstorbenen Mrs Hawksmith hingen.

»Ailsa«, sagte Ava, als die Pathologin damit fertig war, ihre Mitarbeiter einzuweisen, »gibt es irgendetwas, das sie hätte tun können, um die Blutung zu stoppen? Sie sagten, das Opfer hatte nicht nur ein paar Minuten Zeit, sondern Stunden.«

»Wenn ihre Beine frei beweglich waren und sie auf die Idee gekommen wäre, hätte sie den Stöpsel mit den Zehen lösen können, dann hätte die Blutung früher aufgehört. Das Problem ist, dass ihr Herz, wenn sie die Bauchmuskeln angespannt und mit Wasserhähnen und Kette gekämpft hätte, schneller geschlagen hätte, wodurch sich die Blutung verstärkt hätte. Außerdem muss sie Angst gehabt haben. In Panik kann man nicht klar denken. Durchaus möglich, dass sie geglaubt hat, ihre Schreie müssten gehört werden, oder vielleicht hat sie mit einem Besucher gerechnet, der ihr hätte helfen können. Tripp, wie war die Wohnung gesichert, als die Polizei hier eingetroffen ist?«

»Verschlossen, aber die Kette war nicht vorgelegt. Es wäre nicht schwer gewesen, die Tür aufzubrechen, Ma'am. Sie ist ziemlich alt.«

»Gut, wir lassen Sie jetzt in Ruhe, Ailsa«, sagte Ava. »Sieht so aus, als würden wir uns morgen früh wiedersehen. Können Sie mir gegen elf eine erste Einschätzung liefern?«

»Natürlich«, antwortete Ailsa, streifte ihre Handschuhe ab und trat vor, um vorsichtig die Finger um die Beule herum auf Avas Stirn zu legen. »Was ist passiert?«

»Tripp«, sagte Ava. »Ich will, dass die Nachbarschaft noch heute Abend unter die Lupe genommen wird, nicht erst morgen. Und ich brauche jeden Fitzel an Informationen über Mrs Hawksmith, den wir kriegen können. Konzentrieren Sie sich auf die nächsten Angehörigen. Wie es aussieht, hat sie hier allein gelebt, aber es muss jemanden geben, der benachrichtigt werden sollte. Ich will, dass eine Einsatzbesprechung morgen für ein Uhr mittags vorbereitet wird. Sie können gehen.«

Tripp verließ die Wohnung und sah aus, als wäre er heilfroh, Ailsas tadelndem Blick zu entkommen.

»Werden Sie mir noch antworten, oder muss ich raten?«

»Bin auf Tantallon ausgerutscht und habe mir den Kopf angeschlagen. Keine große Sache. Ich bin immer noch auf den Beinen«, sagte Ava, streifte die Handschuhe ab und öffnete den Reißverschluss ihres Overalls.

»Sie hinken mehr, als dass Sie auf den Beinen sind. Wenn Sie gestürzt sind und sich den Kopf angeschlagen haben, wie haben Sie sich dann das Bein verletzt?«

»Das Bein tut tatsächlich ein bisschen weh.«

Ava versuchte es mit einem knappen Grinsen, aber Ailsas Miene blieb ernst.

»Lassen Sie mich mal sehen«, befahl Ailsa. »Kommen Sie mit ins Schlafzimmer.«

»Ailsa, das ist ein Tatort. Ich kann nicht einfach …«

»Schlafzimmer, sofort«, blaffte Ailsa. »Ich habe Besseres zu tun, als mich mit einem sturen Mädchen herumzustreiten, das zu viele Risiken eingeht. Jetzt bewegen Sie sich schon.«

Ava tat wie geheißen, einerseits, weil Ailsa eine alte Freundin ihrer Mutter war und Ava der älteren Generation unwillkürlich mit Respekt begegnete, andererseits, weil ihr Bein wirklich wehtat und es eine gute Idee zu sein schien, wenn jemand sich die Wunde ansah, der dazu qualifiziert war. Als Ailsa scharf nach Luft schnappte, wusste Ava, dass sie mit ihrer Selbstdiagnose richtig gelegen hatte.

»Ist Ihre letzte Tetanusimpfung noch aktuell?«, fragte Ailsa.

»Äh, müsste sie sein. Ich bin sicher, man hätte mich benachrichtigt, wenn ich eine Auffrischung benötigen würde«, murmelte Ava.

»Sie brauchen sofort Antibiotika, starke dazu.«

»Ich nehme an, Sie können nicht …«

»Ich bin Pathologin, Ava. Diese Diskussion hatten wir schon mal. Ich mag sie in der Vergangenheit zusammengeflickt haben, aber ich habe einfach keinen Grund, ein Rezeptbuch mit mir herumzuschleppen. Und kommen Sie nicht auf die Idee, für nächste Woche einen Termin bei Ihrem Hausarzt auszumachen. Sie müssen in die Notaufnahme.«

»Eigentlich habe ich ziemlich viel zu tun. Gibt es keine andere Möglichkeit?«

»Doch«, antwortete Ailsa vergnügt. »Sie können sich entscheiden, nicht zu tun, was ich Ihnen sage, und sich eine Infektion einfangen, die bestenfalls dazu führt, dass Sie eine Zeit lang nicht arbeiten können, und schlimmstenfalls einen chirurgischen Eingriff erforderlich macht.« Sie wartete, bis Ava ihre Jeans wieder hochgezogen hatte, ehe sie Callanach hereinrief. »Luc, sie geht direkt in die Notaufnahme. Sie soll sich Antibiotika verschreiben lassen, die Sie sofort im Anschluss holen werden. Lassen Sie sie nicht fahren, und verhindern Sie, dass sie es sich anders überlegt oder die Antibiotika nicht nimmt. Wer hat die Steri-Strips angelegt?«

»Callanach«, gestand Ava. »Seien Sie nicht zu hart zu ihm. Ich fand, er hat das großartig gemacht.«

»Er hat sein Bestes getan, um eine Wunde zu versorgen, mit der Sie umgehend einen Arzt hätten aufsuchen müssen. Alternativ hätten Sie zu mir kommen können, gleich, nachdem es passiert ist. Das haben Sie schon früher gemacht. Warum nicht dieses Mal?«

Ava und Callanach starrten einander schweigend an.

»Also so wollen Sie zwei das jetzt spielen? Ava Turner, Ihre Mutter hätte gewollt, dass ich besser auf Sie aufpasse.«

Ava lächelte und legte einen Arm um die Frau, die ihr gegenüber wie eine Lieblingstante auftrat, seit sie zur Polizei gestoßen war. »Meine Mutter kann in Frieden ruhen, Ailsa. Sie kümmern sich wirklich sehr gut um mich, und wir fahren jetzt direkt zum Krankenhaus, einverstanden? Ehrenwort!«

»Nicht, dass ich Ihnen nicht glauben würde, aber ich erwarte, dass Sie mir morgen früh ihre Medikamente vorlegen. Verstanden?«

Ava und Callanach verließen den Tatort, und Callanach streckte die Hand aus, um Ava zu stützen, während sie die schmale Treppe hinunterhumpelte.

»Man sollte doch meinen, dass Ailsa mich endlich als Erwachsene einstufen würde, jetzt, da ich Detective Chief Inspector bin«, grummelte sie.

»Bei dieser Frage werde ich nicht Partei ergreifen«, sagte Callanach. »Ailsa schüchtert mich mehr ein als du.«

»Schon, aber ich bin dein Boss, also bist du verpflichtet, mir zuzustimmen.« Ava verzog das Gesicht, als sie das Bein beugen musste, um in den Wagen zu steigen. »Also zum Krankenhaus, aber wir sollten uns lieber beeilen. Wir haben heute Abend noch eine Menge zu tun.«

»Zurück ins Revier und mit dem Fall Hawksmith loslegen?«, fragte Callanach.

»Erst zu dir. Du kannst dich nicht drücken, Luc. Diese Geschichte mit dem Pflegeheim löst sich nicht einfach in Luft auf. Und für Mrs Hawksmith haben wir vorerst alles getan, was wir tun können. Möge Gott der armen Frau beistehen.«

Langsam fuhren sie davon. Keiner der beiden bemerkte den Mann, der sie aus dem Fenster der Pommesbude auf der anderen Straßenseite beobachtete und den in Zeitung gewickelten Kabeljau umklammerte, den zu essen er nicht die Absicht hatte. Man musste schon Todessehnsucht haben, um diese Menge gesättigter Fettsäuren und Salz zu sich zu nehmen, eine Ironie, die ihm ein Lächeln entlockte, während er sich fragte, wie Mrs Hawksmith nun wohl aussehen mochte, drei Wochen, nachdem er sie zuletzt gesehen hatte.

Kapitel acht

4. März

Es war auffallend still in der Notaufnahme des Royal Infirmary, andererseits war gerade ein Fußballspiel im Gang. Die meisten Leute würden sich bemühen, ernsten Verletzungen aus dem Weg zu gehen, bis die Pubs sie rauswarfen. Callanach begleitete Ava zur Rezeption, wohl wissend, dass sie das Ausmaß ihrer Schmerzen herunterspielen würde, wenn sie sich selbst überlassen bliebe. Sie zeigte ihre Marke vor und erklärte, dass ihre Zeit begrenzt sei. Sofort tauchte eine Schwester auf und führte sie zu einer Kabine.

»Ich lasse dir etwas Privatsphäre, damit du dich ausziehen kannst«, sagte Callanach.

»Das hat wenig Sinn. Die Wunde hast du letzte Nacht schon gesehen, und ich schätze, der Anblick von mir in Unterwäsche ist momentan nicht allzu aufregend. Setz dich auf einen Stuhl und dreh den Kopf weg.« Sie öffnete den Reißverschluss ihrer Jeans und zog sie langsam über die Wunde. »Mist«, murmelte sie kaum hörbar.

»Alles in Ordnung?«, fragte Callanach, während er das Waschbecken in der Ecke fixierte.

»Nicht so ganz. Ich hätte mir schon vor vierzehn Tagen die Beine rasieren sollen. Ich sehe aus wie ein blutender Yeti, und jetzt wird mich ein Arzt nähen, der annehmen dürfte, dass ich irgendeine abgewrackte alte Jungfer bin, deren Vorstellung von einem tollen Abend aus Wiederholungen der Fernsehserie *The Book Group* besteht, zu denen ich einen Wodka mit Irn-Bru trinke und so tue, als wäre es ein richtiger Cocktail, weil ich eine Maraschino-Kirsche darin versenkt habe.«

Eine schmale gebräunte Hand kam in Sicht und zog geschmeidig den Vorhang zur Seite, hinter dem Dr. Selina Vega zum Vorschein kam, die einzige Frau auf der Welt, die in einem weißen Kittel anziehender und glamouröser wirkte als manch andere im Abendkleid auf dem roten Teppich.

»Selina«, sagte Callanach. »Das ist ja ein Zufall!«

»Eigentlich nicht. Eine der Mitarbeiterinnen an der Rezeption hat euch erkannt und mich gefragt, ob ich den Fall übernehmen will.« Sie lächelte. »Hallo, Ava. Das ist eine hässliche Schnittwunde. Wie wäre es, wenn Sie sich hinlegen, damit ich sie mir genauer ansehen kann.«

»Äh, klar … Aber ich schätze, ich brauche einfach nur ein Rezept für Antibiotika. Wir sind in Eile. Übrigens schön, Sie wiederzusehen. Geht es Ihnen gut?«, fragte sie. Dabei war ihr schauderhaft bewusst, welch eine Anspannung zwischen Callanach und seiner Ex-Freundin herrschte, und sie fragte sich, ob so eine Teegesellschaftsplauderei Abhilfe schaffen konnte oder ob sie es womöglich noch schlimmer machte.

»Ich werde die Wunde säubern und nähen müssen. Die Klammerpflaster halten die Seiten nicht gut genug zusammen. Wenn das so bleibt, behalten Sie eine massive Narbe zurück, und das tiefer liegende Gewebe wird Ihr Leben lang schmerzen.«

»Also muss ich dem Nähen wohl zustimmen«, sagte Ava. »Luc, das könnte eine Weile dauern. Willst du vielleicht so lange einen Kaffee trinken gehen oder so? Entschuldigen Sie, Selina, wir kommen gerade von einem Tatort. Es war ein langer Tag.«

»Klar. Ich bringe dir einen Tee mit. Selina, Espresso?«

»Bitte«, sagte sie mit einem Nicken, während sie diverse Instrumente aus einer Schublade holte und eine Lampe über Avas Bein zog. »Möchten Sie, dass ich Sie erst anästhesiere?«

»Machen Sie sich keine Mühe. Das schmerzt sowieso schon dermaßen, dass es nicht mehr viel ausmachen dürfte, wenn Sie mit der Nadel reinstechen.«

Selina fing an, die Klammerpflaster abzulösen, ehe sie die Wunde reinigte. Ava sah zu, während ihre geschickten Finger ihre Magie bewirkten, und fragte sich, wie Callanach nur so ein schönes Wesen hatte fallen lassen können. Sie schienen so viel gemeinsam zu haben.

»Das mit Ihnen und Luc tut mir leid«, sagte Ava. »Ehrlich, ich fand, Sie haben gut zu ihm gepasst.«

»Sie brauchen eine Antibiotikaspritze, um die Infektion in den Griff zu bekommen. Da waren kleine Steine und Staub ganz tief in der Wunde, und die wird nicht heilen, solange die Infektion nicht unter Kontrolle ist. Wie ist das passiert?«

»Bin spät in der Nacht gefallen, als ich ausgerechnet auf einer Burg ein mögliches Verbrechen untersucht habe. Gott sei Dank war Luc dabei. Er scheint immer zur rechten Zeit am rechten Ort zu sein. Spritzen Sie nur, ich habe keine Angst vor Nadeln. Macht es Ihnen etwas aus, wenn ich Sie frage, was passiert ist? Ich weiß, das geht mich nichts an, aber Luc ist in Hinblick auf sein Privatleben so verschlossen, und ich mache mir Sorgen um ihn.«

Selina zog die Nadel aus Avas Bein und entsorgte sie in einem stichfesten Behälter.

»Fragen Sie mich das als sein Boss oder in irgendeiner anderen Eigenschaft?«

»Als Freundin. Wissen Sie, Sie haben mir meinen Kino-Kumpel gestohlen. Niemand außer ihm wird sich an einem Mittwoch mitten in der Nacht Schwarz-Weiß-Filme mit mir angucken. Aber das Opfer hätte ich auch gern weiterhin gebracht, um ihn glücklich zu sehen. Ich hatte gehofft, die Sache zwischen Ihnen beiden würde hinhauen.«

Selina nahm eine halbkreisförmige chirurgische Nadel aus einer sterilen Verpackung und fing an zu nähen.

»Luc ist kompliziert«, sagte sie. »Seine Vergangenheit beeinträchtigt ihn an jedem einzelnen Tag. Die Leute haben ihm gegenüber falsche Erwartungen, und das belastet ihn.«

Ava schloss die Augen, lehnte den Kopf zurück und klammerte sich an den Seiten des Bettes fest. Keine Angst vor Nadeln zu haben war eine Sache, aber nur ein Idiot sah gern dabei zu, wenn so ein Ding sich durch das eigene Fleisch bohrte.

»Darum habe ich mich so gefreut, als Sie beide zusammengekommen sind. Nach all dem Ärger mit Astrid Borde und dem Vergewaltigungsvorwurf hat er jemanden gebraucht, dem er wirklich vertrauen kann.«

Plötzlich holte sie scharf Luft. Der Bereich um die Wunde war empfindlicher, als sie geahnt hatte, und sie hatte sich geirrt, als sie gedacht hatte, schlimmer könnte der Schmerz nicht mehr werden.

»Hat er mit Ihnen viel über mich geredet?«, fragte Selina leise.

»Natürlich«, versicherte Ava ihr hastig und versuchte dabei, sich an Gespräche zu erinnern, bei denen Luc ihr etwas darüber erzählt hatte, was sie am Wochenende gemacht hatten, was für eine Art Mensch Selina war, aber ihr fiel nichts ein. »Doch das ist nicht leicht, wenn man unseren Job bedenkt. Viele Leute ziehen es vor, ihr Privatleben an der Tür abzugeben, damit sie frei von irgendwelchen Überlappungen wieder nach Hause gehen können. Sie verstehen das sicher, bei Ihnen muss es ja genauso sein.«

»Ich habe eigentlich die ganze Zeit mit meinen Kollegen über Luc gesprochen«, erwiderte Selina und tupfte die Wunde ab, um das Nähen zu erleichtern. »Ich hatte gehofft, wir könnten im

Sommer zusammenziehen. Er hat Ihnen wohl nicht erzählt, dass ich ihm das vorgeschlagen habe?«

»Ich glaube, er hat es mal erwähnt, ja«, log Ava, starrte den Vorhang an und fragte sich, wo Luc so lange mit den Getränken blieb.

Sie war eine schlechte Lügnerin, und Selina war auf intellektueller Ebene jedem gewachsen. Es würde nicht mehr lange dauern, bis sie einen unbeholfenen Versuch unternehmen würde, das Thema zu wechseln.

»Ich dachte genau wie Sie, dass Luc glücklich wäre. Wir kommen beide vom Festland, sind beide in Schottland Immigranten, wir treiben gern Sport und lieben die Sonne, und wir verstehen die Belastungen der Schichtarbeit. Perfekt, nicht wahr?«

Ava rang sich ein leichtes Nicken ab. Der Schmerz war wirklich ziemlich übel.

»Und darum frage ich mich, warum er geglaubt hat, es würde nicht funktionieren. Reiche ich ihm nicht? Koche ich nicht gut genug, nehme ich das Leben zu ernst? Aber wissen Sie was, ich vermute, das hat gar nichts mit mir zu tun. Das mag arrogant klingen …«

»Überhaupt nicht. Meine Freundin Natasha hält Sie für eine Göttin«, fiel Ava ihr ins Wort.

»… aber ich arbeite schwer, genieße das Leben und sehe nicht übel aus.«

Ava hätte beinahe die Augen verdreht.

»Deshalb denke ich, dass da jemand anders sein muss.« Selina hörte auf zu nähen, setzte sich auf und hielt inne, um Ava in die Augen zu sehen. »Was meinen Sie, Ava? Gibt es eine andere Frau in Lucs Leben, von der ich nichts weiß?«

»Teufel, nein. Er hat total zurückgezogen gelebt, bis er Sie kennengelernt hat. Da gab es mal so eine eigenartige Sache mit seiner Nachbarin Bunny, aber das war eher ihr Werk, und es war vorbei, ehe es überhaupt angefangen hat. Davon abgesehen hatte er meines Wissens kein einziges Date, seit er nach Schottland gezogen ist.« Ava musterte die saubere Wundnaht an ihrem Bein, als Selina eine Kompresse auflegte. »Wow, tolle Arbeit. Ich bin Ihnen wirklich dankbar.«

»Sie meinen, abgesehen von all den Dates mit Ihnen, Kino, Abendessen, Drinks, Angeln …«, sagte Selina, während sie die Überbleibsel der Behandlung entsorgte.

»Na ja, das würde keiner von uns als Dates bezeichnen.« Ava lachte. »Zwei Arbeitskollegen, die einander Gesellschaft leisten, weil sie niemand anderen haben, passt schon eher.«

»Wissen Sie, dass er manchmal nachts aufwacht und ihren Namen ruft? Er hat einen wiederkehrenden Albtraum. Er hat mir erzählt, der stamme aus einer Zeit, in der Sie entführt worden waren und er befürchtet hatte, er käme zu spät. Das muss furchtbar traumatisch für Sie gewesen sein.« Selina zog die Handschuhe aus und warf sie in den Abfalleimer.

»Das war es«, gestand Ava leise, unwillig, an dieses Ereignis zurückzudenken. Andere Frauen hatten nicht so viel Glück gehabt wie sie. Nicht alle hatten überlebt.

»Diese Art von Traumata schafft eine starke Bindung zwischen Menschen. Manchmal hat es sich angefühlt, als wäre er glücklicher gewesen, hätte er Sie im Arm halten können, nachdem er aus einem solchen Traum erwacht ist. Ich war immer nur ein Ersatz. Ich schätze, so etwas findet man besser früher als später heraus.« Sie stand auf und zog einen Rezeptblock aus der Tasche.

»Tut mir leid, dass es so lange gedauert hat, aber hier kommen endlich die Getränke«, sagte Luc, trat den Vorhang zur Seite und hielt beiden einen dampfenden Pappbecher hin.

»Danke«, sagte Ava leise. »Luc, würdest du bitte draußen warten, während ich mir die Jeans wieder anziehe?«

»Klar, ruf mich einfach, wenn du Hilfe brauchst.«

Mit verwirrter Miene zog er sich zurück.

Ava holte tief Luft und versuchte, eine Antwort zu finden. Selina hatte die Beziehung zwischen Callanach und ihr offenbar falsch eingeschätzt, und wenn das der Grund für die Trennung war, dann musste sie das in Ordnung bringen.

»Selina, Luc und ich sind nur Arbeitskollegen, das wissen Sie doch, oder? Er sieht in mir eher einen der anderen Jungs als eine Frau, an der er interessiert sein könnte. Und es herrscht auch nicht immer eitel Sonnenschein zwischen uns. Mein Gott, wenn wir uns streiten, das ist, als würde man durch einen Sturm segeln.«

»Das glaube ich aufs Wort.« Selina lächelte. »Hier ist Ihr Rezept. Sie sollten es gleich einlösen und heute Abend mit der Einnahme der Antibiotika beginnen. Kein Alkohol, bis Sie alle Tabletten genommen haben. Sollte das Bein irgendwelche Schwierigkeiten machen, suchen Sie umgehend einen Arzt auf. Und sorgen Sie dafür, dass die Naht nach Möglichkeit nicht feucht wird.«

Ava setzte sich auf und zog vorsichtig die Jeans hoch. »Danke«, sagte sie und nahm Selina das Stück Papier aus der Hand.

»Tun Sie ihm nicht weh, Ava«, flüsterte Selina. »Er mag sich tough geben, aber es gibt für jeden eine Grenze des Erträglichen. Wenn Sie ihm gegenüber nicht genauso empfinden wie er Ihnen gegenüber, dann sollten Sie ihn ziehen lassen.«

»Aber ich …«

»Bei allem Respekt, hören Sie auf, sich dumm zu stellen. Das passt nicht zu Ihnen«, verkündete Selina abschließend. »Ich hoffe, das Bein heilt schnell.«

Ava saß auf der Bettkante und fragte sich, ob sie Selina, die ihren Espresso entweder vergessen oder absichtlich zurückgelassen hatte, folgen sollte. Nicht, dass es noch irgendetwas zu sagen gäbe. Sie war offenbar fest überzeugt, dass zwischen Callanach und ihr etwas lief, und was die Bemerkung betraf, sie würde sich dumm stellen ... das ging einen Schritt zu weit. Es war, nahm sie an, nicht einfach, jemanden wie Callanach teilen zu müssen. Sein gutes Aussehen und der französische Charme machten ihn für viele Frauen attraktiv, also war es verständlich, dass eine Frau, die eine Liebesbeziehung zu ihm unterhielt, dann und wann unter Eifersucht litt. Und sie und Callanach arbeiteten tatsächlich sehr eng zusammen.

Sie schlüpfte wieder in ihre Turnschuhe. Es war, wie sie sich eingestehen musste, mehr als nur eine enge Zusammenarbeit. An diesem Morgen war sie in seinem Bett aufgewacht, kurz nachdem er ihr das Leben gerettet hatte. Das war das, was Selina spürte. Es war eine Art Co-Abhängigkeit, wie sie sich manchmal unter Partnern im Polizeidienst entwickelte, das Gefühl, dass es auf der Welt eine Person gab, die einen nie im Stich lassen würde. Die Gewissheit, dass es einen Menschen gab, der wusste, was man dachte, der jede Handlung, jede Entscheidung vorausahnen konnte und einen immer auffangen würde, wenn man fiel – physisch, emotional, beruflich, persönlich –, *jedes* einzelne Mal.

Ava trank einen Schluck von ihrem Tee und nagte an ihrer Unterlippe, während sie sich fragte, ob sie mit Callanach über Selinas Fehleinschätzung reden sollte. Zuerst wäre er vielleicht ein wenig geschockt, aber er würde auch die komische Seite erkennen. Vielleicht würde das sogar ein Gespräch zwischen ihm und Selina möglich machen, das ihnen die Chance gäbe, den Riss in ihrer Beziehung zu kitten.

Die Sache mit den Albträumen hatte sie erschreckt. Sie verdrängte diese entsetzlichen Tage ihres Lebens so gut sie nur konnte aus ihrem Bewusstsein, und sie hatte angenommen, dass alle anderen, die in die Geschichte verwickelt gewesen waren, es ebenso hielten. Callanach hatte mit der Vorstellung leben müssen, er könnte sie an einen extrem gestörten Psychopathen verlieren, und das musste hart für ihn gewesen sein. Sie sammelte sich und ging den Korridor hinunter, bis sie ihn vor einer Anschlagtafel entdeckte, wie er über seinem Kaffee das Gesicht verzog.

»Wir können gehen«, sagte sie sanft.

»Toll, das ging schnell. Wo ist Selina?«

»Sie wurde in eine andere Kabine gerufen«, behauptete Ava. Lügen entwickelte sich langsam zum Motto dieser Nacht. »Sie sagte, ich soll dich grüßen. Du solltest sie bald mal anrufen. Ich bin sicher, sie wüsste einen Drink zu schätzen, sobald ihr zwei ein bisschen zur Ruhe gekommen seid.«

»Gute Idee«, sagte er und legte einen Arm um Avas Taille, damit sie sich an ihn lehnen und ihr Bein entlasten konnte. »Worüber habt ihr gesprochen, als ich den Kaffee geholt habe?«

»Spanien«, behauptete Ava beinahe ohne jedes Stocken. »Würde es dir etwas ausmachen, mich zu einer Apotheke zu fahren?«

»Was immer du brauchst«, sagte er und öffnete für sie die Wagentür. »Ich bin ganz dein.«

Kapitel neun

Früher

Während Ava darauf wartete, dass ihr Rezept in der Apotheke eingelöst wurde, ging ein Mann, bewaffnet mit nichts Gefährlicherem als Fisch und Pommes frites, durch die Straßen von Edinburgh und schaute in Fenster, die nicht von Vorhängen verhüllt waren. Dr. Selina Vega hatte sich erboten, eine Schicht für einen Kollegen zu übernehmen, der angerufen und sich krankgemeldet hatte. Sie wusste, sie würde keinen Schlaf finden, nachdem sie dem Mann begegnet war, den sie liebte und verloren hatte. Pax Graham saß an seinem brandneuen Schreibtisch, las die Aussagen der Mitarbeiter des Pflegeheims und zerbrach sich den Kopf, wie er seinem Boss am zweiten Tag in seinem neuen Job beibringen sollte, dass ein Kollege Hauptverdächtiger in einem Mordfall war. Und Mrs Fenella Hawksmith – Fenny für ihre Bingofreundinnen, die sich gefragt hatten, wo sie in den letzten drei Wochen gewesen war – wurde in einem Leichensack für den Transport zur städtischen Leichenhalle aus dem Haus gebracht.

Während der letzten drei Jahre ihres Lebens hatte Fenny angenommen, der Tod würde eine Art Erleichterung für sie darstellen. Ihren Ehemann an den Krebs zu verlieren war schlimm gewesen, aber es war schnell gegangen. Außerstande, weiter in dem Haus zu leben, das sie sich geteilt hatten, war sie in die billigere, anonyme kleine Wohnung an der Easter Road gezogen. Was ihr noch mehr Kummer machte, war die Tochter, die sie in Glasgow an die Drogen verloren hatte. Alice war vor zwölf Jahren weggelaufen. Und zurückgekommen. Hatte eine Entziehungskur gemacht. War rückfällig geworden. Wieder davongelaufen. Hatte auf der Straße gelebt. War nach Hause gekommen. Hatte sie bestohlen. Und war wieder davongelaufen. Während der letzten fünf Jahre hatte Fenny nicht gewusst, ob ihr geliebtes Kind tot oder am Leben war. Sie hatte ihrer Tochter nicht einmal vom Tod ihres Vaters berichten können. Es war niemand da gewesen, der sie in ihrer Trauer gehalten hätte, niemand, der sie getröstet oder ihr einen Grund zum Weiterleben geliefert hätte.

Fennys Arzt war mitfühlend, aber überlastet, also hatte er ihr auf ihre Bitte Antidepressiva verschrieben, als sie sich als hoffnungslos dargestellt hatte. Das Hospiz ihres Mannes hatte ihr Hilfe angeboten, aber da gab es zu viele Damen in geblümten Kleidern, »Edinburgher Chic« hätte ihre eigene Mutter dazu gesagt, und es war eine Million Meilen entfernt von der Glasgower Armut, in der sie groß geworden war. Nicht, dass diese Frauen ihr gegenüber herablassend gewesen wären, sie hatte nur das Gefühl, nicht dazuzugehören.

Ihr erster Versuch, diese elende Welt zu verlassen, hatte ein abruptes Ende gefunden, als sie die Tabletten, die sie mit einer Flasche billigen Weins hinuntergespült hatte, schlicht wieder erbrochen hatte. Die einzig dauerhaften Ergebnisse, die sie erzielte, waren ein hässlicher Fleck auf dem beigen Teppich und ein Katzenjammer, der ihr einige Tage lang erhalten blieb.

Der nächsten Gelegenheit ging eine bessere Planung voraus. Klug genug, diese Tat nicht zu Hause verüben zu wollen, umgeben von den Fotos der Menschen, die sie geliebt und verloren hatte, und unter Berücksichtigung der Tatsache, dass sie ohnehin nichts würde mitnehmen können, hatte sie hundert Pfund von ihren Ersparnissen in ein Hotelzimmer investiert. Die Ironie bei all dem Aufwand war, dass ihr Selbstmordversuch hätte erfolgreich sein können, wenn sie sich einfach in ihrem eigenen Badezimmer eingeschlossen hätte. So jedoch war ein Zimmermädchen, das am Morgen versäumt hatte, einen vollständigen Satz Handtücher zu hinterlegen, an ihre Tür gekommen, hatte geklopft und war, als keine Antwort erfolgte, eingetreten, als Fenny sich gerade die Pulsadern aufschnitt.

Man hatte einen Krankenwagen gerufen, und Fenny war im Handumdrehen in einer nahen Klinik gelandet. Ein Psychiater war hinzugezogen worden, und sie hatte vier Monate stationär in einer Einrichtung verbracht, in der die Mitarbeiter pink gekleidet waren, übertrieben viel lächelten und darauf bestanden, dass sie an einer ganzen Reihe täglicher Kurse teilnahm, darunter auch Yoga, Meditation und Achtsamkeit. Am Ende hatte Fenny sich als so untadelige Schülerin erwiesen, dass man sie mit einem Kuchen und guten Wünschen entlassen hatte.

Die hatten ja keine Ahnung, dass sie einfach alles getan hätte, um nie wieder an diesem Yoga-Kurs teilnehmen zu müssen, dessen Leiter ständig in einem verhaltenen Singsang gesprochen und sie beharrlich aufgefordert hatte, ihren Körper zu lieben und auf ihn zu hören. Fenny war ziemlich sicher, dass ihr Körper sie verdammt hasste, und sie wollte nicht darauf hören, was er zu sagen hatte, aber Fügsamkeit hatte sie aus der Einrichtung rausgebracht, wenngleich mit der Nebenwirkung, sie ernsthaft wütend zu machen. Wütend auf ihren Mann, der vierzig Zigaretten am Tag geraucht und sie allein gelassen hatte, als sie sich dem Alter näherten. Wütend, dass ihre Tochter, um die sie mehr als ein Jahrzehnt an jedem einzelnen Tag geweint hatte, ohne sinnvollen Grund verschwunden war. Wütend auf ihre Nachbarn, die Tag und Nacht die Umgebung mit lauter Rapmusik beschallten.

Wut, so stellte sie fest, war selbst eine Art Heilmittel. Sie wollte nicht mehr sterben. Stattdessen beschloss sie, die Rapmusik mit italienischen Opern zu kontern, und kaufte sich einen

Lautsprecher, der ein ganzes Festival hätte übertönen können. Sie schloss sich einem Bingoclub an, weil ihr Ehemann sein ganzes Leben lang über Frauen gelästert hatte, die ihr Geld für solche Nichtigkeiten ausgaben. Wie sich herausstellte, machte das sogar Spaß. Und sie hörte auf, auf Webseiten für vermisste Personen oder über Agenturen für Familienzusammenführung nach ihrer Tochter zu suchen, und akzeptierte die Realität, die besagte, dass es nichts gab, was sie tun konnte, um jemanden zurückzuholen, der entweder tot war oder nicht gefunden werden wollte. Sollte das Schicksal seine Spielchen spielen – so lautete ihre neue Philosophie. Sie würde sich einfach mit der Flut treiben lassen.

Dann hatte jemand eines Dienstags um die Mittagszeit an ihre Tür geklopft. Wer zum Teufel machte sich schon Sorgen, zwischen dem zweiten Frühstück und dem Mittagessen an die Tür zu gehen? Um diese Zeit passierte nichts Schlimmes, nicht an einem Dienstag in ihrem eigenen Zuhause. Es war auch nicht ungewöhnlich, dass andere Bewohner einfach auf den Summer drückten und Leute hereinließen, ohne auch nur nach dem Namen zu fragen. Der Typ vom Pizzalieferdienst drückte immer nur auf irgendeine Klingel und guckte erst, wenn er im Haus war, raus aus dem Regen, nach der Nummer der Wohnung, die er beliefern sollte.

Fenny hatte in der Hoffnung geöffnet, dass nicht schon wieder Zeugen Jehovas vor der Tür standen und ihr ein Ohr abkauen wollten. Sie hatte jedes Mal ein schlechtes Gewissen, wenn sie ihnen sagte, sie sollten Land gewinnen, aber tat sie es nicht, dann kam es manchmal zu einem halbstündigen höflichen Gespräch darüber, wie hübsch doch die Broschüren gedruckt waren, in dessen Verlauf sie in Gedanken nach einer Ausflucht suchte, um die Tür zu schließen.

Doch der Mann, der vor ihrer Tür stand, wirkte düster und professionell.

»Mrs Hawksmith«, sagte er und hielt eine Marke an einem leuchtend bunten Band hoch. »Ich komme von einer Stiftung, die sich der Wiederannäherung von entfremdeten Angehörigen verschrieben hat. Wir haben Informationen über ihre Tochter Alice. Können wir uns unterhalten, oder ist das ein schlechter Zeitpunkt?«

Darüber dachte sie gar nicht erst nach. Dreißig Sekunden später fegte sie Krümel von ihrer Couch, damit er sich setzen konnte, ohne sich die elegante Hose zu ruinieren. In ihrem Kopf drehte sich alles. Neuigkeiten von ihrer Tochter, nach so langer Zeit … Also war sie nicht tot. Wäre sie tot gewesen, hätte die Polizei vor der Tür gestanden.

Fenny stand mitten in ihrem Wohnzimmer und trat von einem Fuß auf den anderen. Sosehr sie die Neuigkeiten hören wollte, fürchtete sie sich auch davor, wie sie lauten mochten, und sie klammerte sich an eine Hoffnung, deren Existenz sie längst vergessen hatte.

»Ist noch jemand hier, der Sie unterstützen kann, oder sind Sie heute allein?«, hatte der Mann gefragt.

»Nein, hier bin nur ich …«

Trotz ihrer Aufregung fiel Fenny ein, dass sie den Mann nicht einmal nach seinem Namen gefragt hatte. Nun wusste sie nicht recht, wie sie die Scharte auswetzen sollte; nicht, dass sie Zeit vergeuden wollte. Es gab Neuigkeiten. Das war plötzlich jeden Geburtstag, jedes Weihnachten, jeden Muttertag, jeden Morgen wert, an dem ihre Tochter nicht in ihrem Bett geschlafen hatte. Endlich gab es eine Aussicht auf etwas anderes als den dunklen Abgrund des Verlusts.

»Nur, um abzuklären, dass Sie derzeit nicht mit jemandem zusammenleben oder sich die Wohnung mit einer anderen Person teilen. Es ist unerlässlich, dass Sie alle Informationen, die wir mit Ihnen teilen, vertraulich behandeln, wenn Sie verstehen.«

»Ja, natürlich«, war es aus Fenny herausgesprudelt. »Hier bin nur ich. Wenn Sie Neuigkeiten haben, verspreche ich, ich werde mit niemandem darüber reden.«

»Gut«, sagte er besänftigend. »Das klingt alles sehr erfreulich. Nun muss ich mir ein Bild von ihrer aktuellen Befindlichkeit machen. Wir stellen oft fest, dass die Leute sehr heftig darauf reagieren, wenn sie etwas Neues über geliebte Menschen hören, die schon länger vermisst werden, und der Prozess der Wiederannäherung kann mit großen Schwierigkeiten und Enttäuschungen behaftet sein. Das ist eine Reise, die wir niemandem empfehlen, der sich emotional in einer prekären Lage befindet.«

Wiederannäherung. Das hätte sie nicht gedacht. Er hatte das Wort ausgesprochen. Ihre Tochter war also nicht nur am Leben, sie war auch irgendwie greifbar und in einem ausreichend guten Zustand, um einen Kontakt herzustellen. In diesem Moment glaubte sie an einfach alles: Karma, Kismet, Schicksal, Gott, vierblättrigen Klee – den ganzen Kram. Es gab einen Grund dafür, dass sie beschlossen hatte, Geld für ein Hotelzimmer rauszuwerfen, um allem ein Ende zu machen. Es gab einen Grund, warum das Zimmermädchen im schlimmsten – nun aber besten – Moment aufgetaucht war. Die endlosen Yogaübungen waren jede Sekunde der Demütigung und des falschen Lächelns wert. Oder die Beruhigungsmittel, von denen ihr übel geworden war. Die Therapie, in der sie jedes schäbige oder langweilige Detail ihres Lebens preisgegeben hatte. Das alles hatte sie an diesen Punkt geführt.

Sie durchquerte den Raum – es waren nur drei Schritte, aber sie hatte so weiche Knie, dass sie fürchtete, sie würde es nicht schaffen –, um das Foto von Alice von der Fensterbank zu holen. Da hatte ihre wunderbare siebenjährige Tochter gerade einen Zeichenwettbewerb gewonnen. Sie hatte echtes Talent, und das hatte sie bestimmt nicht von Fenny geerbt. Gesichter zeichnen konnte sie am besten, und sie verbrachte viele Stunden ihres jungen Lebens an einem Tisch und füllte Zeichenblock um Zeichenblock.

Fenny hatte immer noch einige dieser Bilder, sicher verwahrt in einem Umschlag, den sie in dem Karton mit ihren Hochzeitsfotos und Muttertagskarten versteckte. Die Bilder waren ihr so lieb und teuer, dass sie es nicht mehr wagte, sie auch nur anzufassen. Da waren kindliche Schwüre ewiger Liebe, die sich in hasserfüllte Schreie verwandelt hatten, als die Drogen die Welt ihrer Tochter zu einem Ort gemacht hatten, an dem die einzige Wärme, die sie willkommen hieß, die der in Plastik verpackten Sinnestäuschungen war, und die einzige Liebesbekundung, die sie akzeptierte, aus Geld bestand.

»Wo ist sie?«, hatte Fenny geflüstert, während sich ihre Gesichtsmuskeln zu einem ungewöhnlichen Bild spannten.

Lächeln hatte so lange nicht mehr zu ihrem Leben gehört, dass es sich auf ihren Lippen fremdartig anfühlte.

»Ich weiß es nicht«, sagte der Mann. »Denken Sie, Sie verdienen es, sie zu sehen?«

Fennys Lächeln verblasste ein wenig. »Ob ich es verdiene?«, fragte sie gedehnt. »Ja, natürlich, warum sollte ich es nicht verdienen, mein Baby zu sehen?«

»Haben Sie Ihr eigenes Leben geschätzt, Fenella?«

»Selbstverständlich habe ich das. Mein Mann ist tot. Er hätte alles dafür getan, unserem Mädchen noch einmal in die Augen sehen zu dürfen. Nun bin nur noch ich übrig und muss das für uns beide tun. Sie weiß nicht mal, dass ihr Daddy gestorben ist. Ich weiß gar nicht, wie ich ihr das beibringen soll.« Fennys Beine wollten sie nicht mehr tragen, und sie sank auf das Sofa und atmete einige Male tief durch.

»Aber Ihr Mann hätte seinen Tod nicht verhindern können, oder? Der Krebs hat ihn geholt, wenn ich nicht irre.«

»Äh …«, druckste sie.

Das Letzte, was Fenny wollte, war, diesem Mann, der versuchte, ihr zu helfen, unhöflich zu begegnen, aber sie wusste nicht so recht, wo er diese Informationen herhatte. Alice konnte auf keinen Fall von der Tragödie wissen, die sich in ihrer Abwesenheit ereignet hatte, und Fenny erinnerte sich nicht, irgendeiner dieser Agenturen Einzelheiten über die Erkrankung ihres Mannes erzählt zu haben.

»Ja, Lungenkrebs. Ich habe mich an ein paar Agenturen gewandt, als ich versucht habe, meine Tochter zu finden. Ich war ein wenig überrascht, als Sie hier aufgetaucht sind, und ich habe den Namen der Agentur, die Sie geschickt hat, nicht verstanden.«

»Aber Sie«, fuhr er fort, als hätte sie gar nichts gesagt, »haben das Geschenk des Lebens als selbstverständlich betrachtet. Sie dachten, Sie könnten es wegwerfen. Sie haben beschlossen, dass Ihr Bedürfnis, sich der Verantwortung zu entledigen, die mit ihrem Platz in dieser Welt einhergeht, wichtiger ist, als wertzuschätzen, was Ihnen gegeben wurde.«

»Ich verstehe nicht recht, wovon Sie sprechen«, sagte Fenny. »Was hat das mit meiner Tochter zu tun?«

»Nehmen Sie Ihre Medikamente noch, oder sind Sie zu dem Schluss gekommen, dass Sie es besser wissen als die Leute, die versuchen, Ihnen zu helfen?«, fragte er.

Fenny stellte mit zitternder Hand das Foto von Alice, das sie bis dahin umklammert hatte, auf den Sofatisch. »Wer hat sie geschickt?«, fragte sie leise. »War es jemand aus dem Krankenhaus? Ist das ein Teil der Nachkontrolle? Werde ich getestet? Falls es hier nur um eine Maßnahme geht, mit der festgestellt werden soll, ob ich immer noch auf meine Genesung achte, dann sollten die Informationen, die ich über meine Tochter angegeben habe …«

Sie konnte den Satz nicht zu Ende bringen. Es gab keine Worte, die stark genug waren, um die Entrüstung auszudrücken, die sie über das, was hier geschah, empfand.

Fenny musterte den Mann vom Scheitel bis zur Sohle. Er hatte keine Akte bei sich. Überhaupt keine Papiere. Wäre er gekommen, um mit ihr über ihre Tochter zu reden, dann hätte er sich doch gewiss Notizen machen oder ihr ein Dokument zur Unterschrift vorlegen oder ihre Identität prüfen müssen. Sie schaute sich im Wohnzimmer um und versuchte sich zu erinnern, wo sie ihre Brille gelassen hatte, ohne die sie die schrecklich kleine Schrift auf seiner Marke nicht lesen konnte, die sie derzeit nur als eine verschwommene Masse wahrnahm.

»Fenella, wir müssen uns unterhalten, und Sie müssen mir die richtigen Antworten liefern«, sagte er und erhob sich. »Sie müssen sich konzentrieren. Dabei werde ich Ihnen helfen, okay? Ich werde Ihnen das alles viel leichter machen.«

»Ich will meine Tochter sehen«, sagte Fenny und betrachtete die Beule in der Hosentasche des Mannes.

Sie hatte definitiv nicht die Form eines Mobiltelefons, und die geräumigen Rundungen deuteten auch nicht auf einen Schlüsselbund hin.

»Tatsächlich?«, fragte er. »Wie viel Zeit haben Sie ihr eigentlich gewidmet, wie oft haben Sie an sie gedacht? Einmal am Tag? Hatten Sie wenigstens so viel für sie übrig? Ist es nicht realistischer zu sagen, dass Sie vielleicht einmal in der Woche an sie gedacht haben?«

Fenny stand ebenfalls auf und war ihm unangenehm nahe, doch sie hob den Kopf, um ihn direkt anzusehen. »Es vergeht keine Stunde des Tages, in der ich nicht an mein Mädchen denke«, sagte sie. Tränen traten ihr in die Augen, und Zorn spannte jeden Muskel in ihrem Leib.

»So?« Er lächelte. »Würde eine Mutter, die ihr vermisstes Kind wahrhaftig liebt, wirklich versuchen, sich das Leben zu nehmen? Ich glaube nicht. Ich glaube, Sie hätten auf sie gewartet, wie lange es auch dauern mag, denn falls es auch nur die kleinste

Chance gäbe, dass Ihre Tochter nach Hause käme, dass man sie verhaften würde oder sie im Krankenhaus landet und nach ihnen fragt, dann hätten Sie für sie da sein müssen. Warum sollten Sie versuchen, das arme Mädchen seines einzigen überlebenden Elternteils zu berauben? Das ist einfach nicht richtig.«

Er packte Fennys linke Hand mit seiner rechten. Etwas an der Berührung fühlte sich sonderbar an, zu kalt, falsch. Sie hob die Hand, die er festhielt, um nachzusehen.

Handschuhe. Wer immer dieser Mann war, aus irgendeinem Grund trug er durchsichtige Kunststoffhandschuhe.

Als sie den Mund öffnete, um die Frage zu stellen, die sie in Gedanken in Worte zu kleiden versuchte, spürte sie einen Schlag an ihrem linken Handgelenk, begleitet von einem metallischen Schnappen. Die herabhängende Handschelle war geschlossen, lag aber nicht allzu eng an. Verrückterweise fragte sie sich plötzlich, ob er womöglich doch Polizist war – einer, der nicht gekommen war, um sie über den Tod ihrer Tochter zu unterrichten, sondern sie wegen einer erzieherischen Verfehlung verhaften wollte, die begangen zu haben ihr nicht einmal bewusst war. Es dauerte ein paar Sekunden, bis sie begriff, wie verkehrt das alles war.

»Was zum Teufel haben Sie vor? Verlassen Sie augenblicklich meine Wohnung. Haben Sie mich verstanden?«

Der Mann lachte.

Fenny zerrte an den Handschellen. Sie wollte sie sich nicht einmal von ihm abnehmen lassen. Das hieße, er würde sie erneut anfassen, und das wollte sie wirklich nicht. Nicht mit diesen gruseligen Handschuhen.

»Sie wollen, dass ich schon gehe? Aber Sie haben doch noch gar nicht gehört, was ich Ihnen über Alice zu erzählen habe«, sagte er.

»Sie sind nicht hier, um mit mir über meine Tochter zu sprechen«, erwiderte Fenny. »Und jetzt verschwinden Sie verdammt noch mal aus meiner Wohnung, Sie elender Psychopath, oder ich rufe die Polizei!«

Der Mann widmete seine Aufmerksamkeit dem Lautsprecher, der Fennys Wohnzimmer winzig erscheinen ließ, schaltete ihn an und ging die Aufnahmen in dem iPod durch, der es Fenny erlaubte, stundenlang in zufälliger Reihenfolge Musik zu hören, ohne sich weiter darum zu kümmern.

»Sie mögen Opern, richtig? Ich habe Sie schon früher durch Ihre Tür gehört«, sagte er. »Manchmal war es so laut, dass ich es von der Straße aus hören konnte.« Er drückte auf einen Knopf, und Violinenklänge erfüllten die Luft mit einer dramatischen Molltonart. »Das ist die eine Eigenschaft an Ihnen, die mich beeindruckt hat. Die Wertschätzung der Kunst ist es, was uns von Tieren unterscheidet.«

Als Fenny schrie, drehte der Mann die Musik einfach noch lauter auf. Aus dem Stockwerk unter ihnen ertönten zur Vergeltung die Rhythmen eines amerikanischen Rappers.

»Verlegen wir das ins Badezimmer, Mrs Hawksmith, das ist schließlich ihr bevorzugter Raum.«

An den Handschellen zog er sie ins Badezimmer, und das reichte, um sie aus der vom Schock geprägten Untätigkeit zu reißen. Fenny stürzte in Richtung Tür, riss ihm die Handschellen aus den Fingern und rannte. Doch er hatte nur darauf gewartet, dass sie ihren Zug tat. Das wurde ihr klar, als sie zu Boden stürzte, weil er ihr einen ausgestreckten Fuß zwischen die Beine geschoben hatte, um dann in aller Ruhe zuzuschauen, wie sie mit dem Unterkiefer auf dem Teppich aufschlug.

»Arschloch«, murmelte Fenny.

»Tsts.« Am Schopf zog er sie wieder hoch. »Ja, genau, jetzt wollen Sie leben. Jetzt haben Sie beschlossen, nicht mehr länger das undankbare, wehleidige Weibsstück zu sein und zu hüten, was Sie haben. Aber nun gehört es mir. Sie wollten es hergeben, und zu Ihrem Glück bin ich die einzige Person, die dieses Geschenk zu schätzen weiß.«

»Ich wollte nie sterben«, kreischte Fenny. »Nicht wirklich. Es war die Depression. Ich wusste damals nicht, wie ich damit fertigwerden soll, aber das habe ich im Krankenhaus gelernt. Dort hat man mir geholfen. Wer sind Sie? Sie kommen nicht von einer Stiftung. Wer hat Ihnen von mir erzählt?«

»Was glauben Sie, würde sich ihr armer toter Ehemann dabei denken? Er ist an einem schrecklichen, unabwendbaren Leiden erkrankt und hat unfreiwillig sein Leben verloren. Und dann beschließen Sie, hinzugehen und Ihres einfach wegzuwerfen, ohne sich Gedanken über die Schönheit des Daseins zu machen, über die Kraft, die sich Menschen in ihren Körpern nutzbar machen können. Sie haben Ihr eigenes Leben wie einen Wegwerfartikel behandelt, nachdem ihm seines gestohlen worden war. Wissen Sie, was ich denke, Mrs Hawksmith? Ich denke, Ihr Ehemann wäre der Ansicht, dass Sie Ihr Recht zu leben verwirkt haben.«

Er zog eine Waffe aus seiner Jacke. Fenny hatte noch nie zuvor eine echte Schusswaffe gesehen. Sie war kleiner, als sie vermutet hatte, trotzdem erfüllte sie die Atmosphäre mit Bösartigkeit. Ihre bloße Präsenz verströmte pures Gift.

»Ziehen Sie sich aus«, befahl der Mann, »und steigen Sie in die Wanne.«

Fenny sah hinab auf das weiße Porzellan und erblickte den Tod, der dort auf sie wartete.

»Ich will nicht«, schluchzte sie.

»Das ist gut. Nicht zu wollen ist gut. Das ist der Beginn Ihres Heilungsprozesses. Ziehen Sie sich aus.«

Ein Fliegenschwarm brummte in Fennys Kopf, und sie schaffte es nicht, den Reißverschluss ihrer Hose zu öffnen, wie sehr sie sich auch bemühte.

»Ich habe etwas Schmuck«, flehte sie, »und da ist ein bisschen

Geld in meinem Portemonnaie. Und die Medaillen von meinem Großvater. Die sind etwas wert. Sie können alles haben. Das ist mir egal. Aber bitte, töten Sie mich nicht.« Irgendwie gelang es ihr, die Hose zu Boden sinken zu lassen. »Wissen Sie noch, Sie haben gesagt, ich müsste für Alice da sein, und Sie hatten recht. Sie könnte jederzeit auftauchen. Womöglich hat sie ein kleines Baby und braucht Hilfe.« Ihre Hände zitterten, als sie an den Knöpfen ihrer Bluse herumfummelte. »Ich kann mich wieder in Behandlung begeben, nur um sicherzustellen, dass ich nichts Dummes mehr tue. Ich mache, was immer Sie wollen. Nur … nicht das. Ich will nicht in die Wanne.«

Fenny weinte, und er nickte genüsslich.

»Bitte, zwingen Sie mich nicht. Bitte …«

»All Ihre Kleider. Genau, wie Sie es damals gemacht haben. Ich möchte es genau so sehen, wie es war.« Er wedelte mit der Waffe vor ihr, um sie aufzufordern, ihren Schlüpfer auszuziehen.

Fenny starrte den Lauf an und fragte sich, ob die Waffe wirklich geladen war. Die Kugel wäre schneller, als was immer er für sie vorgesehen hatte, davon war sie überzeugt. Seine Augen waren so warm wie die eines Reptils. Es war erstaunlich, dass sie das nicht gleich an der Tür erkannt hatte. Sein Lächeln war perfekt, die Kleidung sauber und ordentlich, seine Worte besänftigend, aber wenn Augen wirklich die Fenster zur Seele waren, dann offenbarten seine eine Art Niemandsland, in dem das Leben den Kampf längst aufgegeben hatte. Selbst die Krabbeltiere, die sich sonst von Tod und Verderben ernährten, hatten diesen Ort verlassen. In diesem Mann gab es nur ein endloses Echo von nichts.

In diesem Moment begriff Fenny, dass es egal war, wie sehr sie bettelte, weinte oder schrie, es würde nichts ändern. Dies war das Ende. Sie stieg in die Wanne und befolgte kampflos seine übrigen Anweisungen. So schien es einfacher zu sein.

Kapitel zehn

5. März

Ava schluckte die erste Antibiotika-Kapsel mit einem Glas Orangensaft und legte ihr extrem schmerzendes Bein auf Callanachs Sofa. Es war halb eins in der Nacht, und die Stadt war bemerkenswert still.

»Meinst du, es besteht eine Chance, dass Mrs Hawksmith Selbstmord begangen hat?«, fragte Ava.

»Physisch wäre das so gerade im Bereich des Möglichen, aber es fühlt sich falsch an. Warum sollte man sich mit diesen Kabelbindern an den Fußgelenken unnötig unter Stress setzen?«

»Vielleicht, um sicherzustellen, dass man es sich nicht mehr anders überlegen kann«, schlug Ava vor. »Wenn es nur die Kabelbinder wären, hätte ich es geglaubt. Was für mich ausschlaggebend war, das sind die Handschellen. Durch sie erweckt der Tatort den Eindruck einer gestellten Szene. Jemand hat sich viel Mühe gegeben, um dieses Bild im Kopf zu konstruieren. Derjenige hatte eine genaue Vorstellung davon, wie das ablaufen würde. So plant man doch keinen Selbstmord. Das ist eine reaktive und in den meisten Fällen chaotische Tat. Ich bin keine Expertin, aber ich würde sagen, der natürliche Instinkt würde einen dazu bringen, für eine gewisse Flexibilität oder einen Ausweg zu sorgen. Außerdem fehlt hier der Faktor Bequemlichkeit. Niemand will, dass der eigene Tod ein traumatischer Vorgang ist, ganz egal, wie depressiv derjenige auch ist. Du hast doch mit einem Zeugen aus einer Suizidpräventionsgruppe über den Tod von Stephen Berry geredet, nicht wahr? Meinst du, der wäre bereit, zu uns zu kommen und mit mir darüber zu sprechen? Ich schätze, wir könnten von einer zweiten Meinung profitieren, besonders, wenn sie von einem Experten stammt.«

Callanach dachte darüber nach. Er war überzeugt, dass Ava recht hatte und dass Rune Maclure ihnen vermutlich nur zu gern helfen würde. Wieder überfiel ihn der Gedanke, wie perfekt die beiden zusammenpassen würden. Maclure würde Ava zum Lachen bringen, sinnierte er, und er würde ihr Ruhe vermitteln können. Er war im passenden Alter, und Callanach war ziemlich sicher, dass er keinen Ehering getragen hatte. Das bedeutete natürlich nicht, dass er Single war, aber falls doch … An dieser Stelle gebot Callanach sich selbst Einhalt. Er hatte kein Recht, Avas Umgang mit Männern zu beschränken, die ihr guttun könnten. Für Männer, die ihr eher schaden würden, galt das übrigens auch.

»Ja, sein Name ist Rune Maclure. Ich rede morgen mit ihm.« Immerhin ein Kompromiss. »Du gehst zur Leichenhalle und schaust, was Ailsa dir liefern kann. Anschließend können wir uns auf dem Revier treffen und eine Einsatznachbesprechung mit dem Team machen. Das spart Zeit.«

»Du dürftest morgen noch einige andere Dinge im Kopf haben. Pax Graham wird dich wegen des Todesfalls im Pflegeheim befragen müssen, und je früher wir das hinter uns haben, desto besser. Er braucht eine offizielle, aktenkundige Aussage für den Fall, dass du noch irgendwelche relevanten Fakten kennst, die bei der Aufklärung helfen könnten, und um zu belegen, dass wir die vorschriftsmäßige Verfahrensweise eingehalten haben. Was ich immer noch nicht weiß, ist, warum du überhaupt dort warst. Jetzt kommt mir das vor, als wäre es eine Ewigkeit her, aber *das* ist der Grund, warum ich zu dir gekommen bin.«

»Für dieses Gespräch brauche ich einen Drink, auch wenn du dabei leer ausgehst«, sagte er, ging in die Küche und schenkte sich ein Glas Rotwein ein.

»Hast du ein Bier?«, rief Ava ihm nach.

»Ja, aber du bekommst es nicht. Ärztliche Anordnung. Welchen Eindruck hat Selina auf dich gemacht?«

Ava überlegte, wie sie diese Frage beantworten sollte. Selina hatte ihr eine ganze Reihe von Dingen vermittelt. Sie war durcheinander, wütend, verlassen. Eifersüchtig. Das war das Wort, das Ava mied. Sie war eifersüchtig auf die Beziehung zwischen ihr und Callanach. Sie hatte eine falsche Vorstellung davon, so viel stand fest, doch wie sollte sie das erklären, ohne dass es peinlich wurde? Natasha hatte sie zigmal mit Callanach aufgezogen, aber das war nur Hänselei. Da steckte rein gar nichts dahinter.

»Ich glaube, sie kommt zurecht, und versuch nicht, das Thema zu wechseln. Ich dachte, du kennst niemanden in Schottland, abgesehen von den Schurken, mit denen du beruflich zu tun hast. Ich weiß, dass der Mann im Pflegeheim bis heute nichts mit einem unserer Fälle zu tun hatte. Sein Name ist im System nicht erfasst. Morgen wirst du es sowieso erklären müssen, also spricht doch nichts gegen einen Probelauf.«

Callanach setzte sich neben sie auf das Sofa und legte sich ihr verletztes Bein auf den Oberschenkel.

»Bruce Jenson war vor Jahren der Boss meines Vaters«, berichtete er. »Damals, als mein Dad seinen ersten richtigen Job bei einem Möbelhersteller namens Edinburgh Bespoke hatte. Das war noch vor meiner Geburt. Ich habe einen Teil meines Urlaubs damit verbracht, die Familiengeschichte zu erforschen, und meine Mutter danach gefragt, und als ich dann zurückgekommen bin, dachte ich, ich besuche ihn mal.«

»Schwachsinn.« Ava sah zu, wie Callanach sein Weinglas in einem Zug halb leerte. »Seit wann musst du den Wein so reinkippen, um mit mir über historische Nachforschungen zu sprechen? Was verschweigst du?«

»Nichts«, erwiderte er. »Kein Drama, kein Problem. Was immer ihm heute zugestoßen ist, das war Zufall. Ich werde DI Graham gleich morgen früh meine Stellungnahme reinreichen, und er kann mich wegen der Spuren befragen, und das ist alles.«

Ava starrte ihn an. »Schön. Ich spiele mit. Also war Jenson vor über dreißig Jahren der Boss deines Vaters. Warum wolltest du ihn sehen?«

Callanach zuckte mit den Schultern. »Neugier, schätze ich. Der Wunsch, eine Verbindung zur Vergangenheit herzustellen.«

»Also gut. Aber als ich dir gesagt habe, dass er tot ist, hast du keine Miene verzogen. Und dann war da so etwas wie Erschrecken, als dir klar geworden ist, dass du die letzte Person bist, die ihn lebend gesehen hat, aber du hast weder Trauer um ihn noch Mitgefühl mit seiner Familie zum Ausdruck gebracht.«

»Ich habe den Mann einmal für fünfzehn Minuten getroffen. Wie hätte ich da deiner Meinung nach reagieren sollen?«, fragte Callanach, lehnte sich auf dem Sofa zurück und schloss die Augen.

»Ich hätte erwartet, dass du deinen Namen in die Besucherliste einträgst und nicht mit deiner Marke wedelst, wenn du doch scheinbar den unverfänglichsten Grund auf Erden hattest, den alten Mann zu besuchen. Außerdem hasse ich es, wenn du mich anlügst, weil mir das das Gefühl vermittelt, dass du mir nicht vertraust, und das ist, wie ich feststellen muss, irgendwie ärgerlich.«

»Ava, tu das nicht«, flüsterte er.

»Ich tue gar nichts«, sagte sie, nahm ihm das Glas aus der Hand und trank einen Schluck Wein.

»Doch.« Er drehte den Kopf zur Seite, um sie anzusehen. »Du ziehst das auf eine emotionale Ebene, während ich es einfach nur kurzhalten möchte.«

»Du hast mir gegenüber bereits zugegeben, dass deine DNA und deine Fingerabdrücke möglicherweise an Jensons Kinn gefunden werden. Das Gesicht eines Menschen anzufassen ist entweder eine liebevolle oder eine zornige Geste. Was war es in diesem Fall?«

»Was wäre, wenn er gesabbert hätte und ich sein Kinn nur gehalten habe, um ihn zu säubern?«, konterte Callanach und streckte die Hand nach seinem Glas aus.

»Hast du das in deiner Stellungnahme geschrieben?«

»Ja«, sagte er.

»Wie ist die Vase zerbrochen?«

»Ich habe sie versehentlich mit dem Ellbogen erwischt«, behauptete er und ging zum Regal, um ein frisches Glas zu holen und mit Wein zu füllen, denn ihm war klar, dass Ava ihm sein Glas nicht zurückgeben würde, ganz gleich, was die Ärztin geraten hatte.

»Komisch. Ich kenne dich schon eine ganze Weile, und ich habe noch nie erlebt, dass du dich irgendwie ungeschickt verhältst. Du bist dir deiner Umgebung immer bewusst, ganz besonders in Krankenhäusern und dergleichen. Das kommt mir so untypisch vor.«

»Du musst aufhören zu bohren«, sagte er. »Um deinet- und um meinetwillen.«

»Das Gleiche habe ich dir bei früheren Fällen gesagt, und du hast weitergebohrt, bis es zwischen uns keine Geheimnisse mehr gegeben hat. Das hast du für mich getan. Was willst du mich nicht wissen lassen? Komm schon, Luc. Die werden deine DNA an seinem Gesicht finden, und wenn es sonst nur Jensons DNA gibt, kommst du mit deiner Erklärung nicht weit.«

»Mist«, sagte er. »Daran hatte ich nicht gedacht.«

»Woran?«

»Daran, dass meine DNA mit seiner verglichen werden wird,

um sicherzustellen, dass es keine Kontamination gegeben hat.« Er schwankte, krallte die Finger in den Bauch, verschüttete den frisch eingeschenkten Wein und bemühte sich, seinen Mageninhalt bei sich zu behalten.

»Ich nehme zurück, was ich über deine Geschicklichkeit gesagt habe.« Sie lächelte sanft und nahm ihm das Glas aus der Hand. »Luc, was ist los? Wenn du Jenson nichts getan hast, dann musst du dir doch keine Sorgen machen, ganz gleich, was wirklich passiert ist.«

Ava humpelte in die Küche, um einen Lappen zu holen. Am Boden kniend, wischte sie dann den größten Teil des Weins auf, bemüht, ihren Kollegen nicht anzustarren. Schließlich legte sie den Wischlappen ins Spülbecken und wusch sich die Hände, um Callanach noch etwas mehr Zeit zu geben, sich zu sammeln, ehe sie zum Sofa zurückkehrte.

»Hör mal«, sagte sie sanft, als sie sich neben ihn setzte. »Gestern Abend hast du mir das Leben gerettet, als ich ein Risiko auf mich genommen habe, das ich nie hätte eingehen dürfen. Ich bin auf dieser Mauer rumgeklettert, obwohl ich wusste, dass das töricht war, aber mir ist überhaupt nicht in den Sinn gekommen, dass ich mich ernsthaft verletzen könnte, weil du da warst und mich festgehalten hast. Du bist immer da, wenn ich dich brauche. Lass mich das Gleiche auch für dich tun. Bitte.«

Callanach rieb sich die Augen und ließ plötzlich die Schultern hängen. Er drehte sich seitlich, parallel zur Couch, und Ava folgte seinem Beispiel, bis sie einander gegenübersaßen, die Beine nebeneinander ausgestreckt. Ava wartete darauf, dass er sich äußerte.

»Als meine Mutter letztes Jahr nach Edinburgh gekommen ist und du dieses Treffen im Hotel eingefädelt hast, hat sie mir von einer Jahre zurückliegenden Weihnachtsfeier in dem Unternehmen, in dem mein Vater gearbeitet hat, erzählt. Sie waren jung und ständig in Geldnot. Gute Jobs waren damals schwer zu finden, und sie hat kein so tolles Englisch gesprochen, also musste mein Vater für beide verdienen. Er war Vorarbeiter bei Edinburgh Bespoke, er war beliebt, und er hatte eine schöne Frau, die zu jener Zeit als Französin regelrecht exotisch wirken musste, also nehme ich an, dass ihm am Arbeitsplatz eine Menge Neid begegnet ist. Als während dieser Weihnachtsfeier ein Lastwagen liegen geblieben ist, wurde mein Vater losgeschickt, um ihn zu holen. Er konnte fahren und hatte nichts getrunken, weil er mit meiner Mutter dort war. Er hat seine Pflichten als Ehemann sehr ernst genommen. Ironischerweise ist meine Mutter, gerade weil er nichts getrunken hat, in Schwierigkeiten geraten.«

Ava sagte nichts. Das musste sie auch nicht. Jeder erfahrene Polizist hätte sich denken können, was nun kommen musste.

»Das Unternehmen gehörte zwei Männern. Gilroy Western und dem verstorbenen Bruce Jenson. Während mein Vater unterwegs war, boten sie meiner jungen, naiven Mutter an, sie durch die Firma zu führen, ihre Büros im Obergeschoss inklusive, weit weg von der Musik und dem Partylärm.«

»O Gott …«, murmelte Ava.

»Sie haben sie in ein Büro geführt, die Tür geschlossen, ihr einen Stoffbeutel über den Kopf gezogen, und dann hat einer von ihnen sie vergewaltigt. Es lag auf der Hand, dass sie sich vorher dazu verabredet hatten, das steht völlig außer Frage. Sie hatte keine Möglichkeit, sich zu verteidigen, und sie hatte während der Party ein paar Gläser getrunken. Sie haben ihr gesagt, wenn sie nicht den Mund hielte, würden sie behaupten, sie hätte sich ihnen angeboten, und ihr Mann würde seinen Job verlieren.«

»Und dein Vater hätte sie umgebracht. Buchstäblich, wenn er dir auch nur ein bisschen ähnlich war«, fügte Ava hinzu.

»Also, da hast du es. Das ist die schreckliche Wahrheit darüber, warum ich dort war. Ich habe mich so lange bemüht, mich von Jenson fernzuhalten, aber als ich meine Mutter in Paris besucht habe, ist mir klar geworden, dass die Zeit den Schmerz nicht gelindert hat, den sie ihr bereitet haben. Nicht im Mindesten.«

»Das kannst du Pax Graham nicht erzählen«, konstatierte Ava, die im Kopf schon einige Schritte weiter war. »Mit so einem Motiv könnte ich dich auf keinen Fall weiter im aktiven Dienst behalten.«

»Dann suspendier mich. Ich habe es nicht getan, Ava, aber ich wollte es. Ich habe das Gesicht dieses Mistkerls gehalten, weil ich wollte, dass er sich ein Foto von meinen Eltern ansieht, aber seine Demenz war so weit fortgeschritten, dass ich ebenso gut das Kinn eines Toten hätte halten können. Bruce Jenson hat seine Strafe schon erhalten, das ist mir klar geworden, als ich dort war.«

»Und die Vase?«, fragte Ava.

»Ich habe die Nerven verloren, als ich begriffen habe, dass ich von ihm keine Antworten bekommen werde. Ich habe im Anschluss gleich sauber gemacht und der Pflegerin erzählt, es wäre ein Versehen gewesen.«

»Was ist mit dem zerschmetterten Glas in der Verandatür?«

»Da habe ich vor lauter Frust dagegengetreten, aber nur mit der Stiefelspitze, also wird es da keinen Abdruck geben. Das Glas hatte einen Sprung, aber das war alles. Für den Rest bin ich nicht verantwortlich«, erklärte Callanach.

Ava seufzte. »Womit noch zu klären bleibt, warum du deine Marke benutzt hast, um dir Zugang zu verschaffen. Wie soll deine Erklärung dafür aussehen?«

Callanach fuhr sich mit den Fingern durchs Haar. »Das größere Problem könnte die DNA sein.« Er lächelte. »Je nachdem, wie sorgfältig das Labor die beiden Proben untersucht, seine und meine.«

»Das verstehe ich nicht«, sagte Ava.

»Meine Mutter hat meinem Vater nie von der Vergewaltigung erzählt, also hat er nichts geahnt, und sie hat die intime Beziehung zu ihm ganz normal weitergeführt. Im folgenden Monat stellte sich heraus, dass sie schwanger war.«

Ava brauchte ein paar Sekunden, um die Relevanz zu begreifen. Dann schlug sie die Hand vor den Mund. »Oh, nein, Luc, das tut mir so leid für dich. Er kann doch nicht ...«

»Tatsächlich stehen die Chancen eins zu zwei dafür, dass er es ist«, sagte Callanach. »Ich habe nichts mehr von meinem Vater, was geeignet wäre, um seine DNA zu testen, also bleibt mir nur die deduktive Methode. Deshalb war ich auch dort. Ich habe Haar von seinem Kopf genommen und zum Testen eingeschickt.«

»Und falls er dein Vater ist, würde man feststellen, dass deine DNA seiner sonderbar ähnlich ist, wenn das Material vom Tatort forensisch untersucht wird.«

»Ja«, stimmte Callanach zu.

»Was locker ein ausreichendes Motiv liefern würde, um den Fall in Anbetracht all der anderen Beweise vor ein Geschworenengericht zu bringen. Verdammt.«

»Genau«, bekräftigte Callanach.

»Verdammt, verdammt, verdammt«, fluchte Ava. »Aber das ist nur eine Chance von eins zu zwei, wie du gesagt hast. Und selbst wenn er es ist ...« Sie beschloss, das Wort »Vater« nicht auszusprechen. »Selbst dann könnte es immer noch sein, dass das Labor es nicht schafft, anhand dieser DNA-Proben eins und eins zusammenzuzählen, umso mehr, wenn sie sowieso davon ausgehen, dass sie deine an der Leiche finden, denn dann werden die weiter nichts machen, als ihr Ergebnis mit der Probe abzugleichen, die wir so oder so schon in den Akten haben, um dich ausschließen zu können.«

»Ava, was immer du auch denkst, du musst aufhören. Es wäre katastrophal, wenn wir versuchen, diese Geschichte zu vertuschen, und im Moment habe ich nichts zu verbergen.«

»Soll das ein Witz sein? Nichts zu verbergen? Du hast einen Mann aufgesucht, der tot aufgefunden wurde und der zumindest Mittäter bei der Vergewaltigung deiner Mutter war und dein Vater sein könnte. Was zum Teufel denkst du, wird passieren, wenn das vor Gericht geht? Warst du wütend? Sie werden die zerbrochene Vase anführen. Hast du versucht, deine Identität zu verschleiern? Sie werden sagen, deshalb hättest du dich nicht in die Besucherliste eingetragen …«

»Ich bin zur Vordertür reingegangen und habe mit den Schwestern gesprochen. Sogar mir ist klar, dass ich ziemlich leicht wiederzuerkennen bin. Niemand wird glauben, dass ich dumm genug bin, einen Mann umzubringen und dann einfach rauszugehen, als wäre nichts passiert – obwohl ich damit auf keinen Fall hätte davonkommen können.«

»Dann hast du eben die Nerven verloren, als du da drin warst. Du hattest nicht vor, ihn umzubringen, du bist nur wütend geworden. Alles ist schiefgegangen, also hast du das Einzige getan, was du tun konntest, nämlich auf demselben Weg zu gehen, auf dem du gekommen bist.«

»Bist du auf meiner Seite oder nicht?«, fragte er stirnrunzelnd.

»Ich bin Realistin. Du darfst darüber kein Sterbenswörtchen sagen. Wenn eine Ähnlichkeit der DNA von euch beiden entdeckt wird, musst du so tun, als wüsstest du von nichts.« Sie brach ab, schloss die Augen und schüttelte den Kopf. »O Gott, Luc, darum ist deine Mutter also verschwunden, als du auf deinen Prozess wegen der angeblichen Vergewaltigung gewartet hast?«

Er nickte.

»Und du hast das alles durchgestanden, ohne mir irgendetwas darüber zu erzählen? Warum? Ich hätte dir helfen können, einfach zuhören, irgendwas …«

»So einfach war das nicht, Ava. Es hat mich viel Zeit gekostet, das zu verarbeiten. Ich dachte, ich wäre vielleicht imstande, das hinter mir zu lassen und weiterzuziehen. Jetzt wünschte ich mir umso mehr, es wäre mir gelungen.«

»Was uns zu der Frage führt, wer Bruce Jenson tatsächlich getötet hat und warum«, bemerkte Ava und trank den Rest aus dem Weinglas.

»Ich habe keine Ahnung«, sagte Callanach. »Ich würde auf eine Schwester oder einen Assistenzarzt tippen, jemanden, der auf eine Gelegenheit gewartet hat, um ihn umzubringen, und die perfekte Chance gesehen hat. Während ich dort war, hat niemand sonst Jensons Zimmer betreten, und es war recht spät, als ich wieder gegangen bin. Ich bezweifle, dass man um die Zeit noch Besucher eingelassen hätte. Die hätten *mich* abgewiesen, hätte ich ihnen nicht meine Marke gezeigt.«

»Weißt du, wo Jensons ehemaliger Partner ist?«, fragte Ava.

»Western? Nur, dass er irgendwo in Spanien in der Nähe von Málaga leben soll. Ich habe keinen Kontakt zu ihm aufgenommen.«

»Gott sei Dank, also hätte er keinen Grund, deinen Namen zu erwähnen, wenn er die Neuigkeit erfährt. Was ist mit Jensons Familie? Würden die deinen Namen wiedererkennen?«

»Ich wüsste nicht, warum. Eine junge Frau vergewaltigt und ihrem Mann noch zwei Jahre lang seinen Lohnscheck ausgehändigt zu haben, bis er so schwer erkrankte, dass man ihn gehen ließ – das ist nicht gerade das, was man Frau und Kind beichtet.«

»Du musst sie hassen«, überlegte Ava laut. »Ich glaube nicht, dass ich es dir vorwerfen könnte, hättest du Jenson dieses Kissen ins Gesicht gedrückt.«

Callanach erbleichte.

»Tut mir leid.« Sie rutschte auf dem Sofa näher an ihn heran, schlang die Arme um ihn und lehnte den Kopf an seine Schulter. »Ich bin so froh, dass du es mir gesagt hast. Wir stehen das durch. Ich werde nicht zulassen, dass dir etwas passiert, das verspreche ich. Du hast schon genug durchgemacht. Das ganze Team weiß, dass du auf keinen Fall fähig wärst, so etwas zu tun, ganz gleich, wie schlimm es aussieht.«

»Nicht mal Sergeant Lively?«, versuchte Callanach, die Stimmung aufzulockern.

»Eigentlich bist du jetzt, nachdem wir Pax Graham eingestellt haben, plötzlich Livelys bevorzugter Detective Inspector.« Ava lachte. »Wie es scheint, bist du nicht mehr der begehrteste Junggeselle im MIT. Meinst du, du kannst das verkraften?«

»Ich werd's versuchen.« Er lächelte. »Gilt das auch für dich? Hat sich DI Graham mit seinen breiten Schultern, dem langen Haar und dem schottischen Akzent deine Aufmerksamkeit gesichert?«

»Würde es dich etwas angehen, wenn es so wäre?«, stichelte Ava.

»Nur insofern, als dass ich ziemlich sicher bin, du solltest keine persönlichen Bande zu einem Officer unter deinem Kommando knüpfen«, entgegnete er.

»Du meinst, ich sollte gewisse Dinge vermeiden, wie beispielsweise in deinem Bett aufzuwachen?« Sie grinste. »Ja, da hast du recht, das ist definitiv nicht in Ordnung.«

»Da du es gerade ansprichst«, sagte Callanach, »es sieht ganz so aus, als müsstest du nach dem Wein zu deinen Antibiotika noch eine Nacht hier verbringen. Also, komm.« Er warf einen Blick auf seine Armbanduhr. »Es ist schon halb drei. Da kannst du wirklich ebenso gut hierbleiben. Jetzt noch nach Hause zu gehen hat nicht viel Sinn.«

Ava dachte daran, ihm zu widersprechen, aber dann ging ihr auf, wie albern das war. Sie hatte eine Nacht bei Callanach verbracht, da machte eine zweite auch nichts mehr aus. Und sie wollte ihn jetzt, nach allem, was er ihr offenbart hatte, sowieso nicht allein lassen. Es gab Zeiten, in denen sollte niemand allein bleiben.

Kapitel elf

5. März

Ava schaffte es noch nach Hause, um eine Dusche zu nehmen und in frische Klamotten zu schlüpfen, ehe sie zu *Reach You* fuhr. Tripp hatte im Vorfeld in ihrem Namen angerufen, und Rune Maclure wartete bereits auf sie, als sie ihren Wagen abstellte. Er hielt ihr die Vordertür auf und trat zurück, damit sie hineingehen konnte. Dabei deutete er auf ihr Bein.

»Kampfwunde?«, fragte er.

»Ich habe mich mit einer Mauer angelegt. Sind Sie Mr Maclure?«

»Nennen Sie mich Rune. Wenn man bedenkt, wie verwegen meine Eltern bei der Auswahl dieses Namens waren, wäre es doch eine Schande, ihn nicht zu benutzen.«

»Ava«, antwortete sie und reichte ihm die Hand. »Hat DS Tripp Ihnen gesagt, warum ich Sie sprechen möchte?«

»Hat er«, entgegnete Maclure. »Hat Ihr Gesicht sich auch mit dieser Mauer angelegt, oder ist dafür etwas anderes verantwortlich? Ich frage nur, weil die Polizeiarbeit aus meiner Perspektive anfängt, ziemlich gefährlich auszusehen.«

»Das war auch die Mauer. Ich glaube, mir bleibt nichts anderes übrig, als einzuräumen, dass ich diesen Kampf verloren habe.«

Maclure lachte. »Setzen wir uns. Auf dem Tisch steht frischer Kaffee, falls Sie mögen, und einer unserer Freiwilligen hat sogar ein paar Kekse spendiert. Normalerweise sind die für Leute in Not reserviert, aber in Anbetracht der offenkundigen Tapferkeit, mit der sie sich gegen Ziegelsteine und Mörtel zur Wehr gesetzt haben, scheint es mir angemessen, Sie mit Zucker vollzupumpen.« Er schenkte ein, als Ava es sich bequem machte. Im Stillen wünschte sie, sie hätte an diesem Morgen doppelt so viel Paracetamol genommen wie empfohlen. »Also, schießen Sie los. Ihre Kollegen wollten etwas über Stephen Berry erfahren, aber wenn ich es richtig verstanden habe, geht es hier um allgemein gehaltene Fragen.«

»Richtig. Ich kann Ihnen keine Einzelheiten liefern. Vertraulichkeit zu wahren ist Ihnen in Anbetracht Ihrer Arbeit sicher auch nicht fremd. Trotzdem muss ich versuchen, die psychologischen Vorgänge bei der Durchführung einer Selbsttötung zu begreifen. Es geht nicht um das, was einen Tag oder eine Stunde vorher passiert, sondern um den Vorgang an sich.«

»Das ist eine schwere Frage, fürchte ich, denn das hängt vom Persönlichkeitstyp ab. Manche Leute lösen sich geistig gewissermaßen von ihrem Körper, wenn sie endgültig ernst machen, da läuft dann alles beinahe mechanisch ab. Sie binden einen perfekten Knoten in ein Seil, achten darauf, dass der Hocker auf einer ebenen Fläche steht und nicht wackelt, wenn sie draufsteigen. Eine Stunde vorher nehmen sie Schmerzmittel ein, um die physischen Beschwerden zu minimieren, in ihrem Entwurfsordner ist eine E-Mail, in der sie ihrer Familie oder Freunden erklären, was sie getan haben, und die sie in der letzten Sekunde abschicken können. Es ist recht merkwürdig. Und wir stellen fest, dass diese Leute in ihrem Alltagsleben gewöhnlich ebenso organisiert sind. Außerdem verstehen sie sich am besten darauf, ihre Absichten und ihre Qualen zu verbergen. Eher chaotische Persönlichkeitstypen scheitern, wie Sie sich vermutlich schon gedacht haben, häufiger, weil sie ihr Vorhaben nicht so gut vorbereiten.

Oft improvisieren sie, wenn es ihnen gerade besonders schlecht geht, und fügen sich Schäden zu, die sich auf ihr ganzes Leben auswirken, ohne jedoch zu sterben, oder sie schaffen es, hinterlassen aber eine sehr erschütternde Szene für die, die sie finden. Und dann gibt es da noch die rein spontanen Selbstmorde, deren Ursachen wir oft gar nicht ergründen können. Manche springen vor einen Zug, andere fahren mit dem Auto in einen Fluss. Wenn Leute in ihrer Wahrnehmung allein sind – Menschen, die auch in der Öffentlichkeit das Gefühl haben, niemand würde sie sehen –, dann führt das häufig zu kaum vorhersehbaren Tragödien.«

Ava rührte ihren Kaffee um und fragte sich, wie sich der Hawksmith-Schauplatz bei diesen Informationen einordnen ließ.

»Das ist nicht ganz das, was Sie gehofft haben, richtig?«, fragte Maclure.

»Nur, weil es nicht so recht zu dem passt, was in dem Fall passiert ist, mit dem wir es gerade zu tun haben. Wir haben ein Opfer, das in keine der Kategorien passt, die Sie beschrieben haben.«

»Können Sie mir irgendetwas darüber sagen?« Maclure hob die Hände. »Keine Namen, keine Adresse, nichts, wodurch die Person zu identifizieren wäre, und falls das hilft: Ich betrachte meine Arbeit grundsätzlich als vertraulich, und das umfasst auch unser Gespräch.«

Ava lächelte. »Danke«, sagte sie. »Wir haben ein weibliches Opfer, das Maßnahmen ergriffen hat, die es ihr unmöglich gemacht haben, den Versuch abzubrechen, sollte sie es sich anders überlegen und doch am Leben bleiben wollen. Auch der Ablauf der Selbstfesselung war kompliziert. Hätte sie irgendetwas verändert, hätte sie den jeweils nächsten Schritt nicht ergreifen können. Das alles wirkt ziemlich ausgeklügelt und enorm diszipliniert, und sie hat einen langsamen Tod gewählt. Ich schätze, die Frage lautet, ob das normal ist. Wenn ich so etwas tun wollte, wenn ich so verzweifelt wäre, dann würde ich es so schnell wie nur möglich hinter mich bringen wollen.«

»Nun ja, zunächst müssen Sie verstehen, dass die Entscheidungsfindung im Vorfeld so eines Versuchs nicht immer logisch abläuft, jedenfalls nicht auf eine Weise, die Sie als logisch einstufen würden. Es gibt Leute, die ihren Tod in die Länge ziehen und sich dem psychologischen Trauma aussetzen, zu wissen, was sie tun, dadurch aber einem Schock aus dem Weg gehen. Beispielsweise, indem sie Schlaftabletten schlucken, mehrere Stunden lang, um genug Wirkstoff im Organismus anzusammeln. Dafür zu sorgen, dass es keinen Weg zurück gibt, ist keineswegs ausgeschlossen, besonders bei Menschen, die es bereits früher versucht haben, aber gescheitert sind; dennoch würde ich sagen, die menschliche Psyche versucht normalerweise, einen Ausweg einzubauen. Ich an Ihrer Stelle würde versuchen, mehr über die Persönlichkeit Ihres Opfers herauszufinden, und dann zu überlegen, ob das, was Sie vorgefunden haben, damit in Einklang zu bringen ist. Nur das Ereignis für sich zu betrachten, nützt wenig. Jedes Detail ist untrennbar mit dem Leben der jeweiligen Person verknüpft.«

»Das ist ein guter Rat«, sagte Ava. »Wie lange arbeiten Sie schon in diesem Bereich?«

»Fünfzehn Jahre«, sagte Maclure. »Und Sie? Sie sind Detective Chief Inspector, also nehme ich an, Sie haben auch schon einige Jahre im Job hinter sich, wenn ich auch nicht gedacht hätte, dass Sie dafür alt genug sind.«

»An manchen Tagen kommt es mir vor, als wäre ich schon ewig bei der Polizei, und dann sehe ich einen neuen Tatort und denke, das Universum hält mich immer noch für ein Kind, dem eine Lektion erteilt werden muss. Ich sollte langsam los, aber ich bin Ihnen wirklich dankbar, dass Sie sich Zeit für mich genommen haben.«

»Kein Problem. Für Sie …« Er reichte ihr eine blaue Visitenkarte. »Das ist die Nummer meines privaten Mobiltelefons, keine Notrufnummer der Stiftung. Es ist meistens eingeschaltet. Falls Sie noch irgendwelche Fragen haben, rufen Sie an, Tag und Nacht. Ich würde Ihnen sehr gern helfen. Wissen Sie, ob die Informationen, die ich Ihrem DI gegeben habe, irgendetwas gebracht haben? Da war jemand an der Queensferry Crossing, von dem Ihre Leute dachten, er könnte von Interesse sein.«

»Ich konnte mich noch nicht über den neuesten Stand in diesen Ermittlungen informieren, aber ich nehme an, DS Tripp, den Sie ja kennengelernt haben, geht dem nach.«

Es klopfte an der Tür, und eine untersetzte junge Frau mit enorm blassem Teint und leuchtend rotem Haar schaute herein und unterdrückte ein Gähnen.

»Rune, Laufkundschaft für Sie. Scheint ziemlich durcheinander zu sein. Brauchen Sie hier noch lange?«

»Wir sind gerade fertig.« Maclure lächelte. »Geben Sie demjenigen ein heißes Getränk und reden Sie für ein paar Minuten über Belanglosigkeiten, ich komme dann gleich, Vicki.«

Vicki Rosach trottete von dannen.

»Ich halte Sie auf«, sagte Ava. »Gehen Sie nur.«

»Das ist schon in Ordnung. Vicki ist noch nicht so lange bei uns und glaubt immer noch, jeder, der zur Tür hereinkommt, trägt heimlich eine Waffe am Leib, die er jeden Moment gegen sich selbst richten kann. Ich versuche, derartige Dramatik zu eliminieren. Eine entspannte Herangehensweise ist gewöhnlich beruhigender für die Leute, mit denen ich es zu tun habe.«

Stimmen auf dem Gang jenseits der verschlossenen Tür veranlassten beide, sich umzudrehen.

»Können Sie mir sagen, wer da bei ihm ist?«, verlangte ein Mann zu erfahren.

»Keine Ahnung. Irgendeine Frau«, sagte Vicki.

»Das ist nicht gerade hilfreich, Vicki«, ertönte die Antwort. »Ist er in einer Beratung, oder hat er eine Besprechung auf Verwaltungsebene?«

»Ich weiß nicht, aber auf mich hat sie ganz okay gewirkt, nur dass ihr Gesicht aussieht, als wäre sie ein bisschen hart drauf.«

Bei dieser Bemerkung hob Ava unwillkürlich eine Braue. Rune Maclure stand auf und ging zur Tür.

»Charlie«, sagte er leise und ruhig, »ich bin gerade mit polizeilichen Erkundigungen beschäftigt, und nur, damit das klar ist, diese Türen bieten keinen besonderen Schallschutz, wenn man direkt davorsteht.«

»Das hier ist vielleicht nicht der passende Ort, um mit der Polizei zu reden, wenn man bedenkt, wie störungsanfällig das ist, was wir hier tun«, erwiderte Charlie.

»Darüber können wir später diskutieren. Ich bin fast fertig. Gib mir eine Minute«, antwortete Maclure sanft.

Die Tür ging erneut auf, und Maclure kehrte zurück und rieb sich die Augen.

»Tut mir sehr leid. Mein Kollege, Charlie Packham, hat für Dummheit wenig übrig und neigt dazu, seine Meinung laut und deutlich zu äußern. Aber er ist ein toller Berater. Wir haben es hier oft mit Militärangehörigen zu tun, und er ist speziell dazu ausgebildet, mit diesen Menschen zu reden. Was immer er für sie tut, es funktioniert.« Er lächelte. »Passen Sie auf, ich hoffe, Sie denken nicht, ich will meinen Nutzen daraus ziehen, dass Sie bei einem schwierigen Fall Hilfe gebraucht haben, aber die Nummer auf der Karte ist auch erreichbar, wenn Sie keine weiteren Fragen haben. Sie wissen schon, falls Sie irgendwann mal Lust haben zu plaudern. Ich habe vor langer Zeit gelernt, nicht auf einen guten Zeitpunkt zu warten, um irgendetwas zu tun, beispielsweise, mich mit jemandem zu verabreden, denn das führt todsicher nirgendwohin.«

»Oh«, machte Ava. »Danke. Derzeit ist es allerdings ein bisschen schwierig«, sagte sie unverbindlich.

»Das verstehe ich«, entgegnete er. »Nur, Sie wissen schon, wann auch immer.«

Ava kehrte zu ihrem Wagen zurück und betrachtete sich im Rückspiegel. Was zum Teufel war hier eigentlich los? Erst ging sie auf Tantallon Castle ein irrsinniges Risiko ein, dann verbrachte sie zwei Nächte in Callanachs Bett, und nun verbreitete sie Signale, die Männer, denen sie gerade erst begegnet war, dazu veranlassten, ihr ihre Mobilnummer zu geben. Und das, während sie aussah, als wäre sie gerade erst einer von Gewalt geprägten Beziehung entronnen. Und dann war da auch noch diese sonderbare Unterhaltung mit Selina im Krankenhaus.

Vielleicht war das so eine Alterssache, und die Leute um sie herum gingen einfach davon aus, dass es für sie in Hinblick auf Ehe und Familie hieß, jetzt oder nie. Ihre Erfolgsbilanz in Bezug auf Männer belegte einen erschreckenden Mangel an Urteilsvermögen. Die meisten Beziehungen, die sie erlebt hatte, hatten entweder dazu gedient, es ihrer Mutter recht zu machen, oder sich selbst zu beweisen, dass sie nicht ausschließlich mit ihrem Job verheiratet war. Ava seufzte. Jetzt war jedenfalls nicht der richtige Zeitpunkt für eine Nabelschau. Später konnte sie Natasha, ihre beste Freundin, anrufen und mit ihr sämtliche persönlichen Themen durchkauen, begleitet von der unvermeidlichen Verarschung auf hohem Niveau, die ihr in so einem Fall stets drohte. Jetzt jedoch war sie schon spät dran für ihren Besuch bei Ailsa, und das war inakzeptabel.

Die städtische Leichenhalle war gut ausgelastet. Ava ging mit gesenktem Kopf in weitem Bogen hinter einer Gruppe von drei Familien vorbei, die gekommen waren, um sich von geliebten

Angehörigen zu verabschieden. Ein Besäufnis in Kombination mit Helium-Inhalation hatte Edinburgh ein paar zu betrauernde Teenager beschert. Immer, wenn sie Eltern um ihre Kinder weinen sah, war sie froh, dass sie sich gegen Mutterschaft und für den Beruf entschieden hatte. Die Sorgen, die Kinder mit sich brachten, waren beängstigend.

Dr. Ailsa Lambert winkte sie in den Obduktionssaal. Die dunklen Schatten unter ihren Augen reflektierten zu wenig Schlaf und zu viele Todesfälle. Edinburgh war ohne Zweifel eine der schönsten Städte auf der Welt, aber auch hier ereigneten sich genug Tragödien.

»Waren Sie die ganze Nacht hier?«, fragte Ava.

»Nicht freiwillig. Ist es wirklich so wichtig, Ballons in den Himmel steigen zu lassen? Ist es das wert, Druckgasbehälter mit Helium an jedermann zu verkaufen und die Leute zu verleiten, sich eine komische Stimme zu verschaffen? Kein einziger dieser jungen Menschen hätte letzte Nacht sterben müssen. Das ist nicht nur eine Tragödie, es ist eine unnötige Verschwendung menschlichen Lebens.« Ailsa knallte einen Stift auf eine Tischfläche aus Metall und sammelte sich wieder.

»Tut mir leid«, sagte Ava. »Ich weiß nicht, wie Sie mit all dem Leid fertigwerden, mit dem Sie Tag für Tag konfrontiert sind.«

»Jemand muss es tun«, entgegnete Ailsa. »Also, Mrs Hawksmith, Vorname Fenella, wie man mir sagte. Eine Freundin von ihr hat die Polizei gestern bei ihrer Wohnung gesehen. Heute Morgen ist sie hergekommen und hat den Leichnam identifiziert.« Sie zog das Laken von der Toten. »Ich konnte sie der Frau nicht zeigen, ich wollte der Armen ja keine Albträume bereiten, aber sie konnte zwei Tätowierungen detailliert beschreiben und kannte Größe, Gewicht und Augenfarbe. Wir gleichen die Fingerabdrücke noch mit denen in unserer Datenbank ab, die nach einer Trunkenheitsfahrt vor einigen Jahren gespeichert wurden.«

»Gut, was wissen wir sonst noch?«

»Nichts Erfreuliches«, sagte Ailsa und zog das Laken weiter hinunter, bis der ganze Körper frei lag. »Nehmen Sie Ihre Antibiotika?«

»Ja, und Luc passt auch auf mich auf. Er hat so viel Angst vor Ihnen, dass er mir kaum von der Seite weicht.«

»Das hat nichts mit Angst zu tun«, widersprach Ailsa. »Holen Sie tief Luft; was jetzt kommt, haben Sie bestimmt nicht erwartet. Wir haben die Waffe gefunden, mit der die Schnitte in Mrs Hawksmiths Armen ausgeführt wurden. Es ist ein Taschenmesser, eines von diesen Multifunktionswerkzeugen. Kostspielig.« Sie setzte eine missbilligende Miene auf. »Ich konnte die exakte Breite der Klinge den Schnitten zuordnen, ebenso wie das Blut auf der Klinge, also bin ich hundertprozentig sicher, dass das die Waffe ist. Die Fingerabdrücke auf dem Messer stammen von Mrs Hawksmith, andere Abdrücke sind nicht vorhanden.«

»Okay«, sagte Ava gedehnt. Alles, was Ailsa berichtete, ergab Sinn, aber die Pathologin machte einen auffallend angespannten und ärgerlichen Eindruck auf sie. »Das deutet auf Selbstmord hin. Ich habe heute Morgen mit einem Experten gesprochen, der sagte, dass so eine organisierte Methode zwar ungewöhnlich, aber nicht unmöglich sei. Also, was haben Sie mir noch nicht verraten?«

»Es ist kein Selbstmord«, sagte Ailsa. »Ich mache diesen Job jetzt schon dreißig Jahre, und ich habe mehr Leute gesehen, die ihrem Leben ein Ende gesetzt haben, als ich in Erinnerung behalten möchte. Das hier ist etwas anderes, Ava, und auch wenn alles, was dieser armen Frau zugestoßen ist, theoretisch selbst beigebracht sein könnte, weigere ich mich, das zu glauben.«

»Also raus damit.«

»Die Waffe wurde am Tatort nicht gefunden, weil sie innerhalb ihres Körpers war«, sagte Ailsa. »Ich habe sie entdeckt, als ich die Körperhöhlen untersucht habe. Die Klinge wurde nach dem Schnitt wieder eingeklappt, und dann wurde das Messer in ihr Rektum eingeführt, so tief, wie man es mit einem Finger hineinschieben konnte.«

Ava stand schweigend da. Sie hatte in der Leichenhalle noch nicht viele Aussagen vernommen, die ihr die Sprache verschlagen hatten, aber manchmal fühlte sie sich wie vor den Kopf gestoßen.

»Kann ich rausgehen und wieder reinkommen, und Sie liefern mir was anderes?«, brachte Ava schließlich heraus.

»Nur, wenn ich mitkommen kann«, konterte Ailsa.

Sie standen auf gegenüberliegenden Längsseiten des Untersuchungstisches, auf dem Fenella Hawksmiths Leichnam lag, und starrten auf ihn hinab. Ava schüttelte den Kopf.

»Also hat sie sich entweder selbst geschnitten, das Messer zugeklappt und sich eingeführt, dann die Handschellen angelegt und auf den Tod gewartet ...«, setzte Ailsa an.

»Oder jemand anders hat all das für sie übernommen«, beendete Ava den Satz.

»Ich glaube, Letzteres ist der Fall. Sehen Sie sich das an.« Sie ergriff den linken Arm der Toten und drehte ihn nach außen, damit die Schnittwunden besser zu sehen waren. »Die Schwielen an ihrer rechten Hand deuten auf eine Rechtshänderin hin. Über die Jahre hinterlassen die Hautverhärtungen an den Fingerspitzen und in der Handfläche sichtbare Spuren. Schreiben, Gemüse schnippeln, Dinge greifen, Gläser öffnen, was immer Sie wollen. Außerdem sind die Muskeln der dominanten Hand immer minimal stärker ausgebildet. Und jetzt sehen Sie sich die Schnitte an.« Ailsa zog eine bewegliche Lampe über die Wunden und benutzte eine Lupe, um sie optisch zu vergrößern. »Das tiefste Ende der Einschnitte ist in der Armbeuge nahe dem Körper und zieht sich von der rechen Seite auf die linke. Wenn man sich die Klinge ansieht, erkennt man eine stumpfe Seite, und das Messer wurde so angesetzt, dass diese stumpfe Seite auf den Torso der Frau zeigt.«

»Also hätte die Klinge nach außen gedrückt werden müssen, statt sie einfach auf den Körper zuzuziehen«, bemerkte Ava.

»Was alles andere als natürlich ist. Wenn wir schreiben lernen, bringt man uns bei, den Stift auf uns zuzuziehen. Wenn wir Nahrungsmittel schneiden, ziehen wir, statt zu drücken. Mir ist unbegreiflich, warum sie den Schnitt auf der Innenseite des Arms hätte beginnen und dann zur Außenseite drücken sollen, nicht zuletzt, weil dann die stumpfe Seite nach innen zeigt, was nicht zu einem Rechtshänder passt.«

»Jemand anders hat ihr diese Wunden beigebracht«, konstatierte Ava.

Ailsa nickte. »Es ist nicht so, als hätte sie das nicht auch selbst tun können, verstehen Sie mich nicht falsch, aber es ergibt einfach keinen Sinn. Nichts von all dem. Und was den Fundort des Messers betrifft …«

»Das ist eine Entwürdigung. Irgendwelche Hinweise auf einen sexuellen Übergriff?«, fragte Ava.

»Absolut keine, weder vaginal noch anal. Keine Risse, keine Verletzungen; Flüssigkeiten könnten natürlich weg sein, nachdem sie so lange im Wasser gelegen hat, ehe sie gefunden wurde. Wir haben Abstriche genommen, um sie auf DNA zu untersuchen, aber ich rechne nicht damit, dass etwas dabei herauskommt.«

»Das ist etwas sehr Persönliches, und das meine ich nicht auf körperlicher Ebene. Eine sterbende Frau so herabwürdigen zu wollen, deutet auf einen enormen, tief empfundenen Zorn hin. Dafür muss es ein spezielles Motiv geben«, sinnierte Ava laut.

»Da ist noch eine letzte Sache«, sagte Ailsa. »Unter den Handschellen und den Kabelbindern hat sie reichlich Quetschungen. Sie sind stark begrenzt und waren durch die Verfärbung der Leiche auf der Hautoberfläche nicht sichtbar, aber es scheint, als hätte Mrs Hawksmith versucht, sich zu befreien. Wenn ich jetzt mal des Teufels Advokat spiele, könnte ich sagen, dass sie vielleicht all diese Maßnahmen getroffen und es sich zu spät anders überlegt hat, aber das Badewasser war lange in der Wanne, das wissen wir aufgrund der Ränder und des Wassers in ihrem Körper. Hätte sie es sich anders überlegt, warum hat sie dann nicht wenigstens den Stöpsel rausgezogen in der Hoffnung, dass das Blut an den Wunden zu gerinnen anfängt und sie Zeit schinden kann, bis sie gefunden wird?«

Ava rief sich das Badezimmer in Erinnerung. »Der Stöpsel war zwischen ihren Füßen, ein ganz normaler Gummistöpsel an einer Kette, richtig?«

Ailsa drehte sich zu dem Tisch hinter sich um, ergriff ein großes Foto und reichte es Ava. Der Stöpsel war klar und deutlich zu sehen und saß immer noch im Abfluss.

»Könnte es irgendeinen physischen Grund geben, der sie daran gehindert hat, sich aufzusetzen und ihn rauszuziehen?«, hakte Ava nach.

»Nein. Mrs Hawksmith hat zwar vermutlich einige Jahrzehnte lang keine Sit-ups gemacht, aber sie hätte sich durch die gefesselten Füße aufrichten können. Sie war fit genug, um das zu schaffen und an den Stöpsel heranzukommen, umso mehr, weil ihre Füße einzeln an die Wasserhähne gefesselt waren, was notwendigerweise Platz zwischen ihren Beinen freigelassen hat.«

»Also, warum hat sie es nicht getan?«, sinnierte Ava.

»Das, meine Liebe, ist die Frage, die Sie beantworten müssen.« Ailsa zog die Handschuhe aus. »Muss ich mir die Wunde an ihrem Bein noch einmal ansehen, oder kann ich darauf vertrauen, dass Sie jetzt besser auf sich aufpassen?«

»Ich passe auf, ich verspreche es. Ich esse sogar fünf Portionen Obst und Gemüse am Tag«, murmelte Ava, streifte ihre eigenen Handschuhe ab und deponierte sie im Mülleimer.

»Sie sollten das Lügen auf ein Minimum reduzieren. Darin sind Sie nicht besonders gut«, tadelte Ailsa milde.

»Ich muss zurück und das Team unterrichten.« Ava lächelte und streckte eine Hand nach Ailsas Schulter aus.

»Und ich habe einige Familien, die auf eine Erklärung warten, nach der sie sich auch nicht besser fühlen werden. Ehe Sie gehen, die Tox-Ergebnisse von Stephen Berry sind da. Er hatte große Mengen eines selektiven Serotonin-Wiederaufnahmehemmers im Körper.«

»In einfachen Worten?«

»Ein Antidepressivum. Wenn man die Rückresorption von Serotonin im Gehirn verhindert, ist mehr davon im Körper verfügbar. Dadurch fühlt man sich besser, weshalb es gegen Depressionen hilft. Meist wird es für bipolare Störungen verschrieben, und es passt zu den medizinischen Unterlagen, die uns sein Arzt überlassen hat. In Anbetracht dessen, dass er kürzlich schon einmal versucht hat, sich das Leben zu nehmen, werde ich das als absichtliche Selbsttötung einstufen. Wo auch immer die Quetschung am Mittelfinger herkommt, es gibt keine weiteren Beweise, die seinen Tod verdächtig erscheinen ließen.«

»In Ordnung, das klingt vernünftig«, stimmte Ava zu und wünschte sich insgeheim, sie hätte das gewusst, ehe sie in ihrem fehlgeleiteten Anfall von Heldenmut auf den Mauern von Tantallon herumgeklettert war.

»Es gibt eine Freundin, ein reizendes Ding – sie war hier, um mit mir über Stephen zu sprechen. Rosa, wenn ich mich recht erinnere. Vielleicht könnten Sie jemanden aus Ihrem Team beauftragen, mit ihr zu reden.«

»Kein Problem«, sagte Ava und überließ Ailsa ihrem eigenen Arbeitstag.

Als sie wieder in ihrem Wagen saß, nahm sie sich ein paar Minuten Zeit, um Natasha eine Nachricht zu schreiben. Antibiotika hin oder her, sie würde später auf jeden Fall einen Drink brauchen.

Werd mal für einen Abend deine Freundin los und triff dich mit mir, tippte sie.

Natasha antwortete umgehend.

Dachte schon, du fragst nie. Whighams Wine Cellars, *acht Uhr abends. Und zieh dir erst was Frisches an. Die Cocktails gehen auf mich.*

Genau das, was sie brauchte, beschloss Ava. Cocktails mit Natasha waren gewöhnlich ein sicherer Weg in die Katastrophe, aber so, wie sie sich derzeit fühlte, konnte auch das nur eine Verbesserung sein. So jedenfalls lautete die Theorie.

Kapitel zwölf

5. März

DI Pax Graham und DC Janet Monroe saßen Callanach im Befragungsraum gegenüber, jeder angespannt und auf eine peinliche Art höflich. Nachdem er seine Stellungnahme gleich als Erstes eingereicht hatte, um dem Ermittlerteam Gelegenheit zu geben, sie durchzusehen, hatte Callanach klar zum Ausdruck gebracht, dass er gern bereit war, sich einer formellen Befragung, die auf Band mitgeschnitten wurde, zu stellen.

Callanach trug die Vorgeschichte so vor, wie er sie mit Ava abgesprochen hatte, ließ alles aus, was als mögliches Motiv für ihn gelten könnte, Bruce Jenson etwas anzutun, und berichtete dann in knappen Worten von seinem Besuch.

»Also, die Vase«, fragte Graham. »Wie ist es dazu gekommen, dass sie zerbrochen ist?«

»Mr Jenson hatte Speichel am Kinn. Es kam mir übertrieben vor, deswegen eine Schwester zu rufen, und zugleich herzlos, es dabei zu belassen, also bin ich auf der Suche nach einem Handtuch oder einem Papiertaschentuch durch den Raum gegangen. Dabei habe ich die Vase versehentlich mit dem Ellbogen umgestoßen. Der Inhalt hat sich auf den Boden ergossen, die Vase selbst ist zerbrochen. Darüber hinaus waren da nur noch ein paar alte Blumen und eine geringe Menge Wasser. Ich habe erst sein Kinn mit einem Papiertuch abgewischt und dann den Boden gesäubert und die Überbleibsel in den Mülleimer geworfen«, erklärte Callanach.

»Ist Ihnen irgendein Schaden an dem Glas der Verandatür aufgefallen, als Sie sich in Mr Jensons Zimmer aufgehalten haben?«, setzte Graham das Verhör fort.

Callanach nahm sich einen Moment Zeit und runzelte die Stirn, als müsste er sich konzentrieren. »Nein, mir ist nichts aufgefallen.«

»Sie war zerschmettert, als die Schwester Mr Jenson tot aufgefunden hat«, sagte Graham. »Für einen Eindringling wäre es ein Leichtes gewesen, hineinzugreifen und die Tür zu entriegeln, um sich Zugang zu verschaffen. Es wurde Glas auf dem Boden im Zimmer gefunden, was darauf hindeutet, dass die Scheibe von außen eingetreten wurde.«

Callanach ließ sich seine Überraschung nicht anmerken. »Als ich dort war, lag kein Glas auf dem Boden. Das wäre mir aufgefallen, umso mehr in Anbetracht der Tatsache, dass ich die zerbrochene Vase weggeräumt habe.«

Seine Schultern entspannten sich zentimeterweise. Von dem Glas hatte ihm niemand erzählt. Was immer Bruce Jenson zugestoßen war, es hatte nichts mit seinem Besuch zu tun. Das war nur ein unglückliches Zusammentreffen. Selbst wenn er einen Sprung in der Scheibe verursacht hatte, war er nicht für Jensons Tod verantwortlich. Abgesehen davon, dass er es einem Möchtegern-Einbrecher etwas leichter gemacht hatte. Gesprungenes Glas endgültig zu zerbrechen erforderte keine große Gewalt.

»Wurde etwas gestohlen?«

»Mr Jensons Sohn sagt nein«, antwortete Janet Monroe.

DI Graham warf ihr einen Blick zu, der klar und deutlich zum Ausdruck brachte, dass sie den Mund hätte halten sollen.

»Wussten Sie, dass Mr Jenson an Demenz litt, ehe Sie ihn aufgesucht haben?«, fragte Graham.

»Ja. Das ist ein Pflegeheim, also wusste ich, dass er gesundheitliche Probleme hatte, aber nicht, wie weit fortgeschritten seine Erkrankung war. Hätte ich das gewusst, hätte es keinen Sinn gehabt, hinzugehen.«

»Also, worüber genau wollten Sie mit Mr Jenson sprechen? Soweit ich informiert bin, hat Ihr Vater für ihn gearbeitet, aber gab es da etwas Bestimmtes, dem Sie nachgehen wollten?«

»Nein, ich war nur neugierig und wollte mehr über meinen Vater erfahren. Ich wollte wohl einfach wissen, ob Jenson sich an ihn erinnerte. Die Rückkehr nach Schottland hat meine Neugier hinsichtlich meiner Vergangenheit und meiner Familie geweckt, und ich war auf der Suche nach etwas, das uns mit Edinburgh verbindet.«

»Aber Sie haben Ihre Polizeimarke benutzt«, bemerkte Graham. »Sie haben sich nicht eingetragen. Die Schwester, mit der Sie gesprochen haben, hatte den Eindruck, Sie wären in offizieller Funktion gekommen.«

»Mein Fehler. Ich war irgendwie faul und auf Autopilot. Ich bin so daran gewöhnt, einfach meine Marke vorzuzeigen, wenn ich in Schottland irgendwo hinwill, ich habe gar nicht darüber nachgedacht. Außerdem bin ich hier leicht wiederzuerkennen. Soweit ich weiß, bin ich der einzige französische Officer bei der Police Scotland, also wäre es mir gar nicht möglich gewesen, sie hinsichtlich meiner Identität zu täuschen, und so ging es einfach schneller. Ich sehe ein, dass das nicht in Ordnung war, aber sie hat meinen Namen gesehen und hätte mich mühelos identifizieren können, fast so, als hätte ich mich in der Besucherliste eingetragen.«

Pax Graham blätterte in seinen Notizen. »Natürlich werden wir noch umfassende forensische Untersuchungen durchführen, sowohl an dem Leichnam als auch im Zimmer. Können Sie uns sagen, was Sie Ihrer Erinnerung nach angefasst haben, damit wir wissen, wo wir voraussichtlich Ihre DNA finden werden?«

»Klar. Türgriffe, Mülleimer, die Fläche, auf der die Vase und die Papiertücher gewesen sind, und den Boden. Ich habe ihm das Kinn abgewischt, also auch Mr Jensons Gesicht. Als ich das getan habe, habe ich mich auf den Sessel gestützt, sie könnte sich folglich auch auf dem Polster finden. Und ich habe einige Fotos, die auf dem Nachttisch waren, in die Hand genommen, um nachzusehen, ob irgendwelche alten Bilder darunter sind, die vielleicht noch aus der Zeit der Fabrik stammen, aber es waren nur aktuelle Fotos. Von seiner Familie, nehme ich an.«

»Wie kamen Sie darauf, dass es Bilder der alten Fabrik geben könnte?«, hakte Graham nach. »Ist das nicht ziemlich unwahrscheinlich?«

Darauf war Callanach vorbereitet. »Mir war bekannt, dass es bei Demenzpatienten hilfreich ist, sie an ihre Vergangenheit zu erinnern, um die Erinnerungen lebendig zu halten. Ich dachte, es bestünde zumindest eine Chance, dass seine Angehörigen versucht haben, Mr Jenson ein Gefühl dafür zu vermitteln, wer er in wichtigen Zeiten seines Lebens gewesen ist.«

Der wahre Grund, warum er diese Fotos zur Hand genommen hatte, war ihm verhasst. Nach einer Familienähnlichkeit zwischen sich selbst und den Kindern des Mannes zu suchen, der vielleicht seine Mutter vergewaltigt hatte, war etwas, worüber Callanach nicht zu eingehend nachdenken wollte.

»Da war noch eine schwere Verletzung an den Testikeln des Opfers«, sagte Graham, rieb sich die Augen und hielt sie geschlossen. »Können Sie mir darüber irgendetwas erzählen?«

»Scheiße, was?« Callanach beugte sich vor, die Hände auf dem Tisch.

»Wir müssen Ihnen all diese Fragen stellen. Sie wissen doch, wie das läuft. Und sollte irgendeine Möglichkeit bestehen, dass Sie diese Verletzungen durch irgendein Versehen herbeigeführt haben … nun, dann müssen wir das Bild vervollständigen«, sagte Graham.

Callanach lehnte sich auf seinem Stuhl zurück und war froh, dass DI Graham fälschlicherweise annahm, er hätte so reagiert, weil er sich gekränkt fühlte, nicht, weil er schockiert war. Wer zum Teufel würde die Geschlechtsteile eines Mannes verletzen, der längst Opfer einer Demenz geworden war, die sowieso tödlich geendet hätte? Die einzige Person, die ein passendes Motiv hatte, war er selbst. Die Vorstellung, dass Jenson nur zufällig an jenem Tag getötet wurde, löste sich in Luft auf, und an ihre Stelle trat die Wahrheit: Jemand wollte ihm diesen Mord anhängen.

»Nein«, sagte er. »Ich weiß nichts über eine Verletzung an seinen Testikeln, versehentlich oder sonst wie. Als ich ihn verlassen habe, ging es Mr Jenson gut. Er hat noch geatmet und hatte keinerlei Verletzungen. Ich habe niemanden den Raum betreten sehen. Ich habe mich bei der Schwester dafür entschuldigt, dass ich die Vase zerbrochen habe, und mich erkundigt, ob ich für den Ersatz bezahlen soll, habe mich verabschiedet und bin gegangen. Danach erhielt ich einen Anruf von DCI Turner, worauf ich wegen Stephen Berrys Tod die städtische Leichenhalle aufgesucht habe. Ich habe die ganze Nacht mit Turner verbracht.«

»Die ganze Nacht?«, fragte Graham. »Wirklich die ganze Nacht?« Plötzlich hörte er sich streitlustig an.

»DCI Turner hat sich eine Verletzung zugezogen, während wir oben auf Tantallon Castle ermittelt haben. Sie benötigte medizinische Hilfe, und danach haben wir das weitere Vorgehen im Fall Berry geplant.«

»Auf dem Revier?«, hakte Graham nach.

»Nein. In meiner Wohnung«, antwortete Callanach. Sosehr er darauf bedacht war, den stets gegenwärtigen Gerüchten keine Nahrung zu liefern, wusste er doch auch, dass er wegen derart banaler Einzelheiten nicht lügen durfte.

Das war der Grund, warum Geschichten nicht standhielten. Es war mehr als wahrscheinlich, dass DI Graham seine Angaben überprüfte, und dann mussten sich die Aussagen von Ava und ihm decken. Er wusste, es sah nicht gerade gut aus, dass sie in seine Wohnung gegangen waren, statt aufs Revier oder ins Krankenhaus, aber sie hatten sich nichts zuschulden kommen lassen. Und genau darum war es seltsam, dass er deswegen so ein schlechtes Gewissen hatte.

»Uns war kalt, wir waren beide müde und hungrig, und jemand musste in Anbetracht der Kopfwunde ein Auge auf DCI Turner haben.«

»Ich verstehe. Na schön, ich denke, wir sind hier fertig. Allerdings werden wir Sie um ein weiteres Gespräch bitten, sollten sich nach Abschluss der forensischen Untersuchung weitere Fragen ergeben. PC Monroe, würden Sie Callanach und mich für einen Moment allein lassen? Ich schalte das Band ab. Das hat nichts mit dem Fall zu tun.«

»Natürlich«, sagte sie. »Kann ich einem von Ihnen einen Kaffee holen? Sie haben beide auf Hochtouren gearbeitet.«

Callanach lächelte. Monroe war scharfsinnig und eine Friedensstifterin dazu. Sie gefiel ihm.

»Danke, das wäre wirklich nett«, antwortete er.

»Für mich nicht«, sagte Graham und verschränkte die Arme vor der Brust.

Monroe ging hinaus.

»Sie bringen DCI Turner in eine schwierige Lage. Mir ist klar, dass das eine unangenehme Situation ist. Ich bin erst seit ein paar Tagen beim MIT und im gleichen Rang wie Sie, aber ich muss Ihnen offen sagen, was ich denke. Sie sollten sich freiwillig beurlauben lassen, bis die Ermittlungen abgeschlossen sind.«

»Ich habe nichts zu verbergen«, erwiderte Callanach. »Und ja, es ist unangenehm. Aber DCI Turner kann auf sich selbst aufpassen, und sie hat ihre Entscheidung getroffen.«

»Wirklich? Hat sie sich auch überlegt, welche Auswirkungen es hat, wenn Sie in einem auf Band aufgezeichneten Verhör aussagen, dass Sie die Nacht gemeinsam in Ihrer Wohnung verbracht haben? Spielen Sie nicht mit ihrer Karriere!«

»So besorgt sind Sie um sie nach gerade mal zwei Tagen? Mir scheint, ich bin hier nicht der Einzige, der sich unprofessionell verhält.«

»Soll heißen?«, fragte Graham, und die Muskeln an seinem Unterkiefer spannten sich erkennbar an.

»Wissen Sie was? Lassen wir das einfach. Wir werden für die absehbare Zukunft beim MIT zusammenarbeiten müssen, also sollten wir es Ava überlassen, ihre Entscheidungen zu treffen. Ich stehe Ihnen zur Verfügung, falls Sie noch weitere Fragen haben, und sollten Sie mich irgendwann als Verdächtigen einstufen, dann, da bin sicher, wird man mich umgehend suspendieren.« Damit stand Callanach auf und ging zur Tür.

»Sie haben sie Ava genannt«, konstatierte Graham. »Ist der Umgang mit Vorgesetzten beim MIT wirklich so informell?«

Callanach hätte sich in den Hintern treten können. »Ich habe zu arbeiten«, sagte er. »Viel Glück mit Ihrem Fall.«

Kapitel dreizehn

5. März

Ava setzte die versammelte Mannschaft des MIT darüber in Kenntnis, dass sie Fenella Hawksmiths Ableben nunmehr als verdächtig einstuften, und informierte sie über die verstörenden Details, die bei der Obduktion ans Licht gekommen waren.

»Im Augenblick und da wir wissen, dass es ihr möglich gewesen wäre, den Stöpsel aus der Wanne zu ziehen, gehe ich davon aus, dass derjenige, der ihr diese Wunden beigebracht hat, anwesend war und zugesehen hat, wie sie verblutet. Diese Person ist mindestens so lange geblieben, bis die Frau das Bewusstsein verloren hat, um sicherzustellen, dass das Wasser in der Wanne bleibt, damit das Blut in ihren Wunden nicht gerinnen konnte.«

»Aber das muss doch Stunden gedauert haben, richtig?«, hakte Tripp nach.

»Ja«, bestätigte Ava.

»Wir suchen nach jemandem, der imstande war, sie zu fesseln, ihr diese Verletzungen beizubringen, das Opfer zu entwürdigen, indem er das Messer einführt, und der dann zugesehen hat, wie sie endlos langsam verblutet ist?«, fragte ein Constable ungläubig.

»Aye, auch bekannt als die Jagd nach einem weiteren kranken Arsch«, warf Lively ein.

Ava hatte beschlossen, Lively wieder im Fall Hawksmith

einzusetzen. Wenn die Einzelheiten erst an die Presse gelangten, würde es einen Aufruhr geben, und dafür brauchte sie das erfahrenste Team, das sie zusammenstellen konnte.

»Tripp, haben wir einen familiären Hintergrund?«

»Ehemann verstorben, natürliche Todesursache«, las er von seinen Notizen ab. »Tochter vermisst, so jedenfalls die Aussage einer Freundin der Toten. Langjährige Drogenabhängigkeit. Mrs Hawksmith hat jahrelang versucht, wieder Kontakt zu ihr zu bekommen. Wir haben keine Ahnung, wo sich die Tochter befindet oder ob sie überhaupt noch am Leben ist. Wir sind gerade dabei, Informationen über sie zu sammeln.«

»Veranlassen Sie eine landesweite Suche. Falls die Tochter noch am Leben ist, muss sie entweder über den Tod ihrer Mutter informiert oder als Verdächtige eingestuft werden. Wir werden auch ihre aktenkundigen Bekannten brauchen, falls sie immer noch in der Drogenszene ist. Es wäre möglich, dass Fenella Hawksmith gefoltert wurde, um Geld aus ihr herauszuholen. Das würde auch die Fesselung erklären.«

»Sie hatte laufend Streit mit ihren Nachbarn. Es ging um Lärm. Wie es scheint, hat es da einen regen Schlagabtausch gegeben, im Zuge dessen Mrs Hawksmith laute Rapmusik mit Opern gekontert hat.«

»Unwahrscheinlich, aber sehen Sie sich das trotzdem an«, sagte Ava. »Wenn das ein Mord war, dann wurde er von einer gewissenlosen und extrem gut vorbereiteten Person begangen. Normalerweise trifft diese Beschreibung auf verfeindete Nachbarn nicht zu. Tür-zu-Tür-Befragungen in der Umgebung. Ich will, dass alle engen Freunde und alle Bekannten befragt werden. Überprüfen Sie ihre letzten Kontakte. Und die Tochter zu finden, hat oberste Priorität.«

Callanach fing Ava auf dem Korridor ab. »Wir sollten reden«, sagte er leise.

»Dann lass uns in dein Büro gehen«, entgegnete sie und machte einen Schlenker über die Schwelle.

Callanach schloss die Tür hinter sich. »DI Graham hat mich heute Morgen befragt. Ich musste ihm erzählen, dass ich mit dir zusammen war, nachdem ich das Pflegeheim verlassen hatte.« Er legte eine kurze Pause ein. »Die ganze Nacht.«

»Das hätten wir kommen sehen müssen. Mach dir deswegen keine Sorgen. Wir haben am Fall Berry gearbeitet. Und da wir gerade beim Thema sind, Ailsa ist zu dem Schluss gekommen, dass das entweder ein Unfall oder Suizid war. Er hat ein Antidepressivum genommen und hatte einen ziemlich hohen Medikamentenspiegel im Blut. Das bestätigt Rune Maclures Aussage, der zufolge er bipolar war. Gibt es sonst noch etwas?«

»Ich wollte dich fragen, was du heute Abend machst. Ich dachte, wir könnten beide etwas Ablenkung brauchen. Läuft im Kino irgendwas, das du sehen möchtest?«

»Ich bin mit Natasha verabredet. Du musst mich doch inzwischen satthaben, nachdem ich zweimal hintereinander bei dir übernachtet habe.« Sie fuhr sich mit der Hand durchs Haar. »Ich hätte letzte Nacht nicht bleiben sollen. Ich habe deswegen ein schlechtes Gewissen.«

»Nicht nötig.«

»Ist aber so. Du brauchst Raum für dich, und es ist nicht gesund, zusammenzuarbeiten und so eng befreundet zu sein. Ich hätte mir gestern auch ein Taxi rufen können, um nach Hause zu kommen.« Sie lächelte. »Das hätte ich tun sollen. Lass uns nicht mehr darüber reden. Ich bestätige deine Aussage bei DI Graham. War sonst alles in Ordnung zwischen euch?«

»Klar«, log Callanach. »Du hast also Rune Maclure kennengelernt. Findest du ihn sympathisch?«

»Ja, aber bei seiner Assistentin bin ich nicht so sicher. Aus irgendeinem unerfindlichen Grund bin ich schnell auf hundertachtzig, wenn so eine Zwanzigjährige mich missbilligend anstarrt«, antwortete sie lachend. »Und ich glaube, es wäre möglich, dass Maclure mir seine Nummer aus einem Grund gegeben hat, der nichts mit dem Beruf zu tun hat. Offen gesagt wusste ich nicht so recht, wie ich damit umgehen sollte. Es ist lange her, seit das letzte Mal jemand an mir interessiert war.«

»Wirst du ihn anrufen?«, fragte Callanach unwillkürlich. »Ich dachte mir gleich, dass ihr zwei euch gut verstehen würdet.«

»Nein, werde ich nicht«, verkündete Ava. »Als hätte ich nicht genug um die Ohren. Wir haben zwei Ermittlungsverfahren, müssen neue Teammitglieder einarbeiten, und ich sehe so schlimm aus wie noch nie.«

»Das hat Maclure offenbar nicht gestört«, bemerkte Callanach.

»Dann ist der Mann ein Idiot, und wie attraktiv er auch sein mag, ich verabrede mich nicht mit Idioten. Also schön, jetzt muss ich die Königin der Obszönitäten auf den neuesten Stand bringen. Wünsch mir Glück. Ach ja, und morgen läuft in der Reihe Mitternachtsklassiker im York Place *Die besten Jahre der Miss Jean Brodie.*«

»Würde der mir gefallen?«, fragte Callanach.

»Nein, aber mir. Ich muss los. Teil die Truppe ein. Der Täter ist uns schon fast drei Wochen voraus, also müssen wir schnell handeln.«

Callanach sah ihr nach und fragte sich, wo sie nur diese Energie hernahm. Sie waren bis zwei Uhr morgens wach gewesen, und sie war um sechs schon wieder aufgestanden, um nach Hause zu fahren und sich umzuziehen. Im Grunde hätte er mit ihr über seine Befürchtungen in Bezug auf den Mord an Jenson sprechen müssen, aber Ava hatte auch so schon genug zu tun.

Er setzte sich an seinen Schreibtisch, klappte seinen Laptop auf und schrieb eine Mail, die bereits seit seinem Urlaub überfällig war. Seine Mutter hatte ein Recht zu erfahren, dass Bruce Jenson tot war, aber er wollte nicht, dass sie sich Sorgen machte, er könnte darin verwickelt sein, also beschloss er, es kurz und bündig zu halten.

> Maman,
> ich schreibe dir, damit du weißt, dass ich nach meiner Rückkehr nach England beschlossen habe, Jenson und Western zu suchen. Das hatte ich dir vorher nicht erzählt, weil ich wusste, es würde dich nur aufregen. Ich hoffe, es hilft dir ein wenig, wenn du weißt, dass Bruce Jenson tot ist. Er hatte fortgeschrittene Demenz und ist in einem Pflegeheim gestorben. Über Gilroy Western weiß ich nichts weiter. Ich habe hier wieder viel zu tun, also verzeih, wenn ich in den nächsten Wochen nicht anrufe.
> In Liebe
> Luc.

Als er auf »Senden« drückte, wurde ihm bewusst, wie dringend er selbst auch mal rausmusste. Ava würde den Abend mit Natasha verbringen, und Selina anzusprechen wäre zu verzwickt, also schickte er eine Nachricht an Lance Proudfoot, einen hiesigen Journalisten, der sich nicht nur als nützlicher Kontakt erwiesen hatte, sondern ihm im Lauf des letzten Jahres auch ein guter Freund geworden war. Lance, klüger als die meisten Menschen an ihrem besten Tag und hartnäckiger als ein flussaufwärts springender Lachs, war quasi im Ruhestand und schrieb seinen eigenen News Blog, wenn er nicht gerade Callanach aushalf und im Zuge einer semi-offiziellen Polizeiangelegenheit verwundet wurde.

Sie trafen sich um sieben im *Sandy Bell's* an der Forrest Hill, einer Bar, die Callanach bisher nicht kannte, aber Lance hatte es ihm leicht gemacht, den Laden mit der leuchtend blauen Fassade und der Musik, die auf die Straße hinaushallte, zu finden. Lance stand bereits ins Gespräch vertieft am Tresen und war ganz in seinem Element. Callanach hielt inne und beobachtete ihn einige Augenblicke von der Tür aus. Dabei fiel ihm auf, dass sein Freund seine ledernen Motorradklamotten trug und fit und gesund aussah. Schließlich begrüßte er Lance mit einem Klaps auf die Schulter.

»Gibt es in dieser Stadt eigentlich irgendeinen Pub, in dem man dich nicht mit Namen kennt?«, fragte Callanach.

Lance drehte sich um und umarmte ihn herzlich. »Keinen, der es wert wäre, dein hart verdientes Geld hinzutragen. Callanach, du siehst aus, als hättest du seit einem Monat nicht geschlafen. Du wirst dir noch dieses jungenhaft-europäische gute Aussehen verderben, wenn du nicht endlich besser auf dich aufpasst.«

In der Ecke unterhielt eine Folkband die frühabendliche Kundschaft, die Musiker spielten Gitarre und sangen ein Lied über einen lange verlorenen Seemann. Die Bar sah aus wie eine Kultstätte für seltene Single Malts, und jeder einzelne Sitzplatz war besetzt. Lance hatte zwei Barhocker für sie reserviert, indem er auf einem seinen Helm und auf dem anderen die Handschuhe abgelegt hatte. Beides verlagerte er auf den Boden, damit sie sich setzen konnten.

»Dir müssen wohl die Ohren geklingelt haben, als du mir geschrieben hast«, sagte Lance. »Ich hatte gerade von dir gesprochen.«

»Gut oder schlecht?«, fragte Callanach.

»Du bist viel zu zynisch, Mann!«, grölte Lance. »Gut, natürlich. Ich habe meinem Nachbarn erzählt, wie viel interessanter mein Leben ist, seit ich dich kennengelernt habe.«

»Mag ja sein, aber du verbringst seitdem auch erheblich mehr

Zeit im Krankenhaus«, gab Callanach grinsend zurück. »Hast du dich in letzter Zeit aus Schwierigkeiten herausgehalten?«

»Ach, Luc, das Geheimnis des Lebens lautet, dass es jung hält, sich in Schwierigkeiten zu bringen. Mein Sohn ist endlich ausgezogen und hat jetzt seine eigene Wohnung, also muss ich mir nicht länger anhören, wenn er und seine Freundin sich zoffen oder Gott weiß was sonst in meinem Gästezimmer treiben. Ich liebe den Jungen, aber es kommt eine Zeit, da will man einfach nur Rugby gucken, ein Curry kochen und den Beatles zuhören, ohne dass irgendjemand daran herummäkelt. Und? Wie sieht es bei dir aus? Wie war dein Urlaub?«

»Kompliziert«, entgegnete Callanach. »Aber es war schön, mal wieder in Paris zu sein. Ich war zu lange nicht mehr in Frankreich.«

»Paris ist immer eine gute Idee. Verdammt, aus welchem Film ist das noch?« Lance nippte an seinem Whisky. »*Sabrina* – Bogart und Hepburn –, der ist es.«

»Nicht du auch noch. Ava ist total versessen auf alte Filme.«

»Da wir gerade von Edinburghs schönstem Detective Chief Inspector sprechen, wie geht es ihr?«

»Sie treibt mich zur Verzweiflung, ist nicht zu stoppen und amüsant, also wie immer«, sagte Callanach. »Aber ich muss mal über etwas anderes als die Arbeit reden. Was hast du in letzter Zeit so getrieben?«

»Meine Nase in die Angelegenheiten anderer Leute gesteckt und gehofft, dass der Rest der Welt lesen will, was ich darüber zu sagen habe. Jetzt, da ich dich hier habe, was war das für eine Geschichte mit der Leiche an der Easter Road vor ein paar Tagen? Die Straße war stundenlang gesperrt, und die Wohnung ist immer noch mit Tatort-Klebeband versiegelt.«

»Verdächtiger Todesfall, mehr kann ich dir darüber nicht sagen.«

»Komm schon, inoffiziell, und ich werde es nicht veröffentlichen, ehe alle Formalitäten erfüllt sind. Diesen Monat ist es bemerkenswert still in der Stadt. Gib mir einfach irgendwas«, jammerte Lance.

Callanach dachte darüber nach. Sie mussten Alice Hawksmith finden, und das MIT hatte einen Tag mit Nachforschungen zugebracht und doch nichts herausgefunden. Fenellas Tochter hatte eine ganze Reihe Vorstrafen, war aber vor sechs Jahren vom Radar verschwunden und seither nicht wieder in Erscheinung getreten.

»Also gut, etwas kannst du haben. Ich bin für die Ermittlungen verantwortlich, also kannst du mich zitieren. Wir machen das offiziell. Wir würden gern mit einer Frau namens Alice Hawksmith sprechen, die jetzt neunundzwanzig Jahre alt ist. Wir wollen sie lediglich als Zeugin befragen. Zuletzt soll sie irgendwo in der Gegend von Aberdeen gelebt haben. Die Tote ist ihre Mutter – Fenella Hawksmith –, und die Tochter gilt als ihre einzige lebende Verwandte.«

Lance hatte sein Mobiltelefon gezückt und tippte Notizen auf dem Display. »Wenn du verantwortlich bist, ist das ein MIT-Fall«, stellte er fest. »Also muss es sich um einen Mord handeln, richtig? Du suchst nicht einfach nur nach einer Verwandten, um sie zu informieren. Was ist die wahre Geschichte?«

»Den Rest kannst du nicht veröffentlichen«, sagte Callanach. »Du bist vermutlich besser beraten, wenn du es gar nicht erst erfährst.«

»Hallo, ich bin's. Ich habe mit dir zusammen in einem Glasgower Keller gestanden, überzeugt, dass wir beide sterben würden, und habe Material über einen ehemaligen Kollegen von dir ergattert, der die Mafia bestohlen hat, und ich habe immer noch nicht darüber geschrieben. Wie viel loyaler muss ich noch sein, bis du zu der Einsicht kommst, dass du mir vertrauen kannst?«, fragte Lance grinsend.

Die Bemerkung war berechtigt. Lance hatte *mit* ihm und *für* ihn das Gesetz gebrochen. Wenn je ein Mann gewusst hat, wie man ein Geheimnis wahrt, dann war er es, dachte Callanach.

»Wir haben noch nichts Konkretes. Es gibt da eine ganze Reihe verstörender Begleitumstände mit Anklängen von Suizid, aber viel gewalttätiger, als man es erwarten sollte. Die Leiche hat dort drei Wochen gelegen.«

»Drei Wochen? Das kann kein angenehmer Anblick gewesen sein. Hast du irgendwelche Verdächtigen?«

»Im derzeitigen Stadium kann ich nichts dazu sagen. Wir können das aber sowieso nicht mehr lange unter Verschluss halten. Heute sind Officers von Tür zu Tür gegangen. Vielleicht kannst du, wenn du die Geschichte bringst und das Opfer namentlich nennst, Erinnerungen wachrufen, und es meldet sich jemand bei uns.«

»Todesursache?«, fragte Lance.

»Vorerst möchte ich ein paar Details vertraulich behandeln, damit wir nützliche Informationen problemlos von dem üblichen Mist unterscheiden können. Mein Gefühl sagt, es war jemand, der das Opfer gekannt hat. Da gab es … persönliche Elemente.«

»Wenn du dir also ein umfassendes Bild von ihrem Leben machen könntest, würde dir das helfen. Freunde, Bekannte, Orte, die sie besucht hat, Läden, in denen sie regelmäßig eingekauft hat, so was in der Art?«

»Exakt. Wir müssen wissen, wer sie zuletzt gesehen hat, ob sie in irgendwelchen Schwierigkeiten gesteckt hat, du kennst das.«

»Verstanden«, sagte Lance. »Ich bringe morgen früh einen Artikel darüber. Also, pack aus: Wie geht es dieser schönen Ärztin und warum hatte ich immer noch keine Gelegenheit, sie kennenzulernen?«

»Du kommst zu spät. Die schöne Ärztin ist wieder auf dem

Markt. Und sie ist zu jung für dich, also komm nicht auf komische Gedanken.«

»Hey, manche Frauen wissen die beachtlichen Vorzüge zu schätzen, die eine Beziehung zu einem älteren Mann mit sich bringt. Wir sind bessere Heimwerker, wissen, wie man eine Spülmaschine anständig einräumt, verstehen, welche Gefahr es birgt, unsere schmutzigen Socken nicht wegzuräumen, und die meisten von uns haben sogar alle vierzehn Tage einmal genug Energie für Sex.«

»Du machst mir den Alterungsprozess nicht gerade schmackhaft«, erwiderte Callanach lachend.

»Was ist passiert?«, fragte Lance.

»Es hat für mich einfach nicht hingehauen. Und es war ihr gegenüber nicht fair, noch weiter so zu tun, als würde es funktionieren. Sie hat etwas Besseres verdient.«

»Soll ich dir einen Rat geben?«, fragte Lance, legte einen Arm über Callanachs Schultern und umfasste den Ansatz seines Oberarms mit den Fingern.

»Nein«, erwiderte Callanach und kippte seinen Whisky hinunter.

»Sex findet nur im Kopf statt. Da geht es nicht um die perfekten Beine oder wohlgeformte Brüste, sondern darum, den Menschen zu finden, der den Knopf im Kopf drückt. Normalerweise ist das auch jemand, der dich verrückt macht und dich für einen Vollidioten hält. Vielleicht ist die Frau Doktor einfach zu sehr auf dich abgefahren.«

»Erinnerst du dich noch an die Stelle, an der ich gesagt habe, ich will deinen Rat nicht?«

»Wir sind in einer Bar. Ich bin Schotte und trinke Single Malt. Du hast dich von deiner Freundin getrennt. Was hast du gedacht, würde passieren? Hätte ich dir keinen nutzlosen Rat erteilt, hätten wir gegen sämtliche Pubtraditionen verstoßen.«

Gegen acht Uhr dreißig am Abend hatten beide die rechtliche Grenze überschritten, unterhalb derer sie noch als fahrtüchtig gegolten hätten, also machten sie sich auf, einen langen Spaziergang zu unternehmen oder sich ein Taxi nach Hause heranzuwinken.

Natasha war spät dran, was gewöhnlich eher Avas Ding war. Als sie dann endlich ins *Whighams Wine Cellars* an der Ecke Hope Street und Charlotte Square stolzierte, war Ava bereits bei ihrem zweiten Cocktail und hatte schon für beide Essen bestellt. Der rustikale Stil mit den freigelegten Ziegelmauern und den lauschigen Kellernischen machte das *Whighams* zum perfekten Ort für ein erstes Date. Für Natasha war es die erste Wahl, wenn sie vorhatte, eine neue Flamme zu verführen, aber Ava wollte einfach das Gefühl weltferner Idylle genießen, das sie hier erfüllte.

Eine Jazzband produzierte Musik von ausreichender Güte, dass es Ava sogar gelungen war, für ein paar Minuten die Augen zu schließen und sich in ihr zu verlieren. Es würde keine Prügeleien geben, kein Blutvergießen. Keine Waffe würde plötzlich in einem Moment trunkener Idiotie aus einer Tasche zum Vorschein kommen. Im *Whighams* konnte Ava so tun, als wäre sie in irgendeinem guten Restaurant in irgendeiner Stadt auf Erden. Nicht, dass sie irgendwo anders als in Edinburgh sein wollte, aber manchmal war dieses Fantasiegebilde recht angenehm, und derzeit, ganze drei Monate vor ihrem Jahresurlaub, hatte sie außer Fantasien nichts zu erwarten.

»Oh, verdammt, sag mir, dass sich hinter dem, was mit deinem Gesicht passiert ist, eine Geschichte verbirgt, die ausreichend pikant ist, dass ich sie der Revolverpresse teuer genug verkaufen kann, um mir einen Sportwagen zuzulegen!« Strahlend fiel Natasha Ava in die Arme, drückte sie an sich und stupste dann mit dem Finger die allmählich abschwellende Beule an ihrer Stirn an.

»Au! Könntest du das bitte lassen? Und warum kommst du so spät?«, beklagte sich Ava.

»Ich habe mir die Beine wachsen lassen, und die Kosmetikerin hat sich verspätet. Hör auf, das Thema zu wechseln. Warum sitzt du so komisch?«, verlangte sie zu erfahren.

Ava zog das Hosenbein hoch, um ihr die Wunde samt Wundnaht zu zeigen.

»O du verflixte imaginäre Gottheit.« Natasha stieß einen Pfiff aus. »Ich dachte, meine Beine wären stark behaart. Du siehst aus, als hättest du die letzten fünf Jahre in der Wildnis verbracht.«

»Danke.« Ava lachte. »Mein Boss hat mich kürzlich mit einer Komparsin in einem Zombiefilm verglichen. Diese Woche fühle ich mich wirklich sehr geliebt.«

Ein Kellner erschien mit zwei hohen Gläsern, die mit einer Flüssigkeit in allen Farben des Regenbogens und Eis gefüllt waren. Ava griff nach ihrem Glas und leerte es halb, ehe Natasha bei ihren Sticheleien noch einen Gang höher schalten konnte.

»Ernsthaft, deine Verletzungen. Ist das im Dienst passiert oder steckt da was Unterhaltsameres dahinter?«

Ava lehnte sich zurück und umklammerte ihr Glas. »Offiziell? Im Dienst. Aber ich bin ein idiotisches Risiko eingegangen, Tash, und ich habe keine Ahnung, warum. Wenn Luc nicht da gewesen wäre, hätte ich als Quetschkartoffel am Fuß von Tantallon Castle geendet.«

»Was hast du auf Tantallon gemacht?«, erkundigte sich Natasha.

»An einem potenziellen Tatort, der dann doch keiner war, nach Beweisen gesucht, ehe sie über Nacht in einem Sturm verschwinden konnten. Zu dem Zeitpunkt hat das noch deutlich mehr Sinn ergeben.«

»Das hoffe ich. Du bist im Dunkeln auf den Mauern rumgeklettert? Hast du völlig den Verstand verloren?«

»Schuldig im Sinne der Anklage, und dafür bezahle ich jetzt. Ich hoffe, du bist hungrig, ich habe nämlich die halbe Karte bestellt«, sagte Ava und winkte dem Kellner, um weitere Cocktails zu ordern.

»Und du warst mit Luc dort, und der war deine Rettung. Klingt aufregend«, kommentierte Natasha, fischte die Cocktailkirsche aus ihrem Glas und ließ sie auf ihrer Unterlippe hin- und hergleiten.

»Etwas zu aufregend für uns beide. Ich hätte ihn beinahe erdrückt, als er mich über die Mauer zurückgezogen hat, und dann hat er die Nacht damit verbracht, mich wieder zusammenzuflicken. Mein Bein hat seine Bettwäsche vollgeblutet, also schulde ich ihm außerdem noch dafür Ersatz, und jetzt muss er …«

»Nachts? In seinem Bett? Nur ihr zwei?« Natasha zog die Brauen hoch. »Zwei Champagner-Cocktails, bitte«, wies sie den herannahenden Kellner an.

»Fang gar nicht erst damit an«, warnte Ava.

»Meine älteste Freundin verbringt die Nacht im Bett mit dem schönsten Mann in ganz Schottland – auch wenn ich damit wenig anfangen kann, aber ich verlasse mich einfach auf das, was alle anderen sagen –, und ich darf nicht mal nachhaken? Weiß die schnuckelige spanische Ärztin, was ihr beide so treibt?«

»Selina und Luc sind nicht mehr zusammen. Und, nein, ich werde dir ihre Nummer nicht geben.«

»Verdammt, wann ist das denn passiert? Warum bin ich so wenig auf dem Laufenden? Warte mal …« Natasha ließ Ava keine Zeit, ihre Fragen zu beantworten. »Du und Luc, ihr habt eine ganze Nacht im Bett gekuschelt, und ihr seid momentan beide Singles? Halt, erzähl mir nicht noch mehr, ehe ich einen Drink in der Hand halte, und dann berichte mir alles haarklein. Ich will hautnah dabei sein. Bestenfalls im Wortsinn. Ich habe schon beinahe geglaubt, du hättest eine Art Zölibatseid abgelegt.«

»Würdest du bitte aufhören? Tut mir leid, dich zu enttäuschen, aber meine Nacht mit Luc war rein platonisch. Beide Nächte, um genau zu sein. Glaub es oder nicht, wir sind erwachsen genug, um einander zu unterstützen, ohne uns dermaßen gehen zu lassen, dass wir uns die Kleider vom Leib reißen, kaum dass wir unter uns sind.«

Natasha starrte sie stirnrunzelnd an. »Beide Nächte?«

»Pass auf, ehe du eins und eins zusammenzählst und etwas herausbekommst, das die Grenzen des bekannten Universums sprengt, gib mir eine Chance, es dir zu erklären. Die erste Nacht, da war ich nach meinem Beinahe-Sturz schlimm verletzt und habe unter Schock gestanden. Und dann, letzte Nacht, da sind wir von einem Tatort zurückgekommen und mussten noch etwas besprechen. Wir haben ein paar Drinks genommen, und es war wirklich spät. Außerdem bin ich kurz vorher genäht worden, darum war es einfacher, bei ihm zu bleiben.«

»Es war einfacher? Schweig still, mein Herz. Du willst mir also erzählen, dass ihr zwei in beiden Nächten die Klamotten angelassen habt und keiner den anderen angerührt hat?« Natasha ließ den Kopf schwer auf den Tisch fallen und pochte dreimal mit der Stirn darauf. »Weißt du, mit sechzehn warst du viel besser drauf. Als du noch Jungfrau warst, hast du wenigstens gedacht, Sex wäre etwas, worauf man sich freuen kann.«

»Tasha!«, tadelte Ava. Der Kellner stellte zwei Gläser auf den Tisch, und sie ergriff eines, um den Inhalt zu kosten. »Das ist so gut.«

»Hast du Luc wenigstens nackt gesehen?«, fragte Natasha kichernd.

»Ich erinnere dich ja nur ungern daran, aber du bist lesbisch.

Warum interessierst du dich plötzlich für die männliche Anatomie?«

»Ach komm, mir zuliebe«, bettelte Natasha. »Einzelheiten, bitte – es darf gern etwas interessanter werden, als du es bisher klingen lässt.«

»So etwas mache ich nicht. Ich bin Lucs Vorgesetzte. Es wäre unangemessen, wenn ich …«

»Das ist so ein Blödsinn!« Natasha lachte und verspritzte Champagner über ihren Schoß. »Du hast die letzten zwei Nächte in seinem Bett verbracht. Hast du dir da den Kopf über die Befehlskette zerbrochen? Außerdem, Luc ist auch mein Freund. Ich bitte dich nicht um Details, die ich nicht genauso gern aus ihm herauskitzeln würde, wenn er hier wäre.«

»Das will ich nicht bestreiten. Du bist schamlos, weißt du das?« Ava verdrehte die Augen.

»Halt. Mein Wahnsinn hat Methode. Ich will etwas beweisen – du weißt doch, wie ich das liebe. Stell es dir als lebendiges Beispiel für einen philosophischen Streit vor. Ich biete dir kostenlos mein Expertenwissen. Also, trink aus und gib auf.«

Ava tat wie geheißen. »Na schön«, fing sie an. »Ich habe nichts zu verbergen und Luc auch nicht, also kann ich dir jedes langweilige Detail liefern. Ich war völlig fertig wegen der Verletzungen und vom Sturm durchnässt. Luc musste sich um mein Bein kümmern, die Wunde reinigen und Klammerpflaster anbringen. Ich habe ein Bad genommen und bin ins Bett gegangen – und, nur um das festzuhalten, er ist auf der Decke geblieben –, und wir sind eingeschlafen. Es war spät. Wir hatten drei oder vier Stunden, bis wir wieder aufgestanden sind. Er hat geduscht, während ich mich angezogen habe, und dann sind wir zur Arbeit gefahren.«

»Also warst du nach deinem Bad nackt …«

»Das diktiert die Logik.« Ava seufzte.

»Und hat Luc sich auch ausgezogen?«, fragte sie grinsend.

»Ach jetzt komm schon, Natasha, was soll das?«

»Ich frage doch nur. Hast du ihn nackt gesehen?«

Ava versuchte vergeblich, die nicht mehr vorhandenen Überreste in ihrem Glas hinunterzukippen, ehe sie antwortete. »Ja, ich habe Luc nackt gesehen, und zu deiner Information, das war vor Äonen, als er sich auf eine sehr kindische Art bei einem Streit durchgesetzt hat. Fazit, wenn du es so genau wissen musst, er hat den perfekten Körper, genau wie man es in Anbetracht seines Gesichts erwarten sollte. Sixpack, süße kleine Einbuchtungen über jeder Hüfte und seinem Hinterteil, wenn er geht. Seine Haut ist mehr als nur gebräunt; sie wirkt beinahe rauchbraun an seinem Körper. Schöne Brust, nette Arme, nicht übertrieben aufgepumpt, aber gut definiert. Man kann die verschiedenen Muskelschichten erkennen. Kräftige Oberschenkel, am Ansatz breit und flach. Und dann ist da noch diese Haarlinie, die sich von der Leistengegend bis zum Bauchansatz zieht wie eine Einladung, weißt du?« Sie lächelte in ihr leeres Glas.

»Kellner!«, rief Natasha. »Bringen Sie uns noch vier von denen, bitte.« Sie zeigte auf die leeren Gläser auf dem Tisch. »Das war anschaulich. Danke sehr.«

»Du hast gefragt«, bemerkte Ava süffisant.

»Habe ich, und deine Antwort bestätigt all meine Vermutungen. Du hast über jeden Zentimeter von ihm nachgedacht. Detailliert. Du bist das im Geist durchgegangen. Kein Zögern, keine Unsicherheit. Das war komplett schmeichlerisch. Ein Teil war eigentlich ziemlich Übelkeit erregend. Hast du dir mal Gedanken gemacht, wie er sich dabei gefühlt hat, als du in seinem Bett gelegen hast?«

Ava überlegte. »Es war seine Idee, dass ich bleiben soll. Und es wäre nicht sinnvoll gewesen, hätte einer von uns auf der Couch geschlafen, also schien es ganz natürlich zu sein, dass wir uns das Bett teilen. Er hat gerade eine Beziehung mit einer Göttin hinter sich, also liegt es wohl auf der Hand, dass das einzige Gefühl, das er bei meinem Anblick haben konnte, Mitleid war.«

»Gott, du bist so dumm!«, schimpfte Natasha. »Ich meine, ich liebe dich, das weißt du, aber du bist wirklich enorm begriffsstutzig, wenn es um dein Privatleben geht. Wie zum Teufel hast du es geschafft, Detective zu werden?«

»Wie bitte?«

»Ist dir nie aufgefallen, wie er dich ansieht? Wie besitzergreifend er in deiner Nähe ist? Wie wütend er wird, wenn du in Gefahr gerätst? Ich bin bereit, einen ganzen Haufen Geld darauf zu setzen, dass er kein Auge zugetan hat. Ich schätze, er hat die ganze Nacht einfach nur dagelegen, dich angestarrt, vielleicht ein bisschen dein Haar gestreichelt oder …«

»Das reicht! Hast du dir beim Enthaaren auch den Verstand entfernen lassen? Luc hat nie einen Annährungsversuch gemacht. Er hat nie auch nur angedeutet, dass er Interesse an mir hätte. Nach zwei Nächten in seinem Bett kann ich dir sagen, dass er mich nicht angerührt hat, mit keinem Finger. Wären wir nicht so gut befreundet, könnte ich glatt gekränkt sein, andererseits, der Fairness halber, ich sehe gerade nicht besonders gut aus …«

»Na ja, der Wildwuchs an deinen Beinen hätte mich auch vergrault.«

»Du mich auch«, sagte Ava und nahm sich den nächsten Drink vom Tablett, ehe der Kellner ihn auf den Tisch stellen konnte.

Natasha brach in Gelächter aus. »Hör mal, du musst mir diese Frage nicht beantworten, aber beantworte sie wenigstens ehrlich in deinem eigenen Kopf: Kannst du ernsthaft behaupten, du hättest Luc – voll bekleidet oder nackt – nie angesehen und dabei dieses Kribbeln ganz tief in der Magengrube gespürt? Diese fließende Wärme, die sich in dir ausbreitet? Denn das habe ich in seinen Augen gesehen, wenn er dich anschaut, und ich glaube, ihr zwei solltet dringend darüber sprechen.«

Ava zog die Brauen hoch. »Bist du fertig?«

»Ja, bin ich«, sagte Natasha, richtete sich auf und zog die Schultern zurück.

»Gut, danke. Und jetzt lass uns das Thema wechseln.«

»Okay. Ich weiß, was ich weiß.«

»Wie ist deine neue Freundin so?«

»Bedürftig und notgeil. Ist dir eigentlich klar, dass sich deine Pupillen geweitet haben, als ich dich gefragt habe, ob Luc dich je geil gemacht hat?« Natasha beugte sich vor und starrte Ava in die Augen.

»Hier drin ist es dunkel. Natürlich sind meine Pupillen erweitert. Bedürftig in welcher Hinsicht?«

»Zu viele Telefonanrufe und Textnachrichten. Zu viel ›Halt mich fest, bis ich schlafe‹. Nur, dass das klar ist, so dunkel ist es hier drin nicht, und deine Pupillen haben vorher auch nicht so ausgesehen.«

Das Essen wurde serviert und lenkte sie durch seine Schönheit und seinen Duft ab. Ava hatte für Natasha das Scottish Rib-Eye bestellt, das nur flüchtig in die Pfanne geschaut hatte, und für sich Shetland Mussels. Endlich hörte Natasha auf zu reden.

Kapitel vierzehn

6. März

Osaki Shozo drückte auf die Klingel und trat zurück, wartete darauf, herauszufinden, ob er gerettet werden konnte, und fragte sich zugleich, ob er sich überhaupt retten lassen sollte. Er hatte die Karte des Sorgentelefons an einer Anschlagtafel der Arbeitsvermittlung gefunden und darin seine mutmaßlich letzte Option gesehen. *Sie kriegen keinen Job? Bringen Sie sich nicht um. Hier gibt es Leute, die Ihnen vielleicht helfen können.* Das war entweder genial oder grausam.

»Ja, hallo?«, tönte scheppernd eine dumpfe Stimme aus dem winzigen Lautsprecher.

»Ich hatte gehofft, ich könnte mit jemandem reden. Ich brauche … Hilfe. Können Sie mir helfen?«

»Ich komme und mache Ihnen auf«, lautete die Antwort.

Osaki trat einen Schritt zurück und wartete darauf, dass die Tür geöffnet wurde. Er hatte keine Ahnung, warum er hergekommen war. Die Leute da drin würden doch nichts ändern können.

Eine rothaarige junge Frau öffnete, musterte Osaki vom Scheitel bis zur Sohle, trat zur Seite und winkte ihm zu, einzutreten. »Folgen Sie mir, wir haben eine Sitzecke, dort können Sie warten. Ich gebe Ihnen ein Formular zum Ausfüllen, aber Sie sind nicht verpflichtet, irgendwelche Fragen zu beantworten, wenn Sie nicht wollen.«

Ihr Ton deutete etwas anderes an, dachte Osaki. Das Formular gleich ganz zurückzuweisen, schien ihm ungehobelt zu sein, und Osaki war niemals ungehobelt. Das war ein Teil seines Problems.

»Mein Name ist Vicki. Ich kann Ihnen Tee, Kaffee oder Wasser anbieten. Hier haben Sie das Formular und einen Stift. Der nächste verfügbare Berater wird Sie empfangen. Das wird entweder Mr Packham oder Mr Maclure sein, denn die übrigen sind alle anderweitig beschäftigt. Es dürfte jedenfalls nur ein paar Minuten dauern. Haben Sie eine Waffe bei sich? Nur, weil ich das fragen soll. Und auch, ob Sie momentan unter Alkohol- oder Drogeneinfluss stehen.«

Sie reichte Osaki ein Klemmbrett und schnupperte dabei erkennbar, suchte nach Alkoholausdünstungen, und das nicht gerade dezent, befand Osaki. Es war, als wäre er wieder daheim bei seinen Eltern in Tokio. Er senkte den Kopf, als ihm bewusst wurde, dass Vicki immer noch auf eine Antwort wartete.

»Kein Alkohol, keine Drogen«, sagte er. »Und keine Waffen. Wenn nötig, können Sie selbst nachsehen.«

»Das gehört nicht zu meinem Job«, erwiderte Vicki. »Sie können das Formular dem Berater geben, wenn er kommt, um Sie abzuholen.«

Vicki griff in ihre Tasche und las eine Textnachricht, noch ehe Osaki auch nur Zeit hatte, sich das Formular anzuschauen. Es enthielt die üblichen Fragen. Name, Adresse, Geburtsdatum, Hausarzt, Medikation, Abhängigkeiten, nächste Verwandte – alles eingeleitet mit dem deutlichen Hinweis, dass keine Informationen benötigt wurden, damit *Reach You* Unterstützung bereitstellte. Osaki schrieb gerade seinen Namen, als er Stimmen von der anderen Seite der Tür hörte.

»Vicki, ich hatte Sie gebeten, Ihr Mobiltelefon während der Arbeit nicht zu benutzen. Es ist wirklich wichtig, dass wir uns auf die Leute konzentrieren, denen wir zu helfen versuchen, und dann wäre da noch das Thema Vertraulichkeit, wie Sie wissen«, rumpelte eine tiefe Stimme.

»Ich habe meinem Freund eine Nachricht geschrieben. Mir war nicht klar, dass ich nicht mal das tun darf«, antwortete Vicki. »Außerdem habe ich diesen Fall schon auf Mr Packhams Liste gesetzt, also sollten wir das vielleicht einfach ihm überlassen.«

»Wenn jemand wartet, dann kümmern wir uns um ihn. Nehmen Sie den Fall einfach wieder runter von Charlies Liste. Das ist wirklich keine große Sache.«

»Nein, aber Charlie hat heute nicht viele Leute beraten. Ich dachte, ich teile die Fälle ein bisschen besser auf.«

»Vicki«, sagte Maclure geduldig. »Wir bekommen hier keine Provision. Es geht darum, die Leute nicht warten zu lassen. Also, wo stehen wir?«

»Er füllt das Formular aus.«

»Es wäre hilfreich, wenn Sie bei den Leuten blieben, bis einer von uns sie abholen kann, einfach, um ihnen die Nervosität zu nehmen und ihnen ein freundliches Gesicht zu zeigen. Aber das wissen Sie ja.«

»Ich wollte ihm gerade einen Kaffee holen«, entgegnete Vicki.

Osaki konnte sich nicht erinnern, um Kaffee gebeten zu haben. Vermutlich war das nur ein Irrtum. Für ihn klang es, als wäre Vicki noch neu in ihrem Job. Wenigstens hatte sie einen Job. Osaki hätte alles dafür gegeben, hätte ihm jemand Arbeit angeboten. Vielleicht wäre seine Frau dann nicht mehr ganz so unzufrieden mit ihm.

»Also gut. Ich glaube, im Büro gibt es noch einigen Papierkram zu erledigen, wenn es Ihnen nichts ausmacht. Die Sache mit den Begrüßungsformeln und dem Verhalten gegenüber unseren Gästen gehen wir dann später noch einmal durch. Danke.«

Vicky war offenbar ihrer Wege geschickt worden. Osaki stand auf, bestrebt, dem Mann gegenüber, von dem er hoffte, er würde ihm Antworten liefern können, nicht unhöflich zu erscheinen. Die Tür wurde geöffnet.

Ein gut aussehender schwarzer Mann mit gepflegtem Dreitagebart und breitem Lächeln bot ihm seine Hand.

»Ich bin Rune Maclure«, sagte er. »Kommen Sie mit in mein Büro, da sind wir unter uns. Soweit ich weiß, will Vicki Ihnen einen Kaffee holen, aber sie wird uns schon finden.«

Osaki folgte Maclure eine kurze Treppe hinauf und in einen behaglich möblierten Raum voller Landschaftsfotos. Es gab keinen Schreibtisch, keine Bürostühle, nur Bücherregale, Pflanzen und Polstermöbel. Langsam sank er auf ein Sofa und bemühte sich, sich eine schlüssige Erklärung für seinen Besuch zurechtzulegen.

»Schon gut«, sagte Maclure sanft. »Die ersten Sätze sind die schwersten, also warum lassen Sie nicht einfach mich anfangen? Alles, was Sie mir erzählen, ist vertraulich. Wir machen uns Notizen, aber die werden sicher verwahrt, genauso wie beim Arzt. Wenn Sie uns Ihren Namen nicht nennen wollen, vermerken wir auf den Notizen lediglich Zeit und Datums Ihres Besuchs. Oft werden diese Informationen nur zu internen Schulungen herangezogen. Es kostet viel Kraft, durch diese Tür zu gehen, also was immer Sie auch durchmachen, Sie wissen, dass Sie bereits Mut bewiesen und sich selbst geholfen haben. Fühlen Sie sich imstande, mir zu sagen, was los ist?«

Osaki nickte, faltete die Hände im Schoß und kämpfte sich gegen die Neigung der Sitzfläche in eine aufrechte Position. »Ich habe versagt«, erklärte er abrupt.

Maclure ließ ihm einige Augenblicke Zeit, um seine Aussage näher auszuführen, und redete ihm gut zu, als er nichts weiter sagte.

»Versagen ist relativ. Es hängt davon ab, welche Ansprüche Sie an sich haben. Wenn Sie zu hart über sich urteilen, kann beinahe alles ein Versagen begründen.«

»Hätte ich nicht versagt, hätte meine Frau mich nicht verlassen. Ich konnte keinen Job finden, mit dem ich sie hätte ernähren können. Sie musste sogar Überstunden machen. Das ist nicht das Leben, das ich ihr versprochen habe.«

Er heftete den Blick auf seine Knie und sprach mit ruhiger Stimme. Er hatte sich schon so weit erniedrigt, vor seiner Frau zu weinen. Er durfte sich nicht auch noch vor einem Fremden blamieren.

»Macht es Ihnen etwas aus, wenn ich Sie frage, wie alt Sie sind?«, erkundigte sich Maclure.

»Fünfundzwanzig«, antwortete Osaki.

»Und es klingt, als wäre Englisch nicht Ihre Muttersprache, nur die Aussprache, nicht die Grammatik. Das ist beeindruckend. Eine fremde Sprache so zu lernen, dass man sie flüssig beherrscht, ist sehr anspruchsvoll.«

»Ich bin meiner Frau begegnet, als sie vor drei Jahren zu einem Studentenaustausch nach Japan gekommen ist. Da konnte ich schon Englisch sprechen, aber ich habe geübt, um es flüssig zu beherrschen, ehe ich hergekommen bin und wir geheiratet haben.«

»Ich verstehe. Sie haben für Ihre Frau viel auf sich genommen, und es ist immer schwer, in einem fremden Land neu anzufangen. Die Jobsuche kann nicht einfach gewesen sein.«

Osaki dachte an all die Vorstellungsgespräche. Es lag nicht nur an der fremden Sprache, sondern auch an der Mimik, den Umgangsformen und Formalitäten, von Gebräuchen ganz zu schweigen. Das Feedback, das er von den wenigen potenziellen Arbeitgebern erhalten hatte, die sich überhaupt die Mühe gemacht hatten, sich bei ihm zu melden, besagte, dass er für sie zu verkrampft und direkt sei. Und das war nicht auf Stellen beschränkt, die Kundenkontakte beinhalteten. Die Unternehmen suchten nach Leuten, die »teamfähig« waren oder »kommunikationsfreudig«, »inspirierende Mitarbeiter, die wussten, wie man Beziehungen zu Kollegen knüpft«. Dass er bereit war, so viele Stunden zu arbeiten, wie sie ihm geben würden, dass er mit dem Mindestlohn einverstanden wäre oder Aufgaben übernehmen würde, die weit unter den Erwartungen lagen, die er gehegt hatte, als er seinen Abschluss in Systemmanagement erworben hatte, war ohne Bedeutung geblieben.

»Die japanische Kultur ist anders als die schottische«, sagte er nur.

»Davon bin ich überzeugt«, entgegnete Maclure. »Also, wie stehen die Dinge derzeit zwischen Ihrer Frau und Ihnen?«

»Sie ist unzufrieden. Es gibt einen anderen Mann, der sie tröstet.«

»Auf intime Art?«, hakte Maclure vorsichtig nach.

Osaki nickte.

»Sie konnten also keine Arbeit finden, sind weit von Ihrer Heimat und Ihrer Familie entfernt, und Ihre Frau hat eine Affäre. Da kommt einiges zusammen. Das würde jeden belasten, und es hört sich für mich nicht an, als hätten Sie versagt. Ich habe vielmehr den Eindruck, dass Sie viel Mut bewiesen haben und etwas mehr Zeit und Unterstützung benötigen, um sich an das Leben hier zu gewöhnen.«

Die Tür wurde geöffnet, und Vicki brachte ein Tablett mit zwei Bechern Kaffee und einem Teller Kekse herein.

Maclure bedachte sie mit einem angespannten Lächeln. »Danke, Vicki. Auf dem Tisch ist gut. Bitte versuchen Sie, erst anzuklopfen, nur für den Fall, dass Sie mal einen schlechten Moment erwischen.«

Vicki seufzte leise, ehe sie eine knappe Entschuldigung ablieferte und wieder ging.

»Sie ist neu«, bemerkte Maclure. »Hier zu arbeiten, kann schwierig sein, solange man nicht damit vertraut ist. Also, erzählen Sie mir, wie sich das auf Sie auswirkt, diese Vorstellung, dass Sie versagt haben.«

»Keine Vorstellung. Das ist real. Wenn ich nach Hause zurückgehe, werden meine Eltern wissen, dass ich auch sie enttäuscht habe. Sie haben mir gesagt, ich solle nicht weggehen. Sie sagten, Kylie sei nicht gut für mich. Ich sagte, ich wisse es besser. Ich war unhöflich gegenüber meinen Eltern. Ich habe kein Recht, sie mit meinen Unzulänglichkeiten zu belästigen.«

»Das ist eine schwere Bürde, die Sie da tragen, und ich verstehe, dass es kulturelle Unterschiede gibt, aber ich kann Ihnen sagen, dass die meisten Eltern sehr schnell und bereitwillig vergeben. Liebe bringt uns dazu, stets das Beste zu wollen, auch in der schlimmsten Situation. Haben Sie versucht, mit Ihrer Familie darüber zu reden, was Sie durchmachen?«

»Ich kann nicht. Meine Frau bringt einen anderen Mann in unsere Wohnung, sogar, wenn ich dort bin. Sie lacht nur, wenn ich ihr sage, sie soll das nicht tun. Sie sagt … sie sagt persönliche Dinge über meinen Körper und behauptet, wenn ich ein richtiger Mann wäre, müsste sie das nicht tun. Ich schäme mich. Meine Eltern sollten dem nicht ausgesetzt sein.«

Maclure ergriff das nur halb ausgefüllte Formular. »Osaki, ja? Sagen Sie es mir, wenn ich den Namen falsch ausspreche. Auch ich bin fehlbar und nicht so weltgewandt, wie ich sein sollte. Als Berater versuche ich stets, einen Pfad zu beschreiten, auf dem ich weder einen Partner verteufle noch Partei ergreife. Es bleibt immer vieles ungesagt, sowohl in Beziehungen als auch bei uns hier, aber alle Partnerschaften basieren auf gegenseitigem Respekt. Wenn Sie tief im Herzen wissen, dass Sie Ihrer Frau gegenüber angemessen respektvoll waren, dann steht es Ihnen auch zu, im Gegenzug mit dem gleichen Respekt behandelt zu werden. Vielleicht sind nicht Sie derjenige, der Ihre Ehe entehrt. Ich verstehe, dass Ihre Kultur die Rollen innerhalb der Ehe anders gewichtet, aber ich denke, es ist eine universelle Wahrheit, dass Ungleichheit zwischen Menschen, die in einer intimen Beziehung sind, fast immer ins Unglück führt.«

»Die Ursache ist nicht mehr wichtig. Ich kann keine Arbeit finden. Ich kann die Miete nicht bezahlen. Ich kann nicht einmal meine Frau befriedigen. Ich habe mich meinen Eltern widersetzt und Schande über mich gebracht. Ich bin hier, weil der Tod in meinen Augen der einzige Weg ist, der Erlösung verspricht.«

»Na gut, überlegen wir uns das mal einen Moment«, sagte Maclure. »Möchten Sie den Kaffee probieren? Er ist nicht besonders gut, aber ich habe schon so viele Tassen kalt werden sehen, wenn das Gespräch ohne Pause weiterlief. Möchten Sie Ihren Kaffee?«

»Danke, nein. Ich mag keinen Kaffee«, erwiderte Osaki.

Er hielt den Kopf gesenkt, und Maclure konnte ihn kaum verstehen.

»Haben Sie Vicki denn um Wasser oder Tee gebeten? Ich kann Ihnen etwas anderes holen.«

»Nein, ich habe um gar nichts gebeten, aber ich weiß das Angebot zu schätzen.«

Maclure sah zu der Tür, durch die Vicki verschwunden war, und fragte sich, wie ihr Neuzugang es nur schaffte, selbst die einfachsten Dinge falsch zu machen, bedachte man ihren beeindruckenden Lebenslauf und ihre beachtlichen Referenzen. Zumindest würde sie lernen müssen, ihr Mobiltelefon nicht während der Arbeitszeit zu benutzen. Nichts vermittelte anderen Menschen stärker das Gefühl der Wertlosigkeit, als am Mobiltelefon herumzufummeln, wenn sie der Aufmerksamkeit bedurften.

»Sie erwähnten den Tod«, stellte Maclure nüchtern fest. »Ist das eine Option, die Sie ernsthaft in Erwägung ziehen?«

»Es ist unausweichlich. Es gibt keine andere Möglichkeit«, verkündete Osaki.

»Einigen wir uns für den Moment darauf, dass wir da unterschiedlicher Ansicht sind. Selbstmord macht es Ihnen unmöglich, sich reinzuwaschen. Sie können Ihren Eltern gegenüber nichts mehr gutmachen oder ein neues Leben in Angriff nehmen. Er verursacht so viel Schmerz, wie er beseitigt. Und der Versuch ist nicht immer erfolgreich und kann schreckliche, nicht tödliche Folgen nach sich ziehen.«

»Ich habe alles geplant«, sagte Osaki. »Ich möchte nicht länger eine Bürde für meine Familie sein.«

»Aber Sie sind hier. Ich bin froh, dass Sie gekommen sind, denn das sagt mir, Sie haben immer noch Hoffnung, Sie sind immer noch offen für die Idee, dass es auch einen anderen Ausweg für Sie geben mag. Können wir uns das einmal genauer ansehen?«

Osaki antwortete nicht.

»Wissen Sie, ich sehe viele Leute in vielen verschiedenen Stadien dieses Prozesses. Über die Jahre bin ich zu der Überzeugung gelangt, dass es mehr Courage erfordert, um Hilfe zu bitten, als die Tat zu begehen. Sie nehmen das Risiko auf sich, dass man Ihnen nicht glaubt oder Sie als hysterisch oder aufmerksamkeitsbedürftig einstuft. Ich kann verstehen, dass Ihr Kummer über die augenblickliche Situation real und stichhaltig ist. Ich glaube, diese Dinge würden jeden belasten, nicht nur Sie. Wo sich unsere Ansichten unterscheiden, das ist die Frage, inwieweit man Sie dafür in die Pflicht nehmen kann.«

»In die Pflicht nehmen?«, fragte Osaki.

»Inwieweit Sie verantwortlich sind, schuldig. Für mich klingt es, als habe bei Ihrem Misserfolg bei der Arbeitssuche auch Rassismus eine Rolle gespielt. Vielleicht nicht offen oder auch nur absichtsvoll, aber es ist möglich, dass potenzielle Arbeitgeber nicht fähig waren, kulturelle Differenzen zu überwinden und eine Möglichkeit zu finden, die Kluft zu überbrücken. Sie sind offensichtlich intelligent und qualifiziert. Ich sehe in diesem Formular, dass Sie einen Abschluss in Systemmanagement haben, und Sie sind bilingual. Ich könnte mir denken, dass Sie an den falschen Orten nach einem Job suchen. Sie müssen die Unterschiede einbeziehen, statt sie zu ignorieren. Versuchen Sie es an Universitäten oder Colleges, vielleicht können Sie Japanisch unterrichten. Und was ist mit Reisegesellschaften oder Übersetzungsdiensten?«

»Sagen wir, ich finde Arbeit, was ist mit meiner Frau? Ich weiß nicht, was ich in dem Punkt tun könnte, selbst wenn sich meine Lage verbessern sollte.«

»Das ist wirklich Ihre Entscheidung. Nur Sie wissen, ob Sie die Beziehung retten wollen, aber Sie müssen sich gemeinsam über den weiteren Weg einigen. Es wird nicht leicht werden, neues Vertrauen aufzubauen, und Sie sollten sich fragen, ob Sie nicht mehr verdient haben. Die Ehe ist eine Reise, auf der man nicht nur während der einfachen Etappen zusammenhält, sondern auch schwere Zeiten gemeinsam durchsteht. Können Sie Ihre Frau auf lange Sicht an Ihrer Seite sehen?«

»Aber was soll ich meinen Eltern sagen? Sie halten nichts von Scheidung.«

»Schauen Sie, Japan ist sehr weit von Schottland entfernt. Sie können Ihren Eltern sagen, was immer Sie wollen. Sie sind ein erwachsener Mann. Dies ist Ihr Leben, und Sie haben nur eine Chance, es zu leben. Ich respektiere Ihren Sinn für Familie und Tradition. Ich glaube, Struktur und Respekt gegenüber anderen Generationen ist für jede Gesellschaft unerlässlich, aber nicht zu dem Preis, dass Sie keine Möglichkeit mehr haben, voranzuschreiten, wie Sie es wollen.«

»Ich kann sie nicht belügen«, erklärte Osaki ernst. »Das würde nur noch mehr Schande über mich bringen. Wenn sie herausfinden, dass meine Frau einen anderen Mann in unser Bett geholt hat … Ich könnte ebenso gut jetzt schon tot sein. Sie werden mich nie wiedersehen wollen. Mein Vater dachte, ich sei schwach, weil ich nach Schottland gegangen bin. Er sagte, ich hätte darauf bestehen sollen, dass wir in Tokio bleiben. Ich hasse es, dass er recht hatte.«

»Ihr Vater wollte Sie in der Nähe haben, um Ihnen zu helfen. Ich kann mir nicht vorstellen, wie schwer es für Eltern sein muss, zu akzeptieren, dass ihr Kind bereit ist, unabhängig von ihnen zu leben. Doch es führen viele Wege nach Rom«, entgegnete Maclure.

Osaki starrte ihn verdattert an. »Rom?«

»Das ist nur eine Redewendung. Ich meine es nicht wörtlich. Denken Sie darüber nach. Sie könnten Ihren Eltern erzählen, Sie hätten herausgefunden, dass Ihre Frau keine Kinder bekommen kann, und das hätte eine Kluft zwischen Ihnen geöffnet. Oder es gäbe in Edinburgh nicht genug Arbeit und Sie hätten beschlossen, nach Tokio zurückzukehren, aber Ihre Frau habe sich außerstande gesehen, ihre Familie zu verlassen. Oder auch ganz einfach, Sie hätten sie so sehr vermisst, dass Sie bereit waren, Ihre Ehe zu opfern, um in ihr Heimatland zurückzugehen. Sie werden sich vielleicht fragen, was genau passiert ist, trotzdem würde das reichen, eine Rückkehr zu rechtfertigen. Sie könnten sich einen Job suchen und eine neue Beziehung eingehen. Die Scheidung hier dürfte recht problemlos verlaufen, da sie Ehebruch begangen hat. Kein Tod notwendig.«

»Es ist dennoch eine Täuschung.«

»Die Realität ist, was wir daraus machen«, entgegnete Maclure. »Verlieren Sie Ihr Leben nicht an Stolz oder Leitsätze.«

»Es geht nicht um Stolz«, konterte Osaki. »Es geht um Beschämung. Meine Frau beschimpft mich. Sie sagt, mein …« Er blickte zu Maclure auf, und die Risse unter der Oberfläche begannen sich zu zeigen. »Mein Penis ist zu klein. Wenn ich widerspreche, droht sie, meinen Eltern eine E-Mail zu schicken und ihnen zu sagen, ich würde Männer vorziehen und wolle keinen Sex mit ihr. Lieber würde ich sterben, als meiner Mutter und meinem Vater erklären zu müssen, was wirklich los ist. Sie sind sehr traditionell. Sie werden das nicht verstehen.«

»Für mich klingt es, als wären Sie gefangen in einer sehr missbräuchlichen Beziehung. Zu viele Leute denken, nur Frauen würden Opfer von Missbrauch. Psychische Gewalt ist auch Gewalt. Sie hinterlässt Wunden, die man nicht sehen kann, die aber nicht weniger real sind. Für Männer ist es schwer, darüber zu reden, weil das Bild, das die Gesellschaft von Männern zeichnet, sie als harte Kerle darstellt. Das ist alles Unsinn. Ich sehe das so: Wenn Sie wüssten, dass Ihre Schwester in einer Beziehung ist, in der sie misshandelt wird, dann würden Sie alles in Ihrer Macht Stehende tun, um sie da rauszuholen, richtig? Sie würden ihr nicht sagen, sie sei schwach oder dumm oder sollte imstande sein, selbst damit zurechtzukommen.«

Osaki erhob sich. »Danke. Sie haben mir sehr geholfen.«

Maclure folgte seinem Beispiel. »Sie müssen nicht gehen. Es gibt viele Möglichkeiten. Wir haben Informationen über Orte, die Sie aufsuchen können, kostenlose Rechtsberatung, Hilfe bei der Regelung Ihrer Finanzen, Unterstützung bei der Jobsuche. Manchmal geht es nur darum, die Kontrolle zurückzubekommen. Wenn man das Gefühl hat, das Leben würde einem davonlaufen, kann das schon beängstigend sein. Lassen Sie mich einen Kontakt für Sie herstellen …«

»Meine Entscheidung muss der Vernunft gehorchen und sich auf Recherchen stützen. Sie waren sehr freundlich, und dafür danke ich Ihnen, aber jetzt muss ich gehen.«

Maclure sah ihn niedergeschlagen an, streckte jedoch die Hand aus, um Osakis zu schütteln. »Hier ist vierundzwanzig

Stunden am Tag jemand im Haus, und Sie können uns auch telefonisch erreichen. Wir haben inzwischen sogar einen Online-Chat, falls das einfacher für Sie ist.«

»Mr Maclure«, sagte Osaki in freundlichem Ton. »Sie sind nicht für mich oder für irgendetwas, das ich zu tun beschließe, verantwortlich. Ich hatte nicht die Absicht, einer anderen Person Kummer zu bereiten.«

»Das haben Sie nicht«, sagte Maclure. »Sie haben mir Hoffnung gegeben, kaum dass Sie zur Tür hereingekommen sind. Ich wünsche mir nur, dass Sie etwas Positives von hier mitnehmen.«

Sie reichten sich die Hände. Osaki ging hinaus. Genauso war er immer schon mit schwierigen Situationen in seinem Leben umgegangen. Mit sorgfältiger Überlegung und Entschlossenheit und der Inanspruchnahme objektiver Beratung. Nur die Wahl seiner Frau bildete eine Ausnahme. Da hatten der Sturm der Hormone und ein überaktives Ego die Oberhand gewonnen, als das schottische Mädchen, um das all seine Freunde konkurriert hatten, sich für ihn entschieden hatte. Nun jedoch bedauerte er seine impulsive Tat, ganz wie sein Vater es vorausgesagt hatte. Zu so etwas würde er sich nie mehr hinreißen lassen, nicht einmal, wenn es um eine Entscheidung über Leben und Tod ging. Rune Maclure hatte ihm mehr geholfen, als er sich vorstellen konnte.

Vicki brachte ihn zur Tür, einen Stapel säuberlich etikettierter Akten unter dem Arm, und wünschte ihm geistesabwesend einen schönen Tag. Sie hatte wirklich noch viel zu lernen, dachte Osaki, als er einem Mann auswich, der ihm draußen entgegenkam.

»Drücken Sie einfach auf die blaue Klingel links vom Türgriff«, sagte Osaki zu ihm.

»Ich bin nicht hier, weil ich Hilfe brauche«, erwiderte der Mann mürrisch, und es stand ihm ins Gesicht geschrieben, wie gekränkt er sich fühlte. »Ich treffe mich hier nur mit jemandem.«

»Entschuldigung.«

Osaki neigte leicht den Kopf, als Vicki herauskam. Sie schloss ihre Jacke und stutzte kurz, als sie sah, dass Osaki immer noch da war.

»Ich habe nicht viel Zeit«, sagte der beleidigte Mann.

Vicki ging zu ihm, und gemeinsam spazierten sie den Weg zur Straße hinunter.

»Was wollte der?«, fragte der Mann halb im Flüsterton, aber immer noch laut genug, dass Osaki ihn hören konnte.

»Kannst du mal die Klappe halten?«, zischte Vicki.

Osaki wartete, bis er wusste, welche Richtung sie einschlugen, um dann in die Gegenrichtung zu verschwinden. Er musste nicht noch mehr von dem Gespräch mit anhören, um zu wissen, was der gekränkte Mann über ihn dachte. Das hatte seine Reaktion bereits offenbart. Hilfe zu suchen war für ihn eine Schwäche. Armselig. Osaki hätte sich ebenso gut ein Schild mit der Aufschrift »Verlierer« umhängen können, ein verbreiteter Begriff für Menschen wie ihn, und er passte wunderbar. Er hatte alles verloren. Sein Land, seine Familie, seine Kultur. Seinen Stolz. Es war Zeit, etwas dagegen zu unternehmen, je früher, desto besser. Er hatte seine Entscheidung getroffen. Nun musste er sie nur noch in die Tat umsetzen.

Osaki machte sich auf den Weg zum nächsten Baumarkt.

Kapitel fünfzehn

6. März

Seit Callanachs Journalistenfreund Lance Proudfoot seinen Online-Artikel veröffentlicht hatte, standen die Telefone kaum still vor Leuten, die Informationen über Fenella Hawksmith und ihre Tochter Alice anboten.

Ava war sich darüber im Klaren, dass die meisten mehr Geschwätz als Inhalt liefern würden, aber irgendwo mussten sie nun mal anfangen.

Sie hatte gerade Pax Grahams Bericht über den Mord im Pflegeheim erhalten und entsetzt die neuen Beweise zur Kenntnis genommen, die besagten, dass Bruce Jensons Genitalien bei dem Angriff verletzt worden waren. Dennoch zweifelte sie nicht an Callanach. Er hatte sich wieder und wieder bewährt, und es gab keine Geheimnisse zwischen ihnen, keine Lügen. Darauf hätte sie ihr Leben gesetzt, also war sie mehr als bereit, ihre Karriere darauf zu verwetten.

Callanach hatte ihr um sieben Uhr morgens eine Textnachricht geschickt, um sie zu warnen, dass er die Veröffentlichung eines Online-Artikels arrangiert hatte, in der Hoffnung, die Dinge im Fall Hawksmith vorantreiben zu können. Sie las die Zeilen, während sie Schmerztabletten für ihren Kopf einnahm und hoffte, dass der Alkohol die Wirkung der Antibiotika nicht gänzlich zunichtegemacht hatte.

»Wie geht es Natasha?«, fragte Callanach nach einem einzelnen Klopfen an der Tür, ehe Ava auch nur Gelegenheit zum Aufblicken hatte.

»Sie ist mitreißend wie eh und je.« Ava grinste. »Sie hat nach dir gefragt.«

»Ich vermisse sie. Wie wäre es, wenn ihr nächste Woche mal zum Abendessen zu mir kämt?«

»Sie ist ziemlich mit ihrer neuesten Eroberung beschäftigt«, redete sich Ava heraus. Unter keinen Umständen würde sie zulassen, dass Natasha und Callanach im selben Raum waren, solange Tasha so fasziniert von ihrer Fehlinterpretation der beiden Nächte war, die sie bei ihm verbracht hatte. »Lance Proudfoot zu bitten, diesen Artikel zu veröffentlichen, war eine gute Idee. Sieht aus, als würde er sich erfolgreich verbreiten. Die Informationen strömen nur so herein.«

»Darum bin ich hier«, sagte Callanach. »Fenella Hawksmiths medizinische Unterlagen sind gerade eingetroffen. Sie hat mehrere Selbstmordversuche hinter sich und ist zu ihrer eigenen Sicherheit in ein Krankenhaus eingewiesen worden, in dem sie einige Zeit verbracht hat.«

»Hat sie nach wie vor Medikamente genommen?«, fragte Ava.

»Keine, die man ihr verschrieben hätte, aber möglicherweise hat sie nicht verschreibungspflichtige Mittel genommen. Der Tox-Screen wird uns Näheres verraten. Ich habe bei den Tatortermittlern nachgehakt. In der Wohnung wurden keine legalen oder illegalen Medikamente gefunden, abgesehen von dem üblichen freiverkäuflichen Zeug, und das war abgelaufen, aber es waren immer noch Tabletten in den Packungen.«

»Also keine Hinweise auf Sucht.«

»Nein«, bestätigte Callanach.

Über den Schreibtisch hinweg starrten sie einander an, ehe Ava begann, ihre Fingernägel zu studieren, die immer noch die

Spuren des Anklammerns an der Mauer von Tantallon aufwiesen, und sich fragte, wer es zuerst aussprechen würde. Callanach überließ ihr die Ehre.

»Du meinst nicht …«, begann sie langsam.

»Es muss Zufall sein«, antwortete er. »Denn anderenfalls müssen du und ich zurück nach Tantallon und wieder rauf auf diese beschissene Mauer.«

»Seit der Nacht, in der Stephen Berry gestorben ist, hat es beinahe ununterbrochen geregnet. Die Chance, dass wir dort noch irgendetwas Nützliches entdecken, ist minimal, aber ich schätze, wir müssen es versuchen.«

»Ava, wir haben bereits ein Opfer im Pflegeheim und Fenella Hawksmith. Bist du wirklich sicher, dass wir das tun sollen?«

»Stephen Berry hat vor ein paar Wochen einen Selbstmordversuch unternommen, und nun ist er tot infolge eines tiefen Sturzes von einer Burgmauer mitten in der Nacht. Denk darüber nach. Die Substanzen in seinem Blut, die beim Tox-Screen ermittelt wurden, haben bestätigt, dass er seine Medikamente nicht abgesetzt hat. Er hat getan, was der Arzt ihm aufgetragen hat. Er hätte genug freies Serotonin haben müssen, um im Gleichgewicht zu bleiben, wenn er auch nicht in deinem oder meinem Sinne glücklich gewesen sein mag. Er hatte eine Freundin, nicht wahr?«

»Ex«, sagte Callanach.

»Also, dann lass uns mit ihr reden und versuchen, seine Aufenthaltsorte und seinen Seelenzustand in der Zeit zwischen dem Versuch auf der Queensferry Crossing und seinem Ausflug nach Tantallon zu ermitteln.«

»Ich setze Tripp darauf an«, sagte Callanach. »Gibt es in Hinblick auf Mrs Hawksmiths Tochter schon irgendetwas Konkretes?«

»Keine Sterbeurkunde«, antwortete Ava. »Demnach ist sie

entweder noch am Leben oder tot und unidentifiziert oder tot und nicht gefunden worden.«

»Wie willst du Overbeck überzeugen, dass wir den Tod von Berry als potenziellen Mordfall behandeln müssen?«

»Gar nicht«, sagte Ava. »Ich werde eine Geheimwaffe einsetzen. Darüber musst du dir keine Sorgen machen.«

»Du hast eine Geheimwaffe und willst mir nichts darüber erzählen? Das ist nicht fair.«

»Glaub mir, davon willst du gar nichts wissen. Und falls du dich das fragst: Pax Grahams Team ermittelt basierend auf der Annahme, dass Bruce Jenson von einem Mitarbeiter des Pflegeheims getötet wurde. Die Forensiker haben festgestellt, dass der erste Schlag gegen das Glas von innen erfolgt ist. Erst später hat jemand den Bereich, in dem bereits ein Sprung war, von außen eingeschlagen. Sie sind zu dem Schluss gekommen, dass das ein Versuch war, es so aussehen zu lassen, als wäre jemand eingebrochen.«

»Motiv?«, fragte Callanach.

»Morde in Pflegeheimen sind oft die Folge von angesammeltem Frust oder Arbeitsstress. Gelegentlich steckt dahinter auch ein tiefer gehendes Problem, wie das Münchhausen-Stellvertreter-Syndrom oder das Todesengel-Syndrom, das den Pflegeberuf für manche Leute überhaupt erst attraktiv macht.«

»Wenn das der Fall wäre, würde ich davon ausgehen, dass es dort noch andere ungeklärte Todesfälle gegeben haben muss.«

»Weil wir im Moment nicht sowieso genug zu tun haben?«, fragte Ava mit hochgezogenen Brauen. »Es könnte ein neuer Mitarbeiter sein oder eine Aushilfskraft. Andere Todesfälle könnten erwartet worden und lediglich etwas schneller eingetroffen sein, was bedeutet, dass es keine Obduktion gegeben hätte. Ein Mangel an Beweisen besagt nicht, dass es sich hier um ein isoliertes Ereignis handelt. In keiner anderen Umgebung ist es so schwer, sicher zu sein, dass jeder Todesfall auf eine natürliche Ursache zurückgeht. Das sage ich dir nur, damit du dich ein bisschen entspannen kannst. Graham ist ein guter Detective. Er wird die Wahrheit herausfinden.«

Callanach nickte und gab nach. »Okay. Ich werde anfangen, die Informationen zu Hawksmith durchzugehen. Viel Glück mit Overbeck.«

Als er wieder an seinem Schreibtisch saß, kontrollierte er seine E-Mails. Einige waren von Lance – Reaktionen auf seinen Artikel, die eigentlich direkt ans MIT hätten gehen sollen, stattdessen aber bei ihm gelandet waren. Dann waren da einige Werbesendungen, die dem Trash-Ordner entgangen waren, und ein paar Online-Rechnungen. Unter diesen entdeckte er eine Unzustellbarkeitsmitteilung zu der Mail, die er seiner Mutter geschickt hatte. Plötzlich war ihm elend zumute. Zu dem Zeitpunkt, als das letzte Mal eine Mail an seine Mutter nicht zustellbar gewesen war, war sie aus seinem Leben verschwunden, während er sich gegen die Vergewaltigungsklage zur Wehr setzen musste. Damals war das Absicht gewesen. Sie hatte sich dieser ganzen furchtbaren Situation entziehen müssen und den Erinnerungen, die sie heraufbeschwor. Aber in Paris schien alles in Ordnung zu sein. Sie hatten die meisten Probleme gelöst und die enge Beziehung, die sie früher verbunden hatte, wieder aufleben lassen. Und jetzt …

Callanach las seine Originalmail, prüfte, ob sich in die Adresse ein Tippfehler eingeschlichen hatte, aber da war nichts. Er drückte auf »Erneut senden« und schickte ihr zudem eine Textmitteilung, in der er ihr erklärte, dass er vergeblich versucht habe, sie zu kontaktieren, und hoffe, dass nichts Ernstes dafür verantwortlich war. Es war schwer genug, ihr von Bruce Jensons Tod zu berichten, auch ohne dass er sich Sorgen darüber machen musste, seine Mutter käme erneut nicht mit den Erinnerungen zurecht.

Sergeant Livelys Gesicht sah aus wie ein undichter Wasserball. Ava zeigte auf den leeren Stuhl vor ihrem Schreibtisch, während sie eine Mitteilung fertigtippte, in der sie zusätzliche Mittel für forensische Untersuchungen auf Tantallon anforderte. Es war ein gemeiner Zug, Lively dazu zu bringen, die Sache an ihrer Stelle vorzutragen, andererseits konnte sich Detective Superintendent Overbeck schlecht öffentlich darüber beklagen.

»Sie müssen Ihren beachtlichen Einfluss auf die Super einsetzen, damit sie uns eine vollständige Tatortuntersuchung auf Tantallon Castle bewilligt.« Ava strahlte ihn an. »Ich beende nur rasch meine Notizen, dann übergebe ich Ihnen diese unkomplizierte Verwaltungsaufgabe.«

»Die Tantallon-Akte ist geschlossen«, sagte Lively. »Dr. Lambert sagt, das war ein Selbstmord, bei dem einiges schiefgegangen ist, aber trotzdem ein Selbstmord.«

»Ja, aber nun sind es schon zwei nacheinander«, erwiderte Ava ruhig.

»Moment mal, der Fall Berry hat doch überhaupt keine Ähnlichkeit mit dem Fall Hawksmith. Da wird der Evil Overlord bestimmt nicht mitspielen. Und ich gehe nicht mit einem Strauß Giftefeu da rauf, herzlichen Dank auch«, grummelte Lively.

»Sie müssen keine Verbindung zwischen den Fällen aufzeigen, solange sie nicht danach fragt. Ich bin im Begriff, die Pathologin anzurufen, um diese Sache mit ihr zu besprechen, aber ich bin überzeugt, sie wird mir zustimmen, dass wir die Ähnlichkeiten zwischen den beiden Fällen in Betracht ziehen müssen.«

»Ähnlichkeiten? Ein Mann, eine Frau, unterschiedliches Alter. Der erste Fall ein Sturz, der zweite aufgeschnittene Pulsadern in warmem Badewasser.«

»Sie hören sich allmählich schon an wie sie«, stichelte Ava.

»Bei allem Respekt, Ma'am, Sie können mich mal.«

»Dieses Mal lasse ich Ihnen das noch durchgehen, Sergeant,

aber das ist das letzte Mal. Ich habe zwei Todesfälle, die oberflächlich betrachtet wie Selbstmorde aussehen, doch beide sind ein wenig problematisch.«

»Zwei sind Zufall, drei sind ein Muster. Das wird dem Superintendent nicht gefallen«, konstatierte Lively. »Und bei allem Respekt, es ist nicht fair, mich so auszunutzen.«

»Spricht da Ihre Vorstellung von sozialer Verantwortung aus Ihnen? Denn soweit ich mich erinnere, haben Sie Ihren Kollegen über die Jahre mehr zu schaffen gemacht als irgendein anderer Officer, und da hat Sie so etwas auch nicht interessiert.«

»Ich habe nie versucht, die Beziehung eines anderen Officers zu meinem Vorteil auszunutzen«, entgegnete Lively leise. »Und Sie würden das mit mir nicht machen, wenn ich eine Frau wäre.«

Ava erhob sich und stemmte die Hände in die Hüften. »Beschuldigen Sie mich des Sexismus?«

Lively holte tief Luft. »Aye, ich glaube, das tue ich. Wenn Ihr neuer Constable Janet Monroe etwas mit einem Mann hätte, der in der Befehlskette über Ihnen steht, würden Sie sich eher die eigenen Augen ausstechen, als ihre Beziehung zu ihm auszunutzen, damit Sie bekommen, was Sie wollen.«

»Mist«, murmelte Ava. »So habe ich das nicht betrachtet. Es tut mir leid. Ehrlich. Vergessen Sie's. Ich gehe selbst zu Overbeck. Nebenbei bemerkt, Sie haben recht. Ich hätte das mit einer Frau nicht gemacht. Mir ist nur nicht in den Sinn gekommen …« Sie wusste nicht recht, wie sie den Satz beenden sollte.

»Dass ich auch Gefühle habe? Na, herzlichen Dank, Ma'am. Ich bin im Lagezimmer, falls Sie mich für irgendetwas brauchen, was tatsächlich zu meinen Dienstpflichten zählt.«

Zwar knallte er die Tür nicht zu, als er ging, doch Ava fühlte den Schlag trotzdem.

Sie schnappte sich ihre Notizen, schritt zur Treppe und machte sich auf zu Overbecks Büro, statt zu genau darüber nachzudenken, wie enorm falsch sie Livelys Reaktion eingeschätzt hatte, von der Schuld, die sie selbst auf sich geladen hatte, ganz zu schweigen. Sie hatte damit gerechnet, dass Lively ihr Kummer machen und sich über den Auftrag beklagen würde, doch sie hatte sich überhaupt keine Gedanken darüber gemacht, ob ihr Vorhaben ethisch vertretbar war. Die Police Scotland war eine Brutstätte für Spötteleien und politisch unkorrektes Verhalten, aber nichts davon war böse gemeint. Wenn es hart auf hart käme, dann, davon war sie überzeugt, würde jeder Officer unter ihrem Kommando jedem seiner Kollegen den Rücken freihalten. Lively hatte weit mehr Gemeinheiten verteilt als eingesteckt, weshalb sie nicht auf den Gedanken gekommen war, die Angemessenheit ihres Anliegens infrage zu stellen. Es war ihr sogar eher locker und trivial erschienen. Erst jetzt erkannte sie es als das, was es war – ein Missbrauch ihrer Kenntnis von seiner Beziehung.

Detective Superintendent Overbeck verließ gerade ihr Büro, als Ava sich näherte.

»Falls Sie zu mir wollen, müssen Sie mich zu meinem Wagen begleiten«, sagte sie.

Ava machte auf dem Absatz kehrt und tat wie geheißen.

»Raus mit den guten Neuigkeiten.«

»Ich fürchte, es sind keine guten Neuigkeiten«, erwiderte Ava.

»Sarkasmus, Turner. Natürlich haben Sie keine guten Neuigkeiten. Sie kommen mit einer beschissenen Akte zu mir. Also, raus damit.«

»Ich muss einen Tatort an einem öffentlichen Ort untersuchen. Tantallon Castle, um genau zu sein, was bedeutet, dass die Burg für die Öffentlichkeit gesperrt werden muss.«

»Tantallon? Ich liebe die Burg.« Overbeck lächelte sehnsuchtsvoll. »Tiefer Sturz, richtig? Wenn ich nicht irre, ist der Fall abgeschlossen. Warum wollen Sie ihn wieder öffnen?«

Angesichts der knappen Zeit und Overbecks Abneigung gegen lange Reden, erklärte Ava es ihr so kurz und prägnant, wie sie nur konnte.

»In Ordnung«, sagte der Superintendent. »Sie können eine komplette forensische Untersuchung des Schauplatzes haben, die Leute befragen, die Stephen Berry am nächsten standen, und sehen, ob Sie noch irgendeine Verbindung zwischen Berry und Hawksmith aufdecken können, aber keine darüber hinausgehenden Verrücktheiten, verstanden? Die Geschichte ist dünn, also bauen Sie bloß keinen Mist.«

»Ja, da wir gerade von Mist bauen reden«, sagte Ava, als sie sich Overbecks Wagen näherten, »ich habe etwas getan, was ich nicht hätte tun dürfen.«

»Bezogen auf Sie klingt das ungewöhnlich spannend«, kommentierte Overbeck lachend. »Also los, schockieren Sie mich.« Sie schloss den Wagen auf und schlüpfte auf den Fahrersitz.

»Ich habe Lively gebeten, wegen zusätzlicher Mittel an Sie heranzutreten. Er hat sich mit Recht geweigert. Und er ... na ja, er hat mich des Sexismus beschuldigt, und ich fürchte, er hatte recht. Ich wollte, dass Sie das zuerst von mir erfahren, nicht von ihm. Ich habe mich bei ihm entschuldigt.«

Overbeck verzog das Gesicht, schürzte die Lippen, und dann wieherte sie lauthals los und hielt sich am Lenkrad fest, bis sie ihr Gelächter wieder unter Kontrolle hatte.

»Chief Inspector, das einzig Schockierende daran ist, dass es exakt das ist, was ich an Ihrer Stelle getan hätte. Machen Sie sich deswegen nicht ins Hemd. Sie haben vielleicht zum ersten Mal etwas getan, womit Sie meine Anerkennung errungen haben, Sie hinterhältige kleine Kuh.«

Ava starrte sie mit offen stehendem Mund an.

»Und er hat Sie des Sexismus beschuldigt, ja? In letzter Zeit ist er ein bisschen schnippisch. Wäre er eine Frau, würde ich vermuten, er hat seine Tage.«

»O Gott«, murmelte Ava.

»Machen Sie sich keine Gedanken, Turner. Er wird es überwinden. Im Grunde ist er sowieso sauer auf mich, nicht auf Sie.«

»Tut mir leid, das zu hören«, sagte Ava und meinte es auch so.

Immer deutlicher trat zutage, dass ihr unausstehlicher, aber loyaler Sergeant sich ernsthaft in den Superintendent verliebt hatte.

»Er will, dass ich die Scheidung einreiche. Das Problem ist, dass ich meinem Ehemann gegenüber, geschwätziger Idiot, der er ist, nostalgische Gefühle hege. Ich bin nicht sicher, ob ich bereit bin, den nächsten Schritt zu tun. So nennen das die Massenmedien doch, nicht wahr? Warum um alles in der Welt können Männer nicht einfach mit einem schnellen Fick zufrieden sein? Hätte ich nur ein Pfund für jeden unverbindlichen Flirt bekommen, der plötzlich doch verpflichtend wird, dann würde ich verdammt sicher nicht in diesem Job arbeiten.« Overbeck schloss die Tür, ließ aber die Scheibe herunter. »Und was hat sich in Bezug auf den anderen Mord ergeben? Die Sache im Pflegeheim?«

»Sehr wahrscheinlich war es jemand vom Personal«, sagte Ava und wünschte im Stillen, Overbeck würde endlich losfahren.

»Schön. Und nun seien Sie ein gutes Mädchen und verärgern Sie keine weiteren Mitarbeiter des MIT mit ihrem widerlichen Sexismus.«

Mit durchdrehenden Rädern raste sie davon und gackerte lauthals über ihren eigenen Scherz, während Ava erleichtert und bestürzt zugleich zurückblieb. DS Lively war offenbar auf einem Tiefpunkt, was ihren Versuch, sich ihn zunutze zu machen, noch unseliger erscheinen ließ.

Kapitel sechzehn

8. März

Gilroy Western erwog die Pros und Kontras einer Affäre. In seinem Alter war schon die Benutzung des Wortes »Affäre« euphemistisch, und das wusste er. Bezogen auf seine Ehe wäre es keine, so viel war klar. Er hatte seine Frau, die in den Sechzigern war, in ihrer Wohnung in Spanien zurückgelassen, bei all ihren Golffreundinnen und dem fortwährenden Trost, den die zahlreichen Expat-Bars in der Umgebung zu bieten hatten. Mit jemand anderem zu schlafen bezeichnete man zwar gewöhnlich als Affäre, aber hier ging es eher um ein professionelles Arrangement, und das war ihm vollkommen bewusst.

Die Frau, halb so alt und bereit zu Sex in Positionen, von denen seine Frau schon vor Jahren behauptet hatte, sie würden ihr Rückenschmerzen bereiten, und zu Blowjobs, die seine Frau von jeher unappetitlich gefunden hatte, wäre unausweichlich viel zu beschäftigt, um sich nach seiner Rückkehr mit ihm zu treffen, würde er sie nicht großzügig mit Schmuck, Kleidern und edlen Weinen versorgen. Bis auf die Bezeichnung war sie schlicht eine Prostituierte. Das war ihm völlig klar, aber es kümmerte ihn nicht. Wenn man einen fairen Preis für eine Dienstleistung bezahlte, gab es auch keine Klagen, und genauso gefiel ihm das Leben.

Er war am Abend zuvor auf dem Edinburgh Airport gelandet, heim zum Moray Place gefahren und war nun nur noch eine halbe Stunde entfernt von der warmen, feuchten Wonne oraler Befriedigung. Seine Geliebte erwartete ihn und würde vermutlich eins von den unerhört kostspieligen Dessous tragen, die er während seines letzten Besuchs für sie gekauft hatte. Eigentlich hätte er noch eine ganze Weile nicht nach Schottland zurückkehren sollen, doch er war hergekommen, als man ihn über den Tod seines alten Geschäftspartners Bruce Jenson informiert hatte.

Während der letzten zehn Jahre hatten sie nicht viel Kontakt gehabt, aber Bruce hatte offenbar eine verborgene Zuneigung zu ihm gehegt, denn er hatte ihn in seinem Testament bedacht, was Western mehr als nur ein bisschen überrascht hatte. Edinburgh Bespoke hatten sie für einen guten Preis an ein Unternehmen verkauft, das die Hälfte der Firma mit Maschinen vollgestopft hatte und die Möbel in einem Bruchteil der Zeit und für halb so viel Geld herstellen konnte. Und dann hatten sie zusätzlich noch einen Haufen Geld eingenommen, als sie die verbliebenen Gewerbeeinheiten an Bauunternehmer veräußert hatten, die sie eingerissen und durch Luxuswohnungen ersetzt hatten.

Es war ärgerlich, dass Bruce Jenson sich für diese abscheulich altmodische Methode der Testamentsverlesung vor der ganzen Familie entschieden hatte, denn das bedeutete, dass Western sich schlecht vor der Trauerfeier später an diesem Tag drücken konnte. Die E-Mail des Notars war recht vage gewesen, was die Todesursache betraf, aber Western wusste sehr gut, dass sich der Gesundheitszustand seines ehemaligen Partners schon seit Jahren permanent verschlechterte. Die schonungslose Wahrheit war, dass die Anzeichen der Demenz bereits lange vor der Diagnose erkennbar gewesen waren. Sein Gedächtnis hatte sich zuerst verabschiedet. Jedes Gespräch hatte man dreimal mit ihm führen müssen, und Jenson hatte von jeher Probleme gehabt, sich Gesichter und Namen zu merken.

Die Gedenkveranstaltung war als Feier von Jensons Leben

angekündigt worden, und Western war froh, dass sie keine Einladung enthielt, dem Begräbnis oder der Einäscherung beizuwohnen. Es war schlimm genug, ein Stadium im Leben zu erreichen, in dem bei allen Kopfschmerzen die Möglichkeit eines Hirntumors mitschwang und schon die kleinsten Verdauungsprobleme dazu führten, dass er sich fragte, ob es vielleicht doch unvernünftig gewesen war, die standardmäßige Koloskopie ausfallen zu lassen. Das Letzte, was er wollte, war, dabei zuzusehen, wie ein weiterer Mensch aus seiner Altersgruppe in der Erde verscharrt wurde. Die eigene Sterblichkeit anzuerkennen machte überhaupt keinen Spaß.

Er saß in seinem Mietwagen und sah zur Uhr. Seine Geliebte mochte es nicht, wenn er zu früh kam. Sie hatte ihm bei früheren Gelegenheiten deutlich gemacht, dass sie das als unhöflich ansah. Er wusste, warum, tat aber, als wüsste er es nicht. Sie hatte mehr als nur einen »Galan«, wie man Männer wie ihn lachhafterweise in der alten Zeit genannt hatte. Schön für sie. Gilroy Western war so oder so kein Typ für die Ewigkeit. In seiner Primärfantasie während des Fluges hierher hatten die Diamantohrringe, die er als Geschenk für sie gekauft hatte, gereicht, um sie zu überzeugen, ausnahmsweise mal zu schlucken.

Er musste immer noch zehn Minuten Zeit totschlagen, ehe er loskonnte. Er starrte an seinem wunderschönen fünfstöckigen Reihenhaus empor und fragte sich, wie viel es wohl derzeit auf dem Immobilienmarkt bringen würde. Als Teil einer Gruppe in weitem Bogen angeordneter, aneinandergrenzender Altbauten war es mit seinen braunen Ziegelsteinen, den deckenhohen Bogenfenstern, den schmiedeeisernen Balkongittern im ersten Obergeschoss und der vermieteten Kellerwohnung typisch für die klassische Edinburgher Architektur.

Realistisch betrachtet verbrachte er nicht genug Zeit in seiner Heimatstadt, um den Besitz eines Hauses dort zu rechtfertigen.

Es wäre billiger, würde er bei seinen Besuchen in Hotels absteigen, aber es hatte auch etwas für sich, seine Investitionen zu pflegen. Die Grundstückspreise in der Stadt stiegen und stiegen, und bei Touristen war Edinburgh so beliebt wie eh und je. Dieses Gebäude würde er eines Tages seiner Tochter hinterlassen, und er war stolz auf seine Nationalität.

Spanien war gut und schön, aber Málaga besaß nichts von dem weltoffenen Charme Barcelonas oder der historischen Pracht Madrids. Edinburgh war trotz der Kälte, des Regens und der Golfplätze in amerikanischer Hand immer noch sein Zuhause. Er hatte ausreichend flüssige Mittel, um noch weitere zehn Jahre gut zu leben, ohne auf seine Wertpapiere zurückgreifen oder etwas von seinem Besitz verkaufen zu müssen. Genug, um auch seine andere »Freundin« auszuhalten, die er einmal pro Woche in Spanien besuchte, und mehr als genug, um seiner Frau den Schmuck zu kaufen, der sie davon abhielt, ihm zu viele Fragen darüber zu stellen, was er in seiner Freizeit angestellt hatte.

Alles in allem hatte das Leben ihn tatsächlich sehr freundlich behandelt. Aber das hatte er sich auch verdient. Er hatte schwere Entscheidungen getroffen, hatte sich rücksichtslos durchgesetzt – was genau das war, was das Geschäftsleben erforderte –, hatte im rechten Moment verkauft oder abgestoßen, weshalb es auch unsinnig war, Reue zu empfinden, weil er sich vergnügte. Was seine Frau nicht wusste, konnte ihr auch nicht wehtun, zumindest solange er darauf achtete, sich nichts einzufangen, was größere Mengen an Antibiotika oder das regelmäßige Auftragen einer unangenehm riechenden Salbe erforderte.

Wieder sah er zur Uhr. Er hatte genug gewartet.

Der Motor sprang auf Anhieb an, unbeeinträchtigt von dem feuchten Wetter, und er begann, vor sich hin zu summen, und stellte sich vor, was ihn am Ende dieser Fahrt erwartete. Er war schon steif, ehe er auch nur auf die Doune Terrace einbog, und er fragte sich, was Bruce Jenson ihm hinterlassen haben mochte. Er hoffte bei Gott, dass Jenson ihn nicht mit der Sammlung von Möbelstücken bedacht hatte, auf die er bei der Schließung von Edinburgh Bespoke bestanden hatte, während er zugleich einen langen Monolog darüber gehalten hatte, welch wertvollen Beitrag das Unternehmen zur Geschichte der Handwerkskunst der Stadt beigetragen habe. Man stelle sich nur das Feuer vor, das er brauchen würde, um all diese Erinnerungen zu verbrennen, ehe er wieder in ein Flugzeug Richtung Málaga steigen könnte …

Western bog nach links in die Gloucester Street ab und genoss das ungewohnt geringe Verkehrsaufkommen. Selbst der Regen hatte eine Pause eingelegt für seinen wohlverdienten Prä-Bestattungs-Sex-Marathon, den er mit einer kräftigen Dosis Viagra zu fördern gedachte, das von den Ärzten der Expat-Gemeinde verteilt wurde, als würde es sich um Bonbons handeln. In null Komma nichts würde er sie hobeln, dass die Späne flogen.

Als der Wagen hügelab auf der schmalen Straße schneller wurde, trat er sanft auf die Bremse. Er hörte einen dumpfen Schlag, als das Pedal auf dem Boden auftraf, erzielte aber keine mechanische Reaktion von den Bremsbelägen. Er nahm den rechten Fuß wieder hoch und versuchte es noch einmal, als er, gerade noch rechtzeitig, um auszuweichen, einen Radfahrer sah, der aus der India Place sauste. Wieder pumpte Western das Bremspedal. Inzwischen fuhr er über siebzig Kilometer pro Stunde, und das Gefälle war steil genug, dass er immer noch schneller wurde.

Er griff nach der Handbremse, dabei entglitt ihm das Lenkrad, und der Wagen scherte nach links aus, prallte am Rinnstein ab und drehte sich. Western gab den Versuch mit der Handbremse auf, um das Schleudern abzufangen, und sah, wie der Querverkehr auf der Kerr Street an der T-Kreuzung unter ihm näher kam. Knappe neunzig Kilometer pro Stunde. Drecksmietwagen. Warum zum Teufel war er überhaupt nach Edinburgh zurückgekommen? Über hundert Kilometer pro Stunde, und da war eine Frau mit einem Kinderwagen, die die Kerr Street auf der linken Seite überquerte, genau da, wo er hinmusste. Warum verdammt noch mal ausgerechnet jetzt? Er griff wieder nach der Handbremse, aber seine Handflächen waren feucht vor Schweiß, und der Wagen schleuderte unberechenbar.

Die Kerr Street führte links weiter bergab und rechts bergan. Western steuerte nach rechts, um die Beschleunigung abzuwürgen und den Kinderwagen nicht zu erwischen, und flog über eine Ecke des Bürgersteigs, sodass die Räder auf der Fahrerseite vom Boden abhoben. Ein anderer Wagen streifte beim Versuch zu bremsen sein Heck, worauf er mit über hundertzehn Stundenkilometern herumgewirbelt wurde, sodass sich seine ganze Welt in eine Art Zeitlupen-Antigravitationswagenrad verwandelte.

Er hörte Schreie. Die Stimme klang weiblich, schien aber aus seiner eigenen Kehle zu dringen. Und dann fiel er. Das Zischen und Donnern des Airbags erklang, und gleichzeitig prallte er irgendwo so heftig auf, dass das Fleisch seiner Wangen kaum mit der Knochenstruktur mitkam, als sein Gesicht nach vorn rauschte.

Als das Heck des Wagens mit der Front gleichzog, nahm Western einen kurzen Moment des Schwebens war, wie man ihn nur direkt vor der Schussfahrt auf der Achterbahn erleben sollte, und zugleich hörte er von links das Geräusch von reißendem Metall und explodierendem Glas. Er war gegen ein Gebäude gekracht. Das konnte er von seiner Position hinter dem Airbag erkennen, der seinen Kopf um neunzig Grad gedreht hatte. Der Rest des Wagens faltete sich weiter zusammen und drohte seinen Rücken weit in die falsche Richtung zu beugen.

Die Fahrertür war nicht zu sehen, als gläserne Pfeile ihren Zorn gegen ihn richteten. Als sie ihn in seinem empfindlichen

Gesicht, an Hals, Arm und Bein trafen, war er überrascht, wie heiß sie sich beim Eindringen in seinen Körper anfühlten. Aus irgendeinem Grund hatte er erwartet, dass sie kalt sein müssten. Und dann kam der Gestank – erdrückend, beißend, ekelhaft. Käsig. Warum um alles in der Welt sollte sein Wagen nach Käse stinken?

Die Windschutzscheibe erglühte rot, und dann war da etwas Klebriges in seinen Augen. Ihm blieb gerade noch Zeit, die Tatsache zu registrieren, dass seine Tochter das atemberaubende Gebäude am Moray Place viel eher erben würde, als er erwartet hatte. Seine Frau würde reich sein und all das hart erarbeitete Geld für Golfclubs, Cocktails und Schuhe, die sie doch nur einmal trug, verschleudern. Vielleicht würde Bruce Jenson auf der anderen Seite auf ihn warten.

Er bekam keine Luft. Gilroy Western sah das Gesicht seiner Mutter lächeln, spürte dann den Hieb, den sein Vater ihm mit dem Gürtel verpasste. Er hörte den ersten Schrei seiner Tochter, als man sie ihm außerhalb des Kreißsaals in die Arme legte. Er erinnerte sich an sein erstes Mal mit einem amerikanischen Mädchen von der Universität, das seine schottische Aussprache mochte und kicherte, wenn er ihm endlosen Mist ins Ohr flüsterte. Und das förderte etwas Finstereres zutage – eine ferne Erinnerung, die er unterdrückt, verändert und mit einer unfairen Schuldzuweisung gefüttert hatte. Eine andere Frau, eine andere Nacht.

Damals hatte eine Party stattgefunden. Zu viel Alkohol. War es Bruce Jensons Idee gewesen oder seine eigene? Er wollte Jenson die Schuld zuweisen, aber er wusste, dass das nicht die Wahrheit war.

Sein Gehirn verdaute immer noch die Bedeutung des Geruchs, und schließlich begriff er, dass sein Wagen in den Käseladen auf der anderen Seite der Kreuzung gekracht war.

Die Frau, die Jenson für ihn festgehalten hatte, hatte geschrien und gebettelt, sie sollten aufhören.

Brie, dachte er, bemüht, sich abzulenken. Käse hatte er immer geliebt. Camembert, Stilton, Gouda. Aber die Erinnerung überlagerte noch die aromatischsten Milchprodukte.

Eine größere Scherbe bohrte sich in seine Halsschlagader.

Er sah Bruce Jenson die Frau zu Boden drücken und wunderte sich, dass er nicht verstand, was sie sagte. Sie war Französin, daran lag es. Wunderschön war sie auch, wirklich atemberaubend. Er hatte sie von der Sekunde an gewollt, in der sie bei der Party aufgetaucht war.

Nun war alles schwarz, und da war ein Brummen in seinen Ohren. Sogar der Geruch des Käses war verschwunden.

Die Frau hatte geschluchzt, als er in sie eingedrungen war. Er hatte sich so mächtig gefühlt, König der Welt, der einem anderen Mann das Kostbarste nahm, raubte, vergewaltigte, wohl wissend, dass sie nichts sagen würde, nichts sagen konnte.

Western schmeckte Blut in seinem Mund, spürte ein Rinnsal von seinen Ohren herablaufen.

Er sah ihr Gesicht, als sie ihr den Sack vom Kopf gezogen und sie auf den Korridor hinausgeworfen hatten. Aber nun weinte sie nicht. Und obwohl sie Französisch zu sprechen schien, eine Sprache, die ihm absolut fremd war, konnte er perfekt verstehen, was sie jetzt sagte.

Kapitel siebzehn

10. März

DI Graham saß im Befragungsraum am Tisch und wirkte vollkommen entspannt, besonders im Vergleich zu dem Mann ihm gegenüber, der gerade unverblümt versuchte, ihn mit Blicken zu ermorden, und der Anwältin neben ihm, die mit den Fingernägeln auf der Tischplatte trommelte und in unregelmäßigen Abständen den Arm des finster starrenden Mannes tätschelte. DC Janet Monroe hockte auf dem Rand ihres Stuhls neben Graham, den Stift bereit, um sich Notizen zu machen. DCI Ava Turner, die erst spät zur Party an diesem Morgen eingeladen worden war, nachdem man Andrew Jenson zur Befragung hergebracht hatte, war auf den Beinen geblieben und lehnte sich in der Ecke an die Wand.

»Derzeit werden Sie auf freiwilliger Basis als Zeuge befragt. Es steht Ihnen frei zu gehen, wann immer Sie wollen, aber ich sollte Sie warnen, denn wir verfolgen eine aktuelle Spur in diesem Fall, und sollten Sie nicht bereit sein, unsere Fragen zu beantworten, ist es möglich, dass wir Sie zu einem späteren Zeitpunkt festnehmen und zu einer formellen Befragung herholen. Haben Sie das verstanden?«

»Das ist ja keine Raketenwissenschaft«, konterte Andrew Jenson.

»Willigen Sie in die Aufzeichnung dieser Befragung ein?«, fragte Graham.

»Ja, wir wissen, wie das läuft. Lassen Sie uns einfach schnell fertig werden, in Ordnung?«, warf Jensons Anwältin ein.

»Wie Sie wünschen«, entgegnete Graham. »Mr Jenson, wo waren Sie am Abend des dritten März, als Ihr Vater ermordet wurde?«

»Zu Hause mit meiner Frau, hab ferngesehen«, sagte Andrew.

»Und Sie haben das Haus den ganzen Abend nicht verlassen?«

»Nein. Meine Frau wird das bestätigen.«

»Gibt es noch andere Zeugen, die Ihre Aussage untermauern könnten?«, hakte Graham nach.

»In meinem Haus? Da waren nur wir zwei«, erwiderte Andrew.

Sein Gesicht hatte einen unattraktiven purpurnen Farbton angenommen, und eine einzelne Schweißperle formte sich zwischen seinen Brauen.

»Um welche Zeit sind Sie nach Hause gekommen?«

»Halb zehn. Nach der Arbeit bin ich zu einem Imbiss gefahren. Meine Frau kocht nur, wenn es unbedingt sein muss.«

»Und wann haben Sie Ihren Arbeitsplatz verlassen?«, setzte Graham nach.

»Das weiß ich nicht so genau. Es war ein frustrierender Abend. Bei dem indischen Lokal war eine lange Schlange, und die Leute haben sich eine verdammte Ewigkeit Zeit gelassen, um die Bestellungen aufzugeben.«

»Um welche Zeit sind Sie ungefähr gegangen?«, bohrte Graham weiter.

»Da müsste ich nachsehen.«

Graham sah sich zu Janet Monroe um, die ein paar Seiten in dem Aktenordner umblätterte, dann ein Blatt überflog und schließlich auf eine Zeile zeigte.

»Sie arbeiten für Borderline Airways, richtig?« Andrew

nickte. »Auf den Überwachungsaufnahmen von dort ist zu sehen, dass sie um neunzehn Uhr vom Parkplatz fahren. Könnte das passen?«

Die Anwältin beugte sich zu ihrem Mandanten hinüber und flüsterte Andrew Jenson etwas ins Ohr.

»Ja«, bestätigte Andrew.

»Essen holen und nach Hause fahren hat also zweieinhalb Stunden gedauert?«

Keine Antwort.

»Von welchem Restaurant haben Sie das Essen geholt?«

»*Prashant's* an der Main Street.«

»Kennen Sie das?«, fragte Graham Monroe.

»Ja. Da habe ich viele unerfreuliche Freitagnächte nach der Sperrstunde zugebracht und mir haufenweise Beschimpfungen von Gästen angehört, die ihr Korma nicht mochten und dachten, das Problem ließe sich dadurch lösen, es nach dem Eigentümer zu werfen. Darum ist der Laden inzwischen auch vierundzwanzig Stunden am Tag kameraüberwacht, innen und außen«, bemerkte Monroe, ohne den Blick von ihren Notizen zu lösen.

»Was haben Sie bestellt?«, fragte Graham Andrew.

»Haben Sie vor, sich irgendwann auf relevante Dinge zu konzentrieren? Denn wenn nicht, können wir auch gehen«, konstatierte die Anwältin.

»Ich hatte mich nur gefragt, ob die Einzelheiten Mr Jenson helfen könnten, sich zu erinnern, wie lange es gedauert hat, seine Bestellung aufzugeben, wie lange er darauf warten musste, dass sie fertig wurde, denn bisher erinnert sich Ihr Klient nur an irgendeine Verzögerung.«

»Ich hatte ein Jalfrezi und meine Frau Kabeljau und Pommes.«

»Also ist Ihr Gedächtnis ziemlich gut«, stellte Graham fest. »Das ist toll. Wie lange waren Sie insgesamt bei *Prashant's*, von der Ankunft bis zur Abfahrt, was glauben Sie?«

Andrew Jenson warf seiner Anwältin einen Seitenblick zu. »Zwanzig Minuten, vielleicht auch mehr«, sagte er.

»Schauen wir doch mal«, sagte Graham und wartete, während Monroe erneut in der Akte blätterte und sie auf einer anderen Seite aufschlug. »Ja, da haben wir es. Sie sind dort um fünf Minuten vor neun aufgetaucht, und zehn Minuten nach neun sind Sie wieder rausgekommen. Sie haben direkt vor dem Restaurant geparkt, sind in ihren Wagen gestiegen und dann vermutlich gleich nach Hause gefahren.«

»Wenn Sie wussten, bei welchem Restaurant ich war, warum haben Sie dann gefragt?«, erkundigte Andrew sich zähneknirschend.

»Lassen Sie mich das regeln«, ging seine Anwältin dazwischen. »Versuchen Sie, meinen Klienten in die Enge zu treiben, Detective Inspector? Sie kennen die Regeln. Sie sollten vor Beginn einer Befragung die Beweise, die Sie haben, zusammenfassen.«

»Ich befrage keinen Verdächtigen, nicht wahr? Wir nehmen hier nur die freiwillige Aussage eines Zeugen auf.«

Die Anwältin schluckte, sah sich zu Ava um, die ihren Blick von der anderen Seite des Raums aus gelassen erwiderte, und dann schien ein Lächeln auf den Lippen der Juristin zu liegen, aber kein freundliches.

»Also gut, machen Sie weiter«, sagte die Anwältin.

»Die Sache ist die, Mr Jenson, Sie haben einen Tag nach dem Tod Ihres Vaters eine Aussage gemacht. Damals behaupteten Sie, Sie wären eher früher als sonst von der Arbeit nach Hause gekommen, und von Essen holen war auch nicht die Rede. Diese Einzelheiten haben wir erst später durch die Aussage Ihrer Frau erfahren.«

»Und? Man hatte mir gerade gesagt, dass mein Vater tot ist, ermordet. Denken Sie, unter diesen Umständen hätte ich mir den Kopf über ein verdammtes Curry zerbrochen?«

»Weshalb wir Sie heute auch noch einmal danach fragen, nun, da Sie Gelegenheit hatten, in Ruhe über den Ablauf der Ereignisse nachzudenken. In der schriftlichen Aussage, die sie vor den uniformierten Officers abgegeben haben, haben Sie behauptet, Sie hätten Ihren Arbeitsplatz erst spät verlassen, etwa gegen acht Uhr abends, und wären um halb neun zu Hause gewesen. Das Problem ist, dass wir nun einen Zeitraum von beinahe zwei Stunden haben, der nicht belegt ist, auch wenn wir die Fahrtzeit etwas großzügiger einschätzen.«

»Das lasse ich mir nicht bieten. Ich habe nichts falsch gemacht. Er war mein Vater, um Himmels willen. Warum zum Teufel sollte ich ihn umbringen?«

»Weil wir wissen, dass Sie Ihre Anwälte angewiesen haben, das Testament Ihres Vaters anzufechten. Ihr Vater hat, aus Gründen, die noch nicht ganz klar sind, seinen gesamten Besitz einem gemeinnützigen Krisenzentrum für Vergewaltigungsopfer hinterlassen. Das beinhaltet den Verkauf seines Hauses, einige Aktien und Wertpapiere, einen derzeit eingelagerten Oldtimer und sämtliches Geld, das auf seinen Konten ist. Wir kennen den genauen Geldwert noch nicht, aber nach unserer Schätzung ist der Besitz achthunderttausend Pfund wert. Ohne das Vermächtnis zugunsten der Opferhilfeorganisation wären Sie der alleinige Erbe gewesen. Da ist es doch nur logisch, auf den Gedanken zu kommen, dass Sie deshalb vielleicht mehr als nur ein bisschen wütend geworden sind.«

In der Ecke, dankbar darüber, dass weder Graham noch Monroe ihr Gesicht sehen konnten, bemühte sich Ava, ruhig weiterzuatmen. Die Ermittlungen hatten einen absolut legitimen Aspekt zutage gefördert, der ein perfektes Motiv für den Mord an Bruce Jenson liefern könnte, doch sie konnte die Information darüber, warum Jenson an einer Hilfsorganisation für Vergewaltigungsopfer interessiert war, nicht weitergeben, ohne zugleich Callanach zum Verdächtigen zu machen. Täte sie das, und sie wusste, sie sollte es tun, würde herauskommen, dass bedeutende Informationen hinsichtlich der Gründe für Callanachs Besuch im Pflegeheim von Anfang an zurückgehalten worden waren. Da half es auch nicht weiter, dass sie überzeugt war, dass Callanach nichts mit Bruce Jensons Tod zu tun hatte. Hier ging es um etwas Grundlegenderes. Ehrlichkeit, Offenheit und die legale Verfahrensweise.

»Das ist mein Geld. Es steht mir zu, und es ist mein gutes Recht, meine Anwälte zu beauftragen, das Testament anzufechten. Das bedeutet nicht, dass ich irgendetwas falsch gemacht hätte«, knurrte Andrew.

»Das ist richtig, das tut es nicht, aber als wir davon erfahren haben, hat uns das einen Grund geliefert, den zeitlichen Ablauf, den Sie uns genannt haben, noch einmal zu überprüfen, und nun müssen wir wissen, wo Sie sich zwischen der Abfahrt von ihrem Arbeitsplatz und der Ankunft bei *Prashant's* aufgehalten haben«, erklärte Graham ruhig.

»Das geht Sie einen Scheißdreck an!«, brüllte Andrew.

Ava studierte Andrews Körpersprache. Seine Arme waren fest hoch oben vor der Brust verschränkt, beinahe, als würde er sich selbst umarmen. Die Schultern waren vorgezogen, und er saß so weit hinten, wie er nur konnte, auf seinem Stuhl, möglichst weit von Graham entfernt, aber mit starrem, geradem Rücken. Fluchtbereit, sollte er im Kampf nicht mithalten können, um es mit einem evolutionären Bild auszudrücken. Unter seinem Gesicht bewegte sich das Kinn hin und her wie eine Schiffsschaukel.

»Okay, Sie können die Antwort auf jede Frage verweigern, solange Sie nicht unter Arrest stehen. Lassen Sie mich mit einem anderen Thema fortfahren. Haben Sie irgendeine Ahnung, warum Ihr Vater eine Wohltätigkeitsorganisation, die Hilfe für Vergewaltigungsopfer anbietet, so sehr unterstützen wollte?«

»Natürlich nicht. Das ergibt überhaupt keinen Sinn. Er war

dement und hat sich alles Mögliche eingebildet. Er hat in seinem ganzen Leben nie irgendwelche Wohltätigkeitsorganisationen unterstützt. Nicht einen Penny hat er gespendet, soweit ich es mitbekommen habe. Und dann, als er ernsthaft krank geworden ist, als er wusste, dass ihm nicht mehr viel Zeit bleibt, hat er beschlossen, sein Testament zu ändern. Er ist oft wütend geworden, hat geschimpft, den Kopf gegen einen Tisch oder eine Wand geschlagen, was immer er gerade finden konnte. Darum fechte ich das Testament an. Er hatte keine Ahnung, was er tat, als er mich aus seinem letzten Willen gestrichen hat.«

»Haben Sie mit ihm darüber gesprochen?«

»Ich hab's versucht. Er hat sich nur schrecklich aufgeregt und mir gesagt, ich hätte einen guten Job und jetzt schon mehr, als ich brauche. Er sagte, wenn ich mehr Geld wollte, dann könnte ich dafür arbeiten, so wie er es getan hätte, und dass es andere Leute gäbe, die es dringender brauchten. Und dann ist er so wütend geworden, dass ich das Thema fallen lassen musste. Danach habe ich es nicht noch einmal versucht. Mit ihm ging es sehr schnell bergab, und ich wusste, ich kann damit vor Gericht gehen, wenn er gestorben ist.«

»Also haben Sie nur darauf gewartet, dass er stirbt?«, warf DC Monroe ein.

»So war das nicht«, widersprach Andrew leise.

»Aber Sie waren wütend auf ihn«, erkundigte sich Graham.

»Er war dement!« Andrew Jenson stand auf und beugte sich zornig über den Tisch.

»Nur stimmt das so nicht. Er hatte seinen Anwalt und zwei unabhängige Zeugen dabei, als er sein Testament geändert hat, und man hat Vorsorgemaßnahmen ergriffen und einen Facharzt für Psychiatrie hinzugezogen, der attestiert hat, dass er zum Zeitpunkt der Änderungen bei klarem Verstand war«, las Graham aus einer Aussage in der Akte vor.

»Das ist lächerlich. Warum sollte mein Vater plötzlich beschließen, einem Krisenzentrum für Vergewaltigungsopfer dermaßen viel Geld zu hinterlassen?«

»Vielleicht ist jemandem, den er liebte, etwas zugestoßen«, schlug Monroe vor.

»Ja, und vielleicht hat er sich auch nur fünf Minuten irgendeine Doku-Sendung angeschaut, sich aufgeregt und es geschafft, den Anwalt, den er stundenweise bezahlt hat, und den Psychiater, den er ebenfalls bezahlt hat, zu überzeugen, dass sie das aussagen, was er von ihnen will. Die Symptome der Demenz sind nicht immer offensichtlich. Mein Vater war manchmal völlig klar, konnte sich aber fünf Minuten später nicht mehr an das Gespräch erinnern, das er geführt hatte.«

»Also schön«, sagte Graham. »Wir können es dabei belassen, aber ich rate Ihnen dringend, uns zu erzählen, wo Sie zu der Zeit, zu der Ihr Vater ermordet wurde, gewesen sind.«

»Haben Sie irgendwelche Beweise dafür, dass mein Klient etwas damit zu tun hat?«, fragte die Anwältin.

»Nein«, antwortete Graham ehrlich. »Aber es ist unser Job, alle möglichen Verdächtigen zu ermitteln, und es macht unsere Arbeit erheblich leichter, wenn die Leute uns entgegenkommen. Wenn Sie nichts mit all dem zu tun haben, Mr Jenson, wenn Sie ein Alibi für die fragliche Zeit haben, dann können wir uns umso schneller wieder der Suche nach der verantwortlichen Person widmen, je eher Sie uns alles erzählen.«

Graham wartete, bis Andrew Jenson und seine Anwältin den Raum verlassen hatten, ehe er sich zu Ava umdrehte.

»Was meinen Sie?«, fragte er.

»Ich meine, dass der Mann ein Idiot ist, aber er wirkte eher wütend als ängstlich. Haben wir irgendeine Ahnung, was er verheimlicht?«

»Wir überprüfen die Überwachungsaufnahmen des öffentlichen Raums von diesem Abend und versuchen, seinem Wagen zu folgen. Seine Frau hat uns präzisere, detailliertere Informationen geliefert, daher bin ich sicher, dass sie nichts damit zu tun hat. Ein Motiv gibt es definitiv. Seinen ganzen Besitz einer Wohltätigkeitsorganisation zu vermachen, musste ja Probleme provozieren«, sagte Graham.

»Ja, aber Andrew Jenson wusste bereits, dass er das Testament vor Gericht anfechten kann, und er hat trotz des psychiatrischen Attests eine realistische Chance, diesen Prozess zu gewinnen«, wandte Ava ein und tat ihr Bestes, die Opferhilfe selbst nicht zur Sprache zu bringen. »Finden Sie heraus, wo er war und was er gemacht hat. Das ist der schnellste Weg, um ihn aus unseren Ermittlungen auszuschließen und unsere Ressourcen dahin zu verlagern, wo sie Ergebnisse einbringen. Gute Arbeit. Von Ihnen beiden.«

Damit ging Ava, bemüht, ruhig auszuschreiten, wohl wissend, dass sie den Fall jetzt unausweichlich mit Callanach würde besprechen müssen. Die eigentliche Frage aber war nicht, wie Callanach auf diese Neuigkeit reagieren würde, sondern was sie selbst mit den Erkenntnissen anfangen sollte, die sie nun hatte.

Kapitel achtzehn

10. März

Callanach reichte Rosa Macmillan eine Packung Taschentücher.

»Ich weiß nicht, was schlimmer ist«, schniefte sie. »Ja, das hört sich furchtbar an, aber er schien gerade eine gute Phase zu erleben, und darum habe ich, als man mir sagte, Stephen hätte sich umgebracht, angefangen, an allem zu zweifeln, was ich je über ihn gewusst zu haben glaubte. Und dann heißt es, jemand könnte ihn ermordet haben ... aber warum? Er hatte schwer genug zu kämpfen, nur um am Leben zu bleiben.«

»Hatte Tantallon Castle eine besondere Bedeutung für Stephen?«, fragte Callanach.

»Nicht, dass ich wüsste. Ich bin sicher, er hat mir erzählt, er wäre mal dort gewesen, wahrscheinlich bei einem Schulausflug oder so was, aber nicht mehr in letzter Zeit. Und bei Nacht dort hinzugehen, wenn geschlossen ist, das sieht ihm gar nicht ähnlich.«

»Er hat in dem Taxi auf dem Weg zur Queensferry mit einem Messer herumgefuchtelt«, gab Callanach zu bedenken. »Könnte man vielleicht sagen, sein Verhalten wurde zunehmend sprunghaft und unberechenbar?«

»Nicht, soweit es mich betrifft. Er hat seine Medizin wieder genommen. Ich weiß, dass er sich wegen dem, was er in dem Taxi getan hat, ganz fürchterlich gefühlt hat, und er hat sich Gedanken darüber gemacht, ob man ihn bestrafen wird oder nicht, war aber bereit, die Verantwortung dafür zu übernehmen, und sein Arzt hat sich einverstanden erklärt, ein medizinisches Gutachten auszustellen, falls es nötig werden sollte. Stephen und ich haben uns regelmäßig unterhalten und gelegentlich auch gesehen. Ich wollte nicht wieder mit ihm zusammen sein, dafür war das alles zu schmerzhaft für mich, aber er hat mich zurück in sein Leben gelassen. Zum ersten Mal hat er über seine Zukunft nachgedacht, überlegt, er könnte sich vielleicht ein paar neue Dinge aneignen, einen Urlaub bei einem dieser Veranstalter buchen, die Gruppenwanderungen in Südamerika oder Australien anbieten. Das waren echte Anzeichen dafür, dass es ihm besser ging.«

»Wann haben Sie ihn das letzte Mal gesehen?«

»Am Abend vor seinem Tod. Wir haben uns einen Kaffee geholt und darüber gesprochen, wie er zurechtkam, und er hat es geschafft, mich nach meiner Arbeit und meinen Eltern zu fragen, was immer ein gutes Zeichen war. Wenn er an einem seiner Tiefpunkte war, konnte er nicht nach irgendjemandem fragen oder über die Grenzen seines eigenen Kopfes hinaus denken. An dem Tag, an dem er gestorben ist, habe ich auch mit ihm gesprochen. Wir haben telefoniert und uns für die folgende Woche zum Essen verabredet. Nur Pizza, nichts Besonderes, aber ich hatte den Eindruck, dass er sich darauf freute. Deshalb konnte ich, als die Neuigkeit eintraf, dass er … ich konnte es einfach nicht glauben.«

»Hat er mit Ihnen über seinen Selbstmordversuch gesprochen? Es muss eine Weile gedauert haben, bis er sich von dem Vorfall auf der Brücke erholt hat.«

Callanach füllte Rosas Kaffeetasse wieder auf und reichte sie ihr, nur, damit sie etwas hatte, woran sie sich festhalten konnte.

»Viel, aber nicht so, wie Sie vielleicht denken. So traumatisch das war, er sagte, ganz am Ende hätte er begriffen, wie sehr er leben wollte. Er war wütend, richtig wütend auf den Mann in der

Menge, den er über sich lachen gehört hat. Stephen sagte, danach wäre er entschlossen gewesen, nicht zu sterben, der Menge nicht zu liefern, worauf sie wartete. Er sagte, er wäre sich vorgekommen wie eine Jahrmarktsattraktion.«

»Davon habe ich gehört«, sagte Callanach. »Menschenansammlungen sind unerfreuliche Nebenwirkungen von öffentlichen Selbstmordversuchen. Es tut mir leid.«

»Mir nicht, zumindest hat es das nicht. Wenn wütend zu werden das war, was nötig war, um ihn wieder runterzuholen, dann kann dieser unsensible Schwachkopf, der es für witzig gehalten hat, jemanden anzufeuern, der sich das Leben nehmen will, ruhig dabei sein, wann immer es wieder jemand versucht.«

»Ist Ihnen etwas von einer Verletzung an Stephens rechter Hand bekannt, speziell am Mittelfinger?«, erkundigte sich Callanach.

»Als wir am Abend zuvor Kaffee getrunken haben, habe ich seine beiden Hände gehalten. Sie waren völlig in Ordnung. Warum?«

»Direkt unter dem Fingernagel ist ein Abdruck, der aussieht wie eine Stiefelsohle, und der Finger war gebrochen. Er hat keinen Unfall erwähnt, als sie mit ihm telefoniert haben?«

»Nein, er war guter Dinge und hat gesagt, er hätte einen guten Tag gehabt«, antwortete Rosa, fing wieder an zu weinen und faltete penibel das Taschentuch zusammen, um es an ihre Wange zu pressen.

»Eine Sache noch. Wir konnten Stephens Mobiltelefon nicht finden. Es war nicht auf Tantallon Castle, in seinem Wagen oder seiner Wohnung.«

»Der Mann, der ihm an der Queensferry Crossing geholfen hat – ich kann mich nicht an seinen Namen erinnern –, er hatte es in der Hand, um mich anzurufen, als Stephen abgerutscht ist. Er hat Stephens Hand gepackt, dabei aber das Telefon fallen lassen. Wir haben über das Festnetz miteinander gesprochen, weil er sich noch kein Neues geholt hatte.«

»Das erklärt es«, sagte Callanach und machte sich eine Notiz. »Ihr Verlust tut mir sehr leid, und ich bitte um Entschuldigung, dass wir Sie ersucht haben, zu uns aufs Revier zu kommen, um mit uns zu sprechen. Mir ist klar, dass das das Letzte ist, was Sie sich gewünscht haben.«

»Eigentlich tut es gut, über ihn zu sprechen. Weil wir schon getrennt waren, haben manche meiner Freunde und Angehörigen mir erzählt, was für ein Glück ich hätte, dass ich die Beziehung beendet habe, und wie viel besser ich jetzt dran wäre. Keiner von denen schien zu verstehen, dass ich ihn verlassen habe, weil ich den Gedanken, er würde sich vielleicht irgendwann umbringen, nicht ertragen konnte. Und jetzt vergeht kein Tag, an dem ich mich nicht immer wieder frage, ob ich es hätte verhindern können. Wenn es Mord war, dann kann ich wenigstens sicher sein, dass ich nichts hätte tun können.«

»Was es auch war, Sie hätten nichts tun können. Sie sind nicht dafür verantwortlich. Wir alle balancieren auf diesem schmalen Grat, der unsere Fähigkeit, mit dem Leben zurechtzukommen, von der Überforderung trennt, dem Punkt, an dem es zu viel für uns wird. Stephen scheint ein guter Mensch gewesen zu sein. Das Letzte, was er wollen würde, ist, dass Sie sich seinetwegen, wegen seines Todes, schuldig fühlen, ganz egal, wie er gestorben ist.«

»Sie haben recht«, erwiderte sie mit einem vagen Lächeln. »Danke, dass Sie das gesagt haben.«

»Ich rufe einen Officer, der Sie hinausbegleitet. Wenn es etwas Neues gibt, melden wir uns bei Ihnen, wie immer unser Ergebnis auch aussieht.«

Damit brachte er sie zur Tür und öffnete sie, als Ava gerade auf der anderen Seite auftauchte.

»Hey«, sagte sie. »Wenn du fertig bist, müssen wir uns unterhalten.«

»Bin ich«, antwortete er. »Dein Büro oder meins?«

»Weder noch«, antwortete Ava. »Wir gehen mittagessen. Wir sehen uns in einer Stunde im *Pret* an der Shandwick, einverstanden?«

»Okay«, sagte er und fragte sich, warum sie so blass aussah. Schlafmangel, nahm er an. Ava hatte noch nie besonders gut auf sich geachtet. Er bat Tripp, sich um Rosa zu kümmern, und ging zurück in sein Büro, um seine Notizen auszuformulieren. Sein Laptop zeigte neue E-Mails in seinem persönlichen Postfach an. Eine stammte von Lance, die andere von seiner Mutter. Er begann mit der von Lance.

Luc, eine Tafel in Inverness hat sich gemeldet und von einer Frau berichtet, auf die Alice Hawksmiths Beschreibung passt. Sie kommt regelmäßig. An der linken Schulter hat sie ein Tattoo in Form einer schottischen Flagge, genau wie auf dem Foto, das du mir gegeben hast. Ich habe dir unten die E-Mail der Tafel angehängt. Hoffentlich hilft dir das weiter.
Außerdem habe ich gehört, Tantallon Castle wäre für die Öffentlichkeit gesperrt worden und würde als Tatort behandelt. Kannst du mir darüber irgendwas erzählen?

Callanach scrollte nach unten und las die E-Mail der Tafel. Dann griff er zum Telefon, rief die Polizei in Inverness an und erklärte ihnen, worum es ging. Sie sollten einen verdeckten Ermittler in der Gegend stationieren, bis sie mit Alice Hawksmith sprechen konnten. Sie musste zumindest erfahren, was ihrer Mutter zugestoßen war.

Schließlich atmete er tief durch und öffnete die Mail seiner

Mutter, halb in der Erwartung, dass sie ihn bat, ihr mehr Raum und Zeit zu geben, ehe er sich wieder bei ihr meldete. So gut er auch verstehen konnte, dass sie aus seinem Leben verschwunden war, dies war eine Wunde, die immer noch schmerzte, wenn er an ihr rührte.

»Luc, Liebling«, übersetzte er. Sie schrieb ihm immer auf Französisch, obwohl sie fließend Englisch sprach.

> Entschuldige das Verwirrspiel mit der E-Mail. Ich bekam eine Mail, die besagte, dass mein Konto nicht sicher sei, aber ich konnte mein Passwort nicht ändern. Einige Tage habe ich keine Mails erhalten, doch nun scheint es wieder zu funktionieren, und deine Mail ist heute Morgen endlich eingetroffen.

Callanach seufzte, froh, eine Erklärung zu haben, und plötzlich schämte er sich, dass er grundlos an seiner Mutter gezweifelt hatte.

> Ich weiß, ich sollte nicht so nachtragend sein, aber die Wahrheit ist, ich bin glücklich, dass Bruce Jenson tot ist. Das bedeutet, dass ich nicht mehr an ihn denken muss. Bitte such nicht nach Gilroy Western. Das endet nur schlimm, mein Liebling, und du hast genug gelitten. Es ist lange her, und wenn es auch manchmal schmerzt, verblassen die Erinnerungen dennoch. Leb dein Leben weiter. Ich habe die Zeit mit dir in Paris sehr genossen. Versprich mir, dass du mich bald in Monaco besuchen kommst.
> In tiefer Liebe
> Maman
> X.

Lively steckte den Kopf zu Callanachs Bürotür herein.

»Haben Sie eine Minute?«, fragte er beiläufig.

»Sogar ein paar«, sagte Callanach. »Was gibt es?«

»Wir hatten einen Anruf vom Verkehrsunfalldienst. Ein Wagen ist in einen Käseladen an der Kerr Street gekracht, ein Toter. Das Fahrzeug war ein Leihwagen. Wie sich herausgestellt hat, sind die Bremsleitungen durchtrennt worden. Man bittet uns, die Ermittlungen zu übernehmen. Ich habe gesagt, ich gehe runter und sehe mir ihre Befunde an, ehe ich eine MIT-Akte eröffne. Können Sie mich entbehren? Wir kommen im Fall Hawksmith nicht sonderlich voran, und die forensischen Berichte von Tantallon Castle werden noch einige Tage auf sich warten lassen.«

»Sicher«, sagte Callanach. »Sie übernehmen den Unfall, überlassen Tripp die Leitung bei den Hawksmith-Ermittlungen, und ich wüsste es zu schätzen, wenn Sie Superintendent Overbeck über den neuen Fall informieren. Sie wird es wissen wollen, wenn zu unseren aktuellen Fällen noch ein Mord hinzukommt.«

»Wollen Sie mich verarschen?«, blaffte Lively.

Callanach starrte ihn verdattert an.

»Was genau hat DCI Turner Ihnen erzählt?«, fragte Lively.

»Sergeant, ich habe keine Ahnung, wovon Sie sprechen. Was soll DCI Turner mir worüber erzählt haben?«

Lively runzelte die Stirn und vergrub die Hände tief in seinen Taschen. »Tut mir leid, hab ich wohl missverstanden. Ich mache mich gleich dran.«

»Sind Sie sicher, dass alles in Ordnung ist?«, erkundigte sich Callanach, als Lively zur Tür ging.

»Das würden Sie nicht verstehen«, murmelte Lively. »Ich melde mich später wieder.«

Kopfschüttelnd schnappte sich Callanach seine Jacke und die Wagenschlüssel. Es wäre nichts Gutes dabei herausgekommen, wenn er Lively genötigt hätte, ihm eine Erklärung zu liefern. Der

Mann war schon an seinen besten Tagen nicht gerade mitteilsam, und wenn er auf stur geschaltet hatte, dann hätte er einer Horde verzogener sechzehnjähriger Mädchen, denen der Shoppingtrip verweigert wurde, noch einiges beibringen können. Besser, er fragte Ava, was da im Busch war, dachte er. Besonders, da sie bereits darauf wartete, mit ihm zu sprechen.

Kapitel neunzehn

10. März

Dies war nicht Osaki Shozos Tag. Als er am Morgen erwacht war, hatte er seine Frau und ihren Liebhaber schlafend auf dem Sofa vorgefunden, hatte kurz darüber nachgedacht, eine Schüssel kaltes Wasser über ihnen auszukippen, dann aber beschlossen, lieber doch keine Szene zu machen. Das würde noch auf seinem Grabstein stehen, aber nicht so bald. Stattdessen würde er von der Bildfläche verschwinden.

Zusätzliche Nachforschungen hatten ergeben, dass seine Frau die Möglichkeit hatte, sich aufgrund von böswilligem Verlassen nach zwei Jahren von ihm scheiden zu lassen. Es gab keine Vermögenswerte, die bei der finanziellen Einigung für Probleme sorgen könnten. Kein gemeinsames Konto, keine Schulden. Seine Eltern würden sich damit abfinden müssen, dass er aus ihrem Leben verschwunden war, nicht aber damit, dass er sein eigenes Leben beendet hatte. Das war eine Art Kompromiss in Bezug auf die Entehrung, die er über sie gebracht hatte.

Er hatte geduscht, für das Mittagessen eingekauft und war nach Hause zurückgegangen. Zu der Zeit hatten seine Frau und ihr enger Freund die Wohnung bereits verlassen. Es gelang ihm, dem Drang zu widerstehen, die über den Boden verteilten Sofakissen einzusammeln. Noch vor einer Woche hatte er hinter ihnen hergeräumt, ihre Kaffeetassen abgespült und die Klobrille runtergeklappt, wenn sie oben geblieben war.

Zunächst hatte es wehgetan, dass sie beschlossen hatte, sich mit der Sorte Mann einzulassen, die nicht einmal imstande war, die Klobrille runterzuklappen. Nun jedoch dachte Osaki, dass sie exakt das bekam, was sie verdiente. Früher oder später würde die Schonzeit ablaufen, und dann würde sie begreifen, was sie verloren hatte. Oder vielleicht auch nicht, aber bis dahin wäre er weit genug entfernt, dass er glauben konnte, was immer ihm gefiel.

In Edinburgh einen IT-Job zu finden, hatte sich als unmöglich erwiesen, aber Arbeit auf einem Fischtrawler zu ergattern, der in Richtung Island in See stechen sollte, war unfassbar einfach gewesen. Er wäre nicht zum Fischen dort; der Kapitän hatte ihn ausgelacht, als er gefragt hatte, ob er zu diesem Zweck in die Mannschaft aufgenommen werden könnte, aber sie brauchten jemanden für die Arbeiten, die man grob als Haushaltsführung an Bord bezeichnen könnte. Er würde kochen, putzen, waschen und all die niederen Arbeiten für den Rest der Crew übernehmen, die essen, schlafen und den Fang aus dem Meer in den Frachtraum schaffen musste und von allem anderen nichts wissen wollte.

Seine Kochkünste waren gut genug, um Essen für zwölf Personen zuzubereiten, und was er nicht wusste, konnte er lernen. Die eine Sache, die wohl allen anderen Mannschaftsmitgliedern zu schaffen machen würde, war zugleich der Grund, warum Osaki den Job angenommen hatte, denn er würde es nicht als Entbehrung empfinden, während der nächsten vier Monate keinen näheren Kontakt zu Frauen zu haben.

Der Trawler sollte in drei Tagen ablegen. Er konnte nur eine große Reisetasche mit Kleidung und persönlichen Sachen mitnehmen, also hatte er entschieden, alles, was nach dem Packen übrig bliebe, zu einem gemeinnützigen Secondhandladen zu bringen. Dann musste er das wenige Geld, das noch da war, abheben und das Konto kündigen. Seine letzte Aufgabe bestand darin, Rezepte zu lesen und sich zu überlegen, welche Gerichte er kochen sollte. Eigentlich schien das weitgehend auf der Hand zu liegen: Pies, Schmorgerichte und Pasta dürften die einfachste Möglichkeit sein, ein Dutzend gefräßiger Männer zu sättigen. Er musste sie nur mit Proteinen und Kohlehydraten vollstopfen.

Er besaß einen Bibliotheksausweis aus der Zeit, in der er an Workshops teilgenommen hatte, um seinen Lebenslauf den neuen Anforderungen anzupassen, und er hatte überlegt, ob er sich eine Auswahl Kochbücher leihen sollte, doch dann hatte sich sein überempfindliches Gewissen gemeldet, und er hatte es nicht über sich gebracht, da er wusste, er würde sie nie zurückbringen. Zumindest nicht in einem Zustand, in dem noch irgendjemand sie würde lesen wollen. Nicht nach Monaten inmitten von stinkendem Fisch und stinkenden Männern, die keine Bedenken haben würden, die Bücher als Untersetzer für Becher mit feuchten Böden zu missbrauchen.

Osaki ließ den Kopf hängen. Eines Tages würden seine guten Manieren nicht nur dafür sorgen, dass er seine Ehefrau verlor und zur Witzfigur wurde. Auf einem Fischtrawler mit einem Haufen klaustrophobischer, testosteronstrotzender Männer könnten sie ihn sogar das Leben kosten.

Zunächst holte er den neuen Schraubenschlüssel und den Dichtungsring hervor, die er im Baumarkt gekauft hatte. Er hatte versprochen, den tropfenden Wasserhahn in der Küche zu reparieren, und derartige Wartungsarbeiten waren Sache des Mieters. Es dauerte nur ein paar Minuten, und er war zufrieden mit seiner Arbeit. Dinge auszubessern war befriedigend. Seine Ehe konnte er nicht instand setzen, und er konnte auch die Enttäuschung nicht mindern, die er als Sohn darstellte, aber er konnte die Wohnung in dem Zustand verlassen, in dem sie bei ihrem Einzug gewesen war. Was seine Frau mit ihr machte, wenn er erst weg war, ging ihn dann nichts mehr an.

Danach entschied er, welche Kleidung er mitnehmen und welche er spenden wollte – nicht, dass da viel zu spenden gewesen wäre. Er war mit drei Koffern nach Schottland gekommen, also brauchte er nicht mehr als einen Müllbeutel, um die Sachen zu dem karitativen Secondhandladen um die Ecke zu bringen. Der Inhalt des Beutels war sauber und ordentlich zusammengefaltet, und er hatte kleine Etiketten angebracht, auf denen Kragenweite, Taillenweite und Beinlänge vermerkt waren, um es den Leuten, die die Sachen sortieren und einräumen mussten, leichter zu machen. Er legte den Beutel gerade neben der Wohnungstür ab, als von außen jemand klopfte. Osaki öffnete die Tür.

Die Faust donnerte hart und schnell mitten auf seine Nase, und dann rann Blut über seine Kehle, und seine Augen brannten wie Feuer. Er erinnerte sich nicht, zurückgestolpert zu sein, aber er fand sich auf dem Boden mitten im Wohnzimmer wieder, wo er nach Luft ringend Blut auf den Teppich hustete, den seine Frau unbedingt hatte haben wollen. Osaki war nicht das Einzige, dessen sie überdrüssig geworden war.

»Beug den Kopf nach vorn«, befahl der Mann und half ihm, indem er Osaki am Haar packte und sein Gesicht nach unten drückte, bis es beinahe den Boden berührte. »Und jetzt spuck so viel Blut aus, wie du kannst.«

Osaki tat es, wenn er auch weniger dem Befehl Folge leistete als dem Instinkt.

Ein Streifen Gaffer-Tape klatschte brutal auf seinen Mund.

»Du musst diese Position beibehalten, oder du erstickst an deinem eigenen Blut. Halt still, während ich dir ein bisschen helfe.«

Er führte eine Schere an Osakis Mund und schnitt ein Loch in das Klebeband, gerade groß genug, damit etwas Luft durchkam, aber nicht groß genug, dass er seinen Mund öffnen und einen Laut hervorbringen konnte.

»Wir werden das schnell erledigen, bevor deine reizende Frau zurückkommt. Nicht, dass ich glaube, sie würde mich aufhalten. Was meinst du? Meinst du, sie würde türmen und versuchen, die Polizei zu alarmieren, oder würde sie sich insgeheim über ihre Entdeckung freuen?«

Osaki blieb auf den Knien, die Stirn auf dem Teppich, während sich der Raum um ihn herum drehte. Die Worte des Mannes drangen nicht durch. Die Luft, die in seine Lunge strömte, war feucht. Nichts ergab einen Sinn. Hände in Handschuhen drehten ihn auf die Seite, zogen seine eigenen Hände hinter seinen Rücken. Er konnte seine Arme nicht mehr bewegen, die an den Handgelenken mit einem schmalen Plastikstreifen gefesselt waren, der sich schmerzhaft in seine Haut grub. Er nahm so viel Sauerstoff auf, wie er es mit dem kleinen Schlitz in dem Klebeband nur konnte, und atmete dann mit aller Kraft durch die Nase aus. Ein Strom zähflüssigen Bluts spritzte auf den Fuß des Sofas, aber es funktionierte. Heftig blinzelnd atmete er etwas freier.

Sein Angreifer hatte ihm den Rücken zugekehrt und fummelte an einer Tasche herum. Osaki nutzte den Moment und warf sich wie ein Fisch auf dem Trockenen auf die Wand zu, wohl wissend, dass er nur mit dem Fuß dagegenschlagen musste, damit sein ständig wütender Nachbar Sekunden später an seine Tür hämmerte. Seit sie einzogen waren, war er ein Übel gewesen, doch jetzt war er eine Rettungsleine. Ein Schlag war alles, was er schaffte, ehe er wieder in die Mitte des Zimmers gezerrt wurde.

»Nein, das tust du nicht«, wurde er gerügt. »Tapferkeit passt nicht zu dir. Die steht dir nicht zu. Es ist zu wenig und zu spät. Du bist schwach.«

Osaki nickte ohne Begeisterung.

»Aber ich nicht.«

Er nahm einen Karton aus der Tasche und riss ihn auf. Seine Handschuhe behinderten ihn ein wenig, aber nicht genug, damit Osaki neue Hoffnung hätte schöpfen können. Was zum Vorschein kam, war ein schimmernder, blitzblanker neuer Toaster. Der Mann stellte ihn auf den Boden.

»Ich werde nehmen, was du wegzuwerfen bereit warst. Ich werde es benutzen, hegen und auskosten.« Er beugte sich zu der nächsten Steckdose hinab, drückte den Stecker hinein und schaltete den Strom ein. »Weißt du, was ich von Männern halte, die Selbstmord in Erwägung ziehen? Du kannst nicht sprechen, ich weiß, aber ich werde es dir trotzdem erzählen.« Er grinste. »Ich denke, das sind gar keine Männer. Sie sind … tut mir leid, so ein herabwürdigendes Wort zu benutzen – Feministen hassen es –, aber sie sind Pussys. Weißt du, was ich meine? Kleine Jammerlappen, die keinen hochkriegen und nicht genug Rückgrat haben, um mit dem Mist fertigzuwerden, den das Leben für uns alle bereithält.«

Er bückte sich, packte Osakis Fußgelenke und fesselte sie so wie seine Handgelenke. Dann zog er den schweren alten Lehnsessel herbei, um seine Beine zwischen Sessel und Sofa einzuklemmen. Hatte Osakis Gehirn zunächst nur langsam gearbeitet, war es nun im Schnellgang. Er sah endlos viele Möglichkeiten des Schmerzes voraus, von denen keine gut für ihn endete. Er hob den Kopf und versuchte, ihn auf den Boden zu schlagen, aber ein passend untergeschobenes Kissen machte das Ansinnen zunichte.

»Du bleibst hier und bist still. Du kommst eh nicht weg.« Der Mann grinste.

Einige Sekunden lief der Wasserhahn in der Küche, und Osaki blieb Zeit, sich zu fragen, ob es wohl der Kaltwasserhahn war, den er gerade erst repariert hatte. Eine viel schmerzlichere Ironie als die, selbst dazu beigetragen zu haben, dass der Mord an ihm möglichst reibungslos vonstattengehen konnte, dürfte es kaum geben. Ihm blieb auch Zeit zu bedauern, dass er nicht früher zum Boot aufgebrochen war, und Zeit sich zu wünschen, er hätte seiner Frau die Stirn geboten. Dennoch tat es ihm leid, dass sie ihn bei der Rückkehr in die Wohnung tot vorfinden würde. Als Kind hatte er seinen Großvater nach einem Schlaganfall mit schmerzverzerrtem Gesicht gefunden, und dieses Bild hatte ihn jahrelang heimgesucht. Seine Frau, so nahm er an, würde sich wohl schneller erholen.

Der Mann kam mit einer gefüllten Kanne zurück und summte die Titelmelodie einer TV-Serie aus den Siebzigern, von der er einige Folgen in der Wiederholung gesehen hatte. Es ging um amerikanische Armeeärzte im Koreakrieg. Er konnte sich im Moment nicht an den Namen erinnern. Und er konnte seine Beine nicht spüren. Oder sein Gesicht. Plötzlich war alles kalt, als wäre er im tiefsten Winter draußen. Seine Beine waren nass.

»Na, schau sich das einer an. Ich bin losgegangen, um Wasser zu holen, falls du das, was ich brauche, nicht liefern kannst, und nun hast du es getan, ehe ich dich überhaupt darum gebeten habe. Wenn du doch auch in deinem restlichen Leben so viel Einsatzfreude gezeigt hättest, dann hätte ich dich heute nicht besuchen müssen.«

Er zog sich strapazierfähige schwarze Gummihandschuhe an, ehe er sich hinkniete, Osakis Hose öffnete und zusammen mit seiner Unterwäsche herabzog, sodass seine Genitalien entblößt wurden.

»Ich habe lange und eingehend darüber nachgedacht, wie ich das machen soll; es kam mir vor, als hättest du dich im Grunde selbst kastriert, also wäre es das passendste Ende, das in Fleisch und Blut abzubilden. Es wird schnell gehen, das verspreche ich dir. Schneller als alles, was du dir hättest antun können. Irgendwelche letzten Worte? Keine Sorge, ich kann sie mir vorstellen.

So musst du dich nicht auch noch mit Bettelei blamieren. Bist du bereit?«

Er positionierte Osakis Körper genau so, wie er ihn haben wollte, schüttete das Wasser aus der Kanne von Kopf bis Fuß über ihm aus, trat zurück und trocknete die Handschuhe an seiner Jeans ab. Dann reckte er die Arme in die Luft und atmete einige Male tief durch, als würde er sich auf einen olympiareifen Kraftakt vorbereiten. Die Handflächen nach oben gedreht, sah der Mann zur Decke hinauf und nahm sich einen Moment Zeit.

Osaki sah ihm gebannt zu. Es war, als würde ein Tausende Köpfe zählendes Publikum das Geschehen verfolgen, während er im Begriff war, den größten Zaubertrick des Jahrhunderts zu präsentieren.

Schließlich holte er einen dicken Holzstock aus seiner Tasche und hielt ihn direkt über den Schieber des Toasters. Als er ihn herunterdrückte und so einer tödlichen Dosis elektrischen Stroms den Weg freimachte, verlor Osaki das Bewusstsein – keinen Moment zu früh.

Kapitel zwanzig

10. März

»Also, Bruce Jenson hat all sein Geld – jeden einzelnen Penny – einer Wohltätigkeitsorganisation hinterlassen, die sich um Opfer sexueller Gewalt kümmert. Sein Sohn sagt, er hätte keine Ahnung, warum, und ich glaube ihm. Er hat seine Anwälte beauftragt, das Testament anzufechten, obwohl Jenson geistesgegenwärtig genug war, um sich von einem Psychiater bestätigen zu lassen, dass er zum Zeitpunkt der Testamentsänderung bei klarem Verstand war.«

»Das Geld sollte an die Organisation gehen«, sagte Callanach, schob sein Mittagessen von sich und widmete sich stattdessen einem schwarzen Kaffee.

»Ich schätze, es könnte der Organisation helfen, würde deine Mutter vortreten und sagen, dass das Vermächtnis ganz bewusst abgeändert wurde. Das einzige Problem ist, dass das eine zusätzliche Verbindung zwischen dir und Jenson aufdecken würde, einschließlich eines Motivs für dich, ihn zu töten. Außerdem wäre die Information dann öffentlich zugänglich. Das geheim zu halten wäre unmöglich«, sagte Ava und ließ ihr Mittagessen aus Mitgefühl ebenfalls stehen.

»Ich hätte von Anfang an die Wahrheit sagen sollen«, bekundete Callanach. »Jetzt habe ich dich da mit hineingezogen, und die Idee, einer Wohltätigkeitsorganisation, die finanzielle Unterstützung verdient, zu helfen, läuft auf die Frage ›Die oder ich?‹ hinaus. Wie ist das bloß alles so kompliziert geworden?«

Ava legte ihre Hand auf seine. »Was würde deine Mutter wollen?«

»Sie hat die Vergewaltigung so lange mit aller Macht verheimlicht. Ich glaube, es würde ihr wehtun, wenn sie jetzt noch einmal auf Einzelheiten eingehen müsste, aber sie würde auch anderen Opfern und Überlebenden helfen wollen. Ich werde mit ihr darüber sprechen. Wenn sie ihre Seite der Geschichte erzählen will, erkläre ich die Sache DI Graham und lasse mich suspendieren, während er ermittelt.«

»Gott, Luc, das ist auch mein Fehler. Ich fühle mich, als hätte ich dich überredet, den Mund zu halten. Jetzt bist du, weil du die Vergewaltigung nicht offengelegt hast, noch mehr in Schwierigkeiten, als es der Fall gewesen wäre, wenn du die ganze Geschichte gleich erzählt hättest. Wir müssen zusammen zum Superintendent. Das ist ebenso mein Problem wie deines.«

»Machst du Witze? Wozu soll das gut sein? Es macht die Sache nicht besser, wenn du mit mir suspendiert wirst. Außerdem habe ich den Verdacht, du würdest mich nur dazu nötigen, endlos viele Schwarz-Weiß-Filme zu gucken und Takeaway-Zeug zu essen. Ich weiß nicht, wie viel davon ich ertragen kann. Das ist mein Problem, Ava. Du hast weiter nichts getan, als an mich zu glauben und zu versuchen, meinen guten Ruf zu schützen. Du musst jetzt nicht auch noch unbedacht deinen Job opfern.«

»Das ist nur so unfair. Deine arme Mutter wird das alles noch einmal durchleben müssen, wenn sie sicherstellen will, dass das Geld da landet, wo es landen sollte, und deine Karriere liegt wieder einmal auf Eis, während die Ermittlungen ihren Lauf nehmen. Wo bleibt da die Gerechtigkeit?«

Callanach ergriff ihre Hand und küsste die Rückseite ihrer Finger so sacht, dass Ava es kaum spürte. Blinzelnd sah sie ihn an.

»Die Gerechtigkeit«, sagte er, »liegt darin, dass ich, anders als beim letzten Mal, wo ich fälschlich eines Verbrechens verdächtigt wurde, dieses Mal eine Freundin habe, von der ich weiß, dass sie zu mir hält, was auch geschieht. Das bedeutet mir mehr, als du dir vorstellen kannst.«

Ava lächelte sanft, drückte seine Finger und seufzte, als ihr Mobiltelefon klingelte. Callanachs Handy meldete sich direkt danach. Beide gingen dran und zogen die Köpfe ein, um sich gegen die Hintergrundgeräusche lärmender Essensgäste abzuschirmen. Ein kurzer Blickwechsel reichte, und schon rannten beide zur Tür.

Das Haus an der Leamington Road konnte sich rühmen, nur eine kurze Strecke zu Fuß vom Stadtzentrum entfernt zu sein, aber das war auch schon alles. Die Wohnung im obersten Stockwerk bestand aus gerade vier Räumen – Küche, Bad, Schlafzimmer und Wohnzimmer –, und zwei davon waren so klein, dass sich immer nur eine einzige Person darin aufhalten konnte. Ava und Callanach trafen vor Dr. Ailsa Lambert und den Tatortspezialisten ein, und ihre erste Aufgabe bestand darin, die Feuerwehrleute, die die Leiche gefunden hatten, daran zu hindern, alle potenziellen Beweise zu vernichten.

»Wer hat das gemeldet?«, fragte Ava.

»Der Nachbar, ein Stockwerk tiefer, hat Brandgeruch bemerkt und uns alarmiert. Er ist raufgelaufen und hat geklopft, aber keine Antwort erhalten«, erklärte ein Feuerwehrmann.

»Ich brauche eine Aussage von jedem, der die Wohnung betreten hat, und wir müssen jeden Ihrer Schritte zurückverfolgen, um eine DNA- oder Gewebekontamination zu vermeiden«, informierte sie ihn. »Können Sie mir die Szene zum Zeitpunkt Ihrer Ankunft beschreiben?«

»Klar. Wir waren ziemlich sicher, dass es da kein Feuer gab, denn es war keinerlei Rauch im Hausflur, aber sogar eine Etage tiefer konnten wir einen kupfrigen, schwefligen Geruch wahrnehmen, der vor der Wohnungstür sehr stark wurde.«

»Und das bedeutet?«, hakte Ava nach.

»Der schweflige Geruch stammt oft von brennendem Menschenhaar. Das liegt an den chemischen Verbindungen, die bei der Verbrennung von Keratin freigesetzt werden. Der kupfrige Geruch kann auch von brennendem Fleisch stammen, wenn es viel Blut enthält, aber wenn das in einer Küche passiert, dringt der Geruch normalerweise nicht hinaus. Wir haben kräftig an die Tür geklopft und schließlich beschlossen, sie aufzubrechen, als sich nichts gerührt hat. Wir haben den Mann im Wohnzimmer auf dem Boden liegend vorgefunden. Er wurde nicht bewegt, denn wir konnten auf den ersten Blick erkennen, dass er tot war. Alles, was meine Leute getan haben, war, den Strom abzustellen und den Toaster von der Steckdose zu trennen. Anschließend haben wir den Rest der Wohnung nach weiteren Personen oder Feuerquellen durchsucht. Sobald sie gesichert war, haben wir Sie gerufen.«

Ailsa Lambert stolzierte herein und spuckte dabei ein Trommelfeuer von Anweisungen aus, die besagten, der Tatort sei umgehend zu verlassen. Sekunden später war sie bereits dabei, die Leiche zu fotografieren. Dabei wandte sie sich an Ava, ohne sich auch nur nach ihr umzuschauen.

»Gerade, wenn ich glaube, ich hätte schon alles gesehen, erreichen die Menschen einen neuen Tiefpunkt. Dieser Mann ist maximal eine Stunde tot, eher kürzer.« Sie kniete sich hin, um eine Nahaufnahme von dem Kabelbinder zu machen, mit dem seine Hände gefesselt waren. Dann sah sie auf den kleinen Monitor und vergrößerte das Bild. »Ava, Sie haben ein Problem«, verkündete Ailsa.

»Ihrem Tonfall entnehme ich, dass das Problem größer ist als das, einen halb nackten Mann gefesselt und tot auf dem Boden zu finden?«

»Allerdings. Es wird noch eine eingehendere Untersuchung erfordern, aber angesichts der Marke und der bei der Herstellung entstehenden Rillen im Nylon ist die Chance groß, dass diese Kabelbinder aus der gleichen Charge stammen wie die, die beim Mord an Fenella Hawksmith benutzt wurden.«

»Zeigen Sie es mir«, bat Ava und beugte sich neben ihr hinab.

»Hier«, sagte Ailsa, »in dem viereckigen Bereich, durch den das andere Ende gefädelt ist, ist eine diagonale Kerbe, die entsteht, wenn das Nylon von der Fertigungsstraße gehoben wird. Winkel und Länge stimmen mit den anderen Kabelbindern überein, und der Produktcode ist B80, der gleiche wie vorher.«

»Aber von denen müssen Millionen im Umlauf sein«, wandte Ava ein.

»Natürlich, aber zwei davon sind an Leichen in dieser Stadt aufgetaucht und dazu benutzt worden, die Opfer vor dem Tod unter Kontrolle zu halten. Wie wahrscheinlich ist das?«

Ava fuhr sich mit den Händen durchs Haar.

»Nein, das tun Sie nicht, nicht an meinem Tatort. Ich brauche nicht noch mehr Haare auf diesem Boden. Hände runter, Kapuze auf.«

»Tut mir leid«, sagte Ava und zog sich sofort die Kapuze ihres Tatort-Overalls über den Kopf. »Ich hatte nur gegen alle Wahrscheinlichkeit gehofft, dass die beiden Todesfälle nichts miteinander zu tun haben.«

»Diese Seifenblase muss ich wohl zerplatzen lassen«, entgegnete Ailsa. »In beiden Fällen ist ein hohes Maß an psychischer Folter involviert. Sie müssen beide gewusst haben, was sie erwartet. Dieser Mann ist erheblich schneller gestorben. Er muss sofort das Bewusstsein verloren haben, als der Strom durch ihn hindurchgeflossen ist, trotzdem ist das keine Art zu sterben.«

Callanach beendete sein Gespräch mit einem anderen Feuerwehrmann und gesellte sich zu ihnen. »Scheiße …«, murmelte er.

Ailsa bedachte ihn mit einem dieser Blicke, die sie für eine besonders üble Ausdrucksweise reserviert hatte, welche sie an ihren Tatorten zu unterbinden suchte. »Ach ja!«, sagte sie dann. »Männer reagieren immer empfindlich auf die Verstümmelung männlicher Genitalien. Diese ist besonders erschreckend, das gebe ich zu.« Sie erhob sich und beugte sich über den Toten. »Also, Ihr Opfer ist, glaube ich, japanischer Abstammung und meiner ersten – ausschließlich visuellen – Begutachtung zufolge zwischen fünfundzwanzig und dreißig Jahre alt, und ich schätze ihn auf eine Größe von knapp eins achtzig. Seine Bekleidung war aufgeknöpft, der Reißverschluss geöffnet, um Genitalien und Brust freizulegen. Auf dem Sofa liegt eine Kanne, die wir auf Fingerabdrücke untersuchen müssen, wenn sie an Ort und Stelle fotografiert worden ist, aber ich nehme an, sie wurde dazu benutzt, Wasser über den Körper des Opfers zu schütten, um die elektrische Leitfähigkeit zu maximieren. Was noch übrig ist vom Penis dieses Mannes« – sie nahm ein Werkzeug aus der Tasche und hakte es unter den geschwärzten Zentimetern Fleisch fest – »wurde ursprünglich in den Toaster gelegt, ehe dann der Strom eingeschaltet wurde. Zusammen mit dem Wasser hat das locker gereicht, um ihn umzubringen. Die Verbrennungen passen zu Tod durch Stromschlag, ebenso wie die Hautrisse weiter oben an der Leiste. Seine Beine waren zwischen Möbelstücken eingeklemmt worden, damit er nicht vor dem Toaster wegzucken konnte. Die anderen Verbrennungsmale am Körper sind keine gesonderten Verletzungen, sondern ein Nebeneffekt davon, dass der elektrische Strom sich einen Weg aus seinem Körper gesucht hat.«

Callanach ging zur Wohnungstür und kontrollierte Schlösser und Oberfläche. »Keine Beschädigung«, sagte er. »Genau wie bei Fenella Hawksmiths Tür. Wer immer das getan hat, er wurde kampflos eingelassen.«

Einer der Techniker reichte Ailsa einen Ausweis.

»Na also. Wie es aussieht, ist unser Opfer Osaki Shozo, sechsundzwanzig. Er trägt einen Ehering, und mir sind zwei Paar Damenschuhe in der Ecke aufgefallen. Wir müssen seine Frau für eine formelle Identifikation des Toten in die Leichenhalle bestellen.«

»Ich kümmere mich gleich darum«, sagte Ava.

»Das sollten Sie auch«, kommentierte Ailsa. »Wer immer unseren Mr Shozo ermordet hat, ist schwer gestört. Dies hier und das, was mit Fenella Hawksmith geschehen ist, ist das Werk eines schwer psychotischen Geistes.«

»Die Morde folgen dicht aufeinander«, bemerkte Callanach. »Normalerweise gibt es eine längere Erholungs- oder Planungsphase oder wenigstens eine etwas größere Zeitspanne, in der sich der Täter damit befriedigt, die Tat im Geiste noch einmal durchzugehen.«

»Psychopathen brauchen ständige Stimulation. Je gestörter sie sind, desto weniger Befriedigung erfährt der Täter bei den einzelnen Gewalttaten«, erklärte Ailsa.

»Aber hier geht es um mehr«, sagte Ava. »Serienmörder verbessern ihre Technik bei jedem Mord. Sie überlegen sich neue Methoden, die sie ausprobieren können. Die meisten kriminell aktiven Psychopathen betrachten die Morde, die sie begehen, als etwas Unfertiges, eine laufende Arbeit. Ein neues Opfer ist dann wie eine weiße Leinwand. Osaki Shozo war ebenso ein Experiment wie Ausdruck der Vision und der Fähigkeiten des Täters. Die Frage ist, womit genau versucht unser Mörder zu prahlen?«

»Die Vorgehensweise bei Fenella Hawksmith war emotional komplex. Die Kabelbinder sind nicht nur praktisch, sie nehmen dem Opfer auch mehr als nur die physische Möglichkeit, sich zur Wehr zu setzen. Das ist wie eine zusätzliche Bestrafung, ein Vorzeichen dessen, was sie zu erwarten haben. Wenn der Täter das Opfer in einen Zustand physischer Hilflosigkeit versetzt, demonstriert er damit auch seine eigene Macht.«

»Und der Toaster?«, fragte Callanach.

»Es geht nicht um den Toaster, es geht um den Penis«, konstatierte Ava. »Er wurde entmannt, womit das Opfer auf etwas reduziert wird, das nur noch eingeschränkt männlich ist.«

»Könnte das eine Vergeltung sein, vielleicht für einen sexuellen Übergriff?«, überlegte Callanach laut.

»Erwägenswert, obwohl Selbstjustiz gewöhnlich von einem hohen Maß an unkontrollierter Gewalt gekennzeichnet ist, was typischerweise zu etlichen Schlägen und Tritten führt. Er hat einen Hieb ins Gesicht bekommen, aber das war's. Alles in allem ist das eine sehr kontrollierte Gewalt, bei der wenig körperlicher Kontakt im Spiel war. Das ist strukturiert abgelaufen.«

»Stimmt, aber es gibt auch Fälle, in denen Frauen warten, bis der Partner schläft oder betrunken und nicht mehr bei sich ist, ehe sie ihm den Penis abschneiden. Das hier könnte eine etwas fantasievollere Variante davon sein«, mutmaßte Callanach.

»Nur, dass das Opfer gestorben ist, womit die Entfernung des Penis keinen Sinn mehr hätte. Frauen, die eine gewaltsame Penektomie vornehmen, wollen gewöhnlich, dass ihre Opfer wissen, was mit ihnen passiert ist. Für solche Frauen ist der emotionale Schaden, den das Opfer erleidet, ebenso gewinnbringend wie der körperliche. Und wer immer das getan hat, ihm muss klar gewesen sein, dass das Opfer diese Prozedur aller Wahrscheinlichkeit nach nicht überleben wird.«

»Penektomie?«, fragte Callanach.

»Ja, es gibt tatsächlich ein Wort dafür«, entgegnete Ailsa, drehte den Kopf des Opfers in eine andere Position, zog das Klebeband von seinem Mund und versiegelte es in einem Beweismittelbeutel, ehe sie seine Kiefer auseinanderdrückte. Ein Klumpen blutigen Fleisches fiel heraus. »Einen frischen Beweismittelbeutel für menschliches Gewebe«, rief die Pathologin einem vorbeigehenden Techniker zu. »Er hat seine Zunge durchgebissen. Nicht ungewöhnlich, aber das ist so sauber wie ein Schnitt. Der Schock muss enorm gewesen sein und abrupt eingesetzt haben. Sein Herzschlag dürfte sofort ausgesetzt haben.«

»Was bedeutet, dass der Mörder eine Methode gewählt hat, die es ihm oder ihr erlaubt hat, hereinzukommen, zu tun, was er wollte, und schnell wieder zu verschwinden. Warum unterscheidet sich die Vorgehensweise so sehr von der bei Fenella Hawksmith?«, sinnierte Ava.

»Er oder sie ist anpassungsfähig. Mrs Hawksmith hat allein gelebt. Tür abschließen und nicht reagieren, falls jemand klingelt, und schon waren sie ungestört. Hier bestand die Möglichkeit, dass seine Frau aus irgendeinem unvorhersehbaren Grund nach Hause kommt«, meinte Callanach.

»Das ist verdammt noch mal meine Wohnung. Sie können mir nicht verbieten, reinzugehen!«

Eine Frau drängelte sich zwischen zwei Officers hindurch, stolperte über eine Forensikertasche und stürzte buchstäblich ins Wohnzimmer.

Ava und Callanach machten beide einen Satz in ihre Richtung, um die Frau vom Anblick der verschmorten Leiche am Boden abzuschirmen, aber sie kamen zu spät. Sie schrie schon, ehe Ava eine Hand nach ihr ausstrecken konnte. Ailsa nahm einem geistesgegenwärtigen Tatortermittler ein steriles Laken ab und verhüllte Osaki Shozos schockierenden Zustand.

»O mein Gott!«, kreischte die Frau. »Osaki? Oh! Heilige Scheiße, das kann doch nicht wahr sein. Was ist meinem Mann passiert?«

Ein Mann mit dickem Bizeps und Amateurtattoos platzte herein. »Kylie! Lassen Sie mich zu meiner Freundin!«, brüllte er dem Uniformierten ins Gesicht, der wenig erfolgreich versuchte, den Mann festzuhalten.

»Das ist ein Tatort«, sagte Ailsa mit einem leisen Seufzer in Avas Richtung.

»Alle raus bis auf die Tatortermittler!«, donnerte Ava. »Ma'am, ich verstehe, dass Sie erschüttert sind. Wir werden Sie woanders hinbringen, wo wir uns unterhalten können.«

Sie nickte den Officers zu, die sich nun am Eingang drängelten. Plötzlich waren sie in der Nähe, nachdem sie sich bis dahin offenbar nicht in einer sinnvollen Entfernung zu eben der Wohnungstür aufgehalten hatten, die sie bewachen sollten. Drei von ihnen waren nötig, um den sich in Pose werfenden Mann hinauszubringen, und weitere zwei, um die schluchzende Frau auf die Füße zu stellen und auf den Hausflur zu begleiten.

»Wenn das seine Frau ist, warum nennt ein anderer Mann sie dann seine Freundin?«, fragte Callanach Ava.

»Vielleicht war das nur eine Scheinehe, die dazu diente, ihm eine Aufenthaltserlaubnis zu verschaffen«, mutmaßte Ava.

»Vielleicht, aber ihre Reaktion wirkte weniger professionell als persönlich. Wenn das nur ein Geschäft war, dann wäre sie mit einem toten Pseudogatten vom Haken und könnte ihre Dienste anderswo anbieten.«

»Meinen Sie, Sie könnten damit draußen weitermachen?«, ging Ailsa dazwischen. »Wir müssen jetzt weitere Tatortuntersuchungen anstellen, und es wird Zeit, dass wir es dem Verstorbenen etwas bequemer machen.«

Ava und Callanach taten ihr den Gefallen. Sie fanden die Frau in einem Kleinbus der Polizei, der vor dem Hauseingang parkte. Ihr Freund wurde – nun, da den Uniformierten offenbar aufgegangen war, wie wichtig eine angemessene Verfahrensweise war – separat festgehalten. Ava stellte sich vor und bat die Frau um ihren Namen.

»Kylie Shozo«, schniefte sie und griff zu dem Bündel Taschentücher, das eine Polizistin ihr angeboten hatte.

»Können Sie uns sagen, wer der Verstorbene ist?«

»Das ist mein Mann Osaki. Was in Gottes Namen ist mit ihm passiert?« Sie schnäuzte sich lautstark und ließ die Taschentücher auf den Wagenboden fallen.

»Osaki Shozo?«, hakte Ava nach.

»Natürlich«, antwortete Kylie mit einem verständnislosen Stirnrunzeln. »War das ein Unfall?«

»Das ist unwahrscheinlich, fürchte ich. Wann haben Sie Ihren Mann zum letzten Mal gesehen?«

»Er war heute Morgen hier, als wir gegangen sind. Alles war normal. Wer hat ihm das angetan?«

»Das wissen wir noch nicht. Ich hatte gehofft, Sie könnten uns erzählen, ob Ihr Mann irgendwelche Probleme oder Feinde hatte.«

»Osaki?« Sie lachte auf, dann schluchzte sie. »Kaum anzunehmen. Der hatte keinen Mumm in den Knochen und hätte nicht mal einer Fliege etwas zuleide getan. Werde ich deswegen die Wohnung verlieren? Werfen die mich raus, weil er tot ist?«

Ava verschränkte die Arme vor der Brust und zwang sich, bis fünf zu zählen. »Mrs Shozo, Ihr Ehemann ist einem Verbrechen zum Opfer gefallen. Es wird eine Obduktion geben. Der Leichnam wird zur Bestattung freigegeben, wenn unsere Ermittlungen erfolgreich abgeschlossen sind.«

»Na, das ist ja toll. Ich kann es mir nicht leisten, seine Beerdigung zu bezahlen. So was ist teuer. Ich habe nicht um irgendwelche …«

»Wen meinten Sie, als Sie sagten, ›wir haben die Wohnung verlassen‹?«, fiel Ava ihr ins Wort.

Kylie reckte das Kinn hoch. »Beef.«

»Beef ist dann vermutlich der Gentleman, der die Wohnung nach Ihnen betreten hat?«

»Richtig. Und mein Privatleben geht Sie nichts an, Sie hochnäsige Zicke.« Kylie nahm eine Packung Zigaretten aus der Tasche und steckte sich eine in den Mund.

»Die dürfen Sie in einem Polizeifahrzeug nicht anzünden, aber es steht Ihnen frei, draußen zu rauchen«, belehrte Ava sie. »Haben Sie mit Ihrem Mann gesprochen, ehe Sie und Beef heute Morgen gegangen sind?«

»Nein. Er war im Schlafzimmer.«

»Können Sie mir Ihre derzeitige Beziehung zu Ihrem Mann beschreiben?«

»Sind Sie blöd?« Kylie lachte.

»Anscheinend«, murmelte Ava. »Schauen Sie, Mrs Shozo, wir werden Sie und – Entschuldigung, wie lautet Beefs richtiger Name?«

»Sheldon«, sagte Kylie nun etwas zurückhaltender.

Was, wie Ava dachte, immerhin erklärte, warum er sich einen Spitznamen zugelegt hatte.

»Sie und Sheldon werden aufs Revier kommen, eine Aussage machen, Fingerabdrücke und DNA-Proben abgeben müssen, damit wir Ihre Spuren von den anderen Beweisen am Tatort trennen können, wenn Sie beide erst vor kurzer Zeit in der Wohnung gewesen sind. Wir werden außerdem Ihre Aufenthaltsorte von gestern und heute benötigen. Und wir brauchen auch die Kontaktdaten seiner Familie.«

»Tokio. Ich rufe die nicht an, um ihnen davon zu erzählen.« Trotz der Ermahnung zündete sie ihre Zigarette an.

Ava öffnete die Tür, damit der Rauch abziehen konnte.

»Das ist in Ordnung, wir werden die japanische Botschaft kontaktieren. Also, helfen Sie mir, das zu verstehen. Nur ganz kurz, Sie und Ihr Ehemann haben sich getrennt, teilen sich aber immer noch die Wohnung. Wie ging es ihm dabei?«

»Er hat beschissen noch mal geheult. Nicht vor mir, das nicht, aber ich habe es gehört, als er sich im Bad eingeschlossen hat. Eine Weile hat er versucht, mich zu überreden, bei ihm zu bleiben, wissen Sie, aber er hat keine Arbeit gefunden. Wir sind nie ausgegangen und haben uns nie amüsiert. Er ist so eine Art Computerfreak, klar? Als ich ihn kennengelernt habe, dachte ich, er würde bestimmt einen guten Job kriegen, der tonnenweise Geld einbringt. Warum soll man auch jemanden heiraten, der keine Kohle reinholt, was? Also hab ich ja gesagt, als er mir einen Antrag gemacht hat, hab ihm sogar das Scheißvisum besorgt, und was passiert? Am Ende hab ich für die Wohnung und alles geblecht und im Grunde ihn versorgt.«

»Das muss für Sie beide schwer gewesen sein«, lautete die diplomatischste Entgegnung, die Ava zustande brachte. »Und wie haben Sie Beef kennengelernt?«

»Er ist der Captain der Dartmannschaft in meiner Stammkneipe. Beef arbeitet auf dem Bau. Ich hätte mich von Anfang an an meine Leute halten sollen. Geschieht mir recht, weil ich was Neues probieren wollte, schätze ich.«

Ava machte Anstalten, aus dem Van zu steigen.

»Trotzdem habe ich Osaki geliebt, jedenfalls eine Zeit lang.«

Ava hielt inne, um zuzuhören.

»Als wir uns kennengelernt haben, wissen Sie? Er war nett und süß und irgendwie exotisch. Ich habe ihm so gern zugehört, wenn er Japanisch gesprochen hat. Haben Sie je so jemanden getroffen? Jemanden, der so total anders als alle anderen Leute ist, die sie je kennengelernt haben, dass sie ganz hin und weg sind?«

Darauf hatte Ava keine Antwort zu bieten.

»Können Sie mir später sagen, ob er eine Lebensversicherung hat?«, fragte Kylie zum Abschluss.

Ava überließ es uniformierten Officers, sich weiter um die schreckliche Kylie zu kümmern. Als sie Osakis Leichnam gesehen hatte, hatte sie geglaubt, sie könnte gar nicht mehr Mitleid für ihn empfinden, doch die Erkenntnis, dass sein Leben ebenso elend gewesen sein musste wie sein Tod, war niederschmetternd.

Kapitel einundzwanzig

11. März

Fünf Uhr vierundfünfzig am Morgen, und er hatte kein Auge zugemacht. Das tat er nie nach einer Exekution. Sein ganzer Körper bebte auf den schweißfleckigen Laken und einer Matratze, die mit zunehmender Häufigkeit Schauplatz einsamer Freudenfeste geworden war, oft genug, dass ihr Eigentümer vorhatte, sich gleich nach dem nächsten Gnadenakt eine neue zu kaufen.

Er war der ultimative Recycler, die Verkörperung grüner Energie, nahm jenen, die sie leichtfertig vergeudeten, die Lebenskraft, um sich selbst aufzuladen und, durch den Prozess verbessert, stärker zu werden.

Eine Krähe vor dem Fenster zerriss den Frieden. Ein paar Minuten später wurde ein anderes Fenster geöffnet, begleitet von einer farbenfrohen Schimpftirade. Ein Gegenstand wurde geworfen. Er landete mit einem metallischen Klang, was auf eine leere Dose schließen ließ. Die Krähe hielt einen Moment lang inne, ehe sie ihr Krächzen wieder aufnahm, als würde sie über den albernen Versuch, sie zum Schweigen zu bringen, lachen. Von Natur aus Räuber, deren Ernährungs- und Beutemuster sich nicht von denen der Füchse unterschieden, fraßen Krähen Eier und Nestlinge und, wenn sie die Chance dazu bekamen, auch erwachsene Vögel, saugten die Lebenskraft aus ihren Beutetieren, verzehrten sie und verschmolzen mit ihnen. Das war der Kreislauf der Natur.

Leben. Nicht Tod. Er liebte Tiere. Tiere kämpften, um zu überleben. Sie trachteten danach, sich zu paaren, zu ernähren und ihre Jungen zu beschützen. Sie gaben nie auf. Ganz anders als Menschen. Menschen waren eigensüchtig, Opfer der eigenen Evolution, selbstbezogen. Er fragte sich, wann der Homo sapiens aufgehört hatte, auf seine Umwelt zu reagieren, und angefangen, sich nur noch um das eigene Selbst zu drehen. Zum Frühstück, zum Mittag- und Abendessen saugten sie Mitleid in sich auf. Sie sezierten ihre Emotionen, als lebten sie in den Kulissen einer Reality-TV-Show. Sie brachten dem Geschenk des Lebens so wenig Achtung entgegen, dass es wegzuwerfen nur noch eine Lappalie war. Eine Internet-Challenge. Diese schwachen Seelen waren eine Anomalie.

Er stand auf und ging zum Fenster. Die Krähe, die hoch oben in einem Baum thronte, der nie mehr frisches Laub tragen würde, ganz egal, wie kraftvoll der Frühling voranschritt, krächzte wieder und flatterte erhaben mit den Flügeln. Aus einem glänzenden, seelenlosen Auge starrte sie durch das Fenster zu ihm zurück. Für einen Moment erlebte er eine Verbindung; eine Offenbarung.

Er und die Krähe waren eins.

Darauf bedacht, den Vogel auf seinem Thron nicht zu stören – nicht, dass anzunehmen wäre, die Krähe würde davonfliegen, dafür einte sie ein zu großes Maß natürlicher Courage –, schlurfte er seitwärts zu einem Schrank und holte ein Luftgewehr hervor. Es war bereits geladen. Wenn man in der Stadt lebte, konnte man nicht vorsichtig genug sein. Das Gewehr war mit einem beeindruckenden Zielfernrohr ausgestattet, auch wenn die Waffe eigentlich nicht genug Leistung brachte, um die Kosten zu rechtfertigen, aber nun war seine Stunde doch gekommen.

Langsam hob er die Waffe, ließ die Schaftkappe neben dem Schlüsselbein in die Schulterbeuge gleiten und zielte. Der Kopf des Vogels war ein zu kleines Ziel, aber die Brust würde gehen. Er atmete ein, hielt die Luft in seiner Lunge, entspannte sich langsam, atmete wieder aus und zählte im Kopf fünf Sekunden ab.

Die Krähe öffnete den Schnabel, um erneut den Frieden zu stören, doch kein Laut kam heraus; stattdessen gab es einen leichten Schlag, als die kleine Kugel den Vogel von seinem Thron schubste. Er stürzte, prallte im Fallen gegen drei oder vier andere Äste, ehe er schließlich auf einer weggeworfenen Fastfood-Packung am Boden zur Ruhe kam. Ganz ohne Gejammer. Dies war ein würdevolles Ende, dachte der Mann, ehe ihm einfiel, dass er sich anziehen musste, damit er die Leiche holen konnte. Zeit war von äußerster Wichtigkeit.

Er warf sich Jeans und Hoodie über, lief die Treppe hinunter, vorbei an anderen Wohnungen, und betrat leise den Garten. Er achtete immer sorgsam darauf, bei seinen Nachbarn keine Aufmerksamkeit zu erregen, und dabei erwischt zu werden, wie er den Kadaver eines toten Vogels aus dem Garten holte, wäre diesem Ziel nicht dienlich. Doch zumindest blieb ihm noch ein wenig Deckung durch die Dunkelheit, wenngleich diese von der Lichtverschmutzung durch die nahen Häuser und Straßen beeinträchtigt wurde.

Er legte die Krähe in einen Plastikbeutel und schüttelte bekümmert den Kopf, um jeden, der ihn vielleicht neugierig beobachtete, zu befriedigen. Er sei rausgegangen, um nachzusehen, was passiert war, übte er seine Rechtfertigung in Gedanken ein. Dann habe er den Vogel gefunden und mit ins Haus genommen, weil er fehlerhafterweise angenommen habe, er sei nur benommen, nicht tot. Er übte ständig diverse Varianten aller möglichen Ereignisse. Man wusste schließlich nie, wann das Unerwartete eintrat, und er ging inzwischen größere Risiken ein. Größeres Risiko, größerer Lohn. Größere Macht.

Lautlos – auch das hatte er geübt – stieg er die Stufen hoch, schloss seine Tür auf und packte die Krähe in seiner Küche aus. Sie war eine Schönheit. Das Nonplusultra der Schöpfung, geschaffen zum Fliegen und Jagen, und nun sang der Vogel lauter zu ihm, als er es im Leben je hätte tun können.

Mit dem Zeigefinger strich er über den Schnabel, prüfte seine Schärfe, bewunderte die Aerodynamik, die an seiner Spitze begann und sich über die gesamte Länge des Körpers zog. Er hielt den Vogel in seinen Händen, bis auch die letzte Wärme aus seinem Kadaver gesickert war, und dann fing er an, ihn zu rupfen – eine Prozedur, die komplizierter war und mehr Zeit erforderte, als er erwartet hatte. Was für ein Glück, dass er heute freihatte.

Flügel und Schwanz, die einfachen Teile, zuerst, dann Rücken und Brust, was bei so einem kleinen Vogel schwieriger war. Er wollte alles, hätte ihn gern intakt gelassen, doch am Ende musste er wegen des Kopfes einen Kompromiss eingehen. Mit einem einzigen Hieb mit dem Küchenmesser trennte er ihn ab und setzte ihn auf einen Kaktus auf dem Fensterbrett in seiner Küche. Vielleicht hatte der Vogel ein Recht zu sehen, was mit ihm geschah.

Er schlitzte das Tier von der Kehle bis zum Bauch auf, entfernte die Innereien und schnitt dann die Beine ab. Danach erhitzte er Butter, Meersalz und Knoblauch in einer Bratpfanne und legte die Krähe hinein, als die Pfanne ausreichend heiß war.

Im Handumdrehen war der Vogel gar. Er legte ihn so auf einen Teller, dass er die Form des Tieres immer noch erkennen konnte, setzte sich im Schneidersitz auf die geschliffenen Bodendielen und atmete tief die gleiche Luft ein, die auch der Vogel vor gerade einer Stunde noch geatmet hatte. Er sah durch das Fenster den Himmel, über den der Vogel geflogen war. Lauschte dem Wind in dem Baum, den die Krähe als Sitzplatz benutzt hatte.

Der erste Bissen war pure Ekstase. Es war egal, dass das

Fleisch zäh war und der Geschmack so verstörend an den von Ziegenkäse erinnerte. Es war Leben. Leben, das noch vor so kurzer Zeit gelebt worden war, dass er dessen Essenz in seinen eigenen Körper hinabgleiten spürte. Seine Transition zur Krähe war vollzogen.

All die kleinen Vögel flatterten in seinem Inneren.

Er entwickelte sich mit hoher Geschwindigkeit. Er verstand die Natur der Natur.

Das brachte ihn zum Lachen. Und dann lachte er wieder. Lachte so lange und herzhaft, dass seine Seiten schmerzten. Er fühlte sich leichter als Luft, so, als könnte er fliegen. Er war ein Raubtier. Ein Jäger. Aber einer, der eine Zielsetzung hatte. Er würde nur verzehren, um seine eigene Kraft zu stärken, um länger zu leben und zur bestmöglichen Version seiner selbst zu werden. Er hatte begriffen, wie kostbar das Leben war. Es war nicht falsch, Leute zu bestrafen, die damit spielten und es als selbstverständlich betrachteten. Das war Gerechtigkeit. Mehr noch, es war notwendig, sie auszurotten.

Nun, da er sich selbst in der Krähe gefunden und eins mit der Welt geworden war, würde er zum unaufhaltsamen Streiter für die Aufrechterhaltung der Naturgesetze werden.

Kapitel zweiundzwanzig

11. März

Ava starrte auf die Leinwand. Es gab nur wenige klassische Filme, an denen sie keine Freude hatte, aber dass sie dem Revier aufgrund von aufgezwungener Freizeit fernbleiben musste und wusste, das Beste, was sie hoffen konnte, war, im Bett zu liegen und die Decke anzustarren, während die Uhr die Minuten abzählte, war noch viel schlimmer als die Erschöpfung, die sie empfand.

Fenella Hawksmith war tot. Ihre Tochter war gefunden worden und hatte ein wasserdichtes Alibi. Sie hatten keine Spuren.

Osaki Shozo war tot. Seine Frau und ihr Lebensgefährte Beef waren vom Haken, da sie jede einzelne Minute durch eine Vielzahl von Zeugen belegen konnten. Der einzige Vorbehalt lautete, dass sie einen gedungenen Mörder hätten bezahlt haben können, aber zu welchem Zweck? Kylie Shozo hatte durch den Tod ihres Ehemanns vermutlich keinen finanziellen Vorteil, und es war ja nicht so, als hätte er ihre Bewegungsfreiheit eingeengt. Ganz im Gegenteil, wenn man bedachte, dass die einzige Information, die sie hatten ausgraben können, besagte, dass Osaki im Begriff war, mit einem Fischtrawler zu verschwinden. Und die Reaktion seiner Frau, wie abscheulich Ava sie auch gefunden hatte, war absolut echt gewesen, daran konnte kein Zweifel bestehen.

Dann war da das Dilemma mit Stephen Berrys Tod, bei dem sie nur diesen winzigen Stiefelabdruck auf seinem Finger hatten.

Keine offensichtliche Verbindung zu den beiden anderen. Keine echten Beweise für ein Verbrechen. Und doch bekam Ava ihn nicht aus dem Kopf – drei Leichen, keine Antworten.

Und schließlich gab es da noch Pax Grahams Ermittlungen, und Luc hatte von seiner Mutter immer noch keine Antwort auf die Frage erhalten, was sie in Hinblick auf das Erbe tun wollte, das Bruce Jenson der Hilfsorganisation vermacht hatte. Der Sohn des Opfers, Andrew, hatte endlich einen Videobeweis aus einem Kasino beigebracht, der nachwies, dass er die bis dahin unbelegten Stunden dort verbracht und versucht hatte, etwas von der enormen Summe, die er dem Haus schuldig war, zurückzugewinnen. Damit war er vom Haken, und andere Verdächtige waren nicht in Sicht.

Ava seufzte. Eine einzige annehmbare Spur in jedem der Fälle wäre nett gewesen. Aber nein. Die Tage sammelten sich an, und die Sachverhalte wurden immer vernebelter. Ava fühlte sich mehr und mehr schuldig, weil sie Lucs Rolle im Fall Jenson nicht offenbart hatte. Nun hatte sie Luc in einen Film geschleppt, der sogar sie langweilte. Es war halb elf am Abend, und das Einzige, was zu essen sie in Erwägung zog, war Popcorn. So viel zu dem Versprechen, sie würde auf sich aufpassen, das sie Ailsa gegenüber abgelegt hatte.

»Ist schon irgendwas passiert?«, fragte Callanach, als er sich zu Ava setzte und ihr einen großen Pappbecher reichte, der bis oben hin voll war mit heißem, buttrigem Popcorn.

»Nichts, was Kinogeschichte schreiben könnte.«

Eine Frau, die einige Reihen vor ihnen saß, bedeutete ihnen dramatisch, dass sie still sein sollten.

»Tut mir leid«, rief Ava ihr leise zu.

»Sollen wir von hier verschwinden?«, fragte Callanach.

»Kann ich mein Popcorn mitnehmen?«

»In meine Wohnung? Wenn du versprichst, es nicht auszukippen, wie du es sonst tust, wenn der Film gerade halb vorbei ist.«

»Spielverderber. Wir könnten uns Hotdogs holen, wenn wir gehen, und so richtig einen draufmachen«, bemerkte sie grinsend.

»Wie schaffst du es nur, so dünn zu sein?«

Er legte ihr den Mantel um die Schultern, während sie aufzustehen versuchte, ohne dabei den riesigen Pappeimer loszulassen.

»Stress«, entgegnete sie. »Und ein Mangel an intimen Beziehungen. Single zu sein bedeutet, dass ich mich nicht durch die Höhen und Tiefen von Streitereien kämpfen muss, die sich auf das Essverhalten auswirken, Frustessen, Post-Zoff-Essen, Prä-Trennungsessen, Wiederzusammenkommensessen. Derzeit ist mein Leben ziemlich einfach. Mikrowellengerichte oder irgendwas vom Imbiss, sieben Tage die Woche. Kein Mann bedeutet kein Naschen. Mein Körper ist ein Tempel.«

»Aber wozu, wenn niemand da ist, der dort betet?«

»Haha!« Ava versetzte ihm einen Stoß in die Rippen.

Ein Zuschauer, der allein auf seinem Platz saß und nicht das geringste Interesse an Filmklassikern hatte, wandte sich von der Leinwand ab und sah ihnen nach.

Sie gingen hinaus auf die Straße. Das Kino an der York Place war nur fünf Minuten zu Fuß von Callanachs Wohnung entfernt, und sie schlenderten langsam über den Picardy-Place-Kreisverkehr, wobei Ava den Autofahrern, die sie anhupten, unbekümmert zuwinkte.

»Hast du Kokain aus der Asservatenkammer geklaut?« Callanach sah zu, wie sie sich lässig über den Asphalt treiben ließ.

»Noch nicht, aber das ist eine Option. Ich hätte nie gedacht, dass ich mal an einen Tatort komme, wo der Penis eines Mannes in einen Toaster gesteckt wurde, um ihn mit einem Stromschlag umzubringen. Das ist wie in *Twilight Zone*. Beinahe shakespearesch in seiner Dramatik. Der Tatort bei Fenella Hawksmith war schon schlimm genug, dieser organisierte langsame Tod und die Vergewaltigung mit dem Messer. Das ist alles so bizarr, es kommt mir unwirklich vor. Und wir haben bisher nichts erreicht.«

»Wir hatten schon früher schwierige Fälle. Was macht dir wirklich an diesem zu schaffen?«

Ava blieb stehen, warf ihr Popcorn in einen Mülleimer, ohne es überhaupt angerührt zu haben, und stemmte mitten auf dem Bürgersteig die Hände in die Hüften, was mehrere nicht ganz nüchterne Männer, die lauthals in schlechtem Italienisch sangen, zwang, sich einen Weg um sie herum zu suchen.

»Das.« Sie zeigte auf die Männer. »Ich weiß nicht, ob sie Freunde sind oder Brüder oder Mitglieder einer Fußballmannschaft, aber sie gehören irgendwie zusammen. Normalerweise müssen wir uns mit Angehörigen herumschlagen, die uns die Tür einrennen und Antworten fordern, eine Anklage, Gerechtigkeit. Und wenn es nicht die Familien sind, dann ist es die Presse, die auf jeden neuen Hinweis lauert, die Spannung ankurbelt und öffentliche Anteilnahme erregt. Und hurra, dieses Mal haben wir den Wahnsinn auf ein vernünftiges Maß begrenzt. Die Medien müssen den Fall Hawksmith erst noch mit Osaki Shozo in Verbindung bringen, aber die Zynikerin in mir fragt sich, ob die das überhaupt interessieren wird. Fenella Hawksmiths Tochter wollte nicht gefunden werden und hat bemerkenswert gleichgültig auf den Mord an ihrer Mutter reagiert. Die reizende Kylie Shozo, die sowohl Ehemann als auch Liebhaber in einer Wohnung mit nur einem Schlafzimmer unterbringt, war sehr besorgt, welche Auswirkungen der Mord auf ihr Mietverhältnis haben könnte. Hat die Öffentlichkeit Opferschablonen, was meinst du? Braucht die Öffentlichkeit, wenn sie Mitgefühl aufbringen soll, ein Opfer, das im Körper einer Frau in den Zwanzigern geliefert wird, zusammen mit Fotos in sozialen Medien, auf denen sie strahlend lächelt, und den Standardphrasen ›Ein viel zu kurzes Leben‹ oder ›So ein vergeudetes Potenzial‹ als Schlagzeile? Und ersetzt man das durch eine alternde, übergewichtige Witwe oder einen japanischen Einwanderer, interessiert es niemanden mehr? Mich macht das unruhig, Luc. Es beunruhigt mich, dass Tote anscheinend nicht als Opfer zählen, wenn ihre Hautfarbe oder ihre Konfektionsgröße nicht unseren abscheulich ordinären, beschissenen Maßstäben genügen.« Ihre Stimme war zum Ende des Satzes hin deutlich lauter geworden.

Callanach wartete, bis sie Luft geholt hatte, dann trat er vor, um sie in den Arm zu nehmen, und drückte sie für eine halbe Minute fest an sich, bis er spürte, wie sie sich an seiner Brust entspannte. »Soll ich das Popcorn für dich wieder aus dem Mülleimer holen?«, fragte er.

Ava lachte leise, ließ die Stirn an seine Schulter sinken und lachte noch einmal. »Stehe ich immer noch auf meiner imaginären Rednertribüne?«, fragte sie.

»Ich glaube, die hast du zertrümmert. Komm«, sagte er, ergriff eine ihrer Hände und zog sie sanft die Straße entlang. »Falls dich das ein bisschen beruhigt, Rosa – Stephen Berrys ehemalige Freundin – ist wirklich sehr betroffen. Ihr ist es nicht egal, und ein Mensch ist genauso wichtig wie tausend. Der Gerechtigkeit Geltung zu verschaffen hat nichts damit zu tun, sich der Menge anzudienen.«

Er steckte den Schlüssel in die Haustür und trat zurück, um Ava auf der Treppe den Vortritt zu überlassen. Sie wartete vor seiner Wohnung auf ihn, lehnte sich mit dem Rücken an die Wand und kämpfte mit den Tränen.

»Ich weiß, das hört sich armselig an, aber ich habe mich plötzlich gefragt, wer mich wohl vermissen würde.«

Callanach ergriff erneut ihre Hand und zog sie in die Wohnung. »Na ja, jeder, der ein echter Fan von unfassbarem Selbstmitleid ist, würde dir zu Ehren eine wochenlange Totenwache halten, aber von diesem speziellen Kult abgesehen, hast du vermutlich recht. Niemand. Absolut niemand.«

»Luc, ich meine es ernst. Meine Familie ist schon vor zehn Jahren zu dem Schluss gekommen, dass ich mit der Polizei verheiratet bin. Heutzutage fragen die mich, ob was nicht stimmt, wenn ich bei einem von ihnen vorbeischaue. Die Truppe betrachtet mich mit einer Mischung aus Misstrauen und Resignation, wann immer ich das Lagezimmer betrete. Früher oder später wird Natasha irgendeine tolle Frau finden, die sie zum Lachen bringt und mit ihrem furchtbaren Musikgeschmack zurechtkommt. Und du …« Callanach nahm ihr den Mantel von den Schultern und warf ihn auf den Esstisch. »Ich bin ziemlich sicher, dass du eines Tages abhaust und nach Frankreich zurückgehst. Du wirst dich von dem Trauma erholen, das du erlitten hast, und erkennen, dass du nirgendwo anders wirklich glücklich sein kannst. Du wirst dich nach dem Sonnenschein und den Weingärten sehnen, und du wirst deine Sachen packen und mich allein zurücklassen. Und was soll ich dann ohne dich machen?«

»Ava, ich werde nirgendwohin gehen. Pass auf, ich werde es dir beweisen.« Er löste seinen Türschlüssel vom Schlüsselring, holte Avas Bund aus ihrer Manteltasche und befestigte ihn daran. »Glaubst du mir jetzt?«

»Idiot!« Sie lachte. »Ich brauche deinen Schlüssel nicht.«

»Behalte ihn trotzdem. Anders als du weiß ich, wo mein Ersatzschlüssel ist. Und es ist ja nicht so, als würdest du ein Nein gelten lassen, wenn du herzukommen beschließt. Ernsthaft, warum denkst du, ich würde fortgehen?«

Er holte zwei Gläser von einem Regal und öffnete die Flasche Balvenie Whisky, die er für einen ihrer Besuche aufgespart hatte.

»Warum solltest du bleiben? Es ist kalt hier. Du hasst Kälte. Und es regnet viel. Die Schotten haben sich beinahe zu Amphibien entwickelt. Und dann ist da Bruce Jensons Tod. Gerade als du dachtest, du hättest all den Schrecken deiner Vergangenheit hinter dir gelassen, lebt er wieder auf. Ich war nicht die allerbeste Freundin. Ich habe mich in dein Leben eingemischt ...«

»Und versucht zu tun, was du für richtig gehalten hast«, fügte Callanach hinzu.

»Ich habe dich aus meinem Leben ausgeschlossen, ohne zu erklären, warum ...«

»Und versucht, mich zu beschützen«, sagte er.

»Und ich war eher eifersüchtig als hilfreich. Ich schäme mich. Vielleicht, wenn ich mich Selina gegenüber erwachsener gezeigt hätte, wärt ihr zwei immer noch zusammen. Sie hat dir gutgetan, und ich habe es nicht über mich gebracht, wenigstens einen Abend mit euch beiden zu verbringen. Das tut mir so leid.«

Ava sackte mit einer düsteren Miene, die gar nicht zu ihr passte, auf der Couch nach hinten. Callanach setzte sich auf eine Armlehne und ließ den Whisky in seinem Glas kreisen.

»Eifersüchtig?«, fragte er. »Worauf genau?«

»Ich weiß nicht. Darauf, dass Selina dich ganz für sich allein hatte, schätze ich. Ich habe dich irgendwie als zu mir gehörend empfunden. Albern, was? Wir arbeiten den ganzen Tag zusammen, verbringen mehr Zeit miteinander als die meisten Ehepaare, und trotzdem haben diese Abende, an denen wir gemeinsam von der Arbeit weggegangen sind und einfach Freunde waren, mich aufrechterhalten. Zusammen essen, am Samstagmorgen stundenlang Kaffee trinken und Unsinn reden, um zwei Uhr früh Filme gucken. Und dann ist da plötzlich jemand anders in deinem Leben, und das habe ich gehasst. Gott, das ist ja furchtbar. Mich mies zu fühlen macht mich offenbar entsetzlich ehrlich. Ich habe vor, mich zu betrinken. Ruf mir vor zwei Uhr morgens ein Taxi, okay?«

»Warum hast du mir das nicht früher gesagt? Wir konnten doch immer über alles reden.«

»Ach ja, richtig, ich Dummerchen. Ich hätte dich einfach in mein Büro rufen sollen, ungeachtet der unangenehmen Tatsache, dass ich dein Boss bin, um dir zu sagen: ›Hey, Luc, könntest du dieser schönen, langbeinigen spanischen Ärztin den Laufpass geben? Sie ist mir ein bisschen lästig.‹ Das wäre sicher ein total lockeres Gespräch geworden.«

»Hilft es dir, wenn ich dir sage, dass ich genauso empfunden habe, als du mit Joe zusammen warst? Ich habe ihn von Anfang an gehasst, und das hatte eigentlich gar nichts damit zu tun, dass er ein überheblicher, arroganter Mistkerl ist. Alles, was ich gesehen habe, war, dass er mir dich weggenommen hat.«

Ava kippte den Whisky hinunter, stellte das Glas auf den Sofatisch und schlug die Hände vors Gesicht. »Ernsthaft? Du musst Joe zur Sprache bringen? Was habe ich mir dabei nur gedacht? Aber das beweist nur, was ich gesagt habe – mein Privatleben ist eine absolute Katastrophe. Das war es immer. Mir einen bösartigen Psychopathen angeln? Klar, kein Problem. Einen anständigen Mann finden, neben dem ich morgens aufwachen kann? Kurs nicht bestanden, die Schlechteste in der Klasse, kein natürliches Talent erkennbar.«

»Ich glaube, du bist ein bisschen hart zu dir«, kommentierte er lachend.

»Entscheide dich mal. Ich dachte, meine Spezialität wäre Selbstmitleid.« Ava schenkte sich Balvenie nach.

Eine Weile saßen sie schweigend beisammen, bewunderten das Können, das in das Blending von Whisky einfloss, und wechselten dann und wann einen knappen Blick.

Schließlich seufzte Callanach schwer und lächelte dann.

»Willst du eine schmerzhafte Wahrheit hören? Ich kann dich mühelos schlagen. Ich habe nie mit Selina geschlafen. Nicht ein einziges Mal in all den Monaten, die wir zusammen waren.«

Ava hielt mit dem Glas auf halbem Weg zum Mund inne und starrte es an, als wäre es plötzlich lebendig geworden.

»Entschuldige, was?«, fragte sie nach einer Weile.

»Es ist wahr. Ich meine, wir haben andere Sachen gemacht. Ich bin kein Mönch, aber es gab keine – ich habe vergessen, wie das heißt – Vollendung?«

»Vollzug«, korrigierte Ava.

Er griff in seine Hosentasche und zog die zerdrückte Packung Gauloises hervor, die er als eine Art Vermächtnis seiner Raucherzeit überallhin mitnahm. Ava lächelte, als er sich eine unangezündete Zigarette in den Mund steckte und den Tabak kostete, jedoch ohne die Befriedigung – oder die Gefahren – des Inhalierens von Rauch.

»Warum nicht?«, fragte Ava.

»Eines der Dinge, die ich am meisten an dir mag, ist, dass du immer sagst, was du denkst«, bemerkte Callanach grinsend.

»Du meinst, ich habe kein Fingerspitzengefühl«, erwiderte Ava, lächelte aber.

»Ich meine, du bist exakt die, die du zu sein scheinst. Keine Heuchelei, kein Getue. Du würdest es nicht mal schaffen, hinterlistig zu agieren, wenn dein Leben davon abhinge. Ich dagegen habe gelernt zu lügen. Erst habe ich mich selbst belogen und dann die Menschen, die ich liebe.« Er glitt von der Lehne auf die Sitzfläche des Sofas, sodass er direkt neben Ava saß, und legte die Füße auf den Tisch. »Ich bin impotent, Ava. Das bin ich, seit Astrid mich der Vergewaltigung bezichtigt hat. Ich habe es mit Therapie versucht, mit Medikamenten und mit einer schönen, langbeinigen spanischen Ärztin. Aber ich bin kaputt. Du bist der einzige Mensch, in dessen Gegenwart ich das vergessen kann.

Wenn ich mit dir zusammen bin, gibt es keinen Stress, keinen Druck. Nur reales Leben, echte Gefühle und offene Gespräche. Also, nein, ich habe nicht vor, nach Frankreich zurückzukehren, wo das alles angefangen hat. Der einzige Ort, an dem ich sein will, ist genau hier bei dir.«

Ava drehte sich mit vor der Brust verschränkten Armen zu ihm um. »Verdammte Scheiße«, schimpfte sie. »Damit quälst du dich ab, seit wir uns kennengelernt haben, und du hast es mir nicht anvertraut?«

»Ava«, sagte Callanach fassungslos. »Wie hätte ich das denn …«

»Du bist wirklich ein verdammter Idiot«, fiel Ava ihm ins Wort, legte beide Hände an sein Gesicht, beugte sich vor, presste ihre Lippen auf seine und ließ sich an seine Brust sinken.

Dreißig Sekunden später löste sie sich atemlos und mit rotem Kopf von ihm.

»Äh, ich weiß nicht, was ich sagen soll. Das hätte ich nicht tun sollen. Hör mal, ich gehe jetzt, und ich verstehe es, wenn du morgen …«

Callanach legte ihr einen Arm um die Taille und schob die freie Hand in ihren Nacken. »Halt den Mund«, sagte er sanft, hob sie von ihrem Platz auf seinen Schoß und zog ihr Gesicht wieder an seines heran, öffnete ihre Lippen mit seinen.

Sie vergrub ihre Finger in seinem dunklen lockigen Haar und presste sich an ihn, spürte seine Wärme, während ihre Zunge über seine Unterlippe strich, ehe sie sich wieder ein wenig von ihm entfernte, um ihm in die Augen zu schauen.

»Ernsthaft?«, fragte sie leise. »Warum wählst du unter all den Frauen, die du haben könntest, ausgerechnet mich?«

»Weil ich, wenn ich dich nicht haben kann, niemanden will. Ernsthaft.«

Langsam strich er ihr Haar zurück, um ihre Kehle zu entblößen, wanderte mit der Zunge von der Mulde in der Mitte des Schlüsselbeins aufwärts zu dem weichen Fleisch unter dem Kinn, ehe er von ihr abließ, nur um sie erneut zu küssen.

Ava grinste, erkundete seinen Körper unter dem Hemd, spürte die angespannten Muskeln, die sich wie in Wellen unter ihren Händen bewegten, die Sehnen, die sich spannten und entspannten. Sie ließ ihre kurzen, stets praktisch manikürten Fingernägel über die Hügel und Täler seines Oberkörpers gleiten und war sehr zufrieden mit sich, als er den Rücken durchbog und schwer zu atmen begann.

»Ava, bist du auch wirklich sicher? Ich möchte nicht, dass du es später bereust«, murmelte er, öffnete den obersten Knopf ihrer Bluse und küsste die glatte Haut zwischen ihren Brüsten.

»Ich vertraue dir, wie ich noch nie einem Mann in meinem Leben vertraut habe, und Reue ist ein Wort, das Politiker benutzen, wenn sie beim Ehebruch erwischt werden. Könntest du mir jetzt bitte die Bluse ganz ausziehen? Es wird langsam ein bisschen heiß hier drin.«

Callanach tat, worum er gebeten wurde, lehnte sich zurück und betrachtete sie bewundernd, während sie an seinen Knöpfen herumfummelte, auf dem Rand der Sitzfläche balancierte und ihn gleichzeitig küsste.

»Das funktioniert nicht«, sagte Callanach.

»Was? Ich dachte …«

»Nicht genug Platz auf der Couch, mehr wollte ich gar nicht sagen«, stellte Callanach klar, schob die Hände unter ihren Po und hob sie im Aufstehen hoch, um mit ihr zum Schlafzimmer zu gehen. Unterwegs schlug er sich das Schienbein am Sofatisch an und schrammte mit Avas Rücken über den Türrahmen.

»Bist du immer so ungeschickt?«, fragte sie lachend.

»Nur, wenn ich eine Frau trage, die einfach nicht stillhalten will und mir die Sicht versperrt. Pass auf!«

Ohne weitere Umschweife ließ er sie auf sein Bett fallen und sah zu, wie sie sich auf seiner Decke rekelte.

»Gott, das ist die beste Decke aller Zeiten. Das ist ja, als würde man in einer Wolke landen. Wie ist es möglich, dass du ein Sixpack hast, Haare wie in der Fernsehwerbung und außerdem das beste Bettzeug im Universum? Du wirst nie bei mir übernachten. Wenn ich es genau betrachte, muss ich dich vielleicht umbringen und deine Wohnung übernehmen.«

»Oder du bleibst einfach hier bei mir und machst dir gar nicht mehr die Mühe, je wieder nach Hause zu gehen«, schlug er vor, kroch neben ihr ins Bett und streckte sich aus. »Du bist so schön. Das ist dir gar nicht bewusst, nicht wahr?«

»Hör schon auf, Poster Boy. Das MIT hat nur Platz für ein Supermodel, und in dem Punkt bist du der Gewinner.«

Callanach rollte sich auf sie, strich ihr das Haar aus den Augen und lächelte. »Tja, dann wirst du es nicht schaffen, mir zu widerstehen, richtig?«

»Dir widerstehen? Was genau schwebt dir denn vor?« Ava zog die Brauen hoch.

Er schob eine Hand unter ihren Rücken, unter den BH, und löste die Träger von ihren Schultern. »Wie wäre es, wenn du dich entspannst, dann zeige ich es dir«, flüsterte er, ließ seine Hand zu ihrem Bauch gleiten, und sein Daumen zog Kreise auf der weichen Haut direkt über ihrem Jeansknopf. »Erklär mir, warum wir damit so lange gewartet haben?«

»Das ist einfach«, sagte Ava, faltete die Hände hinter dem Kopf und seufzte glücklich. »Weil ich es wert bin, dass man auf mich wartet.«

»Da kann ich dir nicht widersprechen.« Grinsend öffnete er den Knopf und küsste sie wieder, neckte ihre Lippen mit den Zähnen, während seine warme Hand über ihre Brüste glitt. »Aber ich bin froh, dass du mich nicht noch länger warten lässt.

Ich war nicht sicher, wie lange ich das aushalte, bis ich den Verstand verliere.«

Er rutschte tiefer, strich mit der Zunge über den vertikalen Pfad auf ihrem Bauch, zog ihren Körper an sich heran. Ava ließ den Kopf zurückfallen, genoss die Hitze seines Mundes auf ihrem Leib. Millimeter um Millimeter zog er ihr die Jeans über die Hüften, entblößte einen schlichten schwarzen Baumwollslip und die weiße Haut ihrer Oberschenkel. Schließlich warf er die Hose auf den Boden, schob sich zwischen ihre Beine und knabberte sacht an den Wölbungen der Hüftbeine an ihren Seiten, tanzte mit den Fingerspitzen auf ihren Hüften auf und nieder. Ava entspannte sich auf dem Bett, den Kopf leicht erhoben, und spielte mit der rechten Hand mit Callanachs Haar.

»Ich schätze, ich sollte dich fragen, ob du mich morgen früh immer noch respektieren wirst oder so was in der Art«, murmelte sie.

Callanach antwortete auf Französisch – es war etwas Unverständliches, doch Ava bekam eine ungefähre Vorstellung –, während er ihr den Slip auszog und zur Seite warf.

»Gott sei Dank. Hab ich es wirklich endlich geschafft, dich zum Schweigen zu bringen?«, fragte er, ehe er mit der Zunge über die Innenseite ihres Beines fuhr.

»Das ist irgendwie unhöflich«, antwortete Ava lachend.

»Du denkst, das war unhöflich? Gib mir noch eine Minute.«

Ava keuchte auf, als Callanachs Finger ihre empfindlichste Stelle fanden, sanft zwischen ihren Beinen tanzten und ihre Klitoris umkreisten, eine Berührung, seidig und leicht mit gerade genug Druck, damit sie wieder mit dem Bett verschmolz. Seinen Fingern ließ er die Zunge folgen.

»O mein Gott!«, stöhnte Ava. »Hör bloß nie auf.«

»Nicht mal, um meine Jeans auszuziehen?«, fragte Callanach,

stand auf, die Hände in die Seiten gestemmt, und schaute auf ihren nackten Körper hinab.

»Okay, ich akzeptiere eine Pause, damit du dir den Rest deiner Klamotten ausziehen kannst«, sagte sie lächelnd. »Aber lass dir nicht zu lange Zeit.«

»Außerdem«, bemerkte er, »glaube ich nicht, dass du meine Wohnung je wieder verlassen willst. Nicht, solange du mit mir hier bist, jedenfalls.« Er kletterte auf das Bett, ein Knie zwischen ihren Beinen, das andere seitlich neben ihr. »Sag, dass du bleibst.«

»Diese Nacht?« Ava grinste ihn an.

»Du weißt, dass ich mehr als nur das meine«, entgegnete er, küsste ihren Hals und legte sich neben ihr auf die Seite. »Versprich es.«

»Hey, weißt du was?« Ava sah ihm direkt in die Augen, während ihre Finger über die Wölbungen seines Waschbrettbauchs wanderten. »Dieses Problem, das du hattest? Ich glaube ehrlich nicht, dass du dir darüber noch irgendwelche Sorgen machen musst.«

Sie schloss die Hand um seinen Penis, packte den harten Ständer, bewegte ihre Hand sanft über den Schaft, bis ihm die Luft wegblieb und er die Zähne zusammenbiss, um seine Reaktion auf dieses längst überfällige Vergnügen unter Kontrolle zu halten.

»Ich habe eben auf dich gewartet«, sagte Callanach. »Ava, ich habe mir das so oft vorgestellt, ich habe nur nie geglaubt, dass es wirklich so kommen könnte.«

»Gib das doch nicht zu! Was ist bloß aus deiner coolen, gefassten Geheimnisvoller-Mann-Nummer geworden?«

Er küsste sie sanft, öffnete ihre Lippen, legte die Hand wieder zwischen ihre Beine und drang mit den Fingern sacht in sie ein, während sie sich herumwälzte und sich ihm entgegenschob.

»Ich bin dir begegnet«, sagte er und wich mit dem Kopf etwas zurück, um sie anzusehen. »Das ist passiert.«

Er schob seinen freien Arm unter ihren Nacken, drückte sie auf den Rücken und bedeckte ihren Körper mit seinem, liebkoste sie mit jedem Zentimeter seiner Haut, drängend, pulsierend im Einklang mit ihr.

Ava schob ihn von sich, nahm sich Zeit, um sich aufzurichten, drängte ihn auf den Rücken, setzte sich rittlings auf ihn und beobachtete sein Gesicht, während sie seinen Körper erforschte.

»Tut mir leid, diesen Moment zu stören«, raunte sie sanft, »aber in Anbetracht dessen, dass es – o Gott – länger her ist, als ich mich erinnern kann, seit ich das letzte Mal Sex hatte, nehme ich die Pille nicht. Hast du was da?«

»Falls dich das tröstet, bei mir ist es noch länger her.«

»Sorry, das war unsensibel von mir.« Sie lächelte.

»Kein Problem. Und ich habe. Offenbar habe ich die Hoffnung nie aufgegeben. Sie sind im untersten Fach des Waschtischunterschranks im Bad. Lass mich sie holen …«

»Du bleibst, wo du bist«, sagte Ava. »Genau da, wo ich dich haben will.«

»Okay, aber ich gebe dir nur sechzig Sekunden. Wenn du länger brauchst, komme ich dich holen.«

Ava beugte sich vor und küsste ihn spielerisch, ehe sie ins Bad hüpfte. Das Lächeln auf ihrem Gesicht war Zeugnis der unerwarteten Freude darüber, dass sie sich endlich gestatten konnte, Callanachs Zuneigung zu akzeptieren und ihre eigenen Gefühle ihm gegenüber anzuerkennen. Als sie das Bad das letzte Mal benutzt hatte, hatte sie sich noch einreden können, was sie für ihn empfand, sei rein platonisch. Natashas Stichelei jedoch hatte ihr zu denken gegeben, und während sie das Thema früher mit einem Lachen hatte abtun können, wusste sie doch, dass sich etwas verändert hatte.

Als Callanach sich von Selina getrennt hatte, hatte Ava etwas gespürt, das Erleichterung ziemlich ähnlich war. Als sie, nachdem er ihr das Leben gerettet hatte, die Nacht zusammen in seinem Bett verbracht hatten, war es, als wäre sie nach Hause gekommen. Nicht nur nach Hause in seine behagliche Wohnung, sondern nach Hause zu seiner Wärme und der Leichtigkeit, die sie in seiner Gegenwart empfand. Enorme Leichtigkeit. Schon immer hatte sich dann und wann etwas anderes gerührt, etwas, bei dem sie stets darauf bedacht gewesen war, es nicht in Gedanken auszukundschaften. Augenblicke, wenn er den Arm um sie gelegt hatte und sie nicht wollte, dass er wieder losließ. Zeiten, in denen sie beide in Gefahr waren und ihr doch nie in den Sinn gekommen war, dass irgendetwas Schlimmes passieren könnte, solange Callanach bei ihr war.

Ava hielt inne und betrachtete sich im Badezimmerspiegel, fuhr sich mit der Hand durch das wirre Haar und versuchte, das absolut kindisch erscheinende Grinsen in den Griff zu bekommen. Für andere Menschen war schwer zu verstehen, dass man, mitten in Ermittlungen, bei denen jeder Tag neues Gerede über Tod und Gewalt mit sich brachte, nach Hause gehen und leben musste. Wirklich leben. Wenn man Zeuge von so viel Leid war, bestand das einzige Gegenmittel darin, jeden Moment abseits dieser Dinge mit etwas Kostbarem zu füllen.

»Brauchst du eine Wegbeschreibung?«, rief Callanach.

»Hey, ich bin es wert zu warten!«, antwortete sie lachend.

»Weißer Schrank, unteres Fach, unter dem Waschbecken. Wenn du noch lange brauchst, schlafe ich ein.«

»Das wäre dann dein Pech«, sagte sie, öffnete beide Schranktüren und ließ sich auf die Knie sinken, unfähig zu erkennen, was nun was war bei all den Handtüchern, Fläschchen und Schächtelchen mit Toilettenartikeln, mit denen der Schrank vollgestopft war. »Zumindest weiß ich jetzt, warum deine Wohnung so ordentlich wirkt. Es liegt daran, dass du einfach jeden Müll in diesen Schrank gepackt hast. Bist du sicher, dass die hier sind?«

Als sie mit der Hand unter einem Stapel Handtücher entlangtastete, berührten Avas Fingerspitzen eine raue kalte Oberfläche. Neugierig und ohne nachzudenken, griff sie zu und zog.

Einige Augenblicke saß sie schweigend und reglos da. Selbst in dem trüben Licht erkannte sie auf den ersten Blick, was sie da in der Hand hielt.

»Ava? Hast du sie gefunden?«, rief Callanach.

Sie klappte den Mund zu einer Antwort auf, doch Worte zu bilden schien plötzlich viel zu kompliziert zu sein. Sie konnte hören, wie er sich im Schlafzimmer auf dem Bett bewegte, wie seine Füße auf den Boden trafen. Mehr Licht ergoss sich in das Badezimmer und fiel auf die Kindergebetstafel, die sie in der Hand hielt.

Auf der kreisrunden grauen Schieferplatte, die einen Durchmesser von etwa fünfzehn Zentimetern hatte, war ein traditionelles keltisches Gebet in schwungvollen Lettern kalligrafiert. Das Gebet, das sie vor dem Schlafen geflüstert hatte, seit sie lesen gelernt hatte. Obwohl sie im Zuge der Pubertät die Kirche, der ihre Eltern angehörten, abgelehnt hatte, war diese Tafel immer auf ihrem Nachttisch geblieben, auch nachdem sie erwachsen geworden war. Ein Fragment des Trostes oder der Unkompliziertheit, eine Erinnerung an einfachere Zeiten.

Irgendwo im Hinterkopf hatte sie registriert, dass sie sie nicht mehr gesehen hatte, seit … wie lange? Monaten? Jahren? Aber das Leben war zu arbeitsreich, als dass sie sich die Zeit genommen hätte, nach irgendwelchen verstreuten Gegenständen zu suchen, die unweigerlich irgendwann mal in einem Schrank ganz nach hinten geschoben worden waren. Ihr war nie in den Sinn gekommen, jemand könnte die Tafel ohne ihr Wissen an sich genommen haben.

»Ernsthaft, wenn man eine Frau ins Bad lässt, kommt sie

stundenlang nicht wieder heraus. Ich wusste, ich hätte selbst gehen und suchen soll…«

Der Rest des Wortes erstarb auf den Lippen, die sie noch Minuten zuvor geküsst hatten. Die Lippen, von denen sie geglaubt hatte, sie würden nie eine Lüge aussprechen. Die Lippen des Mannes, dem sie, seit sie einander erstmals begegnet waren, immer vertraut hatte. Bis jetzt.

»Die gehört mir«, flüsterte sie. »Was hat sie in deinem Badezimmer zu suchen? Im Schrank versteckt?«

»Ava, verdammt, das tut mir so leid. Ich wollte sie dir schon vor einer Ewigkeit zurückgeben, ich wusste nur nicht, wie«, sagte Callanach, kniete sich zu ihr und legte ihr den Arm über die Schultern.

Sie rückte einige Zentimeter von ihm ab. »Ich dachte, ich hätte sie verlegt. Ich dachte, das läge nur an meiner Unordnung. Du kennst mich. Ich kann Mörder fangen, aber würde ich ein Paar Schuhe suchen, fände ich sie nie. Mir ist nie in den Sinn gekommen, jemand hätte etwas so unfassbar Persönliches an sich nehmen können. Etwas, das ganz offensichtlich aus meiner Kindheit stammt. Warum hast du das getan?«

Während sie mit den Fingern über die raue Oberfläche der Schieferplatte strich, dachte sie an das Gesicht ihres Vaters, als er sie ihr gegeben hatte. Es war ein süßes Geschenk, ein unschuldiges Geschenk. Der Inbegriff eines Schatzes.

»Ava, das ist alles schon vor so langer Zeit passiert. Als ich bei der Police Scotland angefangen habe und du mich auf Linie gebracht und gezwungen hast, eine Freundschaft zu akzeptieren. Dann wurdest du zusammen mit den anderen Frauen entführt, und ich hatte keine Ahnung, ob du lebst oder tot bist. Ich habe mich verantwortlich gefühlt. Ich war ein Wrack. Ich habe deine Wohnung aufgesucht, um mich zu vergewissern, dass wir nichts übersehen hatten, und um zu überprüfen, ob es irgendwelche Anzeichen für einen Kampf gibt. Während ich dort war, habe ich erst wirklich begriffen, was dir passiert war. Ich war am Tiefpunkt. Das Team ist in dem Fall nicht vorangekommen. Wir hatten keine Ahnung, wo du entführt worden bist. Die Gegenstände, die ich genommen habe, waren nur ein Mittel für mich, um emotional in Kontakt zu bleiben, um irgendwie herauszufinden, wo du sein könntest …«

»Was meinst du?«, fragte Ava stirnrunzelnd.

»Nachdem ich Frankreich verlassen hatte, war eine tiefe Leere in mir – es fiel mir so schwer, überhaupt irgendetwas zu fühlen –, darum denke ich, ich habe nach so etwas wie Verbundenheit gesucht …«

»Nein, nicht das. Ich habe kapiert, dass das deine Art ist, das zu rechtfertigen, aber du hast gesagt, Gegenstände. Plural.«

Callanach starrte das untere Fach des Badezimmerschranks an. Dieser Tag, an dem Ava im vergangenen Jahr während eines Falls entführt worden war, war für ihn so präsent, als wäre es erst gestern passiert. Die Erinnerung war noch immer unverarbeitet. Als er die Schiefertafel aus ihrer Wohnung mitgenommen hatte, wollte er sie nur vorübergehend behalten, und selbst in dem Moment hatte er nicht so recht gewusst, warum er es tat.

Ava beugte sich vor und räumte alles, was noch in dem Fach war, auf den Boden. Ein paar Fläschchen zerbrachen, und Wattestäbchen blieben in der zähen Flüssigkeit hängen, die sich um ihre Knie herum verteilte. Endlich, als sie ganz hinten angekommen war, entdeckte sie einen Briefbeschwerer und einen Schlüsselanhänger in Form eines Globus.

»Die sind besser nicht, was ich denke, dass sie sind«, sagte Ava in einem gefährlich ruhigen Tonfall.

»Du verstehst nicht.«

»Du klingst, als würde dich das überraschen. Meinst du, ich sollte in Hinblick auf das, was ich in den Händen halte, verständnisvoller sein? Psychopathen beschaffen sich Trophäen, Luc, nicht Polizisten. Diese Dinge gehören Opfern, Frauen, die entführt und gequält worden sind. Was genau hat dieser Briefbeschwerer dir über das Verbrechen gesagt, und wie hat er zu dessen Aufklärung beigetragen?« Immer noch nackt, stand sie mit hochrotem Kopf auf und stemmte die Hände in die Hüften.

»Ich werde gar nicht so tun, als würde das einen Sinn ergeben. Bitte komm wieder ins Bett, lass uns in Ruhe darüber reden.«

»Willst du mich verdammt noch mal verarschen? Du willst in Ruhe darüber reden? Hast du irgendeine Ahnung, wie sehr du meine Privatsphäre verletzt und mein Vertrauen enttäuscht hast?«

»Während du gefangen gehalten wurdest, war das die einzige Art, wie ich dir nah sein konnte ...«

»Wie oft warst du seitdem in meiner Wohnung? Du hattest jede Menge Gelegenheiten, sie mir zurückzugeben.«

»So einfach war das nicht.«

»Doch, war es!«, bellte sie, schnappte sich ein Handtuch vom Halter und wickelte es sich um den Leib. »Selbst wenn es so schwer gewesen wäre, die Tafel zurückzugeben, warum zum Teufel bist du immer noch im Besitz dieser anderen Gegenstände? Nimmst du sie manchmal raus und siehst sie an? Denkst du dann darüber nach, was uns zugestoßen ist? Reginald King hat mindestens drei Frauen ermordet und das Leben der beiden Überlebenden ruiniert, und nun finde ich heraus, dass du Sachen, die mir und den anderen gehört haben, ganz unten in deinem Badezimmerschrank versteckst. Das ist, als wolltest du etwas haben, das dir hilft, dich daran zu erinnern.«

»Du weißt, dass das nicht stimmt.«

»Ich habe ehrlich keine Ahnung, was ich davon halten soll. Vor zehn Minuten hätte ich geschworen, ich würde dich so gut kennen wie mich selbst. Ich hätte meine Karriere darauf gesetzt, dass du ehrlich und geradlinig bist wie kaum ein anderer. Gott, ich habe schon im wahrsten Sinne des Wortes meine Karriere darauf gesetzt! Selbst wenn ich deine Beziehung zu mir als Erklärung dafür akzeptieren könnte, dass du die Schieferplatte behalten hast, die anderen beiden Frauen wurden vor mir entführt. Warum hast du etwas von ihren Sachen an dich genommen? Meine Tafel ist nur eine Fortführung eines Musters. Das ist einfach … ich weiß nicht mal, was das ist. Beschissen gruselig, wenn ich ehrlich bin.«

»So darfst du nicht denken. Du weißt, dass du mir vertrauen kannst …«

»Was hast du damit gemacht, mit meiner Tafel?«, fragte sie leise.

»Komm schon, Ava, reiß das nicht aus dem Zusammenhang.«

»Ich meine es ernst. War sie die ganze Zeit hier drin?«

»Das ist doch verrückt. Ich wusste nicht, was ich tat, als ich diese Dinge mitgenommen habe. Sie sind ganz unten in einem Schrank verschwunden, weil ich vergessen wollte, dass ich sie je an mich gebracht habe. Du weißt, dass es zum üblichen Vorgehen gehört, den Besitz einer vermissten Person, die entführt wurde, durchzusehen.«

»Blödsinn«, sagte sie. »Du hast gewusst, wer mich entführt hatte. Wenn es daran noch irgendeinen Zweifel gegeben hätte, wären relevante Gegenstände bei den Asservaten gelandet, statt unberechtigterweise in dein Schlafzimmer geschmuggelt zu werden. Ist das alles Teil einer bizarren Fantasie, in der du den Helden spielst? Du rettest mich, weißt alles über mich, und das macht es dir einfacher, mich zu verführen?«

»Das ist nicht fair. Ich hatte das nicht geplant, und das weißt du, und ich hatte es auch bestimmt nicht auf dich abgesehen. Du bist aus freien Stücken hier, weißt du noch? Es ist ja nicht so, als hätte ich dich gewaltsam zur Tür reingeschleift.«

»Natürlich nicht. Du bist Luc Callanach. Du musst keine

Frauen irgendwohin schleifen. Sie werfen sich dir wie verdammte hirnlose Puppen an den Hals. Tja, dann entschuldige bitte, dass ich so berechenbar und armselig bin.«

Sie drängte sich an ihm vorbei, stolzierte ins Schlafzimmer, sammelte ihre Klamotten ein und marschierte ins Wohnzimmer, um sich anzuziehen.

»Geh nicht. Wir müssen das klären, Ava, nicht zuletzt, weil wir immer noch zusammenarbeiten müssen und mitten in einer Ermittlung stecken.«

»Ich bin Profi genug, um mit dir arbeiten zu können, ohne von meinen Gefühlen überwältigt zu werden und in Schockstarre zu verfallen, wann immer du den Raum betrittst, also mach dir um mich keine Sorgen.«

»Und was ist mit mir? Interessiert es dich wirklich gar nicht, wie ich mich fühle?«, fragte er und lehnte sich, nackt wie er war und mit vor der Brust verschränkten Armen, an den Türrahmen, während sie ihre Stiefel anzog.

»Ich werde einfach so tun, als hättest du das gerade nicht gesagt«, informierte sie ihn. »Diese Gegenstände müssen den Frauen zurückgegeben werden, denen du sie weggenommen hast. Soll ich das für dich erledigen, oder bringst du deinen Mist selbst in Ordnung?«

»Ich mache das gleich morgen früh«, sagte er. »Hör mal, du kannst nicht fahren. Ich schlafe auf dem Sofa, du kannst das Bett haben. Morgen können wir versuchen, das richtigzustellen ...«

»Morgen bin ich wieder klar im Kopf, sitze an meinem Schreibtisch und versuche, fünf verschiedene Morde aufzuklären. Ich schlage vor, du tust das Gleiche.« Sie schaltete ihr Mobiltelefon ein. »Ich rufe mir ein Taxi. Danke für die Rechtsberatung. Ich kann gut draußen warten.«

Sie schnappte sich die Tafel, die auf dem Boden gelegen hatte, steckte sie in ihre Manteltasche und ging zur Tür.

»Ava«, sagte Callanach leise. »Es kann doch nicht vorbei sein. Ich habe einen Fehler begangen. Einen riesigen Fehler, der bizarr erscheint, ich weiß, aber das ist wirklich nur ein Symptom der Krise, die ich damals, nach meiner Ankunft in Schottland, durchgemacht habe. Ich hoffe, du wirst erkennen, was das wirklich bedeutet, wenn du nicht mehr so wütend bist.«

»Du kapierst es nicht, was? Vertrauen ist *alles* für mich, und gerade du solltest das verstehen. Wir waren nicht nur Kollegen. Ich dachte, wir wären Freunde. Wir haben einander den Rücken freigehalten. Natasha kennt mich vielleicht länger als jeder andere, aber du … dir habe ich meine verletzliche Seite gezeigt. Vor dir habe ich nichts zurückgehalten, Luc. Gar nichts. Und dann finde ich heraus, dass du so ein Geheimnis hast … Denkst du, das sähe nur oberflächlich bizarr aus? Ich bin eine verdammte Expertin für Bizarres. Damit habe ich es jeden Tag bei der Arbeit zu tun. Ich habe dem Wahnsinn in die Augen gesehen, als ich gefangen gehalten wurde. Weißt du, was ich nicht brauche? Ich brauche nicht noch mehr Wahnsinn in meinem Privatleben, wenn ich im Schlafzimmer eines Mannes bin, von dem ich dachte, er wäre mein Fels, wenn ich Kondome – ausgerechnet Kondome! – im Badezimmerschrank des Mannes suche, von dem ich dachte, ich würde ihn vielleicht lieben!«

Damit drehte sie sich um, riss die Tür auf und knallte sie hinter sich zu.

Kapitel dreiundzwanzig

12. März

Callanach stand früh auf und packte die Gegenstände ein, die Ava in seinem Badezimmerschrank entdeckt hatte. Den Papierbeschwerer brachte er zu Elaine Buxtons Elternhaus, in das sie nach der qualvollen Entführung zurückgekehrt war, die ihre Karriere als Anwältin ruiniert und ihr Selbstvertrauen zerstört hatte. Der Schlüsselanhänger in Form eines Globus war klein genug, ihn in einem Umschlag in Reverend Jayne Magees Briefkasten zu stecken. Sie hatte es geschafft, ihre Arbeit wieder aufzunehmen, wenige Wochen, nachdem Luc Elaine, Ava und sie in ihrem Gefängnis in einem versteckten Kellerraum gefunden hatte.

Andere Frauen waren gestorben. Bei der Erinnerung – und der Vorstellung, was hätte passieren können, wäre er nicht rechtzeitig dort gewesen – wurde ihm immer noch übel. Beide Gegenstände hatte er mit einer Notiz mit einer Notlüge versehen, die besagte, man habe in der Asservatenkammer ein paar Stücke gefunden, die nach Abschluss der Ermittlungen übersehen worden seien. Das war nicht ganz sauber, musste aber reichen.

Als er fertig war, war es gerade acht Uhr. Früher oder später würde er zum Revier müssen, doch im Moment schien später die wünschenswertere Wahl zu sein. Lance rief an, als er gerade in seinem Wagen saß, Espresso trank und sich dem Gedanken hingab, dass sein Tag wenigstens nicht noch schlimmer werden konnte.

»Wollte mich nur mal melden«, eröffnete Lance das Gespräch. »Wie läuft es?«

»Ich hab Mist gebaut«, sagte Callanach.

»Passiert jedem mal. Irgendwas Spezielles?«

Callanach seufzte. »Ja, aber nichts, worüber ich jetzt sprechen möchte.«

»Ich könnte heute Abend was für dich kochen, sieben Uhr bei mir? Ich weiß, es ist heute in, später zu essen, aber in meinem Alter ist spätes Essen etwa so erfreulich wie Sex, wenn die Schwiegermutter zu Besuch ist.«

»Ich glaube nicht, Lance. Ich bin nicht in Stimmung, unter Leute zu gehen. Gibt es sonst noch etwas?«

»Ist das nicht immer so? Na schön, dann hast du ein Essen gut, aber ich muss trotzdem einen der vielen Gefallen abrufen, die du mir schuldig bist. Ein junger Japaner ist unter merkwürdigen Umständen gestorben, doch bisher wurden nicht viele Informationen für die Presse freigegeben, jedenfalls nicht von der Polizei. Allerdings hat die Witwe des Mannes gestern gegen Mitternacht und vermutlich nicht gerade nüchtern beschlossen, nach der Sperrstunde bei geschlossenen Türen in ihrem Stammlokal eine Stegreiferklärung abzuliefern. Ihre Version der Ereignisse ist, gelinde gesagt, verstörend. Ich hatte mich gefragt, ob du mich vielleicht in Bezug auf ihre Behauptungen etwas erhellen könntest.«

»So ein Mist!« Callanach zerdrückte den leeren Becher und fragte sich, ob Ava das wohl schon herausgefunden hatte. Sie dürfte inzwischen bereits an ihrem Schreibtisch sitzen – acht Uhr war für sie sogar eher spät. »Was hat Mrs Shozo gesagt?«

»Nach dem, was ich in Erfahrung bringen konnte, hat sie gehofft, sie könnte Geld auftreiben, um die Kosten aufzufangen, die auf sie zukommen, weil sie nicht in ihre Wohnung kann, die immer noch ein Tatort ist, und dann hat sie in fast unverständlichen Sätzen ein paar Einzelheiten darüber erzählt, dass ihr Mann mit einem Toaster getötet worden sei. Das meiste, was sie gesagt hat, war reichlich sinnfrei, aber sie hat es geschafft, sich trotz mehrfacher Wiederholungen nicht zu widersprechen. Außerdem hat sie bei Rückfragen, wie man helfen könne, auf jemanden verwiesen, den sie ihren Manager nannte; ich hatte allerdings den Eindruck, sein Managementstil ist eher dem ganz persönlichen als dem professionellen Ende des Spektrums zuzuordnen.«

»War das zufällig jemand, der sich Beef nennt?«, fragte Callanach.

»Also bist du bei dem Fall auf dem Laufenden. Glücklicherweise haben sich gestern nur sehr wenige von Edinburghs Polizeireportern in den Pub bemüht, obwohl Mrs Shozo sämtliche Medienunternehmen mit Einladungen bombardiert hat, aber es waren mindestens vier von uns ernsthaft an den Einzelheiten interessiert, und der Rest wird die Story inzwischen auch aufgegriffen haben. Also, warum hält die Polizei Funkstille, wenn das ein Mord war?«

»Das ist vertraulich, Lance. Du wirst dich an die Pressestelle wenden müssen, wenn du etwas veröffentlichen willst«, sagte Callanach und startete den Motor. Es war kalt, und die Fenster beschlugen von der Innenseite.

»Gib mir nur irgendwas, dem ich nachgehen und das ich als Ergebnis meiner eigenen genialen Deduktion ausgeben kann«, scherzte Lance.

»Shozo hatte keine bekannten Feinde. Keine Schulden, soweit wir es beurteilen können. Keine Vorstrafen, keine dubiosen Bekanntschaften. Tatsächlich hatte er sogar ein Jobangebot und war im Begriff, das Land für eine Weile zu verlassen.«

»Das spiegelt weitgehend das wider, was die Witwe letzte Nacht erzählt hat. Demnach könntest du vermutlich ein bisschen Hilfe brauchen, richtig? Jemanden, der ihn kannte oder der dir eine bessere Vorstellung davon vermitteln kann, was er in letzter Zeit getan und womit er womöglich die Aufmerksamkeit der falschen Person geweckt hat ...«

»Ja, aber du musst vorsichtig sein. Mrs Shozo ist offensichtlich mehr daran interessiert, mit der Presse zu sprechen als mit uns. Wenn du sie noch mal erwischst, dann schau, ob du ein persönliches Gespräch mit ihr führen kannst – vielleicht kannst du das benutzen, um einen größeren Beitrag zu verfassen. Und was den Toaster betrifft, kann ich rein gar nichts bestätigen.«

»Aber du bestreitest es auch nicht«, kommentierte Lance.

»Diese Taktik würde ich in Anbetracht des miesen Tags, den ich gerade habe, nicht empfehlen«, warnte ihn Callanach. »Wir sehen uns bald, okay?«

»Das sagst du immer. Pass auf dich auf, Luc. Und ruf an, wenn du mich brauchst.«

Auf dem Revier brummte es förmlich, als Callanach dort um halb neun eintraf. Ava hatte bereits eine schriftliche Anweisung zur Neudefinierung der Prioritäten zwecks Ermittlung von Verbindungen zwischen Fenella Hawksmith und Osaki Shozo herausgegeben. Tripp beaufsichtigte die Zeugenvernehmung im Fall Shozo, einschließlich der Haustürbefragungen in der näheren Umgebung seiner Wohnung, und versuchte, den Toaster, der sich als brandneu erwiesen hatte, zum Händler zurückzuverfolgen. Superintendent Overbeck hatte die Öffentlichkeitsarbeit übernommen, eine Aufgabe, der sie nicht mehr aus dem Weg gehen konnten, nachdem die lustige Witwe Shozo beschlossen hatte, ein Fundraising-Besäufnis zu veranstalten, mutmaßlich um ihr neues Leben mit Beef zu finanzieren. Und Callanach hatte keine Ahnung, was er tun sollte. Ava wollte ihn gewiss nicht sehen, dennoch würden sie irgendwann reden müssen.

Er klopfte an ihre Bürotür und wartete darauf, dass er hereingerufen wurde. Dabei erkannte er Sergeant Livelys nicht so liebliche Stimme auf der anderen Seite, doch es war DI Graham, der nach wenigen Sekunden öffnete und seinen mächtigen Leib aus dem Weg bewegte, um Callanach den Zutritt zu ermöglichen. Ava stand auf der anderen Seite ihres Schreibtischs, die Fingerspitzen an das Holz geklammert und die Zähne so fest zusammengebissen, dass Callanach die Adern an ihrem Hals sehen konnte.

»Soll ich später wiederkommen?«, fragte Callanach.

Ava musterte ihn finster.

»Eigentlich sind wir nur hergekommen, um mit dem Boss über die durchgeschnittenen Bremsleitungen zu sprechen, von denen ich Ihnen erzählt habe«, klärte Lively ihn mit leuchtenden Augen und donnernder Stimme auf, ohne die unsichtbaren Dolche zu bemerken, die von Avas Seite des Raums zu Callanach flogen. »Wie sich herausgestellt hat, war der Fahrer, der den Wagen gemietet hat, wegen einer Gedenkveranstaltung in der Stadt. Und jetzt kommt's. Er ist extra von Spanien hergeflogen, um einem anderen Verbrechensopfer der jüngsten Zeit die letzte Ehre zu erweisen.«

»Bruce Jenson.« Pax Graham beanspruchte die Pointe für sich.

Lively wirkte ernüchtert.

Callanach warf Ava einen Blick zu, doch die fixierte Graham.

»Wie war sein Name?«, fragte Callanach.

»Gilroy Western«, tat Lively sich wieder hervor. »Dieser Unfall war keiner. Die Bremsleitungen wurden sauber durchtrennt – allerdings nicht besonders professionell. Das Erstaunliche ist, dass Western überhaupt noch so weit gekommen ist und niemand außer ihm dabei sein Leben gelassen hat.«

Callanach holte tief Luft, um dem Gefühl zu begegnen, dass

in dem Raum nicht genug Sauerstoff war. Jenson und Western waren beide tot. Beide ermordet, verbesserte er sich in Gedanken selbst. Seine Mutter war in Frankreich und eines kaltblütigen Mordes etwa so fähig wie ein unschuldiges Kind. Ihm kam der Gedanke, dass es vielleicht noch weitere Vergewaltigungsopfer gab, Ehefrauen anderer Mitarbeiter. Seltsam, dass er darüber noch nie zuvor nachgedacht hatte, doch nun kam es ihm absolut plausibel vor. Wie viele Partys mochten in den zwei Jahrzehnten, in denen das Unternehmen im Geschäft war, dort stattgefunden haben? Jenson und Western hatten immerhin gemeinsame Sache gemacht, um seine Mutter unter ihre Kontrolle zu bringen und ihr Gewalt anzutun. Wie standen da die Chancen, dass sie dergleichen nicht schon früher getan oder, da sie davongekommen waren, später wiederholt hatten?

»Kennen Sie ihn?«, fragte Pax Graham rasch.

Keine Zeit zur Vorbereitung, und genau so wollte er es haben, dachte Callanach.

»Ich habe mit seiner Witwe in Spanien gesprochen. Sie sagt, Western war Bruce Jensons alter Geschäftspartner«, setzte Graham nach.

»Ich kenne den Namen, aber ich bin ihm nie begegnet«, sagte Callanach.

Pax Graham sah Ava an, als Callanach antwortete. Auch wenn Lively die Atmosphäre im Raum offenbar gar nicht wahrnahm, hatte Graham sie auf Anhieb erfasst, wie Callanach erkannte.

»Das ist noch nicht das Beste«, fuhr Lively fort. »In sämtlichen anderen Fällen mag es gerade beschissen laufen, aber dieses Mal hat sich der, der die Leitungen durchgeschnitten hat, auch selbst verletzt. Wir haben das Blut von diesem Mistkerl. Wenn er im System ist, dann dauert es keine Woche, und er sitzt hinter Gittern.«

Pax Graham sah nicht ganz so glücklich aus. »Aber das ist ein Mietwagen, da könnten alle möglichen Leute regelmäßig unter die Haube sehen. Ich schätze, wenn wir Proben vom ganzen Motor nehmen, erhalten wir etliche verschiedene DNA-Muster. Wir müssen immer noch jemanden finden, der einen Grund hatte, diese beiden Männer tot sehen zu wollen. Das Merkwürdige ist, dass sie seit Jahren keinen Kontakt zueinander hatten. Sie waren keine so guten Freunde mehr. Also, was immer die beiden miteinander verbindet, es liegt in der Zeit ihrer gemeinsamen Vergangenheit.«

»Wie wollen Sie weiter vorgehen?«, fragte Ava.

»Wir werden die Familienangehörigen von Gilroy Western morgen telefonisch befragen, und sie haben uns bereits die Erlaubnis erteilt, sein Mobiltelefon zu überprüfen und seine E-Mails durchzusehen, um festzustellen, mit wem er in jüngster Zeit Kontakt hatte. Soziale Medien hat er anscheinend nicht benutzt. Es gab keine Zeugen für die Manipulation der Bremsen, was über Nacht passiert sein muss, weshalb damit zu rechnen war. Keine Überwachungskameras an der Straße, weil es sich um ein reines Wohngebiet handelt, und geregnet hat es auch noch. Die meisten Leute auf den Geschäftsstraßen in der näheren Umgebung trugen Regenschirme oder hatten Kapuzen auf, also werden wir auf dem Weg niemanden identifizieren können.«

»Geben Sie mir Bescheid, wenn die DNA-Ergebnisse reinkommen«, sagte Ava. »Lively, da Sie beim Fall Gilroy Western auf dem Laufenden sind, können Sie weiter mit DI Graham arbeiten. Ich setze Janet Monroe wieder bei den Morden an Fenella Hawksmith und Osaki Shozo ein. Einverstanden?«

Lively und Graham nickten.

»Wenn weiter nichts ist, sollten wir uns alle wieder an die Arbeit machen«, fügte Ava hinzu.

»Ich brauche noch eine Minute«, sagte Callanach.

»Kein guter Zeitpunkt. Ich muss eine Erklärung für die Presse fertig machen«, erwiderte Ava, setzte sich und nahm einen Notizblock aus der Schublade.

»Machen Sie sich keine Mühe, Ma'am. Der Evil Overlord hat das schon für Sie übernommen«, verkündete Lively grinsend.

»Schön. Eine Minute«, sagte Ava.

»Ich wüsste es zu schätzen, würden Sie eine ergänzende Erklärung niederschreiben, in der Sie bestätigen, dass Sie Gilroy Western nie begegnet sind«, sagte Graham leise, als er an Callanach vorbeiging. »In Anbetracht der Verbindung zu Jenson sollte diese Erklärung peinlich genau sein, und zwar bis ins kleinste Detail.«

»Auf jeden Fall«, stimmte Callanach zu und begegnete Grahams grimmigem Blick. Er war schlauer, als die Muskelberge vermuten ließen. Sein Aussehen tarnte seinen Scharfsinn nahezu perfekt. Graham wusste genau, dass hier mehr vorging, als man ihn wissen ließ. »Ich fertige sie noch heute Vormittag für Sie an.«

Lively und Graham verschwanden und unterhielten sich im Gehen schon über Taktik und Forensik.

Ava wartete, bis die Tür hinter ihnen fest geschlossen war. »Ehe du etwas sagst, denk gut nach«, warnte sie ihn und fummelte an ihrem Uhrenarmband herum. »Du hast gesagt, du wüsstest nichts über den Mord an Bruce Jenson, obwohl du kurz zuvor noch am Tatort warst. Ich weiß, dass du ein persönliches Interesse hast, dich an Western zu rächen. Also, wenn das alles nichts mit dir zu tun hat, warum zum Teufel sind dann beide tot, ermordet in dieser Stadt, und liegen Seite an Seite in der Scheiß-Leichenhalle?«

»Ich habe keine Ahnung«, antwortete Callanach und setzte sich.

»Steh auf«, zischte Ava. »Das wird keine gemütliche, informelle kleine Plauderei.«

»Ava …«

»Detective Chief Inspector«, korrigierte sie ihn. »Das bin ich für Sie, und von nun an werden wir einander formell ansprechen.«

»Wenn dir das hilft«, sagte er.

»Das tut es, aber was mir noch mehr helfen würde, wäre, absolut verdammt sicher zu sein, dass Sie keinen Auftragskiller auf die beiden Männer angesetzt haben, die Ihre Mutter vergewaltigt haben.«

Callanach holte tief Luft, ging zum Fenster und starrte hinaus in den Frühlingsregen, der die graue Straße benetzte. Edinburgh hatte selten so kalt ausgesehen. Selbst im tiefsten Winter hatte es freundlichere Tage gegeben. Hier stand er nun in einer Stadt, mit der ihn noch vor wenigen Jahren rein gar nichts verbunden hatte, einem Ort, der ihm gerade zwölf Stunden zuvor alles versprochen hatte, was er sich nur wünschen konnte, und der nun nur noch eine Geisterstadt war.

»Ich habe keinen dieser Morde eingefädelt. Ich habe niemandem gegenüber angedeutet, dass ich so etwas wollen würde. Ich habe diese ganze Sache mit niemandem außer meiner Mutter und Ihnen besprochen. Ich bin in keiner Weise in irgendein Verbrechen verwickelt. War es das, was Sie hören wollten, Detective Chief Inspector?«

»Sparen Sie sich den gereizten Ton. Diese Sache ist so weit über alles hinausgegangen, was ich erwartet hätte, dass wir beide gefeuert werden, sollte der wahre Grund für Ihren Besuch in Bruce Jensons Pflegeheim ans Licht kommen.«

»Und das ist der einzige Grund, warum Sie so sauer auf mich sind, richtig?«, fragte Callanach.

»Es ist der einzige Grund, über den ich im Moment nachzudenken bereit bin, aber da Sie es ansprechen, das, was ich letzte Nacht entdeckt habe, ist mehr als ausreichend, um berechtigte Zweifel an Ihrem Geisteszustand zu hegen.«

»Ich würde ja versuchen, Sie vom Gegenteil zu überzeugen, aber ich kenne diesen Gesichtsausdruck, also werde ich meine Zeit nicht vergeuden«, sagte er und ging zur Tür.

Ava erhob sich. »Sie sollten wissen, dass ich daran denke, Sie zu suspendieren, bis Pax Graham einen Verdächtigen in Gewahrsam hat. Ich glaube, das wäre besser für alle Beteiligten.«

»Sie meinen, es wäre besser für Sie, wenn ich nicht in der Nähe wäre.«

»Ich meine, es wäre besser für das MIT, wenn wir für uns beanspruchen können, das Richtige getan zu haben, sollte diese Kacke endgültig anfangen zu dampfen. Schreiben Sie die zusätzliche Erklärung, um die DI Graham gebeten hat, und dann sorgen Sie dafür, dass DS Tripp in allen Einzelheiten der Hawksmith-Shozo-Untersuchung auf dem neuesten Stand ist.«

»Und wie genau wollen Sie diese Entscheidung rechtfertigen, angesichts dessen, dass ich nach Jensons Tod zunächst weitergearbeitet habe?«, fragte er.

»Das ist gar kein Problem. Jenson hätte eine einmalige Sache sein können, die gar nichts mit Ihnen zu tun hat. Nun haben wir aber zwei Opfer, die beide mit Ihnen in Verbindung stehen, also hat sich ein Muster herausgebildet, das ich nicht länger ignorieren kann. Sie wissen, dass das Sinn ergibt«, fügte sie in milderem Ton hinzu.

»Ich weiß, dass wir Sinn ergeben«, sagte Callanach.

Ava starrte ihn mit ausdrucksloser Miene an. »Es gibt kein Wir«, erwiderte sie. »Schließen Sie die Tür, wenn Sie draußen sind.«

Rune Maclure kam ihm entgegen, als Callanach gerade gehen wollte, und bedachte beide mit einem ernsten Lächeln und einem warmherzigen guten Morgen.

»Das ging schnell. Danke, dass Sie sich gemeldet haben«,

sagte Ava, deutete auf einen Stuhl und wartete darauf, dass Callanach die Tür von außen schloss.

»Ich bin erstaunt, dass Sie mich so schnell empfangen können. Sie müssen doch alle Hände voll zu tun haben«, sagte Maclure. »Ich werde Ihre Zeit nicht lange beanspruchen, aber ich habe heute Morgen etwas in einem Online-Newsblog gelesen. Wenn ich das richtig verstehe, gibt es einen weiteren Todesfall mit verdächtigen Begleitumständen.«

»Das klingt vager, als es tatsächlich ist, fürchte ich. Es handelt sich definitiv um Mord.«

»Und der Name des Opfers lautet, soweit ich weiß, Osaki Shozo, japanischer Staatsangehöriger, der nach seiner Hochzeit hierher übergesiedelt ist?«

»Das ist richtig«, bestätigte Ava.

»Dann sollten Sie wissen, dass Mr Shozo vor einigen Tagen in unserer Einrichtung war. Ich würde sagen, er war suizidal, aber nicht so, wie ich es bei anderen Leuten erlebe.« Er legte eine kurze Pause ein. »Es war eher so, als würde er seine Möglichkeiten abwägen. Das klingt kalt und berechnend, aber so hat er auf mich gar nicht gewirkt. Wenn überhaupt, dann war Suizid eine Möglichkeit, die in Erwägung zu ziehen er sich aus kulturellen Gründen verpflichtet fühlte. Ich habe mein Bestes getan, um ihn umzustimmen. Mit einigem Erfolg, hatte ich gehofft.«

»Ich kann Ihnen versichern, Mr Maclure, was immer Sie ihm auch geraten haben, hatte keinen Einfluss auf Mr Shozos Tod. Ganz sicher nicht.«

»Darf ich fragen, was …«

»Stromschlag«, sagte Ava. »Ist Ihnen irgendetwas an dem Gespräch mit dem Opfer besonders in Erinnerung geblieben?«

»Ein Gefühl der Reue gegenüber seiner Familie in Japan, weil er der Meinung war, er habe sie enttäuscht. Es gab Schwierigkeiten in seiner Ehe, die in Ordnung zu bringen er sich nicht gerüstet fühlte. Sollte ich das eigentliche Problem benennen, dann war es wohl, dass Mr Shozo absolut konfliktscheu war, so sehr, dass er sich sehr schlecht hat behandeln lassen. Ich sollte hinzufügen, dass ich nur eine Seite der Geschichte gehört habe – zu Mrs Shozo hatte ich natürlich keinen Kontakt –, aber Osaki wirkte aufrichtig, und er hat nicht unnötig dramatisiert. Er schien auch weder Mitgefühl noch Unterstützung zu suchen. Nur Fakten und ein offenes Ohr. Wie ich bereits sagte, das war eine Sitzung, die sich für mich durchgehend sonderbar angefühlt hat.«

»Ich bin Ihnen dankbar, dass Sie mich informiert haben«, sagte Ava. »Wir versuchen gerade, Mr Shozos letzte paar Tage nachzuvollziehen, und diese Information füllt eine der Lücken.«

»Sie denken nicht, dass es, so kurz nach Stephen Berrys Tod … könnte es da einen Zusammenhang geben? Ich verstehe, dass Sie mir vermutlich nicht viel erzählen können, aber ich hatte heute Morgen so ein schreckliches Gefühl, kaum dass ich den Namen gehört habe. Das sind gleich zwei Leute, denen unsere Einrichtung kurz nacheinander geholfen hat, und nun sind beide …«

Ava ließ die eingetretene Stille wirken, während sie darüber nachdachte, wie sie antworten sollte. »Wir wissen nicht genau, wie oder warum Stephen Berry gestorben ist, Mr Maclure. Vermutlich haben die beiden Todesfälle nichts miteinander zu tun, trotzdem kann ich mir vorstellen, wie besorgniserregend und schlimm das für Sie sein muss. Darf ich fragen, wer Ihnen Ihre Fälle als Berater zuweist?«

»Bei uns wird jeder Besucher an der Tür in Empfang genommen und dem nächsten verfügbaren Berater vorgestellt. Es sind jeden Tag vier von uns dort, zwei machen außer Haus Besuche, und zwei andere haben frei. Wenn mehr als einer von uns Zeit hat, trifft derjenige, der die Person hereingebeten hat, spontan eine Entscheidung. Manchmal, wenn es eine Frau ist, bittet die

Person von sich aus um eine Beraterin, also gibt es bisweilen Abweichungen vom üblichen Schema. Wenn uns jemand anruft oder im Begriff ist, einen Suizid zu begehen, richtet es sich danach, wer geografisch am nächsten dran ist und helfen kann. Das ist also weitgehend vom Schicksal abhängig und davon, wer sein Mobiltelefon eingeschaltet hat.«

»Das hilft mir weiter, danke. Darf ich fragen, ob Ihnen der Name Fenella Hawksmith etwas sagt?«

»Ich fürchte nein, und der Name fällt wirklich auf. Das ist die Frau, die kürzlich in der Stadt tot aufgefunden wurde, richtig?« Maclure beugte sich vor und stützte den Kopf auf die Handflächen, die Ellbogen auf die Knie.

»Das stimmt. Ich frage mich gerade, ob es wohl möglich wäre, dass wir einen Officer zu Ihnen schicken, der die Besucherdaten prüft?«, fragte Ava. Nicht dass sie dafür eine Erlaubnis gebraucht hätte, aber es war immer besser, auf den guten Willen zu bauen, statt auf eine gerichtliche Anordnung.

»Aber sicher, wann immer Sie wollen. Unsere Aufzeichnungen sind knapp, lediglich die wichtigsten Daten zur Identifikation, dazu eine kurze Zusammenfassung des Beraters, die auch nur ein paar Zeilen füllt. Allerdings sind unsere Klienten nicht verpflichtet, uns irgendwelche Informationen zu geben. Und einige tragen falsche Daten in das Formular ein. Uns geht es in erster Linie darum, mit jedem zu reden, der uns braucht. Ich schätze, das ist vergleichbar mit Notfallmedizin. Formulare sind der unwichtigste Teil des ganzen Vorgangs. Es ist befremdlich, aber eine Tatsache, dass sowohl Todessehnsucht als auch die Bitte um Hilfe, um einen Suizid zu verhindern, in unserer heutigen Gesellschaft als beschämend und anormal angesehen werden können. Das ist einer der Gründe, warum wir es so schwierig finden, die Leute zu erreichen, die unsere Hilfe brauchen.«

»Ich verstehe. Wenn das so ist, könnten wir eventuell auch Fotos aller drei Verstorbenen mitbringen, um sie Ihren Mitarbeitern zu zeigen und zu sehen, ob irgendjemand sich erinnert, mit diesen Personen in Kontakt gekommen zu sein. Wäre das möglich?«

»Das klingt zweckmäßig«, sagte Maclure. »Wir haben einen ziemlich happigen Dienstplan, da einige unserer Berater Hausbesuche machen oder in Rufbereitschaft für Krankenhäuser oder Gefängnisse sind, daher kommen wir ziemlich weit herum. Ich werde Ihnen eine Liste mit allen Mitarbeitern beschaffen. Auf diese Weise können Ihre Officers die Leute schneller erreichen.«

»Das weiß ich zu schätzen. Sie waren wirklich sehr zuvorkommend, Mr Maclure.«

»Rune, bitte«, erinnerte er sie. »Und verzeihen Sie mir, wenn ich ausgerechnet diese grauenhaften Umstände zu meinem Vorteil nutze, aber das Angebot, Kaffee oder Tee – oder etwas Stärkeres –, liegt, sozusagen, noch auf dem Tisch. Ich hoffe, dass Sie sogar während eines so ernsten Falles das Revier von Zeit zu Zeit verlassen müssen.«

»Tatsächlich ist das momentan sehr schwierig.« Ava seufzte. »Mitten in den Ermittlungen gehört meine Zeit im Grunde gar nicht mir.«

Maclure lächelte. »Und Ihr Gesichtsausdruck sagt mir, dass eine Einladung zu einem Date nicht gerade das ist, was Sie derzeit brauchen, Fall hin oder her.«

»Mit Ihrer Beobachtungsgabe hätten Sie eine Laufbahn bei der Polizei einschlagen sollen«, entgegnete Ava freundlich und rang sich ein schiefes Lächeln ab.

»Oh, nein. Ich rede den Leuten Gewaltakte aus. Ich selbst kann kein Blut sehen, aber ich bewundere Leute wie Sie, die tun, was notwendig ist. Das muss Opfer von Ihnen fordern, die sich der Rest von uns schlicht nicht vorstellen kann«, sagte er und erhob sich. »Erlauben Sie mir wenigstens, Sie in ein paar Monaten erneut um ein Date zu bitten, wenn die Dinge hoffentlich wieder einfacher sind. Vielleicht im Frühsommer? Alles sieht immer besser aus, wenn die Sonne herauskommt.«

»Woher wissen Sie, ob Sie bis dahin immer noch Kaffee mit mir trinken wollen?«, fragte Ava aus ehrlicher Neugier, ohne Koketterie oder irgendwelche anderen Hintergedanken. Für Spielchen hatte sie nichts mehr übrig.

»Weil alle guten Dinge Geduld erfordern«, sagte Maclure. »Ich bin alt genug, um diese Dinge wenigstens erkennen zu können, wenn sie meinen Pfad kreuzen.«

Ava nickte. »Keine Versprechungen«, sagte sie. »Aber fragen dürfen Sie mich.«

»Gut«, sagte er sanft. »Ich beschaffe Ihnen alle nötigen Informationen über unsere Mitarbeiter. Geben Sie mir Bescheid, wann Ihre Officers vorbeikommen werden, um sich unsere Akten anzusehen. Wird DI Callanach dabei sein?«

»Wahrscheinlich eher Detective Sergeant Tripp«, sagte Ava und begleitete ihn zur Tür. »Callanach ist im Begriff, einen Urlaub anzutreten.«

Sie hatte keine Ahnung, wann Sie die Entscheidung getroffen hatte, doch in ihrem Kopf war sie plötzlich klar und unvermeidlich. Callanach konnte einfach nicht weiter beim MIT arbeiten, solange die Morde an Jenson und Western nicht aufgeklärt waren.

Rune Maclure schüttelte ihr zum Abschied die Hand. »Ich wünschte, wir hätten uns in irgendeiner anderen Situation kennengelernt. Heute herzukommen hatte etwas von einem sündigen Vergnügen.«

Ava sah ihm hinterher und dachte über seine letzten Worte nach, und ihr ging auf, dass sie seit einem Jahrzehnt nur im Zuge der Aufklärung von Gewaltverbrechen Männer kennengelernt hatte. Da verwunderte es wenig, dass jede Beziehung, die sie hatte, fehlgeschlagen war. Sie griff zu ihrem Telefon und wählte Callanachs Nummer.

Kapitel vierundzwanzig

13. März

Ava behielt die Uhr im Besprechungszimmer des MIT im Auge. Als sie auf acht sprang, stand sie auf und fing an zu reden, ohne auf die Polizisten zu achten, die immer noch hereintrudelten, oder sich von den Gesprächen im Hintergrund beirren zu lassen. Die eintretende Stille senkte sich weniger über den Raum, sie brach vielmehr über ihn herein. Die Verspäteten huschten eilig in eine Ecke und wechselten stumm Blicke unter hochgezogenen Brauen.

»Seit wir gestern Nachmittag die Akten einer landesweit agierenden Suizidpräventionsorganisation namens *Reach You* sichten konnten, behandeln wir den Tod von Stephen Berry offiziell als mutmaßlichen Mord. Der Tatort auf Tantallon Castle hat uns keinerlei Beweise geliefert, aber das war nach dem Sturm, der der Entdeckung der Leiche gefolgt ist, nicht anders zu erwarten. Wie dem auch sei, beide Opfer haben mit Rune Maclure gesprochen, einem Berater der Wohltätigkeitsorganisation, der für die Edinburgher Niederlassung arbeitet.«

»Was ist mit Fenella Hawksmith? Gibt es da auch eine Verbindung?«, fragte Janet Monroe.

»Zwischen ihr und *Reach You* konnten wir keine Verbindung entdecken – ein Team hat das gestern eingehend geprüft –, aber ihre Krankenakte verrät, dass sie wegen schwerer Depression und vorangegangenen Selbstmordversuchen in Behandlung gewesen ist und einige Zeit in mindestens einem Krankenhaus verbracht hat, in das ihr Hausarzt sie eingewiesen hat.«

»Haben wir es dann mit einer Art quasi-medizinischer Psychopathie zu tun? Denkt der Mörder, er erlöst diese Leute von ihrem Elend?«, hakte Monroe nach.

Ava mochte Janet Monroe. Sie legte eine kurze Pause ein, um über die Frage nachzudenken. »Möglich, aber unwahrscheinlich«, sagte sie dann. »Sie denken an so etwas wie das Todesengel-Syndrom, aber in diesen Fällen werden die Opfer typischerweise mit Medikamenten getötet, zumindest aber ohne extreme Gewalt. Diese Morde waren alle äußerst traumatisierend.«

»Es wirkt eher wie eine Bestrafung«, steuerte DS Tripp bei. »Diese Morde fühlen sich an wie Hassverbrechen.«

»Da stimme ich zu«, sagte Ava. »Also, ich möchte zurück zu Stephen Berrys Tod und sehen, was uns entgangen sein könnte. Die Forensik hatte uns nicht viel zu bieten, worauf wir uns stützen könnten. Stephen hat zuvor sehr öffentlich auf der Queensferry Crossing versucht, sich das Leben zu nehmen, und wir wissen, dass dort sowohl Fotos als auch Videos gemacht wurden. Dort war ein Mann, der gelacht hat. Diese Information haben wir von Mr Maclure erhalten, der Stephen Berry den Suizid ausgeredet hat, und es wurde von mehreren Officers, die vor Ort waren, bestätigt. Diesen Mann zu finden hat höchste Priorität. Ich will, dass wir die Identität sämtlicher Leute feststellen, die dort anwesend waren. Wir sollten die Kennzeichen der Fahrzeuge abfragen können, die hinter der Polizeiabsperrung angehalten haben, und die Fahrer können uns sagen, wer zu dem Zeitpunkt außer ihnen noch in ihrem Fahrzeug gesessen hat.«

»Dadurch erfahren wir aber nicht, wer die Person ist, die gelacht hat«, meldete sich jemand aus dem Hintergrund zu Wort.

»Nein, das erfahren wir nicht, aber wir werden sämtliche Personen, die wir ausfindig machen, nach Fotos oder Videoaufnahmen fragen, und das bringt uns vielleicht einen Schritt weiter. Wir gehen, wie ich schon sagte, inzwischen davon aus, dass Stephen Berry ebenfalls einem Mord zum Opfer gefallen ist. Es wäre denkbar, dass jemand am Schauplatz des Geschehens war, der ein dauerhaftes Interesse an Suiziden hegt und für den der Anblick eines Menschen, der in den Tod springen will, eine Art Auslöser war.«

»Aber wie kann der Täter von Fenella Hawksmith erfahren haben?«, fragte Tripp.

»Überprüfen Sie die Medienberichte in der relevanten Zeit. Sprechen Sie mit Mrs Hawksmiths Arzt, um herauszufinden, ob es einen öffentlichen Selbstmordversuch gegeben hat, der es in die Zeitungen geschafft haben könnte. Sehen Sie sich ihre Krankenakten an, finden Sie heraus, was zu ihrer Einweisung geführt hat. Ich habe bereits darum gebeten, dass Polizisten *Reach You* aufsuchen dürfen, um die Aussagen sämtlicher Mitarbeiter aufzunehmen und detailliert festzuhalten, inwiefern sie mit Berry und Shozo in Kontakt gekommen sind und wo sie sich aufgehalten haben, als die drei Morde begangen wurden.«

»Der Mörder kommt gerade erst in Fahrt, richtig?«, warf Janet Monroe ein. »Drei Leichenfunde in drei Wochen, ein Mord extremer als der andere. Wir werden proaktiv handeln müssen, um ihn zu schnappen, ehe noch jemand stirbt.«

»Was schlagen Sie vor?«, fragte Ava.

»Einen Versuch, seine Aufmerksamkeit zu wecken?«, meinte Monroe.

»Ich denke nicht. Es wäre schwierig, so etwas glaubwürdig einzufädeln, von der Gefahr ganz zu schweigen, und eine Suizid-Serie kann andere verzweifelte Menschen verleiten, den gleichen Weg einzuschlagen. Wir kennen so etwas von den Selbstmordpakten, die Teenager online schließen. Das Letzte, was wir brauchen, ist, eine Vorlage für so ein Muster zu liefern. Wenn wir das tun und andere Leute es nachahmen, könnten wir die Aufmerksamkeit des Mörders womöglich sogar auf die falsche Person lenken und ihm am Ende unabsichtlich helfen, sein nächstes Opfer zu finden.«

Monroe nickte.

»Also, DS Tripp wird für das Tagesgeschäft zuständig sein und ist mir direkt unterstellt. Ich will heute von allen Einsatz sehen, und wir hören nicht auf, bis wir etwas haben, womit wir arbeiten können.«

»Woran arbeitet denn DI Supermodel gerade?«, rief Lively.

Ava hatte nicht mitbekommen, dass er auch im Raum war. Sie holte tief Luft. Eigentlich hatte sie nicht vorgehabt, ihren Leuten die Neuigkeiten so brutal oder auch nur so schnell mitzuteilen, aber nun, da sie alle versammelt waren, schien das der einfachste Weg zu sein.

»DI Callanach ist derzeit beurlaubt. Wie sich herausgestellt hat, besteht ein Interessenkonflikt im Zusammenhang mit den Ermittlungen in den Fällen Jenson und Western, weshalb er sich aus der investigativen Arbeit zurückziehen musste, bis diese Angelegenheit beigelegt ist.«

Lively trat vor. »Gilroy Westerns durchgeschnittene Bremsleitungen sind mein Fall. Wie kommt es, dass ich darüber nicht informiert wurde?«

»Die Entscheidung fiel erst gestern Nacht zum Wohle aller Beteiligten. Auf Ihre Ermittlungen wird sich das nicht auswirken; tatsächlich hoffe ich, dass wir so zu einem saubereren Abschluss gelangen«, sagte Ava, ergriff ihre Akten und machte sich bereit zu gehen.

Aber so leicht ließ Lively sich nicht abspeisen. »Es mag sich nicht auf meine Ermittlungen auswirken, aber Sie haben einen dreifachen Mord am Hals, und in dem Fall hat Callanach die Ermittlungen geleitet. Meinen Sie nicht, das MIT würde gerade jetzt seinen erfahrensten Detective Inspector dringend brauchen? Nicht böse gemeint, Max«, fügte er an Tripp gewandt hinzu.

»Hab ich auch nicht so verstanden«, entgegnete Tripp leise. »Wenn Sie mich fragen, Ma'am, ich bin der gleichen Meinung. Das ist kein guter Zeitpunkt, um auf den DI zu verzichten.«

»Danke für Ihre Anregungen«, sagte Ava. »Meine Entscheidung wurde mit dem Detective Superintendent abgesprochen und ist aus rechtlichen Gründen irreversibel. Ich bin überzeugt, DI Callanach wird sich freuen zu hören, dass er so viel Unterstützung von seiner Einheit genießt, besonders, da sie auch von Leuten kommt, von denen er es vermutlich nicht erwartet hätte.« Sie warf Lively einen knappen Blick zu, wohl wissend, dass derartige Gehässigkeiten unter ihrer Würde sein sollten. »Ich bin sicher, Sie werden Ihren DI bald wiedersehen. Das ist alles.«

»Aus welchem Grund wurde Callanach von seinen Pflichten entbunden, falls ich fragen darf, Ma'am? Er ist auf keinen Fall in den Mord an Jenson oder Western verwickelt. Sie wissen das so gut wie jeder andere hier. Das ist einfach Schwachsinn«, sagte Lively.

Absolute Stille – ein Zustand, den man bei der Police Scotland nur selten erlebte – dehnte sich wie eine Kluft zwischen Ava und Lively aus.

Endlich, mit bleiernen Beinen und pochendem Schädel, durchquerte Ava den Raum, die Akten wie eine kugelsichere Weste vor der Brust umklammert, und blieb direkt vor ihrem Detective Sergeant stehen.

»Ich sagte, das ist alles. Sie haben zu arbeiten.«

Auf dem Rückweg zwang sie sich, einen Zwischenstopp einzulegen und Kaffee zu machen, um nicht den Eindruck zu erwecken, sie wäre davongelaufen und hätte sich versteckt. Die Gespräche, die nun hinter ihrem Rücken stattfanden, konnte sich Ava nur allzu gut vorstellen. Dass ihr die Beförderung nun wohl doch zu Kopf gestiegen wäre, dass sie ihr Urteilsvermögen verloren hätte, dass Luc Callanach unfair behandelt würde – trotz des ganzen Ärgers und all der Hänseleien, denen er ausgesetzt gewesen war, als er zur Police Scotland gestoßen war, wurde er jetzt plötzlich zu einer Art Lokalheld erhoben.

Langsam rührte sie ihren Kaffee um, gab unerklärlicherweise Zucker dazu, kostete ihn und schüttete ihn prompt ins Spülbecken, ehe sie unglücklich in ihr Büro zurückging. Das Gespräch am gestrigen Abend, bei dem sie Callanach die Neuigkeit über seine nicht disziplinarische temporäre Suspendierung bei vollem Gehalt überbracht hatte, war von Beginn an peinlich und steif gewesen und absolut einseitig abgebrochen worden. Von den eigenen Gefühlen völlig verwirrt, hatte Ava den Anruf frostig beendet, ehe sie allein in ihrem Büro heftig geweint hatte.

Sie war gerade lange genug nach Hause zurückgekehrt, um zu duschen und frische Kleidung anzuziehen. Schlaf, zumindest der Teil, der es erforderlich machte, ruhig dazuliegen und sich zu entspannen, begleitet nur von den eigenen Gedanken, war der Feind, den es um jeden Preis zu meiden galt.

Callanach hatte sein Schicksal klaglos akzeptiert, doch Ava hatte gewusst, dass er dabei weder an Bruce Jenson noch an Gilroy Western dachte, sondern versuchte, die Erinnerungen an seine frühere Suspendierung in Lyon, Frankreich, in Schach zu halten. Damals hatte man ihn nicht nur aus dem Dienst entfernt, sondern außerdem wegen einer Vergewaltigung festgenommen, die er nicht begangen hatte. Trotz ihrer harten Worte ihm gegenüber war sie in einem Punkt absolut sicher: Callanach war kein Vergewaltiger. Aber die Todesfälle, die das MIT untersuchte, machten ihr Sorgen. Wenn zwei Männer sich zusammentäten, um eine Frau zu vergewaltigen, die ihr am Herzen lag, in ihrer Vorstellung ihre inzwischen verstorbene Mutter, dann, das wusste Ava genau, hätte allen Konsequenzen zum Trotz nichts, absolut nichts sie daran gehindert, die Täter zu vernichten. Sollte Callanach es tatsächlich geschafft haben, die Zurückhaltung zu zeigen, die er in Bruce Jensons Gegenwart gehabt haben wollte, dann wäre das ein Wunder.

Das Telefon auf ihrem Schreibtisch klingelte, und Ava nahm geistesabwesend den Hörer ab.

»Turner, Overbeck hier. Sind Sie da?«, blaffte sie.

»Ja«, murmelte Ava. »Entschuldigung, ich versuche gerade, zu viele Dinge auf einmal zu tun.«

»Schon gut«, sagte Overbeck. »Es wird Sie nicht überraschen, dass ich gerade Besuch von DS Lively hatte. Ich dachte, dieses Mal bekäme er wirklich einen Herzinfarkt.«

»Ich war ihm gegenüber ziemlich hart«, sagte Ava. »Ich kann verstehen, dass er sauer ist. Es tut mir leid.«

»Dummes Mädchen. Ich rufe nicht an, um Sie zu disziplinieren. Sie sind seine Vorgesetzte, und er hatte kein Recht, Sie in so einer Weise anzugehen, besonders nicht in Anwesenheit der ganzen Truppe. Wenn Sie nicht kurzen Prozess mit ihm gemacht hätten, dann hätten Sie sich einen mächtigen Anschiss bei mir abholen können. Wie hat Callanach die Neuigkeit aufgenommen?«

»Ruhig«, entgegnete Ava.

»Hmmm«, machte Overbeck gedehnt. »Beziehungen über verschiedene Hierarchieebenen hinweg sind komplizierter Mist. Ich glaube nicht, dass Lively mich in seinen freien Stunden so bald wieder mit seiner Anwesenheit beehren wird.«

»Tut mir leid«, sagte Ava unbeholfen. Overbecks Beziehung zu Lively war der stets präsente Elefant im Raum.

»Muss es nicht. Lively und ich wussten beide, worauf wir uns eingelassen haben. Sie haben das Richtige getan, Turner. Wir können nicht riskieren, dass Callanach uns die Ermittlungen versaut. Wenn wir einen Verdächtigen verhaften und ein im Dienst befindliches Teammitglied Zeuge in dem Fall ist, würde die Verteidigung uns das Leben zur Hölle machen.«

»Danke«, sagte Ava. »Hat DS Lively das Problem verstanden, oder muss ich noch einmal mit ihm reden?«

»Das werden Sie schön bleiben lassen. Ich habe ihm erzählt, es wäre meine Entscheidung gewesen und Sie hätten sich dagegen ausgesprochen. Wahrscheinlich taucht er jede Minute mit einer Packung Schoko-Haferkekse auf, um sich zu entschuldigen.«

»Das hätten Sie nicht tun müssen, Ma'am«, sagte Ava, unangenehm berührt von dem Gefühl, die ganze Welt stünde Kopf. Sie und Overbeck auf der einen Seite, Callanach und Lively auf der anderen. Wer zum Teufel hätte solch eine Wendung der Ereignisse vorhersehen können?

»Doch, musste ich. Das gehört einfach dazu. Und ehe Sie jetzt vor Rührung feuchte Augen bekommen, sollten Sie wissen, dass es genau so laufen muss. Sie müssen diese Officers bändigen, die müssen Sie respektieren, und außerdem müssen sie Ihre Anweisungen befolgen *wollen*. Ich lasse mich um Ihretwillen von denen anschnauzen, und wenn ich von oben angeschnauzt werde, gebe ich es an Sie weiter, denn ich muss ein gutes Verhältnis zu *diesen* Leuten aufrechterhalten. Ich habe ja immer gesagt, dass Sie in Hinblick auf die Büropolitik ein bisschen schwerfällig sind. Also, kriegen Sie Ihren wehleidigen Arsch hoch – und bitte, streiten Sie es nicht ab, ich kann es in Ihrer Stimme hören. Sie werden sich viel besser fühlen, wenn Sie erst jemanden in Gewahrsam haben. Zumindest werde ich mich dann besser fühlen, was weitgehend auf das Gleiche hinausläuft.«

»Ja, Ma'am«, sagte Ava. »Und darf ich einfach sagen, ich weiß die Unterstützung wirklich …«

Sie sprach mit einer toten Leitung. Overbecks Markenzeichen, fiel ihr ein.

Pax Graham klopfte und trat ein, als sie noch daran arbeitete, sich aufzurappeln. So grob sie auch war, Overbeck hatte recht. Lively trottete in Grahams Schlepptau herein und umklammerte eine Packung Kekse. Allem Ärger zum Trotz fiel es Ava schwer, nicht zu lachen, als sie die Vollkornschokoladenkekse in seiner Hand sah.

»Ich hab den Kaffee vergessen«, sagte Lively, deponierte die Kekse auf Avas Schreibtisch, starrte die Packung an und wusste offensichtlich nicht, was er als Nächstes tun sollte.

»Das macht nichts. Danke«, entgegnete Ava, streckte die Hand aus und zog die Kekse etwas näher zu sich. Frieden schließen mit Hilfe von Backwaren, wie es nur Lively fertigbrachte. »Ich nehme an, es gibt etwas Neues?«

»Ja«, antwortete Graham und lehnte sich an den Rand von Avas Schreibtisch, während Lively den Stuhl beanspruchte. »Gilroy Westerns Frau sagt, er ist auf die Bitte von Jensons Rechtsanwalt hergekommen, denn im Anschluss an die Gedenkveranstaltung sollte die Testamentseröffnung stattfinden, und er war einer der Erben. In der E-Mail stand nicht, was Jenson ihm hinterlassen wollte, nur, dass er anwesend sein sollte.«

»Ich vermute, es gibt eine Kehrseite«, bemerkte Ava.

»Es gibt eine ›Kehrseite‹, eine, die noch größer ist als meine«, erwiderte Lively unwirsch. »Zeit und Tag der Gedenkfeier waren korrekt, aber eine Testamentseröffnung war gar nicht vorgesehen, da Jensons gesamter Besitz dem gemeinnützigen Krisenzentrum für Vergewaltigungsopfer zugutegekommen ist.«

»Hätte er also online die Daten für die Gedenkfeier überprüft, hätte er eine Bestätigung erhalten, aber es war das Versprechen, dass er die Reise nicht umsonst unternimmt, was sichergestellt hat, dass er auch wirklich kommt?«, fragte Ava.

»Das und die zusätzliche Verlockung in Form von etwas, das seine Frau als ›langfristige Liaison‹ bezeichnet, die er in Edinburgh hatte. Sieht so aus, als wäre er gerade auf dem Weg zu seiner Freundin gewesen, als der Unfall passiert ist. Er hatte ein paar hübsch verpackte Diamantohrringe bei sich. Nach der Aussage seiner Frau hätte sie davon nie erfahren sollen, aber sie weiß auch, wann man besser den Mund hält und die Dinge nimmt, wie sie kommen. Den Namen der Frau konnte sie uns nicht nennen, doch sie ist ziemlich sicher, dass wir Einzelheiten über Mr Westerns Telefonverbindungen erhalten können. Soweit ich mich erinnere, sprach sie in Bezug auf die Dame von einem billigen Dekoartikel von der Straße«, schloss Lively.

»Edelprostituierte?«, fragte Ava. »Spüren Sie sie auf und sprechen Sie mit ihr. Finden Sie heraus, wo sie in der Nacht vor Westerns Tod war und ob sie je Kontakt zu Bruce Jenson hatte. Prostituierte werden häufiger vergewaltigt als jede andere gesellschaftliche Gruppe.«

»Sie denken, es könnte einen Zusammenhang mit Bruce Jensons letzter monumentaler Entscheidung darüber geben, was aus seinem Geld werden sollte?«, fragte Graham.

»Ich denke, wir sollten uns erkundigen, ob Gilroy Western in letzter Zeit irgendwelche Änderungen an seinem Testament vorgenommen hat«, schlug Ava vor. »Er war ein Geschäftsmann, der über die Jahre viele Kontakte zu Anwälten gehabt haben muss, also wie konnte er auf eine falsche E-Mail hereinfallen?«

»Sie war gut gemacht. Wer immer sie geschickt hat, hat sich die Mühe gemacht, eine E-Mail-Adresse mit dem Namen der Kanzlei einzurichten. Sie haben die Daten der Kanzlei benutzt und das Logo kopiert. Unterzeichnet war sie mit dem Namen von Jensons persönlichem Anwalt. Das war keine Stümperei. Da wurde einfach nichts dem Zufall überlassen.« Lively sah auf seine Armbanduhr. »Ich sollte besser gehen. Wir haben die Technikfreaks auf sein Mobiltelefon angesetzt, und ich hoffe, die können mir inzwischen ein paar Antworten liefern. Ist es mir eigentlich überhaupt gestattet, mit DI Callanach zu sprechen, nur auf freundschaftlicher Basis?«

»Jetzt sind Sie schon Freunde? Habe ich im Koma gelegen, als das passiert ist?« Ava verschränkte die Arme vor der Brust.

»In Ordnung, ich hätte bei der Besprechung nicht so auf den Busch klopfen dürfen, aber es …«

»Sergeant, das hatte ich schon wieder vergessen, aber Sie dürfen keinen Kontakt zu Callanach aufnehmen. Er ist nicht ohne Grund beurlaubt worden. Sie sind mit einer Ermittlung befasst, vor der Callanach abgeschirmt werden muss. Jetzt Kontakt zu ihm aufzunehmen wäre das Schlimmste, was Sie tun können.«

»Ich versteh schon«, murmelte er. »Es ist nur, na ja, er und ich sind nicht immer gut klargekommen. Ich wollte ihm nur sagen, dass er sich auf die Unterstützung des Teams verlassen kann.«

»Er braucht die Unterstützung des Teams nicht, er braucht überhaupt keine Unterstützung, da er gar nicht in die Sache verwickelt ist, aber es wird ihn sicher freuen, das zu hören. Ich werde es weitergeben.«

»Gut, ich bin dann mal weg. Ich, äh, hatte vorhin einen Zusammenstoß mit dem Superintendent«, murmelte Lively, und sein Blick schoss kurz zu Graham, dann wieder zu Ava.

Im Herausreden war Lively etwa so gut wie im Diäthalten.

»Ich habe ebenfalls mit ihr gesprochen«, sagte Ava. »Sie steht hinter dem MIT, Sergeant. Vielleicht sollten Sie ihr ein bisschen mehr Vertrauen entgegenbringen.«

»Aye, vielleicht«, sagte er beim Hinausgehen düster.

Graham wartete, bis Lively ein gutes Stück weit den Korridor hinuntergegangen war, ehe er die unvermeidliche Frage stellte. »Alles in Ordnung? Es scheint, als hätten Sie einen ziemlich harten Tag.«

»Ich werd's überleben. Was sagt Ihr Bauchgefühl inzwischen über den Jenson-Western-Fall?«

»Ich glaube, das reicht weit zurück. Es geht entweder um etwas, worin beide verwickelt waren, oder um etwas, was zwischen ihnen stand und nie bereinigt wurde. Westerns Frau hat unmissverständlich gesagt, sie hätten schon seit einem Jahrzehnt nichts mehr miteinander zu tun gehabt.«

»Sind Sie denn sicher, dass die beiden Morde zusammenhängen?«

»Im Moment bin ich in keinem Punkt sicher, aber die E-Mail, die Western verlockt hat, zu Jensons Beerdigung zu kommen, das ist schon ein sehr merkwürdiger Zufall. Andererseits, warum nicht einfach nach Spanien fliegen und Westerns Bremsleitungen bei ihm zu Hause durchschneiden?«

»Vielleicht war dem Täter das Risiko zu groß, dabei ein anderes Familienmitglied zu töten«, mutmaßte Ava.

»Möglicherweise wollte er auch vermeiden, durch eine Auslandsreise eine Spur zu hinterlassen – Pass, Flugtickets, Kreditkarten.«

»Also schön, schauen Sie, was sich ergibt, und sagen Sie mir umgehend Bescheid. Jetzt, da Callanach im Zwangsurlaub ist, müssen wir die Sache unverzüglich aufklären.«

»Das muss schwer für Sie sein. Sie waren ja schon vor Ihrer Beförderung Kollegen. Ich kann mir gar nicht vorstellen, wie hart dieses Gespräch gewesen ist. Lassen Sie es mich wissen, falls ich irgendetwas für Sie tun kann, ja? Ach, und wir sind nie dazu gekommen, etwas zusammen zu trinken – nicht, dass irgendwer in Partystimmung wäre, wenn sich die Leichen stapeln. Erinnern Sie mich einfach daran, dass ich Ihnen noch ein Pint schulde, wenn das vorbei ist.«

»Ich werde Sie beim Wort nehmen«, sagte Ava und versuchte sich an einem Lächeln, wenngleich sie wusste, dass es gezwungen wirken musste.

Graham schlenderte aus ihrem Büro. Seinem Körperbau

zum Trotz bewegte er sich bemerkenswert geschmeidig. Viele große Leute neigten dazu, sich klein zu machen, aber Pax Graham schien zufrieden damit zu sein, den ganzen Korridor auszufüllen. Er war ein guter Mann. Aufmerksam. Im Moment vielleicht sogar ein bisschen zu aufmerksam für ihren Geschmack. Und was Einladungen zu Drinks und Kaffeeofferten betraf, so fiel es ihr schwer, sich an eine andere Zeit zu erinnern, in der sie so beliebt gewesen war. Die Wahrheit jedoch lautete: Rune Maclure oder Pax Graham in irgendeiner Weise zu Annäherungsversuchen zu ermuntern, war das Letzte, was sie derzeit wollte, so attraktiv und intelligent die beiden auch waren. Sie hatte nur einen Mann im Kopf, und wenn sie imstande gewesen wäre, alles, was sie zwei Nächte zuvor getan hatten, aus ihrem Gedächtnis zu löschen, hätte sie ohne zu zögern auf den Knopf gedrückt.

Callanach ergriff das Glas Rotwein, das er am Vorabend nicht mehr geleert hatte, und kippte den Inhalt auf einmal hinunter. Dann starrte er das leere Glas kurz an, ehe er es in hohem Bogen an die Küchentür warf. Die dabei entstandenen Scherben flogen quer durch den Raum und verteilten sich in jedem Winkel des Wohnzimmers. Nach Avas Telefonanruf war er umgehend in Jogginghose und T-Shirt geschlüpft und in einem Tempo durch Edinburghs Straßen gejagt, das sämtliche Muskeln in seinem Körper in Fetzen gerissen hatte. Der Schmerz an diesem Morgen war eine willkommene Ablenkung von der Tatsache, dass er kein Ziel und keine Aufgabe hatte, außer darauf zu warten, dass andere Leute ihre Arbeit taten, damit er wieder an seine zurückkehren konnte.

Es half ihm nicht, dass Ava recht hatte. Weiterzuarbeiten, während in einem Fall, in den er verwickelt war, ermittelt wurde, würde Ärger förmlich herausfordern – auch wenn er nur ein recht unwichtiger Zeuge war –, und Ava hatte eine Möglichkeit gefunden, ihn außer Dienst zu stellen, ohne seinen tiefen Hass gegenüber Jenson und Western zur Sprache zu bringen. Trotzdem fiel es ihm schwer, seine Wut unter Kontrolle zu halten. Es war, als könnte er noch so viel Einsatz zeigen, das Schicksal war fest entschlossen, ihm wieder und wieder eine reinzuhauen. Als hätte es nicht gereicht, dass er sein altes Leben in Frankreich hinter sich gelassen hatte, von seiner geschätzten Karriere bei Interpol ganz zu schweigen, hing nun schon wieder ein großes Fragezeichen über seinem Kopf. Die Anzahl der Skandale, in die man verwickelt werden konnte, ohne dass die Kollegen aufhörten, einen für unschuldig zu halten, war begrenzt. Früher oder später blieb etwas hängen. Und das Schlimmste daran war, dass seine Karriere nicht mehr den Verlust darstellte, der ihm wirklich zu schaffen machte. Er hatte etwas vermasselt, das viel kostbarer für ihn gewesen war.

Er verzog sich in sein Badezimmer, ließ sich zu Boden fallen und starrte in den Schrank, in dem er bis vor Kurzem Avas Schiefertafel versteckt hatte, unberührt und weitgehend vergessen. Zwar hatte er versucht zu erklären, was ihm durch den Kopf gegangen war, als er sie an sich genommen hatte, doch im Grunde hatte er nur geraten, welche Motive ihn getrieben hatten. Zu sagen, dass er damals ein emotionales Wrack gewesen war, war eine Untertreibung.

Seine Entscheidung, zur Police Scotland zu stoßen, hatte er beinahe schon in dem Moment bereut, in dem er auf der gepunkteten Linie unterschrieben hatte. Nur die Überzeugung, dass er seine Zeit mit etwas Gutem ausfüllen musste, wenn er nicht in tiefer Depression versinken wollte, hatte ihn bewogen, in den Flieger nach Edinburgh zu steigen. Das und das Gefühl, er würde, wenn er nicht in irgendeiner Form die Polizeiarbeit fortführte, zulassen, dass die Frau, die ihn beschuldigt hatte, Astrid, ihm wirklich alles nahm.

Und dann hatte er beim MIT Ava kennengelernt, versucht, sie auf Armlänge von sich zu halten, erkannt, dass sie viel zu stark und ehrbar war, um so etwas einfach hinzunehmen, und sich erlaubt, Freundschaft zu schließen. Genauso schnell war sie ihm wieder genommen worden – von einem Mann, der zu den bizarrsten Folterungen und Gewalttaten imstande war.

Einen persönlichen Gegenstand aus ihrem Zuhause mitzunehmen, war falsch gewesen, aber es war zu jener Zeit auch das Einzige, was ihm ein wenig Trost gespendet hatte. Und was die anderen Gegenstände betraf, so hatte er schlicht nach einem Weg gesucht, die Opfer für sich selbst bedeutsam zu machen, trotz der emotionalen Leere in seinem Leben. Die Gegenstände nach Abschluss der Ermittlungen nicht zurückzugeben, war Ausdruck sowohl der Verleugnung als auch der Scham.

Er starrte die Handtücher an, die immer noch auf dem Boden herumlagen und zuvor die Dinge getarnt hatten, die er genommen hatte. Wie so oft in seinem Fall, war die Dummheit aus einem Leben auf der Überholspur hervorgegangen, in dem es zu wenig Ruhe gab. Benutze ein Handtuch, wasche es und lege es oben auf den Stapel. Und ganz unten hatten derweil die Objekte gelegen, die drei verschiedenen Verbrechensopfern gehörten, unberührt, bis jetzt.

Es war eine Katastrophe. Endlich hatte Ava in seinen Armen gelegen, und nun konnte sie nicht einmal mehr seinen Anblick ertragen. Wenn es um Ermittlungen ging, mochte sie die besonnenste Frau auf Erden sein, doch in ihrem Privatleben regierte das Herz über den Verstand.

Langsam faltete er die Handtücher ordentlich zusammen, baute den Stapel wieder auf, packte ihn in den Schrank zurück und schloss die Türen. Dann stand er auf und räumte die Ablagen im Bad auf. Danach widmete er seine Aufmerksamkeit dem Schlafzimmer, glättete die Bettdecken und dachte an ein recht junges, aber berühmtes Zitat, demzufolge man, wenn man die Welt verändern wollte, zunächst einmal sein Bett machen solle. So trivial diese Arbeit auch war, hallte doch der Sinn der Worte in ihm nach.

Nachdem Astrid Borde ihn der Vergewaltigung beschuldigt hatte, war er in Introspektion abgeglitten; das war eine Sorte Wehleidigkeit, die er sich nicht leisten konnte. Sicher, die Auswirkungen seines derzeitigen Dilemmas waren nicht annähernd so schwerwiegend, aber dieses Mal würde er auch nicht davonlaufen. Es hatte ihn all seine Kraft gekostet, sich in Edinburgh einzurichten, und nur ein Narr würde das Ergebnis von so viel Mühe einfach verkommen lassen.

Im Wohnzimmer fegte er die Glasscherben zusammen und achtete darauf, dass es keine äußeren Anzeichen für das Chaos in seinem Kopf gab. Inzwischen war es Mittag. Die einfachste Option bestünde aus Kaffee und Toast, aber er zwang sich, Fisch zu grillen und einen Salat zuzubereiten.

Dann tat er das, was er wirklich nicht wollte. Er meldete sich bei seinem Freund Lance, verabredete sich mit ihm zum Abendessen und bereitete sich innerlich darauf vor, ihm alles zu erzählen. Wirklich alles, einschließlich sämtlicher Einzelheiten über das, was er zuvor hatte durchmachen müssen, und über das, was er derzeit durchmachte. Das war die letzte Hürde, lernen, wieder zu vertrauen, und er konnte nicht alles bei Ava abladen. Er musste so etwas wie ein Gleichgewicht in seinem Leben schaffen, ein Umfeld, in dem Familie, Freunde, Kollegen und Liebschaften sorgsam geschichtet waren.

Als er die Spülmaschine einräumte, kamen ihm Avas Worte wieder in den Sinn – wie etwa alle fünf Minuten, seit sie seine Wohnung verlassen hatte –, und sie hallten so schmerzhaft nach, dass er beinahe glaubte, er wäre nie mehr imstande, irgendetwas anderes zu hören. Der Mann, von dem sie gedacht hatte, sie würde ihn vielleicht lieben, das hatte sie gesagt. Er fragte sich, wie sehr sie das nun bereute.

Kapitel fünfundzwanzig

14. März

Die Krähe musste weder auf Scharfsinn noch auf Gewalt oder Überredungskunst zurückgreifen, um in das Bauernhaus zu gelangen. Er fühlte sich regelrecht betrogen. Die Leute in East Saltoun waren offenbar altmodisch und ließen ihre Türen bis spät in der Nacht unverschlossen. Er ging hinein, holte tief Luft und nahm einen kräftigen Hauch Mistgeruch wahr, der von einem Paar abgestellter Stiefel aufstieg, ehe er die unverkennbare Süße eines großzügig mit Zimt verfeinerten, frisch gebackenen Apfelkuchens kostete, die aus dem Ofen herbeiwehte.

Der bäuerliche Bewohner saß vermutlich vor dem Fernseher, wo er auch während aller vorangegangenen Besuche der Krähe gewesen war, auch wenn er sich bei diesen Besuchen noch darauf beschränkt hatte, durch die Fenster zu schauen. In Bezug auf Bauernhäuser stellten Hunde gewöhnlich das größte Problem dar, aber da er keine Schafe hatte, hielt sich der Eigentümer nur einen Köter, und der schien beinahe ununterbrochen vor dem Feuer zu schlafen. Seine Vermutung, dass das Tier halb taub war, beruhte darauf, dass es keine Reaktion auf einen Eindringling zeigte.

Er nahm sich Zeit und ließ Vorsicht walten, trotz der Tatsache, dass er inzwischen bestimmt längst unsichtbar war. Seine Macht nahm mit jedem Tag zu, und seit er die gefiederte Version seiner selbst verzehrt hatte, waren ihm erhebliche Verbesserungen seiner Sehstärke und seines Gleichgewichtssinns aufgefallen – echte Verbesserungen, keine eingebildeten, ganz egal, was andere sagen würden, sollte er jemandem davon erzählen.

Die Welt war grenzenlos. Diese Leute, die dachten, die Wissenschaft hätte schon alle Geheimnisse der Welt aufgedeckt, waren blind für Potenziale und abgeschnitten von den Mysterien des Universums. Die Krähe war unvoreingenommen. Er konnte folglich die Vorzüge empfangen, die die natürliche Welt ihm zu bieten hatte. Er hatte sich zu einem Kristallisationspunkt natürlicher Energien entwickelt.

Die, die ihn wahnsinnig nannten – diese bedeutungslosen kleinen Leute –, betäubten ihre Sinne mit elektronischen Spielzeugen, Bildschirmen, Maschinen, die sie fit halten sollten, Maschinen, die ihre Fitness messen sollten, Maschinen, über die sie Bücher lasen, die Liste war endlos. Er jedoch war unverfälscht, real und unverdorben. Natürlich hatte auch er ein Mobiltelefon – manchmal musste man sich gebräuchliche Güter aneignen, um arbeitsfähig zu bleiben und sich einzufügen –, aber er sah in derlei Accessoires, was sie wirklich waren: Leitungen, die die urtümliche Energie der Menschheit absaugten.

Dieses Mal war die Krähe besser bewaffnet. Neben der Handfeuerwaffe in seiner Tasche hatte er auch ein Schlachtermesser aus dem Messerblock in der Küche bei sich. Der Bauer mochte schon Mitte sechzig sein, aber er hatte sein ganzes Leben mit harter Landarbeit verbracht und war vermutlich immer noch stark und, was möglicherweise noch gefährlicher war, unerschrocken. Die Flinte des Bauern befand sich in einem Schrank im Hausflur, törichterweise in einem, in dem man sie schon sehen konnte, wenn man zum Wohnzimmerfenster hineinschaute; aber immerhin machte er sich die Mühe, sie wegzuschließen.

Krach ertönte im Obergeschoss. Darauf war er nicht vorbereitet. Er erstarrte, neigte den Kopf zur Seite, um den Ursprung des Lärms besser ausmachen zu können, setzte all seine beträchtlichen neuen Sinne ein, schnüffelte auf der Suche nach etwas, das ihm entgangen sein könnte. Nach einem Geruch, der nicht passte, zurückgelassenen Gegenständen, die auf die Gegenwart einer weiteren Person neben dem Bauern hindeuteten, der unverheiratet und kinderlos war. Der Grund dafür war das auf den ersten Blick erkennbare abscheuliche Narbengewebe, das sein Gesicht entstellte. Außerdem, so nahm er an, war dies auch der Grund dafür, dass der Bauer in der Vergangenheit schon viele Male versucht hatte, dieser Welt zu entfliehen, ehe die ihm zugeteilte Zeit abgelaufen war.

Mit Verbrennungsopfern ging die Gesellschaft grausam um. Das Glotzen, die ständige Zurückweisung, der Kontrast zwischen all dem, was die Gesellschaft als perfekt betrachtete, und dem, was ihm im Spiegel begegnete. Die Krähe konnte verstehen, wie schwer das war, nicht aber vergeben, was der Bauer getan hatte. Tiere saßen nicht herum, badeten in Selbstmitleid und wünschten sich zu sterben. Sie suchten Futter, töteten, fraßen, paarten sich, ungeachtet dessen, wie sie sich gerade fühlen mochten.

Sie waren strebsam. Das war das richtige Wort.

Überzeugt, dass der Lärm aus dem Obergeschoss lediglich von einer Tür stammte, die der Wind zugeschlagen hatte, zog er gemächlich die Pistole aus der Tasche und entsicherte sie. Nicht, dass er die Waffe gebraucht hätte – er zweifelte nicht im Mindesten an seinen physischen Fähigkeiten –, aber sie würde es ihm erheblich leichter machen, den Bauern zu bändigen. Der Punkt war, dass der Abend exakt so ablaufen musste, wie er es im Kopf durchgespielt hatte. Auf diesem Wege wäre sichergestellt, dass die Lebenskraft des Bauern auf ihn überginge. Dem Tod mussten Zirkularität und Bedeutung zukommen, anderenfalls würde er lediglich einen Mord begehen, und das würde sein ganzes Werk banalisieren.

Als er das Wohnzimmer betreten hatte, dauerte es noch ein paar Augenblicke, bis der Bauer ihn überhaupt bemerkte. Der alte Mann schnaubte vernehmlich, griff zu seiner Fernbedienung und schaltete den Fernseher aus.

»Ich habe meine Scheißsteuern bezahlt. Mir egal, ob Sie einen verdammten Gerichtsbeschluss haben. Ich habe selbst im Büro des Sheriffs angerufen und mich vergewissert, dass meine Akte geschlossen ist.«

»Ich bin nicht wegen Ihrer Steuern hier«, sagte die Krähe. »Und ich bin kein Sheriff.«

»Von der Polizei sind Sie auch nicht. Polizisten müssen sich ankündigen, ehe sie reinkommen. Sind Sie einer von diesen neuen Immigrationsscheißern? Ich hab's Ihnen doch gesagt, ich habe nichts zu verbergen.«

Nun stand er auf, beide Zeigefinger ausgestreckt, und kompensierte die aufkommende Verwirrung mit Zorn. Noch empfand er keine Furcht, aber das würde sich ändern.

»Sie haben eine Pistole?«, fragte er und starrte den kleinen schwarzen Gegenstand an, der in der Hand der Krähe weitgehend verborgen war und derzeit auf den fadenscheinigen Teppich zielte.

»Ja«, antwortete er und richtete die Waffe auf den Bauch des Bauern. »Ich weiß, dass Sie ebenfalls eine Schusswaffe haben, auch wenn die derzeit in ihrem Schrank ist, wie es sich für den gesetzestreuen Bürger gehört, der Sie bestimmt sind.«

Der Bauer sah zur Tür hinaus in den Hausflur, in dem gleich neben der Treppe sein Waffenschrank stand.

»Genau die, gleich da draußen. Sie müssen mir nur noch den Schlüssel geben.«

»Den Teufel werd ich, Sie dämlicher kleiner Arsch. Was wollen Sie schon machen, mich wegen einer kaputten alten Flinte erschießen?«

»Das ist genau das, was ich tun werde, wenn Sie ihn mir nicht geben. Das ist alles. Tun Sie, was ich sage, und schon bin ich auf dem Weg«, sagte die Krähe gelassen.

Der Bauer blickte wieder zum Korridor. Er war kurz davor, nachzugeben. Das fühlte die Krähe so unverkennbar, wie er riechen konnte, dass der Kuchen verbrannte, als die frühere Süße einem bitteren Kohlengeruch wich.

»Dann gehen Sie? Sie sind nur deswegen hier?«, vergewisserte sich der Bauer.

Die Krähe reagierte mit einem scheinbar auf seine Frage bezogenen Achselzucken. Was der Bauer nicht sehen konnte – was unsichtbar war für Sterbliche, die nie über ihr menschliches Selbst hinauswachsen würden –, das waren die großen Schwingen. Die Krähe spürte sie auf dem Rücken. Er flatterte kurz mit ihnen, und in seinem Geist füllten sie die hintere Wand des winzigen Wohnzimmers aus. Er fühlte, wie der Wind, den sie entfachten, sein Haar zerzauste.

»Sicher«, sagte er.

Der Bauer wühlte tief in der Tasche und zog einen rostigen Schlüsselbund mit vier oder fünf Schlüsseln hervor. Den kleinsten hielt er mit Daumen und Zeigefinger, als er langsam zum Waffenschrank ging.

»Ich mache das«, sagte die Krähe, streckte die Hand aus und zielte dabei weiter auf die Brust des Bauern.

Mit den Schlüsseln in der Hand ging er zum Schrank und signalisierte seiner Geisel, sie solle sich in die entgegengesetzte Ecke stellen. Er machte sich keine Sorgen, dass der Bauer fliehen könnte. Das Haus war eine gute Meile von allen anderen Gebäuden entfernt, und sollte er einen Schuss abfeuern müssen, um den Mann von der Flucht abzuhalten, wäre das Geräusch in einer bäuerlichen Umgebung, die daran gewöhnt war, im Bedarfsfall den Bestand an Füchsen und Dachsen zu reduzieren, für niemanden besonders überraschend. Die Krähe nahm die Flinte aus dem Schrank und sah nach, ob sie geladen war. Das war sie, was im Umgang mit Schusswaffen recht schlampig war, aber nützlich für ihn.

»Danke«, sagte er. »Ehe ich gehe, haben Sie im Erdgeschoss eine Toilette?«

»Sie benutzen nicht auch noch mein Scheißhaus, nachdem Sie schon meine Waffe haben. Schwirren Sie ab«, sagte der Bauer, der nun, da der Eindringling hatte, weshalb er gekommen war, wieder etwas mutiger wurde.

Die Krähe ignorierte das Gezeter. Darüber war er erhaben. Er öffnete zwei Türen, ehe die dritte lieferte, was er suchte.

»Kommen Sie her und stellen Sie sich hierhin«, wies er den Bauern an, dessen Gesicht in dem halb dunklen Hausflur weinrot aussah. Der Widerschein des Feuers in seinem Gesicht war wie eine grausame Parodie auf die Versehrung, die er bereits erlitten hatte. Aber das musste ihn nicht mehr lange bekümmern. Um den Bauern dazu zu bringen, seinem Befehl Folge zu leisten, richtete die Krähe beide Waffen auf ihn. Es funktionierte.

»Sie wollen mich einschließen, damit ich nicht die Bullen rufen kann, während Sie abhauen, geht's darum? Ich kann Ihnen die Mühe ersparen. Ich will die Polizei hier so wenig haben wie Sie, also gehen Sie ruhig«, versuchte der Bauer sich herauszuwinden.

Die Krähe ging nicht darauf ein, sondern nickte nur einmal in Richtung Tür. Der Bauer betrat den winzigen Abort, der seit Ewigkeiten nicht mehr tapeziert worden war. Allerdings war er blitzsauber, das musste man dem Mann lassen.

»Ich will, dass Sie sich da hinstellen und in den Spiegel sehen«, sagte die Krähe. »Sie können sich auf das Becken stützen, wenn das hilft.«

»Was soll das werden? Kommen Sie bloß nicht auf die schräge Idee, mich anzufassen, Sie kranker Wichser.«

»Da droht keine Gefahr. Sie will doch schon seit langer Zeit niemand mehr anfassen, hab ich recht? Tut es immer noch weh? Ich wette, es schmerzt bei Nacht. Wie lange haben Sie gebrannt, bis Sie gerettet wurden? Sie müssen gedacht haben, Sie würden sterben. Ich weiß, dass Sie seither viel Zeit mit dem Wunsch zugebracht haben, Sie wären damals gestorben.«

»Woher wissen Sie das?«, fragte der Bauer das Spiegelbild der Krähe. »Wer sind Sie?«

»Ich bin alles«, antwortete die Krähe. »Also, jetzt müssen Sie für mich den Lauf der Flinte seitlich an Ihren Hals halten. Hier, ich helfe Ihnen.« Die Pistole ins Kreuz des Bauern gepresst, hob er mit der Rechten die Flinte. »Sie legen einfach Ihren Finger auf den Abzug. Ich nehme Ihnen das Gewicht ab.«

Der Bauer beging den Fehler, ihm in die Augen zu sehen, ehe er seinen Zug machte. Die Krähe war lediglich überrascht, dass er sich so viel Zeit gelassen hatte, und er war bereit, als der Bauer sich nach hinten drückte, weg vom Waschbecken, und versuchte, eine schwere Faust zu schwingen und in seinem Gesicht zu platzieren. Die Krähe feuerte einen Schuss in die linke Schulter des Mannes ab, sorgfältig so gezielt, dass er nicht tödlich war, aber gefügig machte. Zu schade, dass dabei der Spiegel zersplitterte, was die Kulisse ruinierte, aber das ließ sich nun nicht mehr ändern.

»Ich glaube nicht, dass Sie einen langsamen Tod genießen würden«, flüsterte die Krähe, als der Bauer stolpernd gegen das Waschbecken stieß und sich die Schulter hielt.

Ein steter Strom scharlachroter Flüssigkeit rann über seine Brust und troff in das Becken. Der metallische Geruch breitete sich in der Luft aus, scharf und streng wie das Aroma des Endes.

»Also, versuchen wir es noch einmal.«

Nun weinte der Bauer – damit hatte er nicht gerechnet. Die Tränen zogen eine gewundene Bahn über die raue Haut seiner Wangen, trennten sich auf in verschiedene Rinnsale und machten sein Gesicht zu einem glitzernden, steinigen Terrain. Als die Krähe die Flinte erneut hob, blieb ihm keine andere Wahl, er musste die Finger des Bauern am Abzug festhalten. Die Hände des Mannes zitterten zu sehr, um ihn diesen letzten Akt ohne Hilfe vollziehen zu lassen.

Wieder krachte es im Obergeschoss. Der Bauer und die Krähe blickten im gleichen Moment zur Decke empor. Die Krähe hatte keine Angst, aber es war nur vernünftig, sicherzustellen, dass er nach all den aufwendigen Vorbereitungen nicht verlor, was er in Händen hatte. Der Bauer entglitt ihm allmählich. Blutverlust und Schock forderten ihren Preis.

Einen Arm um den Leib des Mannes gelegt, die andere Hand über dem Finger am Abzug, vergewisserte sich die Krähe, dass der Lauf nicht in seine eigene Richtung zeigte und drückte ab. In dem kleinen Raum klang der Schuss überwältigend. Es knallte so schmerzhaft auf den Trommelfellen der Krähe, dass er für einen panischen Moment fürchtete, sie könnten beide geplatzt sein. Der Farmer sank zu Boden, sein Kopf hing leblos über der Brust, und das frische Rot auf der Wand zu ihrer Linken illustrierte sein Ende auf perfekte Weise.

Der Mann, der nun auf die zickzackförmigen Überreste des Spiegels starrte, war nicht mehr menschlich, roh, eine Kreatur im Reifungsprozess. Fetzen von der Haut des Bauern tüpfelten sein Gesicht. Der Anblick erinnerte an ein unbezähmbares Raubtier. Die Krähe liebte ihn. Er wollte bleiben, wollte sein Bild anstarren, bis die Überreste des Farmers von seinem eigenen Fleisch absorbiert waren, bis er eins mit ihm wäre, aber da war noch diese andere Sache, diese unerwartete Komplikation.

Grollend wandte er sich von der bruchstückhaften Reflexion

ab und eilte, zwei Stufen auf einmal nehmend, die Treppe hinauf. Das Obergeschoss des Hauses bestand aus vier Räumen: drei Schlafzimmer und ein Badezimmer, nahm er an. Zuerst öffnete er die Tür zu seiner Linken mit einem Tritt, sodass seine linke Hand frei blieb, während die rechte die Waffe hielt. Dies war das Badezimmer. Der Duschvorhang war hilfreicherweise zurückgeschlagen, der einzige Schrank so klein, dass sich nicht einmal ein Kind hätte hineinzwängen können.

Hinter der nächsten Tür verbarg sich ein Raum, der zur Lagerung von Kisten, Koffern, alten Stühlen und einem künstlichen Weihnachtsbaum diente, noch immer behängt mit Lametta, das längst seinen Glanz verloren hatte. Rasch lief die Krähe zum Schrank und öffnete die Türen. Alte Kleidung fiel ihm entgegen und landete auf dem Boden. Er stieß ein kurzes, schrilles Gelächter hervor, das nicht ansatzweise nach seinem normalen Selbst klang. Es war ein nervöses Lachen, und das war ihm zuwider.

Er schritt zum nächsten Raum, blieb in der offenen Tür stehen und blickte sich um. Die geblümte Tagesdecke war ordentlich über das Bett gebreitet. Blumen standen auf der Fensterbank, und nicht ein schmutziges Wäschestück verunzierte den Boden. Nicht eines. Und da war ein Spiegel an der Wand gegenüber dem Kopfende des Bettes.

Das war falsch. Wozu brauchte ein Mann mit derart lebensverändernden Narben einen Spiegel, den er als ständige Erinnerung als Letztes am Abend und als Erstes am Morgen vor Augen hatte? Es sei denn, die Krähe hatte ihre Arbeit dieses Mal nicht ordnungsgemäß ausgeführt, doch das war undenkbar. Vielleicht hatte nicht der Wind die Tür zugeknallt. Vielleicht war wirklich jemand hier oben gewesen und hatte seiner Stimme gelauscht. War sie die Treppe hinuntergeschlichen und hatte sein Gesicht gesehen? Hatte sie bereits die Polizei alarmiert? Dieses Schlafzimmer, das ganze Haus, verriet einen weiblichen Einfluss, ging ihm nun verspätet auf. Von der geblümten Tagesdecke über den Apfelkuchen und das blitzsaubere Badezimmer bis hin zu dem Spiegel an der Wand.

»Komm raus, komm raus, wo immer du bist«, sang er, öffnete die Tür des Einbauschranks und grinste in den Hohlraum.

Und tatsächlich, da, inmitten der dicken Pullover und Wintermäntel, waren einige Damenshirts und Jeans. Er trat hinein, riss die aufgehängten Kleidungsstücke herunter und fegte die zusammengefalteten aus den Fächern. Nichts. Er sah unter dem Bett nach und war endgültig überzeugt. Nicht einmal eine verirrte Socke oder wenigstens ein Staubgewölle. Dies war nicht das Werk des Bauern.

Nun blieb nur noch ein letzter Raum.

Die Krähe bereitete sich innerlich auf die unerwartete Konfrontation vor. Diese Überraschung war einerseits beunruhigend, andererseits womöglich sogar von Nutzen. Eine zweite Lebenskraft im Zuge nur eines Vorgangs würde ihn stärker machen, als er sich je in einer einzigen Nacht gefühlt hatte, aber das gehörte nicht zu seinem Plan. Ein Leben zu nehmen, das vielleicht geschätzt worden war, das die Natur geschaffen und genährt hatte, könnte seine Evolution durcheinanderbringen.

Andererseits, gab es denn in der Natur wirklich irgendwelche Unfälle? Raubtiere jagten, wann und wo sie konnten. Sie nahmen, was immer ihren Pfad kreuzte. Sie vergeudeten ihre Zeit nicht mit evaluieren und philosophieren. Er atmete tief durch, einmal, zweimal, dreimal, und betrat dann den letzten Raum.

Es war ein Gästezimmer mit einem weiteren Einbauschrank und einem Doppelbett, das in der Ecke an der Wand stand. Den einzigen Farbtupfer im Raum lieferte ein Vorleger. Die Krähe lauschte einen Moment lang, sah auf der Suche nach blinkenden blauen Lichtern zum Fenster hinaus und gestand sich zum ersten Mal ein, dass er die Lage falsch eingeschätzt haben könnte. Er konnte unmöglich wissen, wie viel Zeit ihm noch blieb, um zu verschwinden, sollte die Polizei bereits alarmiert worden sein.

Knurrend riss er die Schranktür auf und zielte mit der Waffe hinein. Es handelte sich um einen Wäscheschrank, der stapelweise Handtücher und Ersatzdaunendecken, saubere Laken und Bezüge enthielt. Und weiter nichts.

Er hatte sich nur etwas eingebildet. Die knallende Tür war lediglich die Folge eines Windzugs. Der Gesichtsausdruck des Bauern, als er zur Decke hinaufgeblickt hatte ... Die geblümte Tagesdecke war vielleicht lediglich dem Einfluss einer Haushälterin zu verdanken, die einmal pro Woche herkam. Und warum sollte ein Mann keinen Apfelkuchen im Ofen haben? Wahrscheinlich hatte er ihn gekauft und gerade aus der Tiefkühltruhe geholt. Dennoch würde er nicht länger bleiben. Dieses Ereignis war ihm verdorben worden. Eine heiße Woge des Bedauerns spülte über ihn hinweg, während er dastand und das Blut eines anderen auf den Teppich tropfen ließ.

Wieder unten, blieb ihm noch eine Sache zu tun. Das Gesicht des Bauern war immer noch vollständig intakt. Zumindest dieser Teil seines Besuchs war glatt verlaufen. Er legte den Leichnam auf den Rücken, griff in seine Hosentasche und holte die kostbaren Objekte heraus. Sie anzuordnen war leichter, als er gedacht hatte.

Er hinterließ das Haus in tiefer Dunkelheit, schaltete alle Lampen im Erdgeschoss aus und stellte fürsorglich auch den Ofen ab. Die Polizei würde die Leiche früh genug entdecken. Es wäre nicht zweckmäßig, sie mit einer Rauchwolke zu früh herzulocken. Besser, sie hatte nur eine vage Zeitschiene als Anhaltspunkt. Bisher hatte sie sich als bemerkenswert inkompetent erwiesen, genau, wie es der Krähe gefiel.

Mariam hätte beinahe zu lange auf dem oberen Treppenabsatz gewartet. Der Eindringling war leichtfüßig. Von dem Moment an, in dem er die Treppe hinter sich hatte, war es ihr unmöglich gewesen zu sagen, welchen Raum er betrat. Um keine Geräusche zu verursachen, durch die sie zweifellos aufgeflogen wäre, blieb sie in dem kleinen Bereich im Sockel des Gästezimmerschranks, bis sie sicher war, dass er das Haus wieder verlassen hatte. Erst dann öffnete sie die alte obere Tür der zum Wohnhaus umgebauten ehemaligen Scheune und kletterte die Leiter hinunter zum Boden.

Hinter dem Efeu war sie praktisch nicht zu sehen, aber die Sprossen ließen sich mit den Füßen leicht genug ertasten. Als sie wieder auf festem Boden war, flüsterte sie ein kurzes Gebet. Der Bauer hatte dafür gesorgt, dass sie wusste, wie sie herauskäme, sollte es je notwendig sein – nicht, dass einer von ihnen je ernsthaft damit gerechnet hätte, zumal ihre Sorge allein einer Durchsuchung durch die Immigrationsbehörde gegolten hatte.

Sie rannte zu der neuen Scheune, kletterte dort über eine weitere Leiter in das obere Stockwerk, wo dreizehn weitere Immigranten bereits schliefen. Mariam rüttelte einen nach dem anderen wach und warnte sie, leise zu sein, obwohl der Wagen des Eindringlings längst fort war. Doch wenn es eines gab, was sie in ihrer Heimat Mali gelernt hatte, dann war es, dass Gefahr nie wirklich vorbei war und dass der Moment, in dem man aufhörte, wachsam zu sein, auch der war, in dem die Seele zum Himmel aufstieg.

Der Bauer hatte sie einigermaßen gut behandelt. Sie waren nicht direkt in der Sklaverei gelandet. Sie bekamen zu essen und zu trinken, warme Schlafsäcke und dem Wetter angemessene Kleidung. Im Gegenzug arbeiteten sie auf seinem Land, und Mariam war ausgewählt worden, um ihm den Haushalt zu führen. Sie besaß die besten Englischkenntnisse, ganz zu schweigen von der besten Figur. Es gab noch andere Dinge, die sie hatte erdulden müssen, um für die Sicherheit ihrer Kinder zu sorgen, aber verglichen mit der Verfolgung und der Armut, denen sie in ihrem Heimatland ausgesetzt gewesen war, schien es ihr den Preis wert zu sein.

Der Bauer war kein übler Kerl. Nur einsam, verzweifelt und bereit, vom Unglück anderer zu profitieren, wenn sich die Gelegenheit ergab. So wie mehrere Milliarden anderer Menschen auf der Welt. Den Sex hatte sie nicht gemocht, aber er hatte ihr einen Platz in einem richtigen Bett und anständige Mahlzeiten eingebracht. Meistens hatte sie sogar heimlich ihren Sohn und ihre Tochter mit zusätzlichem Essen versorgen können. Zum Schutz ihrer Kinder hätte sie weit Schlimmeres über sich ergehen lassen.

Nun war der Bauer tot, und sie mussten gehen. Sie hätte auch ohne den Schuss gewusst, dass Blut vergossen worden war. Mariam war dem Tod über die Jahre zu oft begegnet, um seinen schwarzen Gestank nicht zu erkennen. Sie flüsterte lange und leise mit der kleinen Gruppe illegaler Einwanderer, die eine Nachricht wie diese an jedem einzelnen Tag gefürchtet, sich jedoch auch darauf vorbereitet hatten. Binnen vier Minuten war all ihr weltlicher Besitz gepackt. Sie nahmen einen Weg, der weit von der Hauptstraße entfernt über das Land des Bauern führte, und hielten sich, so gut sie konnten, im Schatten der Bäume, stets nur zu zweit oder dritt mit Abstand zu allen anderen, damit sie, sollten sie gesehen werden, nicht zu viel Aufmerksamkeit erregten.

Mariam war nur noch einmal ins Haus zurückgegangen, ehe sie aufgebrochen waren. Ohne sich dem Mann zu nähern, dessen Bett sie seit beinahe einem Jahr geteilt hatte, verabschiedete sie sich, füllte einen Rucksack mit Proviant, leerte seine Brieftasche – überzeugt, dass er unter diesen Umständen keine Einwände hätte, schließlich hatten sie alle noch Lohn zu bekommen – und nahm sein uraltes Mobiltelefon an sich.

Trotz des Mangels an Optionen und der Sexbeziehung, die sie nur unter Zwang eingegangen war, bedauerte sie, nun gehen zu müssen. Der nächste Schritt führte sie ins Ungewisse. Sollten sie stehlen müssen, um zu essen zu haben, würde man sie früher oder später erwischen. Sie konnte nur raten, was dann geschehen würde. Inhaftierung wäre die beste Option. Eine erzwungene Rückkehr nach Mali – zu Krankheit, Arbeitslosigkeit und ständiger Gewalt – war unvorstellbar schlimm.

Stundenlang wanderten sie, bis sie eine Reihe aufgegebener Gewächshäuser fanden, in denen sie bis zur Nacht ausharren konnten. Erst dort machte sie ihren Anruf und hielt ihn so kurz wie nur möglich. Doch sie rief nicht die Polizei an. Die zeichnete die Gespräche auf. Viele Leute begingen den Fehler zu glauben, illegale Einwanderer wären dumm. Doch die Wahrheit lautete, dass sie auf eine Art, so schlimm, dass sie nicht einmal daran denken mochte, einfallsreich und tatkräftig hatte sein müssen, um ihre Familie in Sicherheit zu bringen und einen Mann zu finden, der bereit war, sie aufzunehmen. Sie verfügte nicht über den Luxus, ein Wort wie »dumm« in ihrem Vokabular zu behalten. Und folglich rief sie im örtlichen Pub an, dessen Nummer zu den wenigen gehörte, die der Bauer in seiner Kontaktliste eingetragen hatte.

»Morgen, Glatzkopf«, meldete sich eine Stimme. »Was kann ich so früh am Tag für dich tun?«

»Er ist tot«, sagte Mariam schlicht und tat ihr Bestes, um ohne erkennbaren Akzent zu sprechen. »Rufen Sie die Polizei zum Hof.«

Sie beendete das Gespräch, zog die SIM-Karte aus ihrem Fach auf der Rückseite des Telefons und zertrat sie unter ihrem Stiefel. Die Wirtin des Pubs war eine gute Frau, das zumindest schloss sie aus den Dingen, die der Bauer über sie erzählt hatte. Mehr konnte Mariam nicht tun. Der gesunde Menschenverstand verlangte eigentlich, gar nicht anzurufen, aber es gab nun einmal auch Richtig und Falsch, und diese beiden überschnitten sich nur selten. Den Bauern, dessen halber Kopf weg war, nach was immer der Fremde ihm angetan hatte – sie hatte es nicht über sich gebracht, genauer hinzusehen –, einfach dort liegen zu lassen, war falsch.

Der Mörder war irgendwo dort draußen, und was wäre sie für ein Mensch, würde sie ihn einfach entkommen lassen, nur um ihre eigene Freiheit zu wahren? Ein Mann, der so tötete, würde wieder töten. Ihr eigener Ehemann hatte einen Kopfschuss aus der Hand von Räubern erlitten, weil er sich geweigert hatte, ihnen sein einziges Paar Schuhe zu geben. Ein furchtbarer Mensch wäre sie, würde sie zulassen, dass solche Leute frei herumliefen. Die Polizei in Mali hatte kaum mit den Schultern gezuckt, überfordert, unzureichend ausgestattet und zu besorgt um die eigenen Familien, um mehr zu tun, als den Vorfall schriftlich festzuhalten. Aber dies war Schottland. Dies war eine Welt, in der die Polizei etwas tun konnte und würde. Mariam betete darum, dass ihre Kinder dadurch nicht zu Schaden kommen würden.

Kapitel sechsundzwanzig

15. März

Als Ava an dem Bauernhaus eintraf, war die forensische Untersuchung bereits in vollem Gange. Dr. Ailsa Lambert war gekommen und wieder gegangen, und die Leiche sollte abtransportiert werden, sobald das MIT sie vor Ort gesehen hatte. Das Opfer war, wenn auch die offizielle Identifizierung noch ausstand, der Landbesitzer Jon Moffat, wie die Person mitgeteilt hatte, die das Verbrechen vom örtlichen Pub aus gemeldet hatte. Uniformierte waren bereits dabei, ihre Aussage aufzunehmen, und dreißig zusätzliche Officers waren aus allen Teilen der Stadt herbeordert worden, um den Tatort zu sichern, die Straßen in der weiteren Umgebung zu sperren und alle, die die Sperren passieren wollten, zu fragen, wo sie sich aufgehalten hatten.

Dass DS Max Tripp scharf Luft holte, als er die Leiche sah, war Ava Warnung genug, ehe sie um die Ecke bog, um selbst einen Blick auf den Toten zu werfen.

»Wollen Sie draußen warten?«, fragte Ava ihn.

»Ist schon gut, Ma'am. Ich habe schon vorher einige Leichen gesehen. Ich hab's gleich wieder im Griff«, antwortete Tripp und schnappte nach Luft – nicht, dass das in Anbetracht des Gestanks an diesem Ort besonders hilfreich sein dürfte.

»Niemand sollte einen Leichnam in so einem Zustand sehen müssen, Sergeant, und der Tag, an dem Sie sich daran gewöhnen, wird auch der Tag sein, an dem ich anfange, mir Ihretwegen Sorgen zu machen. Wir werden später mehr als genug Fotos haben. Gehen Sie los und erkundigen Sie sich, was sonst noch gefunden wurde. Das hier übernehme ich.«

Ohne ein weiteres Wort zog Tripp ab. Dem jungen Officer war kein Vorwurf zu machen, weil ihm der Anblick den Magen umdrehte. Wie so oft ermahnte sich Ava in Gedanken, dass sie irgendwann in der Zukunft eine Möglichkeit finden musste zu schlafen, kniete sich hin und zwang sich, den zusammengesunkenen Leichnam genauer in Augenschein zu nehmen.

Das Gesicht des Mannes war schlimm verbrannt, was, so wie es aussah, vor langer Zeit passiert sein musste, und seine Kehle war weg. Der Kopf war nur noch durch das Rückgrat mit dem Körper verbunden. Aber das war nicht das, was Max Tripp und allen anderen, die an diesem Tatort arbeiten mussten, Albträume bereiten würde. In beiden Augen steckte eine lange, glänzende schwarze Feder. Eine viskose Flüssigkeit, vermengt mit Blut, war über die Wangen gelaufen, was den Eindruck erweckte, das Opfer hätte über sein Schicksal geweint, so wie Ava es später tun würde. Ganz gleich, wie abgehärtet sie war, sie hatte stets ein paar Tränen für Opfer übrig, die so entsetzlich hatten leiden müssen. Sie rief Ailsa an und verzichtete auf jegliches Geplauder.

»Wurde er zuerst erschossen, oder war er noch am Leben, als man ihm die Federn in die Augen gesteckt hat?«

»Ich bin sicher, dass er erst erschossen und der Schaden an seinen Augen post mortem angerichtet wurde. Ich werde die Federn einem Ornithologen schicken, sobald wir sie in der Leichenhalle entfernt und sämtliche Spuren von ihnen gesichert haben.«

»Wie lange ist er schon tot?«, fragte Ava.

»Geschätzt zwölf Stunden. Also, warum stellen Sie mir nicht die Frage, die Ihnen wirklich auf der Seele liegt?«

»Wir sollten die Jobs tauschen«, bemerkte Ava. »Nicht, dass ich für Ihren qualifiziert wäre.«

»Nie!«, rief Ailsa. »Ich muss mich nur mit Leuten befassen, für die ich Mitgefühl aufbringen kann. Sie sitzen mit Männern und Frauen, die diese bösen Taten begehen, in kleinen Räumen. Da ziehe ich es vor, meine Zeit mit Toten zu verbringen, vielen Dank auch.«

»Das ist ein Argument. Und, ja, wenn Sie mich zwingen, es auszusprechen: Ist das wieder das Werk der Person, die Fenella Hawksmith und Osaki Shozo ermordet hat?«

»Was meinen Sie?«, fragte Ailsa.

»Mein Bauch sagt ja, aber ich habe keine eindeutigen Beweise dafür. Neue Mordmethode. Ich weiß nichts über das Opfer, außer dass es irgendwann in der Vergangenheit schwere Verbrennungen erlitten hat. Kabelbinder gab es dieses Mal auch nicht. Aber das Ausmaß der Gewalt, die enorme Verwüstung, das fühlt sich gleich an. Allerdings verstehe ich nicht, was es mit den Federn auf sich hat. Wenn das derselbe Mörder ist, warum haben wir die dann nicht schon früher zu sehen bekommen? Meinen Sie, es ist derselbe Täter?«

»Ja, aus genau den Gründen, die Sie gerade genannt haben. Auf wissenschaftlicher Basis kann ich Ihnen derzeit noch nichts anbieten, worauf sie Ihre Ermittlungen aufbauen können, aber die einfachste Erklärung ist gewöhnlich auch die richtige. Sie haben einen Serienmörder, der noch in der Anlaufphase ist. Um ehrlich zu sein, wir haben alle auf das nächste Opfer gewartet. Solange wir weder DNA noch Fingerabdrücke oder verlässliche Zeugen haben, können Sie nicht sicher sein, aber wir haben es mit einem Ausmaß an Gewalt und Herabsetzung zu tun, zu dem nur wenige Menschen fähig sind. Um unser aller willen hoffe ich ernsthaft, dass es nur ein Mörder ist. Die Vorstellung, dass zwei dermaßen psychotische Personen zur gleichen Zeit in dieser Stadt morden, ist unerträglich.«

Ava legte auf und machte sich auf die Suche nach DS Tripp.

Sie entdeckte ihn in einer neu aussehenden Scheune, ein paar Felder vom Haus entfernt, wo andere Officers hastig Scheinwerfer aufbauten und Gegenstände in Beweismittelbeutel legten.

Ava kletterte die Leiter zum oberen Bereich der Scheune hinauf, um nachzusehen, was der Wirbel zu bedeuten hatte. Mehrere Müllbeutel, gefüllt mit Essensverpackungen und anderen Abfällen, waren zwecks Inspektion aufgeschnitten worden, und in einer Ecke befand sich ein Stapel aus vier großen Wasserkanistern. Ein paar schäbige Decken lagen noch herum, zusammen mit Schuhen, die vorwiegend aus Löchern statt Leder bestanden, und Kleidung, die eindeutig nicht für das schottische Wetter gefertigt worden war.

»Wir nehmen an, dass hier mehrere Leute eine Weile gelebt haben«, sagte Tripp, der hinter ihr aufgetaucht war.

»Der Bauer muss das gewusst haben. Wahrscheinlich hat er ihnen eine Unterkunft im Gegenzug für billige Arbeitskräfte geboten«, mutmaßte Ava.

»Also waren das entweder obdachlose Kinder oder Leute, die aus irgendwelchen Gründen in Not geraten sind, vielleicht Kriminelle, die nirgends hinkönnen und keine andere Arbeit finden …«

»Oder illegale Einwanderer«, beendete Ava den Satz an seiner Stelle. »Wir müssen sämtliche Gegenstände auf DNA untersuchen, um die Leute zu identifizieren, die sich hier aufgehalten haben. Hier liegt kein Staub, und es gibt auch keine Spinnweben, was dafür spricht, dass sie erst vor kurzer Zeit und in aller Eile verschwunden sind.«

»Denken Sie, einer von denen ist dafür verantwortlich, Ma'am?«, fragte Tripp.

»Möglich ist alles, Sergeant. Aber zunächst muss ich ein Motiv herleiten können. Der Leichnam wurde inzwischen zur Leichenhalle abtransportiert. Ich dachte, Sie möchten sich vielleicht mit mir zusammen den Rest des Hauses ansehen.«

Sie gingen den Weg, den sie gekommen waren, zurück zum Haus und wichen den Einheiten aus, die dabei waren, jeden Zentimeter Feldweg auf Reifenabdrücke zu untersuchen.

Ava kontrollierte die Haustür. Sie war verschlossen und von der Innenseite mit einem Riegel gesichert. Alle Fenster im Erdgeschoss waren intakt und gleichermaßen geschlossen.

»Also ist der Mörder zur Hintertür hineingelangt, aber es gibt keinen Hinweis auf gewaltsames Eindringen. Entweder hat das Opfer ihn reingelassen, oder er ist einfach hineinspaziert, als die Tür unverschlossen war«, konstatierte Tripp. »Keine Waffe im Schrank, daher nehmen wir an, dass die, die auf dem Boden neben der Leiche gefunden wurde, dem Bauern gehört hat.« Tripps Telefon klingelte. »Entschuldigen Sie, ich muss da drangehen«, sagte er und zog sich ins Wohnzimmer zurück.

Ava stieg langsam die Treppe hinauf. Sie trug zwar Handschuhe, berührte das Geländer aber dennoch nicht, um keine Fingerabdrücke zu verwischen. Hier und da waren dunkelrote Tropfen zu sehen, doch die Gewalt schien sich ausschließlich im Erdgeschoss abgespielt zu haben. Welchen Grund könnte der Mörder gehabt haben, nach der Tat nach oben zu gehen? Er müsste doch so schnell wie möglich aus dem Haus rausgewollt haben. Der Schuss könnte bei Nacht über eine ziemlich große Entfernung gehört worden sein. Außerdem hatte er den Tatort mehr als nötig kontaminiert, etwas, das er bei allen anderen Tatorten sorgsam vermieden hatte, zumindest falls – und sie sah ein, dass das ein großes Falls war – es sich wirklich um den Mann handelte, der die anderen Opfer umgebracht hatte.

Am Kopf der Treppe hielt sie inne. Entweder hatte der Mörder etwas gesucht, obwohl die Federn verrieten, dass Raub nicht sein primäres Motiv war, oder er hatte Angst bekommen. Dies war ein altes Haus, da war es gut möglich, dass ihn knarrende Bodendielen erschreckt hatten. Andererseits gab es da einen verbrannten Apfelkuchen, den die Forensiker auf den Küchentisch gestellt hatten. Einen großen Kuchen. Zu groß für einen Mann allein. Der Bauer war nicht hager, aber auch alles andere als korpulent. Auf jeden Fall hatte er nicht die Art Figur, die sich beim Verzehr ganzer Kuchen am Abend einzustellen pflegte.

Von der Treppe aus gesehen im Uhrzeigersinn nahm Ava sich einen Raum nach dem anderen vor, kontrollierte jeden Schrank und suchte nach Hinweisen auf weitere Bewohner. Im Hauptschlafzimmer fiel ihr die geblümte Tagesdecke auf, und da war noch etwas. Zusammen mit einer Zeitschrift über Fliegenfischen und einer Taschenlampe lag in der Schublade eines Nachttischs eine halb leere Packung Kondome. Jemand war hier gewesen, regelmäßig genug, dass Jon Moffat für Geschlechtsverkehr vorgesorgt hatte. Sie verdrängte die Erinnerung an die letzte Gelegenheit, zu der sie selbst eben dieses Produkt gesucht hatte, und mit ihr den flammenden Schmerz, der sie bei dem Gedanken überfallen hatte, und konzentrierte sich auf ihre Arbeit. Nichts half so gut, die eigenen Prioritäten zu ordnen, wie ein brutaler Mord, dachte sie.

Im letzten Raum öffnete Ava einen Einbauschrank, bemerkte einen blutigen Handabdruck auf der Innenseite der Tür und rief den Tatortermittlern zu, sie sollten herkommen und ihn fotografieren. Als sie dann in den Schrank trat, fiel ihr nahe der Rückwand das hohl klingende Geräusch auf, das ihr Fuß auf dem Boden hervorrief.

»Tripp«, rief sie und trat Bettwäsche aus dem Weg. »Gästezimmer. Sofort!«

Sie schlug kraftvoll auf den Boden. Trotz des Teppichs, mit dem er ausgelegt war, war der hohle Klang unverkennbar, besonders im Vergleich zu dem soliden Boden drum herum. Als sie mit einem Finger über den Rand des Teppichs strich, traf sie auf eine Kabelschlinge. Geschickt. Und schwer zu finden. Für jemanden, der nicht danach suchte, würde das aussehen wie eine gewöhnliche Stromleitung.

Ava schob die Finger in die Schlinge und zog. Die Bodenbretter waren samt Teppich zu einer Falltür zusammengenagelt worden. Unter ihr war es finster. Langsam kletterte Ava die steilen Stufen hinunter, die seltsamerweise zur Außenmauer des Hauses zu führen schienen.

»Was gibt es?«, hörte sie Tripp im Korridor rufen.

»Falltür. Gehen Sie in den Schrank«, antwortete Ava. »Eine Art Versteck. Historisch gesehen braucht man so etwas bei dieser Art Haus nicht, und es ist neu genug, um mit einem modernen Teppich getarnt zu sein. Aber es scheint nirgendwohin zu führen …«

»Ma'am«, rief Tripp entsetzt, als ihr letztes Wort in einen Aufschrei überging, den er halb aus dem Schrank und halb durch das offene Schlafzimmerfenster hörte.

Hastig sprang er in das Loch und sah sie aus einer winzigen Tür hängen, die in die kalte Nachtluft hinausführte. Tripp zog sie zurück, und sie landete am Fuß der Stufen mehr oder weniger auf ihm.

»Alles in Ordnung?«, fragte er keuchend.

»Es würde mir besser gehen, wenn ich aufhören könnte, von hohen Mauern zu stürzen«, schnaubte sie. »Was in Gottes Namen ist das?«

»Bleiben Sie hier«, sagte Tripp. »Warten Sie, bis Sie meine Stimme hören, ehe Sie die Tür erneut öffnen.«

Als Ava wieder zu Atem gekommen war, rief Tripp bereits, sie solle die Tür öffnen. Vorsichtig tat sie es, drückte sie mit dem Fuß auf und hielt sich vom Rahmen fern.

»Hier ist ein großes Efeugitter, aber ich glaube, dahinter gibt es noch ein Gerüst, das eher so aussieht wie eine Leiter«, informierte er sie.

»Also hat der Bauer irgendwann mit Besuch gerechnet«,

stellte Ava fest. »Das erklärt, warum unser Mörder, als er mit Mr Moffat fertig war, die Treppe hinaufgestiegen ist. Wenn er den Verdacht hatte, er hätte Schritte gehört, musste er sich vergewissern, dass außer ihm niemand im Haus war. Und bis er hier oben war, hat sich unser Zeuge bereits in dem Loch versteckt, bereit, die Leiter hinunterzuklettern.«

»Und die muss man dem Zeugen gezeigt haben. Wir sind auf dem Weg zur Hintertür direkt daran vorbeigegangen, ohne sie zu sehen. Zufällig hätte die niemand entdeckt.«

»Im Schlafzimmer ist eine Packung mit Kondomen«, sagte Ava. »Unser Opfer mag nicht verheiratet sein, aber ich glaube nicht, dass er ganz allein war.«

»Das ergibt Sinn«, stimmte Tripp zu. »Ich habe gerade mit der Wirtin des hiesigen Pubs telefoniert. Sie wurde heute Morgen vom Mobiltelefon des Bauern aus angerufen. Sie hat die Nummer erkannt, als sie auf ihrem Telefon angezeigt wurde. Eine weibliche Stimme hat ihr gesagt, dass Mr Moffat tot ist, und jetzt kommt der interessante Teil … der Akzent war definitiv nicht schottisch oder englisch. Als ich nachgehakt habe, konnte sie mir aber nur sagen, dass er irgendwie afrikanisch geklungen hat; allerdings hat die Anruferin auch nur wenige Worte gesagt und dann aufgelegt.«

»Wir haben eine Zeugin«, stellte Ava fest. »Das wurde auch Zeit.«

Ein paar Stunden später war das Lagezimmer brechend voll. Ava überließ Tripp die Einsatzbesprechung und beantwortete anschließend Fragen.

»Warum gehen wir davon aus, dass diese Tat das Werk des Hawksmith-Shozo-Mörders ist?«, lautete die unvermeidliche erste Frage.

»Weil der Arzt des letzten Opfers gerade bestätigt hat, dass der Mann lange Zeit wegen Depressionen in Behandlung war und mehrere Phasen erlebt hat, in denen er akut suizidal war. Momentan warten wir noch auf eine Liste der Hilfen, auf die Jon Moffat zurückgegriffen hat, und auf das Datum seines letzten Kontakts zu einem psychiatrischen Dienst. Mr Moffat hat mit Anfang zwanzig bei einem Feuer in der Scheune seiner Eltern schlimme Verbrennungen erlitten. Er hat sich nach mehreren Operationen physisch erholt, aber man kann mit Fug und Recht sagen, dass sich sein Leben dadurch unwiderruflich verändert hat. Die daraus hervorgegangene Depression haben die Ärzte erwartet, aber seine psychische Verfassung hat sich im Laufe der Jahre immer weiter verschlechtert, als er feststellen musste, dass es schwer – um genau zu sein, unmöglich – für ihn war, eine Partnerin zu finden. Bis jetzt.«

»Keine bekannten Feinde?«, wollte DC Janet Monroe wissen.

»Wir hatten noch keine Zeit, das gründlich zu prüfen, doch die örtliche Wirtin sagt, er ist viel für sich allein geblieben, war aber durchaus gern gesehen, wenn er mal auf ein gemütliches Bier hereinkam«, berichtete Tripp. »Sein Konto war im Plus, keine Hypotheken, keine Warnhinweise.«

»Was hat das mit den Federn zu bedeuten?«, erkundigte sich jemand anders.

»Das könnte einen Bezug zu dem Bauern selbst haben«, mutmaßte Ava. »Oder es ist eine Weiterentwicklung, etwas, das sich in der Psyche des Mörders verändert hat, vielleicht eine Fantasie, die er ausleben will. Das sehen wir uns noch genauer an, wenn der Ornithologe die Federn für uns identifiziert hat. Im Haus oder den Scheunen wurden keine weiteren Federn gefunden, also scheint es so, als hätte der Täter sie gezielt mitgebracht. Das ist ein höchst gestörtes Verhalten einer Person, die kein Problem damit hat, mit einer Leiche auf Tuchfühlung zu gehen, ganz ähnlich wie bei den vorangegangenen Fällen.«

»Also müssen wir jetzt warten, bis wir die Zeugin gefunden haben, die der Wirtin von dem Mord berichtet hat?«, fragte Monroe.

»Das ist eine Ermittlungsrichtung«, entgegnete Ava.

»Was, wenn die Anruferin die Leiche nur gefunden hat und uns keine nützlichen Informationen über den Mörder liefern kann? Bei dem Tempo, mit dem diese Morde aufeinander folgen, könnte leicht ein weiterer geschehen, ehe wir die Anruferin gefunden haben«, wandte Monroe ein. »Wir müssen diesen Mörder – ihn oder sie – rauslocken.«

»Auf der Innenseite des Schranks im Bauernhaus wurden blutige Fingerspuren gefunden, deren Größe darauf schließen lässt, dass es sich bei unserem Täter um einen Mann handelt. Es war Moffats Blut, aber der Mörder hat Handschuhe getragen, also haben wir keine verwertbaren Fingerabdrücke.«

»Also ihn«, griff Monroe den Faden wieder auf. »Ich habe es schon einmal vorgeschlagen, aber inzwischen eskaliert das Verhalten des Mörders auf unvorhergesehene Art. Ich denke, wir sollten mehr Initiative ergreifen.«

»Ich höre«, sagte Ava.

»Es muss etwas Öffentliches sein, und wir müssen dafür sorgen, dass die Medien wie von selbst darüber stolpern, um es so glaubwürdig wie möglich zu halten. Martello Court wäre ein guter Platz. Das ist das höchste Wohngebäude in Edinburgh, dreiundzwanzig Stockwerke, vierundsechzig Meter hoch. Wir inszenieren einen gerade stattfindenden Selbstmordversuch, ziehen die Sache in die Länge, stellen Kameras auf und warten ab, wer auftaucht. Wir haben bereits haufenweise Einträge in den sozialen Medien durch den Selbstmordversuch von Stephen Berry. Vielleicht gibt es Überschneidungen bei den Zuschauern oder den Hilfskräften.«

»Wir würden einen Freiwilligen brauchen, und derjenige

müsste bereit sein, sich um seiner Sicherheit willen überwachen zu lassen, bis wir einen Verdächtigen haben. Das wäre ein beträchtlicher Eingriff in die Privatsphäre und möglicherweise gefährlich.« Ava sah sich im Raum nach erhobenen Händen um.

»Ich hätte den Vorschlag nicht gemacht, wenn ich nicht bereit wäre, mich freiwillig zu melden«, sagte Janet Monroe rasch. »Das ergibt Sinn. Ich bin das neueste Mitglied des Teams. Ich hatte noch nie mit der Medienarbeit zu tun, und ich habe bis jetzt am Jenson-Western-Fall gearbeitet, also war ich auch an keinem der Tatorte und habe mit keinem Zeugen gesprochen. Ich kann erzählen, dass ich ein kleines Baby habe, und so tun, als wäre ich alleinerziehende Mutter, was allen Grund zu der Annahme liefert, dass ich unter Druck stehe, der noch dadurch verschlimmert wird, dass ich in Schottland einer ethnischen Minderheit angehöre, genau wie Osaki Shozo. Das liefert mir haufenweise Material, über das ich mit der Person, die mir zu Hilfe kommt, reden kann, ganz egal, wer sie ist.«

Ava seufzte. Janet Monroe war intellektuell zweifellos gerüstet für diese Aufgabe, aber eine Mutter, deren Kind noch nicht einmal laufen konnte, als Köder einzusetzen, hatte etwas Verstörendes.

»Denken Sie gar nicht daran«, sagte Monroe unverblümt.

»Woran?«

»Wäre ich ein Mann, hätten Sie dann auch ein Problem damit, dass ich mich freiwillig melde?«

»Ich brauche etwas mehr Zeit, um darüber nachzudenken«, wich Ava aus. »Möglicherweise wäre es besser, jemanden aus einer anderen Gegend anzufordern, jemanden mit Erfahrung auf dem Gebiet der verdeckten Ermittlung.«

»Denjenigen müssten Sie erst einweisen und auf den neuesten Stand bringen. Ich weiß, worauf ich mich einlasse. Ich habe die Akten zu sämtlichen Opfern gelesen, und ich bin mir der Risiken mehr als bewusst. Mein Partner wird unser Baby aus der Wohnung bringen. Er hat Familie in Edinburgh. Lassen Sie mich das tun«, beharrte Monroe.

Ava sah sie an. Monroe konnte durchaus auf sich aufpassen, und das wusste Ava. Sie war ein guter Officer mit großartigen Instinkten.

»Also gut. Tripp, Monroe, in zehn Minuten in meinem Büro. Wir müssen eine umfassende Risikoeinschätzung vornehmen und die Überwachung organisieren. Und ich muss mir grünes Licht vom Superintendent holen. Außerdem müssen wir uns vertraulich mit der Feuerwehr und dem Rettungsdienst in Verbindung setzen, damit die sich bereithalten können. Und wir brauchen bewaffnete Polizisten, die in Wechselschicht außerhalb Ihrer Wohnung stationiert werden. Legen wir los.«

Pax Graham fing sie ab, als sie zu ihrem Büro marschierte.

»Ma'am, kurzes Update. Das Blut, das wir in Gilroy Westerns Motorraum gefunden haben, da, wo die Bremsleitung durchtrennt wurde – wir arbeiten noch an dem vollständigen DNA-Profil, aber das Labor hat uns bereits bestätigt, dass es von einer Frau stammt.«

»Gilroy Westerns Edelhure?«, fragte Ava.

»Lively hat sie anhand der Telefonnummer, die wir in Mr Westerns Telefon gefunden haben, aufgespürt. Er holt sie als Person von besonderem Interesse her. Wir werden sie um eine DNA-Probe bitten, damit wir sie von unseren Ermittlungen ausschließen können.«

»Gute Arbeit«, sagte Ava. »Melden Sie mir heute Abend den aktuellen Stand? Ich gehe davon aus, dass ich am Nachmittag selbst im Einsatz sein werde, aber ich schicke Ihnen eine Nachricht, wenn ich wieder zur Verfügung stehe.«

Zurück in ihrem Büro ließ Ava sich auf ihren Stuhl fallen. Sie erwog, Callanach gleich zu erzählen, dass möglicherweise Gilroy Westerns gut bezahlte, euphemistisch Freundin genannte Gespielin die Tat begangen hatte, doch sie kam zu dem Schluss, dass es besser war zu warten, bis sie Genaueres wusste. Inzwischen würden Graham und Lively Gelegenheit haben, ein Gefühl dafür zu entwickeln, ob die Frau etwas damit zu tun hatte oder nicht. Callanach konnte sie später anrufen. Und sollte das nur eine Ausrede sein, um eine Aufgabe zu verschieben, der sie sich nicht gewachsen fühlte, wer sollte es ihr schon zum Vorwurf machen?

Kapitel siebenundzwanzig

15. März

Janet Monroe stand ganz oben auf dem Gebäude, das die Einheimischen etliche Jahre zuvor liebevoll »Terror Tower« getauft hatten, in einer Zeit, in der Muirhouse die angesagte Gegend war, um Stoff zu beschaffen, Waffen ganz nach Wahl auszusuchen oder einem zwielichtigen Kerl ein Bündel Zehner zuzustecken, damit der den Bastard aufmischte, den heimlich die eigene Freundin traf. Monroe hatte einen Hammer genommen, um die Schlösser aufzubrechen, die ihr anderenfalls den Zutritt zum Dach verwehrt hätten, und sie hatte Sportschuhe angezogen, in denen sie längere Zeit stehen konnte, ehe ihre Füße vor Schmerzen schreien würden. Vorsichtig suchte sie sich einen Platz, an dem sie vom Boden aus zu sehen wäre, ohne das Risiko einzugehen, dass der Wind sie zu Fall brachte.

Davon abgesehen war alles echt. Die Polizei sollte nicht in Erscheinung treten, jedenfalls nicht öffentlich, bis ein besorgter Bürger sie in gutem Glauben meldete. Danach würde man Sanitäter alarmieren und Suizidpräventionshelfer hinzuziehen. Bis der erste Streifenwagen vorfuhr, hatte sich bereits eine kleine Zuschauergruppe versammelt, die an dem Gebäude emporstarrte.

Ava und Tripp befanden sich in einem benachbarten Gebäude mit Blick auf die wachsende Menge und prüften, ob die an sechs unterschiedlichen Punkten aufgebauten Kameras auch wirklich jeden Zuschauer erfassten. Officers in Zivilkleidung sollten sich in festgelegten Intervallen unter die Leute mischen und, ausgestattet mit versteckten Mikrofonen, die Gespräche aufzeichnen. Monroe selbst trug einen verborgenen Sender, der in die Kapuze des Hoodies unter ihrem Mantel eingenäht war.

»Sie muss frieren«, murmelte Ava. »Nicht zu glauben, dass die Super das genehmigt hat.«

»Der erste Übertragungswagen kommt gerade an«, meldete Tripp. »Die werden mit Zeitverzögerung senden müssen, für den Fall, dass Janet wirklich springt – ich meine, nicht dass sie springen würde, nur wenn es echt wäre –, aber das dürfte lediglich ein Puffer von dreißig Sekunden sein. Die Bilder sollten in Kürze überall im Internet zu finden sein, und wir sind gerade rechtzeitig dran, um es in die abendlichen Lokalnachrichten zu schaffen.«

»Bei dieser Geschichte haben wir die Presse gemieden«, sagte Ava, während sie die Vorderseite des Gebäudes mit einem Fernglas absuchte. »Alle Selbstmorde bergen die Gefahr, andere zu der gleichen Tat zu ermuntern. Wie kommt das? Sollte man nicht annehmen, die Leute, die so etwas sehen, müssten denken, ich will wirklich nicht der Nächste sein? Ich muss mir Hilfe suchen, meine Situation ändern, zum Arzt gehen, irgendwas, nur nicht das.«

»Aus Ihnen spricht die Logik, Ma'am«, entgegnete Tripp. »Das Seelenleben ist nicht logisch. Depression folgt nicht den üblichen Regeln. Es wäre realistischer, so etwas unter dem Motto ›Geteiltes Leid ist halbes Leid‹ zu betrachten. Ich kann mir vorstellen, dass es tröstlich ist zu wissen, dass da noch jemand ist, der sich genauso furchtbar fühlt wie man selbst, und dann zu sehen, was diese anderen Menschen deswegen tun, das könnte irgendwie … inspirierend wirken, schätze ich.«

»Sie tragen nicht gerade dazu bei, mein ungutes Gefühl bei dieser Sache zu lindern, Sergeant«, kommentierte Ava, griff zum

Funkgerät und meldete sich bei dem uniformierten Officer, der den Einsatz vor dem Haus koordinierte. »Schaffen Sie die Leute weiter vom Gebäude weg. Ich will eine größere Sicherheitszone, und sie müssen sich weiter verteilen, damit wir gut erkennbare Aufnahmen von jedem einzelnen Gesicht in der Menge bekommen.«

Der Unterschied machte sich sofort bemerkbar – vier Monitore in Avas Überwachungsraum zeigten augenblicklich klarere Bilder einzelner Personen an. In den meisten Gesichtern spiegelten sich die ganz normalen menschlichen Emotionen. Sie sah vor den Mund geschlagene Hände, Tränen, Eltern, die ihren Kindern die Augen zuhielten – auch wenn es bedeutend besser gewesen wäre, die Kinder ganz fernzuhalten –, und die Menschen tauschten sich besorgt untereinander aus, teilten ihre Mutmaßungen miteinander.

Dann waren da noch die Amateurfotografen, die Fotos und sogar Videos aufnahmen, vermutlich in der Hoffnung, die letzten schicksalhaften Augenblicke eines Menschen festhalten zu können. Wäre das nicht was, wenn man so etwas am Abend den Freunden im Pub zeigen könnte? Ein paar besser vorbereitete Zuschauer standen mit Bierdosen herum und richteten sich auf einen längeren Aufenthalt ein. Hier und da wurde gegrinst, geschwatzt, und Geld wechselte die Hände, dort, wo ein Mann im Gegenzug etwas auf einen kleinen Zettel schrieb.

»Was zum Henker … schließen die da Wetten ab?«, fauchte Ava. »Tripp, lassen Sie eine Kamera auf dieses Stück Scheiße im braunen Mantel mit dem orangefarbenen Schal richten. Ich will, dass der Kerl festgenommen wird, ehe das hier vorbei ist. Mir egal, was heute sonst noch passiert, aber niemand in dieser Stadt wird davon profitieren, auf die Wahrscheinlichkeit zu setzen, mit der sich eine junge Frau umbringen könnte.«

»Das können wir nicht machen, Ma'am. Dann würden die

wissen, dass wir das überwachen, und das spricht sich fast so schnell rum, wie man sich einen Tripper fängt.«

»Himmel, Tripp, Sie verbringen viel zu viel Zeit mit DS Lively«, grollte Ava. »Na schön, aber ich will, dass seine Personalien festgestellt werden. Und ich erwarte, dass wir diesen Mistkerl im nächsten Monat wegen irgendwas drankriegen. Und wenn es ein abgefahrener Reifen ist.«

»Oben rührt sich was, Ma'am. Die Officers haben eine weitere Person auf das Dach gelassen.«

Ava drehte den Lautsprecher auf, der mit Monroes Mikro verbunden war.

»Bleiben Sie weg von mir«, schluchzte Janet Monroe mit bebender, emotionsgeladener Stimme. Ihr Latina-Akzent trat deutlicher zutage, als sie darum kämpfte, sich gegen den Wind verständlich zu machen.

»Kein Problem«, entgegnete ein Mann.

»Wer ist das? Die Stimme kommt mir bekannt vor«, sagte Ava.

»Sieht so aus, als wäre der Berater eingetroffen. Mittleres Alter, schätze ich«, sagte Tripp und machte sich dabei Notizen. »Edinburgher Akzent.«

»Ich werde nicht in Ihre Nähe kommen, solange Sie es mir nicht gestatten. Bitte glauben Sie nicht, ich wäre hier, um es noch schlimmer zu machen. Mein Name ist Charlie Packham. Verraten Sie mir Ihren?«

»Sinnlos«, antwortete Monroe.

Ava wünschte, sie würde nicht ganz so glaubwürdig verzweifelt klingen, und regelte die Lautstärke runter.

»Packham bin ich schon mal begegnet. Er arbeitet für *Reach You* und ist auf Militärberatung spezialisiert. Scheut sich nicht, auch mal schroff zu werden, wenn ich mich recht erinnere, aber er muss komplett durchgecheckt worden sein, ehe er zur Arbeit im psychotherapeutischen Sektor zugelassen wurde.«

»Wir haben den Weg durch das System verfolgt. Dabei hat sich gezeigt, dass der Rettungsdienst Sanitäter geschickt hat, die einen spezialisierten Berater angefordert haben. Daraufhin wird die jeweils in einer Stadt zuständige Organisation alarmiert, und die schickt den Berater, der am nächsten dran ist. Wer das übernimmt, scheint also der Zufall zu entscheiden. Ich kann Charlie Packhams Namen ja trotzdem in der Datenbank der Polizei abfragen und schauen, ob irgendetwas Misstrauen Erweckendes zutage tritt.«

»Gut. Sonst haben wir keine bekannten Gesichter in der Menge?«

»Zwei sogar, aber beide stehen in keinem Zusammenhang mit dieser Sache. Uniformierte haben einen Mann entdeckt, der aufgrund einer Anklage wegen Raubes letzte Woche vor Gericht hätte erscheinen sollen und nicht aufgetaucht ist, und eine Frau, die gegen ihre Bewährungsauflagen verstoßen hat. Beide werden beobachtet und später festgenommen. Davon abgesehen bin ich erstaunt, was für eine Menge sich da angesammelt hat. Da müssen allein vor dem Gebäude zweihundert Leute stehen, und dabei wissen wir noch nicht, wie viele in benachbarten Wohnblocks am Fenster zusehen. Hier, die Ergebnisse sind da. Charlie Packham hat keinerlei Vorstrafen, nicht einmal ein Verkehrsdelikt hat er sich zuschulden kommen lassen. Er ist absolut sauber. Google verrät, dass er ein ehemaliger Marine ist, der sowohl für *Reach You* als auch für das Royal Infirmary auf Abruf arbeitet.«

Plötzlich ging eine Bewegung durch die Menge, Köpfe fuhren herum, Münder öffneten sich. Der Anblick erinnerte Ava an den Gleichklang in einem Vogelschwarm. Sie richtete das Fernglas wieder auf das Dach des Towers. Janet Monroe hatte die Vorstellung weiter vorangetrieben, stand nun viel näher am Rand des Gebäudes und beugte sich vor. Für einen Moment sah Ava sich selbst in ihr, wie sie ihr Glück auf Tantallon Castle auf die Probe gestellt hatte.

Inzwischen waren zwei weitere Kamerateams hinzugekommen, die das Geschehen filmten, und Monroe war ins Gespräch mit Charlie Packham vertieft.

Ava griff erneut zum Funkgerät. »Einheit sechs, Sie sind dran«, sagte sie.

Draußen bereitete sich ein verdeckter Ermittler darauf vor, das Gerücht zu streuen, Janet Monroe sei seine Nachbarin. Er würde in engen Grenzen Informationen verbreiten, einen falschen Nachnamen für Monroe nennen und sicherstellen, dass die Fernsehleute genug hätten, um interessierten Personen zu ermöglichen, sie aufzuspüren. Tatsächlich begannen die Medienvertreter, sich in einem bestimmten Abschnitt der Menge zu sammeln. Der Officer würde sich weigern, sich bei laufender Kamera interviewen zu lassen, vorgeblich aus Respekt gegenüber seiner Nachbarin. Derweil sollten die Einzelheiten, die er preisgeben würde, den Anfang vom Ende dieses Einsatzes einläuten.

»Sehen Sie sich den Online-Newsfeed an, Tripp«, bat Ava. »Vergewissern wir uns, dass die Angaben, die wir unter die Leute bringen, durchsickern. Sobald das der Fall ist, können wir Janet sagen, dass sie sich die Sache ausreden lassen kann.«

Es dauerte weitere zehn Minuten, bis die ersten Neuigkeiten im Netz auftauchten, aber der verdeckte Ermittler hatte gute Arbeit geleistet. Janet Vargas – Monroes Mädchenname – litt seit der Trennung von ihrem Partner unter Depressionen. Sie lebte ein paar Straßen von Pennywell Gardens entfernt, vermutlich in einer der Wohnungen, die sie von ihrem augenblicklichen Standort aus sehen konnte. In den Berichten wurde sie bereits für gefährdet und verstört erklärt. Beeindruckend, wenn man bedachte, dass keiner der Journalisten persönlich mit ihr gesprochen hatte.

Über Funk erteilte Ava die letzte Anweisung. »Informieren Sie Monroe, dass sie aufhören kann. Dann rücken Sie vor.«

Mit angehaltenem Atem sah Ava zu, wie Monroe mit den Armen ruderte. Die Abmachung hatte gelautet, sie würde sich stets weit genug vom Rand des Daches fernhalten, dass sie nicht abstürzen konnte. In den vergangenen Monaten hatte es genug Todesfälle gegeben, auch ohne dass Monroe ihr eigenes Leben dazuwarf.

»Bitte«, hörte Ava den Berater sagen. »Ich will wirklich nicht, dass irgendjemand verletzt wird. Denken Sie an Ihr Baby. Die Kleine soll doch nicht heranwachsen, ohne ihre Mutter zu kennen.«

»Ohne mich ist sie besser dran«, schrie Monroe.

»Nein. Nein, das ist sie nicht. Niemand könnte Sie ersetzen. Nehmen Sie einfach meine Hand«, bat der Berater sie inständig. »Keine Tricks, das verspreche ich. Lassen Sie mich Ihnen helfen.«

Oben auf dem Gebäude schwankte Monroe gefährlich nah am Rand.

»Zurück«, befahl Ava ihr nutzloserweise.

Hier und da erklang ein Keuchen in der Menge. Jemand schrie, ein anderer fing an, laut zu beten, und neben all dem hörte Ava Gelächter.

»Wer ist das?«, fragte Ava nachdrücklich.

»Ich kann ihn nicht finden, aber die Stimme ist eindeutig männlich«, sagte Tripp und schaltete von einer Kamera zur anderen um. »Die Menge ist inzwischen zu groß. Wer immer da lacht, ist mittendrin und wird durch die anderen Leute vor unseren Standpunkten abgeschirmt.«

»Sie sorgen dafür, dass sie so schnell wie möglich sicher da runterkommt«, befahl Ava. »Ich werde da rausgehen und den Kerl suchen.«

»Sie müssen Ihr Gesicht verbergen, Ma'am. Sie sind zu leicht wiedererkennbar, vor allem für Leute, die in dieser Gegend wohnen. Sie haben zu viele von denen festgenommen.«

»Geben Sie mir Ihren Mantel«, bat Ava, schlüpfte in Tripps Winterjacke, setzte die Kapuze auf und zog sie tief übers Gesicht.

»Sie können nicht wissen, ob es sich bei dem, der da lacht, um die Person handelt, die bei Stephen Berry auf der Brücke war«, mahnte Tripp.

»Hört sich für mich aber ganz so an«, erwiderte Ava. »Und das könnte unsere letzte Chance sein, ihn zu erwischen, ehe noch jemand stirbt.«

Sie huschte zur Tür hinaus, hielt den Kopf gesenkt und folgte dem Lachen. Als sie sich an einem der Kamerateams vorbeischob, entdeckte sie den Buchmacher, der Wetten auf den Ausgang des Dramas angenommen hatte. Bis sie ihn erreicht und sich sein Gesicht eingeprägt hatte, um ihn später zur Verantwortung zu ziehen, hatte sich der lachende Mann von ihr entfernt, aber das Gelächter hielt weiter an. Wenn sich überhaupt etwas geändert hatte, dann klang es nun schriller und aggressiver. Über ihnen setzte Janet Monroe ihre oscarwürdige Vorstellung fort. Die Menge schloss sich um Ava, drängte voran, versessen darauf, nichts zu verpassen, unfähig, den Blick abzuwenden.

»Los doch, tu es!«, brüllte ein Mann hinter ihr.

Als Ava sich umdrehte, um einen Blick auf sein Gesicht zu erhaschen, war er wieder verstummt.

Jemand in der Menge buhte, ein anderer schimpfte, er solle den Mund halten. Ava hatte durchaus etwas übrig für Gemeinsinn, aber in diesem Moment wünschte sie sich nur, die Leute wären alle still, sodass sie es hören würde, wenn er wieder losbrüllte. Sie drehte sich einmal im Kreis, zupfte die Kapuze so zurecht, dass ihre Ohren Geräusche und deren Ursprung besser erfassen konnten.

Und dann begann das Lachen von Neuem. Es hatte etwas Hysterisches. Ein Geräusch wie Scherben und Schiefertafeln. Ava versuchte, sich einen Weg zwischen einigen Zuschauern hindurchzubahnen, unter denen sich eine Frau befand, die im Begriff war, auf die Schultern ihres Freundes zu klettern.

»Warte doch kurz, ja, Schätzchen?«, sagte der Mann zu ihr.

»Ich muss da durch«, beharrte Ava.

»Du stößt sie noch runter. Was zum Teufel ist dein Problem?« Er schob sich mit dem Gesicht bis auf einige Zentimeter an Avas heran.

Instinktiv tastete sie in ihrer Tasche nach ihrem Dienstausweis, hatte sich aber schnell wieder unter Kontrolle, wohl wissend, dass Monroes harte Arbeit umsonst gewesen wäre, sollte sie die Anwesenheit von Zivilbeamten in der Menge offenbaren. Sie zwang sich, bis zehn zu zählen, und wartete, bis die Freundin des Mannes sicher hoch oben auf seinen Schultern thronte und dabei dem nächsten Kameramann zuwinkte wie ein Möchtegern-Reality-TV-Star.

Jubel brandete in der Menge auf, als der Berater Janet Monroes Hand ergriff und sie vom Rand wegzog. Uniformierte Polizisten sammelten sich um sie herum. Gleich darauf gab es nichts mehr zu sehen.

Ava warf sich in das Gedränge, bemüht, zu den hinteren Reihen der Zuschauer zu gelangen. Der lachende Mann hatte heute wieder nicht bekommen, was er gewollt hatte, und sie bezweifelte, dass er sich noch länger hier herumdrücken würde, nur um Zeuge zu werden, wie sich die Menge über die abgewendete Katastrophe freute.

Als sie endlich ganz hinten ankam, wusste Ava, dass es bereits zu spät war. Die Leute schlenderten in alle Richtungen davon. Wollte sie nicht anordnen, alle festzuhalten, bis ihre Daten erfasst waren, gab es wenig, was sie noch tun konnte, und täte sie das, gäbe es keine Chance mehr, dass ihr Mörder versuchen würde, sich Monroe zu schnappen, und ihnen so in die Arme liefe.

»Du warst hier«, flüsterte Ava in die sich verlagernde Menge hinein.

Als sich der lachende Mann auf den Weg machte, gerade drei Meter von der Stelle entfernt, an der DCI Ava Turner stand und sich die Fingernägel in die Handflächen rammte, verschickte er eine einzelne Textzeile.

»Danke für die Info.«

Kapitel achtundzwanzig

15. März

Callanach hatte mehr Zeit im Fitnessstudio verbracht als in seiner eigenen Wohnung, seit Ava entschieden hatte, dass es besser für ihn wäre, dem MIT fernzubleiben. Er lief, er walkte, er stemmte Gewichte, aß im Studio, vertrieb sich die Zeit in Sauna und Pool und hing dann noch am Tresen herum, bis es Zeit wurde, sich auf den Weg zum Abendessen bei Lance Proudfoot zu machen. Das Gleiche wiederholte sich am nächsten Tag. Erst als er anfing, weibliche Aufmerksamkeit auf sich zu ziehen, beschloss er, auf das Studio zu verzichten und sich in seine Wohnung zurückzuziehen. Gewöhnlich gelang es ihm, allem Geplauder aus dem Weg zu gehen, wenn er trainierte. Er hatte gelernt, keinen Blickkontakt herzustellen und sich nicht an Gesprächen zu beteiligen. Lieber wollte er rüpelhaft wirken, als den Eindruck zu erwecken, er wäre daran interessiert, Kontakte zu knüpfen, und etwas mit irgendeiner Frau anzufangen, stand ganz sicher nicht auf seiner Tagesordnung.

Der Schlüssel glitt widerstandslos ins Schloss, und er öffnete die Tür zu seinem Apartment. Die Luft roch süß und blumig. Seine Nachbarin Bunny flutete die ganze Etage regelmäßig mit den Duftstoffen diverser Parfüms und Schönheitsprodukte, wenn sie Kunden empfing, die zur Enthaarung oder zum Färben zu ihr kamen. Im Grunde machte ihm das nichts aus, doch im Moment sehnte er sich nach dem Gefühl, wirklich ganz allein zu sein. Es kam ihm vor, als wären ständig Frauen um ihn herum, nur nicht die, die er wirklich wollte.

Als er sich in sein E-Mail-Konto einloggte, stellte er fest, dass er sich ebenso nach einer Nachricht von Ava sehnte, wie er sie fürchtete. Er war nicht so dumm, sich von sich aus bei ihr zu melden. Wenn er sie zu sehr bedrängte, würde es nur noch länger dauern, die Dinge wieder hinzubiegen. Da war nichts in seinem Posteingang, gar nichts. Er kontrollierte seine WLAN-Verbindung, startete den Rechner neu und vergewisserte sich schließlich auch noch, dass bei seinem E-Mail-Provider kein Problem vorlag. Offenbar hatte tatsächlich niemand Kontakt zu ihm aufnehmen wollen.

Das alles ähnelte auf erschreckende Weise der Zeit, in der er in Erwartung seines Prozesses nach Astrids falscher Beschuldigung vom Dienst suspendiert gewesen war. Trotz all der Beweise, die sie seinerzeit gefälscht hatte, war er nicht nur unschuldig gewesen, er hatte auch den Vorzug genossen, nicht an sich zweifeln zu müssen. Dieses Mal bewegte er sich auf dünnerem Eis. Er mochte keine aktive Rolle bei der Ermordung von Bruce Jenson oder Gilroy Western gespielt haben, aber er hatte sich schuldig gemacht, indem er für eine polizeiliche Untersuchung relevante Informationen zurückgehalten und Pax Grahams Fragen eindeutig nicht vollständig beantwortet hatte. Er hatte ein Motiv. Daran konnte kein Zweifel bestehen.

Der andere große Unterschied zwischen damals und heute war, dass sein Postfach stets vollgestopft gewesen war mit Anfragen seiner Anwälte und der Presse und offiziellen Benachrichtigungen hinsichtlich seines Beschäftigungsstatus bei Interpol. Diese Beurlaubung jedoch war so inoffiziell, dass er buchstäblich einfach aus dem Polizeirevier verschwunden war, ohne mit irgendjemandem zu sprechen, und seither auch nichts weiter gehört hatte. Kein Standardschreiben der Personalabteilung, nicht eine E-Mail von irgendeinem Angehörigen des Teams, der sich nach seinem Befinden erkundigen wollte. Niemand war ihm irgendetwas schuldig, und dergleichen zu erwarten war weiter nichts als Selbstmitleid und Selbstgefälligkeit. Trotzdem! Er hatte angenommen, wenn sich schon sonst niemand meldete, würde wenigstens Tripp Kontakt zu ihm aufnehmen.

Er ging durch sein Schlafzimmer ins Bad und stieg unter die Dusche, um sich den Schweiß von seinem stundenlangen Training zusammen mit dem Gefühl, er wäre so unrein, dass niemand in seine Nähe kommen wollte, vom Körper zu waschen. Anschließend schaltete er einen Ventilator ein, um den Parfümgeruch zu vertreiben, und legte sich in der Absicht zu lesen aufs Bett. In seinem Kissen war immer noch eine Mulde, die ihm verriet, dass er zu abgelenkt gewesen war, um wie gewohnt sein Bett gleich morgens ordentlich zu machen. Er versuchte, sich auf sein Buch zu konzentrieren, sein Gehirn von der Erinnerung, wie Ava die Schiefertafel in seinem Badezimmer gefunden hatte, abzulenken, die wie ein Film in Endlosschleife in seinem Bewusstsein ablief.

Andere Dinge kehrten an die Oberfläche zurück, ungebeten und unerwünscht. Ava, die von einem Verrückten entführt wurde. Astrid Borde, die dermaßen von ihm besessen gewesen war, dass sie ihm nach Schottland gefolgt war, ihn gestalkt hatte und dabei unbeabsichtigt zur einzigen Zeugin für Avas Entführung geworden war. Avas beste Freundin Natasha, die das fehlende Bindeglied geliefert hatte, dem sie den entscheidenden Hinweis auf Avas Gefängnis verdankten. Eine junge Frau, deren Leben vielleicht hätte gerettet werden können, wären sie nur eine Stunde früher dort eingetroffen. Andere Opfer, die zwar überlebt hatten, deren Leben aber nie wieder so sein würde wie zuvor. Astrid, wie sie in seiner Vergangenheit verschwand, sodass er sich eine Zukunft aufbauen konnte. Und hinter all dem die

Frage, auf die er immer noch keine Antwort hatte: Warum hatte er Ava die Gebetstafel aus ihrer Kindheit nie zurückgegeben?

Er erinnerte sich, dass er sie hatte schützen wollen. Das wollte er immer noch. Als sie auf Tantallon Castle beinahe von der Mauer gestürzt wäre, war für einen winzigen, endlosen Moment seine ganze Welt in sich zusammengestürzt. Aber sie hatte sich an ihm festgehalten. Er hatte ihr Vertrauen darin gespürt, wie ihre Finger ihn gepackt hatten. Sie hatten etwas geteilt, das furchterregend und außergewöhnlich war. Etwas, von dem niemand sonst je ein Teil werden konnte.

Callanach wusste, dass er die Tafel für den Fall behalten hatte, dass sie alles war, was er je bekommen würde. Das war keine bewusste Entscheidung gewesen, aber dieses Gefühl, sie nicht verlieren zu wollen, ehe er sicher sein konnte, dass er sie wirklich gewonnen hatte, schien ihm nun völlig logisch zu sein. Doch durch den Versuch, sie nah bei sich zu haben, hatte er sie für immer verloren. Daran war nicht mehr zu rütteln.

Am Morgen hatte er ein Ticket nach Frankreich gebucht. Er hatte Paris genossen, und vielleicht war es nun an der Zeit, den Mut aufzubringen und noch einmal nach Lyon zurückzukehren, durch die Straßen zu gehen, die plötzlich wie feindliches Territorium gewirkt hatten, während er auf seine Verhandlung wartete. Für eine Weile nach Hause zurückzugehen, war Lances Idee gewesen, und zuerst hatte Callanach protestiert, dass es dort nichts mehr für ihn gäbe. Aber das war nicht wahr. Dort gab es noch Geister zu vertreiben. Dort gab es alte Freunde zu besuchen, alte Freunde, denen er vergeben musste, dass sie ihn im Stich gelassen hatten. Es war Zeit, die Geschehnisse durch ihre Augen zu betrachten.

Astrid Bordes Beweise gegen ihn waren überzeugend und belastend gewesen. Sie hatte sämtliche Verletzungen einer klassischen Vergewaltigung. Ihre Nachbarn waren Zeuge des Streits zwischen ihr und ihm geworden, bei dem Callanach sie beschimpft und sie im Hintergrund geschluchzt hatte. Er war von einer Frau, die alles in ihrer Macht Stehende getan hatte, um ihn für sich zu gewinnen, und anschließend alle Register gezogen hatte, um ihn für die Zurückweisung büßen zu lassen, in eine perfekte Falle gelockt worden. Aber so ein obsessives Verhalten tauchte nicht einfach wie aus dem Nichts auf.

Vielleicht war er in seiner Zeit bei Interpol zu sehr daran gewöhnt gewesen, dass Frauen sich ihm zu Füßen warfen, vielleicht hatte er dergleichen als selbstverständlich hingenommen. Nie war er ohne eine schöne Frau an seiner Seite in den Urlaub gefahren oder auf Partys gegangen, und oft hatten sie ihn kaltherzig und respektlos geschimpft, wenn er gleich im Anschluss mit der Nächsten losgezogen war. Jeder nahm an, es läge an seinem Aussehen, dass er sich nie auf eine langfristige Beziehung einließ, doch der Grund dafür war viel einfacher: Callanach hatte schlicht nie eine Frau getroffen, die sein Interesse länger als ein paar Wochen oder bestenfalls Monate hätte wachhalten können.

Nach Frankreich zu gehen würde etwas Abstand zwischen ihm und Ava schaffen und ihm vielleicht einen neuen Blickwinkel ermöglichen. Erst hatten sie nicht einmal sich selbst eingestanden, dass sie Gefühle füreinander hegten, und dann hatten sie sich den Krach des Jahrhunderts geliefert und dabei die ganze Beziehungsphase einfach ausgelassen. Er brauchte definitiv ein bisschen Zeit, um darüber nachzudenken, wie es nun weitergehen sollte.

Endlich gelang es ihm, sich dem Buch zu widmen. Er ahnte nicht, dass die Jagd nach dem Mörder von Jenson und Western derweil wieder einen Schritt weitergekommen war.

Kapitel neunundzwanzig

15. März

Maisy Gunnach sah Pax Graham mit Augen an, die andeuteten, dass es ihr gar nichts ausmachte, von ihm befragt zu werden und sie das Gespräch nur zu gern später am Abend in einer etwas intimeren Umgebung fortsetzen würde.

DS Lively verschränkte die Arme und legte sie auf seinem umfangreichen Bauch ab. Ihn sah keine Frau so an, zumindest nicht, bis er die weichere Seite von Detective Superintendent Overbeck entdeckt hatte. Er und seine Frau hatten schon vor einer ganzen Weile Schluss gemacht. Polizeiarbeit war nicht gerade die ideale Wahl für Menschen, die langfristige und stabile Beziehungen schätzten. Daisy Overbeck – nicht, dass er sie je bei dem Vornamen, den sie so sehr hasste, genannt hatte oder das jemals tun würde – war ein Mysterium. Die Sorte Frau, der er sein Leben lang aus dem Weg gegangen war. Herrschsüchtig, großkotzig und überheblich, und doch war sie vielleicht die einzige Frau, die ihn je wirklich verstanden hatte. Sie nahm seinen Bockmist nicht hin, kannte aber das dahinterstehende Schicksal – über das offen zu sprechen er so unglaublich schwer fand –, und sie schien ihn körperlich zu begehren.

Pax Graham würde sich über solche Dinge nie Gedanken machen müssen, dachte Lively. So unerträglich das auch war, der neue Detective Inspector schien es im Wesentlichen zu seinem Vorteil zu nutzen.

»Ich weiß, dass das sehr persönlich ist, Maisy«, sagte Graham sanft. »Es muss schwer sein, wenn man gebeten wird, über sein Privatleben zu reden – und vergessen Sie nicht, Sie stehen nicht unter Arrest –, aber wir brauchen einfach ein bisschen Hilfe, um uns ein Bild von Gilroy Westerns Lebenswandel zu machen. Welche Pläne hatten Sie beide für diesen Tag?«

»Das macht mir gar nichts aus.« Maisy strahlte ihn mit geweiteten Augen atemlos an, streckte die Hand aus und berührte seinen Unterarm so flüchtig, als fürchtete sie, er könnte sie verbrennen. Lively hatte Mühe, ein lautes Tsts zurückzuhalten.

»Gilroy wollte zu mir kommen, um sich das Neueste erzählen zu lassen. Er war ein paar Monate nicht in Schottland. Wir sind alte Freunde, und er besucht mich immer, wenn er hier ist. Wir wollten ein paar Stunden bei mir verbringen, einen Drink nehmen und plaudern. Danach sollte er zu einer Beerdigung und zu irgendeinem Anwalt. Er hatte gehofft, er könnte gegen neun wieder bei mir sein und mich zum Abendessen ausführen.«

»Das war wirklich hilfreich«, sagte Graham in einem warmen Tonfall. »Sie machen das toll.«

Maisy kicherte.

»Ich hätte Sie nach Ihrem Alter fragen sollen, ehe wir angefangen haben. Nur für die Akten.«

Daraufhin wirkte Maisy nicht mehr ganz so entzückt, beugte sich aber verschwörerisch zu ihm hinüber, um ihm die gewünschte Information zukommen zu lassen. »Versprechen Sie mir, dass Sie es nicht verraten?«, fragte sie.

»Meine Lippen sind versiegelt, stimmt's, Sergeant Lively?«

»Okay, also, ich sage den Leuten, ich wäre vierunddreißig, aber eigentlich bin ich zweiundvierzig. Gott sei gedankt für Feuchtigkeitscremes und Vitamintabletten, sonst würde ich damit nie durchkommen.«

Und für Brustvergrößerungen, dachte Lively. Maisy trug die Art von Oberweite zur Schau, die man gewöhnlich in Dessousreklame am Körper von Zwanzigjährigen zu sehen bekam.

»Wie lange sind Sie schon so eng mit Mr Western befreundet?«, fuhr Graham fort, ohne die so oder so schon abstoßende Unterhaltung um irgendwelche falschen Komplimente zu bereichern.

Eine kleine Gnade, doch Lively war auch dafür dankbar.

»Zehn Jahre, mehr oder weniger.«

»Ich nehme an, Sie sind nie einem Mann namens Bruce Jenson begegnet?«, erkundigte sich Graham.

»Ich kenne den Namen. Das ist der arme Kerl, an dessen Beerdigung Gilroy teilnehmen sollte. Ich habe ihn nie kennengelernt, aber soweit ich weiß, war er schon in einem schlechten Zustand, bevor das passiert ist.«

»Ich fürchte, das war er. Wer hat Ihnen das erzählt?«

»Gilroy hat es erwähnt. Hat gesagt, Mr Jenson wäre tot vielleicht besser dran angesichts seiner Demenz. Schlimm, so zu sterben, wenn man nicht einmal mehr seine eigene Familie erkennt, nicht wahr? Ich wäre froh, wenn man mich aus so einem Elend erlösen würde.« Sie blickte zu Graham auf und errötete ein wenig.

»Das ist verständlich«, versicherte er ihr. »Ich bin überzeugt, viele Leute würden Ihnen zustimmen. Wir haben etwas in Mr Westerns Wagen gefunden – ein Paar Diamantohrringe in einer Geschenkverpackung, aber ohne einen Hinweis auf den Empfänger. Wissen Sie irgendetwas darüber?«

Langsam breitete sich ein Lächeln über Maisys Gesicht aus. »Die müssen für mich gewesen sein«, sagte sie. »Er bringt mir immer Schmuck mit, und Diamanten mag ich am liebsten. Ich war ganz gespannt, was er dieses Mal für mich haben würde. Er hat versprochen, es wäre etwas besonders Schönes.«

»Ich verstehe. Welche Art von Geschenken hat er Ihnen denn in der Vergangenheit gemacht?«, fragte Graham beiläufig.

»Beim letzten Mal ist er mit mir Klamotten einkaufen gegangen. Hauptsächlich waren es Dessous – ich bevorzuge echte Seide –, aber auch ein paar Schuhe, eine Handtasche und einige Kleider. Ich habe ihm gesagt, dieses Mal erwarte ich etwas, das mehr funkelt. Klingt, als wollte er mir den Wunsch erfüllen.«

»Hat er Ihnen je Geld gegeben?«

Sie hüstelte. »Er hat mir in der Vergangenheit bei der Miete und den Raten für meinen Wagen geholfen. Wie Freunde das eben tun. Ich bin nicht gut im Umgang mit Geld. Es rinnt mir einfach durch die Finger!«

Maisy lachte spröde, und Lively war klar, dass sie immer noch vorzugeben versuchte, sie wäre etwas anderes als eine Prostituierte. Verständlich, dachte er. Wenn er in den Spiegel sah, versuchte er schließlich immer noch so zu tun, als hätte er den Körper eines Stuntmans und wäre nicht bereits auf der falschen Seite dessen angekommen, was man das mittlere Lebensalter nannte. Über irgendetwas machte sich eben jeder etwas vor.

»Miss Gunnach, wir müssen ermitteln, wo sich sämtliche Leute, die enge Verbindungen zu Mr Western unterhielten, in der Nacht vor seinem Tod aufgehalten haben. Sie können sich nicht zufällig erinnern, was Sie von sechs Uhr abends am Vortag bis zu dem Zeitpunkt, an dem er Sie hätte besuchen sollen, getan haben? Ich weiß, es ist schwer, einen so langen Zeitabschnitt zu belegen, aber …«

»Eigentlich ist das gar nicht so schwer«, erwiderte Maisy leise. »Ich weiß genau, wo ich war.«

»Das war einfach«, ging Lively dazwischen. »Sind Sie auch sicher, denn wir werden alles, was Sie uns sagen, überprüfen müssen. Nur, damit Sie Bescheid wissen.«

Maisy bedachte ihn mit eben dem Blick, den seine Frau ihm

zugeworfen hatte, kurz bevor sie zum allerletzten Mal ihre Sachen gepackt hatte. Dieser Blick sagte: »Für mich bist du ein Nichts.« Das war eine interessante Veränderung gegenüber dem süßlichen Charme, mit dem sie Pax Grahams Fragen beantwortete.

»Ich kann Ihnen seinen Namen nicht nennen«, erklärte sie, und die Schärfe, die sich unter dem oberflächlich zuckrigen Ton verbarg, war nicht zu überhören. »Meine Freunde mögen es nicht, wenn ich Informationen über die Zeit herausgebe, die ich mit ihnen verbringe.«

Pax Graham lehnte sich auf seinem Stuhl zurück und nickte Lively kaum merklich zu. Von jetzt an konnte er übernehmen. Sie hatten genug um den heißen Brei geredet.

»Jeder meiner Freunde würde sich glücklich schätzen mir zu helfen, wenn ich Hilfe brauche, also verstehe ich nicht ganz, wo das Problem liegt. Sollten wir jedoch über Klienten sprechen, die ihren Namen vielleicht nicht in Verbindung mit Ihnen gebracht haben wollen, dann könnte ich die Verschlossenheit verstehen. Mit wem waren Sie zusammen?«

»Wirklich, das mache ich nicht. Sie haben gesagt, ich wäre nicht verpflichtet, Ihre Fragen zu beantworten. Und ich denke, unter den gegebenen Umständen, während ich trauere, könnten Sie etwas feinfühliger sein«, sagte sie und legte ein bisschen Trauer auf, um die offenkundige Verärgerung abzumildern.

»Ich fürchte, wir benötigen den Namen«, unterstrich Graham. »Das würde uns erlauben, eine formellere Befragung zu vermeiden.«

»Oder was?«, fragte Maisy. »Ich habe schrecklich viele Freunde, wissen Sie, und manche von ihnen wären gar nicht erfreut, dass Sie mir überhaupt irgendwelche Fragen stellen. Vielleicht sollte ich ein paar Anrufe machen?«

»Vielleicht sollten Sie«, entgegnete Graham ungerührt. »Nur

müssten Sie dann die Zusammenhänge erklären, und es wäre nur angebracht zu erwähnen, dass Gilroy Western von einer Frau ermordet wurde. Wir haben außerdem gerade in der letzten Stunde eine Bestätigung dafür erhalten, dass ein Mitarbeiter eine Frau aus Bruce Jensons Zimmer im Pflegeheim hat weglaufen sehen, etwa um die Zeit, als er getötet wurde.«

Maisys Blick wanderte von Graham zu Lively und wieder zurück zu Graham. »Und? Ich war das nicht. Wenn Sie es genau wissen müssen, ich war die halbe verdammte Nacht festgebunden. Am nächsten Tag hatte ich zum Beweis blaue Flecken an den Handgelenken. Ich hasse das. Verprellt mir meine anderen Freunde.«

»Dann würde es Ihnen doch sicher nichts ausmachen, uns eine DNA-Probe zu geben, damit wir Sie bei unseren Ermittlungen ausschließen können«, sagte Lively. »Trotzdem brauchen wir auch den Namen des Mannes, mit dem Sie zusammen waren. Wir werden diskret sein, sofern Sie uns die Information freiwillig liefern. Wenn Sie sich weigern, uns zu geben, was wir brauchen, könnten wir uns natürlich daran erinnern, dass all die Geschenke, die Sie erhalten, in der Steuererklärung angegeben werden müssen, was bedeutet, dass das Finanzamt ein paar Fragen hinsichtlich des Einkommens haben könnte, mit dem Sie Ihre Miete bezahlen. Die gehen manchmal elendig viele Jahre zurück. Es wäre wirklich bedauerlich ...«

»Wichser«, zischte Maisy ihn an und sah plötzlich mindestens wie zweiundvierzig aus, Möpse hin oder her.

»Den Namen«, sagte Lively.

»Dennis Mulanney.«

»Dennis Mulanney, der Politiker?«, hakte Graham nach.

»Genau der«, antwortete Maisy selbstgefällig. »Wir waren in seiner Wohnung in der Nähe von Holyrood. Wir haben zu Abend gegessen, einen Film gesehen – er hat einen Hang zu ziemlich extremen Lesbenpornos –, und dann hat er die Handschellen rausgeholt. Er hat Spaß an erfinderischen Rollenspielen. Ich wünsche Ihnen viel Glück bei dem Versuch, sich von ihm eine Bestätigung zu holen.«

»Er wird kooperieren«, konstatierte Lively träge. »Die meisten Leute sind ziemlich entgegenkommend, wenn sie vor der Wahl stehen, eine schwierige Frage schnell und in vertraulichem Rahmen zu beantworten oder zu Hause in Gegenwart ihrer Frau. Eine weitere Option wäre, dass irgendjemand etwas an die Presse durchsickern lässt.«

»Sie sind doch echt Abschaum«, sagte sie und sprang auf. »Ich habe jetzt genug.«

»Erst brauchen wir noch eine DNA-Probe«, rief Graham ihr in Erinnerung.

»Und ich brauche diese Diamantohrringe«, gab sie zurück. »Sie gehören mir – das haben Sie ja schon rausgefunden. Und die Quittung brauche ich auch, falls sie immer noch in seiner Brieftasche ist.«

»Das sind alles Beweisstücke. Die werden erst freigegeben, wenn die Ermittlungen abgeschlossen sind, möglicherweise auch noch später, falls sie für einen Prozess benötigt werden«, erklärte Graham.

»Sie gehören mir«, knurrte sie und beugte sich über den Tisch. »Haben Sie eine Ahnung, was ich durchmachen muss, um mir meinen Lohn zu erarbeiten?«

»Eine gewisse, nehme ich an«, sagte Graham lächelnd. »Aber diese Ohrringe gehören der Person, die in Mr Westerns Testament genannt wird. Sie sind Ihnen zum Zeitpunkt seines Todes noch nicht übergeben worden, also konnten sie nicht legal in Ihr Eigentum übergehen. Mrs Western ist die rechtmäßige Eigentümerin, und ich nehme an, sie wird sie dem Händler bringen und sich das Geld zurückerstatten lassen.«

»Ihr Mistkerle«, fauchte Maisy. »Gilroy Western hat seine Frau gehasst. Sie hat kein Recht auf die Dinger.«

»Dann hätte es in Mr Westerns Verantwortung gelegen, sein Testament entsprechend aufzusetzen. Daran können wir nichts ändern«, informierte Graham sie kühl und stieg ein bisschen höher in Livelys Bewertungsskala.

»Ja, schön, wer immer Gilroy Western umgebracht hat, ich wünsche ihr viel Glück. Er war ein abartiger kleiner Scheißer, so, da haben Sie's. Wer es auch getan hat, hat der Welt vermutlich einen Gefallen getan.«

Maisy Gunnach ging hinaus, gefolgt von einem Uniformierten, der vor der Tür des Verhörzimmers gewartet hatte, bereit, einen Wangenabstrich von ihr zu nehmen.

»Ich schätze, da hat der Begriff ›aufmerksamkeitsheischend‹ seinen Ursprung«, kommentierte Graham gegenüber Lively, als er sicher war, dass Maisy außer Hörweite war. »Was hat der Zeuge aus dem Pflegeheim gesagt? Ich hatte keine Gelegenheit, die Aussage zu lesen, ehe wir uns hier getroffen haben.«

»Das war ein Krankenpfleger. Er ist während seines Dienstes zum Rauchen rausgegangen und hat sich im Garten hinter ein paar Bäumen versteckt. Rauchen ist auf dem ganzen Gelände verboten, und wenn einer der Mitarbeiter während seiner Schicht raucht, gilt das als Kündigungsgrund. Er hat eine Weile gebraucht, ehe er zu dem Schluss gekommen ist, dass eine Kündigung nicht so schlimm wäre, wie uns Informationen vorzuenthalten. Nicht, dass die besonders detailliert wären. Eine Frau ist zu Bruce Jensons Verandatür herausgekommen und durch den Garten zur Straße gerannt. Haar- oder Augenfarbe konnte er nicht sehen, weil es dunkel war. Die Beschreibung der Kleidung beschränkt sich darauf, dass sie eine enge Hose und einen Mantel getragen hat, der auch eher eng war. Ziemlich groß und schlank, und ihre Figur hat ihr Geschlecht verraten.«

Graham seufzte. »Das passt zu der DNA, die in Westerns Wagen gefunden wurde. Können Sie heute Abend Dennis Mulaney kontaktieren und sich das Alibi bestätigen lassen?«

»Es wird mir ein Vergnügen sein«, sagte Lively trocken. »Wie sehen Ihre nächsten Schritte aus?«

»Erst werde ich mal die DCI auf den neuesten Stand bringen«, sagte Graham. »Morgen möchte ich mit Gilroy Westerns Tochter sprechen. Ich weiß, wir haben bereits festgestellt, dass seine Frau in Spanien war, als er gestorben ist, aber das bedeutet nicht, dass seine Tochter auch dort war.«

»Kommt mir irgendwie so vor, als hätte ich das kürzere Streichholz gezogen«, bemerkte Lively. »Verdammte Standesprivilegien.«

Kapitel dreißig

16. März

Lance Proudfoot war erst, nachdem die Story bereits mehrfach Alarm in seinem Telefon ausgelöst hatte, am Schauplatz von Janet Monroes dramatischem Nicht-Suizid erschienen, deutlich später als die übrigen interessierten Pressegeier – er machte sich keine Illusionen darüber, wie er und seine Kollegen im Allgemeinen wahrgenommen wurden. Eigentlich hatte er gar nicht hingehen wollen. Die Aussicht, womöglich zusehen zu müssen, wie ein Mensch aus so großer Höhe fiel, war grässlich, aber es war eine Nachricht, und Nachrichten waren sein Beruf.

Der hervorstechendste Aspekt der ganzen Sache wäre unausweichlich herauszufinden, wie die fragliche Frau überhaupt auf das Dach gekommen war – das Dach von Edinburghs höchstem Gebäude, gelegen in einer Gegend, die kein Tourist je aufsuchen würde, jedenfalls nicht freiwillig, in der Armut die Norm war und in der Drogen leichter zu bekommen waren als ein Arzttermin, war schon seit Langem sorgfältig gesichert.

Darauf bedacht, Distanz zur verbliebenen Pressemeute zu halten, bezog Lance ein Stück weiter entfernt von dem Haus zwischen zwei Reihen geparkter Autos Position und machte sich aus der Entfernung ein Bild von der Lage. Wie sehr er den Gedanken, unter solch betrüblichen Umständen Fotos zu schießen, auch verabscheute, der Profi in ihm behielt wie immer die Oberhand. Er konzentrierte sich auf die winzigen Gestalten hoch oben auf dem Wohnturm, und sein Hochleistungs-Teleobjektiv lieferte ihm ein Bild der verzweifelten Frau, von der er hoffte, er würde sie nicht an den Gesichtern vorbei, die durch die Fenster auf die Menge hinausblickten, in die Tiefe rasen sehen.

Das reichte. Er steckte die Kamera weg und zog sein Telefon hervor. Mit leiser Stimme beschrieb er die Szene mit Hilfe seiner Diktier-App: die Rudelmentalität der Menge, die Art, wie die Leute ebenso aufeinander reagierten wie auf die menschliche Tragödie, die sich über ihnen abspielte. Die scheinbare Gelassenheit der Mitarbeiter des Notdienstes, die einen Bereich absperrten und sich auf das Schlimmste gefasst machten, während sie zugleich den Eindruck vermittelten, es würde gewiss nichts Schlimmes passieren. Und die gelegentlichen, schauerlichen Klagelaute der armen Frau, die dort oben so schrecklich leiden musste.

Dann, plötzlich, hatte sich lauthals lachend ein Mann durch die Menge gedrängelt. Lance konnte sein Gesicht nicht sehen, aber seine ganze Körperhaltung drückte Jugend und Arroganz aus. In den Zwanzigern und unberührt von der Erkenntnis, dass auch er eines Tages würde sterben müssen. Und dass er zuvor – wenn er Glück hatte – einen steten körperlichen Verfall erleben würde, eine schwache Blase, knackende Knie und Augen, die kleine Schrift nur noch lesen konnten, wenn man sie so weit wie möglich von sich hielt, die Arme nach vorn ausgestreckt, als würde man irgendein imaginäres Comicauto fahren.

Der lachende Mann zog sich seine Kapuze über den Kopf, als Lance sich gerade zu ihm umdrehte, um ihm einen Rat über den üblichen Anstand zu erteilen, der unweigerlich auf taube Ohren stoßen würde, aber manchmal war allein der Versuch, das Richtige zu tun, wichtiger als jede realistische Aussicht auf Erfolg. Der Spaßvogel war um die eins fünfundachtzig, aber hager, und seine Klamotten waren von einer Marke, wie sie derzeit jeder von sozialen Medien besessene Jugendliche zu tragen pflegte. Er hielt ein Mobiltelefon in der Hand, dessen Displayanzeige sich kontinuierlich veränderte, und Lance erkannte, dass die Kamera aktiviert war.

Darum ging es also. Einem möglichen Selbstmord beizuwohnen. Sicherzustellen, dass für die Aufnahme des Geschehens alles bereit war. Mutmaßlich, um das Ergebnis auf irgendeine Seite ohne verantwortungsvolles Regelwerk hochzuladen und zuzusehen, wie die Klicks hereinrollten. Auch andere Internetstars hatten versucht, unter ähnlich dubiosen Umständen Anhänger um sich zu scharen, und sich damit Ärger eingehandelt, aber nicht, ehe ihr Ruhm bereits Höhen erklommen hatte, die für sie geradezu schwindelerregend erscheinen mussten. Es war nicht so schwer vorstellbar, dass sich manche Leute vom Gedanken an all die Beweihräucherung von der dunklen Seite verleiten ließen. Das Problem war die natürliche Gerechtigkeit, denn irgendwann musste man erwachsen werden, und die Idee, dass man den Rest seiner Tage mit dem Wissen verbringen würde, einmal einen Selbstmord live ins Internet übertragen zu haben, würde mit jedem Jahr schmerzlicher werden.

Als der Mann verschwand und Lance seinerseits beschloss, dass er genug hatte – für manche Storys war der Preis einfach zu hoch, um über sie zu berichten –, schob sich eine Frau durch die Masse der Leiber und starrte dabei dem Möchtegern-Internetstar nach. Zunächst erregte ihre Körpersprache Lances Aufmerksamkeit. Sie war wie eine gespannte Feder, voller explosiver Energie. Und dann sah er ihr Gesicht. Ava Turner, so gekleidet, dass sie mit der Menge verschmelzen konnte, ohne dass irgendetwas an ihr die Polizistin verriet, folgte dem Mann. Jedoch alles andere als offenkundig. Sie wollte eindeutig nicht auffallen.

Lance steckte sein Telefon in die Tasche und verließ sich auf seinen Instinkt, der ihm sagte, dass die eigentliche Story sich gerade hinter ihm davonstahl. Er war nicht dumm genug, um sie zu rufen. Wenn ein Detective Chief Inspector persönlich vor Ort war, dann ging es um etwas Ernstes. Kontakt zu ihr herzustellen würde unvermeidlich ihre Deckung auffliegen lassen, und nach allem, was er über ihre Arbeitsauslastung wusste – von dem Stress in ihrem Privatleben ganz zu schweigen –, würde das kein gutes Ende nehmen.

Während er sich an Ava hängte, fragte er sich, wo Callanach wohl war. Zwei Tage zuvor hatten sie zusammen zu Abend gegessen, und Luc hatte sich ihm gegenüber mehr geöffnet als je zuvor. Er hatte ihm von dem katastrophalen Abend mit der Frau erzählt, die sich vor ihm einen Weg durch die Menge bahnte, und von den traumatischen Ereignissen, die ihn dazu gebracht hatten, einen Fehler zu begehen, der ihn die Frau kosten könnte, die er so unverkennbar liebte.

Lance hatte beide Seiten sehen können und sich insgeheim gedacht, dass sich da etwas auf einer eher unbewussten Ebene abspielen dürfte. An dem Punkt war er selbst auch schon gewesen. Wann immer etwas, das er im Leben wirklich gewollt hatte, in Griffweite gekommen war, hatte ihn die Gewissheit überfallen, dass es nicht dazu ausersehen war, je zu funktionieren, sozusagen eine präventive Zerstörung, die ihm eine endlose Enttäuschung ersparen sollte.

Bei all dem Schaden, den er erlitten hatte, hatte Callanach seinen Tiefpunkt schon vor ein paar Jahren erreicht und war bereit für ein neues Glück gewesen. Ava Turner war ihm eher ein Rätsel. Die Schiefertafel, die Callanach aus ihrem Besitz entwendet hatte, bei ihm zu finden, sollte nach einer Abkühlungsphase im Großen und Ganzen eine verzeihliche Sünde sein, aber nur, wenn man nicht bereits darauf wartete, dass die Dinge sich zum Schlechten entwickeln. Oder glaubte, man habe kein Glück verdient. Oder dass es vielleicht einfacher wäre, sich das Glück von vornherein zu verwehren, als es für eine Weile zu genießen und dann womöglich doch wieder zu verlieren. Jedenfalls lautete die Erkenntnis, die Lance Callanachs Katastrophenstory entnommen hatte, dass er es mit einer Frau zu tun hatte, die sich selbst schützen wollte, indem sie allem aus dem Weg ging, was sie verletzen könnte. Sie wäre nicht die Erste und auch nicht die Letzte.

Am Rand der Menschenansammlung hatte Ava Turner haltgemacht und musterte die diversen Leute, die sich vom Ort des Geschehens entfernten. Er dachte kurz daran, ob er sich vorsichtig nähern und sehen sollte, ob er vielleicht helfen konnte, entschied sich aber dagegen. Ava wusste, was sie tat, und sie war sicher nicht ohne Verstärkung hier. Er wandte sich ab und ging zu seinem Wagen zurück, der in Sichtweite zum Haupteingang des Gebäudes stand, von dem aus das Dach nur teilweise zu erkennen war, weshalb sich dort auch keine Zuschauer eingefunden hatten.

Als er am Straßenrand in seinem Auto saß, nahm er sich ein wenig Zeit, um über das Leben nachzudenken. Er würde lügen, würde er abstreiten, dass es Augenblicke gegeben hatte, in denen es ihm vorgekommen war, als würde das Leben beinahe ausschließlich aus Schmerz bestehen. Als sein Sohn eine Gehirnerschütterung erlitten hatte, in deren Folge er lange genug bewusstlos geblieben war, dass sie sich ernsthaft Sorgen hatten machen müssen, in welchem Zustand er sich wohl befände, wenn er wieder zu sich kam. Als seine Frau ihn verlassen hatte. Als er hatte zusehen müssen, wie seine Mutter – die tapferste und fidelste Frau, die er je gekannt hatte – langsam an einem Krebs zugrunde gegangen war, der keinen Sinn hatte, der nichts zu gewinnen hatte, sondern sie einfach nur tötete, weil er es konnte. Doch er war nie auch nur in der Nähe einer Selbsttötung gewesen. Zu dem Gedanken fiel ihm schlicht nichts ein. Solange man nicht selbst an diesem Punkt gewesen war, war das einfach unvorstellbar.

Er hatte eigentlich nie richtig über das Ausmaß des Problems nachgedacht, bis er Callanach geholfen hatte, Fenella Hawksmiths Tochter zu finden. Die arme Frau hatte auch bereits mehrere Selbstmordversuche hinter sich. Und dann war da noch der Bursche, der gerade einen Monat zuvor von der Queensferry Bridge hatte springen wollen.

Lance bekam Kopfschmerzen. Er öffnete die Seitenscheibe, um etwas frische Luft hereinzulassen. Luc hatte ihm erzählt, Fenella Hawksmiths Leichnam hätte etwa drei Wochen in ihrer Wohnung gelegen. Und dann war Stephen Berry draußen auf Tantallon Castle gestorben. Bald darauf war der arme Japaner ermordet worden. Nur hatte dessen Ehefrau, dieses fiese Weibsstück mit dem Freund, der liebevoll nach einer Proteinart genannt wurde, nicht etwas darüber gesagt, dass er auch suizidal gewesen sei? Osaki Shozo, so hieß er. Die alten grauen Zellen funktionierten auch nur noch gerade mal so.

Ein Mann in Jeans, aufgepeppt durch ein gestreiftes Hemd und ein offiziell aussehendes Umhängeband, kam aus dem Gebäude, begleitet von Sanitätern, Polizisten und einer dunkelhaarigen Frau in Leggings und einem schäbigen Mantel. Letztere wirkte absolut erschöpft. Zweifellos sah er vor sich die glücklicherweise unverletzte Person, deren Schmerz so öffentlich verbreitet worden war. Der Mann mit dem eher professionell wirkenden Äußeren nahm die potenzielle Springerin kurz in die Arme, dann brachten die Sanitäter sie zum Heck eines wartenden Krankenwagens.

Berry, Hawksmith, Shozo, dachte er. Alle hatten eine Vorgeschichte, die zumindest suizidale Gedanken, wenn nicht gar Selbstmordversuche beinhaltete. Alle waren jetzt tot. Und nun streifte Ava Turner im Zuge eines weiteren drohenden Selbstmords durch die Menge der Umstehenden und konzentrierte sich nicht auf die aktuellen Ereignisse, sondern auf die Zuschauer. Wartete darauf, dass irgendjemand sich verriet? Lance wünschte sich, er würde sich irren. Wünschte, er könnte nach Hause gehen und die Story – eine, die ein glückliches Ende genommen hatte – für seinen Newsblog schreiben. Aber er wusste, so einfach war das nicht. Zufall, das war so etwas, wie wenn man auf einem anderen Kontinent Urlaub machte und dort dem besten Freund aus der Grundschule mitten auf einem sonst verlassenen Strand in die Arme lief. Mit Leichen hatte der Zufall jedoch selten – wenn überhaupt – etwas zu tun.

Er startete den Motor und folgte dem Krankenwagen in respektvoller Distanz, darauf bedacht, nicht entdeckt zu werden. Die Polizei würde zweifellos das Gleiche tun. Er musste vorsichtig sein, um sich nicht verdächtig zu machen, denn es war ziemlich offensichtlich, dass die Polizei dachte, sie könnte in der Menge eines Serienmörders habhaft werden. Das war eine Story, von der er sich nicht einmal hätte abwenden können, wenn er es gewollt hätte.

Kurz spielte er mit dem Gedanken, Callanach anzurufen, um sich seinen Verdacht bestätigen zu lassen, doch er entschied sich dagegen. Sein Freund sollte derzeit seinen Dienst ruhen lassen, und das Letzte, was Callanach jetzt brauchte, war jemand, der sich sein Insiderwissen zunutze machen wollte, während er selbst nicht an den Ermittlungen teilnehmen konnte. Aber das war in Ordnung. Lance konnte warten und beobachten. Ein ganzes Leben als Journalist hatte ihn Geduld gelehrt.

Statt, wie Lance angenommen hatte, das nächste Krankenhaus anzusteuern, öffnete das Ambulanzfahrzeug nach einigen Umwegen die Türen im Kimmerghame Drive. Janet Vargas – auch wenn Lance es für ungebührlich hielt, persönliche Daten preiszugeben, war der Name online aufgetaucht – wurde von zwei Sanitätern ins Haus begleitet.

Sie mussten sich wohl vergewissern, dass jemand daheim war, der nach ihr sehen würde, überlegte Lance. Keine psychologische Untersuchung, keine verordneten Medikamente. Natürlich war es möglich, dass in Janets Wohnung so oder so alles bereitstand, was sie an Medizin benötigte, aber das warf nur die Frage auf, warum sie ihre Arznei nicht genommen oder warum sie nicht gewirkt hatte. Aus der Saat der Story, die bereits in Lances Kopf Wurzeln geschlagen hatte, sprossen Triebe hervor und streckten sich mit aller Kraft nach Licht. Doch dafür war es noch zu früh.

Er entdeckte einen ausreichend unauffälligen Parkplatz, kontrollierte seinen Notvorrat an Getränken und Kartoffelchips – scheiß auf fettarme Ernährung – und richtete sich darauf ein, Janet Vargas' Haus zu beobachten, und zwar ausschließlich, weil sein Bauchgefühl ihm dazu riet. In ungefähr einer Stunde würde er hineinspazieren, sich irgendeine der Reklamesendungen schnappen, die im Treppenhaus auf dem Boden liegen dürften, und sie unter einer Tür im obersten Stockwerk hindurchschieben, um sich den Anschein zu verleihen, er hätte einen akzeptablen Grund, im Haus zu sein, während er in Wirklichkeit die Lage peilte.

Sollte die Polizei Wache halten und misstrauisch werden, dann würde er Callanachs Namen nutzen, um klarzustellen, wer er war. Außerdem wäre das immerhin eine Bestätigung, dass er im Großen und Ganzen nicht so falsch lag und Leute, die in dieser Stadt einen Selbstmordversuch unternahmen, tatsächlich einem skrupellosen Mörder zum Opfer zu fallen drohten, der in ihnen nichts weiter als Beute sah. Und dass Janet Vargas, die gerade erst davor bewahrt worden war, sich das Leben zu nehmen, sich womöglich bald wünschen würde, sie hätte es durchgezogen, denn das wäre, verglichen mit dem Grauen, dem Hawksmith und Shozo ausgesetzt gewesen waren, der leichtere Weg.

Lance wartete eine Stunde, überlegte sogar, einfach nach

Hause zu gehen, tat es aber nicht. Manche Gewohnheiten ließen sich einfach nicht durchbrechen. Er hatte keine Ahnung, nach was oder wem er Ausschau hielt, doch der Journalist in ihm – und vielleicht, so gestand er sich ein, auch der Egoist in ihm – beteuerte, er würde es wissen, wenn er es sähe.

Kapitel einunddreißig

17. März

Der Besprechungsraum war brechend voll mit Angehörigen beider Ermittlungsteams. Pax Graham erhob sich als Erster, um sich an die versammelte Truppe zu wenden.

»Wir haben immer noch keinen Verdächtigen«, begann er. »Gilroy Westerns langjährige Mätresse hat ein Alibi für den gesamten Zeitraum, und nachdem wir ein wenig Druck ausgeübt haben, hat der Gentleman, mit dem sie zusammen war, ihre Version der Ereignisse bestätigt. Es soll reichen zu sagen, dass er, hätte sie in diesem Punkt gelogen, seine politische Karriere keinesfalls für sie aufs Spiel gesetzt hätte. Ähnlich verhält es sich mit Westerns Tochter und Ehefrau. Zwar hätten beide potenziell ihre Gründe gehabt, Westerns Tod zu wollen, aber sie waren zum Zeitpunkt seines Todes in Spanien. Damit bleibt nur, dass der Täter jemand ist, der in unseren Ermittlungen bisher keine Rolle gespielt hat, oder dass jemand den Mord an Jenson und Western in Auftrag gegeben hat. Die DNA, die am Motor von Westerns Wagen gefunden wurde, ist nicht in der nationalen Datenbank, aber sie stimmt mit der überein, die man an dem Kissen gesichert hat, mit dem Bruce Jenson getötet wurde. Was wir jedoch haben, nachdem ein Mitarbeiter so höflich war, sich doch endlich zu melden, um uns zu sagen, dass eine Frau durch den Garten gelaufen ist, während er eine Zigarette geraucht hat, sind Aufnahmen aus einer Überwachungskamera an dem Gewerbegebäude gegenüber dem Pflegeheim.«

Er drehte sich um und drückte ein paar Tasten auf einem Laptop, während jemand anders die Lampen ausschaltete. Ein großer Bildschirm erwachte halbwegs zum Leben, zeigte aber nichts weiter an als trübe Dunkelheit, durch die von Zeit zu Zeit ein Paar Autoscheinwerfer schoss. Im oberen Bereich war vage das Dach des Pflegeheims erkennbar, jedoch von Bäumen und der Bepflanzung im Vordergrund verdeckt. Große Tore, beeindruckend genug, um als Sicherheitsmaßnahme durchzugehen, befanden sich in Mauerabschnitten, die sich über mehrere Meter in beide Richtungen zogen.

Graham spulte das Filmmaterial einige Minuten vor, sobald die Aufmerksamkeit der Anwesenden den Bildern gehörte. Etwas bewegte sich ganz unten in der rechten Ecke des Bildschirms, Laub und Zweige wurden in Form schlecht definierter Schattierungen von Grau verschoben, und dann tauchte ein dunkler Fleck an der Stelle auf, an der zuvor das Gestrüpp gewesen war. Eine Gestalt trat heraus und auf das Pflaster: schlank, anmutig, unverkennbar weiblich, auch wenn von ihr nicht mehr als eine unstete Silhouette zu sehen war. Das Haar war entweder kurz oder zurückgebunden, der Nacken offen sichtbar. Sie beugte sich vor.

»Wir glauben, dass sie Schmutz aus der Hecke von ihrer Kleidung klopft«, berichtete Graham, als die Gestalt sich wieder aufrichtete. »Und jetzt tut sie etwas mit beiden Händen, ehe sie in ihren Mantel greift. Es scheint, als würde sie Handschuhe ausziehen und in den Taschen verstauen, um nicht verdächtig auszusehen. In der Nacht war es zwar nicht gerade warm, aber es war auch nicht unbedingt Handschuhwetter. Nun geht sie die Straße hinunter, und wir verlieren sie aus den Augen. Danach konnten wir sie auf keiner der anderen Überwachungsaufnahmen aus der näheren Umgebung wiederfinden, daher nehmen wir an, dass sie entweder irgendwann ein eigenes Fahrzeug bestiegen oder sich vielleicht ein Taxi gerufen hat.«

Ava starrte den Bildschirm an, als wartete sie darauf, dass die Frau wieder auftauchte. Trotz der Dunkelheit und der furchtbaren Pixelierung rief irgendetwas an der Frau eine Reaktion in ihrem Inneren hervor. Da war etwas Vertrautes, und es hatte etwas damit zu tun, wie sie sich bewegte. Wie sie den Kopf zur Seite neigte und sich das Haar glatt strich, ehe sie sich auf der Straße entfernte. Sie schloss die Augen und versuchte, die Regungen ihres Unbewussten festzuhalten, die sich ihr bereits wieder entziehen wollten.

»Wenn sie Handschuhe getragen hat, wie ist dann ihre DNA auf das Kissen gekommen?«, fragte jemand.

»Wir glauben, sie stammt aus ihrem Speichel, möglicherweise eine Folge der Anstrengung, die damit einherging, ihm das Kissen aufs Gesicht zu drücken, oder vielleicht sind es auch Speicheltropfen, die durch die Luft geflogen sind, als sie mit ihm gesprochen hat«, entgegnete Graham. »Die vollständigen DNA-Ergebnisse zu den Beweisstücken aus dem Fall Bruce Jenson sind erst heute Morgen eingetroffen. Es ist durchaus möglich, dass wir schon in einigen Tagen bessere allgemeine Kenntnisse über sie haben werden.«

Er nickte Ava zu und räumte die Bühne.

»DS Tripp hat im Fall Berry Fortschritte erzielen können. Der Mann auf der Queensberry Bridge, um den es uns geht, wurde von einem anderen Zuschauer mit dem Mobiltelefon aufgezeichnet. Wir haben kein klares Bild von seinem Gesicht. Er trug Winterkleidung, hatte sich eine Kapuze über den Kopf gezogen und einen Schal umgewickelt, trotzdem konnten wir die Umrisse seines Kopfes erkennen. Auf diesen Aufnahmen …« Sie trat an den Laptop, vor dem zuvor Graham gestanden hatte, und wählte eine Datei aus. »Auf diesen Aufnahmen können Sie einen Mann von hinten sehen. Er ermuntert Stephen Berry lautstark zu springen – hier sehen wir, dass er zu diesem Zeitpunkt sein eigenes Mobiltelefon hochhält –, und dann fängt er an zu lachen. Wir haben zwar nur diese Aufnahme von hinten, aber anhand der Bewegungen seines Kopfes, der gebrüllten Worte und des Gelächters sind wir sicher, dass das der Mann ist, den wir suchen.«

Sie schloss die Datei und rief eine andere auf. Eine Audioaufnahme wurde abgespielt, während die Kamera über eine Menschenmenge geschwenkt wurde. Die Worte »Los doch, tu es!« waren deutlich vor den Hintergrundgeräuschen zu hören, nach einer kurzen Pause, gefolgt von Gelächter.

»Wir haben eine Sprachanalytikerin hinzugezogen, die beide Aufnahmen über Nacht verglichen hat. Sie hat uns bestätigt, dass es sich um ein und denselben Mann handelt. Wir können ihn bisher keinem der Tatorte zuordnen, aber wir arbeiten mit aller Kraft daran, ihn zu identifizieren. Tripp, ich möchte, dass Ihr Team bei den Medien nachhakt, um festzustellen, welche Aufnahmen von Janet Monroe gestern gesendet wurden. Wir wissen, dass der lachende Mann gefilmt hat, also lassen Sie uns sehen, ob wir ihn darüber aufspüren können. Unschuldige werden wir nun, da wir sein Sprachmuster kennen, problemlos ausschließen können. Wir schätzen, dass er in den Zwanzigern ist, ungefähr eins fünfundachtzig groß. Ich habe ihn gestern in der Menge gesehen, konnte ihm aber nicht folgen. Gehen Sie davon aus, dass er von hier ist und ein persönliches Interesse an potenziellen Suiziden hat. Es kann kein Zufall sein, dass er bei zwei Vorfällen noch während des Geschehens aufgetaucht ist, und das bedeutet, dass er entweder die Medien genau verfolgt oder eigene Kontakte hat – vielleicht zu Notdiensten –, die ihn informieren, wann immer ein möglicher Suizid gemeldet wird. Finden Sie ihn. Und setzen Sie mich über alle Fortschritte umgehend in Kenntnis. Inzwischen werde ich die Aufnahmen Rune Maclure zeigen, dem Berater, der Stephen Berry auf der Brücke zu Hilfe gekommen ist. Ich wünsche, bis zum Ende dieses Tages Ergebnisse zu sehen. Wenn wir das nicht hinkriegen, sind wir vielleicht gezwungen, die Fernsehsender zu bitten, das Material auszustrahlen, um zu sehen, ob sich irgendjemand meldet, der uns den Namen der Person liefern kann, aber das werden wir nur im äußersten Notfall tun, denn wenn es so weit kommt, wird er zweifellos die Flucht ergreifen.«

Ava klappte den Laptop zu, nahm ihn an sich und machte sich auf den Weg zur Tür, als Pax Graham sie aufhielt.

»Kann ich Sie sprechen, Chief?«

»Kann das warten? Maclure wartet in meinem Büro auf mich, und ich weiß, dass er noch andere Termine einzuhalten hat.« Sie setzte sich wieder in Bewegung.

Graham begleitete sie. »Es dauert nicht lange«, versicherte er.

Ava hoffte, er würde sie nicht wieder auf einen Drink einladen wollen. Als er sie am Vorabend angerufen hatte, um sie über seinen Fall auf den neuesten Stand zu bringen, hatte er ihr vorgeschlagen, sich zu einem persönlichen Gespräch in einem Pub mit ihr zu treffen, und sie gefragt, ob sie etwas gegessen hätte. Sie hatte sich mit Müdigkeit rausgeredet, was zwar keine Lüge, aber auch nicht der Grund dafür gewesen war, dass sie ihn nicht hatte treffen wollen. Pax Graham war Single, attraktiv und viel zu aufmerksam, und das brauchte sie in ihrem Leben gerade etwa so dringend wie Masern.

»Sie haben zwei Minuten«, sagte sie.

»In Ordnung.« Er verstummte und tat mehrere Schritte, ehe er fortfuhr. »Als die Forensik-Ergebnisse von dem Kissen eingetroffen sind, mit dem Bruce Jenson ermordet wurde, haben wir nicht nur die DNA von Gilroy Westerns Mörder gefunden. Erwartungsgemäß gab es darauf DNA aus verschiedenen Quellen. Eine davon war allerdings von DI Callanach.«

Ava ging weiter und ermahnte sich im Stillen, das Atmen

nicht zu vergessen. »Callanach war vor Ort und hat zugegeben, dass er sowohl mit Mr Jenson als auch mit dem Kissen in Berührung gekommen ist. Mich überrascht nicht, dass seine DNA gefunden wurde. Das ist einer der Gründe, warum er beurlaubt ist – damit die Ermittlungen nicht beeinträchtigt werden können.«

»Zugegeben, aber die DNA stammte nicht von Hautzellen oder Schweiß, wie ich vermutet hatte.«

Ava blieb stehen.

»Da war Blut auf dem Kissen, mit bloßem Auge fast nicht zu sehen, so klein war der Tropfen.«

»Er hat uns erzählt, dass er eine Vase zerbrochen hat. Das hat er auch der diensthabenden Schwester gemeldet. Vielleicht hat er sich dabei die Haut verletzt.«

»Das wäre möglich, aber Callanach sagte, er hätte die Vase umgeworfen, als er ein Handtuch gesucht hat, um Jenson das Kinn abzuwischen. Nach der zeitlichen Abfolge, die er uns geliefert hat, ist er erst später hingegangen und hat die Scherben eingesammelt. Er hat nichts darüber gesagt, dass er danach noch einmal zu Jenson gegangen wäre.«

Ava nickte lächelnd. »Sie haben vollkommen recht«, sagte sie. »Das muss geklärt werden. Danke, dass Sie mich vorab informiert haben. Bitten Sie DI Callanach her und kümmern Sie sich darum.«

»Derzeit ist das nicht nötig«, erwiderte Graham. »Schließlich ist er kein Verdächtiger. Ich wollte Sie nur im Vorfeld informieren, falls das zur Sprache kommt, wenn die Akte zwecks Anklageerhebung der Staatsanwaltschaft übergeben wird, aber das wird erst passieren, wenn wir denjenigen, der dafür verantwortlich ist, gefasst haben. Ich überlasse Sie dann wieder Ihrer Arbeit.«

»Gut, danke«, sagte Ava leise.

Sie hatte Callanach immer noch nicht darüber informiert, dass sie in Verbindung mit den beiden Morden nach einer Frau suchten. Dafür war es einfach zu hektisch zugegangen, und selbst wenn das nicht der Fall gewesen wäre, würde sie, wenn sie ihm Informationen über die Ermittlungen zukommen ließ, nur ein weiteres Mal gegen die Vorschriften verstoßen. Wenn es hart auf hart käme, würde er eine Erklärung dafür liefern müssen, wie sein Blut auf Jensons Kissen geraten sein konnte. Aber das war Callanachs Problem, nicht ihres. Sie hatte so oder so genug um die Ohren.

Rune Maclure wartete bereits in ihrem Büro und unterhielt sich mit Superintendent Overbeck, als Ava eintrat. Overbeck rührte langsam den Kaffee in ihrer Tasse um und gab sich dabei so interessiert, dass Ava froh war, DS Lively nicht zu dem Treffen mitgenommen zu haben. Der Sergeant war auch so schon verunsichert genug, da musste er nicht auch noch zusehen, wie die Frau, zu der er sich aus unerklärlichen Gründen hingezogen fühlte, mit einem derart charmanten Mann wie Maclure flirtete. Overbeck hatte sogar Kaffee in Tassen mit Untertassen servieren lassen, die nicht nur zusammenpassten, sondern auch völlig unbeschädigt aussahen, was auf dem Revier einem Wunder gleichkam. Ava wappnete sich innerlich für das übliche Bombardement von Beleidigungen.

»Ava, wir haben schon auf Sie gewartet«, gurrte Overbeck.

Jetzt also Vornamen und freundliches Lächeln. Overbeck versuchte offenbar, sich teurer zu verkaufen, als angemessen war, wie Ava dachte.

»Mr Maclure, bitte entschuldigen Sie, dass ich Sie habe warten lassen. Detective Superintendent, ich kann Sie später auf den neuesten Stand bringen, wir müssen uns nur ein Beweisstück ansehen. Das dürfte nicht lange dauern. Danach kann ich gleich in Ihr Büro kommen.«

»Aber nein«, widersprach Overbeck. »Sie wissen doch, ich bevorzuge eine praxisorientierte Vorgehensweise, bei der ich persönlich Hand anlegen kann. Warum soll ich also nicht einfach bleiben und diese Sache mit Ihnen zusammen durchgehen? Vielleicht kann ich Ihnen ja helfen.«

Ava hatte Mühe, nicht hörbar zu seufzen. Wenn Overbeck nicht begriff, wie lächerlich die Phrase »persönlich Hand anlegen« aus dem Mund einer Person wirkte, deren kirschrote Fingernägel mühelos als Angriffswaffe durchgehen würden, dann musste sie ihren Aufgaben als Leiterin des Reviers wohl von einem anderen Planeten aus nachgehen.

»Das wüsste ich sehr zu schätzen, Ma'am«, sagte sie. »Lassen Sie mich nur den Laptop hochfahren.«

»Also, wie lange leben Sie schon in Edinburgh, Rune?«, nahm Overbeck ihr Gespräch wieder auf.

»Seit ich erwachsen bin«, antwortete Maclure. »Das geht irgendwie ins Blut über, denke ich. Man kann die ganze Welt bereisen, aber wenn man aus Schottland stammt, ruft es einen früher oder später heim.«

»Sie haben ja so recht. Wo haben Sie Ihren Abschluss gemacht?«

»St. Andrews.« Maclure lächelte, als er sah, wie Ava die Augen verdrehte, während Overbeck an ihrem Kaffee nippte.

Overbeck vergaß offenbar, dass sie es mit einem Psychotherapeuten zu tun hatte. Allein ihre Körpersprache hätte gereicht, um einen halbwegs verständigen Mann in die Flucht zu schlagen.

»So, los geht's«, sagte Ava rasch. »Sie sagten, da war ein Mann auf der Brücke, der gelacht hat, als Sie bei Stephen Berry waren. Es hat eine Weile gedauert, aber wir konnten einige der anderen Personen auf der Brücke anhand ihrer Autokennzeichen identifizieren. Jemand hat diesen Mann von hinten aufgenommen.« Sie rief die Datei auf. »Er hat das Gelächter und ein bisschen Gebrüll aufgezeichnet. Können Sie bestätigen, dass Sie diese Stimme gehört haben?«

Ava drückte auf Abspielen. Maclure sah sich das Video an, bat darum, es noch einmal laufen zu lassen, und lauschte erneut. Dabei beugte er sich vor und studierte den Monitor.

»Ja, das ist genau das, was ich gehört habe, auch wenn ich ein gutes Stück entfernt war und der Wind die Geräusche verzerrt hat. Darf ich vielleicht …«

»Sorry, nur einen Moment, solange das in Ihrem Kopf noch frisch ist«, fiel Ava ihm ins Wort. »Ich möchte, dass Sie sich noch eine andere Aufnahme ansehen. Gestern gab es in der Stadt einen Selbstmordversuch. Die Polizei war vor Ort, um das Gebiet zu sichern und den Notdienst zu unterstützen, und eine Kamera hat bei Aufnahmen von der Menge zufällig das hier erwischt.«

Sie startete das Video. Die Kamera schwenkte über Köpfe. Dann erklang ein beinahe manisches Gelächter, und ein Mann brüllte lauthals. Sein Kopf, das Gesicht beinahe vollständig unter der Kapuze verborgen, kam flüchtig und verschwommen ins Bild, als er sich umdrehte und anfing, sich einen Weg um die Leute herum zu suchen.

»Lassen Sie es noch mal laufen«, forderte Maclure sie auf. »Ich will es mir noch einmal ansehen.«

Ava fuhr die Aufnahme zurück. »Sie sollten vielleicht wissen, dass wir das Stimmmuster der beiden Aufnahmen einer Expertin vorgelegt haben. Sie kam zu dem Schluss, dass es sich in beiden Fällen um denselben Mann handelt.«

Maclure reagierte nicht, sondern zog nur den Laptop näher zu sich und drehte die Bildschirmhelligkeit auf, als die Aufnahme wieder zu laufen begann. Am Ende lehnte er sich stirnrunzelnd zurück und verschränkte die Arme vor der Brust.

»Wenn das unser Verdächtiger ist, brauchen wir ein erheblich besseres Bild, ehe wir Einzelheiten an die Öffentlichkeit weitergeben können«, konstatierte Overbeck. »Haben die Techniker schon versucht, die Bilder zu verbessern, oder was immer die da in ihrer kleinen Höhle anstellen?«

»Die kann man nicht verbessern. Wenn wir sie vergrößern, werden sie nur unschärfer«, erklärte Ava und wünschte, Overbeck würde das einfach ihr überlassen und sich nicht weiter einmischen.

»Ich glaube, das wird gar nicht nötig sein«, sagte Maclure leise. »Gott, ich hoffe, meine Geschäftsstelle ist nicht für irgendeinen dieser Todesfälle verantwortlich, aber …«

Ava ließ ihm Zeit.

»Ich habe eine Idee, wer das sein könnte. Ich kann es nicht sicher sagen und habe keinen Grund zu der Annahme, dass er zu der Sorte Mensch gehört, die zu Gewalt neigt, aber es gibt da einen jungen Mann, der in jüngster Zeit häufig bei unserem Zentrum herumhing, auf den die Beschreibung passen würde.«

»Kennen Sie seinen Namen?«, fragte Ava.

»Nein, aber ich habe ihn mit einer unserer Verwaltungsangestellten gesehen, mit der jungen Frau, die sich um die Ablage kümmert und Kaffee für Besucher macht, wenn sie warten müssen, ehe sich ein Berater ihrer annehmen kann. Ihr Name ist Vicky Rosach.«

»Hat Vicky Zugang zu den persönlichen Daten der Leute, denen Sie helfen?«, übernahm Overbeck.

»Die stehen alle in unseren Akten; allerdings ist es ihr untersagt, diese Akten zu öffnen oder auf die enthaltenen Informationen zuzugreifen. Das steht in ihrem Vertrag.« Maclure schlug die Hände vors Gesicht. »Es tut mir leid, ich war so sicher, dass wir damit nichts zu tun haben können. Wir sind da, um den Menschen zu helfen, wenn sie es am dringendsten brauchen. Falls wir das Vertrauen der Öffentlichkeit verlieren, werden die Menschen sich nicht mehr imstande fühlen, sich an uns zu wenden, wenn sie am meisten auf unsere Hilfe angewiesen sind. Das wäre verheerend.«

Overbeck legte eine manikürte Klaue auf Maclures Unterarm und drückte ihn sacht. »Sie leisten ganz offensichtlich bewundernswerte Arbeit. Bitte machen Sie sich keine Vorwürfe.«

»Ich brauche Vicky Rosachs persönliche Daten«, sagte Ava. »Aber alarmieren Sie Ihr Büro nicht. Es ist wichtig, dass Vicky nicht erfährt, dass irgendetwas nicht in Ordnung ist. Wissen Sie, ob sie derzeit arbeitet?«

»Ich glaube schon«, sagte Maclure. »Wenn ich anrufe, um nachzuhaken, geht sie wahrscheinlich gleich ans Telefon.«

»Tun Sie das nicht«, bat ihn Ava rasch. »Kurzbeschreibung?«

»Um die zwanzig, rotes Haar, blasse Haut.«

»Ich erinnere mich an sie«, sagte Ava.

»Sie ist nicht besonders gut in ihrem Job, um ehrlich zu sein. Vielleicht hätte ich sie längst wieder loswerden sollen, aber ich dachte immer, sie wäre nur ein bisschen zerfahren oder gedankenlos, und mir liegt daran, den Leuten eine echte Chance zu geben. Mir ist nie in den Sinn gekommen, dass da noch etwas weit Suspekteres vorgehen könnte.«

»Wir wissen nicht, ob Vicky etwas damit zu tun hat«, sagte Ava, klappte den Laptop zu und griff nach ihrem Mantel. »Wir holen sie her und befragen sie über ihren Bekannten. Wenn wir auf diesem Weg weiterkommen, müssten Sie uns helfen und den Mann identifizieren, sofern Sie glauben, Sie erkennen ihn wieder.«

»Ich werde Ihnen auf jede mir mögliche Weise helfen, umso mehr, da meine Organisation anscheinend verantwortlich ist.«

Auf dem Weg aus ihrem Büro hielt Ava noch einmal inne. »Mr Maclure, wenn ich bei der Polizei eines gelernt habe, dann, dass Psychopathen immer einen Weg finden. Ihren Taten haftet eine gewisse Zwangsläufigkeit an. Eine Entschlossenheit, die sie jedes Hindernis überwinden lässt, dem sie unterwegs begegnen. Ihre Organisation trägt keine Schuld. Alles, was wir jetzt tun können, ist, dafür zu sorgen, dass es keine weiteren Opfer geben wird.«

Kapitel zweiunddreißig

17. März

Was für eine Störung auch dafür verantwortlich gewesen sein mochte, dass sein Computer ihm seine E-Mails vorenthalten hatte, sie war plötzlich weg, denn als Callanach seinen Laptop aufklappte, fand er zweiundvierzig Nachrichten vor, die er noch nicht gelesen hatte. Er fing oben an.

> Guten Morgen, Sir.

Tripp hatte ihm geschrieben und trat in seiner E-Mail nicht weniger formell auf als in Fleisch und Blut.

> DCI Turner teilte mir mit, dass Sie beurlaubt sind. Ich hoffe, es ist in Ordnung, wenn ich Ihnen schreibe, denn ich wollte Sie wissen lassen, dass wir bei unseren Ermittlungen gut vorankommen. Falls Sie irgendetwas brauchen, dann rufen Sie mich bitte auf meinem Mobiltelefon an. Ich hoffe, es geht Ihnen gut.

Callanach lächelte. Sein frisch gekürter Detective Sergeant gab sich verständlicherweise etwas steif, aber er meinte es gut. Wenn Tripp eines auszeichnete, dann war es seine Loyalität, und gemeinsam hatten sie ein zwar eher merkwürdiges, aber erfolgreiches Team abgegeben. Bis jetzt.

Callanach öffnete die nächste E-Mail, die von seiner Bank stammte, und dann eine, in der er an einen Zahnarzttermin erinnert wurde – immerhin hatte er jetzt mehr als genug Zeit für solche Dinge –, ehe er beschloss, sich einen Kaffee zu gönnen. Es hatte ja keinen Sinn, all seine Möglichkeiten zur Zerstreuung auf einmal zu verbrauchen, wenn doch die Tage so lang und ereignislos waren.

Wieder an seinem Schreibtisch, ließ er seinen Blick über die Liste der E-Mails wandern, um nachzusehen, wie weit er gekommen war. Eigentlich sollte das recht einfach sein, nur waren sämtliche aufgeführten Mails als bereits gelesen gekennzeichnet. Er versuchte, sich zu erinnern, ob das schon der Fall gewesen war, als sie aufgetaucht waren, oder ob es erst eingetreten war, nachdem er mit dem Lesen begonnen hatte, aber er konnte sich nicht so genau erinnern, also griff er zu seinem Handy, adressierte eine Mail mit dem Wort »Kaffee« im Betreff an sich selbst und drückte auf »Senden«. Eine Minute später war sie da, angezeigt in Fettschrift, was sie als ungelesen kennzeichnete. Alles ganz normal.

Als er mehrere Monate alte Nachrichten durchsah, fand er in seinem Posteingang einige ungeöffnete Mails, die seinem Junk-Filter entkommen waren und noch immer als ungelesen markiert waren. Also funktionierte sein Computer korrekt und das Senden und Empfangen seiner Mails ebenfalls.

Eine Weile starrte er den Monitor an, dann tippte er den Namen seiner Mutter und öffnete ihre neuesten Mails. Was er suchte, fand er in einer E-Mail vom 10. März. Auch seine Mutter hatte einige Tage lang keine Mails erhalten, ehe sie auf geheimnisvolle Weise wieder aufgetaucht waren. Sie hatte nicht erwähnt, ob ihre Mails als gelesen gekennzeichnet waren oder nicht, aber es war durchaus denkbar, dass sie darauf schlicht nicht geachtet hatte. In den E-Mails, die Callanach seiner Mutter geschickt hatte, hatte er Jenson und Western namentlich erwähnt. Sie zeigten unverkennbar eine Verbindung zwischen ihm und den toten Männern auf, und Callanach war so sicher, wie er nur sein konnte, dass noch jemand anders sie gelesen hatte.

Damit blieben zwei Möglichkeiten: eine war, dass jemand, der einen Groll gegen ihn hegte, nach einem Schwachpunkt gesucht hatte und beabsichtigte, ihm die Morde in die Schuhe zu schieben. Sollte das der Fall sein, war die Liste der Verdächtigen endlos. Er hatte sich mit zu vielen Gangmitgliedern, Gangsterbossen und Wirtschaftskriminellen angelegt – von denen jeder einen Hack eingefädelt haben könnte –, um noch sicher eine Einzelperson herauszufiltern, die sich an ihm rächen wollte. Die andere und erheblich beunruhigendere Möglichkeit war, dass Pax Graham ihm nicht mehr nur misstraute, sondern beschlossen hatte, tiefer in seinem Leben zu graben, und sich folglich einen Gerichtsbeschluss beschafft hatte, um sich seine E-Mails anzusehen.

Callanach überlegte, einen Schluck Kaffee zu trinken, doch sein Magen machte deutlich, dass der zurückgewiesen werden würde. Sollte DS Graham seine Mails haben, musste Ava seinen Antrag unterstützt haben.

Das würde sie nicht tun, dachte Callanach. Zumindest hätte sie das früher nicht getan. Im Moment war sie jedoch so wütend … allein der Gedanke daran war unerträglich. Allerdings wusste Ava bereits von den E-Mails an seine Mutter. Würde sie die Graham überlassen, würde sie selbst auch in die Sache verwickelt werden. Also hatte Ava vielleicht nichts damit zu tun. Sie war nicht die einzige ranghöhere Polizistin, die solch einen Antrag bewilligen konnte. Detective Superintendent Overbeck hätte das ebenfalls tun können, und da Ava voll und ganz von den Ermittlungen zu Hawksmith und Shozo in Anspruch genommen wurde, war es absolut denkbar, dass Graham direkt zum Boss seines Bosses gegangen war. Overbeck dürfte ganz zufrieden damit sein, ihn am Boden zu sehen. Sie hatte keinen Zweifel daran gelassen, dass sie ihn nicht als neuen Detective Inspector ausgewählt hätte, als er zur Police Scotland gestoßen war. Allerdings erklärte das immer noch nicht, wer Jenson und Western ermordet hatte.

Die nächste Mail stammte von DS Lively. Callanach öffnete sie und hoffte, sie würde Neuigkeiten über den Fall enthalten.

Arbeiten Sie wieder als Model, weil Sie so lange Ferien haben?, lautete die Einleitung. Kein »Sir«, keine Höflichkeitsfloskeln. Typisch Lively.

> Jetzt, wo Sie nicht hier sind, können wir anderen auch alle wieder vor den Spiegel im Waschraum treten, und ich habe den Stuhl genommen, den Sie so mögen, und an meinen Schreibtisch gestellt. Irgendwelche kleinen Scheißer bringen immer noch Leute um. Schätze, das sehen Sie in den Nachrichten. Dem Chief sitzt ein Furz quer, also sollten Sie vielleicht bald mal zurückkommen und uns unterstützen. Ich gebe Ihnen auch ein Bier aus, wenn Sie Lust darauf haben.
> Lively.

Trotz allem musste Callanach unwillkürlich lächeln. Lively war der letzte Mensch, von dem er gedacht hätte, er könnte seinetwegen in Sorge sein. Wenn er ehrlich war, konnte Callanach sich nicht einmal vorstellen, dass Lively wusste, wie er sich in seinem E-Mail-Account anmelden musste, aber er hatte sich die Mühe gemacht, Fühlung aufzunehmen. Die Sache mit dem Bier nahm er sicherheitshalber nicht für bare Münze. Lively war nicht gerade für seine Großzügigkeit bekannt, trotzdem war das ein netter Gedanke und so uncharakteristisch, dass Callanach sich fragte, ob er sich Sorgen machen sollte.

Sein Mobiltelefon klingelte, und für einen Moment dachte er, sein legendär grobschlächtiger Sergeant würde nachfassen wollen. Stattdessen hörte er den milderen Akzent von DI Graham.

»Was kann ich für Sie tun?«, fragte Callanach.

»Wir benötigen eine zusätzliche Aussage, um etwas zu klären. Nur eine Formalität im Zusammenhang mit den forensischen Ergebnissen, die wir erhalten haben. Würde es Ihnen morgen früh passen?«, fragte Graham.

»Klar. Ich komme aufs Revier«, sagte Callanach.

»Besser nicht unter diesen Umständen. Wir kommen zu Ihnen.«

So gern Callanach auch gewusst hätte, worum es ging, er kannte die Vorgehensweise der Kollegen gut genug, um keine Besorgnis zu zeigen. Das Beste war, sich ganz entspannt zu geben.

»Sicher, was immer Sie wollen. Ist neun Uhr vormittags in Ordnung?«

»Das wäre großartig«, antwortete Graham. »Ich nehme an, DCI Turner hat sich heute nicht bei Ihnen gemeldet?«

»Nein, ich habe nichts von ihr gehört.«

Das war die reine Wahrheit, daher verstand er nicht, warum es sich wie eine Lüge anfühlte. Vermutlich, weil er den Eindruck hatte, Graham wollte ihn kontrollieren. Und Ava auch.

»Sollte sie?«

»Nein, ich habe sie nur aus den Augen verloren. Ziemlich viel los hier. Wir sehen uns morgen.«

Callanach legte auf. Grahams Stimme hatte freundlich und entspannt geklungen, aber er war nicht auf den Kopf gefallen. Livelys E-Mail hatte ihm bestätigt, dass Ava derzeit nicht gerade glücklich war. Sie würde nicht darum herumkommen, sich mit den Neuigkeiten aus dem Jenson-Western-Fall auseinanderzusetzen, und jedes Mal, wenn der zur Sprache kam, würde sie daran erinnert werden, was zwischen ihnen vorgefallen war. Vielleicht war es Zeit, dass sie sich unterhielten. Und hoffentlich war sie inzwischen imstande, das, was er getan hatte, im Kontext zu sehen.

Er warf einen Blick auf seine Uhr. Es war mitten am Nachmittag. Im Augenblick dürfte sie Besprechungen haben und bis zum Hals in forensischen Berichten und Zeugenaussagen stecken. Sie jetzt anzurufen würde alles nur noch schlimmer machen. Stattdessen schrieb er ihr eine lockere und kurz gehaltene Textnachricht, darauf bedacht, die Arbeit außen vor zu lassen.

Hi, hab mich gefragt, ob du wohl Zeit für einen Kaffee hast. Hat keine Eile, irgendwann diese Woche wäre schön.
Luc.

In der folgenden Stunde kontrollierte er sein Telefon alle paar Minuten auf eine mögliche Antwort, ehe er sich zwang, es ins Regal zu legen. Irgendwann hatte er von seiner eigenen Verzweiflung so sehr die Nase voll, dass er es komplett abschaltete.

Kapitel dreiunddreißig

17. März

Als Ava am *Reach-You*-Zentrum eintraf, war das Gebäude schon mehr oder weniger von Polizisten umzingelt. Sie hoffte, dass derzeit niemand im Gebäude war, der Hilfe benötigte und durch das, was sie zu tun im Begriff standen, noch zusätzlich verstört werden würde. Officers verteilten sich zu beiden Seiten der Haustür an der Wand entlang, als sie auf die Klingel drückte. Vermutlich sah im Haus jemand auf den Monitor und fällte mit Hilfe der Kamera sein Urteil, denn die Tür wurde ohne Rückfrage geöffnet.

»Polizei«, erklärte Ava und hielt der jungen Frau, bei der es sich nur um Vicky Rosach handeln konnte, ihren Dienstausweis vor die Nase.

»Was zum Henker …?«, murmelte sie mehr trotzig als ängstlich und griff in ihre Tasche.

»Keine Bewegung!«, befahl Ava. »Nehmen Sie die Hände hoch, und drehen Sie sich um.«

Und dann wimmelte es überall von Leuten. Uniformierte zwangen die Frau zu Boden, achteten dabei aber darauf, sie nicht zu verletzen, und sogar noch mehr darauf, ihr Mobiltelefon nicht zu beschädigen, was, wie Ava im Vorfeld klargemacht hatte, von höchster Priorität war.

»Ich verstehe das nicht«, schluchzte Vicky, als man ihr Handschellen anlegte und ihr aufhalf. »Was machen Sie mit meinem Telefon?«

Der Officer, der es ihr aus der Tasche genommen hatte, steckte es in eine Tüte und etikettierte sie.

Diverse Leute füllten die Gänge, und alle redeten durcheinander. Ein paar waren Berater, andere Klienten, und es flossen einige Tränen. Ava hatte Verständnis dafür. Es war aufwühlend, fühlte sich an, als würde man überfallen, als würde der Ort, an dem man arbeitete und etwas tat, woran man wirklich glaubte, plötzlich angegriffen werden. Es hatte etwas Verletzendes, nur nicht auf die Art, bei der jemand eine Wohnung betritt und den Penis des Bewohners in den Toaster klemmt.

»Wir nehmen auch alle Computer und Ausdrucke mit, sowohl die Personalakten als auch die Klientenakten«, informierte Ava die Mitarbeiter, nachdem Vicky in den Polizei-Van gebracht worden war.

»Das können Sie nicht machen«, protestierte ein Mann. »Dafür brauchen Sie eine gerichtliche Anordnung.«

»Sie sind Charlie Packham, richtig?«, fragte Ava.

Sie hatte seine Stimme schon früher gehört, einmal jenseits der Tür zu dem Raum, in dem sie sich mit Rune Maclure unterhalten hatte, und dann wieder, als er Janet Monroe hatte überzeugen wollen, das Dach des Wohnturms zu verlassen. Er war groß und hager und hatte die Arme vor der Brust verschränkt. Wie gut er als Berater auch sein mochte, von natürlichem Charme nahm Ava bei ihm wenig wahr.

»Ich habe das Einverständnis von Rune Maclure«, versicherte sie ihm. »Ich muss Sie bitten, alle hierzubleiben, bis diese Officers Ihre Aussagen aufgenommen haben. Danach verlassen Sie bitte nicht die Stadt, ohne zuvor die Polizei zu informieren.«

»Sind wir in Schwierigkeiten?«, fragte Packham.

»Ganz und gar nicht«, besänftigte Ava ihn und die anderen, wenngleich der wütende Teil ihrer selbst das Gegenteil sagen und ihnen vorhalten wollte, dass sie sorglos mit den Informationen umgegangen waren, die sie über ihre Klienten hatten; dass ausgerechnet ein Haufen von Psychotherapeuten den Charakter einer Person, die sie eingestellt hatten, so extrem falsch beurteilt hatten, dass ohnehin schon verzweifelte Menschen einem wahnsinnigen Mörder zum Opfer gefallen waren. »Aber Sie könnten, vielleicht sogar ohne es zu wissen, Informationen haben, die uns helfen würden, ein paar Lücken zu füllen. Wir müssen Sie nur erreichen können.«

»Können wir unsere Arbeit außerhalb des Zentrums fortsetzen?«

»Ja, natürlich«, sagte Ava. »Sie werden allerdings eine sicherere Möglichkeit für die Archivierung Ihrer Klientendaten finden müssen.« Letzteres konnte sie sich einfach nicht verkneifen.

»Rune Maclure ist nicht berechtigt für uns alle zu sprechen. Diese Organisation wird von einem Komitee geleitet. Maclure ist nur ein Mitglied davon«, begehrte Packham auf. »Ich werde einen Anwalt zurate ziehen. Ich kann nicht hinnehmen, dass die Polizei einfach unsere heiklen Unterlagen einsehen will, ohne von einem Richter autorisiert worden zu sein.«

»Und ich verstehe nicht, warum irgendjemand etwas dagegen haben sollte, wenn es doch Leben retten könnte. Immerhin ist das doch genau das, was Ihre Organisation sich auf die Fahnen geschrieben hat, nicht wahr?«, konterte Ava. »Aber nur zu, konsultieren Sie einen Anwalt, wenn Sie wirklich der Meinung sind, Sie können Ihre Zeit und die Mittel der Organisation nicht besser nutzen.«

Packham schaffte es tatsächlich, den Mund zu halten, und bedachte sie stattdessen mit einem unangenehmen Lächeln, ehe er auf seine Armbanduhr sah und Ava so daran erinnerte, dass sie nicht ewig Zeit hatten.

Blinkende Lichter und Sirenen sorgten dafür, dass sie wieder im Revier war, als die erkennungsdienstliche Behandlung von Vicky Rosach gerade beendet war. Ava und Tripp, so hatten sie beschlossen, würden gemeinsam gemäß dem Police and Criminal Evidence Act mit der Frau sprechen. Ein Pflichtverteidiger wartete bereits, um sie zu vertreten, womit alle notwendigen Anforderungen erfüllt waren. Ava überließ Tripp das Wort. Ihre Nerven lagen so oder so schon blank.

Als sämtliche rechtlichen Formalitäten erledigt waren, legte Tripp los. Er sprach so sanft und leise, entschuldigte sich überschwänglich dafür, dass der Tee so mies, der Stuhl so unbequem war, dass sogar der Anwalt den jungen Detective Sergeant ins Herz zu schließen schien.

»Also, Vicky … tut mir leid, darf ich Sie mit Ihrem Vornamen anreden?«, fragte Tripp.

»Ja, ja, meinetwegen.« Ihr Kinn ruhte auf der Brust, und sie hatte die Schultern hochgezogen.

»Vicky, wir brauchen einige Informationen von Ihnen, und wir benötigen in diesem frühen Stadium Ihre Hilfe, damit wir jegliche Beschuldigungen Ihnen gegenüber in einem vernünftigen Rahmen halten können.«

Der Anwalt zog die Brauen hoch, und Ava verstand, warum er das tat. Tripp, ein echtes Kuschelhäschen unter den Sergeants der Police Scotland und zugleich ein guter Detective, leistete großartige Arbeit, indem er auf den günstigsten Fall aufmerksam machte, ohne jedoch zu versprechen, dass die Mittzwanzigerin auf dem heißen Stuhl mit diesem Ergebnis würde rechnen können.

»Vielleicht erklären Sie kurz, was Sie meiner Klientin vorzuwerfen haben, und sagen uns, welche Informationen Sie interessieren«, warf der Anwalt trocken ein.

»Gute Idee, das kann ich machen«, antwortete Tripp. »Danke, dass Sie so direkt sind. Also, Vicky, ich würde Ihnen gern einige

Videoaufnahmen zeigen und Sie bitten, genau zuzuhören, wäre das für Sie in Ordnung?«

Vicky nickte, und Tripp drückte an dem Laptop auf Play, der, nur für den Fall, dass es zu Feindseligkeiten kommen sollte und Vicky auf den Gedanken käme, sie könnte etwas brauchen, das sich als Waffe nutzen ließ, auf einem separaten Tisch stand. Nach einem Blick in das Gesicht der jungen Frau war Ava jedoch überzeugt, dass das nicht nötig war. Schon bei der ersten Aufnahme brach sie in Tränen aus.

Bild und Tonaufzeichnung des lachenden Mannes reichten, dass Vicky nach der Hand ihres Anwalts griff. Der hatte Mühe, sich wieder zu befreien.

»Kennen Sie diesen Mann, Vicky?«

»Mhm«, antwortete Vicky und wischte sich die Nase mit dem Ärmel ab.

Ava griff an ihr vorbei nach einem Stapel Taschentücher, die sie für derartige Notfälle bereithielten, denn sie wusste, dass Tripp insgeheim Angst vor dem Kontakt mit Schmutz und Erregern hatte.

»Wir haben noch eine Aufnahme«, betonte Tripp. »Aber vielleicht trinken Sie erst einen Schluck Tee, um sich etwas zu beruhigen, ehe ich Ihnen weitere Fragen stelle.«

Ava empfand zunehmend Bewunderung für den jungen Beamten. Jeder andere Officer hätte die Vorschlaghammermethode angewandt. Und Tripp tat nicht einmal nur so als ob. Mit seiner naturgegebenen Liebenswürdigkeit war er eine Geheimwaffe. Callanach hatte vor allen anderen begriffen, wie brillant er war, und ihn ermutigt, sich um die Beförderung zu bemühen, weil er wusste, dass Tripp sich selbst übertreffen würde. Für einen Moment wünschte sie, Callanach wäre hier und könnte sehen, wie sehr der Mann, den auszubilden er geholfen hatte, seine Berufung gefunden hatte. Das war der erste Moment, in dem ihre

Wut auf ihn einem positiveren Gefühl Platz gemacht hatte. Sie unterdrückte es und beobachtete Vickys Reaktion, als die zweite Aufnahme endete.

»Vicky, kennen Sie diesen Mann?«, erkundigte sich Tripp.

Sie nickte und schien unfähig, mit ihrem Blick bei irgendeiner Stelle im Raum zu verweilen.

»Haben Sie ihm irgendwelche Informationen über Klienten des Zentrums gegeben?«, fuhr Tripp fort.

»Einen Moment mal«, ging der Anwalt dazwischen. »Ich möchte wissen, was der Mann getan haben soll, ehe meine Klientin diese Frage beantwortet. Patienteninformationen weiterzugeben mag unter den gegebenen Umständen keine strafbare Handlung sein, aber wenn Sie mehr wissen wollen, dann werden Sie Ihre Karten auf den Tisch legen müssen.«

»Wie heißt er?«, fragte Tripp, ohne auf den Anwalt zu achten, und sah Vicky direkt in die Augen.

»RJ«, sagte sie.

»Diese Befragung ist hier zu Ende, es sei denn, Sie geben uns ein paar Informationen, denn bisher sieht es aus, als würden Sie ins Blaue ermitteln«, konstatierte der Anwalt.

Tripp sah sich zu Ava um, die ihren Stuhl einige Zentimeter weiter nach vorn schob, Vicky ignorierte und sich mit zutiefst ernster Miene ausschließlich dem Anwalt widmete.

»Der Mann auf diesen Aufnahmen – dieser RJ – war bei einem Selbstmordversuch vor Ort. Die Wohltätigkeitsorganisation *Reach You* wurde informiert und hat einen Notfallberater geschickt. Wir wissen durch die Aufzeichnungen, dass Vicky den Anruf entgegengenommen und Rune Maclure den Fall übergeben hat. Ein anderer Berater – Charlie Packham – hat gestern bei einem anderen Selbstmordversuch in Pennywell Gardens Beistand geleistet, aber auch diesen Anruf hat Ihre Klientin entgegengenommen. Und tatsächlich war auch RJ wieder dort. In

Anbetracht dessen, dass wir das Mobiltelefon Ihrer Klientin haben, nebst einer gerichtlichen Anordnung, die uns den Zugriff auf ihre Verbindungsdaten erlaubt, könnte sie vielleicht daran interessiert sein, uns gegenüber offen zu sein hinsichtlich ihres Austauschs mit RJ und uns zu erklären, warum ihr Freund sich so für Selbstmordversuche interessiert.«

»Darüber habe ich überhaupt nicht nachgedacht«, räumte Vicky leise ein. »Erst, na ja, wissen Sie, RJ hat sich eben wirklich für meine Arbeit interessiert, so, als wäre es wichtig, was ich tue, und als würde er mich dafür respektieren.«

»Fahren Sie fort«, ermunterte Tripp sie.

»Er hat gesagt, er will mal dabei sein – bei einem Selbstmordversuch, meine ich. Nicht, weil er zusehen will, wie es passiert, nur um zu schauen, wie die Berater das machen, Sie wissen schon, den Leuten ausreden, sich umzubringen. Er hat darüber gesprochen, als wären sie Helden. Ich schätze, ich wollte meinen Job wichtiger machen, als er wirklich war, also habe ich ihm gesagt, ich würde ihm Bescheid geben, wenn der nächste Notruf eingeht.«

»Haben Sie RJ angerufen und ihn informiert, als ein Selbstmordversuch stattgefunden hat?«, hakte Tripp nach.

»Ich habe ihm eine Textnachricht geschickt«, gestand Vicky halblaut.

Sie hatte aufgehört zu weinen, ließ aber den Kopf so tief hängen, dass sie schwer zu verstehen war.

»Haben Sie ihm danach noch weitere Einzelheiten geliefert?«, wollte Tripp wissen.

»Ja, da war die Pennywell-Sache, gestern. Ich wollte eigentlich gar nicht, weil mir da irgendwie schon klar war, dass irgendwas dahinterstecken muss«, murmelte sie.

»Wie lautet RJs Nachname?«, warf Ava ein.

»Keine Ahnung.« Nun sah Vicky regelrecht panisch aus.

»Wenn Sie seinen Nachnamen nicht kennen, woher kennen Sie *ihn*?«

»Fünfer-Fußball jeden Mittwochabend. Gemischte Mannschaften, aber viele Frauen sind nicht dabei. Man geht einfach hin und macht bei einem Team mit. Ich schließe nicht so leicht Freundschaften, besonders nicht mit anderen Frauen, aber ich war immer gut im Fußball, also dachte ich, das wäre eine gute Möglichkeit, um Leute kennenzulernen.« Verlegen schlang sie die Arme um den Leib. »Am Ende gehen dann alle zusammen ins Pub. RJ und ich haben uns irgendwann öfter unterhalten und unsere Telefonnummern ausgetauscht. Ich fand ihn cool. Er ist irgendwie laut und lustig und hat mir gesagt, er wäre YouTuber. Ich dachte, vielleicht ... Sie wissen schon. Ich mochte ihn.«

Ava verstand, worum es ging. Ein eher burschikoses Mädchen hatte es in der Schule schon schwer genug, wurde von den hübschen Mädchen ausgeschlossen und von den Jungs ausgelacht. Die reale Welt sollte etwas netter sein, aber das stimmte nicht. Kräftiger gebaute Mädchen, die besser in locker sitzende Jeans und klobige Sportschuhe als in knappe Röcke und Stilettos passten, schienen nie so recht dazuzugehören. Die Menschen begegneten ihnen mit Vorurteilen. Der Versuch, in einem Fußballclub einen Freund zu finden, war unter diesen Umständen durchaus clever.

»Sie hatten gehofft, RJ würde Sie um ein Rendezvous bitten?«, fragte Ava.

Vicky lief rot an, nickte aber.

»Dann haben Sie seine Nummer in der Kontaktliste Ihres Telefons?«, wollte Tripp wissen.

»Aye, unter ›RJ Fußball‹«, bestätigte Vicky. »Beim zweiten Mal hatte er schon ausgeknobelt, dass ich in der Scheiße sitze, wenn jemand herausfindet, dass ich ihm die Informationen über die Geschichte auf der Queensferry Crossing gegeben habe. Hat gesagt, wenn ich es nicht wieder tue, sorgt er dafür, dass ich gefeuert werde.«

»Hat er Ihnen irgendwann mal gesagt, wozu er die Informationen haben wollte?«, erkundigte Tripp sich sanft.

»Ja, ich wusste schon, was er vorhatte«, schniefte Vicky.

»Tja, ich nicht, wenn mich also vielleicht irgendjemand aufklären könnte?«, warf der Anwalt hochmütig ein.

»Er hat mir gesagt, er will die Vorfälle live streamen und Leute dazu bringen, Wetten darauf abzuschließen, wer es durchzieht und wer überlebt. Und dann habe ich gesehen, was er online gestellt hat. Das war ekliges Zeug. Richtig abscheulich, so was wie, ob es lange dauern würde, bis sie sterben, oder ob sie gleich tot wären. Er hat sich mit einem Buchmacher zusammengetan, das weiß ich genau.«

Mist, dachte Ava. Ihr Instinkt hatte ihr geraten, den Buchmacher sofort festzunehmen. Aber zumindest von dem hatten sie ein gestochen scharfes Bild.

»Name der Website?«, fragte Tripp.

»CheaperReaper.com. Ich habe mich nur einmal eingeloggt, danach habe ich die Seite nie mehr aufgerufen. Die ist widerlich«, antwortete Vicky und kaute an ihrem Fingernagel. »RJ hat angefangen, mich nach Einzelheiten zu den Fällen auszufragen, von denen ich auf der Arbeit gehört hatte. Er wollte wissen, ob ich an Fotos oder rechtsmedizinische Berichte drankomme. Ich hab gesagt, das täte ich nicht, aber er wollte ein ›Nein‹ nicht akzeptieren. Ein paarmal ist er beim Zentrum aufgetaucht und hat auf mich gewartet, wenn er wusste, dass ich Mittagspause habe oder bald Feierabend mache. Ich musste jedes Mal so tun, als wäre alles wie immer, als wären wir immer noch befreundet. Ich dachte, wenn ich ihn anrufe, gestern Abend, dann würde er mich danach vielleicht in Ruhe lassen.«

»Das ist alles?«, hakte Tripp nach.

»Ja. Ich weiß, das ist schlimm, und ich werde meinen Job verlieren, aber ich hatte keine Ahnung, worauf ich mich da eingelassen habe. Ich bin so eine verdammte Idiotin.«

»Kennen Sie RJs Adresse?«, fragte Tripp.

»Nein, aber er hat ein Auto, einen kaputten, alten, silbernen BMW. Er glaubt, wenn er da drinsitzt, würde er zum Traummann werden.«

»Miss Rosach, ich werde Ihnen jetzt ein paar Namen nennen, und ich möchte, dass Sie uns sagen, ob Sie RJ über irgendeine dieser Personen Informationen haben zukommen lassen oder ob er nach ihnen gefragt oder über sie gesprochen hat. Es ist sehr wichtig, für Sie und für uns, dass Sie wahrheitsgetreu antworten«, sagte Ava. »Verstehen Sie das?«

»Natürlich«, flüsterte sie.

»Jon Moffat«, begann sie.

Vicky schüttelte den Kopf.

»Fenella Hawksmith.«

»Entschuldigen Sie, ist das die Frau, die ...« Plötzlich wirkte der Anwalt deutlich interessierter.

Ava brachte ihn mit einem einzigen stechenden Blick zum Schweigen.

»Osaki Shozo«, beendete sie die Aufzählung.

Vicky sah tatsächlich erleichtert aus. »Oh, ja, an den erinnere ich mich«, bekundete sie, als stünde sie endlich kurz davor, sich ein Lob abzuholen.

»Sie erinnern sich?«, hakte Ava nach.

»Er kam in das Zentrum, in dem ich arbeite, aber er war anders als die meisten Leute, die dort hingehen. Ziemlich ruhig und direkt. Um ehrlich zu sein, ich fand ihn ein bisschen schräg.«

»Haben Sie RJ Informationen über ihn geliefert?«

»Nein, ich hab gelogen und gesagt, ich wüsste nichts über ihn. Da war er schon ganz schön aufdringlich und hat mich direkt vor dem Haus ausgefragt, wo andere es hören konnten. Aber ich war nicht so dumm, mich dermaßen in Schwierigkeiten bringen zu lassen.«

»Wenn Sie gesagt haben, Sie wüssten nichts über Shozo, wie kam RJ dann überhaupt dazu, Sie nach ihm zu fragen?«, wollte Tripp wissen.

»Er hat ihn gesehen«, erklärte Vicky. »Das war an einem dieser Tage, an denen er mich dort abfangen wollte, und dieser Shozo-Typ ist genau in dem Moment rausgekommen, in dem RJ aufgetaucht ist. Warum?«

Vicky sah erst Tripp, dann Ava und dann ihren Anwalt an, der sich jetzt schon mit beiden Händen die Augen rieb.

»Lesen Sie keine Zeitungen oder sehen mal fern, Vicky?« Tripp gab sich große Mühe, die Fassungslosigkeit aus seiner Stimme herauszuhalten, und beinahe wäre es ihm auch gelungen.

»Ne, ich hasse das alles. Total deprimierend. Ich mag Reality-TV, Actionfilme und Sport, der Rest interessiert mich nicht«, verkündete sie.

Ava holte tief Luft. »Also haben Sie nichts von den Morden gehört, die derzeit in dieser Stadt verübt werden?«

»Natürlich hab ich davon flüchtig gehört, aber ich habe nichts darüber gelesen.«

»Ihnen ist also nicht bekannt, dass Stephen Berry, der Mann von der Queensberry Crossing, tot am Fuß der Mauern von Tantallon Castle gefunden und Osaki Shozo in seiner Wohnung ermordet wurde? Im Moment sind Sie und Ihr Freund RJ die einzige Verbindung zwischen diesen Fällen.«

Vickys Hände schossen erst zu ihren Augen und dann zum Mund. »Sie verarschen mich«, sagte sie. »Kann gar nicht anders sein. So was kann ich nicht verursacht haben.«

»Wir werden es Sie wissen lassen«, informierte Ava sie, »sobald wir uns mit Ihrem Freund unterhalten haben.«

»Rufus Jacob Bott«, gab Tripp der wartenden Truppe bekannt. »Offen gesagt, wäre das mein Name, würde ich mich auch als RJ neu erfinden. Sein Telefonanbieter hat uns seine Adresse gegeben, und wir haben bereits bestätigen können, dass ein silberner BMW auf ihn angemeldet ist. Er ist vierundzwanzig und lebt in einer Wohnung im Nordwesten der Stadt.«

»Gute Arbeit«, sagte Ava. »Haben wir irgendwelche Hinweise darauf, wie er an Informationen über Hawksmith und Moffat gekommen sein könnte?«

»Bisher nicht, aber ich habe Vicky geglaubt. Ich denke nicht, dass sie je einen der anderen Namen gehört hat, die Sie genannt haben. Doch wenn er es geschafft hat, Informationen aus Vicky herauszuholen, dann ist es möglich, dass RJ auch an andere Hilfsorganisationen oder Berater herangetreten ist und sich die Informationen woanders beschafft hat.«

»Das denke ich auch«, stimmte Ava zu. »Wir müssen uns auf den Einsatz vorbereiten. Wir werden nur noch darauf warten, dass eine bewaffnete Einheit als Verstärkung bereitsteht, dann gehen wir in seine Wohnung und schauen, wohin uns das führt. Ziehen Sie alle Einheiten in der ganzen Stadt hinzu, die an dieser Sache arbeiten. Wenn wir ihn uns schnappen, darf uns kein Fehler unterlaufen. Ich möchte nicht, dass Fluchtwege offen bleiben oder wir in eine Geiselnahme geraten. Wissen wir, ob RJ einen Job hat?«

»Nicht im eigentlichen Sinne«, sagte Tripp. »Aber es sieht so aus, als hätte Vicky recht, der Kerl postet online widerliches Zeug. Bisher habe ich keinen Zugriff auf die Website, die ist nur Mitgliedern zugänglich. Die Sicherheitsmaßnahmen sind zwar nicht allzu ausgeklügelt, aber gut genug, um das Internetteam zu beschäftigen, bis wir wieder hier sind. Was ich bisher aber sehen konnte, ist, dass RJ versucht, sich einen Namen als Videoblogger zu machen. Haufenweise Zeug über den Tod, und er scheint ein großer Fan von einem anderen Idioten zu sein, der ein Video über Besuche an Orten überall auf der Welt gedreht hat, die dafür bekannt sind, Selbstmörder anzuziehen. Außerdem bietet er jedem, der ihm Filmmaterial von Sterbenden verschafft, Geld an, ganz egal, ob die Todesursache natürlich ist oder nicht.«

»Jemand muss Janet Monroe Bescheid geben, dass wir einen Verdächtigen haben und ihn uns bald vornehmen werden. Und ihr sagen, dass die Lockvogeltaktik eine gute Idee war«, erklärte Ava. »Legen wir los. Es sind bereits Einheiten unterwegs, um die Gegend um seine Wohnung abzuriegeln und sicherzustellen, dass er nicht in der Zwischenzeit mit seinem Auto verschwindet. In fünf Minuten geht's los.«

Sie wartete, bis die Menge sich aufgelöst hatte.

»Ist es schlimm, mir zu wünschen, dass die Bewaffneten ein Signal falsch verstehen und ihn an Ort und Stelle erschießen?«, flüsterte Ava Tripp leise zu.

»Na ja, solange Sie das niemandem direkt nahelegen, schätze ich, Sie können sich wünschen, was immer Sie wollen, Ma'am«, entgegnete Tripp.

Kapitel vierunddreißig

17. März

Die Krähe war nicht zu Hause. Bis vor einer halben Stunde war er noch dort gewesen und hatte darauf gewartet, dass das Licht am Himmel erlosch. Nun jedoch war er unterwegs, saß vor einem Wohnblock, blickte zum dritten Stock hinauf und überlegte, welche Fenster wohl zu Janet Vargas gehören mochten. Er war regelrecht aufgepumpt, physisch und metaphorisch.

Dies war ein sonderbarer Tag gewesen, der seine Zeit stark beansprucht hatte, dennoch hatte er noch dreißig Minuten zum Gewichtheben gefunden. Er konnte die Veränderungen in seinem Körper sehen, seit er den Vogel verzehrt hatte. Er war drahtiger, alle Muskeln und Adern definiert, als hätte er sich in eine anatomische Bleistiftzeichnung seiner selbst verwandelt.

Die Macht, die er in sich trug, war jedoch noch beeindruckender. Sein Geist arbeitete mit einer Energie und einer Präzision, wie er es nie zuvor erlebt hatte. Entscheidungen zu treffen war einfach, die Gedanken anderer zu erfassen und ihnen stets einen Schritt voraus zu sein, war ihm in Fleisch und Blut übergegangen. Aber das Bedürfnis nach mehr – mehr verzehren, mehr werden – war wie eine Kette, die ihn an seinen Eingeweiden voranzerrte. Der Appetit war unstillbar und musste dennoch gestillt werden, sollte er nicht stattdessen ihn selbst verzehren. Sicher, Janet Vargas stellte ein Risiko dar, aber eines, von dem er überzeugt war, dass er es sich leisten konnte. Trotzdem durfte er natürlich nicht leichtsinnig vorgehen.

Er wartete in seinem Wagen, beobachtete die Leute, die sich dem Wohnkomplex näherten. Ein einzelner Mann kam vorbei, und das war nicht gut. Dann eine ältere Frau, doch sie sah schon jetzt geladen aus. Sie anzusprechen würde zweifellos sämtliche Alarmglocken zum Läuten bringen.

Es dauerte noch eine weitere Stunde, ehe sich ihm die exakt richtigen Umstände präsentierten. Eine genervt wirkende junge Mutter marschierte die Straße hinunter, gefolgt von zwei Kindern, ein drittes im Kinderwagen. Die Krähe setzte ein breites Lächeln auf und hielt ihre entspannteste und zugleich beruhigendste Stimme parat, die Schlüssel in der rechten Hand, in der anderen eine Tüte mit Einkäufen aus dem nächsten Supermarkt.

Seit er zur Krähe geworden war, waren solche Details für ihn augenfälliger geworden. Du willst harmlos wirken? Dann füll eine Einkaufstüte mit ein paar Billigwindeln, Schokomüsli, Spülmittel, Teebeuteln, Backofen-Pommes und einem hübschen, aber preiswerten Strauß Blumen aus dem Kübel am Ausgang des Supermarkts.

Er öffnete seine Wagentür genau in dem Moment, in dem die Frau das Fahrzeug passierte, machte ein großes Brimborium darum, der Frau und den Kindern auszuweichen, und nutzte das Wort »Entschuldigung« als Gesprächseinstieg.

»Pauline, um Himmels willen, kannst du dem Mann mal aus dem Weg gehen, Mädchen?«, schimpfte die Frau.

»Ach, machen Sie sich keine Mühe«, antwortete er gutmütig. »Ich habe auch zwei. Sie haben gedroht zu schreien, wenn ich nicht dafür sorge, dass ihr Lieblingsfrühstück morgen früh auf dem Tisch steht.« Obendrein deutete er mit einem kläglichen Nicken auf die Einkaufstüte. »Meine Frau und ich sind erst vor ein paar Wochen hergezogen. Es dauert eine Weile, bis man sich an einem neuen Ort zurechtfindet, nicht wahr?«

»Allerdings«, antwortete sie. »Woher kommen Sie?«

Er fiel neben ihr in Schritt, darauf bedacht, sich mit Rücksicht auf den Kinderwagen langsam zu bewegen, und lächelte ihre Kinder an.

»Fraserburgh«, sagte er. »Wie alt ist denn das Kleine? Ich wünschte, meine würden so friedlich schlafen. Ich glaube nicht, dass wir irgendwann mal Ruhe vor dem Geschrei hatten, seit der kleine Liebling auf die Welt gekommen ist.«

»Drei Monate, und Sie können mir glauben, er hat nur gerade mal gute zehn Minuten erwischt. Wenn er hungrig aufwacht, dann könnten Sie ihn sogar hören, wenn Sie immer noch in Fraserburgh wären!«

Die Krähe lachte anerkennend, zeigte den Kindern, die den neugierigen Mann anstarrten, der so nah neben ihrer Mutter ging, die scharfen Zähne. Der kleine Junge schloss zu den Erwachsenen auf, schob sich neben seine Mutter und starrte wechselweise sie und den Fremden an. Wurde nicht jeder Junge eifersüchtig, wenn seine Mutter ihre Aufmerksamkeit einem anderen männlichen Wesen widmete? Guter Junge, urteilte die Krähe. Beschütze, was dein ist. Nur komm mir dabei nicht in die Quere.

Sie gingen weiter, näherten sich dem Wohngebäude, und sie fing an, in ihrer Handtasche zu kramen.

»Ich bin erstaunt, dass wir uns bisher noch nie begegnet sind«, sagte er. »Normalerweise lernt man die Kinderwagenbrigade vor allen anderen kennen. Irgendwie fühlt es sich beruhigend an, wenn man weiß, dass auch andere Leute die gleichen Stadien durchleben. In welcher Etage wohnen Sie?«

»Zweite«, sagte sie. »Verdammt, ich kann meine Schlüssel in dieser Tasche nicht finden.«

»Dann lassen Sie mich doch einfach für eine Sekunde den Kinderwagen für Sie schieben«, bot er an.

»Ich mache das!«, krähte der Junge, drängelte sich nach vorn und streckte die Hände nach dem Griff aus.

Die Krähe kam ihm knapp zuvor.

»Ach was, lass nur«, sagte er lachend. »Ich habe genug Stunden hinter einem Kinderwagen zugebracht, um euer kleines Baby hier sicher voranzubringen.«

Die Frau lachte, nahm ihre Handtasche und den Schnuller des Babys an sich. »Reg dich nicht auf«, sagte sie zu dem Jungen. »Es dauert nur eine Sekunde.«

Eine Minute später zog sie einen Satz Schlüssel hervor, der auch am Gürtel eines Nachtwächters nicht fehl am Platz ausgesehen hätte. Die Krähe schob den Kinderwagen noch eine weitere Minute, während sie den Reißverschluss ihrer Tasche schloss und die Schlüsselsammlung nach dem durchsuchte, der die Außentür öffnen würde.

»Hey«, sagte die Krähe zu dem ungefähr sechsjährigen Jungen. »Was ist deine Lieblingsfußballmannschaft?«

»Hearts!«, verkündete der Junge stolz. »Alle anderen Mannschaften sind scheiße!«

»Lennox!«, schimpfte die Frau. »So was sagt man nicht! Gott, es tut mir leid, das hat er von seinem Daddy. Sanft und lieb, bis im Fernsehen Fußball kommt, dann glaubt man kaum, dass das noch derselbe Mann ist.«

»Aye, aber, na ja, wenn man beim Fußball nicht ein bisschen schimpfen darf, wann dann?«

Sie sah aus, als wäre sie dankbar dafür, nicht kritisiert zu werden, und der Junge zog nur eine schwache Grimasse, als die Krähe ihm das Haar zerzauste.

Die Krähe genoss ihre Rolle. Sie bewies, was er eigentlich längst wusste, was er jedoch bisher nicht hatte ausprobieren können: Er war bereit zu werden. Er konnte beinahe jeden Aspekt seiner selbst verändern, um sich in jede Rolle hineinzuversetzen, die er spielen musste. Die Natur war ein schlaues Biest. Sie ermöglichte es, sich leise an eine Beute anzuschleichen, stattete einen aber auch mit einem Brüllen aus, das ganze Herden taub machen würde. Sie schenkte einem die weichsten Federn, Knochen, so leicht wie die Luft selbst, aber auch einen Schnabel, geeignet, Augen auszustechen und ein noch klopfendes Herz herauszureißen. Er war stärker denn je, weil er gelernt hatte, Schwäche darzustellen.

Nun sprach die Frau von einer Krabbelgruppe. Ob seine imaginäre Frau vielleicht dazustoßen wollte? Und vergessen Sie bloß die Arztpraxis um die Ecke, da wartet man zwei Wochen auf einen Termin. Wenn man einen längeren Weg in Kauf nähme, könne man noch an dem Tag, an dem man anruft, einen Arzt aufsuchen.

Während sie redete, lächelte er breit, und das Grinsen wurde immer authentischer, je näher sie der Tür kamen. Das war einfacher gewesen, als er erwartet hatte. Ordne dich jemand anderem zu, sieh aus, als gehörtest du dorthin, als wärst du zu Hause. Sollte jemand sie beobachten, dann sähe er nur einen Mann, der gemütlich mit seiner Partnerin und ihren Kindern unterwegs war. Was sollte daran schon verdächtig sein? Und sie lachten, hatten Spaß miteinander. Dem Jungen das Haar zu zerzausen war eine geniale Idee gewesen. Für eine Minute den Kinderwagen zu schieben sogar eine noch bessere.

Die Frau steckte den Schlüssel ins Schloss. Er trat zurück und hielt ihr die Tür auf, als sie zuerst den Kinderwagen hineinschob. In der Ferne heulten Sirenen und kamen näher. Das Mädchen – Pauline, über die er anfangs so glaubhaft beinahe gestürzt wäre – kam als Nächste, dann der Junge, der auf der Schwelle innehielt und ihn anglotzte.

»Du hast mir gar nicht gesagt, wen du magst«, stellte er fest.

Die Sirenen waren inzwischen deutlich lauter, und die Krähe starrte die Straße hinauf.

»Hearts, natürlich, genau wie du.« Er lächelte, begierig, endlich hineinzugelangen.

»Macht keinen Sinn«, bemerkte der Junge.

»Warum nicht?«, fragte die Krähe und überlegte, ob die Frau wohl erschrecken würde, sollte er sich an ihrem Sohn vorbeiquetschen. In diesem kritischen Stadium konnte er es sich nicht leisten, Argwohn zu erregen.

»Du hast gesagt, du bist aus Fraserburgh. Warum bist du dann für die Hearts? Mein Dad sagt, man soll immer seiner Heimatstadt treu sein.«

Die Sirenen klangen jetzt noch näher, und dann kamen die Lichter, wild blinkende Reflexionen in den Fenstern am Ende der Straße.

»Ich bin in Edinburgh zur Welt gekommen«, sagte die Krähe hastig. »Ich bin erst als Teenager nach Fraserburgh gezogen. Dein Dad scheint ein sehr vernünftiger Mann zu sein.«

»Kommst du jetzt?«, herrschte die Frau ihren Sohn abrupt an. »Ehe das Baby wach wird.«

»Tut mir leid, Mam«, sagte der Junge, betrat das Gebäude und ließ auch die Krähe hinein, gerade als Lichter und Sirenen am Ende der Straße vorbei- und den Hügel hinaufschossen.

Er atmete auf, genoss den kleinen Sieg und verbarg seine Erleichterung.

»Ich werd dann mal«, sagte er zu der Frau, die gerade in den Fahrstuhl stieg. »War nett, Sie kennenzulernen.«

»Vergessen Sie nicht, Ihrer Frau von der Krabbelgruppe zu erzählen. Es wäre nett, mit jemandem zusammen hingehen zu können!«, rief sie, als sich die Türen schlossen.

Die Krähe machte sich über die Treppe auf den Weg in den dritten Stock.

Lance Proudfoot sah zuerst ein Kind um die leichte Kurve in der Straße laufen, älter als fünf, aber höchstens acht. Nun, da sein eigener Sohn schon erwachsen war, fiel es ihm erstaunlich schwer, das Alter kleinerer Kinder korrekt einzuschätzen. Er konnte die Köpfe der Erwachsenen, die das Kind begleiteten, über der Reihe parkender Autos sehen. Sie unterhielten sich, nickten gelegentlich und wirkten recht entspannt. Es waren noch andere Leute vorbeigegangen, aber niemand hatte den Eindruck vermittelt, nicht hierherzugehören.

Ein junger Mann war des Weges gekommen, hatte sich lautstark an seinem Mobiltelefon über Geld gestritten und mit seiner üblen Ausdrucksweise Aufmerksamkeit erregt, gewiss keine Taktik, derer sich ein potenzieller Mörder bedienen würde. Lance sah sich unentwegt in der Umgebung nach anderen Leuten um, die in ihren Autos saßen. Er war überzeugt, dass die Polizei irgendwo in der Nähe sein musste.

Ein Wagen mit zwei Männern war gerade abgefahren, aber er hatte sie nicht gut sehen können. Derweil war er vor allem verwundert, dass in all der langen Zeit, die er hier schon saß, niemand zu ihm gekommen war, um ihn zu fragen, was er im Schilde führte.

Zuletzt war eine ältere Dame die Straße hinauf und zu dem Haus geschlurft. Sie hatte Schwierigkeiten gehabt, ihren Schlüssel ins Schloss zu stecken, und Lance hatte sich schwer zusammenreißen müssen, um ihr nicht zu Hilfe zu eilen, doch damit hätte er, nachdem er die ganze Zeit die Innenbeleuchtung nicht eingeschaltet und sein Mobiltelefon nicht benutzt hatte, damit der blaue Lichtschein nicht auf sein Gesicht fallen konnte, all die Bemühungen, sich bedeckt zu halten, zunichtegemacht.

Die Neuankömmlinge waren nun gut erkennbar, die Frau schob einen Kinderwagen, und ein Mädchen, das jünger war als der Junge, hatte Mühe, mit den anderen mitzukommen. Während sie sich der Tür zu dem Wohnhaus näherten, fing die Frau an, in ihrer Handtasche zu wühlen. Schlüssel, vermutete Lance. Seine Frau hatte ihre auch nie finden können, waren sie erst einmal in ihre Handtasche geraten. Der Mann sagte etwas, und der Junge sprang vor und wollte den Griff des Kinderwagens packen, aber der Mann war schneller, nutzte seine längeren Beine und seine Größe, um die Kontrolle zu übernehmen. Der Junge zog ein Gesicht wie drei Tage Regenwetter.

Lance setzte sich auf, um sie besser sehen zu können. Die Frau holte mit einem erleichterten, wenn auch schwachen Lächeln einen Schlüsselbund hervor. Derweil zerzauste der Mann dem Jungen lachend das Haar. Der Mann sah gut aus; groß. Und er gab sich Mühe. Ganz so, als wäre das ein erstes Date, dachte Lance. Das war nicht die Art von Bemühen, das man gewöhnlich an den Tag legte, wenn man zufällig einem Nachbarn begegnete, und es war auch nichts in dem Stil von »Sind Sie nicht eine Bekannte von …«. Und das breite Grinsen war auch viel zu überzogen für Leute, die einander gut kannten.

Dann waren sie an der Tür. Die Frau öffnete und schob den Kinderwagen hinein. Das Mädchen folgte ihr, aber der Junge blieb in der Tür stehen und so etwas wie ein Stirnrunzeln schlich sich in seine Züge. Sirenen durchbrachen in einiger Entfernung die Stille, und der Mann blickte auf der Suche nach ihrem Ursprung in die Ferne, genau wie Lance es tat. Er fragte sich, was er eigentlich hier machte und ob er die echte Story womöglich verpasste, während er hier in seiner eigenen kleinen Welt verharrte, nachdem er sich wieder einmal eingeredet hatte, er sollte seinem Bauchgefühl folgen.

Die Sirenen kamen näher, und der Junge hatte den Eingang immer noch nicht freigegeben. Mann und Kind unterhielten sich, und der Junge hatte eine ernste, fragende Miene aufgesetzt. Der Mann lächelte immer noch.

Die Sirenen kamen noch näher, wurden noch lauter, aber Lance zwang sich, den Blick nicht von den beiden abzuwenden. Es sah ganz so aus, als wäre der Junge gar nicht glücklich. Dann brach die Spannung. Das Kind lächelte wieder, der Mann wurde eingelassen, und die Reflexionen der Straßenlaternen zogen einen lichten Vorhang über das Geschehen hinter dem Glas.

Lance öffnete eine Packung Chips und dachte über sein Leben nach. Seit er sich mit Luc Callanach zusammengetan hatte, war alles aufregender und zugleich schmerzhafter geworden – »zusammengetan« war eine gewaltige Übertreibung seiner eigenen Bedeutung –, doch es fühlte sich gut an, wieder richtig zu arbeiten. Seine Tage als investigativer Journalist in jüngeren Jahren hatten ihn in endlose Schwierigkeiten gebracht, und er hatte es geliebt. Seine nun mehr Ex-Frau hatte seine Begeisterung jedoch nicht geteilt, also hatte er einen Kompromiss geschlossen und war sesshaft geworden. Oder auch einfach nur häuslich. Faul, wenn er mal aufrichtig sich selbst gegenüber war. Und nun war Callanach aus dem Spiel und Lance darauf beschränkt, Ahnungen zu folgen anstelle von kalten, harten Fakten.

Der Mann, der den Kinderwagen geschoben hatte, hatte ihm nicht gefallen, kam ihm in den Sinn, gleichsam ein Gedankensprung, der sich in die Erinnerungen an erfolgreichere Zeiten in seiner Laufbahn mischte. Aber das war albern. Man konnte jemanden nicht ablehnen, nur weil man ihn drei Minuten lang unterwegs reden sah – ohne ihn auch nur zu hören – oder weil er auf eine Weise lächelte, die unter den gegebenen Umständen irgendwie übertrieben wirkte.

Nur hatte er ihm wirklich nicht gefallen. Das bildete er sich nicht ein. Es hatte etwas damit zu tun, wie er dem Jungen das Haar gezaust hatte. Lance schloss die Augen und ging die Einzelheiten im Kopf noch einmal durch. Der Mann hatte eine

Einkaufstüte, eine volle, auf einem Arm getragen, eine typische Machohaltung, als wäre es ihm peinlich, sie einfach wie eine Hausfrau am Henkel zu halten. Ganz oben auf den Einkäufen hatte auf hervorstechende Weise eine Packung Windeln gelegen. Eine kleine Packung. Normalerweise sah Lance in Supermärkten nur riesige, klobige Packungen, und die verdammten Dinger waren teuer. Es hatte keinen Sinn, sie in kleinen Mengen zu erstehen. Daran hatte der Mann offenbar nicht gedacht.

Wieder sah er vor seinem geistigen Auge, wie der Mann das Haar des Jungen zauste. Kurz zuvor hatte der Junge sich zwischen die Frau und ihn gestellt und mit dem Mann um die Kontrolle über den Kinderwagen konkurriert. Es war nicht nur Lance. Auch der Junge hatte den Mann nicht gemocht. Hatte ihn nicht in der Nähe seiner Mutter haben oder ihm das Baby überlassen wollen.

Er hatte dem Jungen das Haar zerzaust. Das Bild kehrte immer wieder zurück. Niemand, der eigene Kinder hatte, tat so etwas bei fremden Kindern. Man tat es dem eigenen Kind nicht an, weil man wusste, dass Kinder das nicht ausstehen konnten. Dass sie es wirklich zutiefst hassten. Haare zu zerzausen war für Politiker reserviert, die keine eigenen Kinder hatten oder – falls sie doch welche hatten – ihre Kinder einer Kinderfrau überließen und sich keine einzige Stunde lang ohne Unterstützung um sie gekümmert hatten.

Lances nächster Gedanke – und der überfiel ihn mit einer Klarheit, die seine Brust schmerzen ließ – war, dass der Mann auf keinen Fall Vater war. Das wusste er genauso sicher, wie er gewusst hatte, dass seine Frau beschlossen hatte, ihn zu verlassen, oder dass sein Sohn mit Drogen experimentierte. Er wusste es einfach. Aber er hatte Windeln bei sich gehabt. Hatte sie so getragen, dass sie gut sichtbar waren. Sie der Frau mehr oder weniger vor die Nase gehalten. Wie einen Orden für Häuslichkeit.

Er hätte sich ebenso ein Schild umhängen können mit der Aufschrift: Ich bin ein Dad.

Lance öffnete die Autotür und stieg aus. Dabei fragte er sich, ob er sich womöglich vollkommen verrannt hatte. Aber dann war da auch noch die Szene an der Tür. Der Junge hatte stirnrunzelnd dagestanden und entweder eine Erklärung oder eine Antwort verlangt, als würde er auf ein magisches Passwort warten. Sesam, öffne dich. Es hatte funktioniert, nur hatte sich der Mann anscheinend mehr für die Sirenen interessiert, die näher gekommen waren und sich wieder entfernt hatten, als der Junge ihn gerade hatte passieren lassen. Und dann dieses Lächeln, dieses enorme, breite Lächeln, das beinahe wie ins Gesicht geklebt ausgesehen hatte. Nein, nicht beinahe, genau so hatte es ausgesehen. Absolut künstlich, als würde jemand für eine Gameshow vorspielen. Seht mich an, hatte dieses Lächeln gesagt. Donnerwetter, schaut her, was für ein fröhlicher, freundlicher Kerl ich doch bin.

Lance zog sein Mobiltelefon hervor und wählte Callanachs Nummer. Er wurde von der Einladung begrüßt, eine Nachricht auf der Mailbox zu hinterlassen. Er versuchte es noch einmal, aber Callanach ging immer noch nicht dran. Inzwischen hatte er die Haustür erreicht. Er blickte die Straße hinauf. Natürlich war niemand zu sehen. Kein Mensch tauchte auf, den er mit seinem Altmännercharme hätte überzeugen können, ihn hineinzulassen.

Ersatzweise sollte er Ava Turner anrufen, überlegte er. Aber was sollte er ihr sagen? Dieser Typ, der das Wohnhaus von Janet Vargas betreten hat, hatte Einkäufe bei sich, die nicht zu Lances väterlichen Erfahrungen passten? Und ein unheimliches Lächeln hatte er auch – diesen entscheidenden Beweis durfte er natürlich nicht vergessen. Es war albern, und doch fühlte es sich so real an wie die Chipstüte, die er, ohne es bemerkt zu haben, die ganze Zeit fest umklammert hielt. Er blickte auf den Beutel mit

Salz und Essig aromatisierter gesättigter Fettsäuren hinab und wusste, er musste etwas tun. Irgendetwas.

Er rief beim MIT an, dankbar, dass die Nummer nach einer vorangegangenen Zusammenarbeit mit Callanach noch in seinem Telefon gespeichert war.

»Hi, ich muss in einer dringenden Angelegenheit mit DCI Turner sprechen«, sagte er.

»Es tut mir leid, DCI Turner ist derzeit nicht im Haus. Wir erwarten sie später heute Abend zurück. Kann ich etwas ausrichten?«

Lance zermarterte sich das Gehirn auf der Suche nach anderen Namen. »Äh, warten Sie, Max Tripp? Ist der da?«, fragte er versuchsweise.

»Nein, er ist auch unterwegs. Ich fürchte, derzeit ist das Department nicht sonderlich gut besetzt. Wenn es sich um einen Notfall handelt, kann ich Sie mit der Zentrale verbinden, damit man Ihnen Beamte schickt.«

Er dachte darüber nach. Es gab keinen Notfall. Nur einen Verdacht. Und einen Wohnblock, in dem sich ein potenziell zwielichtiger Mann aufhielt, der eine Million Gründe dafür haben könnte, eine kleine Packung Windeln und Schokomüsli dabeizuhaben. Vielleicht war seine Frau schwanger und hatte Heißhunger auf Schoko-Leckereien, und vielleicht hatten sie die kleinste Packung Windeln gekauft, um das Windelwechseln zu üben. Lance kam sich vor wie ein Idiot.

»Nein, lassen Sie nur«, sagte er. »Wenn Sie DCI Turner nur ausrichten könnten, dass ich angerufen habe. Mein Name ist Lance Proudfoot. Sie weiß, wer ich bin.«

»Aber gern, Sir«, sagte die Frau am anderen Ende der Leitung. »Ich werde es ausrichten.«

Lance hoffte beinahe, Ava würde ihn nicht zurückrufen. Je mehr Minuten dahinzogen, desto weniger sicher war er in Hinblick auf das, was er gesehen hatte, oder das, was er daraus geschlossen hatte.

Die Haustür wurde geöffnet, als er gerade kehrtmachen und zu seinem Wagen gehen wollte, um sich in seine warme Wohnung zurückzuziehen und sich eine Stunde mit Fernsehen zu betäuben. Die Teenager, die das Haus verließen, würdigten ihn keines Blickes, ließen aber die Tür offen, während Lance in Reichweite war. Seine Hände hingen reglos herab, doch sein Fuß trat schnell in Aktion und hinderte sie daran, sich wieder zu schließen.

Rechts war eine Treppe, links ein Fahrstuhl und in der Mitte ein langer Gang, der zu den Wohnungen im Erdgeschoss führte. Lance rollte die fast leere Chipstüte zusammen und stopfte sie tief in seine Tasche. Zugleich steckte er sein Telefon wieder weg. Außer einem freien Abend hatte er nichts zu verlieren, und von denen standen genug in seinem Terminkalender, sodass er sich darüber keine Sorgen machen musste. Ein letztes Mal blickte er sich zur Straße um, überlegte, wohin die Sirenen verschwunden sein mochten und ob Ava Turner auch gerade dort war, und dann betrat Lance Proudfoot das Haus.

Kapitel fünfunddreißig

17. März

Mit eingeschalteten Signalleuchten und Sirenengeheul jagten sie durch die Stadt, bis sie nahe dem Bestimmungsort waren. Andere Einheiten kamen aus allen Richtungen dazu. In nordwestlicher Richtung nahmen sie die Queensferry Road in Richtung Barnton Grove. Die letzten Meter zu RJs Wohnung legten sie in aller Stille zu Fuß zurück. Bewaffnete Einheiten hatten bereits Stellung bezogen und die Fenster der Wohnung im Blick, doch nichts wies darauf hin, dass jemand zu Hause war.

Rufus Jacob Butt war der alleinige Bewohner der mit einem Schlafzimmer ausgestatteten Wohnung, sofern es keine Freundin gab, von der sie nichts wussten. Sie hatten auf seinen Facebook-Account zugegriffen, und dort gab es keine Bilder, die einen Hinweis darauf lieferten, dass er in einer Beziehung lebte, daher war Ava ziemlich überzeugt, dass er alleinstehend war. »Egozentrale« hatte Tripp die Seite genannt. Tausende von Selfies. Tiraden. Links zu Videos, von denen einige zweifellos illegal waren. Fotos von Toten – manche unverkennbar echt, andere mit Photoshop bearbeitet. RJ war ein Besessener, aber Wetten auf Selbstmorde waren eindeutig etwas Neues. Ein opportunistisches Element, möglicherweise inspiriert durch die Bekanntschaft mit Vicky. Das Problem war, dass diese Verbindung auch etwas erheblich Finstereres inspiriert zu haben schien als nur den Wunsch, Leute von eigener Hand sterben zu sehen.

Ava wies die Truppe ein. »Gehen Sie sauber und schnell vor. Sprechen Sie nicht unnötig mit ihm. Überwältigen Sie ihn und verlesen Sie ihm seine Rechte. Ich will, dass seine Wohnung gründlich durchsucht und alles infrage Kommende beschlagnahmt wird. Sämtliche Kleidungsstücke. Wir wissen nicht, woran die DNA eines Opfers haften könnte. Konzentrieren Sie sich daneben auch auf Elektronikgeräte. Wir wissen, dass es ihm vorwiegend darum geht, Todesfälle zu zeigen, und dass er regelmäßig Videos hochlädt, also interessieren uns Telefone, Computer, Laptops, Kameras. Beschränken Sie den Einsatz physischer Gewalt auf das absolute Minimum – keine Misshandlungen. Ich will nicht, dass seine Anwälte vor Gericht unsere Vorgehensweise infrage stellen. Niemand spricht mit ihm, wenn er im Wagen auf dem Weg zum Revier ist. Handschellen werden ordnungsgemäß angelegt und dürfen keine Quetschungen hinterlassen. Fragen?«

»Der Fall Jon Moffat legt nahe, dass er mit Schusswaffen umgehen kann. Was machen wir, wenn er bewaffnet ist, Ma'am?«

»Sie tragen alle Schutzwesten. Wenn Sie den Verdacht haben, dass er bewaffnet ist, bleiben Sie zurück und überlassen die Sache den bewaffneten Einheiten. Unsere Priorität wird dann sein, sicherzustellen, dass sich niemand sonst in der Wohnung aufhält. Alle anderen Wohnungen in dem Gebäude müssen gesichert werden, ehe wir reingehen.«

Tripps Telefon klingelte, und er entfernte sich von den anderen.

»Gut, wir gehen in einer Minute rein«, sagte Ava. »Halten Sie Funkkontakt. Jedem Team wurde eine Etage zugewiesen. Melden Sie sich, sobald Ihr Bereich gesichert ist. Niemand geht von da an durch irgendeine Tür, ehe das Signal gegeben wurde, dass alles gesichert ist. Gehen wir.«

Die Polizisten liefen zu den ihnen zugewiesenen Eingängen des Gebäudes.

»Ein paar Leute haben für Sie im Lagezimmer angerufen, Ma'am«, sagte Tripp, als sie sich dem Haus näherten. »Unter anderem Lance Proudfoot, der, wie ich glaube, ein Freund von DI Callanach ist.«

»Okay«, entgegnete Ava beim Eintreten. Callanach stellte eine Form der Ablenkung dar, die sie gerade überhaupt nicht brauchen konnte.

»Dann jemand von der Verkehrspolizei, ich weiß nicht so recht, worum es geht. Sie haben beide eine Telefonnummer hinterlassen und bitten um Rückruf. Ich habe die Einzelheiten auf Ihr Telefon weitergeleitet.«

»Folgen Sie mir«, sagte Ava, nahm die erste Treppe und nickte unterwegs den anderen Einheiten zu, die leise an eine Tür nach der anderen klopften, ihre Marken zeigten und die Bewohner im Flüsterton über den Grund ihrer Anwesenheit und das, was gleich passieren würde, aufklärten. Wann immer sie sich von einer Tür abwandten, konnte man hören, wie Schlösser verriegelt wurden.

RJ wohnte im vierten und damit obersten Geschoss am Ende des Gangs.

»Nicht viele Nachbarn, die etwas hören oder einen Verdacht hegen könnten«, stellte Ava fest. »Unauffällige Wohnung in bequemer Entfernung zur Queensferry Crossing. Ergibt Sinn, dass er es so schnell zu dem Vorfall mit Stephen Berry geschafft hat.«

Vor ihr war eine Gruppe Officers, die sich bereithielten, im Notfall Gewalt anzuwenden, um die Wohnung zu betreten. Sie kontrollierte ein letztes Mal ihre Schutzkleidung und gab den Leuten das Startsignal.

Zunächst wurde nur leise und ohne viel Aufhebens angeklopft. Keine Reaktion. Sie klopften erneut, lauschten mit einem hochempfindlichen Mikrofon auf die Vorgänge jenseits der Tür. Der Officer, der es bediente, entfernte sich von der Tür, zeigte auf sie und ließ dann seinen Zeigefinger kreisen. Jemand war in der Wohnung, aber offenbar nicht geneigt zu öffnen. Ava gab mit einem Nicken ihr Einverständnis, mit der zweiten Phase der Maßnahmen zum Betreten der Wohnung zu beginnen.

»Polizei, entfernen Sie sich von der Tür!«, rief der Officer ganz vorn mit lauter Stimme.

Ava hielt sich die Ohren zu, als ein Rammbock im Schlossbereich der Tür zum Einsatz kam. Schon beim ersten Stoß gab das Schloss nach, und die Tür flog auf, knallte an die Wand, und ein ganzer Haufen Leute verschwand im Inneren der Wohnung.

Eine neue Stimme fing an zu schreien, ehe Ava auch nur die Tür erreicht hatte, und dann ertönten laute Anweisungen, gefolgt von dem schweren, dumpfen Aufschlag eines Körpers auf dem Teppich. Rechte wurden verlesen. Die Antwort bestand in einer Flut von Kraftausdrücken, der sich der Befehl zur Aufgabe des Widerstands anschloss. Ava trat ein.

RJ Bott lag mit dem Gesicht nach unten auf dem Boden und trat nutzlos mit den Beinen um sich, während die Officers ihn festhielten. Sie sah sich in der Wohnung um, sog das Chaos in sich auf: Drei halb leere Müslischalen schmückten den Boden. Die Wände waren kahl, abgesehen von einem großen Flachbildfernseher. Die Möbel waren verschlissen und passten nicht zusammen, die einzig sichtbare Lektüre war ein schmuddeliges Pornoheft, das niemand, der noch bei Verstand war, ohne Schutzhandschuhe und eine Müllgreifzange anfassen würde. Durch die hinteren Fenster konnte man hinaus zu einem Gemeinschaftsgarten blicken, der von Bäumen umgeben war, allerdings ließen die mit Gaffer-Tape befestigten Verdunkelungsvorhänge nur schmale Schlitze frei.

»Ich schätze, für romantische Treffen benutzt er die Wohnung nicht besonders häufig«, kommentierte Tripp und zeigte auf eine Unterhose, die auf der Rückenlehne eines Sessels lag und offensichtlich getragen war.

Ava wandte den Blick ab. Jeder Tatort, jedes Haus, das sie durchsucht hatte, hatte einen Schmutzfleck in ihrem Kopf hinterlassen. Der Mann auf dem Boden, der gerade irgendetwas über Menschenrechte und Anspruch auf einen Anwalt jammerte, mochte nicht mit Besuch gerechnet haben, aber das entschuldigte nicht den Dreck in seinem Wohnraum.

Sie ging ins Schlafzimmer – eine Matratze auf dem Boden, das Bettzeug mit Flecken überzogen, als wäre es mit Körperflüssigkeiten gebatikt worden – und bemerkte in dem Spiegel vor ihr eine Collage. Für einen Moment wollte sie gar nicht hinschauen. Als sie das letzte Mal so viele sorgsam präsentierte Fotos von Leichen gesehen hatte, hatte sie an einem Polizeiseminar für forensische Pathologie teilgenommen.

Sie holte tief Luft und drehte sich abrupt um. Erhängungen, Verbrennungen, Stürze, Schussverletzungen, Messerwunden, augenscheinlich kultische Vergiftungen – es war alles da. Einige Bilder waren alte Pressefotos, andere neuer und in Farbe, die meisten Ausdrucke aus dem Internet. Überraschender war, mit wie viel Liebe die Bilder an die Wand geklebt worden waren, jedes mit einer sauberen Umrandung von einem Zentimeter Breite, und nicht eines überlappte ein anderes. Das war kein verzweifelter, desorganisierter Fetischist. Was immer sonst in RJs Leben chaotisch war, diesem Teil davon widmete er all seine Konzentration und sein Können. Seine Liebe – wenn man etwas derart Makabres mit so idealistischen Begriffen umschreiben konnte.

Plötzlich wurde es wieder laut im Wohnzimmer. Ava stürzte zur Tür und sah, dass Tripp die anderen Polizisten anbrüllte.

»Asthma-Inhalator. Suchen Sie ihn. Sofort!«

Sie kämpfte sich durch die Masse der Menschen um Bott herum und stellte fest, dass der Mann dramatisch nach Luft schnappte, allerdings nicht besonders überzeugend.

»Brauche … Krankenwagen«, keuchte Bott und stützte sich schwer auf den Officer neben ihm.

»Oder einen besseren Schauspiellehrer«, murrte Ava. Tripp reagierte mit einer Mimik, die man nur als altväterlich bezeichnen konnte. »Also schön, gehen wir das vorsichtig an. Rufen Sie die Sanitäter her.«

»Ma'm, der bekommt plötzlich eine ganz komische Farbe«, rief ein Officer.

Ava trat näher. »Mr Bott, Sie müssen sich beruhigen und versuchen, kontrollierter zu atmen.«

Er verdrehte die Augen himmelwärts und sank zu Boden. Ava erkannte ein schwaches Lächeln, das sich in seinen Mundwinkeln abzeichnete, und kämpfte gegen das Bedürfnis an, ihm ihr Knie an eine Stelle zu rammen, wo es ihn schnell wieder voll zu Bewusstsein bringen würde.

»Die Sanitäter sind in einer Minute hier«, informierte Tripp sie.

»Hat keine Eile, das ist nur gespielt«, sagte sie und sah auf ihre Armbanduhr.

»Sind Sie sicher? Nur, weil es aussieht, als wäre er bewusstlos, Ma'am«, wandte Tripp ein, ging neben Bott in die Knie und fühlte seinen Puls.

»Atmet er jetzt immer noch schwer?«, fragte sie.

Tripp beugte sich über ihn und lauschte an Botts Mund. »Nein, seine Atmung scheint wieder normal zu sein.«

»Netter Trick«, erklärte Ava. »Schnelle, tiefe Atemzüge. So hat er dafür gesorgt, dass er ohnmächtig wird, und Zeit geschunden. Das gibt ihm die Möglichkeit, sich auf die Befragung vorzubereiten.«

Als die Sanitäter eintrafen, trat Ava zur Seite und zwang sich, den Mund zu halten und die Beantwortung der Fragen den Uniformierten zu überlassen.

»Wir werden ihn zur Untersuchung ins Krankenhaus bringen müssen«, lautete das Ergebnis. »Wir müssen ihn auf eine Trage legen.«

»Gib mir Kraft«, murmelte Ava. »Tripp, organisieren Sie eine Eskorte und sorgen Sie dafür, dass er im Krankenhaus bewacht wird. Er darf zu keinem Zeitpunkt unbeobachtet bleiben. Sobald festgestellt wurde, wie stabil Bott ist, will ich mit dem Arzt sprechen, der für seine Untersuchung zuständig ist.«

»Verstanden«, antwortete Tripp. »Sonst noch irgendwelche speziellen Anweisungen?«

»Nur eine. Schaffen Sie ihn spätestens heute Abend in ein Verhörzimmer. Der wird die Nacht nicht in einem Krankenhausbett vertrödeln und wieder zu Kräften kommen. Ich will, dass dieser Mistkerl unter Anklage gestellt und in eine Zelle verfrachtet wird, ehe ich heute Nacht ins Bett gehe. Wir dürfen uns keine Fehler erlauben.«

Kapitel sechsunddreißig

17. März

Langsam ging Lance die Treppe hinauf und lauschte unterwegs an jeder Tür, an der er vorbeikam, auf Lebenszeichen. Stimmen näherten sich von weiter oben im Treppenhaus, und er holte eine alte Quittung aus seiner Tasche und tat, als würde er sie lesen, als sich ein Pärchen näherte.

»Also, ich habe dem Arzt gesagt, dass ich auf keinen Fall ins Krankenhaus gehe, nur weil …«

»Entschuldigung«, sagte Lance mit einem bedauernden und zugleich gewinnenden Lächeln, das er in vielen Jahren journalistischer Arbeit geübt hatte, um Informationen aus arglosen Leuten herauszukitzeln. »Ich suche Janet Vargas. Ich weiß, ich bin im richtigen Haus, aber es scheint, als hätte ich mir die falsche Wohnungsnummer notiert.«

»Vargas?«, wiederholte die Frau. »Ich kenne niemanden dieses Namens. Sind Sie sicher, dass dies das richtige Haus ist?«

»Ich dachte, das wäre es … tut mir leid, ich möchte Sie nicht aufhalten. Sie ist ungefähr dreißig, schlank, etwa eins fünfundsechzig groß, dunkles Haar, sieht leicht spanisch aus.«

»Ach, Sie meinen Janet Monroe«, sagte der Mann. »Hübsch, braune Augen, dunkles Haar …«

»Ach wirklich?«, fiel ihm die Frau ins Wort. »Sie ist also hübsch, ja?«

Der Mann seufzte, und Lance hatte ein schlechtes Gewissen

in Anbetracht dessen, dass der Mann an diesem Abend vermutlich lange auf den Knien würde herumrutschen müssen.

»Das ist sie«, sagte Lance. »Kennen Sie die Wohnungsnummer?«

»Nicht so genau, aber es ist im dritten Stock auf der rechten Seite, fast am Ende des Korridors«, erklärte der Mann, der aussah, als wollte er dringend weiter.

Lance konnte es ihm nicht verübeln. Seine Partnerin hatte die Hände in die Hüften gestemmt, und ihre Haltung verhieß nichts Gutes.

»Danke für Ihre Hilfe«, sagte Lance.

»Warum wollen Sie das eigentlich wissen? Sie kann ja kaum mit Ihnen rechnen, wenn Sie nicht einmal ihren Namen kennen«, bemerkte die Frau.

Ganz gleich, wie sehr sie ihrem Mann die Hölle heißmachen würde, Lance war erfreut über ihr Misstrauen. Viel zu viele Leute gaben Informationen gedankenlos preis.

»Um ehrlich zu sein, ich bin Journalist«, sagte er, zog seinen halb offiziellen Ausweis hervor und reichte ihn ihr zur Überprüfung. »Es gab da am Nachmittag einen Vorfall in der Stadt, in den Janet verwickelt war. Ich gehe nur einer Story nach. Sie können sich gern meinen Namen notieren, wenn Sie sich dann besser fühlen.«

»Was für einen Vorfall?«, fragte der Mann.

»Warum interessiert dich das so?«, giftete die Frau.

Als der Streit zwischen den beiden dann richtig in Gang kam, nahm Lance die Gelegenheit wahr, um zum Dank und zum Abschied kurz die Hand zu heben und, immer zwei Stufen auf einmal, die Treppe in den dritten Stock hinaufzuhasten.

Die erhobenen Stimmen des Paars blieben allmählich zurück, als er den Korridor hinunterging und nach den ersten paar Türen an jeder auf der rechten Seite kurz innehielt. Hinter den letzten drei brannte Licht, hinter zweien liefen Fernseher oder Radiogeräte. Er kämpfte gegen das Gefühl an, dass irgendetwas nicht in Ordnung war. Vorstellungskraft war das mächtigste Werkzeug auf Erden, es war der Grund, warum Propaganda Kriege auslöste und sich Horrorfilme so großer Popularität erfreuten. Hitchcock drehte in seinem Kopf einen Thriller, und gerade jetzt sah es für das künftige Opfer gar nicht gut aus.

Er wählte die mittlere der drei Türen, hinter der er eine Frau mit Essex-Akzent kreischen hörte – in seinem Kopf schrie sie einen Mann mit künstlicher Bräune und gezupften Brauen nieder, weil er sie mit ihrer besten Freundin betrogen hatte. Reality-TV erkannte er ebenso zuverlässig, wie er als Kind die Titelmusik von *The Archers* sofort erkannt hatte. Er klopfte und wartete.

Ein Teenager riss die Tür auf und starrte ihn an, ein Kaugummi im offen stehenden Mund.

»Hallo, tut mir leid, dass ich störe. Ich bin auf der Suche nach Janet Monroe.«

»Mum!«, schrie das Mädchen und präsentierte dabei ihr Zungenpiercing zusammen mit dem Kaugummi, der sich von dem Stecker zu einem ihrer Backenzähne zog. »Hier ist so ein alter Kerl.«

»Verdammte Scheiße …«

Sofafedern quietschten erleichtert auf, und schwere Schritte näherten sich. Die Frau, die an die Tür kam, umklammerte eine riesige Familienpackung Karamellpopcorn und sah genauso desinteressiert aus wie ihre Tochter.

»Was?«, herrschte sie ihn an.

»Ich bin auf der Suche nach Janet Monroe«, sagte Lance. »Können Sie mir …«

»Nebenan.« Die Frau stocherte mit einem Finger in der Luft in Richtung der Tür am Ende des Korridors und schlug gleich darauf die eigene zu.

»Danke«, sagte Lance aus purer Gewohnheit zu dem Holz vor seiner Nase und bemühte sich, nicht lauthals zu lachen.

So einfach brach der Bann. Dies war nur ein schlichtes Wohngebäude, hinter dessen geschlossenen Türen ganz normale Dinge vorgingen. Die Reality-TV-Zuschauerinnen hatten offenbar nichts gehört, was sie irgendwie beunruhigt hätte. Es waren keine Schüsse gefallen, niemand hatte geschrien oder gegen die Wand geklopft, anderenfalls wären sie seiner Frage mit mehr Besorgnis begegnet. Trotzdem, nun war er schon so weit gekommen, da schien es albern zu sein, die ganze Mühe einfach zu vergeuden. Und vielleicht wüsste Janet Vargas – oder Monroe oder wie auch immer sie genannt werden wollte – ein freundliches Gesicht, das nach ihr sehen wollte, ja durchaus zu schätzen. Er wusste, wie es war, so viel Zeit allein in der eigenen Wohnung zuzubringen, dass man bisweilen vergaß, dass es da draußen noch eine Welt mit netten Menschen gab, die sich wirklich für einen interessierten.

Er klopfte. Keine Reaktion. Sie mochte natürlich schlafen. Vermutlich ruhiggestellt, wenn man bedachte, was für einen Tag sie hinter sich hatte. Er klopfte noch einmal, und dieses Mal hörte er von drinnen eine Stimme, die fragte, wer er war.

»Janet? Ich bin Lance Proudfoot. Mir ist bewusst, dass Sie mich nicht kennen, aber ich war in Sorge um Sie«, sagte er und kam sich idiotisch vor, fühlte sich wie ein Eindringling, wie ein Kind, das zu einem Schlafzimmerfenster hineinschaute. »Ich wollte mich nur vergewissern, dass Sie okay sind. Ich sah vorhin einen Mann das Haus betreten … wissen Sie was? Machen Sie sich keine Gedanken. Ich hätte Sie nicht stören sollen.«

Die Tür wurde ein Stück weit geöffnet. Janet stand da und lächelte ihn an. Sofort verspürte er Erleichterung. Es ging ihr gut. Die Gefahr hatte lediglich in seinem Kopf gesteckt. Der Woge der Erleichterung folgte rasch eine Flut schrecklicher Verlegenheit. Sie hatte jedes Recht, ihn für einen gruseligen Stalker zu halten. Er konnte von Glück sagen, wenn sie nicht die Polizei rief, sobald er gegangen war. Nur sah sie gar nicht verärgert aus. Sie grinste sogar, was ganz und gar nicht passend war. Sie kannte ihn nicht. Und dass sie die Tür geöffnet hatte, fühlte sich eigentlich irgendwie … Er suchte nach dem passenden Wort.

»Es geht mir gut«, sagte sie vergnügt, und ihr Blick huschte zu dem Ende des Korridors, von dem er gekommen war. Zweimal, dreimal. Das bildete er sich nicht ein. »Es ist nett, dass Sie nach mir gesehen haben, aber jetzt sollten Sie wohl wieder gehen.«

Falsch. Das war das Wort. So einfach war das. Sie kannte ihn nicht, sie hätte niemals öffnen dürften. Und jetzt versuchte sie, ihn loszuwerden, ohne es auszusprechen.

»Ich wollte nicht stören …«

»Ich war im Begriff, zu Bett zu gehen, darum sollten Sie wirklich gehen«, erklärte sie, und ihr Hals war gespannt wie eine Gitarrensaite, was in einem scharfen Kontrast zu dem strahlenden Lächeln stand.

Lance trat einen halben Schritt zur Seite, um mehr von der Wohnung sehen zu können.

»Janet, falls irgendwas nicht in Ordnung ist, kann ich die Polizei rufen«, flüsterte er.

Das vordere Ende eines Pistolenlaufs – nur das letzte Stück, aber Lance hatte genug von den Dingern gesehen, um zu wissen, was er da vor sich hatte – war hinter Janets Schulter auf ihn gerichtet. Er konnte das Gesicht der Person, die sie hielt, nicht sehen, aber er wusste bereits, dass dies der Mann war, den er beobachtet hatte, als er sich einen Weg in das Haus erschlichen hatte. Nun stand Janet die Enttäuschung ins Gesicht geschrieben. Ihr bewundernswerter Versuch, Lance davor zu beschützen, in das wie auch immer geartete Drama in ihren vier Wänden hineingezogen zu werden, war gescheitert.

»Rein hier, sofort«, befahl der Mann.

»Ich denke nicht«, sagte Lance. Älter zu werden hatte seine Vorteile, und einer davon war, dass man zwar nicht weniger Furcht verspürte, diese aber oft mit einer gehörigen Portion Streitlust einherging. »Ich denke, Sie werden mich hier in diesem Korridor erschießen müssen. Ich schätze, die Polizei wäre innerhalb von ein paar Minuten hier. Die Nachbarn möchten sich ihr Fernsehvergnügen ja nicht von Schüssen verderben lassen.«

Der Lauf bewegte sich geschmeidig zu Janets rechter Schläfe.

»Na schön«, sagte der Mann. »Wie Sie wollen. Nur werde ich nicht Sie erschießen.«

Janet schloss die Augen.

»Schon gut, was immer Sie wollen«, gab Lance sich geschlagen. »Aber nehmen Sie die Waffe runter, ja?«

»Kommen Sie nicht rein«, platzte Janet heraus. »Ich werde …«

Lance trat ein. »Die Polizei ist bereits unterwegs«, sagte er.

»Tatsächlich? Es fällt mir schwer, das zu glauben, wenn ich bedenke, dass Sie keine Ahnung hatten, was in dieser Wohnung los ist. Aber ich bin neugierig: Was hat Sie überhaupt hergeführt?«

»Wer sind Sie?«, fragte Lance.

»Ich antworte Ihnen, wenn Sie mir antworten.« Der Mann grinste. »Aber eines nach dem anderen. In dieser Tasche dort ist ein Seil. Ganz unten. Nehmen Sie die Windeln und das Müsli einfach raus, ich werde beides nicht mehr brauchen.«

»Ich gebe Ihnen kein Seil«, erklärte Lance. »Warum lassen Sie Janet nicht einfach gehen? Sie haben jetzt doch mich. Ich kann ihren Platz einnehmen.«

»Ihren Platz einnehmen?« Er lachte. »Das ist kein Willkürakt. Die Natur folgt Gesetzen. Wer das Leben als gegeben annimmt, muss für seine Missachtung bezahlen.«

Er zerrte von hinten an Janets Shirt, und sie fiel hart auf das Sofa.

»Überleben der Tüchtigsten?«, fragte Lance.

»Das würden Sie nicht verstehen. Ich habe Sie gefragt, wie Sie mich gefunden haben.«

»Der Junge, mit dem Sie das Haus betreten haben, hat Ihnen nicht getraut«, erklärte Lance und sah zu, wie Janet vorsichtig die Hand in die linke Hosentasche schob, in der er durch den Jeansstoff die Umrisse eines Mobiltelefons erkannte.

»Sie lügen. Der Junge hatte kein Problem mit mir. Und warum haben Sie mich überhaupt beobachtet?«

»Ich habe das Haus beobachtet«, erwiderte Lance. »Mir ist der Gedanke gekommen, jemand könnte hinter Janet her sein. Deshalb habe ich DCI Turner angerufen, ehe ich hergekommen bin.«

»Aber, sehen Sie, DCI Turner verfolgt in diesem Moment einen Verdächtigen, von dem sie aus gutem Grund glaubt, er wäre ein gefährlicher Mörder. Sie wird eine Weile zu tun haben. Wenn ich bedenke, wie aufgebracht sie sein muss, dann bezweifle ich, dass Sie überhaupt mit Ava gesprochen haben.«

Lance bildete sich gern ein, er hätte ein recht gutes Pokerface, aber dieses Mal agierte es nicht schnell genug. Dieser Mann war absolut unbesorgt, und das bedeutete, dass er die Wahrheit sagte. Unwillkürlich kehrte Lances Blick zurück zu der Stelle, an der Janet immer noch hektisch in ihrer Tasche Tasten drückte, und der Mann folgte seiner Blickrichtung. Die Waffe peitschte vor Janets Gesicht, schoss dann scharf nach oben, und das Metall knallte von unten gegen ihre Nasenscheidewand. Eine Sekunde lang rührte sich nichts, und niemand gab einen Laut von sich. Dann ergoss sich Blut über ihr T-Shirt, und sie heulte auf, beugte sich vor und hielt sich das Gesicht.

»Gib mir das Telefon!«, blaffte der Mann.

Lance erduldete einen Selbsthass, wie er ihn noch nie zuvor verspürt hatte. Er hatte sich für schlau gehalten, hatte gedacht, er könnte den Mann ablenken, indem er mit ihm redete, dabei war er derjenige, der ausgetrickst worden war. Es gibt doch nichts Schöneres als einen gebildeten Psychopathen mit einer Waffe, um sich den Tag zu verderben, dachte er verbittert, als Janet das Telefon hervorzog und dem Mann übergab.

»Gut. Jetzt leg dich am Boden auf den Rücken«, wies der Mann sie an.

Lance sah die Panik in ihrem Gesicht und wusste, dass sie ein Spiegelbild seiner eigenen war.

»Sie sagten, für eine Antwort bekomme ich eine Antwort«, sagte Lance. »Ich hatte Sie gefragt, wer Sie sind.«

»Ich war jemand«, entgegnete der Mann. »Jetzt bin ich mehr geworden. Ich bin die Krähe.«

Verdammter Mist, dachte Lance. Die letzten Hoffnungsschimmer versickerten zusammen mit dem Blut aus Janets triefender Nase im Teppich. Nicht nur intelligent, sondern auch zutiefst gestört. Das war einfach großartig.

»Nein, bin ich nicht«, sagte die Krähe.

»Was?«

»Verrückt.« Er lächelte. »Ich weiß, was Sie denken. Sie haben ein sehr ausdrucksstarkes Gesicht. Ich bezweifle, dass Sie den Leuten, die Sie gut kennen, je irgendetwas vormachen konnten. Anders als Janet. Kein Wort, seit ich gekommen bin. Vorsichtig, still und auf der Hut. Gar nicht das, womit ich gerechnet hatte.«

Janet spuckte einen Mundvoll Blut auf den Boden und atmete rasselnd ein, so tief sie nur konnte.

»Ich habe Hilfe gerufen«, sagte sie und schnappte nach Luft.

Die Krähe lachte. »Hilfe gerufen? Wer soll denn kommen? Wen könnten Sie wohl in ihrer Kontaktliste haben, der herbeieilen und Sie retten würde?« Er griff zu ihrem Telefon und tippte auf den Schirm. »Max? Der muss ja ein beeindruckendes Musterexemplar sein, wenn Sie glauben, er würde sich mit einem Mann anlegen, der eine Waffe in der Hand hat. Und was haben Sie ihm erzählt?« Er scrollte nach unten. »999.« Die Nummer des Notrufs. »Sehr dramatisch, nur dass er vielleicht denkt, Sie hätten kein Benzin mehr oder ihre Kreditkarte wäre verloren gegangen. Er wird in nächster Zeit bestimmt nicht an diese Tür klopfen.«

»Max Tripp«, sagte Janet. »Sie sind ihm schon begegnet.«

Ein Schatten huschte über die Züge der Krähe. »Tripp?«, wiederholte er. »Wo bin ich …?«

»Er ist Detective beim Major Investigation Team«, klärte Janet ihn auf. »Er arbeitet mit DI Callanach zusammen.«

»Natürlich«, sagte die Krähe.

Und dann stürzte er vor, packte mit der linken Hand Janets Hals und drückte ihr den Lauf der Waffe unter das Kinn, stieß sie auf die Knie, zerrte sie zu Boden und trat ihr brutal in die Rippen.

»Auf den Rücken«, instruierte er sie. »Sofort. Genug geredet.«

»Hören Sie auf, sie zu treten«, brüllte Lance, warf sich auf ihn und schlug nach der Krähe, als Janet am Boden zusammenklappte.

Er stolperte, und seine Faust traf nur die leere Luft. Die Krähe schlug mit der offenen Hand seitlich an Lances Kopf und brachte auch ihn zu Fall.

Die Krähe hatte einfach vorgehabt, ihn zu schlagen, so lautete Lances naivster Gedanke. Aber ein Schlag wäre ein Segen gewesen verglichen mit dem Aneinanderkrachen zweier Schädel, als er gegen Janet prallte. Die Krähe mochte geisteskrank sein, und Janet hätte sie vielleicht überraschen können, aber der Mann/Vogel verstand zu kämpfen.

Lance hörte ein Stöhnen und begriff, dass Janet, die unter ihm lag, schlimme Schmerzen hatte. Er versuchte, sich zu bewegen, konnte aber nicht. Seine Arme und Beine fühlten sich bleischwer an, und wenn er die Augen aufschlug, verwandelte sich die Welt in einen viel zu hellen Nebel, der erfüllt war von einem schrillen Kreischen.

Janet Monroe – natürlich ... zu spät fügte Lance die Puzzleteile zusammen. Sie hatten ihren Namen geändert, damit niemand merkte, dass sie Polizistin war. Das war alles nur ein abgekartetes Spiel gewesen, sie dort oben auf dem Dach. Ein Versuch, den Mörder herauszulocken. Und das hatte auch geklappt. Nur, dass die Krähe ihnen allen einen Schritt voraus gewesen war und ihre Aufmerksamkeit auf jemanden anderen gelenkt hatte.

Lance gab den Kampf gegen sein Bedürfnis, die Augen zu schließen, auf, ließ seinen Kopf an Janets Schulter sinken und spürte etwas Raues an seinem Gesicht, fühlte etwas über seine Haut gleiten. Seil, dachte er und versuchte sich zu erinnern, ob die Krähe erklärt hatte, was sie damit vorhatte. Wenn er doch nur Callanach erreicht hätte. Berichtet hätte, was er gesehen hatte ... Wenn er doch nur ... Nun hatte er einen passenden Spruch für seinen Grabstein gefunden. Dann forderte die Gehirnerschütterung ihren Tribut.

Kapitel siebenunddreißig

17. März

Der Krautsalat schmeckte nach Essig, und das Brot war hart, aber Ava würgte das Sandwich mit Schinken und Salat dennoch hinunter. Sie konnte sich nicht mehr erinnern, wann sie zum letzten Mal etwas gegessen hatte, und ihr Magen fühlte sich schmerzhaft verknotet an. Entweder, sie war hungrig, oder sie hatte sich endgültig ein DCI-Magengeschwür eingefangen. RJ Bott erholte sich von seiner Royal-Shakespeare-Asthma-Darbietung, würde aber vor dem kommenden Morgen nicht im Verhörzimmer auftauchen, denn das war der früheste Zeitpunkt, den die Ärzte gestatteten. Inzwischen hatten sie den Buchmacher festgenommen, mit dem Bott ins Geschäft gekommen war, um Wetten darauf zu organisieren, ob ein Selbstmord stattfinden würde oder verhindert werden konnte, und Botts abscheuliche Website war von den Technikern ebenso abgeschaltet worden wie sein Blog.

Sie wusste, sie sollte nach Hause gehen, immerhin war dies eine Gelegenheit, ein wenig zu schlafen, wie sie sich in den nächsten Tagen vielleicht nicht noch einmal ergeben würde, doch es fühlte sich falsch an, nicht auf dem Revier zu sein, während noch so viele Fragen offen waren. Zudem war Arbeit – so selbstzerstörerisch das auch sein mochte – vielleicht das Einzige, was sie von ihrem Frust ablenken konnte.

DI Graham kam mit seinem Laptop zur Tür herein und stellte einen Becher Kaffee vor ihr ab.

»Dann haben Sie ihn also eingetütet«, bemerkte er.

»Wir haben ihn festgenommen«, korrigierte sie. »Wir haben ihn erst eingetütet, wenn er mehrere lebenslange Strafen absitzt. Vorerst liegt er faul im Krankenhaus herum, wo man ihm leicht zu schluckende, salzarme Kost serviert und alle paar Stunden seinen Puls misst.«

»Ich bin überzeugt, Sie werden morgen ebenso zartfühlend mit ihm umgehen.« Graham grinste. »Sie wollten sich noch einmal die Aufnahmen aus Bruce Jensons Pflegeheim ansehen?«

Er stellte den Laptop auf Avas Schreibtisch und klickte auf »Play«. Immer noch auf dem zähen Schinken herumkauend, beugte sie sich vor und starrte auf den Monitor.

»Also, wenn das vorbei ist, soweit so etwas überhaupt je vorbeigeht, kann ich dann den Gutschein für einen Drink abrufen, oder sind Sie dem Thema gezielt ausgewichen?«

»Ich bin dem Thema gezielt ausgewichen«, sagte sie und fixierte dabei unentwegt die Gestalt, die über das Gelände lief, schlank, langbeinig, und das Haar zurückstrich. »Sie sind mir nachgeordnet. Wir arbeiten zusammen. Das ist zu kompliziert.«

»Es ist nur ein Drink«, sagte er, als sie das Video noch einmal laufen ließ.

»Nichts ist je nur ein Drink, aber danke für die Einladung. Haben wir irgendwelche Aufnahmen davon, wie sich diese Person auf das Gelände des Pflegeheims schleicht?«

»Nichts, was gut genug wäre, um sicher zu sein, dass sie es ist. Es gab ein paar schattenhafte Bewegungen im Gestrüpp, aber das war drei Stunden vorher, und wir konnten die Körperform nicht deutlich genug herausarbeiten. Was immer es war, es hat sich geduckt gehalten. Es hätte sogar ein Reh sein können. Ich habe es in der Besprechung nicht erwähnt, weil es durchaus denkbar wäre, dass uns das in die Irre geführt hätte.«

»Drei Stunden vorher? Wenn das also der Eindringling war,

dann wäre er die ganze Zeit dort gewesen, während Callanach Jenson besucht hat. Je nachdem, wo sich die Person in dem Garten aufgehalten hat, hätte sie das ganze Zusammentreffen durch die Terrassentür verfolgen können«, sagte Ava. Ein Gefühl von Déjà-vu weckte in ihr den Wunsch, sie hätte das übersäuerte Sandwich gar nicht erst gekostet.

»Alles in Ordnung?«, fragte Graham.

»Ich glaube … ich bin nicht sicher«, sagte sie und überlegte, ob der Schlafmangel ihre Vorstellungsgabe allmählich über die Grenzen der Vernunft hinaustrieb oder ob sie die Dinge endlich in einem größeren Rahmen sah. »Diese Frau …«

»Ma'am!« Tripp stürzte herein. »Die Botschaft, die ein Verkehrspolizist für Sie hinterlassen hat, als wir in Botts Wohnung waren. Ich bin dem gerade nachgegangen.«

»Ganz ruhig, Sergeant. Was ist los?«

»Die Frau – die illegale Arbeiterin –, die bei Jon Moffat gelebt hat, dem Bauern draußen in East Saltoun, ist gefunden worden. Sie und mehrere andere haben versucht, in einen Truck zu gelangen, der auf dem Weg nach Amsterdam war.«

»Fantastisch.« Ava stand auf. »Schaffen Sie sie her. Schauen wir, ob sie Bott bei einer Gegenüberstellung identifizieren kann …«

»Das wird sie nicht«, fiel ihr Tripp ins Wort. »Mariam – so heißt sie – ist immer noch traumatisiert. Sie hat bestätigt, dass sie diejenige ist, die die Wirtin angerufen hat, um Moffats Tod zu melden, also sind ihre Angaben nachweisbar. Moffats Mörder konnte sie nur begrenzt beschreiben. Sie hat ihn kurz in einem Spiegel gesehen, als sie sich die Treppe hinuntergeschlichen hat, um nachzusehen, was los war. Alles, was sie sagen konnte, war, dass der Täter männlich war und dass er schwarz war.«

Ava erstarrte. Pax Graham erhob sich langsam und griff nach seiner Jacke.

»Heilige Scheiße! Er hat sich die ganze Zeit direkt vor unserer Nase versteckt und so getan, als wollte er uns helfen«, fluchte Ava. »Es ist Rune Maclure. Er hat uns Vicky geliefert, die uns zu Bott geführt hat …«

»Das ist noch nicht alles«, sagte Tripp. »Ich habe Einheiten zu Janet Monroes Wohnung geschickt. Wir haben die Überwachung ihres Hauses abgebrochen, als wir uns Bott in dem Glauben vorgenommen haben, er sei der Mörder.«

Ava war übel, und das hatte nichts mit dem Krautsalat zu tun. Sie wollte gar nicht hören, was Tripp noch zu sagen hatte.

»Ich habe eine Textnachricht von ihr erhalten. Sie wurde schon vor einer halben Stunde gesendet, aber ich bin erst jetzt dazu gekommen, mein Telefon zu checken. Die Nachricht bestand nur aus drei Neunen.«

Ava rannte bereits, ehe ihr bewusst wurde, dass ihre Beine das Kommando zum Laufen erhalten hatten, und erteilte auf ihrem Weg durch den Korridor zum Treppenhaus lauthals Instruktionen.

»Ein Wagen steht schon für uns bereit«, rief Tripp, der Mühe hatte, mit ihr mitzuhalten.

»Ich fahre«, brüllte Graham, überholte beide und sprang vor ihnen die Stufen hinunter. »Tripp, versuchen Sie, Janet zu kontaktieren. Der Chief kann so lange Verbindung zu anderen Einheiten aufnehmen.«

Von da an benutzten sie ihre Energie, um so schnell wie möglich zum Wagen zu gelangen. Dort fing Ava sofort an, verfügbare Einheiten zu unterrichten, um Unterstützung anzufordern und für alle Fälle Officers zu Maclures Wohnort und Arbeitsplatz zu schicken.

Es gab da noch eine Sache, die sie hatte erledigen wollen, als Tripp in ihr Büro gestürmt war, aber das würde warten müssen. Es war nur ein Verdacht, aber es wäre denkbar, dass die Frau in dem Video vom Pflegeheim jemand aus Callanachs Vergangenheit war. Jemand, der zwar keinen persönlichen Groll gegen Bruce Jenson oder Gilroy Western hegte, wohl aber ein Motiv für deren Ermordung haben könnte. Eine Frau, die einmal fast alles getan hätte, um sich Callanachs Aufmerksamkeit zu sichern – im Guten wie im Schlechten. Eine zutiefst gestörte Frau.

Aber das musste sie vorerst zurückstellen. Janet Monroes Leben war in Gefahr, weil Ava Hinweisen gefolgt war, die ihr der Mörder selbst geliefert hatte. Und das bedeutete, dass sie für alles, was nun geschah, verantwortlich war.

Kapitel achtunddreißig

17. März

Das Klopfen war weit entfernt. Dann näher. Dann erwachte Callanach. Auf seiner Uhr leuchtete die Information, dass es 23.42 Uhr war. Er hatte gerade eine halbe Stunde geschlafen, doch das reichte ihm, um sich nun benommen und orientierungslos zu fühlen. Als er wieder ganz bei sich war, ertönte das Klopfen hartnäckiger und in rascherer Folge als zuvor.

»Ava«, sagte Callanach, und das sichere Wissen, dass nur sie an der Tür sein konnte, war so enervierend wie aufregend.

Er zog sich eine Jeans über und lief zur Wohnungstür, schaute eine knappe Sekunde durch den Spion, ehe er öffnete und die Regie seinem motorischen Gedächtnis überließ, statt Vorsicht walten zu lassen. Dass er einen Fehler begangen hatte, wurde ihm erst bewusst, als die Tür schon vollständig geöffnet war. Er hatte einen Frauenkopf im Profil gesehen, als er durch den Spion geschaut hatte. Eine Kapuze hatte das Haar verdeckt, und ihre Züge waren in dem trüben Licht der Nachtbeleuchtung im Korridor nur halb sichtbar gewesen.

»Hallo«, sagte sie mit einem warmen Lächeln und sah dabei aus wie ein verirrtes Kind.

»Astrid. Was willst du?«

Die Frage diente ihm lediglich dazu, Zeit zu schinden. Er wusste, was sie wollte. Ihn. Astrid Borde war vor mehr als einem Jahr aus seinem Leben verschwunden, und er hatte in seiner

Naivität glauben wollen, dass sie für immer fort war. Dem war nicht so, und nun kam es ihm absolut idiotisch vor, dass er nicht wachsam geblieben war.

»Wir müssen reden, Luc«, sagte sie leise, und ihre Stimme klang seiden und schwermütig in der umgebenden Stille.

»Es ist mitten in der Nacht. Wenn du mir deine Nummer oder eine Adresse gibst, können wir uns morgen treffen. Jetzt ist wirklich kein guter Zeitpunkt.«

Er sah sich zu seinem Schlafzimmer um, nur ein zarter Hinweis in der Hoffnung, sie würde glauben, dass er nicht allein war. So wenig er sie in seiner Wohnung haben wollte, aggressive Zurückweisung war nicht die richtige Taktik, wenn man es mit jemandem zu tun hatte, der so unberechenbar war. Jenson und Western waren tot, und plötzlich war es ihm kein Rätsel mehr, wer diese Morde begangen hatte. War Astrid früher schon wahnhaft und obsessiv gewesen, so hatte sie sich nun offenbar zu einer ausgewachsenen Psychopathin entwickelt.

»Willst du mir weismachen, es wäre noch jemand hier? Ach, Liebling, lüg mich doch nicht an. Das ist unter deiner Würde. Aber ich verstehe, dass das ein Schock für dich sein muss. Du hast es nie gemocht, überrascht zu werden. Warum machst du uns nicht einen Kaffee, und wir unterhalten uns ein wenig, während du dich an den Gedanken gewöhnst, dass ich wieder da bin?«

Callanach schaute hinüber zur Tür seiner Nachbarin. Er könnte laut werden, könnte Wirbel machen, sie wecken, aber Astrid – diese neue Astrid – war eine unbekannte Größe in dieser Gleichung. Noch jemanden in diesen Schlamassel hineinzuziehen war inakzeptabel. Er musste allein zurechtkommen.

»Es ist nicht so, dass ich keine Zeit mit dir verbringen möchte. Tatsächlich habe ich mich schon gefragt, wo du steckst und wie es dir geht. Ich bin froh, dass wir die Vergangenheit hinter uns lassen und weiterziehen konnten. Du siehst übrigens toll aus. Dein Haar ist kürzer.«

Astrid berührte es, schüttelte es kurz, und ein Lächeln huschte über ihr Gesicht.

»Es ist nur so, dass ich morgen früh zur Arbeit muss«, fügte er hinzu.

»Tatsächlich? Dabei bist du schon eine Weile nicht auf dem Revier gewesen. Wie kommt das?«

»Ich war krank«, log er. »Magen-Darm-Grippe.«

»Und trotzdem hast du es geschafft, mehrfach ins Fitnessstudio zu gehen.«

Callanach beschloss, sie nicht zu fragen, wie viel Zeit sie damit zugebracht hatte, ihn zu beobachten. Wichtig war vielmehr herauszufinden, warum sie sich jetzt offenbarte.

»Hätte ich gewusst, dass du draußen bist, hätte ich dich längst hereingebeten. Du hättest es mich wissen lassen sollen. Es gibt keinen Grund mehr, warum wir keine Freunde sein sollten.«

»Ich freue mich, dass du so denkst. Ich habe immer gespürt, dass etwas zwischen uns ist. Deshalb bin ich zurückgekommen. Ich dachte die ganze Zeit, dass wir dieses Missverständnis von früher überwinden können. Du siehst übrigens auch gut aus.« Astrid ließ ihren Blick über seinen Torso wandern, und Callanach wünschte sich, er hätte sich die Zeit genommen, ein T-Shirt anzuziehen. »Hör mal, Luc, ich weiß, es ist spät, aber du musst mich wirklich reinlassen. Wir müssen uns überlegen, wie wir mit der Situation umgehen sollen, in der wir uns befinden.«

»Situation?«, fragte Callanach.

»Zwei gewisse Feinde von uns? Die liebenswerten Herren Bruce und Gilroy. Es ist wohl besser, nicht an einem Ort über sie zu reden, an dem jemand mich ihre Namen nennen hören könnte«, flüsterte sie mit einem verschwörerischen Lächeln.

Callanach schob die Hände in die Taschen und gab sich ganz

gelassen, obwohl er spürte, dass sein Blutdruck stieg. Feinde von uns. Das war es also. Es wäre kein Problem gewesen, doch er hatte Pax Graham über den Grund seines Besuchs bei Jenson belogen und im Zusammenhang mit Gilroy Western auch bei wohlwollender Betrachtung zumindest Informationen zurückgehalten. Die Tatsache, dass Astrid diese beiden Männer getötet hatte, wäre irrelevant, sollte sie vorhaben zu behaupten, dass er sie darum gebeten hatte. Diese Lüge allein dürfte reichen, um seiner Karriere ein Ende zu machen, und sie mochte auch genügen, um ihn ins Zentrum eines Prozesses wegen Doppelmordes zu rücken. In seine Wohnung konnte er sie nicht lassen. Würde man ihre DNA bei ihm finden, so würde das eine eventuelle Beschuldigung der kriminellen Verschwörung nur unterstützen. Wenn er sie nicht auf die sanfte Tour zum Gehen bewegen konnte, dann blieb nur noch die harte.

»Es tut mir leid, Astrid, aber wir können das hier nicht diskutieren. Was immer du an Informationen hast, du solltest sie der Polizei übergeben, jedem, nur nicht mir. Ich weiß nichts über diese Todesfälle, aber ich bin ein potenzieller Zeuge, also kann ich mit dir nicht über diese Fälle sprechen. Du solltest jetzt besser gehen.«

»Endlich!« Sie grinste. »Endlich etwas Reales. Pass auf, ich habe nicht erwartet, dass das ein Vergnügungsausflug wird. Wir haben immer noch einen Haufen Mist miteinander auszustehen, nicht wahr? Aber dieses Mal konnten wir es wenigstens kurzhalten. Du musst mich reinlassen, Luc. Es gibt keine Alternative.«

»Es gibt immer eine Alternative, Astrid. Wie ich bereits sagte, du kannst deine Nummer hinterlassen, wenn du willst, und wir finden einen anderen Zeitpunkt, um miteinander zu reden. Ich werde die Tür jetzt schließen. Auf Wiedersehen.« Er trat einen Schritt zurück und fing an, die Tür zu schließen.

Ihr Fuß geriet in den Weg, wie er es erwartet hatte. Aber er war bereit, sie zum Gehen zu zwingen, sollte es notwendig sein. Er hatte zu viel zu verlieren, um sich mit Nettigkeiten aufzuhalten.

Astrid zog die Hand aus der großen Tasche ihres Kapuzenpullovers. Ihre Faust umfasste etwas, das ungefähr die Größe eines Apfels hatte. »Nein«, sagte sie. »Das kann ich nicht. Ich wünschte, ich könnte, aber das hast du uns eingebrockt, Luc. Du hast mich gerufen. Du hast mir einen Grund geliefert. Du hast gewusst, ich wäre außerstande, dir nicht zu helfen. Nun musst du mir deine Anerkennung zeigen. Wir müssen uns über unsere nächsten Schritte einigen. Es gibt jede Menge Möglichkeiten. Ich kenne Leute, die uns Alibis geben werden. Oder wir verschwinden einfach zusammen. Du bist hier nicht glücklich. Ich lese die Mails, die du deiner Mutter schreibst. Sie hätte wirklich nicht deinen Namen und dein Geburtsjahr als Passwort verwenden sollen. Die E-Mails haben mir beinahe das Herz gebrochen …«

»Was hast du da in der Hand?«, fragte er und überlegte, warum sein Herz so hämmerte, während sein Gehirn immer noch darauf beharrte, dass er instinktiv, aber grundlos, mit dem Schlimmsten rechnete.

»Du warst Agent bei Interpol. Du weißt, was das ist. Wie viele Waffenhändler hast du zur Strecke gebracht? Mehr als ein halbes Dutzend, wenn ich mich recht erinnere.«

Sie öffnete die Hand und hielt sie ins Licht. In ihrer Handfläche lag graugrüner Tod, und ihr Daumen steckte im Ring des Sicherungsstifts. Solange sie die Granate so hielt, konnte jeder Versuch Callanachs, sie ihr abzunehmen, nur zu einem Ergebnis führen. Das wäre ihrer beider Ende und vielleicht der Auslöser eines Feuers, das jeden töten könnte, der derzeit in einer der Wohnungen im Haus schlief.

»Du kommst wohl besser rein«, sagte er und trat zur Seite.

Sie steckte die Granate wieder in die Tasche, behielt sie aber weiter in der Hand und küsste ihn auf die Wange, als sie an ihm vorbei die Wohnung betrat. Callanach schloss die Tür und fragte sich, wie viel Zeit ihm noch blieb.

Kapitel neununddreißig

18. März

Die Krähe starrte die beiden Gestalten am Boden an. Es war ein übles Durcheinander. Inzwischen wusste er, wer der Mann war. Lance Proudfoot, Journalist. Blutsauger. Jeder, der davon lebte, über das Elend anderer Menschen zu berichten, hatte den Tod verdient. Auch wenn das nicht Teil seines Plans gewesen war, musste er kein schlechtes Gewissen haben, wenn er einem Reporter das Leben nahm. Wenn Proudfoot davonkäme, würde er direkt zur Polizei gehen, und die Krähe war nicht erpicht darauf, eingesperrt zu werden. Manche Menschen mussten eben aus purer Notwendigkeit sterben. Janet jedoch hatte ihn überrascht. Er hatte die ganze Wohnung durchsucht und keinen Hinweis darauf gefunden, dass sie Polizistin war oder dass der Max, dem sie geschrieben hatte, wirklich Max Tripp, Detective Sergeant, war. Aber sie hatte seinen Namen gekannt und gewusst, dass die Krähe ihm schon einmal begegnet war.

Er weigerte sich zu glauben, dass er auf solch einen dramatischen Trick hereingefallen sein könnte. Die Frau war stundenlang auf dem Dach gewesen, und die Krähe hatte sich lange mit dem Berater unterhalten, der ihr beigestanden hatte. Charlie Packham hatte geurteilt, dass der Versuch absolut echt gewesen war und sie ohne die Intervention gestorben wäre. Wenn die Krähe einen Fehler gemacht hatte, dann den, sich auf die Fähigkeiten und Kenntnisse eines Kollegen zu verlassen. Offensichtlich besaß nicht jeder seine Gabe, eine Lüge zu wittern. Doch nun war er hier in dieser Wohnung mit zwei bewusstlosen Personen, die ihn beide identifizieren könnten, wenn sie am Leben blieben. Er hatte einen Plan gehabt. Alles, was er nun zu tun hatte, war, ihn auf zwei Leute auszuweiten.

Trotz allem musste die Strafe zum Verbrechen passen. Sinn und Zweck des Todes, den er brachte, war, die Menschen zu lehren, die Gabe des Lebens zu schätzen. Es war undenkbar, dass er so grob, so niederträchtig handeln und grundlos töten könnte. Doch, so sagte er sich, er hatte immer noch Zeit. Er war ein Raubtier. Flink, entschlussfreudig und beinahe übernatürlich gewandt. Jetzt hatte er die Chance erhalten, sich Widrigkeiten zu stellen und bestärkt daraus hervorzugehen.

Er griff nach seiner Tasche, holte ein Messer hervor und schnitt das Seil in zwei Teile. Nun, da es für zwei reichen musste, war es zweckdienlich, es zu kürzen. Lance Proudfoot fing an zu stöhnen und mit den Fingern zu zucken. Er würde bald wieder zu sich kommen. Die Krähe drehte beide so, dass sie flach auf dem Rücken lagen und ihre Köpfe sich beinahe berührten, die Füße gegenüberliegenden Wänden zugewandt, als hätte er mit ihren Körpern eine gerade Linie durch den Raum gezogen. Anschließend holte er zwei Kabelbinder aus der Tasche und fesselte ihre Handgelenke über ihren Bäuchen.

Nun kam der schwierige Teil. Das einzige schwere Möbelstück war ein altes Sofa. Das würde für einen reichen, aber nicht für beide. Er kümmerte sich zuerst um Lance, wickelte einen Teil des Seils um seine Fußgelenke und knotete es mehrfach an den Beinen des Sofas fest. Obendrein hob er das alte Ledermonster an, um sich zu vergewissern, dass der Journalist wirklich keine Chance hatte, seine Beine freizubekommen.

Das Fenster lieferte ihm eine weitere Möglichkeit, um das Seil zu befestigen. Er verknotete es mehrfach, bis er einen festen

Klumpen hatte, von dem er sicher war, dass er sich nicht lösen konnte, schob ihn oben über das Fenster nach draußen – banale Gesundheits- und Sicherheitsvorschriften verlangten, dass es nicht von unten nach oben geöffnet werden durfte – und schloss es, so fest er konnte. Das andere Ende band er um Janets Fußgelenke und gratulierte sich dazu, dass er daran gedacht hatte, ihr die Sportschuhe anzuziehen, damit sie sich nicht einfach herauswinden konnte.

An den Füßen festgebunden, die Hände gefesselt, lagen sie mit einem guten halben Meter Abstand zwischen ihren Köpfen vor ihm. Er wünschte, sie lägen weiter auseinander, aber in Anbetracht dessen, dass er hatte improvisieren müssen, war sein Werk beeindruckend.

Lance erwachte und schüttelte hektisch blinzelnd den Kopf. Ein paar Streifen Gaffer-Tape hielten alle Laute auf, die er von sich geben wollte. Plump, aber notwendig. Nun holte die Krähe den letzten benötigten Gegenstand aus ihrer Tüte. Das Stück Bungee-Seil hatte Profiqualität – die Sorte, die dazu benutzt wurde, dass sich erlebnishungrige Idioten von Brücken über Flüssen stürzen und so tun konnten, als würden sie fliegen. Aber Fliegen war etwas, das nur den wahrhaft Entwickelten zustand. Solche Gaben konnte man sich nur verdienen, nicht kaufen.

Er maß die korrekte Länge ab und knüpfte eine Schlinge an jedes Ende, ehe er einen kurzen Blick aus dem Fenster warf. Keine Lichter. Wenige Fahrzeuge. Und, besonders wichtig, keine Sirenen. Vickys Freund RJ dürfte inzwischen inhaftiert sein. Ava Turner wäre voll und ganz mit dem Versuch beschäftigt, ihm bei einer Befragung ein Bein zu stellen. Er gestattete sich einen Moment, um die Ironie bei all dem zu genießen.

»Eine für dich«, sagte er, als er die erste Schlinge über Lances Kopf zog und dabei den wilden Tanz der Augen des Mannes ignorierte, der seine verzweifelte Gegenwehr begleitete. »Wenn du das tust, wirst du die arme Janet nur noch schneller töten. Besser, du bleibst still liegen«, warnte er. »Und eine für dich.« Damit streifte er die zweite Schlinge mit eiserner Stärke über Janets Kopf.

Das Bungee-Seil zwischen ihren Hälsen zu spannen, forderte ihm all seine Kraft ab. Kaum ließ er los, zog es sich zusammen und spielte den einen gegen den anderen aus, während beide Körper sich zwischen diesem Seil und dem, mit dem ihre Füße gefesselt waren, streckten. Das Elastikseil in Industriequalität zog ihre Hälse näher aneinander, und zugleich zogen sich die Schlingen um ihre Kehlen zu. Janets Augen öffneten sich flatternd, ihre Nasenflügel bebten, als sie – vergeblich – versuchte, ihre Lunge mit Luft zu füllen. Beide rissen unwillkürlich die Hände über die Köpfe, griffen nach dem Seil und versuchten, es herabzuziehen, um die Schlinge zu lockern.

»Jetzt wollt ihr leben«, predigte die Krähe. »Wer von euch ist bereit, den anderen zu töten, um selbst zu überleben? Zieht ihr fest genug, wird eure Schlinge sich lösen, aber ihr werdet den Tod des anderen beschleunigen. Atmet ruhig, rate ich euch. Versucht nicht zu kämpfen. Und mit den Beinen zu zappeln, wird euch nicht helfen.«

Er sah auf die Uhr und stellte fest, dass er bereits länger hier war, als er beabsichtigt hatte. Sollte die Polizei unterwegs sein, was er nicht glaubte, dann wäre es jetzt Zeit zu verschwinden.

Er griff zu seiner Tasche und war in Versuchung, sein Werk zu fotografieren, wusste aber, dass das nur ein Zeichen von Eitelkeit gewesen wäre. Blut spritzte bei jedem schnaubenden Atemzug aus Janets Nase. Lances Gesicht nahm eine unnatürliche Farbe an. Zu ihrer Ehre musste gesagt werden, dass sie sich bei dem Bemühen, die Beine ruhig zu halten und die Schlinge zu lockern, die ihnen die Luft abschnürte, bemerkenswert gut schlugen. Aber das würde nicht lange so bleiben. Je stärker der

Sauerstoffmangel ihnen zu schaffen machte, desto mehr würden sie die Kontrolle verlieren. Sie würden treten, sich drehen und winden, irgendwann schließlich mit dem ganzen Körper zucken und sich gegenseitig strangulieren. Dann würden sie begreifen, welch eine Gabe das Leben war. Sie würden unter Reue lernen, dankbar zu sein.

Rune Maclure verteilte eine Handvoll Federn über den beiden, schwelgte in ihrem prachtvollen Todeskampf, warf sich, die Pistole in der Hand, die Tasche über die Schulter und griff nach dem Knauf der Wohnungstür.

Kapitel vierzig

18. März

Tripp rannte neben Ava die Treppe zu Janets Wohnung hinauf.

»Wir haben eine Bestätigung von Maclures Kollegen, dass Maclure Zugriff auf die Akten sämtlicher Leute hatte, die bei *Reach You* Hilfe gesucht haben, nicht nur auf die der Klienten, die er persönlich beraten hat«, berichtete Tripp, als er das Gespräch auf seinem Mobiltelefon beendet hatte.

»Also hat er einfach ein Opfer ausgesucht, die Akte studiert oder vielleicht irgendeine spezielle Verbindung zu demjenigen gespürt und zugeschlagen, sobald er glaubte, der passende Zeitpunkt wäre gekommen? Das erklärt aber nicht die plötzliche Flut an Todesfällen. Irgendetwas muss das ausgelöst haben.«

»Nicht unbedingt. Maclures Kollegen machen sich Sorgen darüber, wie weit das zurückreichen könnte. Dr. Lambert hat einen winzigen Abdruck von einer Stiefelsohle auf Berrys Finger gefunden, was andeutet, dass jemand auf Tantallon Castle auf ihn getreten sein könnte, um ihn zum Loslassen zu zwingen, aber das war vielleicht ein echter Glückstreffer. Wer sagt, dass Stephen Berry nicht nur einer von vielen war?«

Sie kamen um eine Ecke im Korridor, hinter der bereits eine Reihe Officers still darauf warteten, dass Ava eintraf und die Operation beginnen konnte.

»Wie viele Jahre ist der dort schon als Berater aktiv?«, fragte Ava.

»Einige«, entgegnete Tripp. »Aber er ist auch schon in Krankenhäusern, Hospizen und sogar Schulen beratend tätig gewesen. Im aktuellen Stadium lässt sich wohl nicht genau sagen, zu wie vielen klinisch depressiven, suizidalen und leidenden Menschen in Schottland er eine Verbindung hat herstellen können.«

»Das erklärt die Gelegenheit, aber nicht das Motiv«, sagte Ava und nickte den wartenden Officers zu. »Irgendwelche Theorien zu diesem Punkt?«

»Nur, dass er einmal dabei ertappt wurde, zur Selbstmedikation zu greifen. Er hat sich einem Kollegen offenbart, hat sich Hilfe gesucht und freiwillig Blutproben abgegeben, um zu zeigen, dass er clean war. Es scheint unter Therapeuten ziemlich häufig vorzukommen, dass sie selbst irgendwann eine Depression erleiden. Ich schätze, wenn man den ganzen Tag damit verbringt, sich die Probleme anderer Menschen anzuhören, fällt es schwer, glücklich und zufrieden nach Hause zu gehen.«

»Wie lange ist das her?«, fragte Ava.

»Sechs oder sieben Monate«, sagte Tripp und schnallte sich die Schutzweste um, die man ihm gereicht hatte.

»Hat der Kollege gesagt, welche Drogen er eingenommen hat?«, wollte Ava wissen.

»Clozapin. Das ist mir nicht bekannt.«

»Ma'am, können wir loslegen?«, flüsterte der Leiter der bewaffneten Einheit.

»Klar«, stimmte sie zu. »Irgendwelche Geräusche aus dem Inneren der Wohnung?«

»Bewegung, keine Stimmen, aber es ist definitiv jemand da.«

»Gut. Mit gesenkten Waffen. Sollte da irgendwas im Gange sein, könnte er Janet Monroe auch als Schutzschild benutzen, und ich will nicht, dass irgendeine Waffe abgefeuert wird, ehe ein sauberer Schuss möglich ist. Anderenfalls müssen wir verhandeln, solange es eben dauert. Wir müssen unsere Gegenwart nicht ankündigen. Janet wird sich nicht beklagen, wenn wir sie nicht vorwarnen. Brechen Sie einfach diese Tür …«

Die Tür wurde geöffnet. Für einen Sekundenbruchteil erstarrten zwanzig Polizisten auf einmal. Rune Maclure nicht. Sein Blick traf für einen flüchtigen Moment den von Ava, doch da wich er bereits zurück und knallte die Tür wieder zu.

»Rune!«, brüllte Ava durch das Holz. »Sie haben gesehen, wie viele Leute hier sind. Öffnen Sie die Tür, oder wir brechen sie auf. Das ist Ihre letzte Gelegenheit.«

Die Antwort bestand in einem einzelnen Schuss, der die Tür von innen traf, hart genug, dass man auf der Flurseite eine Beule erkennen konnte, auch wenn die Kugel das Türblatt nicht vollständig hatte durchschlagen können. Ava sprang zur Seite, eine Hand auf den Bauch gepresst, dort, wo die Kugel sie getroffen hätte, wäre sie durch das Holz gedrungen. Erschüttert strich sie in Gedanken ein weiteres ihrer Leben aus.

»Sie haben Ihren Punkt klargemacht«, rief Ava. »Lassen Sie mich einfach sicherstellen, dass Janet okay ist. Wenn Sie mir das versprechen können, dann haben Sie ein bisschen Zeit gewonnen.«

Eine unmenschlich klingende Stimme hallte aus der Wohnung – ein Ruf, halb kreischend und aggressiv, dabei aber vollends unartikuliert.

»Aufbrechen«, befahl Ava. »Sofort!«

Sie trat einen Schritt zurück, als die Tür einen zersplitternden Schlag einstecken musste, ehe sie nach innen flog und den Blick nicht nur auf den Körper des einen Menschen freigab, den sie zu sehen erwartet hatten, sondern auch noch auf einen anderen.

Ava huschte hinein, gedeckt von einem halben Dutzend Gewehren, die auf den Boden gleich hinter ihren Füßen gerichtet waren.

Rune Maclure hatte eine Waffe und zielte auf Janets Kopf, während diese kraftlos versuchte, die Schlinge zu lockern, die sich um ihren Hals spannte.

»Legen Sie die Waffe weg«, forderte Ava. »Das ist Ihr einziger Ausweg. Was immer aus Janet und« – halb gelang es ihr, das Gesicht des Mannes zu erkennen, auch wenn es verquollen und purpurn verfärbt war, aber sie konnte ihn nicht gleich richtig einordnen – »diesem Mann wird, Sie kommen hier nicht raus.«

»Ich wollte Sie«, sagte Maclure. »Ich habe Ihnen eine Chance gegeben, mich kennenzulernen. Mich wirklich kennenzulernen. Das alles hätte vielleicht vermieden werden können, hätten Sie sie wahrgenommen. Keine albernen Tricks und Lügen mehr.«

»Ich werde den Schießbefehl erteilen«, warnte ihn Ava. »Drei Sekunden. Nehmen Sie die Waffe runter.«

»Erschießen Sie mich, dann erschieße ich sie. Sie wissen, dass meine Muskeln sich verkrampfen werden. Dagegen kann ich gar nichts tun.«

»Dann lassen Sie mich die beiden losbinden«, sagte Ava, »und wir können reden.«

»Dabei kann ich Ihnen helfen.« Maclure lächelte.

Ava schaute die zwei Personen an, die gegen den Druck auf ihrer Kehle kämpften und beide kaum noch atmeten. Die Finger des Mannes hatten ihre Bemühungen um das Seil aufgegeben und lagen zuckend auf seiner Brust.

»Wenn ich das Fenster öffne, löst sich das Seil. Es könnte zu spät sein, aber einen Versuch ist es wert. Sagen Sie Ihren Männern, sie sollen sich von der Tür entfernen.«

»Ich verhandle jetzt nicht mehr«, erwiderte Ava und trat einen weiteren Schritt auf Maclure zu.

»Dann werden beide vor Ihren Augen sterben.« Er lächelte wieder.

»Scheiße«, murmelte Ava. Sie hatte weder die Zeit noch den

Luxus, mit harten Bandagen zu kämpfen, wenn zwei Menschen im Begriff waren, vor ihrer Nase ihr Leben zu verlieren. »Treten Sie zurück. Alle zurück in den Korridor. Und Waffen runter.«

»Danke«, sagte Maclure und schob das Fenster herab auf die niedrigste Einstellung, sodass die obere Hälfte offen war.

Das Seil, das um Janets Füße gewickelt worden war, flog in den Raum und lag wie eine gutartige Schlange auf dem Boden. Sofort wurde Janet zu dem Mann am Boden hinübergezerrt, ohne dass einer der beiden sich regte, aber die Schlingen um ihre Hälse waren zu fest gespannt, um sich einfach so zu lösen.

»Lassen Sie mich ihnen helfen«, bat Ava. »Senken Sie die Waffe, während ich das tue. Bitte.«

»Tun Sie, was immer Sie wollen«, sagte Maclure. »Ich brauche ihre Leben nicht. Ich bin stark genug. Ich bin bereits geworden. Ich habe nur auf das Zeichen gewartet, und nun ist es da.«

Ava musterte ihn finster. »Was ist Clozapin?«, blaffte sie ihn an und schob sich näher an Janet heran.

Maclure neigte den Kopf zur Seite. »Ablenkung«, sagte er. »Es war ein Versuch, mein wahres Selbst zu leugnen.«

Ava ging langsam in die Knie und fing an, den Knoten zu lösen, der Janet am Luftholen hinderte.

»Und wer ist Ihr wahres Selbst?«, fragte Ava, um die Unterhaltung aufrechtzuerhalten, während ihre Finger viel zu langsam vorankamen.

Auf der anderen Seite des Raums trommelten die Füße des männlichen Opfers einen Todestanz auf den Teppich, als sein Körper den Kampf endgültig aufgab.

»Nicht wer.« Wieder lächelte Maclure. »Wie den meisten Menschen mangelt es auch Ihnen an Weitsicht. Als ich erkannte, dass es falsch ist, sich der Natur zu widersetzen, als ich mich ihr ergeben habe, ist alles sehr schnell gegangen. Es ist ein Segen, Ava. Ich wünschte, ich hätte das mit Ihnen teilen können.«

Ava löste die Schlinge von Janets Hals und fürchtete sich geradezu davor, nach einem Puls zu tasten. Stattdessen durchquerte sie den Raum, um dem Mann zu helfen, und kehrte Maclure den Rücken zu, als sie ihre Position änderte.

Sie hörte seine Schritte, schwer, zielstrebig, drehte sich um und sah, dass er einen Lehnsessel benutzte, um auf die Fensterbank zu klettern und den Oberkörper über den Abgrund zu beugen. Er stürzte sich nach vorn. Die Arme ausgestreckt, im Gesicht einen Ausdruck purer Ekstase, kippte er vornüber.

Mit einem Satz überbrückte Ava die Distanz zu ihm, packte mit einem Aufschrei seinen rechten Fuß, ehe er hinausgleiten konnte, und zerrte sich dabei schmerzhaft die Schulter. Maclures Gewicht zog ihren Körper aufwärts, und sie stützte sich mit den Beinen neben dem Fenster ab und krachte hart mit dem Kopf an die Wand.

Rune Maclure prallte gegen die Außenwand und das Fenster. Wütend krächzend trat er mit dem freien linken Fuß nach Avas Gesicht, während er mit dem Kopf nach unten in der Luft baumelte und wie verrückt mit den Armen flatterte.

Dann nahm ein weiteres Händepaar Ava einen Teil der Last ab, gefolgt von einem dritten und einem vierten. Jemand sagte Ava, sie solle Maclures Bein loslassen. Dankbar tat sie es und fragte sich, warum sie ihren rechten Arm nicht bewegen konnte und wieso sie langsam auf den Boden gelegt wurde.

Die Sanitäter übernahmen. Ava konnte sehen, wie jemand eine Sauerstoffmaske auf Janets Gesicht setzte, während eine andere Person damit beschäftigt war, dem Mann auf dem Boden eine Herz-Lungen-Reanimation zu verabreichen. Lance Proudfoot, ging ihr auf – er hatte sie angerufen, aber sie war zu beschäftigt gewesen, ihn zurückzurufen. Mehrere Leute hielten sie fest und wiesen sie an, sich bereitzumachen. Nun endlich machte sich der Schmerz in ihrem Oberkörper bemerkbar, und eine männliche Stimme zählte bis drei und sagte ihr, in einem Moment wäre alles vorbei. Ihr Körper wurde auseinandergerissen. Der Schmerz raubte ihr die Sicht. Es war beinahe unwirklich. Alles verschwamm vor ihren Augen, und sie konnte eine Frau kreischen hören. In den wenigen Sekunden, ehe ihre Welt sich wieder zusammenfügte, begriff sie, dass der Aufschrei aus ihrer eigenen Kehle gekommen war.

»Ist wieder drin«, erklärte ihr ein Mann. »Es wird wehtun, aber Sie kommen wieder in Ordnung. Sie müssen Ihrer Schulter einfach ein bisschen Ruhe gönnen und entzündungshemmende Schmerzmittel nehmen.«

Ava setzte sich auf und ließ zu, dass man ihr eine Schlinge um den zuvor ausgerenkten Arm legte.

»Werden sie es überleben?«, fragte sie und schaute zu Janet Monroe und Lance Proudfoot auf der anderen Seite des Raums.

Sie hatte keine Ahnung, was der Journalist hier machte und wie er ihnen einen Schritt hatte voraus sein können, aber zumindest war jemand bei Janet gewesen, und dafür würde sie ihm ewig dankbar sein. Lance Proudfoot hatte die sonderbare Angewohnheit, sich mitten in den schlimmsten Einsätzen genau an den falschen Ort zu verirren.

»Janet ist in besserem Zustand als der Mann. Sie werden jetzt ins Krankenhaus gebracht. Ein Rettungshubschrauber ist schon unterwegs«, sagte Tripp, schob sich neben sie und löste die anderen Officers an ihrer Seite ab.

Rune Maclure war durch das Fenster hereingezogen worden, und während er am Boden festgehalten wurde, gab er immer noch diese schrillen animalischen Laute von sich, deren Ursprung tief in seiner Kehle lag.

»Helfen Sie mir auf«, bat Ava Tripp. Den Rücken an die Wand gelehnt, sah sie zu, wie Maclure Handschellen angelegt wurden, ehe man ihn aus der Wohnung führte.

»Sind Sie okay? Ihr Arm war komplett ausgekugelt. Ihnen ist bestimmt schwindelig …«

Ava ignorierte seine Besorgnis. »Rufen Sie im Krankenhaus an, die sollen so schnell wie möglich eine psychiatrische Untersuchung durchführen«, wies sie Tripp an.

»Hat er vor, das so zu drehen? Die Staatsanwaltschaft wird eine eigene psychiatrische Begutachtung in Auftrag geben. Wir können dagegen angehen.«

»Dieses Mal nicht«, sagte Ava. Ihr Blick fiel auf Maclures Waffe, die auf dem Boden unter dem Fenster lag, und sie zog einen Beweismittelbeutel aus der Tasche. »Der Rune Maclure, dem ich zuvor begegnet bin, war nicht der Mann, der heute hier war. Und diese Geräusche, die er gemacht hat. Er hat gesagt, er wäre … irgendetwas geworden. Als er sich aus dem Fenster stürzen wollte, hat er wirklich geglaubt, er könnte einfach davonfliegen, das steht außer Frage.«

Sie bückte sich und hob die Waffe mit dem Beutel auf, um sie nicht mit ihren Fingerabdrücken zu kontaminieren, vergewisserte sich, dass sie gesichert war, und steckte sie in die Tasche. Sie würde so schnell wie möglich als Beweismittel registriert werden müssen.

»Hat Maclure Drogen genommen?«, fragte Tripp.

»Das glaube ich nicht. Wahrscheinlich hat ihn eher umgehauen, dass er keine mehr genommen hat. Der Mann, der jetzt ins Krankenhaus geflogen wird, ist Lance Proudfoot. Wir sollten seiner Familie sagen, was los ist.«

»Lance … den Namen kenne ich doch.«

»Ja, das tun Sie, was mich zu unserer nächsten Station an diesem Abend bringt. Können Sie mich bitte bei DI Callanach absetzen? Lance Proudfoot ist Journalist und ein enger Freund von Luc. Ich muss zu ihm, um ihm die Neuigkeit persönlich beizubringen.«

Kapitel einundvierzig

18. März

Tripp setzte sie vor Callanachs Haus ab und fuhr gleich weiter, um die erkennungsdienstliche Behandlung von Rune Maclure zu beaufsichtigen. Ava sah auf ihre Armbanduhr. Zehn Minuten konnte sie sich leisten, mehr nicht. Sie benutzte ihren Schlüssel, um in den Hausflur zu gelangen, und stieg leise die Treppe hinauf, darauf bedacht, zu dieser unsozialen Stunde keine Nachbarn zu wecken. Die Polizeiarbeit hatte sie die Relevanz der Zeit bezogen auf die Frage, welche Tages- oder Nachtstunde gerade herrschte, beinahe vergessen lassen. Eine Uhr diente nur dazu, sie daran zu erinnern, wie dringend sie sich um die nächste Angelegenheit zu kümmern hatte.

Als sie nun die Stufen hinaufeilte, verspürte sie für einen Moment Neid auf all die Leute, deren Jobs um neun Uhr morgens begannen und um halb sechs abends erledigt waren, deren Wochenenden allein ihnen gehörten und die noch nie erlebt hatten, dass ihr Urlaub gestrichen wurde, während sie gerade am Flughafen in der Schlange standen. Wie viel leichter war es für diese Menschen, Kurse zu besuchen, gesellschaftliche Kontakte zu pflegen oder eine echte Beziehung zu haben. Eine, die nicht unter dem beruflichen Stress zerbrach.

Ava klopfte an die Tür. Keine Reaktion. Sie klopfte härter und rief dann auf seinem Mobiltelefon an. Als sie auch da nichts erreichte, versuchte sie es mit dem Festnetztelefon. Es war besetzt, was sie mitten in der Nacht merkwürdig fand, umso mehr, da sie seine Stimme in der Wohnung nicht hören konnte. Möglicherweise hatte jemand vom MIT angerufen, um ihn auf den neuesten Stand zu bringen, aber dann wäre er doch gewiss zur Tür gekommen. Eigentlich hatte sie seine Wohnungstür nicht mit ihrem Schlüssel öffnen wollen. Es war eine Sache, das Treppenhaus zu betreten, aber alles Weitere wäre eine Verletzung seiner Privatsphäre. Außerdem setzte das eine Beziehung zwischen ihnen voraus, die es nicht mehr gab, sofern sie überhaupt je existiert hatte.

Plötzlich nahm sie eine Bewegung hinter dem Spion wahr, nicht mehr als eine kurze Verdunkelung des so oder so düsteren Raums dahinter, ein Flackern von Finsternis, aber es verriet ihr, dass definitiv jemand in der Wohnung war.

»Luc«, rief sie leise. »Ich bin's. Ich hätte schon früher kommen sollen, das ist mir klar, aber es ist etwas passiert. Bitte mach auf.«

Das Warten erwies sich als nutzlos. Ihre Uhr zeigte ihr, dass sie schon die Hälfte der eingeplanten Zeit vergeudet hatte. Noch fünf Minuten, und ein weiterer Polizeiwagen würde eintreffen, um sie zum Revier zu bringen. Vielleicht war Callanach einfach nur halsstarrig, aber das passte im Grunde gar nicht zu ihm. Was ihr mehr Sorgen bereitete als alles andere, war, dass seine derzeitige Beurlaubung ihn wieder zurück auf das Karussell der Depression geschleudert haben könnte, das ihn am Ende seiner Zeit bei Interpol so furchtbar gelähmt hatte. Sollte das der Fall sein, blieb ihr nur eine Möglichkeit.

»Ich komme rein«, sagte sie und steckte den Schlüssel ins Schloss. Sie betrat das dunkle Wohnzimmer und drückte leise die Tür hinter sich zu.

Im Schlafzimmer brannte Licht.

»Luc«, rief sie. »Ich bin es nur. Es tut mir leid, dass ich mir selbst Zutritt verschafft habe, aber es ist wichtig. Ich hoffe, du …«

Callanach lag mit nacktem Oberkörper und Jeans auf dem Bett. Auf der Fensterbank, in der Hand einen Gegenstand, den Ava nicht recht erkennen konnte, thronte Astrid Borde.

»Hallo«, sagte Astrid vergnügt. »Luc hat gehofft, Sie würden einfach wieder gehen, aber ich freue mich, dass Sie hereingekommen sind. Es wurde allmählich langweilig hier. Sie scheinen nicht besonders überrascht zu sein, mich hier zu sehen.«

»Das bin ich auch nicht.« Ava lächelte. »Sie sind in einem Video aufgetaucht, das ich heute gesehen habe. Sie haben eine ziemlich unverkennbare Figur.«

»Und Sie haben einen Schlüssel zu Lucs Wohnung. Wie kommt das?«

Ihre Frage galt Callanach, doch der zuckte nur mit den Schultern.

»Was denn, keine Ausreden? Keine aufwendigen Geschichten über gemeinsam durchgearbeitete Nächte? Luc, willst du denn DCI Turners Ehre gar nicht verteidigen?«

»DCI Turner kann sich schon selbst verteidigen«, sagte Callanach. »Sie hat einen Schlüssel, weil wir Freunde sind. Wenn dir das nicht genügt, überlasse ich alles Weitere deiner Fantasie.«

»Schatz, du hörst dich ja beinahe verbittert an«, gurrte Astrid. »Weißt du, ich glaube tatsächlich, zwischen euch beiden läuft nichts.«

»Miss Borde, haben Sie Bruce Jenson mit einem Kissen erstickt?«, erkundigte sich Ava.

»Das ist eine zu starke Vereinfachung. Ich habe vieles getan. Ich habe Luc geholfen, als er sich nicht selbst helfen konnte; allerdings hat mir seine E-Mail an seine Mutter verraten, dass er Hilfe will. Ich habe auch dafür gesorgt, dass die Gerechtigkeit ihren Lauf nimmt. Bruce Jenson und Gilroy Western haben Lucs Mutter vergewaltigt, wussten Sie das?«

Astrids Wangen glühten fiebrig, und ihre Augen glänzten auffallend. Ihre Besessenheit von Callanach hatte im Lauf der Zeit nicht nachgelassen. Beinahe tat sie Ava leid. Callanach wiederum sah erschöpft aus. Nicht ängstlich, nicht mal interessiert, nur so, als hätte er von all dem einfach genug.

»Das wusste ich tatsächlich«, entgegnete Ava. »Luc hat es mir erzählt, als er herausgefunden hat, dass Jenson tot ist. Und Gilroy Westerns Tod war auch Ihr Werk?«

»Nicht allein meins. Sie reden die ganze Zeit, als wären Luc und ich nicht beide daran beteiligt.«

»Waren wir auch nicht«, bemerkte Callanach dumpf. »Weil es kein ›wir‹ gibt. Ich habe nicht mit dir kommuniziert, Astrid. Die E-Mails, die ich meiner Mutter geschickt habe, waren Privatsache. Du hast dich in ihre Mails genauso reingehackt wie in meine.«

»Hacken ist ein urkomischer Begriff. Deine Mutter hat mir schon früher geschrieben, als ich mit ihr in Kontakt war. Ich musste nur das Passwort erraten. Du hast immer noch dieselbe private E-Mail-Adresse wie damals bei Interpol, und ich hatte Zugriff auf deine persönlichen Daten, weißt du noch? Wirklich schlampig, dass du die nicht geändert hast. Ich habe ein Onlineunternehmen in Kolumbien bezahlt, um auf deinen Account zuzugreifen. Das ist nicht mal ein Deep-Web-Service. Die haben keinen Tag gebraucht. Aber du wusstest auch, dass ich das tun kann. Was ich da gelesen habe, war eine unverkennbare Aufforderung, in Aktion zu treten, und ich habe genauso reagiert, wie du es gewollt hast.«

»Und die E-Mail an Western, die angeblich von dem Erbverwalter von Jenson kam?«

»Das war die leichteste Übung überhaupt. Wenn die Leute glauben wollen, was sie lesen, werden sie leichtsinnig.«

Callanach sah Ava kurz in die Augen und wandte den Blick

dann gleich wieder ab. Sie erkannte, dass er aufgegeben hatte. Astrid hatte sich in einer Weise verrannt, durch die sie für vernünftige Argumente oder Überzeugungsversuche nicht empfänglich war. Einer Weise, die es ihr möglich machte, einen todkranken Mann zu ersticken und die Bremsleitungen am Wagen eines anderen Mannes zu durchtrennen, der noch eine Menge Leben in sich gehabt hatte.

»Sie können mich nicht festnehmen«, klärte Astrid sie auf. »Ich würde allen erzählen, dass Luc die ganze Zeit dahintergesteckt hat. Im Moment ist er doch suspendiert, nicht wahr?«

»Nein, ist er nicht«, erwiderte Ava und trat einen Schritt näher an das Bett heran. »Macht es Ihnen etwas aus, wenn ich mich setze?«

»Lügen Sie mich nicht an. Er war schon eine ganze Weile nicht mehr in der Arbeit. Ich habe ihn beobachtet. Und, ja, Sie dürfen sich setzen, aber rühren Sie Luc nicht an. Ich will nicht, dass einer von euch den anderen berührt.«

»Er ist beurlaubt, weiter nichts, aber er ist bestimmt nicht suspendiert.« Sie setzte sich.

Callanach anzufassen war das Letzte, was sie im Sinn gehabt hatte, als sie hergekommen war, aber nun schien Astrid das erste Mal verunsichert zu sein, und das konnte Ava nutzen. Der Gedanke, dass sie mit dem Mann, von dem Astrid so besessen war, intim gewesen war, war etwas, das die Frau bestimmt nicht ertragen konnte. Ava schob sich so weit auf das Bett, dass sie neben Callanachs Füßen saß.

»Und was denken Sie, wird nun passieren? Soll Luc mit Ihnen in den Sonnenuntergang davonsegeln? Denn wenn Luc jetzt verschwindet, dann wird er sich verdächtig machen, und ich bin überzeugt, Sie werden mir zustimmen, dass sein Gesicht in der Menge auffällt, also könnte es schwierig werden, sich zu verstecken.«

»Ich kenne Orte, an die wir gehen können«, behauptete Astrid schmollend. »Mich haben Sie doch auch schnell vergessen, als ich verschwunden bin, und ich war den größten Teil der Zeit gleich hier in Edinburgh.«

»Sie wurden nicht wegen Mordes gesucht«, rief Ava ihr in Erinnerung.

»Und das wird bei Luc auch nicht der Fall sein. Sie haben mir bereits erzählt, dass auf dem Video vom Pflegeheim eine Frau zu sehen ist.«

»Meinen Sie, ich würde Sie einfach so gehen lassen?«

»Ava …«, warnte Luc sie verhalten.

Sie legte sanft eine Hand auf seinen Unterschenkel und rieb ihn liebevoll.

»Keine Sorge, Astrid und ich kriegen das schon hin«, sagte sie und bedachte ihn mit einem warmherzigen Lächeln.

Astrid stand auf. »Ich sagte, Sie sollen ihn nicht anfassen«, knurrte sie. »Wissen Sie, was ich hier in der Hand habe? Sie wollen mich bestimmt nicht wütend machen …«

»Handgranate«, fiel Ava ihr ins Wort. »Ich schätze, Sie haben sie in Schweden gekauft. Da bekommt man sie leicht und viel billiger, als die meisten Leute sich vorstellen können. Sie haben wahrscheinlich nicht mehr als fünfzig Euro bezahlt, oder?«

Astrid starrte sie an.

»Sie müssen mehrere Fähren genommen haben, um zurückzukommen. Im Flugzeug hätten Sie das Ding auf keinen Fall mitnehmen können. Aber eine Handgranate im Auto zu verstecken, ist ein vergleichsweise geringes Risiko. Sie sind derzeit die bevorzugten Waffen schwedischer Gangs. Das wird allmählich zu einem Problem.«

»Sie sind so arrogant«, zischte Astrid. »Denken Sie etwa, ich traue mich nicht, den Stift zu ziehen?«

»Und Lucs Gesicht zu ruinieren?« Ava lachte und griff nach Lucs Hand. »Warum sollten Sie das tun?«

»Weil ihn, wenn ich ihn nicht haben kann, niemand bekommt.«

Sie stampfte mit dem Fuß auf wie ein Kind, runzelte die Stirn und umklammerte die Granate noch fester. Ihre Daumenspitze lag in dem Ring, und sie würde ihr mehr Bewegungsspielraum verschaffen müssen, wollte sie den Stift wirklich ziehen.

Ava schob die Hände in die Taschen, als gäbe sie sich geschlagen und wäre bereit, sich zu beugen. »Er gehört ganz Ihnen«, sagte sie. »Ich habe so oder so jemanden. Um ehrlich zu sein, Luc ist überhaupt nicht mein Typ. Er sieht gut aus, aber das ist auch schon alles, wenn Sie verstehen, was ich meine.«

Astrid stutzte, und ihr Blick wanderte von Callanach zu Ava und wieder zurück.

»Sie … Sie müssen ihm gegenüber nicht gleich so gemein werden. Das sollten Sie nicht tun. Er arbeitet für Sie. Sie sollten ihm Respekt entgegenbringen.«

»Respekt?« Ava lachte. »Nach diesem schmutzigen kleinen Abenteuer mit der spanischen Ärztin? Mein Gott, die war ständig um ihn herum. Das war so peinlich. Dauernd ist sie auf dem Revier aufgetaucht – einmal musste ich sie tatsächlich auffordern zu gehen.«

»Was für eine spanische Ärztin?«, verlangte Astrid zu erfahren. »Wer war sie?«

Nun galt ihre Aufmerksamkeit wieder Callanach, der mit einem tiefen Seufzer die Augen verdrehte.

»Niemand. Sie war niemand. Das war nur so eine vorübergehende Phase. Kein Grund …«

»Hast du Fotos von ihr auf deinem Telefon?«, herrschte Astrid ihn an. »Gib es her. Ich will sie sehen.«

Callanach zögerte.

»Zeig sie ihr«, forderte Ava ihn auf. »Sie hat die Männer getötet, die deine Mutter vergewaltigt haben, Luc. Ich glaube, Astrid hat ein Recht zu erfahren, was du getan hast, während sie Pläne geschmiedet hat, um dir zu Hilfe zu kommen.«

»Es hängt im Wohnzimmer am Ladegerät«, sagte er. »Bedien dich. Der Code für die Entschlüsselung ist 9004.«

Vorsichtig näherte sich Astrid der Tür und schaute ins Wohnzimmer. »Du.« Sie winkte Ava zu. »Hol es mir her.«

»Meinetwegen«, sagte Ava, nahm die Hände aus den Taschen, stemmte sich vom Bett hoch und ließ dabei Rune Maclures Waffe, die immer noch in dem Beweismittelbeutel lag, unter Callanachs Unterschenkel gleiten, um sie vor Astrids Blicken zu verbergen.

Langsam und mit erhobenen Händen ging sie ins Wohnzimmer. Dabei sah sie ein teilweise geöffnetes Fenster und fragte sich, wie es Maclure wohl ging. Und, wichtiger, wie es Lance Proudfoot ging. Sie zog das Ladekabel aus dem Telefon, tippte den Sicherungscode ein und wischte, bis sie die Fotogalerie gefunden hatte.

»Hier.« Sie hielt Astrid das Telefon hin. Diese verlagerte vorsichtig die Granate in die linke Hand und steckte den zugehörigen Daumen in den Ring.

Ava warf einen kurzen Blick auf Callanach, der die Gelegenheit genutzt hatte, um nach unten zu greifen, die Waffe zu holen und sie in Hüfthöhe zu verstecken.

»Ist sie das?«, schrie Astrid und hielt ein Foto hoch, auf dem Dr. Selina Vega, dem Hintergrund zufolge in irgendeiner Bar, die Arme um Callanach geschlungen hatte. »Diese magere kleine Schlampe? Mit der hast du rumgemacht, während ich dir geholfen habe, für Gerechtigkeit für deine Mutter zu sorgen?« Sie blätterte weitere Fotos durch, scrollte – starrte –, scrollte, fluchte vor sich hin und fing an, auf- und abzugehen. »Wie konntest du mir das antun?«, kreischte sie und hielt das Telefon hoch, auf dem nun ein Bild angezeigt wurde, auf dem Selina im Bikini zu sehen war, ein Anblick, bei dem die meisten Frauen blass geworden wären. »Ich will wissen, wo sie wohnt. Ist sie in der Stadt?«

Astrid trat einen Schritt näher an Callanach heran, womit sie Ava den Rücken zukehrte. Das war die beste Chance, die Ava bekommen würde. Sie stürzte voran und packte Astrid, bohrte ihren Daumen mit aller Kraft in die Sehnen auf Astrids Handrücken und zwang sie so, die Faust zumindest teilweise zu öffnen. Ava schlang ihre eigene Hand um den freigewordenen Teil der Granate und kämpfte mit Astrid um die Kontrolle über die Waffe. Callanach hockte binnen einer Sekunde auf den Knien auf dem Bett und zielte mit der Waffe auf Astrids Kopf.

»Astrid, gib Ava die Granate«, befahl er.

Astrid lachte, schleuderte das Telefon nach Callanachs Gesicht und griff dann mit der nun wieder freien Hand nach Avas Unterarm in dem Bemühen, ihre Finger von der Granate zu lösen.

»Ich werde schießen«, donnerte Callanach.

»Ich habe für dich getötet!«, schrie Astrid zurück.

Ava rammte ihr den Ellbogen an die Kehle, und Astrid würgte. Ihre Knie gaben nach, und sie drehte sich zur Fensterbank. Daraufhin stützte Ava ein Knie auf die Fensterbank, um besseren Halt zu haben, und versuchte, Astrid die Granate aus der Hand zu reißen. Sie zerrte mit aller Kraft.

Für einen Moment trat Stille ein. Die Granate flog durch die Luft, ein elegant kreiselndes Ei aus Metall. Sie alle sahen ihr nach, aber Avas Blick kehrte zuerst zu Astrids Hand zurück, an deren Daumen der Stift baumelte wie die Aufhängevorrichtung eines Knallbonbons. Ohne sein Gegenstück sah das Ding beinahe albern aus. Dann sprang Astrid hinter der Granate her, Ava streckte beide Hände danach aus und Callanach warf die Waffe weg und hastete vom Bett. Ava erreichte sie zuerst.

»Fenster!«, rief sie Callanach zu.

Callanach schob das Fenster ganz nach oben, sodass Ava einen Zielbereich hatte, der groß genug war, dass sie ihn gar nicht verfehlen konnte. Als sie zielte, rammte Astrid ihr ein Knie in den unteren Bereich des Brustkorbs, und sie krümmte sich zusammen. Astrid holte sich die Granate zurück und presste sie an ihre Brust.

»Wenigstens kann ich mit dir sterben«, schwallte Astrid und starrte Callanach in die geweiteten Augen.

Ava stürmte voran, packte Astrid mit dem linken Arm von hinten an den Knien und versetzte ihr mit der rechten Hand einen Stoß in die Hüfte – ein geschicktes Tiefhalten wie beim Rugby –, und Astrid fiel mit dem Kopf voran auf die Fensterbank. Ava ließ ihre Knie gebeugt und nutzte ihr ganzes Gewicht, um Astrid über die Sitzfläche und aus dem Fenster zu schieben. Ohne loszulassen, folgte sie ihr bis auf die Bank.

»Nein …« Astrids Schrei zerriss die Nachtluft.

Callanachs eigener Aufschrei folgte sogleich, als er sich mit seinem ganzen Gewicht über Ava warf, die noch immer auf der Fensterbank lag, und die Arme ausstreckte, um sich am Rahmen festzuklammern.

Ava versuchte, Astrid festzuhalten. Sie gab alles, was sie hatte. Aber sie konnte nur einen Arm einsetzen – der andere hatte sich in der Schlinge verheddert und war so geschwächt, dass er kaum zu gebrauchen war.

Astrid schlug um sich, hielt die Granate aber immer noch fest in der Hand. Avas Finger rutschten wie in Zeitlupe ab, bis sie schließlich über Astrids Stiefel glitten, und dann war sie fort, stürzte ein Stockwerk tief zu Boden und kreischte wütend in die stille Nacht hinein.

Die Granate setzte ihre tödliche Energie frei, als Astrid auf das Pflaster prallte. Ava bedeckte ihr Gesicht mit dem gesunden Arm, während sie immer noch halb aus dem Fenster hing. Sie hörte nichts. Da war ein Gefühl wie von einer gewaltigen Kraft, als würde sie von einer unsichtbaren Woge getroffen. Dann kam der Schmerz. Ihre Ohren füllten sich mit einer heißen Flüssigkeit. Ihre Augen fühlten sich an, als wäre sie in einen Sandsturm geraten. Und die Nacht flammte in grellen Lichtern auf, von allen Oberflächen zurückgeworfen wie von einer Discokugel. Glas flog durch die Luft. Es war schön und schrecklich zugleich. Der Boden färbte sich karmesinrot, und für einen Moment fragte sich Ava, ob sie überleben würde.

Als Callanach sie schließlich vorsichtig auf den Boden gleiten ließ, war sie nicht mehr ansprechbar.

Kapitel zweiundvierzig

24. März

Maschinen piepten. Das Krankenhausbett war von Kabeln umgeben. Bildschirme beschossen jeden, der hinsah, mit elektronischen Botschaften. Neben dem Bett saß ein Mann im weißen Kittel, starrte auf ein Klemmbrett, ging mit einem Stift Zeile für Zeile die angeklemmten Blätter durch und runzelte über seiner Brille die Stirn. Auf der anderen Seite des Raums war ein Spiegel, und dahinter lag ein zweiter Raum, der es interessierten Parteien gestattete, zu beobachten und zu lauschen, ohne selbst gesehen zu werden. Nicht, dass die Person im Bett nicht gewusst hätte, was hinter dem Spiegel war. Rune Maclures Intelligenzquotient wies keinerlei Defizite auf. Das war kein Problem. Die kleine Gruppe, die sich hinter dem Spiegel versammelt hatte, interessierte sich für eine viel speziellere Funktion seines Gehirns. Etliche Elektroden klebten auf Maclures Kopf, alle mit einem Kabel verbunden.

»Gut, Mr Maclure, wenn Sie bereit sind, fange ich an«, verkündete der Mann im weißen Kittel. »Ich bin Dr. Fox und gehöre dem psychiatrischen Team an. Ihr Anwalt hat der Prozedur in Ihrem Namen zugestimmt. Können Sie sich daran erinnern?«

Maclure nickte langsam.

Der Arzt hob eine Seite an, überprüfte etwas und blickte wieder auf. »Sie haben jede Medikation verweigert, seit Sie hier sind, ist das richtig?«

»Ich benötige keine Medikation«, sagte Maclure, verdrehte sein rechtes Handgelenk und lockerte so die Decke, unter der eine Handschelle erkennbar wurde, die ihn an das niedrige Seitenteil des Bettes kettete. »Ich weiß, dass das, was Sie Psychose nennen, tatsächlich Evolution ist. Ich habe mich zu einer höheren Stufe entwickelt.«

Dr. Fox machte sich eine Notiz auf seinem Klemmbrett und sah sich kurz zum Beobachtungsraum um.

»Was meint er mit ›einer höheren Stufe‹, Frau Professorin?«, fragte eine junge Frau in der Gruppe der Leute, die sicher hinter dem Glas warteten.

Eine ältere Frau, um die herum sich ein Halbkreis unverkennbar ehrerbietiger Leute gebildet hatte, lächelte ihre Studenten an. »Höher als ein Mensch.« Die Professorin schaltete einen Monitor an, auf dem eine Vielzahl horizontaler Linien angezeigt wurde, einige hatten regelmäßige Ausschläge, bei anderen variierten sie unstet. »Hören Sie weiter zu, aber beobachten Sie diesen Bildschirm.«

»Und was sind Sie jetzt?«, fragte Dr. Fox.

»Ich bin die Krähe«, antwortete Maclure lediglich.

»Können Sie erklären, wie Sie zu dieser Kreatur geworden sind und wie sich das anfühlt?«

Maclure grinste. »Ich fühle mich frei. Machtvoll. Unbesiegbar. Ich verstehe die Welt auf eine Weise, wie es außer mir niemand kann. Ich erkenne die Muster. Sehe, wie alles ineinandergreift. Dass eine Kreatur die Ressource der nächsten ist. Wir geben Leben, und wir nehmen Leben. Die Natur ist eine Pyramide, Doktor. Jeder von uns wurde geschaffen, um die Schwächeren unter uns zu verzehren.«

»Und wann haben Sie angefangen, so zu empfinden?«

»Das habe ich immer schon getan. Immer. Ich habe es lange Zeit geleugnet. Habe meinen Körper mit Chemikalien vollgepumpt, um die animalische Seite meiner selbst in die Tiefen meiner Menschlichkeit zurückzustoßen, und für eine Weile habe ich geglaubt, ich täte das Richtige ...« Er neigte den Kopf erst zur einen, dann zur anderen Seite, und seine Augen zuckten mal nach links, mal nach rechts. »Hören Sie das? Hören Sie, wie sie über mich reden?«

»Wer?«, fragte Dr. Fox.

»Die ...« Maclure deutete mit einem Nicken in Richtung Spiegel. »Die Leute da drin, die mich anstarren. Sie sind fasziniert. Sie spüren, wie sehr ich mich von ihnen unterscheide.«

»Wir sind alle hier, um Ihnen zu helfen, Rune«, wandte Dr. Fox ein. »Wir möchten nur verstehen, was los ist.«

Jenseits des Spiegels traten sämtliche Studenten zugleich einen kleinen Schritt von dem Glas zurück.

»Kann er uns wirklich hören?«, fragte einer. »Ich dachte, der Raum wäre schalldicht.«

»Er ist intelligent«, sagte die Professorin. »Er weiß, dass er beobachtet wird. Die Schizophrenie, die er mittels Selbstmedikation behandelt hatte, nimmt ihm nicht die Fähigkeit zu rationalen Schlussfolgerungen.«

»Also hat er sich die Geschichte mit der Krähe nur ausgedacht, um die Morde zu rechtfertigen? Das klingt zu weit hergeholt. Er ist ruhig und beherrscht. Seine Taten schienen sorgfältig geplant zu sein, und er hat beschlossen, mit der Einnahme der Antipsychotika aufzuhören«, griff ein anderer Student den Faden auf.

»Nein.« Die Professorin verschränkte die Arme vor der Brust. »Er denkt sich das nicht nur aus. Meiner Ansicht nach leidet Mr Maclure an einer klinischen Lykanthropie. Das ist sehr selten – mir ist bisher noch nie ein Fall begegnet –, aber gut dokumentiert, und es ist eine Form wahnhafter Missidentifikation, bei der das Gehirn die Fähigkeit verliert, die eigene Identität korrekt einzuordnen.«

»Dann glaubt er also wirklich, er wäre kein Mensch mehr?«, hauchte jemand.

Die Professorin lenkte die Aufmerksamkeit ihrer Studenten wieder auf das Krankenzimmer.

»Die Leute, die ich getötet habe, haben sich der Natur widersetzt. Sie haben versucht, ihr eigenes Leben zu beenden. Sie haben sich zu Opfern gemacht. Was hätte ich sonst tun sollen, wenn nicht ihre Lebenskraft verzehren? Ich bin ein Raubtier, und ich war noch dabei, mein wahres Selbst hervorzubringen. Ich brauchte, was sie mir zu bieten hatten …«

Im Beobachtungsraum fingen zwei Linien auf dem Monitor unstet zu pulsieren an.

»Aber was Sie mit diesen Leuten gemacht haben, könnte man als grausam einstufen. Pervers, sogar. Es gibt Aspekte bei ihrem Tod, die weit über alles hinausgehen, was man als natürlich bezeichnen könnte«, bemerkte Dr. Fox mit ruhiger Stimme.

»Die Natur ist die Bestie, nicht die Bestien selbst. Sie können Wildheit, die von innen kommt, nicht zähmen. Tiger töten zum Vergnügen. Kojoten machen eine Kunstform daraus. Katzen spielen stundenlang mit Mäusen, ehe sie sie töten.«

»Haben Sie das auch mit Stephen Berry getan?«, erkundigte sich Dr. Fox.

»Bei ihm war es am einfachsten. Wir haben Tantallon Castle aus therapeutischen Gründen aufgesucht. Ich habe ihm gesagt, er würde sich lebendiger fühlen, wenn er kontrollierte Risiken einginge, wenn er sich selbst ein Gefühl von Wildheit verschaffen würde. Wir sind über einen Zaun und auf eine Mauer geklettert. Er ist so leicht darauf hereingefallen. Und dann wollte er nicht loslassen. Er hat sich festgeklammert und geheult und gebettelt, genau, wie ich es vorhergesehen hatte. Er war ebenso schwach wie die anderen. Welchen Teil natürlicher Gerechtigkeit begreifen Sie nicht?«

»Was ist mit dem Bauern, Jon Moffat? Wo haben sich Ihre Pfade gekreuzt?«, fuhr Dr. Fox fort.

»Er war mehrere Jahre lang der Patient eines ehemaligen Kollegen. Ich sah ihn kommen und gehen, ohne dass sich irgendetwas gebessert hat. Gelegentlich hat er versucht, seiner jämmerlichen Existenz ein Ende zu machen, aber nicht einmal das hat er hingekriegt. In der Wildnis bleibt eine schwer verwundete Kreatur zum Sterben zurück. Warum beharren Menschen darauf, Leute zusammenzuflicken und ihr Leben zu verlängern, wenn es doch viel besser wäre, der Natur ihren Lauf zu lassen? Moffat war bis zur Unkenntlichkeit verbrannt. Ich habe Fotos gesehen, die ihn vor dem Brand zeigen. Sie können mir nicht erzählen, es wäre keine Gnade für ihn gewesen, hätte er das Feuer nicht überlebt.«

»Aber welchen spezifischen Nutzen hat der Tod dieser Menschen für Sie gehabt?«, fragte Dr. Fox und machte sich Notizen.

»Welchen Nutzen hat es für Sie, etwas zu essen? Erklären Sie mir das. Einer der wenigen natürlichen Feinde der Krähe ist der Fuchs. Hat man Sie deswegen geschickt, Doktor? Sie sind ganz und gar nicht, was Sie in ihrem weißen Kittel mit dem glänzenden Stethoskop zu sein scheinen. Sollte das dazu dienen, mich zu hypnotisieren?«

»Wegen meines Namens?«, fragte Dr. Fox. »Das ist nur Zufall.«

»Seine Werte spielen verrückt«, brach einer der Studenten das Schweigen im Beobachtungsraum. »Sein Gehirn funktioniert überhaupt nicht mehr normal.«

»Was bei Fällen klinischer Lykanthropie schon früher dokumentiert worden ist. Diese Patienten sind so überzeugt, dass sie zum Tier geworden sind, dass sich sogar ihre Gehirnfunktion verändert«, erklärte die Professorin und veränderte ihre Position, um Maclure besser sehen zu können.

»Und was löst nun diese wahnhafte Missidentifikation aus?«, wollte ein anderer Student wissen.

»Wir glauben, der Auslöser ist eine Läsion in der rechten Hemisphäre«, entgegnete die Professorin, war aber nicht ganz bei der Sache. »Was macht Maclure?«

»Wissen Sie, warum ich diese Leute verzehren musste?«, fragte Maclure keuchend und mit geweiteten Augen. »Ich wusste, ich würde bald um mein Leben kämpfen müssen. Ich habe damit gerechnet, dass Sie mich holen würden. Der Fuchs schleicht nicht ewig um seine Beute herum, ehe er zuschlägt. Er mag lautlos und verschlagen jagen, aber die Krähe ist immer noch schneller. Jeder Moment des Leidens, den ich hervorgebracht habe, hat mich stärker gemacht, wilder. Ich habe all ihren Klagen standgehalten, ihren Schreien, ihrer Scham. Ich habe das alles in mich aufgesogen.« Maclure bleckte die Zähne.

»Mr Maclure, bitte, beruhigen Sie sich. Sie sind jetzt in ärztlicher Obhut. Ich kann Ihnen versichern, dass hier niemand und am wenigsten ich irgendetwas anderes als Ihr Bestes im Sinn hat. Mein Name ist irrelevant. Ich bin menschlich, und ich glaube, wir können Ihnen helfen, zu ihrem früheren Selbst zurückzukehren.«

»Tatsächlich?«, flüsterte Maclure. »Dann sind Sie wirklich der Feind.«

Blitzschnell wirbelte er im Bett herum, die rechte Hand immer noch mit der Handschelle gefesselt, schlang die Beine um Dr. Fox' Hals und presste sie zusammen wie die Backen eines Schraubstocks.

Es dauerte nur Sekunden, bis Dr. Fox' Gesicht purpurn anlief, während seine Hände nutzlos auf Maclures Knie schlugen. Die Studenten im Beobachtungsraum schrien auf. Die Professorin stieß sie zur Seite und rannte um Hilfe rufend auf den Korridor. Als sie endlich bei Maclure ankam, war Dr. Fox bereits auf die Knie gesunken.

Maclure krächzte siegestrunken und erfüllte den ganzen Raum mit seinem schaurigen, schrillen Geschrei. Die Professorin schnappte sich eine Spritze und versenkte die Nadel in Maclures Oberarm. Dennoch öffnete er die Beine nicht. Sein Körper wehrte sich gegen das Sedativum. Schließlich kamen zwei Krankenwärter herein und zogen sie auseinander. Dr. Fox sank bewusstlos zu Boden.

Maclure verdrehte die Augen, doch das Grinsen in seinem Gesicht konnte auch die Dunkelheit, die nun über ihn kam, nicht schmälern.

»Ich bin die Krähe«, murmelte er mit heiserer Stimme.

Kapitel dreiundvierzig

25. März

»Lykanthropie? Also ist er ein verdammter Werwolf, ist es das, was Sie mir sagen wollen?« Overbeck saß mit übereinandergeschlagenen Beinen an Avas Schreibtisch und schwang das obere Bein ständig auf und nieder.

»Lykanthropie ist der Oberbegriff. Ich schätze, ursprünglich hat es sich auf Leute bezogen, die geglaubt haben, sie würden sich in Wölfe verwandeln, vermutlich eine Folge des alten Volksglaubens, aber heutzutage wird der Begriff für jeden benutzt, der glaubt, er würde zu einem Tier werden. In Maclures Fall wurde das durch seine Schizophrenie ausgelöst, deshalb hat er auch oft so normal und unbeeinträchtigt gewirkt. Er ist überzeugt, dass er eine Krähe ist. Darin sind sich alle Psychiater, die ihn untersucht haben, einig. Er bestreitet nicht, diese Morde begangen zu haben, aber bei seiner Verteidigung wird er sich wohl auf Unzurechnungsfähigkeit wegen einer Geistesstörung berufen können«, entgegnete Ava. Sie fragte sich, wie lange ihr Detective Superintendent wohl vorhatte zu bleiben, und war froh, dass sie in wenigen Minuten eine Besprechung hatte, die sie als Ausrede nutzen konnte, um sich zu verdrücken.

»Was gibt es Neues von dem Arzt, den er angegriffen hat?«

»Die Luftröhre wurde schwer geschädigt, und soweit ich informiert bin, denkt er daran, in den vorgezogenen Ruhestand zu gehen, aber er wird sich wieder erholen.«

»Und dieser andere kranke kleine Mistkerl, von dem Sie sich haben ablenken lassen? Wie war noch sein Name?«

Ava ignorierte die Stichelei. »Meinen Sie RJ Bott, Ma'am?«

»Ja, den meine ich. Ich will, dass der Kerl lebenslang sitzt, dafür, dass er uns hat aussehen lassen wie ein Haufen inkompetenter Idioten. Sagen Sie mir, dass er angeklagt wurde.«

»Das wurde er in der Tat. Es gibt eine ganze Anzahl an strafbaren Handlungen im Zusammenhang mit dem Besitz und der Verbreitung von Snuff-Videos. Außerdem gibt es noch Beschuldigungen wegen illegalen Glücksspiels.«

»Das ist alles? Hätten Sie da nicht mehr rausholen können?«

»Bott ist auf eine gestörte und offen gesagt auch äußerst widerliche Weise von Tod und Mord besessen, aber das ist alles. Er hat sich nur als Voyeur betätigt. Es gibt keine Hinweise darauf, dass er je selbst bei irgendetwas mitgemacht hätte. Er hat einfach das Mädchen von *Reach You* für seine Zwecke ausgenutzt, und wir gehen davon aus, dass Vicky Rosach bei der ganzen Geschichte schuldlos war. Dumm, aber schuldlos. Wir haben mit Zeugen aus der Wohltätigkeitsorganisation gesprochen. Die sagen, dass das gar nicht so ungewöhnlich ist. Gruppen, die sich mit Suizidprävention befassen, ziehen immer mal wieder Leute an, die der Tod auf eine ungesunde Weise fasziniert. Als Vicky sich RJs Fußballclub angeschlossen hat, muss das für ihn wie ein Gottesgeschenk gewesen sein. Ganz zu schweigen davon, dass er damit die Anzahl seiner Online-Anhänger hochtreiben konnte.«

»Man sollte das ganze Scheißinternet sperren. Also schön, wenn das wirklich schon alles ist, was Sie hingekriegt haben …« Overbeck ließ die Kränkung für ein paar Sekunden in der Luft hängen. »Wichtiger ist die Frage, ob wir verklagt werden«, sagte sie dann, erhob sich und strich sich die Jacke glatt.

Das war also der wahre Grund für ihren Besuch. Die Verantwortung des MIT. Die Gefahr, Kritik ausgesetzt zu werden. Der Schaden, den ihre Karriere deswegen auf längere Sicht nehmen könnte. Ava wünschte sich fast, Janet Monroe würde tatsächlich juristisch gegen das Department vorgehen.

»Janet Monroe wird sich ebenfalls vollständig erholen«, sagte Ava. »Es war offensichtlich ein schwerer Fehler, dass die Einheiten, die ihre Wohnung überwacht haben, abgezogen und zu dem Einsatz zur Verhaftung von RJ Bott geschickt wurden, aber alle haben geglaubt, wir hätten den Täter und Janet wäre nicht länger in Gefahr. Es war enormes Glück, dass Lance Proudfoot aufgetaucht ist. So wie es aussieht, hat er den Mordversuch an Janet gerade lange genug hinausgezögert, dass wir noch rechtzeitig eingetroffen sind.«

»Verdammter Idiot, mischt sich einfach in die Polizeiarbeit ein. Was zum Teufel hat er sich dabei gedacht?«

»Tja, im Moment denkt er vermutlich, dass er froh ist, noch am Leben zu sein. Eigentlich ist er gestorben. Die Sanitäter mussten ihn wiederbeleben; allerdings wird er etwas länger im Krankenhaus bleiben müssen. Wie es scheint, hat er Janet ermöglicht, alles, was an Seil verfügbar war, um die Schlinge zu lockern, allein zu nutzen, damit sie überlebte. Der Mann ist ein Held.«

»Aber ist er ein prozessfreudiger Held? Das ist das, was ich wissen will.« Overbeck marschierte zur Tür.

»Nein, ist er nicht«, antwortete Ava und nahm ihren Platz hinter ihrem eigenen Schreibtisch wieder in Anspruch. »Wie läuft es eigentlich zwischen Ihnen und DS Lively? Er hat die ganze Woche kaum ein Wort gesagt.«

»Geht Sie nichts an«, blaffte Overbeck, doch dann ließ sie die Schultern hängen. »Seien Sie nicht allzu streng mit ihm. Ich musste seine Erwartungen in Hinblick auf unsere Beziehung kürzlich ein wenig dämpfen.«

Ava holte tief Luft. »Wird gemacht«, sagte sie und wartete,

bis Overbeck über den Korridor verschwunden war, ehe auch sie ihr Büro verließ.

Die Erwartungen an eine Beziehung dämpfen. Das war ein hundertfünfzigprozentiger Euphemismus. Lively musste am Boden zerstört sein. Obwohl sie so gar nichts gemeinsam hatten, hatte sich ihr Sergeant bis über beide Ohren in den Superintendent verliebt. Polizeiarbeit war wirklich ein gutes Rezept für Beziehungskatastrophen. Das wusste sie besser als die meisten. Dies war ihr erster voller Arbeitstag, und sie war im Begriff, ihr Team auseinanderzureißen.

»Guten Morgen«, sagte sie, froh, dass bereits alle im Besprechungsraum auf sie warteten und sie anfangen konnten. Wenigstens konnte sie so jeglichem Smalltalk aus dem Weg gehen.

Die Menge schwieg. Sie hatte ihr Gesicht vergessen. Die meisten von ihnen sahen sie nun zum ersten Mal nach der Explosion. Sie war auf dem Weg der Besserung, aber ihre Haut war immer noch gespickt mit Schnittwunden von den Glasschrapnellen. Ihre beiden Trommelfelle waren perforiert, und sie hatte drei- bis viermal am Tag Nasenbluten. Ihre Augen taten weh, und sie litt an Haarausfall, was, wie die Ärzte gesagt hatten, vermutlich ebenso sehr am Schock wie an der Explosion selbst lag. Aber es würde besser werden. Sie würde gesund werden. Auf der anderen Seite hatte sie vorsätzlich eine Frau aus einem Fenster geworfen. Ava hatte keine Ahnung, wie sie sich davon erholen sollte.

»Janet Monroe schickt Grüße. Es geht ihr den Umständen entsprechend gut, und sie hofft, ihren Dienst in ungefähr einer Woche wieder antreten zu können. Sie wird keine bleibenden Schäden zurückbehalten. Wie es sich für das MIT gehört, erwartet sie, dass all ihre Getränke für die nächsten zwölf Monate bezahlt werden.« Diese letzten Worte lockten leises Gelächter hervor. »Lance Proudfoot, der Journalist, der dazwischengegangen ist, wurde schlimmer verletzt, aber auch er wird sich vollständig erholen.«

»Geht es Ihnen gut, Ma'am?«, fragte jemand.

»Hab mich nur beim Rasieren geschnitten.«

Dieses Mal war das Gelächter etwas lauter.

Callanach schlenderte herein und lehnte sich, die Hände in den Taschen vergraben, an die Wand. Sie bemühte sich, ihn nicht anzusehen, aber das war so schwer wie an dem Tag, an dem er erstmals in Erscheinung getreten war. Was ihm vorwiegend die Aufmerksamkeit der Leute sicherte, war sein Aussehen, aber das war es nicht, was Ava gereizt hatte. Luc Callanach war ein Mysterium. Er behielt so viel für sich, so viel sanfte Wärme, die er mit erbitterter Professionalität zudeckte. Er war humorvoll, ohne es gezielt zu versuchen. Sein Ermittlerinstinkt war unglaublich. Und wenn er ihr in die Augen sah, war es, als würde niemand sonst existieren. Als hätte nie irgendjemand sonst existiert, um genau zu sein. Niemand war dann noch wichtig.

»Der Fall Maclure ist aus unserer Perspektive abgeschlossen. Wir wissen jetzt, dass er regelmäßig zu Besuch in Fenella Hawksmiths Station gewesen ist, als sie im Krankenhaus war, auch wenn er sie nie beraten hat. Das Gleiche trifft auf Jon Moffat zu. Das ist eine nützliche Lektion, die uns sagt, dass wir unser Netz bei zukünftigen Ermittlungen weiter auswerfen sollten. Astrid Borde konnte zweifelsfrei mit den Morden an Bruce Jenson und Gilroy Western in Verbindung gebracht werden. DI Graham wird seinen Bericht in Kürze fertigstellen, aber wie es scheint, lag das Motiv für beide Morde in Miss Bordes Besessenheit von DI Callanach.«

Mehr musste sie nicht sagen. Astrids DNA passte zu dem Blutfleck auf Gilroy Westerns Motor; zusammen mit den Aufnahmen, die sie bei Jensons Pflegeheim zeigten, war das alles, was sie brauchten, um den Fall abzuschließen. Glücklicherweise hatte die forensische Untersuchung keine DNA-Verbindung zwischen Callanach und Bruce Jenson ergeben, was ihr einerseits eine peinliche Erklärung gegenüber Pax Graham ersparte und andererseits bedeutete, dass sie diese spezielle Bombe Callanach gegenüber nicht würde platzen lassen müssen.

»Was wir heute besprechen müssen, ist ein neuer Fall«, fuhr Ava fort. »Interpol ist mit der Information an uns herangetreten, dass hoch organisierte Menschenhändler in großem Umfang Leute über Edinburgh auf das europäische Festland schleusen. Das MIT stellt Unterstützung für die Ermittlungen von Interpol bereit, auch wenn das weitgehend eine internationale Angelegenheit ist. DI Graham wird das Tagesgeschäft auf dem Revier leiten.«

Unisono drehten sich sämtliche Köpfe zu Callanach um, und die offensichtliche Frage hing unausgesprochen in der Luft.

»Ich habe DI Callanach gebeten, sich als Verbindungsbeamter der schottischen Polizei in Lyon dieses Falls anzunehmen. In Anbetracht seiner zurückliegenden Erfahrungen mit Interpol scheint das die sinnvollste Vorgehensweise zu sein. Er wird bereits heute nach Frankreich aufbrechen, wenn also noch jemand etwas mit ihm zu besprechen hat, bleiben dafür nur noch ein paar Stunden Zeit.«

»Wie lange?«, fragte Lively mürrisch.

Ava hatte ihn gar nicht bemerkt, so, wie er sich in einer Ecke versteckt gehalten hatte.

»Wie lange was?«, hakte Ava nach.

»Wie lange müssen wir auf einen unserer DIs verzichten?«, konkretisierte Lively und erhob sich. Sein Gesicht war rot angelaufen, und er sah gar nicht mehr aus wie der gewohnheitsmäßige Spötter, den sie alle kannten.

»Solange die Ermittlung im Gang ist.« Ava hustete leicht. »Das ist ein großer internationaler Fall, also müssen wir uns darauf einstellen, dass DI Callanach mehrere Monate fort sein könnte. Inzwischen bitte ich Sie und DS Tripp, in seine Fußstapfen zu treten.«

Plötzlich wurde es schaurig still im Raum. Ava bemühte sich verzweifelt, sich etwas einfallen zu lassen, um die Atmosphäre aufzulockern, doch es gelang ihr nicht.

»Die gute Nachricht ist, dass die Franzosen einen besseren Geschmack haben als ihr Ärsche, also bekomme ich endlich ein paar der Schmeicheleien, die mir zustehen«, warf Callanach mit einem Lächeln in die Runde ein.

Ava tat ihr Bestes, um mitzuspielen.

»Ich weiß, dass Sie mich vermissen werden, also werde ich in der nächsten Stunde in meinem Büro Fotos signieren.«

Das brachte ihm einige Anfeuerungsrufe ein.

Ava wartete, bis es wieder ruhiger war. »Sie alle haben im letzten Monat einige Überstunden angehäuft, also versuchen Sie, einen Teil davon abzubummeln.«

Keine Reaktion.

»Gut, also, ich werde eine umfassende Unterweisung in den Interpol-Fall vorbereiten. Rechnen Sie damit, dass morgen ein Bündel Papiere auf jedem Schreibtisch liegt, dem sie die Einzelheiten entnehmen können. Danke, alle zusammen.«

Schweigend ging sie hinaus und hörte, wie hinter ihr Stühle über den Boden schrammten, als sich die Leute erhoben. Dem folgte Gemurmel und dann einiges Schulterklopfen, als sich das Team von seinem erfahrensten Detective Inspector verabschiedete. Die Ironie war unfassbar. Callanachs Ankunft waren die Leute mit kaum verhohlener Kälte begegnet, und nun war es, als hätte sie ihrem Team das liebste Mitglied genommen. Er hatte sie für sich gewonnen, jeden Einzelnen. Selbst – oder sogar besonders – Lively.

»Wer hätte das gedacht«, murmelte sie vor sich hin, als sie zu ihrem Büro zurückwanderte.

»Was gedacht?«, fragte Callanach direkt hinter ihr.

»Heilige Scheiße!«, schrie Ava. »Was zum Teufel machst du denn?«

»Ich dachte, du könntest mich hinter dir hören.« Er lächelte. »Du musst eine Million Meilen weit weg gewesen sein.«

»Perforierte Trommelfelle, weißt du noch?«, konterte Ava. »Hast du dich schon verabschiedet?«

»Nicht von allen«, sagte Callanach leise und drückte ihre Bürotür hinter sich ins Schloss. »Es fühlt sich an, als würdest du mir aus dem Weg gehen, seit du angerufen hast, um mir zu sagen, dass ich vorübergehend nach Frankreich versetzt werde.«

»Ich hatte nur viel zu tun. Der Papierkram, wenn man gleichzeitig zwei Fälle abschließt, ist ein Albtraum.«

Sie lehnte sich an ihren Schreibtisch. Callanach folgte ihr und baute sich direkt vor ihr auf, nahe genug, dass ihre Schuhspitzen sich berührten. Ava drehte den Kopf zur Seite und sah aus dem Fenster.

Er hob die Hand und streichelte sanft über ihre Wange. »Es tut mir so leid, dass du verletzt wurdest. Diese ganze Geschichte mit Astrid hat vom Anfang bis zum Ende so vielen unschuldigen Menschen Kummer bereitet.«

Avas Gesicht glühte. Sie packte seine Fingerspitzen und führte sie zurück an seine Seite. »Jetzt ist es vorbei. Du kannst dein Leben weiterleben. Wirklich leben. Wo immer du dich am meisten zu Hause fühlst. Keine Gespenster mehr. Bruce Jenson war nicht dein Vater. Ich weiß, da ist immer noch Gilroy Western …«

»Ich lasse das ruhen, zumindest vorerst. Als ich die DNA-Ergebnisse zu Jenson erhalten habe, ist mir klar geworden, dass ich besser dran bin, wenn ich die Erinnerung an den Mann pflege, den ich immer für meinen Vater gehalten habe. Es hat keinen Sinn, die Dinge schlimmer zu machen, als sie es sowieso schon sind.«

»Hört sich an, als würdest du die Sache allmählich verarbeiten«, bemerkte Ava.

»Schickst du mich deswegen zurück nach Frankreich? Um herauszufinden, ob ich mich wieder dort niederlasse? Das hättest du nicht tun müssen. Ich weiß bereits, wo ich hingehöre. Schottland ist für mich nicht mehr der Ort, zu dem ich geflohen bin. Es ist der, an dem meine Freunde leben und an dem sich mein Leben abspielt. Der, an dem ich sein möchte.«

»Meine Entscheidung beruht auf rein professionellen Erwägungen. Du kennst Interpol besser als die gesamte Police Scotland, vom MIT ganz zu schweigen. Hätte ich jemand anderen geschickt, hätte ich einige ernste Fragen darüber beantworten müssen, warum ich nicht dich ausgewählt habe. Ich muss mich setzen. Könntest du bitte einen Schritt zurückgehen, damit ich vorbeikann ...«

Er schüttelte mit einem flüchtigen Lächeln den Kopf und legte ihr eine Hand um die Taille. »Fühlst du dich schwach?«, fragte er. »Wahrscheinlich solltest du noch gar nicht wieder arbeiten. Was hat dein Arzt gesagt?«

»Das geht dich nichts an«, entgegnete sie, und das Echo von Overbecks Worten hallte in ihren Ohren. Für einen Moment wurde sie von Selbsthass überwältigt, und ihr stiegen Tränen in die Augen. »Tut mir leid, das habe ich nicht so gemeint. Ich bin müde. Das liegt an den ganzen Schmerzmitteln.«

»Dann lass mich dich nach Hause fahren«, sagte er. »Ich habe noch Zeit, ehe ich fliegen muss. Ich könnte dir sogar Essen zum Mitnehmen besorgen. Ich wette, du hast schon wieder seit ...«

»Hör auf, Luc, bitte«, flüsterte sie. »Ich kann das nicht. Alles ist kaputt. Ich habe Astrid getötet. Ich konnte Janet und deinen Freund Lance nicht beschützen, und ich weiß nicht, ob ich wegen allem, was zwischen uns los war, so abgelenkt war, dass ich Beweise übersehen habe. Rune Maclure hat genau hier in meinem Büro gesessen und mich ausgefragt, um Himmels willen, und ich habe ihn nie wie einen Verdächtigen behandelt. Nicht ein einziges Mal. Ich muss den Kopf wieder klarkriegen, und das schaffe ich nicht, solange du hier bist.«

»Ava, nicht …«

»Nein. Das ist das Ende. Ich habe für dich gelogen. Ich habe dich gedeckt.«

»Ich hatte nichts getan«, wandte Callanach leise ein.

»Darum geht es nicht. Ich habe so viele Regeln gebrochen. Die ganze Ermittlung habe ich kompromittiert wegen dem, was ich dir gegenüber empfunden habe.«

»Was *hast* du empfunden?«, fragte er und legte seine freie Hand an ihr Gesicht.

»Das, worauf es ankommt, ist, was ich jetzt empfinde«, erwiderte Ava steif. »Ich will dich hier nicht haben, Luc. Alles ist viel zu sehr durcheinandergeraten. Ich muss imstande sein, morgens aufzustehen und zu wissen, dass ich meine Arbeit schaffen werde, dass ich sie anständig erledigen und gute Entscheidungen treffen kann und dass ich, wenn ich wieder nach Hause komme, Schlaf finden werde.«

»Ich halte dich von nichts davon ab«, sagte er.

»Doch, das tust du. Das ist genau das, was du tust. Bei Astrid, bei Selina, bei mir …«

»Das ist nicht fair. Ich habe mir das alles nicht ausgesucht.«

»Ich weiß.« Sie lächelte. »Du siehst es nicht mal kommen, nicht wahr? Da ist nur diese Spur armseliger Frauen in deinem Schlepptau.«

»Ava.« Er küsste sie auf die Wange. »Es tut mir leid, dass ich deine Gebetstafel an mich genommen habe. Es tut mir noch mehr leid, dass ich sie dir nicht zurückgegeben habe. Es war … seltsam und falsch auf so vielen Ebenen … ich kann es selbst nicht erklären. Aber ich glaube, in all der Zeit, in der ich darauf gewartet habe, dass zwischen uns etwas passiert, hast du bereits darauf gewartet, dass es schiefgeht. Und, nein, ich werfe dir nichts vor. Ich übernehme die volle Verantwortung für die Katastrophe in meiner Wohnung. Trotzdem – ich denke immer noch, dass das für dich etwas von einer selbsterfüllenden Prophezeiung hatte. Ich gehe nach Frankreich. Ich bin nicht hier, um dich zu überreden, es dir anders zu überlegen. Aber ich komme wieder zurück, und wenn ich das tue, dann setzen wir beide uns zusammen und klären das. Denn du bist mir viel zu wichtig, um das – was immer es ist – einfach aufzugeben, ehe es überhaupt richtig angefangen hat.«

Callanach verstärkte seinen Griff um ihre Taille, zog sie an sich, küsste sie auf die Lippen und hielt sie noch einen Augenblick länger fest. Dann ließ er sie los.

Danksagung

Mein endloser Dank für die Hilfe bei diesem Buch – und dafür, mich allgemein am Schreiben zu halten – geht in ungeordneter Reihenfolge an …

Caroline Hardman (Agentin vom Feinsten), Thérèse Coen für die Foreign Rights, Joanna Swainson und Nicole Etherington von Hardman & Swainson, der (besten) Literaturagentur (auf der Welt). Phoebe Morgan für ihre reine Gutmütigkeit. Sabah Khan für ihre grenzenlose Energie. Helen Huthwaite für ihre außerordentlichen Instinkte. Außerdem an das brillante Team von Avon und HarperCollins, die diese Bücher vom Konzept über die Produktion bis zur Veröffentlichung begleitet haben – Molly Walker-Sharp, Elke Desanghere, Dom Rigby, Anna Derkacz, Rebecca Fortuin, Laura Daley, Katie Reeves, Hannah O'Brien, Jane Wisbey, Sarah Whittaker und Oli Malcolm. Und ein spezielles Hallo geht an Cressida McLaughlin, die mir den Namen eines Opfers und den Mann selbst geliefert hat.

Dann sind da noch Tantallon Castle und all die lieben Leute, die dort arbeiten und die idiotischen Fragen von zu Besuch kommenden Autoren beantworten (sollten Sie noch nie auf Tantallon gewesen sein, das müssen Sie nachholen!). Whighams Wine Cellars in Edinburgh danke ich für das tolle Essen, die wunderbare

Örtlichkeit und die himmlische Cocktailkarte (ich habe gründlich recherchiert); und auch dem Sandy Bell's, ebenfalls in Edinburgh und ein Ort, den man aufsuchen sollte, gebührt Dank. Und ich danke Ruth Chambers, die eine endlose Schauplatzsuche, gelegentliches Bogenschießen und Menüverkostungen im Namen der Authentizität (und vermutlich auch den einen oder anderen Kater) über sich hat ergehen lassen.

Schließlich meinen Freunden und meiner Familie, die zugehört haben, wenn ich endlos über Plots und Charaktere, Abgabetermine und neue verrückte Ideen schwadroniert habe – ihr wisst, wen ich meine – ich liebe euch alle. Nicht ein Wort wäre ohne euch geschrieben worden. Und vor allem danke ich David, der meine Lieblingsteebeutel im Vorfeld in England bestellt, damit sie nicht mitten im Buch zur Neige gehen und eine Schreibblockade auslösen können.

Ich danke euch. x